»Hör auf mit den Spielchen und küss mich«, forderte sie. Die Stimme aus ihrem Mund klang ganz und gar nicht wie die ihre, denn sie war heiser und sinnlich. Aber sie hatte den gewünschten Effekt.

»Vorsicht mit deinen Wünschen, Rotschopf.« Er hob sie hoch, setzte sie auf der Kücheninsel ab und zog sie an sich, wobei er zwischen ihre Schenkel trat. »Sie könnten in Erfüllung gehen.«

Ihr ganzer Körper stand in Flammen, als er von ihrem Mund mit einem Kuss Besitz ergriff, der all ihre weiblichen Sinne mit einem Mal zunichtemachen sollte.

Oh. Mein. Gott.

Seine Zunge ... Lizzie hatte nicht gewusst, dass eine Zunge sich auf diese Weise winden konnte.

Sie versuchte, es ihm gleichzutun, und vergrub ihre Fingernägel in seiner Kopfhaut, während er sie mit Haut und Haaren zu verschlingen schien. Sie bereute ihre Forderung nicht eine Sekunde lang. Sie hatte es von ihm verlangt und er hatte ihr den Wunsch erfüllt.

Er ließ seine Hände an ihrer Taille hinaufgleiten, woraufhin sie eine Gänsehaut bekam und ihre Brustwarzen sich verhärteten. Als er ihren Nacken streichelte, war sie Wachs in seinen Händen und ergab sich ihm vollkommen.

Er neigte ihren Kopf nach hinten, damit er noch tiefer in ihren Mund eindringen konnte, während er seine Lenden gegen ihr Becken presste.

Ihr lief ein elektrisierender Schauer über den Rücken, als die Berührung ein animalisches Gefühl in ihrem Inneren auslöste. Noch nie hatte sie ein Mann *an dieser Stelle* berührt, doch sie konnte ihn durch ihr dünnes Höschen spüren.

Denn sie trug ein Kleid.

Und sie hatte die Schenkel um einen Mann geschlungen.
In seiner Küche.
Wie wunderbar verrucht.

Unsterblich verflucht

Ebenfalls von Lexi C. Foss

Blood Laws – Blutgesetze (Buch 1)
Forbidden Bonds – Unsterblich entfesselt (Buch 2)
Blood Heart – Blutige Unschuld (Buch 3)
Blood Bonds – Unsterblich geboren (Buch 4) **(erhältlich ab Mitte Februar 2021)**

BLUTIGE UNSCHULD

UNSTERBLICH VERFLUCHT
BUCH 3

DEUTSCHE ÜBERSETZUNG:
SANDRA MARTIN FÜR
DANIELA MANSFIELD TRANSLATIONS

USA TODAY BESTSELLERAUTORIN

LEXI C. FOSS

Englischer Originaltitel: »Blood Heart (Immortal Curse Series Book 3)«
Deutsche Übersetzung: Sandra Martin für Daniela Mansfield Translations
2021

Titelbild entworfen von: Manuela Serra
Fotografie: Wander Aguiar Photography
Models: Andrew & Evan
Herausgegeben von: Ninja Newt Publishing, LLC

eBook:
ISBN: 978-1-954183-02-5

Taschenbuch:
ISBN: 978-1-954183-03-2

Besuchen Sie Lexi im Netz!
www.lexicfoss.com
www.facebook.com/LexiCFoss
twitter.com/LexiCFoss
www.instagram.com/LexiCFoss
E-Mail: lexicfoss@gmail.com

Für Laura – dafür, dass du immer noch meine beste Freundin bist, obwohl ich die Neigung habe, Menschen zu töten. Nein. Ich meine Figuren. Natürlich.

Oh, und dafür, dass du die folgenden Wörter und Themen verstehst: Busch. Baum. Wand. Ja. Berüchtigter Eiffelturm von New York. 47. Geheimsprache. »Erholsamer« Urlaub.

Bitte richte Stas & Lizzie meine besten Grüße aus, wenn du das nächste Mal auf der 79sten Straße unterwegs bist. <3 Für immer Pizza. Und auch Käsebällchen.

BLUTIGE UNSCHULD

UNSTERBLICH VERFLUCHT
BUCH 3

Blutige Unschuld ist der dritte Band der Reihe *Unsterblich verflucht* und setzt unmittelbar nach den Geschehnissen in *Unsterblich entfesselt* ein. Obwohl es nicht unbedingt notwendig ist, rate ich jedem, die Bücher in der richtigen Reihenfolge zu lesen. Für diejenigen, die sich zum ersten Mal in der Welt der Unsterblichen wiederfinden, habe ich ein Glossar mit Schlüsselbegriffen und Definitionen beigefügt.

Schöne Grüße
Lexi C. Foss

Glossar

Übernatürliche Wesen

Sprössling (Nomen): Das Kind eines männlichen Ichorianers und einer Menschenfrau, das noch nicht als Hydraianer wiedergeboren wurde. Für gewöhnlich besitzen Sprösslinge vor ihrer Wiedergeburt als Unsterbliche keine übernatürlichen oder übersinnlichen Fähigkeiten.

Hydraianer (Nomen): Der unsterbliche Nachkomme eines männlichen Ichorianers und einer Menschenfrau, der zwei übernatürliche oder übersinnliche Fähigkeiten besitzt und kein menschliches Blut zum Überleben braucht.

Ichorianer (Nomen): Ein unsterbliches Wesen unbekannter Herkunft, das eine übernatürliche oder übersinnliche Fähigkeit besitzt und menschliches Blut zum Überleben braucht.

Unsterblicher (Nomen): Ein genereller Begriff, der ein Wesen beschreibt, das nicht altert und gegen einen natürlichen, menschlichen Tod immun ist.

Seraph (Nomen): Ein Wesen, das zur höchsten Ordnung der Hierarchie der Engel gehört.

Glossar

Schlüsselbegriffe

Arcadia: Ein berüchtigter ichorianischer Klub in New York, der der ichorianischen Regierung außerdem als Hauptversammlungsstelle dient.

Blutgesetze: Eine Reihe von Anordnungen, die als Reaktion auf den Vertrag von 1747 vom ichorianischen Verwaltungsrat aufgestellt wurden.

Stiftung für Katastrophenhilfe (Catastrophic Relief Foundation – CRF): Eine globale humanitäre Hilfsorganisation mit Hauptsitz in New York, der eine paramilitärische Einheit angehört, die geschaffen wurde, um abtrünnige Übernatürliche zu vernichten.

Konklave: Der ichorianische Verwaltungsrat.

Edikt: Ein Gesetz oder eine Vorschrift, die vom Hohen Rat von Seraph erlassen wurde.

Älteste: Die ursprünglichen Hydraianer, die auch als der hydraianische Verwaltungsrat dienen.

Schicksalslinie: Ein Seraph, der die Zukunft voraussagen kann.

Hoher Rat von Seraph: Der Verwaltungsrat der Seraphim.

Nizari: Altertümliche ichorianische Attentäter, die Sprösslinge jagen und töten.

Nizarigift: Eine grüne Substanz, die dafür berüchtigt ist, Sprösslinge zu töten und ihre Wiedergeburt zu verhindern.

Sentinel: Ein Soldat der Einheit der CRF, die geschaffen wurde, um abtrünnige Übernatürliche zu vernichten.

Vertrag von 1747: Eine Übereinkunft zwischen Hydraianern und Ichorianern, um eine Waffenruhe und das Leben in denen ihnen zugewiesenen Territorien festzulegen. Diejenigen, die diese Grenzen überschreiten, tun das auf eigenes Risiko.

Kapitel Eins

Zweimal Pizza Salami

Testobjekt zeigt Anzeichen übernatürlicher Schönheit, eine Voraussetzung des Programms. Gönner des Projekts ist zufrieden.

Eintrag 110.09.4-7

Peng.

Paff, rums.

Lizzie Watkins starrte mit finsterem Blick zur Decke. Auch ohne den Lärm über ihr war es schwer genug, die Rechtschreibtests der Erstklässler zu korrigieren.

Sie schüttelte missbilligend den Kopf. Offenbar war der neue Besitzer der Wohnung im dritten Stock eingezogen. Lizzie hatte nicht einmal gewusst, dass die Nachbarn über ihr ausgezogen waren, bis sie die Arbeiter der Umzugsfirma gesehen hatte, die die Kisten des neuen Bewohners durch die Empfangshalle geschleppt hatten.

Rums.

Mit einem Schnauben legte sie die Papiere beiseite und stand auf. Für gewöhnlich begrüßte sie ihre neuen Mitbewohner immer mit selbst gebackenen Keksen, doch dieser raubte ihr wirklich den letzten Nerv.

Paff.

»Um Himmels willen!« Sie schlüpfte in ihre Pumps, die neben der Tür standen, schnappte sich ihren Wohnungsschlüssel und stapfte wütend ins Treppenhaus.

Oben angekommen stand sie vor der Tür ihres neuen Nachbarn und wartete, bis das grauenhafte Lied, das von drinnen auf den Flur dröhnte, zu Ende war, bevor sie mit der Faust wiederholt gegen die Tür hämmerte.

»Eine Sekunde!« Die Stimme war tief und männlich.

Sie runzelte die Stirn und verschränkte die Arme vor der Brust, während sie ungeduldig mit dem Fuß auf den Boden tippte. Sie würde ihm gleich die Meinung sagen.

»Es tut mir leid«, fuhr die Stimme fort, als die Tür geöffnet wurde. »Ich musste erst noch meine Übungen beenden.«

Bauchmuskeln.

Das war das Erste, was ihr auffiel, denn der Mann begrüßte sie mit nacktem Oberkörper.

Er trug marineblaue Trainingsshorts, die ihm tief auf den Hüften saßen und seine muskulöse Statur zur Geltung brachten. Der Schweiß rann ihm über seine gemeißelte Brust, was die Vermutung nahelegte, dass er gerade trainiert hatte. Zumindest ließ sich dadurch der Lärm erklären.

»Äh …« Lizzie blickte in ein Paar sanfte braune Augen und hatte schlagartig vergessen, was sie sagen wollte.

Milchschokolade, sagte die Köchin in ihr.

Es ist mir egal, welche Farbe seine Augen haben, fauchte eine innere Stimme zurück.

Sie versuchte, die Tatsache zu ignorieren, dass er seinen Blick schamlos über ihren Körper schweifen ließ.

Nein.

Konzentrier dich.

Schließlich sind wir hier, um ihm die Leviten zu lesen.

Genau.

Sie räusperte sich und warf dem attraktiven Mann einen tadelnden Blick zu, mit dem sie auch ihre Schüler ermahnte, wenn sie sich danebenbenahmen. »Ich wohne ein Stockwerk unter Ihnen und Ihre – äh – Fitnessübungen, nun, sie lenken mich von meiner Arbeit ab.«

Gut gemacht, Liz. Jetzt hast du es ihm aber gezeigt.

»Tatsächlich?« Er klang nicht gerade so, als würde es ihm besonders leidtun, außerdem war er offenbar nicht imstande, ihr in die Augen zu blicken, denn er schien viel zu fasziniert von ihren Brüsten zu sein. Männer!

»Allerdings.« Sie verlieh ihrer Stimme ein wenig mehr Nachdruck, was ihn jedoch zu belustigen schien.

»Hm, ich werde mich bemühen, leiser zu sein«, murmelte er. »Ich würde mich ja entschuldigen, doch das wäre nicht ganz aufrichtig von mir.«

Sie starrte ihn mit offenem Mund an. »Wie bitte?«

»Nun, es tut mir nicht unbedingt leid, dass ich Sie hierhergelockt habe, vor allem, da Sie in dieser Aufmachung vor meiner Tür erschienen sind.« Er machte eine ausladende Handbewegung, was sie dazu veranlasste, an sich herabzublicken.

Schwarze Pumps, äußerst knappe blaue Schlafshorts und ein rosafarbenes Trägerhemd ohne BH. Da ihre Mitbewohnerin an diesem Abend nicht zu Hause war, hatte Lizzie ihren Schlafanzug angezogen, bevor sie begonnen hatte, die Arbeiten zu korrigieren. Und sie hatte sich nicht die Mühe gemacht, sich umzuziehen, bevor sie die Treppe hinaufgeeilt war.

»Oh.« Sie lief vor Scham hochrot an. Selbst ihr Haar war völlig zerzaust. Wenn ihre Mutter sie in diesem Aufzug in der Öffentlichkeit sehen würde, würde sie sicher einen Wutanfall bekommen. »Nun. Äh, danke, dass Sie sich bemühen wollen, etwas leiser zu sein. Es war nett, Sie kennenzulernen.«

Sie machte auf dem Absatz kehrt und ging eilig davon. Sie

konnte noch sein Lachen hören und krümmte sich innerlich. Er glaubte wahrscheinlich, dass sie nicht ganz bei Trost war. Großartig. Nun, dank des Lärms, den er verursacht hatte, mochte sie ihn auch nicht sonderlich.

»Ich werde mich bemühen, leiser zu sein«, schnaubte sie, während sie einen eher kläglichen Versuch unternahm, seine tiefe Stimme nachzuahmen.

Sie schlug die Tür zu ihrer Wohnung mit einem lauten Knall zu, schleuderte ihre Schuhe von sich und ging in das Badezimmer, das dem großen Schlafzimmer angegliedert war.

»Hervorragend.« Wie sie vermutet hatte, war ihr Make-up noch intakt, doch ihr langes kastanienbraunes Haar, das sie in der Öffentlichkeit immer perfekt gestylt trug, war völlig zerzaust. Darüber hinaus überließ ihr rosafarbenes kurzes Trägerhemd dank ihrer großen Brüste nichts der Fantasie. Es war nicht verwunderlich, dass er von ihrem Anblick derart gefesselt gewesen war.

»Damit sind wir wenigstens quitt«, murmelte sie. Immerhin hatte er ihr ebenfalls einen uneingeschränkten Blick auf seine gemeißelte Brust gewährt. »Die ist nicht zu verachten.«

Sie fühlte sich nackt und zog sich einen Pullover ihrer New Yorker Lieblingsuni an, dann ging sie auf der Suche nach etwas Essbarem in die geräumige Küche. Ihre Eltern hatten ihr das Apartment in der Upper East Side zu ihrem Collegeabschluss geschenkt. Sie nahm an, dass sie sie auf diese Weise auf Armeslänge halten wollten, wobei sie nicht vorhatte, je wieder bei ihnen einzuziehen.

Da ihre Mitbewohnerin jedoch den ganzen Tag über arbeitete und fast jede Nacht bei ihrem neuen Freund verbrachte, fühlte Lizzie sich einsamer denn je. Sie wollte sich für Stas freuen, doch sie traute der Stiftung für Katastrophenhilfe (CRF) nicht über den Weg. Sie hatte schon immer vermutet, dass mit der weltweit bekannten humanitären Organisation etwas nicht stimmte, und nachdem Tom während eines Einsatzes ums Leben gekommen war …

Ein Klopfen ertönte an der Tür.

Sie blinzelte. »Was ist denn jetzt schon wieder?«

Sie schloss den Kühlschrank und ging zur Tür. Als sie durch den Türspion spähte, stieß sie ein Stöhnen aus. Im Flur stand ein mittlerweile bekleideter Hüne. Sie lehnte sich mit der Stirn gegen die Tür und stieß zwischen zusammengebissenen Zähnen einen Fluch aus, bevor sie in aller Ruhe die Klinke hinunterdrückte.

»Ja?« Die Begrüßung war zwar nicht sehr wortreich, doch unter diesen Umständen war Redegewandtheit nicht angebracht.

Zuerst fielen ihr seine unwiderstehlichen Grübchen auf, als er auf sie herablächelte, während er seine Arme über ihrem Kopf am Türrahmen abstützte. »Mögen Sie Salami?«

»Wie bitte?« Offenbar war das ihre Standardfrage, wenn sie ihm gegenüberstand.

»Sa-la-mi«, wiederholte er gedehnt und zog eine Augenbraue in die Höhe. »Nun, mögen Sie sie oder nicht?«

»Sicher«, antwortete sie verblüfft. *Und warum wollen Sie das wissen?*

»Das dachte ich mir«, erwiderte er und drängte sich an ihr vorbei in die Wohnung, als würde sie ihm gehören. Er streifte seine Turnschuhe neben der Tür ab und ließ dann den Blick durchs Wohnzimmer schweifen. Eine Couch, zwei große Sessel, ein Couchtisch und ein Fernseher mit Stereoanlage. Es war nichts Außergewöhnliches, aber sie mochte es.

Er schien ganz auf ihre Vorhänge fixiert zu sein, als er murmelte: »Die Wohnung ist nett, vielleicht ein wenig zu rosa für meinen Geschmack.«

»Ich bin froh, dass sie Ihnen zusagt«, erwiderte sie verblüfft, während sie immer noch in der offenen Tür stand. »Kann ich Ihnen irgendwie behilflich sein?«

Bevor ich die Polizei rufe, fügte sie im Geiste hinzu. Lizzie hatte große Lust, laut loszuschreien, doch ihre guten Manieren hielten sie davon ab. Schließlich war er ihr Nachbar und sie wohnten in einem exklusiven Apartmenthaus, das am Eingang von Sicherheitsleuten bewacht wurde. Sie kannte den Mann zwar nicht, doch wenn man ihre Umgebung in Betracht zog, war er nicht unbedingt ein Fremder.

»Fallen Sie häufiger einfach so in anderer Leute Wohnungen ein?«, wollte sie wissen.

»Ja.« Seine Grübchen kamen wieder zum Vorschein, als er übers ganze Gesicht lächelte. »Haben Sie Bier oder Wein?«, fragte er, als er in Richtung Küche ging. Seine marineblauen Shorts und sein weißes T-Shirt schienen völlig fehl am Platz, als er ihr elegantes Esszimmer durchquerte.

Lizzie schloss mit einem Fußtritt die Wohnungstür, bevor sie ihm hinterhereilte. »Was tun Sie da?«

»Sie sind nicht besonders aufmerksam, nicht wahr?« Er warf ihr einen Blick über die Schulter zu und grinste sie an, bevor er den Kühlschrank öffnete. »Weinkühler.« Mit einem unverhohlenen Schaudern schloss er die Tür wieder. »Nein danke.«

Lizzies Verstand setzte wieder ein, als er gerade anfing, ihre Schränke zu durchsuchen.

»In Ordnung, ich kann mich nicht erinnern, Sie eingeladen zu haben. Ich kenne Sie nicht einmal. Wenn Sie jetzt bitte wieder gehen würden …«

Sein Lachen ließ sie verstummen. Wäre es aus dem Mund eines anderen gekommen, hätte sie es vielleicht sogar genossen, doch nicht von *ihm*. Sie hätte eigentlich verängstigt und nicht verärgert sein sollen. Doch seine Grübchen kamen immer wieder zum Vorschein, während er einfach weiterlachte.

Er ist einfach nur ein abgedroschener Charmeur.

»Ich glaube, wir kennen einander gut genug, Rotschopf.«

Sie wurde wütend, als sie den Spitznamen hörte, der noch dazu wenig originell war. Ihr ganzes Leben lang hatte sie sich Bemerkungen über ihr rotes Haar und den Mangel an Sommersprossen auf ihrer Haut anhören müssen. »Sie können jetzt gehen.«

»Sagen Sie das nicht«, murmelte er, als er ihren Weinvorrat fand. »Endlich. Ich hatte schon angefangen zu glauben, dass ich über einer Puritanerin wohne.« Er zog eine Flasche ihres Lieblingscabernets aus dem Regal und stellte sie auf der Anrichte ab. »Perfekt.«

»Wollen Sie etwa, dass ich den Sicherheitsdienst rufe?« Denn das würde sie tun. Der Wachmann an der Eingangstür war dank ihres Backwahns ein guter Freund von ihr. Lizzie schenkte ihm mindestens einmal in der Woche eine Ladung Kekse.

»Warum nicht?« Er nahm zwei Weingläser aus der Vitrine. »Ich mag Dennis.«

Wunderbar. Vielleicht werde ich ihn bitten, Sie aus meiner Wohnung zu entfernen und Ihren Arsch nach Hause zu befördern.

Bei diesem Gedanken fiel ihr Blick auf seinen Hintern. Genauso wie seine Beine bestand er nur aus Muskeln. Er war ohne Zweifel über ein Meter neunzig groß. Der arme Dennis hätte gegen ihn keine Chance. Lizzie hätte davon eingeschüchtert sein sollen, doch das war sie nicht.

Das liegt an seinem Lächeln.

Das ist kein Grund, dem muskulösen Hünen in der Küche zu vertrauen.

Das ist wahr.

Okay, dann eben Plan B.

»Was halten Sie von der Polizei?«

»Das kommt ganz auf den Stadtteil an«, erwiderte er wie beiläufig, als er die Flasche entkorkte. »Sind Sie eher der Typ für ein ganzes oder nur ein halbes Glas?« Er ließ den Blick über ihre nackten Beine bis hinauf zu ihrem Sweatshirt gleiten. »Zweifellos ein ganzes Glas.«

Ihr Handy gab ein summendes Geräusch von sich, bevor sie etwas erwidern konnte.

Wo bist du, Elizabeth? Sie konnte den herablassenden Tonfall ihrer Mutter förmlich hören. Heute Abend fand die jährliche Gala der CRF statt. Da ihr Vater eine der höchsten Positionen in der Firma innehielt, nahm ihre Familie jedes Jahr daran teil, doch Lizzie war diesmal nicht in der Lage dazu. Früher hatte sie sich immer darauf gefreut, da Tom ebenfalls an der Veranstaltung teilgenommen hatte.

Sie verspürte einen Stich im Herzen.

Nein.

Sie weigerte sich, noch einen weiteren Gedanken an die Organisation zu verschwenden, der er sein Leben gewidmet hatte. Buchstäblich. Genauso wenig wollte sie darüber nachdenken, dass Stas sich gerade aus falsch verstandener Solidarität auf der Veranstaltung befand.

Sie atmete den Duft von fruchtigen Aromen ein, als der Fremde ein Glas Wein unter ihrem Kinn schwenkte. Er blickte sie mit lächelnden Augen an und schien von ihrem inneren Aufruhr nichts zu bemerken.

»Danke«, brachte sie hervor und trank daraufhin einen ordentlichen Schluck. Dann erinnerte sie sich daran, dass sie gerade *ihren* Wein in *ihrem* Glas in *ihrer* Wohnung genoss. Sie schüttelte den Kopf und knallte das Glas auf die Anrichte. »Okay, Kumpel, für wen halten Sie sich eigentlich?«

»Jayson Masters«, erwiderte er, ohne zu zögern. »Und Sie?«

Sie blinzelte ihn verblüfft an. Dieser … dieser … Mann benahm sich völlig unmöglich. So etwas hatte sie noch nie erlebt. Er war ungehobelt, herablassend und aufdringlich und verursachte ihr gehörige Kopfschmerzen … und er bedachte sie mit dem charmantesten Lächeln, das sie je gesehen hatte.

Sie schüttelte noch einmal den Kopf. »Sie müssen jetzt gehen.«

»Warum?«, fragte er. »Haben Sie heute Abend schon etwas vor?«

»Nun, nein, aber …«

»Erwarten Sie Besuch?«

»Nein, aber das ist nicht …«

»Haben Sie schon gegessen?«

Sie runzelte die Stirn. »Nein, Sie sind einfach so hier hereinspaziert, als ich gerade meine Küche nach etwas Essbarem durchsucht habe.«

»Dann ist mein Timing perfekt. Das Abendessen sollte in etwa zwanzig Minuten hier sein«, sagte er, wobei er einen Blick auf die Uhr am Herd warf. »Ich hoffe, Sie mögen San Dinos. Ich habe nur Gutes gehört, doch ich hatte bisher noch nicht die Gelegenheit, dort zu essen.«

»Sie hatten noch nie eine Pizza von San Dinos?« Das Restaurant war eine der besten Pizzerien in ganz Manhattan. Alle liebten die Pizza nach New Yorker Art mit einer dünnen Kruste, Käse und milder Soße.

»Ich lebe erst seit sechs Wochen in der Stadt, Rotschopf, und arbeite die meiste Zeit über.« Er nippte an seinem Wein und murmelte: »Der ist gar nicht schlecht.«

»Er ist sogar hervorragend«, verbesserte sie ihn. »Und nennen Sie mich nicht immerzu Rotschopf. Der Name ist nicht gerade originell.«

»Sagen Sie mir doch, wie ich Sie sonst nennen soll, und ich werde es mir überlegen«, entgegnete er und rief ihr wieder ins Gedächtnis, dass sie sich im Grunde gar nicht kannten.

»Entschuldigen Sie bitte, aber warum sind Sie eigentlich hier?«

»Zum Abendessen«, antwortete er gedehnt. »Für gewöhnlich treffen sich zwei Menschen um diese Zeit, um gemeinsam einen Drink und etwas zu essen zu genießen.

Manchmal unterhalten sie sich sogar miteinander. Vielleicht haben Sie schon einmal davon gehört?«

»Natürlich habe ich schon davon gehört, aber warum essen *wir beide* gemeinsam zu Abend?« Sie wedelte mit der Hand zwischen ihnen in der Luft hin und her, als wollte sie damit eine Erklärung für das *wir* liefern.

»Sehen Sie es einfach als eine wohlwollende Geste, um mich bei Ihnen für den Lärm zu entschuldigen.« Er zwinkerte ihr zu und ging mit der Weinflasche und seinem Glas in Händen in Richtung Esszimmer. »Könnten Sie bitte zwei Teller und Servietten holen? Wir werden sie brauchen.«

Sie starrte ihm mit offenem Mund nach. Wie war aus ihrem ruhigen Abend ein Essen mit einem aufdringlichen Fremden geworden?

Ihr Handy auf der Anrichte gab wieder ein summendes Geräusch von sich.

Du kommst zu spät, Elizabeth. Du weißt doch, wie sehr ich Unpünktlichkeit hasse.

Lizzie schnaubte. Das war die Untertreibung des Jahres. Sie schnappte sich das Telefon und tippte eine Nachricht.

Mir ist etwas dazwischengekommen. Ich kann leider nicht kommen.

Dann schaltete sie das Gerät aus und warf es in den Brotkasten. Ihre Mutter würde während der nächsten Stunde ständig versuchen, sie zu erreichen, und danach würde sie eine SMS nach der anderen schicken. Lizzie würde sie morgen allesamt löschen.

Im Nebenzimmer wurde der Fernseher angeschaltet.

»Unglaublich«, murmelte sie und wollte gerade ins Wohnzimmer gehen, besann sich dann jedoch eines Besseren. Sie holte die Teller und Servietten, um die er gebeten hatte, schnappte sich ihr Weinglas und musste dann feststellen, dass er es sich auf ihrem Ledersofa gemütlich gemacht hatte.

»Liebstes Spielfilmgenre?«, wollte er wissen.

Sie stellte die Sachen auf dem Couchtisch vor ihm ab,

verschränkte die Arme vor der Brust und dachte daran, wieder ungeduldig mit dem Fuß auf den Boden zu tippen. »Offensichtlich gefällt es Ihnen, für mich zu wählen, warum suchen Sie dann nicht einen Film aus?«

Er blätterte auf die Seite mit den Filmen, die sie bereits gesehen hatte, und schüttelte missbilligend den Kopf. »Frauenfilme. Ich hätte es wissen sollen, wenn ich mir das viele Pink in Ihrer Wohnung so ansehe.«

»Romantische Komödien«, verbesserte sie ihn verärgert. Stas hatte ebenfalls einiges zu ihrer Inneneinrichtung zu sagen, doch Lizzie war der Meinung, dass es das moderne Apartment aufhellte, und niemand konnte sie vom Gegenteil überzeugen. »Und das Genre ist genau richtig«, fügte sie trotzig hinzu.

Er machte ein niedergeschlagenes Gesicht, das ihr fast ein Lächeln entlockt hätte. Aber nur fast.

»Hm.« Er blickte sie an und schien nachzudenken. »Also gut. Wir sehen uns eine ›romantische Komödie‹ an, aber nur, wenn Sie mir Ihren Namen verraten.«

»Ach, jetzt wollen Sie zu den Formalitäten übergehen? Nachdem Sie meine Wohnung in Besitz genommen haben?«

»Ich habe Sie vorhin bereits danach gefragt und mich selbst vorgestellt.« Bei den Worten zeigte er auf seine Brust. »Jayson, wissen Sie noch? Und Sie sind?« Er hatte ein Funkeln in den Augen, das zu dem verspielten Unterton in seiner Stimme passte und ihre Fassade ansatzweise zum Bröckeln brachte.

Er ist irgendwie niedlich.

Und sexy, verbesserte ihre hormongesteuerte innere Stimme. *Äußerst sexy.*

Und möglicherweise verrückt, mahnte ihr Verstand.

Man kann eben nicht alles haben.

Mit einem Kopfschütteln gab sie schließlich nach. »Lizzie.«

»Sehen Sie, das war doch gar nicht so schwer, nicht wahr?« Er begann, durch die Filmauswahl zu blättern, und fügte hinzu: »Die meisten Frauen würden es vorziehen, mir ihren Namen zu verraten, bevor sie halb nackt vor meiner Wohnung auftauchen, aber ich glaube, Ihre Methode gefällt mir besser.«

»Na, Sie müssen gerade reden«, fauchte sie, »schließlich waren Sie derjenige, der mir mit nacktem Oberkörper die Tür geöffnet hat.« *Ja, Liz, das war eine gekonnte Retourkutsche.*

Meine Güte. Lag es an ihr oder war die Temperatur in ihrer Wohnung gerade um zehn Grad angestiegen? Statt die Klimaanlage einzuschalten, was Ende September ohnehin nicht nötig sein sollte, durchquerte sie den Raum, um den Deckenventilator anzuknipsen.

»Das ist wahr, aber immerhin befand ich mich zu dem Zeitpunkt in meiner eigenen Wohnung.« Jayson wählte einen Spielfilm, bevor er fortfuhr: »Sie sind jedoch durch den Hausflur marschiert und haben für alle Nachbarn sichtbar Ihre Vorzüge zur Schau gestellt. Ich will mich allerdings nicht beschweren, denn Sie sind ganz offensichtlich wunderschön.«

Ihre Zunge war wie gelähmt. Wie sollte sie darauf nur antworten? Und dann nannte er sie auch noch »wunderschön«.

Um Himmels willen.

Ihre Figur war zwar nicht zu verachten und ihre Haut wies kaum Makel auf, doch sie war sicherlich keine außergewöhnliche Schönheit. Ihre Eltern erinnerten sie täglich daran. Sie sah ihnen ganz und gar nicht ähnlich, wofür sie sie ebenfalls verantwortlich machten.

Aus dem Fernseher ertönte ein ihr bekanntes Lied, als Jayson den Film startete. Aus ihrer gesamten Filmothek hatte er ausgerechnet ihre Lieblingskomödie ausgewählt.

Er tätschelte den Sitz neben sich und hielt sie davon ab,

weiter über diesen Zufall nachzudenken. »Kommen Sie her und entspannen Sie sich, Lizzie.«

Sie wollte ihn fragen, ob er sich nach dem Training geduscht hatte, doch die Bemerkung wäre viel zu kindisch.

Außerdem roch er nicht einmal schlecht. Er roch sogar ziemlich gut. Sie bemühte sich, die Tatsache zu ignorieren, dass er einen dezenten Zederndufttin ihrer Wohnung verströmte und dass sein dichtes braunes Haar selbst nach seinem Work-out perfekt saß.

Nein. Sie schob den Gedanken beiseite.

Mit einem Seufzen setzte sie sich auf ihren Platz, auf dem sie vorhin gesessen hatte, und zog die Beine unter ihren Körper.

»Nur damit Sie es wissen, ich esse nur mit Ihnen zu Abend, weil Sie eine Pizza in meinem Lieblingsrestaurant bestellt haben. Es wäre eine Sünde, etwas von San Dinos abzulehnen, und ich halte mich durchaus für eine gute New Yorkerin.«

Seine Lachfältchen traten hervor und verrieten ihr, dass er oft lächelte. »Wie Sie meinen, Lizzie.«

Sie nahm ihre Schülerarbeiten wieder auf und begann, sie durchzublättern. Sie konnte sich ebenso gut nützlich machen und einen Teil ihrer Arbeit erledigen. Zumindest wollte sie es versuchen.

Ich bin drin.

Jayson tippte die Worte in sein Handy und drückte auf Senden, während er vorgab, sich auf den Spielfilm zu konzentrieren. Er hatte gewartet, bis die Pizza eingetroffen war, bevor er sein Team über seine Fortschritte informierte. Für ihn war es nur rechtens, dass er zuerst ein wenig Zeit mit der Frau verbrachte, die er seit nunmehr sechs Wochen bewunderte, bevor er wieder aus ihrer Wohnung verschwinden musste.

Allerdings hatte Lizzie Watkins nicht viel gesagt, während sie vorgegeben hatte, sich auf ihre Arbeit zu konzentrieren und zu essen. Ihr Stück Pizza lag halb gegessen auf ihrem Teller, nachdem sie es zugunsten ihrer Arbeit dort abgelegt hatte, mit der sie jedoch nicht sonderlich voranzukommen schien.

Sie verzog den Mund, während sie wie gebannt auf ein Blatt Papier starrte, das sie vor zehn Minuten aus dem Stapel gezogen hatte. Jayson musste ein Lächeln unterdrücken.

Sie hatte ihn mit ihrer feurigen Antwort zuvor überrascht. Während all der Zeit, in der er Lizzie beobachtet hatte, hatte sie den Eindruck einer höflichen und liebreizenden jungen Frau gemacht, vor allem, da sie freiwillig in einem Jugendzentrum in der Bronx arbeitete. Sie war eine wohlhabende Frau mit einem Herz aus Gold, und Jaysons Respekt für sie wuchs von Tag zu Tag mehr.

Ihren Geschmack für Filme teilte er allerdings nicht.

Er hatte die langweilige Liebeskomödie nur gewählt, weil sie in seinen Aufzeichnungen unter ihren Lieblingsfilmen auftauchte. Aus diesem Grund hatte er sich auch für San Dinos entschieden. Die Pizza war zwar nicht schlecht, aber es war auch nicht die beste, die er je gegessen hatte. Dabei musste er natürlich zugeben, dass er in vielerlei Hinsicht mehr Erfahrung aufweisen konnte als die Frau, die neben ihm saß.

Mateos Antwort blinkte auf dem Bildschirm auf. *Hervorragend. Beginne in sechzig Sekunden.*

Jayson blickte auf die Uhr und begann zu zählen. Sobald eine Minute verstrichen war, legte er den Schalter an seiner Uhr um. Der Spaß konnte beginnen.

Er leerte sein Weinglas und stellte es auf dem Couchtisch ab, bevor er sich wieder zurücklehnte.

Als er sich freiwillig zu diesem Einsatz gemeldet hatte,

hatte er nicht geglaubt, dass er ihn genießen würde. Der Gedanke, auf ein verwöhntes, reiches Mädchen aufzupassen, war etwa genauso vergnüglich, wie einen Monat in einem ichorianischen Unterschlupf festzusitzen, doch Lizzie Watkins überraschte ihn immer wieder aufs Neue.

Während der letzten sechs Wochen hatte er viel über ihre Gewohnheiten, liebenswerten Eigenarten und ihre unverfälschte Unschuld in Erfahrung bringen können. Nachdem er jedoch auch nach wiederholten Versuchen nicht imstande gewesen war, Lizzies genetische Beschaffenheit zu entschlüsseln, war er vor zwei Tagen gebeten worden, in ihrem Leben in Erscheinung zu treten.

Sie war nicht menschlich, das wussten sie, weil die CRF wie besessen von ihr war. Sie schien jedoch weder eine Ichorianerin noch ein Sprössling zu sein und sie war auch keine Hydraianerin oder ein Seraph.

Was auch immer sie war, die CRF erachtete sie als ein wertvolles Wirtschaftsgut.

Und dies war der Grund für den heutigen Test.

Wie lange würden sie brauchen, um auf den Blockierungsmechanismus an Jaysons Handgelenk zu reagieren?

Lizzie Watkins' Apartment wurde ständig elektronisch überwacht, doch er hatte weder eine Ahnung, wie genau sie beobachtet wurde, noch wusste er, wer mit der Überwachung ihrer Person beauftragt war. Jayson nahm an, dass sie jetzt, da ihre Mitbewohnerin mit einem berüchtigten Ichorianer ausging, noch stärker beschattet wurde. Daher achteten sie auch darauf, nicht über relevante Einzelheiten in der Wohnung zu sprechen.

Dieses Experiment würde ihnen jedoch einige interessante Einblicke liefern.

»Wollen Sie das noch essen?«, fragte Jayson und zeigte mit einem Kopfnicken auf ihren Teller.

Lizzie blinzelte und sah mit ihren verführerischen braunen Augen zu ihm auf. »Ja. Ich bin nur gerade dabei, diese Hausaufgaben hier zu korrigieren.«

»Welche Klasse unterrichten Sie denn?« Er kannte die Antwort auf die Frage bereits, doch ihm gefiel ihre Stimme.

»Die erste«, murmelte sie.

»Tatsächlich? Gefällt Ihnen die Arbeit?« Kinder waren zwar nicht sein Ding, doch sie schien Gefallen an kleinen Menschenkindern zu finden. »Nun …« Sie biss sich wieder auf die Unterlippe. Es war eine sinnliche Geste, doch sie schien sich dessen nicht bewusst zu sein. »Bisher gefällt sie mir gut, aber ich arbeite erst seit drei Wochen dort. Vor ein paar Monaten habe ich meinen Magisterabschluss in Erziehungswissenschaften gemacht.« All das hatte er bereits über sie gelesen, doch die Information war um einiges interessanter, wenn er sie aus ihrem Mund hörte.

»Meinen Glückwunsch«, sagte er mit gedämpfter Stimme und meinte es ernst. Er wusste, wie hart sie arbeitete, obwohl ihr alles im Leben auf einem Silbertablett serviert wurde. Lizzie Watkins hatte ein gutes Herz und er wusste, dass es zerbrechen würde, wenn sie eines Tages die Wahrheit erfuhr. Glücklicherweise würde er nicht derjenige sein, der ihr die Nachricht überbrachte. Er war lediglich hier, um Informationen zu sammeln.

»Was machen Sie beruflich?«, wollte sie wissen. »Abgesehen davon, dass Sie einen Heidenlärm verursachen und in die Wohnung ihrer Nachbarin eindringen.«

Ihre Bemerkung brachte ihn zum Lächeln.

Jayson hatte beschlossen, dass er am besten mit Lizzie in Kontakt treten könnte, indem er sie dazu zwang, zu ihm zu kommen. Aus diesem Grund hatte er ein paar Gewichte durch die Wohnung geworfen, um ihre Aufmerksamkeit zu erregen. In seinen wildesten Träumen hätte er sich nicht ausgemalt, dass sie in diesem freizügigen Trägerhemd und Shorts vor seiner Tür stehen würde, doch er wollte sich auf keinen Fall beschweren. Die Frau hatte den Körper eines Unterwäschemodels und das Gesicht einer Göttin.

Es war nur schade, dass sie absolut tabu für ihn war, denn andernfalls hätte er sich gern näher mit ihr befasst.

»Ich beschäftige mich mit Akquisitionen«, antwortete er vage. Das war seine übliche Tarnung, wenn er sich auf einer Mission befand. »Es ist nicht besonders aufregend.« *Es sei denn, es ist ein sexy Rotschopf mit im Spiel.*

»Ich würde den Lehrberuf auch nicht gerade aufregend nennen, aber es ist eine lohnende Aufgabe«, murmelte Lizzie, als sie die Papiere beiseitelegte, um nach ihrem Teller zu greifen. »Danke für das Abendessen.« Selbst nachdem er wie ein Neandertaler in ihre Wohnung eingefallen war, dankte sie ihm. Diese Tatsache allein sagte so viel über sie aus.

»Gern geschehen«, entgegnete er aufrichtig.

Der Bildschirm auf seinem Handy leuchtete wieder auf. *Jackpot. Drei Sentinels sind auf dem Weg zu euch.*

Jayson steckte das Telefon zurück in seine Tasche und stand auf, wobei er die Arme über den Kopf streckte.

»Ich sollte jetzt wirklich gehen.« Der Film lief erst seit einer Stunde, doch er musste sich wieder an die Arbeit machen. »Wir sollten das wiederholen, Rotschopf. Ich verbringe gern Zeit mit Ihnen.«

Sie lachte. »Tatsächlich? Sie kennen mich doch gar nicht.«

Oh, wenn du nur wüsstest, Schätzchen. »Vielleicht würde ich Sie gern besser kennenlernen.«

Ihr Lächeln erstarb, während ihre Wangen rot anliefen. »Oh, äh … ich …«

Die meisten Frauen hätten eine solche Gelegenheit sofort ergriffen und sich nicht zweimal bitten lassen. Es faszinierte ihn, dass sie nicht darauf reagierte. Jayson wusste, dass er gut aussah und im Bett einiges zu bieten hatte. Außerdem hatte sie einen guten Blick auf seine Vorzüge werfen können.

So wie ich auf die ihren.

Er räusperte sich. »Wir sind Nachbarn, und Nachbarn unternehmen eben Dinge miteinander. Sie wissen schon, als Freunde.«

»Sie sind wirklich nicht aus der Stadt, nicht wahr?« Sie lächelte und schüttelte den Kopf. »Woher kommen Sie eigentlich?«

Er bückte sich, um seine Turnschuhe zuzubinden, bevor er antwortete: »Ich komme von hier und da.« Wenn man bedachte, dass er bereits seit über dreitausend Jahren auf der Erde wandelte, war es nicht gelogen. »Aber die Arbeit hat mich nach New York geführt.«

»Aha, ich verstehe.«

Er richtete sich wieder auf. »Dann essen wir also irgendwann wieder gemeinsam zu Abend? Als befreundete Nachbarn?«

»Warum nicht?« Sie zuckte mit den Schultern. »Vielleicht könnten Sie sich beim nächsten Mal vorher anmelden.«

Sein Handy vibrierte wieder. Eine letzte Warnung.

»Das wäre doch nur der halbe Spaß«, neckte er sie, als er zur Eingangstür ging. »Vergewissern Sie sich, dass Sie die Tür abschließen, Rotschopf. Man kann ja nie wissen, ob nicht ein anderer verrückter Nachbar mit einer Pizza hier einfallen könnte.« Er sprach die Worte im Scherz, doch er meinte es ernst. Vor allem, wenn es darum ging, dass sie ihre Wohnung verschließen sollte. Sie musste sich vorsehen, obwohl sie das noch nicht wissen konnte. Eines Tages würde sie es verstehen.

»Sehr witzig.« In ihren braunen Augen lag ein Anflug von Belustigung und ihm wurde warm ums Herz. Es war ein unbehagliches Gefühl gewesen, sie während der letzten Wochen dabei zu beobachten, wie sie trauerte. Nach außen hatte sie sich völlig unbeschwert gegeben, doch er hatte den Kummer in ihren Augen sehen können.

Wenn sie nur die Wahrheit wüsste.

»Wie dem auch sei, wir sehen uns sicher bald wieder, Rotschopf.« Statt ihr die Hand zu schütteln, salutierte er und ging zur Tür hinaus.

»Nicht, wenn Sie mich weiterhin Rotschopf nennen«, entgegnete sie.

Er zog die Augenbrauen in die Höhe. »Sie werden sich schon daran gewöhnen.«

»Das bezweifle ich.«

»Wir werden ja sehen, nicht wahr?« Denn er konnte einfach nicht aufhören, sie so zu nennen. Sie nahm vermutlich an, dass er mit dem Spitznamen lediglich auf die Farbe ihrer Haare anspielte, doch das tat er nicht. Als sie vor seiner Tür aufgetaucht war und bemerkt hatte, wie spärlich bekleidet sie gewesen war, waren ihre rosigen Wangen plötzlich hochrot angelaufen. Das Bild hatte sich in sein Gedächtnis eingebrannt und er würde es so schnell nicht wieder vergessen.

Jayson liebte Frauen jeden Typs, doch eine wunderschöne Rothaarige wirkte auf ihn wie Kryptonit auf Superman. Und Lizzie Watkins erfüllte alle Kriterien.

Er zwinkerte ihr zum Abschied zu und ging in Richtung Treppenhaus. »Schließen Sie die Tür ab, Lizzie«, ermahnte er sie und wusste, dass sie ihn dabei beobachten würde, wie er den Korridor hinunterging. »Gute Nacht.«

Sie murmelte noch etwas und schloss die Tür. Er hielt inne und wartete ab, bis sie den Riegel vorgeschoben hatte. Als er das Geräusch hörte, setzte er sich wieder in Bewegung und ging die Treppe hinunter statt hinauf zu seiner Wohnung. Er wollte beim Verlassen des Gebäudes gesehen werden, denn genau zur gleichen Zeit würde die elektronische Störung in ihrer Wohnung aufgehoben werden.

Jayson hatte die Gabe, sein physisches Erscheinungsbild zu verbergen, und er machte jetzt davon Gebrauch, als er die Empfangshalle durchschritt und an dem Sentinel vorbeiging, der auf ihn wartete.

Du tust wohl so, als wolltest du nur die Post holen. Auffälliger hättest du wohl nicht sein können? Die CRF musste ganz offensichtlich ihr Ausbildungsprogramm verbessern.

Zwei weitere Sentinels standen einige Meter entfernt draußen auf dem Bürgersteig und unterhielten sich wie zwei alte Freunde miteinander. Ihre offene und wachsame Haltung verriet ihm jedoch, dass sie ihm nur etwas vorspielten. Sie hätten zumindest eine Zigarette rauchen können oder so ähnlich.

Jayson verwandelte seine Gesichtszüge, als er lässig an ihnen vorbeischlenderte und die 79ste Straße nach etwas Verdächtigem absuchte. Er wollte unbedingt vermeiden, dass sich ein Ichorianer auf der Jagd zu ihnen gesellte.

Laut des Vertrags von 1747 durften Hydraianer New York nur auf eigenes Risiko betreten. Die Stadt war voller Ichorianer und beherbergte zudem die Zentrale der CRF, daher war seinesgleichen nicht sonderlich erpicht darauf, sich hier sehen zu lassen. Doch er konnte die Wahrnehmung anderer beeinflussen und sein physisches Erscheinungsbild aus ihrer Sicht verändern. Aus diesem Grund hatte Luc ihm diesen Auftrag zugewiesen. Die Sentinels konnten ihn zwar sehen und ihm folgen, doch wenn er sie erst einmal abgehängt hatte, würden sie sich auf unterschiedliche Weise an seine Gesichtszüge erinnern.

Und deshalb konnte er sich selbst in einer Stadt unters Volk mischen, in der es von seinen Feinden nur so wimmelte.

Er bog in die Columbus Avenue ein und spürte, dass ihm die beiden jungen Sentinels auf den Fersen waren. So sehr es ihm auch gefallen würde, sie zu töten, er musste sich zurückhalten. Die CRF sollte glauben, dass die Störung reiner Zufall war, und gegebenenfalls einen Techniker schicken, um die Verbindungen zu überprüfen. Sonst nichts. Jayson blieb neben dem Nationalmuseum für Naturkunde stehen. Er gab vor, seine Verfolger nicht zu bemerken, und begann, seine Oberschenkel zu dehnen. *Ich gehe nur eine Runde joggen, Jungs.*

Er warf einen Blick auf die Uhr.

Noch eine Stunde bis zu seinem Treffen mit Mateo und Tristan. Damit blieben ihm zwanzig Minuten, in denen er sich vergnügen konnte.

Dann wollen wir mal sehen, wie gut ihr beiden in Form seid.

Er ließ den Nacken und die Schultern rollen, sprang ein paarmal auf und ab und lief dann in einem leichten Dauerlauf in Richtung Central Park.

Los geht's. Das Spiel kann beginnen.

Kapitel Zwei

Verdammt gute Zeiten

Testobjekt ist überdurchschnittlich intelligent, wobei das Mitgefühl für die Menschheit über ein normales Maß hinausgeht.

Eintrag 114.1.4-7

Freunde.

Lizzie lehnte sich gegen die Tür und dachte über das Wort nach, während im Hintergrund der Film weiterlief.

Sie hatte mehrere Freunde, doch sie waren alle weiblich. Die meisten von ihnen bekam sie in letzter Zeit kaum noch zu Gesicht, wobei sie das allerdings ihrer eigenen Zurückgezogenheit zu verdanken hatte. Stas, Cam, Kristin und jetzt auch … Jayson?

Sie schüttelte den Kopf.

Es war ein seltsamer Abend gewesen. Die meisten ihrer Nachbarn waren freundlich zu ihr, doch keiner von ihnen war wie Jayson Masters. Die Nettigkeiten der anderen Bewohner im Haus gingen kaum über ein Winken oder ein Hallo hinaus.

»Wir sind Nachbarn, und Nachbarn unternehmen eben Dinge miteinander.« Lizzie musste kichern. »Er ist ganz ohne Zweifel nicht von hier.«

Sie setzte sich zurück auf die Couch und aß ihre Pizza. Während Jayson so dicht bei ihr gesessen hatte, hatte sie kaum einen Bissen heruntergebracht. Mit fortschreitender Stunde war ihr mehr und mehr aufgefallen, wie sehr er mit seiner Anwesenheit den ganzen Raum einzunehmen schien.

Er war als gut aussehende Nervensäge in ihre Wohnung gekommen und hatte sie als überaus attraktiver »Freund« wieder verlassen. Nun, die Bezeichnung war aus seinem Mund gekommen. »Er muss wirklich einsam sein«, sagte sie halb im Scherz. Lizzie fiel es leicht, neue Freunde zu finden, doch normalerweise waren unter ihnen keine attraktiven Männer. Bis auf Tom, doch der zählte nicht.

Bei dem unwillkommenen Gedanken verzog sie das Gesicht und ihre gute Laune wurde von einem Gefühl der Sehnsucht getrübt. Sie konnte nicht aufhören, an seinen Tod zu denken. Dazu kam noch, dass die verdammte CRF, für die er gearbeitet hatte, keine näheren Einzelheiten über sein Ableben preisgab.

Als sie ihren Vater um Informationen gebeten hatte, hatte er ihr nur mit einem traurigen Lächeln verraten, dass Tom als Held im Ausland gestorben war. Dabei hatte er weder den Ort noch die Art seines Todes erläutert und sie mit diesem einen bedeutungslosen Satz abgespeist. Auch Stas hatte ihr eine ähnliche Antwort gegeben und Lizzie damit außen vor gelassen. Offenbar war sie nicht berechtigt, mehr zu erfahren.

Sie leerte ihr Weinglas bis zum letzten Tropfen und schenkte sich nach. Sie trank einen weiteren großen Schluck und zuckte innerlich zusammen, als ein Klopfen an der Tür ertönte.

»Muss das sein?«, fragte sie sich lautstark, als ihr gerade Tränen in die Augen stiegen.

Das Klopfen wurde lauter.

Sie verlor langsam die Geduld. Sie hatte das Abendessen

mit Jayson zwar genossen, doch er konnte nicht einfach nach Belieben in ihre Privatsphäre eindringen.

Als er versuchte, den Türknauf zu drehen, geriet ihr Blut in Wallung.

Das ging zu weit.

Sie stapfte zur Tür und zog sie mit einem Ruck auf. »Jetzt hören Sie mir mal gut zu … Oh!« Sie räusperte sich. »Äh, hallo Charlie.«

»Miss Watkins«, erwiderte der Sentinel unterkühlt. »Es tut mir leid, dass ich einfach so hier eindringe, aber Ihr Vater hat mich gebeten, nach Ihnen zu sehen.«

Charlie arbeitete für die paramilitärische Einheit der CRF, die sich darauf spezialisiert hatte, weltweit Menschen aus heiklen Situationen zu befreien. Offensichtlich machte er sich nebenbei als Laufbursche für ihre Eltern verdient, daher kannte sie ihn einigermaßen gut.

»Sie wollen damit sagen, dass meine Mutter ihm befohlen hat, jemanden zu schicken.« Sie schüttelte den Kopf und ging in die Küche, um ihr Handy aus dem Brotkasten zu holen. Sie wusste, dass ihre Mutter weniger besorgt als wütend war. Der Sentinel vor ihrer Tür sollte ihr eine Warnung sein, dass sie mit ihrem Nichterscheinen bei der Gala zu weit gegangen war.

Sollte sie sich doch zur Hölle scheren.

Sie schaltete das Telefon ein und stieß ein Schnauben aus, als sie die unzähligen Nachrichten sah, die auf dem Bildschirm erschienen.

Lächerlich.

Sie hatte einen Babysitter geschickt, als wäre sie zehn statt vierundzwanzig Jahre alt.

Löschen, löschen, löschen.

Sie machte sich nicht die Mühe, auch nur eine einzelne der Nachrichten zu lesen. Auf die eine oder andere Weise drückten sie ohnehin alle dasselbe aus.

Du hast uns wirklich enttäuscht. Warum kannst du dich als Tochter nicht besser benehmen? Liegt es daran, dass dir das Kleid nicht passt, welches ich dir geschickt habe? Ich habe dir doch gesagt, dass du eine Diät machen sollst.

Bla, bla, bla.

Sie wandte sich um und ihr Blick fiel auf Charlie, der in der Küchentür stand und ihr den Weg zum Esszimmer versperrte. Es bereitete ihr ein unbehagliches Gefühl, dass er sich mit einer derartigen Selbstverständlichkeit durch ihre Wohnung bewegte. Jayson hatte sie zwar verärgert, als er sie so unverfroren überrumpelt hatte, doch der Sentinel verströmte eine anmaßende Aura, die einen bitteren Geschmack in ihrem Mund hinterließ.

»Ist alles in Ordnung, Madam?«, fragte er in professionellem Tonfall.

Die anderen Sentinels sprachen sie ebenfalls auf diese Weise an.

Außer Tom. Er hatte sie immer brüderlich geneckt, was darauf zurückzuführen war, dass sie gemeinsam aufgewachsen waren.

Sie vermutete, dass ihr Vater all die anderen dazu angehalten hatte, sie auf formelle Art anzusprechen. Vielleicht war der Befehl auch von Toms Vater gekommen, der ihr Vorgesetzter und Leiter der CRF war. Er war mit ihrem Vater befreundet, was auch der Grund dafür war, dass er sie wie eine Tochter behandelte.

»Es geht mir gut«, antwortete sie. »Danke, dass Sie vorbeigeschaut haben.« Sie hätte ihn am liebsten angeschrien, doch ihr jahrelanges Benimmtraining hielt sie davon ab. Schließlich war es nicht seine Schuld, dass ihre Eltern ihn geschickt hatten.

Sie brachte ihn zur Eingangstür, die er zuvor abgeschlossen hatte, doch er hielt inne, als sein Blick auf die Pizzakartons und den Wein auf dem Couchtisch fiel.

»Haben Sie Besuch, Madam?«

»Ich verabscheue es, wenn Sie mich so nennen«, murrte sie. »Dadurch fühle ich mich alt.«

Er lächelte nicht, noch zeigte er sonst irgendeine Regung, während er sie nur weiter anstarrte und auf eine Antwort wartete. Sein professionelles Gehabe wirkte kalt und steril. Wahrscheinlich könnte sie splitternackt vor ihm stehen und er würde sie trotzdem auf dieselbe Art behandeln.

»Ein Freund hat mich besucht, aber er ist vor Kurzem gegangen«, sagte sie schließlich. »Wollen Sie den Rest Pizza mitnehmen?« Jayson hatte zwei Pizzen bestellt, von denen er eine im Alleingang verspeist hatte. Von der zweiten waren immer noch sieben Stücke übrig.

»Nein danke, Madam. Wie lautet der Name Ihres Freundes?«

Sie blinzelte. »Ist das wichtig?«

»Ich versuche nur, Mr. Watkins einen vollständigen Bericht abzuliefern.«

Natürlich. Ihr Vater scherte sich sicher nicht die Bohne darum. Diese Aktion trug einzig und allein die Handschrift ihrer Mutter.

»Nun, Sie können meinem Vater ausrichten, dass er mich selbst anrufen kann, wenn er den Namen meines Freundes erfahren will.« Mit diesen Worten öffnete sie die Tür und warf Charlie ein süßliches Lächeln zu. »Da Sie offenbar keinen Hunger haben, wollen Sie sich jetzt bestimmt wieder auf den Weg machen.«

Der Sentinel ließ den Blick unsicher durch die Wohnung schweifen. »Ist Ihr Freund noch hier in der Wohnung?«

»Können Sie ihn denn sehen?«, entgegnete sie verärgert.

»Nein.« Er tippte sich zum Abschied an den Kopf und verließ das Apartment. »Entschuldigen Sie bitte die Störung, Madam.«

»Keine Ursache, *Sir*«, erwiderte sie, als sie die Tür hinter ihm verschloss.

Sicher würde er ihrer Mutter jetzt etwas von ihren schlechten Manieren vorjammern. Für ihre Eltern wäre es nur ein weiterer Punkt auf der langen Liste ihrer Verfehlungen.

Genauso wie die SMS, die sie ihrer Mutter jetzt schicken würde.

Du kannst deine Speichellecker wieder zurückpfeifen, Mutter, tippte sie. *Mir geht es gut.*

Die Antwort ließ fünf Minuten auf sich warten, was Lizzie verriet, dass Charlie ihren Eltern bereits Bericht erstattet hatte.

Wer ist der Freund, der dich besucht hat?

Natürlich wollte ihre Mutter mehr darüber wissen. *Du kennst ihn nicht.*

Ganz offensichtlich will ich ihn auch nicht kennenlernen, wenn er das Bedürfnis hat, dich mit Pizza zu füttern. Dies ist keine Lösung dafür, dass du das Kleid nicht tragen konntest, Elizabeth. Ich werde nächste Woche einen Termin bei Dr. Schwartz für dich vereinbaren.

Der Ernährungsberater. Großartig.

Gute Nacht, Mutter.

Lizzie warf das Handy auf den Tisch, schnappte sich ein Kissen von der Couch und stieß einen Schrei aus. Sie hatte sich gar nicht die Mühe gemacht, das Kleid in Größe vierunddreißig anzuprobieren, denn sie wusste, dass ihre Brüste zu groß dafür waren.

Lizzie hatte Kleidergröße sechsunddreißig. Zum Verdruss ihrer gertenschlanken Mutter hatte sie schon in der Schule diese Größe getragen. Auch der Ballettunterricht und ein strikter Ernährungsplan während der vergangenen zehn Jahre hatten der Entwicklung ihrer weiblichen Kurven keinen Einhalt gebieten können. Die letzten fünf Jahre über hatte sie im Grunde gegessen, was ihr Herz begehrte, doch das hatte ihrer Figur ebenso wenig anhaben können.

»Guten Appetit.« Die Worte waren an ihre Mutter gerichtet, als sie sich ein weiteres Stück Pizza einverleibte und es mit einem großen Schluck Wein hinunterspülte.

So viel zu ihrem produktiven Abend.

~

FÜNFZEHN MINUTEN.

Genauso lange hatten die Sentinels mit Jayson Schritt halten können, bis er sie im Park abgehängt hatte. Danach war er weitere dreißig Minuten lang im Kreis gelaufen, bevor er in der Nähe des Pierres den Park verlassen hatte. Das Hotel war während des vergangenen Jahrhunderts zu einem ihrer bevorzugten Treffpunkte geworden.

Jayson nickte dem Portier am Eingang auf der Fifth Avenue zu, bevor er die Treppe zur Empfangshalle im ersten Stock hinaufeilte. Er durchquerte den eleganten Aufenthaltsbereich und fand Tristan, der bei den Fahrstühlen mit einer Angestellten des Hotels plauderte.

Ständig am Flirten, dachte Jayson mit einem Grinsen.

»Ah, da ist ja mein Freund«, sagte der Ichorianer mit gedämpfter Stimme und zwinkerte der Blondine neben ihm zu. »Ich danke Ihnen für Ihre Gesellschaft, meine Liebe. Vielleicht können wir unsere Unterhaltung ein andermal fortsetzen.«

Die Blondine schenkte ihm ein affektiertes Lächeln, was nicht ungewöhnlich war. Mit seinem irischen Akzent, verführerischen Charme und der wohlhabenden Ausstrahlung verkörperte er den Traum einer jeden Frau. Dazu kamen noch sein einigermaßen gutes Aussehen, athletischer Körperbau und die Grübchen, die hervortraten, wenn er lächelte. Seine Eroberungen wussten jedoch nichts von der tödlichen Gefahr, die hinter seinen dunkelgrünen Augen lauerte.

Vielleicht ahnten sie auch etwas und wollten sich der Herausforderung stellen, das Raubtier in ihm zu bändigen.

Sie kam nicht mehr dazu zu antworten, da der Fahrstuhl gerade eintraf. Jayson nickte der Frau zu, während Tristan einen Kuss auf ihr Handgelenk presste. Die Geste war durchaus beabsichtigt, denn auf diese Weise konnte er ihren Pulsschlag überprüfen.

»Hast du etwa Hunger?«, scherzte Jayson, als die Türen sich schlossen.

»Ich bin am Verhungern«, erwiderte Tristan, »aber ich werde mich später noch dem Essen widmen können.«

»Nun, sie scheint durchaus gewillt zu sein.«

»Das sind die meisten Frauen«, antwortete der Ichorianer, als sich die Türen im siebzehnten Stock öffneten. »Wie war dein Lauf?«

Jayson zuckte mit den Schultern. »Ereignislos.«

»Schade.« Ichorianer liebten Blutvergießen und Tristan blühte förmlich auf, wenn es um ihn herum gewalttätig wurde. Trotz seiner grausamen Vorlieben und Zugehörigkeit zur ichorianischen Rasse vertraute Jayson dem Mann, denn sie waren durch uralte Familienbande miteinander verbunden.

Allerdings bedeutete das nicht, dass er dem sadistischen Blutsauger immer freundlich gesinnt war.

Mateo öffnete die Tür, bevor sie anklopfen konnten, und bat sie herein. Luc und Balthazar standen am Fenster und starrten auf die Stadt hinaus, während Jacque es sich auf dem Bett bequem gemacht hatte und durch die Fernsehkanäle zappte.

Jayson schenkte seinen besten Freunden ein Lächeln, denn er war froh, sie zu sehen, nachdem er sechs Wochen lang mutterseelenallein über Lizzies Apartment gewohnt hatte. Für gewöhnlich unterhielten sie sich nur am Telefon, um ihre Strategie zu besprechen, denn ein persönliches Treffen barg ein viel zu hohes Risiko, das sie heute Abend jedoch ignorierten.

»Du solltest dich flachlegen lassen«, sagte Balthazar zur Begrüßung. Typisch. Der Mann war bekannt für seine sexuellen Eskapaden und hatte vermutlich Mitleid mit Jayson, der sich vorübergehend in Enthaltsamkeit übte. Doch er musste sich konzentrieren und konnte keinerlei Ablenkung gebrauchen, was Frauen mit einschloss.

»Im Moment wäre ich gern wieder in Brasilien«, gestand Jayson.

Balthazar nickte feierlich. »Ich plane bereits die Party zu deiner Rückkehr.«

»Hervorragend.« Jayson wandte sich an Luc und verschränkte die Arme vor der Brust. »*Du* solltest wirklich nicht hier sein.«

Als ihr Anführer und König der hydraianischen Rasse war es für ihn umso gefährlicher, sich in New York aufzuhalten. Die Ichorianer hätten nur zu gern einen Grund, Luc zu töten, doch diesen würde er ihnen natürlich nicht geben. Dennoch setzte er mit seiner Anwesenheit mehrere Leben aufs Spiel, allen voran Mateos und Tristans.

Ichorianer folgten strengen Regeln, falls sich einer von ihnen mit einem Hydraianer verbrüderte. Allein durch ihre Anwesenheit in diesem Hotelzimmer würden Mateo und Tristan zum Tode verurteilt werden, doch das schien sie nicht im Geringsten zu beunruhigen.

Sie hatten die Regeln über Jahrhunderte hinweg umgangen und hatten sich im Verborgenen getroffen. Bisher waren sie unentdeckt geblieben, was zur Folge hatte, dass sich ihr Selbstvertrauen gestärkt hatte. Es ging jedoch das Gerücht um, dass das Konklave, welches die Regierung der Ichorianer darstellte, mittlerweile einen prüfenden Blick auf seine Anhänger hatte.

Was Jayson allerdings noch mehr beunruhigte, waren die Gerüchte, dass einige Unsterbliche offenbar nach Wegen suchten, um die zerbrechlichen Machtverhältnisse zwischen Ichorianern und Hydraianern aus dem Gleichgewicht zu bringen. Mit der Ermordung Lucs hätten sie einen perfekten Nährboden geschaffen, um Chaos zu verbreiten und einen Krieg anzuzetteln. Und alle in diesem Raum wollten genau das vermeiden.

»Das nächste Mal sollte Jacque mich abholen, damit wir uns an einem sicheren Ort treffen können«, fuhr Jayson fort. »Um unser aller willen.«

»Einhundert Dollar«, sagte Jacque prahlerisch vom Bett aus und blickte Mateo mit silbrigen Augen an.

»Ich habe deine Wette nicht angenommen«, erwiderte der blonde Ichorianer ausdruckslos. »Ich schulde dir überhaupt nichts.«

»Jacque hatte schon vermutet, dass du diese Forderung äußern würdest«, erklärte Luc. »Aber im Moment bin ich keiner Gefahr ausgesetzt.« Der starrköpfige Hüne verschränkte seine starken Arme vor der Brust und kniff seine smaragdgrünen Augen zusammen. »Ich bin hier, um dich daran zu erinnern, dass du zwar einen Kontakt zu der Frau hergestellt hast, sie aber trotzdem nicht vögeln kannst.«

»Ist das dein Ernst?« Jayson war fast beleidigt. Er wandte sich an den vernünftigeren der beiden Männer. »Es ist fast so, als würde er mir nicht vertrauen, B.«

Balthazar zuckte nur mit den Schultern. »Ich habe ihm gesagt, dass der Erlass lächerlich ist, aber du weißt ja, wie unflexibel er sein kann.«

»Das ist wahr. Vielleicht ist er derjenige, der sich flachlegen lassen sollte«, schlug Jayson vor.

»Da hast du wohl recht«, stimmte sein Freund zu. »Möglicherweise von einem dunkelhaarigen Sprössling.«

Jayson zog überrascht die Augenbrauen in die Höhe.

Eliza?, fragte er im Geiste, wobei er wusste, dass sein Freund seine Gedanken lesen konnte.

Balthazar nickte zur Bestätigung.

Interessant. Bisher hatte Jayson lediglich hitzige Streitereien zwischen Luc und Eliza beobachten können, während derer sie seine Autorität infrage gestellt hatte.

Sie waren alle von ihrem Temperament überrascht gewesen, vor allem da sie einer Horde sadistischer Ichorianer in die Hände gefallen war und erst kürzlich unschöne Erfahrungen bei einem Konklave hatte machen müssen. Dennoch schien die Frau einen unerschütterlichen Überlebenswillen zu besitzen. Nachdem sie einige Wochen in Hydria verbracht und begonnen hatte, sich wieder sicher zu fühlen, war ihre Persönlichkeit langsam zum Vorschein gekommen. Teilweise hatte sie das Balthazar zu verdanken, denn er konnte Emotionen kontrollieren und hatte ihr mit seiner Gabe bei ihrem Heilungsprozess zur Seite gestanden. Hauptsächlich war ihre Genesung jedoch auf ihre ureigene Stärke zurückzuführen.

Schade, dass ich das Schauspiel verpasse, gestand Jayson.

»Ja, es wird wirklich einiges geboten«, antwortete Balthazar mit einem Grinsen. »Ich werde dich auf dem Laufenden halten.«

Das wäre nett.

»Könntet ihr beide euch jetzt zusammenreißen?«, bat Luc, während seine smaragdgrünen Augen verärgert aufblitzten. »Und ich habe euch bereits gesagt, dass es dazu nicht kommen wird. Eliza ist noch ein Kind.« Er wandte sich dem blonden Ichorianer in der Ecke zu. »Was hast du als Nächstes vor?«

Womit wir wieder beim Wesentlichen wären.

Mateo blickte von seinem Handy auf. »Ich will das Überwachungssystem überprüfen, das wir vor sechs Wochen in ihrer Wohnung installiert haben. Ich weiß, dass die CRF es noch nicht entdeckt hat, aber es kann nicht schaden, wenn ich alles auf den neuesten Stand bringe. Außerdem würde ich vorschlagen, dass ihr die Gelegenheit nutzt, um nach einem Anhaltspunkt zu suchen, der uns etwas mehr über das Serum verraten könnte.«

Ah, der Grund für dieses ganze Spielchen. Es wäre so viel leichter, Lizzie nach Hydria zu befördern und ihr die Wahrheit zu sagen, doch die Ältesten der Hydraianer, zu denen Jayson gehörte, hatten dafür gestimmt, ihr diese Informationen vorzuenthalten, während sie sich zunächst ein besseres Bild machten.

Tom war der Sohn des Firmenchefs der CRF und hatte sich ihnen erst kürzlich angeschlossen. Er verfügte über eine Vielzahl von hilfreichen Informationen, die unter anderem Lizzie betrafen. Offenbar benötigte sie zum Überleben eine Art von Medikament, dessen Beschaffenheit sie jedoch nicht kannten. Darüber hinaus hatten sie bisher nicht herausfinden können, wie die CRF es ihr verabreichte. Aus diesem Grund hielt Jayson sich in New York auf.

Er beobachtete sie bereits seit sechs Wochen, doch bisher hatte er keinen Erfolg gehabt. Auch ihre Kontaktperson im Inneren der Firma hatte nichts Nützliches finden können. Luc hatte daher beschlossen, die Dinge voranzutreiben, denn ihnen lief langsam die Zeit davon. Sie brauchten Antworten, und zwar schnell, bevor sie sich darüber klar werden konnten, wie sie als Nächstes mit Miss Watkins verfahren sollten.

»Wann?«, drängte Luc, wobei er immer noch den blonden Ichorianer fixierte.

»Issac hat den kommenden Dienstag vorgeschlagen«, antwortete Mateo. »Stas macht an dem Tag mit Stark und Jonathan Überstunden.«

»Hervorragend.« Luc wandte sich Jayson zu.

»Du musst Elizabeth ablenken, während Stas dafür sorgen wird, dass die CRF nichts mitbekommt.«

»Oh, ich werde sie zur Genüge beschäftigen.« *Und ich werde jede Minute genießen.* »Aber du kannst ihre Wohnung nicht durchsuchen, Luc. Das sollte ein anderer für dich übernehmen.« Luc war zwar ihr Anführer und König, doch in diesem Punkt ließ Jayson sich nicht beirren. »Es ist viel zu gefährlich für dich.«

In einem seltenen Moment der Ernsthaftigkeit sagte Balthazar: »Dem stimme ich zu. Wir können Grace und Ash zusammen mit Jacque schicken.« Er sah Luc an und hielt seinem Blick stand, während sie schweigend miteinander diskutierten. »Alik kann sie ebenfalls begleiten.« Darauf folgte Stille. Dann ein Nicken. »Sie wird einverstanden sein, das weißt du genau.«

Jayson wusste, worum es bei den letzten Worten ging, und konnte der Unterhaltung folgen. »Grace ist so weit«, sagte er. »Wenn ihr das Gegenteil behauptet, würdigt ihr damit ihre Ausbildung herab.« Und das würde er persönlich nehmen, schließlich war er derjenige, der für ihr Training verantwortlich war.

Luc warf ihm einen funkelnden Blick zu und kniff die Augen zusammen. »Ich weigere mich, das Leben einer so jungen Hydraianerin aufs Spiel zu setzen.«

»Sie ist neunhundert Jahre alt und damit wohl kaum jung, Luc.« Jayson schüttelte den Kopf. »Du kannst nicht alles allein erledigen und ich bin mir sicher, dass sie die Situation im Griff haben wird. Außerdem kann sie die Geschichte von Gegenständen lesen und wird uns mit dieser Fähigkeit durchaus von Nutzen sein.«

Balthazar fuhr sich mit den Fingern durch sein dunkles Haar und schüttelte den Kopf, als er Lucs Gedanken hörte. »Ich werde mit ihm reden, Jay. Doch jetzt sollten wir uns wieder auf den Weg machen.«

Luc kam wieder zum Wesentlichen zurück. »Gibt es sonst noch etwas zu berichten?«

Er ist immer so ernst.

»Er sollte sich wirklich etwas mehr entspannen«, stimmte Balthazar zu. Der Gedankenleser gewährte niemandem je seine Privatsphäre, was Jayson früher immer verärgert hatte. Doch er kannte den Mistkerl nun schon seit dreitausend Jahren und hatte sich daran gewöhnt. Außerdem machte ihn seine Fähigkeit, Gedanken zu lesen, zu einem hervorragenden Verbündeten, wenn es darum ging, Frauen aufzureißen. »Ich liebe dich auch, Jay.«

Jayson bedachte seinen Freund mit einem Grinsen, bevor er sich wieder an Lucs Frage erinnerte. »Nein, im Moment fällt mir nichts weiter ein.«

Luc nickte, als hätte er diese Antwort erwartet. »Ich wünschte, wir könnten noch etwas bleiben, Jay, aber …«

»Du hättest überhaupt nicht kommen dürfen«, beendete Jayson an seiner statt den Satz. »Und jetzt macht euch auf den Weg, bevor die Blutsauger euch finden.«

»Ich fasse das als Beleidigung auf«, murmelte Tristan, der zum ersten Mal etwas sagte, seitdem er den Raum betreten hatte.

»Und das ausgerechnet aus dem Mund des Mannes, der über seinen Leckerbissen in der Empfangshalle nachdenkt«, bemerkte Balthazar belustigt. »Sie scheint köstlich zu sein.«

»Oh, daran habe ich keinen Zweifel«, erwiderte Tristan mit einem Grinsen. »Heißt das, dass ich jetzt gehen und meinen Abend genießen kann?«

Mateo verdrehte die Augen. »Sicher. Ich werde Issac an deiner Stelle Bericht erstatten.«

»Großartig. Ich bringe Jayson noch nach unten, bevor ich meinen Snack verführe.«

»Wie galant«, scherzte Jayson, während er Balthazar und Luc zunickte. »Geht nach Hause.«

Sie erwiderten sein Nicken, als Jacque vom Bett aufsprang. »Der Teleporter steht zu euren Diensten.« Er verbeugte sich zum Scherz und streckte ihnen dann eine Hand entgegen. »Es hat mich gefreut, dich zu sehen, Jay.«

»Ebenso«, erwiderte er, als die drei Männer sich in Luft auflösten.

Bis bald, meine Freunde.

Er wurde von einem Anflug von Neid ergriffen.

Er vermisste weniger sein Haus als vielmehr seine Freunde.

Obendrein sehnte er sich nach seinem eigenen Bett. Und nach seinem Schwimmbecken. Und dem Essen.

Er seufzte. Je eher er diesen Fall lösen konnte, desto besser.

Jayson wandte sich den Ichorianern zu. Tristan stand mit gelangweiltem Gesichtsausdruck da und war bereit zum Aufbruch, während Mateo sich auf sein Handy konzentrierte.

»Wir sind bereit für Dienstag«, sagte Mateo, als er etwas in sein Telefon tippte. »Issac will, dass du Lizzie um achtzehn Uhr abholst.«

»Alles klar«, antwortete Jayson. »Wollen wir?«

»Gern.« Tristan zupfte sein perfekt sitzendes Jackett und seine Krawatte zurecht und ging voraus.

Als sie in der Empfangshalle ankamen, nickten sie einander zu und Jayson überließ den Ichorianer seinem Abend der sinnlichen Freuden.

Jayson ging den Großteil des Weges zu Fuß und blieb wachsam, als er durch den Park schritt. Er war fast enttäuscht, als er feststellen musste, dass auf der 79sten Straße keine Sentinels auf ihn warteten.

Dann kann ich ja wieder früh ins Bett gehen.

Er nickte dem Nachtportier zu und fragte sich kurz, wie der Sentinel zuvor an ihm vorbeigekommen war. Wahrscheinlich hatte er ihm seinen Ausweis gezeigt, vielleicht stand er auch auf einer Art Gästeliste. Er würde das später überprüfen.

Er nahm die Treppe bis zu seiner Wohnung im dritten Stock und hielt inne, als er an der Tür ankam.

Eine Veränderung in der Luft warnte ihn für den Bruchteil einer Sekunde vor, bevor jemand eine Kugel abfeuerte.

Aus seiner Wohnung.

In Richtung seines Kopfes.

Jaysons Verbundenheit mit Metall kam zum Tragen, als er in die Hocke ging.

»Scheiße«, stieß er mit gedämpfter Stimme hervor, als er den darauffolgenden Kugeln zu spät gewahr wurde. Sie landeten mit dumpfen Schlägen in der Tür und vergruben sich im Holz. »Verdammt noch mal.«

Er konnte sich sicher sein, dass sie nicht von der CRF kamen, denn diese Biester hätten eine Explosion zur Folge gehabt. Die Feuerkugeln waren die bisher tödlichste Erfindung der Organisation, und Jayson hasste sie.

Doch das bedeutete, dass sich kein Sentinel in seiner Wohnung befand.

Wer auch immer es war, der Scheißkerl konnte zielen.

Jayson machte die Quelle der Schüsse aus und verbog die Pistole mit Geisteskraft, als er die Tür aufstieß und ins Wohnzimmer stürmte. Er zog zwei Messer unter dem Tisch hervor und warf sie in Richtung des Schützen.

Doch das Arschloch fing sie mit einer Hand auf und hielt inne, um die Handwerkskunst zu bewundern. »Wirklich schön«, murmelte der Ichorianer. »Ich werde sie behalten, da du gerade meine Lieblingspistole zerstört hast.«

»Vielleicht hättest du damit nicht auf mich schießen sollen«, knurrte Jayson.

Der ungeladene Gast baute sich zu seiner vollen Größe auf. »Ich musste mich doch vergewissern, dass du immer noch ein würdiger Gegner bist, und ich stelle fest, dass sich an deinem Geschick nichts geändert hat, Jedrick.«

Meine Güte, dieser Name. Seit über einem Jahrtausend

hatte ihn niemand so genannt. »Ich heiße jetzt Jayson oder Jay.«

Der schwarzhaarige Unsterbliche schloss die Eingangstür, bevor er sich dagegen lehnte und seine schlanken Arme vor der Brust verschränkte. »Tatsächlich? Warum?«

»Änderst du denn nie deinen Namen, Ezekiel?«

Er lachte. »Im Moment heiße ich Kiel.«

»Kiel«, wiederholte Jayson. »So wie *Killer*?«

»Es ist doch ein brillantes Wortspiel, findest du nicht auch? Allerdings kann ich von Jayson nicht gerade dasselbe behaupten. Der Name ist etwas langweilig, wenn du mich fragst.«

»Ich habe dich aber nicht gefragt«, sagte Jayson, als er aufstand und sich die Hände an seinen Shorts abstreifte. »Außerdem habe ich Zeke vorgezogen«, gab er zu und bezog sich damit auf einen alten Kosenamen des Ichorianers. Kiel passte jedoch ebenso gut zu dem Nizari-Attentäter. »Was hast du hier zu suchen?«

»Aha, diese Frage ist doch viel interessanter.« Ezekiel zog seine Lederjacke aus und hängte sie an die Tür. Der Rest seiner Kleidung war ebenfalls schwarz, was zu der Berufswahl des Unsterblichen passte. Er war einer der berüchtigtesten Attentäter, die Jagd auf Sprösslinge machten, und obendrein ein Rivale von Jayson. Trotz allem verband die beiden eine merkwürdige Art der Kameradschaft, denn zwischen ihnen bestand ein stillschweigendes Abkommen. Sollte einer von beiden den Tod finden, dann nur durch die Hand des anderen.

»Du weißt, dass ich mich auf vielerlei Arten vergnüge«, fuhr der Unsterbliche fort. »Zum Beispiel stelle ich gern Sentinels einfach so zum Spaß nach. Heute Abend bin ich drei von ihnen hierher gefolgt. Du kannst dir vorstellen, wie überrascht ich war, als ich kurz darauf gespürt habe, wie du, ein Ältester der Hydraianer, das Gebäude verlassen hast.« Der

Ichorianer legte den Kopf schief. »Wenn ich mich an die Blutgesetze halten würde, müsste ich dich auf der Stelle töten, doch das würde keinen Spaß machen. Ich würde viel lieber wissen, was dich an der verführerischen Rothaarigen ein Stockwerk tiefer derart fasziniert, dass du gewillt bist, dein Leben aufs Spiel zu setzen.«

Jayson gefror das Blut in den Adern. Es schockierte ihn weniger, dass Ezekiel über Lizzie Bescheid wusste, sondern vielmehr, dass ihre Wohnung seine Aufmerksamkeit erregt hatte. Dort wohnte ein Sprössling.

Stas.

In dem Moment, in dem ein Ichorianer von Stas' Existenz – und vor allem von ihren Fähigkeiten – erfuhr, würde sie sofort zur Zielscheibe der gesamten Welt der Unsterblichen werden. Sie war sich dessen bewusst und weigerte sich dennoch, sich damit auseinanderzusetzen, was auch der Grund dafür war, warum sie weiter für die CRF arbeiten wollte, um mehr über Lizzie herauszufinden.

Jayson hätte ihren Mut bewundert, wäre er nicht der Meinung gewesen, dass es reiner Selbstmord war.

»Nun …« Ezekiel machte es sich auf einem der überdimensionalen Sessel bequem und verschränkte die Beine auf eine elegante Art und Weise, die seine Worte Lügen strafte, »ich weiß bereits, in welchem Verhältnis Elizabeth zu George Watkins steht und dass ihre faszinierende Mitbewohnerin ein Sentinel ist, die eine romantische Beziehung zu Issac unterhält. Aber warum sind die Hydraianer derart interessiert an ihr?«

Wenn du über die Bewohner Bescheid weißt, dann bezweifle ich, dass du den Sentinels nur zum Vergnügen gefolgt bist, dachte Jayson. *Danke für die Auskunft.* Der Attentäter hatte ihm die Information aus einem bestimmten Grund zugespielt. Ezekiel tat nie etwas, ohne in Gedanken fünf Schritte voraus zu sein.

Weiß er über Stas Bescheid?

Jayson verschränkte die Arme, schob eine Hüfte vor und lehnte sich gegen den Esstisch, um gelangweilt zu wirken. Innerlich war er jedoch angespannt. »Ich bin mir sicher, dass du dir bereits eine Theorie zurechtgelegt hast, Zeke.« *Erzähl mir mehr.*

»Oh, ich habe sogar mehrere.« Ezekiel bedachte ihn mit einem tödlichen Lächeln. »Elizabeth Watkins sieht ihren Eltern kein bisschen ähnlich. Ich bin mir sicher, dass du das ebenfalls bemerkt hast. Oh, natürlich ist es dir aufgefallen. Sie ist wunderschön, nicht wahr?«

»Komm zur Sache.« *Bevor ich dir einen Kinnhaken verpasse.*

»Mach dir keine Sorgen, mein Freund, sie ist nicht mein Typ«, sagte Ezekiel mit geschmeidiger Stimme. »Aber ich kann sehen, dass du Gefallen an ihr gefunden hast.«

Jayson reagierte zwar nicht, doch innerlich brodelte er. Er wurde plötzlich von einem Beschützerinstinkt gepackt, den er schon seit langer, langer Zeit nicht mehr verspürt hatte. Er gähnte übertrieben, um sich nicht anmerken zu lassen, wie gern er dem Ichorianer ein Messer an den Kopf geworfen hätte. »Tut mir leid, das alles langweilt mich. Was willst du, Zeke?«

Der Attentäter lächelte. »Bisher noch nichts. Ich bin viel zu neugierig.« Die Worte klangen unheilvoll, vor allem, da sie aus Ezekiels Mund kamen.

Er war die berüchtigte rechte Hand von Osiris, der der Leiter des Konklaves und Anführer der ichorianischen Rasse war. Allerdings war Ezekiel während des letzten Jahrhunderts von der Bildfläche verschwunden.

»Ich dachte, du wärst tot«, bemerkte Jayson. »Wo zum Teufel warst du?«

»Oh, hier und da«, erwiderte er wie beiläufig, wobei er eine abwinkende Handbewegung machte. »Ich habe mir die Welt angesehen und mich herumgetrieben.«

»Sicher.« Jayson glaubte ihm die Geschichte genauso sehr,

wie er davon überzeugt war, dass Ezekiel ein Herz hatte. »Dann wolltest du also nur mal vorbeischauen und über alte Zeiten plaudern.« *Indem du versuchst, mich zu erschießen.*

»Natürlich.« Ezekiel stand auf und strich sein Hemd glatt. »Außerdem brauchte ich eine Bestätigung.«

»Wofür?«

»Für deine Gefühle, was das Mädchen einen Stock tiefer angeht«, antwortete er, als er nach seiner Jacke griff. »Ich freue mich auf unser neues Spiel, Jedrick. Es ist schon viel zu lange her, dass wir das Vergnügen hatten.« Er streifte sich seine Jacke über und zog sein langes, dunkles Haar aus dem Kragen. Offensichtlich hatte noch niemand Ezekiel über die modischen Stilvorschriften dieses Jahrhunderts aufgeklärt, vielleicht zog er auch einfach den alten Vampir-Look vor. Seine blasse Haut und die schwarzen, gold gesprenkelten Augen rundeten das ruchlose Bild ab.

»Und wenn ich keine Lust habe, mit dir zu spielen?«, fragte Jayson argwöhnisch.

»Oh, aber das Spiel hat bereits begonnen.« Er hielt die Messer in die Luft. »Danke dafür, ich werde sie zu nutzen wissen.« Er öffnete die Tür und grinste ihn über die Schulter hinweg an. »Bis bald, alter Freund.«

Ich hoffe nicht. »In der Zwischenzeit könntest du an deiner Treffsicherheit arbeiten«, schlug Jayson vor.

Ezekiel sah ihn mit einem belustigten Funkeln in den Augen an. »Und du sorgst weiterhin für die Sicherheit des armen Mädchens. Es wäre doch eine Schande, wenn sie den falschen Leuten in die Hände fiele, Jedrick.«

Er verschwand im Korridor, bevor Jayson etwas erwidern konnte. Das lag vor allem daran, dass seine Kehle wie zugeschnürt war, denn er wurde von einem Gefühl gepackt, das er nur selten verspürte.

Angst.

Er war wie gelähmt, während er sich gleichzeitig ärgerte.

Jayson hatte in seiner langen Lebenszeit mehr Schrecken erfahren als die meisten Unsterblichen seines Alters, und nun ließ ihn dieses winzige Detail erstarren? Das konnte er nicht einfach so hinnehmen.

Sie war nur ein Mädchen.

Eine schöne, kluge und weichherzige junge Frau, die möglicherweise nicht menschlich war.

Es war sogar sehr wahrscheinlich, dass sie nicht menschlich war. »Verdammt«, murmelte Jayson.

Lizzie hatte dank ihrer Verbindung zu Jayson gerade die Aufmerksamkeit eines tödlichen Bewunderers auf sich gezogen, der die Neigung hatte, seine Opfer brutal zu ermorden.

Doch das war nicht ganz richtig. Ezekiel hatte durch ihre Verbindung zu George Watkins und die CRF bereits von ihr erfahren. Allerdings war er nicht an ihr interessiert gewesen, bis Jayson ins Spiel gekommen war.

Und das brachte auch Stas in Gefahr. Scheiße.

Jayson schloss die Tür und tippte eine Nummer in sein Handy, die er auswendig kannte.

Nach dem zweiten Klingeln ertönte eine Stimme, die von einem unterkühlten britischen Akzent gefärbt war. »Einen Moment.«

Jayson konnte laute Musik und Menschen, die sich miteinander unterhielten, am anderen Ende der Leitung hören. Die Geräusche wurden leiser, was Jayson verriet, dass Issac sich von der Lärmquelle wegbewegte. »Ist mit Elizabeth alles in Ordnung?«, wollte er wissen.

»Ja, es geht ihr gut, aber ein alter Freund ist gerade ungebeten hier aufgetaucht.«

»Wer denn?«

»Ezekiel.«

Am anderen Ende herrschte Schweigen.

»Er nimmt an, dass ich wegen Lizzie hier bin, und ist

fasziniert«, fügte Jayson hinzu. »Und er hat Stas erwähnt. Er weiß, dass sie ein Sentinel ist, und hat deine Beziehung zu ihr erwähnt.«

»Ich verstehe«, erwiderte Issac mit ausdrucksloser Stimme. »Hat er Vermutungen über ihre Herkunft geäußert?«

»Er hat in der Vergangenheit unzählige Sprösslinge aufgespürt und abgeschlachtet, daher ist es nur eine Frage der Zeit, bis er es herausfindet. Vor allem, da er jetzt von ihr fasziniert ist.« Und das bedeutete, dass Stas aus New York verschwinden musste. Und zwar sofort.

»Issac?« Stas' Stimme ertönte im Hintergrund, als das Klacken von hochhackigen Schuhen lauter wurde. Jayson stellte sich vor, wie sie auf den Ichorianer im Anzug zuging. Ihre Beziehung bereitete ihm Sorgen, vor allem da sie zwangsläufig ein trauriges Ende finden würde. Doch es stand ihm nicht zu, seine Meinung dazu zu äußern.

»Was ist los?«, fragte sie mit beunruhigter Stimme. »Geht es Lizzie gut?«

»Jayson hatte gerade Besuch von einem berüchtigten Nizari-Attentäter.«

»Wie bitte?« In ihrer Stimme schwang Angst mit. Und das sollte es auch. »Ich dachte, du sagtest, sie seien längst ausgestorben.«

»Dank eines Mangels an Sprösslingen haben sie eigentlich keinen Nutzen mehr«, erläuterte Issac, »aber einige von ihnen sind noch am Leben und der, der Jayson gerade einen Besuch abgestattet hat, ist der tödlichste von allen. Und er weiß von deiner Existenz.«

Es herrschte wieder Schweigen. Jayson nahm an, dass sie sich entweder in den Armen lagen oder sich anstarrten.

Issac verriet ihm, dass das Letztere der Fall war, als er sagte: »Es ist Zeit, Aya. Du musst die Stadt verlassen.«

»Das kommt nicht infrage.« Stas' Tonfall drückte

Entschlossenheit aus und ließ keine Widerrede zu. Doch das würde Issac nicht aufhalten.

»Du bist hier nicht mehr sicher.«

»Das sagst du nun schon seit Monaten und obwohl ich mit dir einer Meinung bin, werde ich weder Lizzie noch dich hier zurücklassen.«

»Starrköpfige Frau«, sagte Jayson mit gedämpfter Stimme. Denn er verstand und bewunderte diese Art von Loyalität. Aus diesem Grund hatte er sich einverstanden erklärt, nach New York zu gehen, obwohl es einem Todesurteil gleichkam. Er hatte eine Verantwortung seinem Volk gegenüber und musste Lizzie beobachten und helfen, vor allem wenn er sie als Verbündete gewinnen konnte. Die Hydraianer brauchten jede Hilfe, die sie kriegen konnten.

»Aya …«, sagte Issac mit einem Seufzen. »Jayson, behalte Elizabeth im Auge.«

Dann war die Leitung tot.

»Nun, das lief wie erwartet.« Er schüttelte den Kopf und wählte Lucs Nummer.

Er hatte noch eine lange Nacht vor sich.

Kapitel Drei

Blutschwur

Die Mitbewohnerin des Testobjekts unterhält eine sexuelle Beziehung zu einem bekannten Ichorianer. Der Gönner ist nicht beunruhigt.

Eintrag 124.06.4-7

»Aya«, wiederholte Issac, diesmal mit etwas mehr Nachdruck in der Stimme.

Astasiya blieb wie erstarrt neben der Treppe stehen. »Ich will mit dir nicht darüber diskutieren.«

Er packte sie an der Hüfte und presste seine Brust gegen ihren nackten Rücken. Ihr saphirblaues Kleid schmiegte sich an ihren Körper und brachte ihre Kurven perfekt zur Geltung. Durch den Anblick hatte er sich den ganzen Abend ohnehin nur schwer konzentrieren können, doch jetzt war nicht der richtige Zeitpunkt, um seiner Lust freien Lauf zu lassen. »Ich bin in Herzensangelegenheiten vielleicht nicht sehr bewandert, aber ich glaube, dass Kommunikationsbereitschaft ein grundlegender Eckpfeiler einer guten Beziehung ist, nicht wahr?« Er flüsterte die Worte in ihr Ohr, wobei seine Lippen ihre Haut streiften.

Sie ließ sich mit einem Stöhnen in seine Arme sinken. »Ich hasse es, wenn du das tust.«

Er grinste. »Ganz im Gegenteil, Liebes, ich denke, du genießt es sogar.« Er biss ihr zärtlich in den Hals und ließ seine Hand auf ihren Bauch gleiten, damit sie sich ihm nicht wieder entziehen konnte. »Wir werden darüber reden, Aya. Du hast mir versprochen, dass du beim ersten Anzeichen von Gefahr nach Hydria umsiedeln würdest.«

Allerdings schien Astasiya nicht gerade gewillt, ihren Teil der Abmachung einzuhalten. Er hatte bereits versucht, sie davon zu überzeugen, die CRF zu verlassen, nachdem sie seine Schwester aus Jonathans Klauen befreit hatten. Sie hatte jedoch ihre Mitbewohnerin als Ausrede vorgeschoben, um bleiben zu können. Ihre Argumente waren durchaus vernünftig, daher hatte er nicht weiter auf seiner Meinung bestanden, doch mit jeder Minute, die sie in dieser Stadt verbrachte, wuchs seine Besorgnis. Ins Unermessliche. Er hatte sich noch nie so sehr um eine Frau gesorgt, die nicht zu seiner Familie gehörte, und diese Sorge bereitete ihm Schmerzen, die er nicht für möglich gehalten hätte.

Astasiya drehte sich in seinen Armen zu ihm um und legte die Hände auf seine Schultern. Er packte ihre Taille und zog sie dicht an sich.

»Also gut, ein Nizari-Attentäter hat Jayson verraten, dass er über mich Bescheid weiß, doch er hat bisher noch nichts unternommen. Liegt das daran, dass er mich nicht im Verdacht hat, ein Sprössling zu sein, oder gibt es einen anderen Grund?«

»Ezekiels Absichten sind bestenfalls rätselhaft, aber er ist berüchtigt dafür, mit seiner Mahlzeit zu spielen.« Der Ichorianer war bekannt für seine Grausamkeit und tödliche Intelligenz. Seine Fähigkeit, seine Opfer anhand ihrer Blutgruppe zu verfolgen, trug beträchtlich zu seinem gefährlichen Ruf bei. Er gehörte zu den wenigen Wesen, die in Issacs Augen wirklich eine Bedrohung darstellten.

»Aber er hat mich bisher noch nicht angegriffen«, sagte sie.

Er zog eine Augenbraue in die Höhe. »Dann willst du also darauf warten, bis er es tut?«

»Nein, aber ich werde vorbereitet sein.«

»Deine Ausbildung bei Agent Stark ist zwar um einiges besser, als ich erwartet hatte, doch das befähigt dich noch lange nicht dazu, einem Attentäter wie Ezekiel gegenüberzutreten.«

Astasiya riss die Augen auf. »Ich glaube, der ganze Satz war eine einzige Beleidigung.«

»Nein, es war lediglich eine vernünftige Aussage. Die Welt der Unsterblichen ist immer noch neu für dich und du kennst Ezekiel nicht so, wie ich ihn kenne. Ich kann dir versichern, dass du nicht bereit dazu bist, ihn zu bekämpfen. Er wird gewinnen und du wirst sterben, und das werde ich nicht einfach so hinnehmen.« Er festigte unwillkürlich seinen Griff um ihre Taille und schien ihn nicht wieder lockern zu können. Sie war hier bei ihm und sie war real. Er weigerte sich, sie gehen zu lassen. Ein Leben ohne sie … »Ich kann dich nicht verlieren, Aya.«

Ihre ernste Miene wich einem sanften Ausdruck, als sie die Arme um ihn schlang und ihr Gesicht an seiner Brust vergrub. »Das wirst du nicht.«

Eine Lüge. Sie wussten beide, dass er sie irgendwann würde aufgeben müssen, denn sie konnte nicht bis in alle Ewigkeit ein Sprössling bleiben. Doch er würde es vorziehen, ein Leben ohne sie zu führen, solange sie als Unsterbliche weiterlebte, statt sie für immer zu verlieren.

»Es ist so weit«, sagte er. »Du weißt, dass du von hier verschwinden musst.«

Sie schüttelte den Kopf an seiner Brust. »Sie ist meine beste Freundin, Issac. Ich werde sie nicht hier zurücklassen.«

Er verwob seine Finger in ihrem wunderschönen blonden Haar, als er ihre Umarmung erwiderte. Dann presste er einen Kuss auf ihre Stirn und unterdrückte ein Seufzen. Er konnte ihr nie einen Wunsch abschlagen, selbst wenn er es eigentlich hätte tun sollen.

»Jayson passt gut auf sie auf«, sagte er leise. »Und ich bin ebenfalls hier.«

»Wie willst du John mein plötzliches Verschwinden erklären?« Sie zog den Kopf zurück und blickte ihm in die Augen. »Und Osiris?«

Beide Fragen waren berechtigt. »Wegen Osiris mache ich mir keine Sorgen.« Zumindest nicht so, wie sie dachte. Der uralte Ichorianer hatte während des letzten Konklaves ein beunruhigendes Interesse an Astasiya gezeigt, doch er hatte sich bei Issac noch nicht über den Status ihrer Unsterblichkeit erkundigt. Wenn er überhaupt an sie dachte, dann könnte es durchaus sein, dass er noch Monate oder sogar Jahre wartete, bis er Issac auf sie ansprechen würde. Für einen Unsterblichen seines Alters verging die Zeit auf einzigartige Weise.

»Und was ist mit John?«, drängte sie.

»Er wird höchstwahrscheinlich wissen wollen, warum du plötzlich nicht mehr da bist, und vielleicht sogar Schwierigkeiten machen, doch ich werde mich darum kümmern.«

In ihren Augen lag ein vorwurfsvoller Ausdruck. »Du darfst dein Leben also aufs Spiel setzen, doch mir ist es nicht erlaubt, meines zu riskieren.« Sie legte den Kopf schief. »Wir führen eine Beziehung, in der wir füreinander da sind, Issac. Wenn du bleibst, bleibe ich ebenfalls.«

»Tatsächlich? Und wenn ich mich dazu entschließe, nach Hydria zu ziehen, wirst du mich dann begleiten?«

»Willst du denn nach Hydria ziehen?«

»Das tut jetzt nichts zur Sache. Würdest du mit mir gehen?«

Sie starrte ihm in die Augen, als würde sie sich überlegen, ob seine Worte wirklich ernst gemeint waren. Er ließ sie die Wahrheit in seinem Blick sehen, denn er wollte es wissen. Würde sie ihm folgen?

»Issac …« Sie schloss die Augen und stieß ein langes, gedehntes Seufzen aus. »Ich weiß, dass du dir Sorgen machst, mir geht es nicht anders, doch sie gehört zur Familie. Würdest du Amelia zurücklassen?«

Er verspürte einen Stich in der Brust, als die Erinnerung wieder auf ihn einstürmte, doch er zwang sich, ihr ehrlich zu antworten. »Nein.« Issac hatte seine Schwester schon einmal zurückgelassen, auch wenn er es nicht absichtlich getan hatte. Er war davon ausgegangen, dass sie tot war, und hatte dann feststellen müssen, dass Jonathan ihn getäuscht hatte. »Wenn ich gewusst hätte, dass sie am Leben und eine Gefangene der CRF war, hätte ich alles dafür getan, um sie zu befreien.«

»Und genauso geht es mir mit Lizzie«, erwiderte Astasiya, als sie ihre bezaubernden Augen wieder öffnete. »Ich weiß, dass Amelia und dich eine Blutsverwandtschaft verbindet, doch Lizzie ist wie eine Schwester für mich. Ich liebe sie, Issac. Und ich werde sie nicht zurücklassen, wenn ich ihr helfen kann.«

»Aber kannst du ihr denn helfen?«, entgegnete er.

»Hättest du Amelia helfen können?«, warf sie ein, woraufhin er ein Knurren ausstieß.

»Aya …«

»Nein, hör mir zu. Die Runen an der Fassade der Zentrale hätten dich deiner Fähigkeit beraubt, die Gedanken anderer manipulieren zu können. Dennoch hättest du alles versucht, um dort einzudringen und sie zu retten, selbst wenn es dich das Leben gekostet hätte. Und genauso fühle ich mich, wenn es um Lizzie geht, wobei ich jedoch im Gegensatz zu dir in der Lage bin, ihr zu helfen. Ich brauche nur noch etwas mehr Zeit.«

»Um was zu tun? Du bist der Lösung noch keinen Schritt näher gekommen und stehst immer noch am selben Punkt wie vor sechs Wochen.« Er trat einen Schritt zurück und fuhr sich mit den Fingern durchs Haar. »Das alles ist Wahnsinn, Aya. Ein Attentäter war heute Abend in deinem Wohnhaus. Gibt dir das nicht wenigstens zu denken?«

Sie wurde wütend. »Behandle mich nicht wie ein Kind.«

»Dann hör auf, dich wie eines zu benehmen«, entgegnete er. »Schließlich geht es hier um dein Leben und nicht um irgendeine Mission oder ein Spiel.«

»Es ist auch Lizzies Leben.« In ihren grünen Augen brannte ein Feuer, das ihn tief in seinem Inneren erregte. Dies war zwar nicht der passende Zeitpunkt, um seiner Begierde freien Lauf zu lassen, doch sie glich einer Göttin und seine Seele verzehrte sich danach, sie auf die verschiedensten Arten zu nehmen. *Sie ist mein.*

»Ich kenne das Risiko«, fuhr sie fort, »aber die Entscheidung liegt dennoch bei mir. Und ja, vielleicht bin ich noch nicht bereit dazu, mich einem Zweikampf mit einem Attentäter zu stellen, aber er ist auch noch nie einem Sprössling wie mir begegnet. Alles, was ich brauche, ist meine Stimme.«

In ihren Worten lag ein machtvoller Unterton, der ihn nur noch mehr erregte. Während der vergangenen Monate hatte sie eine beeindruckende Entwicklung durchgemacht und hatte nicht nur an körperlicher Kraft gewonnen, sondern war auch mental stärker geworden.

»Ich weiß, dass ihr mich alle für egoistisch und unreif haltet«, fügte sie hinzu. »Ihr seid mir an Erfahrung Jahrhunderte voraus und das respektiere ich, aber ich kann nicht einfach meine Instinkte ignorieren, Issac. Es liegt nicht in meiner Natur, die Flucht zu ergreifen. Ich kann verstehen, dass es gefährlich und sogar lächerlich ist, bleiben zu wollen, doch ich werde nicht tatenlos zusehen, während ihr alle euer Leben für meine beste Freundin riskiert. Das ist einfach nicht meine Art.«

Ihre Worte hingen zwischen ihnen in der Luft. Mit ihrer Stärke und ihrem Mut war sie eine wahre Kriegerin. Er bewunderte es an ihr, obwohl er um ihre Sicherheit besorgt war, und hoffte, dass sie zur Vernunft kommen würde.

Ihr schien nicht klar zu sein, dass die Entscheidung nicht allein bei ihr lag, da sie auch Auswirkungen auf ihn haben würde. Wenn Ezekiel hinter ihr Geheimnis kam, dann stünde auch Issacs Leben auf dem Spiel. Er hatte keine Angst vor dem Konklave, doch er fragte sich, wie weit er gehen würde, um sie zu beschützen.

Dennoch hatte sie recht. Wenn er von ihr verlangte, tatenlos zuzusehen, würde er damit einen grundlegenden Teil ihres Wesens zerbrechen. Issac wollte nicht derjenige sein, der das Feuer zum Erlöschen brachte, das so unerbittlich in ihrem Inneren brannte.

»Könnten wir nicht einen Kompromiss schließen?«, fragte er mit sanfter Stimme.

»Das kommt ganz auf deine Bedingungen an.« Sie klang so gebieterisch, schien sich dessen jedoch nicht bewusst zu sein. Aus diesem Grund war Luc derart fasziniert von ihr. Er konnte sehen, dass sie das Zeug zu einer Anführerin hatte. Ihre Fähigkeit, anderen ihren Willen aufzuzwingen, verstärkte sein Interesse nur.

Issac schob den Gedanken beiseite und zwang sich dazu, sich wieder auf die Gegenwart zu konzentrieren. Er wollte die Zeit genießen, die ihm noch mit dieser unglaublichen Frau blieb. Im Moment gehörte sie noch zu ihm und er gehörte zu ihr. Er weigerte sich, an die Zukunft zu denken.

Zeit für ein kleines Spielchen. Mal sehen, ob ich dich überzeugen kann.

»Meine Bedingungen«, sagte er mit gedämpfter Stimme, als er auf sie zuging. Sie trat einen Schritt zurück und entlockte dem Jäger in seinem Inneren ein Grinsen. Er drängte sie in eine Nische neben der Tür zum Treppenhaus und schirmte sie damit vor möglichen Blicken der anderen ab, die sich in den verlassenen Korridor des Hotels verirren könnten.

»Ich werde mich einverstanden erklären, dass du hier in New York bleibst«, sagte er, als er seinen Körper gegen den ihren presste und sie gegen die Wand drückte, »wenn du versprichst, jede Nacht mit mir zu verbringen. Dabei ist es mir egal, ob du bei mir übernachtest oder ich bei dir, doch ich will wissen, dass du in Sicherheit bist, sobald du die CRF verlässt.«

Sie musste schlucken. »Es ist nicht fair, mich mit deinen Verführungskünsten abzulenken, Issac.«

»Du benutzt deine Fähigkeiten und ich wende meine an.« Er ließ seine Hand an ihrer Taille hinaufgleiten. »Ich liebe dieses Kleid. Sag mir, was du darunter trägst.«

»Das tut … nichts … zur Sache«, flüsterte sie, als sie sich ihm entgegenwölbte. Er liebte die Art, wie sie auf seine Berührungen reagierte. Ihr Körper schien nur für ihn geschaffen und auf seine Vorlieben eingespielt zu sein.

Issac biss ihr zärtlich in die Unterlippe und knabberte daran. »Ganz im Gegenteil, es ist sogar von großer Bedeutung.« Er begann, den Saum ihres Kleides an ihren Schenkeln nach oben zu schieben. »Ich will doch wissen, was ich dir später ausziehen werde, wenn du mit mir nach Hause gehst.«

Sie bebte am ganzen Körper, als er ihre Hüften entblößte. »Issac …«

»Aya«, antwortete er, während er mit seinen Lippen ihren Hals liebkoste. Er strich mit der Zunge über ihre Halsschlagader. »Sag mir, dass du einverstanden bist, Liebes.«

Sie krallte sich in seine Schultern. »Du spielst nicht mit fairen Mitteln.«

»Nicht, wenn es um dich geht«, flüsterte er. Sie bedeutete ihm zu viel, er würde jede Regel brechen, um sie zu beschützen. Und er würde ihren Wünschen nachgeben, wenn er sie damit glücklich machen konnte. Doch diese eine Sache brauchte er von ihr. »Bitte, Aya.«

Sie entspannte sich in seinen Armen und ließ den Kopf gegen die Wand hinter sich fallen. »Ich will mindestens einen Frauenabend mit Lizzie verbringen.«

Er lächelte an ihrem Hals. »Einverstanden, aber nur, wenn ich mich in die Wohnung schleichen kann, nachdem sie ins Bett gegangen ist.«

»Du benimmst dich wie ein Teenager«, neckte sie ihn. »Aber ich stimme zu.«

Er küsste ihre empfindsame Haut. »Dann haben wir also eine Abmachung?«

»Willst du es mit einem Blutschwur besiegeln?« Sie reizte ihn mit ihrer Stimme, die seine niederen Instinkte weckte.

»Mm.« Er versenkte seine Eckzähne in ihrem Fleisch und saugte den süßlichen Lebenssaft ein. Ihr Blut rann ihm die Kehle hinunter und ihm entfuhr unwillkürlich ein Knurren, als sie sich an ihn klammerte. Nachdem er zwei Schlucke getrunken hatte, zog er seinen Kopf zurück und flüsterte: »Du solltest vorsichtig sein mit dem, was du dir wünschst, Aya.«

»Issac …« Sie zitterte in seinen Armen, als die Endorphine des tödlichen Kusses durch ihre Venen rauschten. »Verdammt.« Das Beben ihres Körpers drang ihm unter die Haut. »Also gut. Ja. Ich stimme deinen Bedingungen zu. Schließlich ist es nicht gerade mit Mühen verbunden.«

Seine Lippen verzogen sich zu einem Lächeln. »Oh, ich denke, du wirst überrascht sein, Liebes.« Er liebkoste ihren Hals und festigte seinen Griff um ihre Hüften, bevor er ihr

Kleid ein Stück höher schob und noch mehr ihrer nackten Haut entblößte. »Hast du Lust auf einen Vorgeschmack?«

»Wirst du mich noch einmal beißen?«, fragte sie im Flüsterton, während ihre Stimme trunken vor Befriedigung klang.

Er leckte über die noch offene Wunde. »Ja.«

»Ja, bitte.« Sie reckte ihm ihren Hals entgegen. »Nimm mich, Issac.«

»Aber gern.« Er liebkoste ihre empfindsame Haut mit seiner Zunge, bevor er auf die Knie fiel.

Sie verwob ihre Finger in seinem Haar und zog seinen Kopf zurück, um ihm in die Augen zu blicken. »W-was tust du da?«

Er lächelte, als er ihr tiefblaues Höschen entblößte. »Du hast mir nicht gesagt, wo ich dich beißen soll, Aya.«

»Oh Gott …«

»Vergiss nicht, was du sagen wolltest, Liebes. Ich werde später darauf zurückkommen.«

Kapitel Vier

Ein Rendezvous, das keines ist

Testobjekt scheint abhängig von familiärem Zuspruch zu sein. Lebensraum und Unterkunft sollten bei zukünftigen Schritten überdacht werden.

Eintrag 118.05.4-7

Lizzie strich ihre verschwitzten Handflächen über ihr marineblaues Etuikleid und betrachtete sich ein weiteres Mal im Spiegel.

»Du benimmst dich lächerlich«, flüsterte sie. »Es ist nicht einmal ein Rendezvous.«

Nichtsdestotrotz hatte sie ihr rotbraunes Haar perfekt frisiert, einen Lidstrich gezogen und ihre Lippen mit einem Hauch kirschroten Lipgloss geschminkt.

Von ihren Freundinnen aus ihrer Studentinnenverbindung würden vor allem Cam und Kristin ihre Zustimmung geben. Stas würde sie wegen der Aufmachung jedoch auslachen.

Und genau aus diesem Grund war sie in Lizzies Augen die Freundin, die ihr am nächsten stand. Bei dem Gedanken musste sie lächeln und schickte Stas eine SMS. *Ich esse heute mit dem neuen Nachbarn zu Abend, von dem ich dir erzählt habe.*

Jayson hatte ihr am Sonntagabend eine Nachricht unter der Tür durchgeschoben, in der er sie gefragt hatte, ob sie heute Abend mit ihm Essen gehen wollte. Er hatte seine Nummer daruntergeschrieben, die sie sofort in ihr Handy einprogrammiert hatte, um ihm ihre Zusage zu schicken.

Eine törichte Entscheidung.

Lizzie ging weder an einem Dienstag noch an einem anderen Wochentag aus, denn sie musste am folgenden Tag arbeiten. Dank der vielen Abende, die sie jedoch allein zu Hause verbracht hatte, hatte sie bereits alle Unterrichtspläne für den Monat fertiggestellt.

Sei ein anständiges Mädchen, neckte Stas sie mit ihrer Antwort. Lizzie hatte ihrer Freundin eine vollständige Beschreibung des anmaßenden Mannes aus der Wohnung über ihr gegeben. *Ich bin heute erst um zehn zu Hause. Stark zwingt mich schon wieder dazu, Überstunden zu machen.*

Du solltest ihm einen Tritt in den Hintern verpassen.

Oh, glaub mir, ich bemühe mich.

Sehen wir uns morgen früh zum Frühstück?, wollte Lizzie wissen.

Früher hatten sie jeden Tag zusammen gegessen, doch da Stas nun viel mehr arbeitete, hatte sich einiges geändert. Dazu war noch Toms Beerdigung gekommen. Wahrscheinlich bildete Lizzie es sich nur ein, doch sie hatte das Gefühl, dass ihre Freundschaft mit Stas mittlerweile irgendwie gekünstelt und sogar unterkühlt war.

Ihr Handy gab ein piepsendes Geräusch von sich, als Stas antwortete: *Kaffee? :)*

Lizzie musste grinsen. Mit Koffein konnte sie sich jederzeit einen Weg in das Herz ihrer Freundin bahnen. *Selbstverständlich*, antwortete sie.

Ich bin dabei.

Bis morgen.

Nur wir beide, versprach Stas.

Lizzie lächelte. *Klingt gut.*

Sie freute sich über alle Maßen, dass ihre Freundin endlich ihr Glück gefunden hatte, doch sie vermisste ihre gemeinsame Zeit. Früher hatten sie einmal die Woche Pizza gegessen und sich einen Frauenfilm nach dem anderen angesehen, doch mittlerweile verbrachte Stas fast jedes Wochenende bei Issac. Lizzie konnte ihr deshalb keinen Vorwurf machen. Ihre beste Freundin hatte alles Glück der Welt verdient.

Außerdem hoffte ein Teil von ihr, dass Issac Stas möglicherweise davon überzeugen könnte, die CRF zu verlassen und sich einen anderen Beruf zu suchen.

Lizzie hatte deshalb ein schlechtes Gewissen, doch sie konnte nichts dagegen tun.

Ihre Abneigung gegenüber der Organisation rührte von einer irrationalen Angst, die jedes Mal wuchs, wenn sie sich der Zentrale auch nur näherte. Sie hatte ihren Vater einige Male in seinem Büro im obersten Stock besucht, hauptsächlich, um irgendetwas für ihn zu unterschreiben. Das letzte Mal waren es Dokumente zu ihrem Treuhandfonds gewesen.

Sie wusste nicht warum, doch aus irgendeinem Grund zog er es vor, alles in der CRF abzuwickeln, statt sich zu Hause damit zu befassen. Wahrscheinlich lag es daran, dass er nur selten seinen Schreibtisch verließ, es sei denn, er musste aus beruflichen Gründen verreisen. Als Vorsitzender der Abteilung für internationale Angelegenheiten war er oft unterwegs. Als Kind hatte sie ihn kaum zu Gesicht bekommen, was mit ein Grund für ihre Abneigung gegenüber der CRF war. Außerdem machte sie die Organisation für Toms Tod verantwortlich und hatte das Gefühl, dass sie ihr ihre beste Freundin gestohlen hatte.

Und schon war Lizzies gute Laune verschwunden. Und da klopfte es auch schon an der Tür.

Es war genau achtzehn Uhr.

Lizzie mochte pünktliche Männer.

Doch natürlich war dies kein Rendezvous.

Nur Freunde, ermahnte sie sich selbst.

Allerdings konnte sie nichts gegen das Flattern in ihrem Herzen tun, als sie die Tür öffnete. Jayson sah einfach umwerfend aus.

Er trug eine Desingerjeans und einen dunkelroten Pullover, die seine muskulöse Statur verhüllten, von der die meisten Frauen nur träumen konnten. Sein dunkles Haar war perfekt gestylt, während in seinen schokoladenbraunen Augen ein Lächeln funkelte.

Es ist kein Rendezvous.

Nur ein nachbarschaftliches Abendessen.

Ein Mann wie er interessiert sich ohnehin nicht für eine Frau wie dich.

Die Stimme in ihrem Kopf erinnerte sie viel zu sehr an die ihrer Mutter.

Und ich starre schon seit zwei Sekunden auf seine Brust.

»Hallo«, brachte sie hervor.

Seine wunderbaren Grübchen kamen wieder zum Vorschein. »Hi«, erwiderte er. »Sind Sie so weit?«

»Ja.« Sie schnappte sich ihre Handtasche vom Tisch im Flur und zog ihre hochhackigen Schuhe an. Sie war fast einen Meter siebzig groß, doch die Pumps machten sie um etwa sieben Zentimeter größer, sodass sie mit der Stirn an seine Lippen reichte.

Hör auf, über seinen Mund nachzudenken.

Richtig.

Sie folgte ihm den Flur entlang zum Treppenhaus und sagte auch dann noch kein Wort, als er sie nach draußen führte.

Außerhalb ihres kleinen Freundeskreises hatte Lizzie nicht viel Erfahrung mit Männern. Sie ging hin und wieder mit einem Mann aus, doch bis auf einen Kuss oder ein paar Liebkosungen wurde nie viel daraus. Nur ein Mann hatte in ihr je das Verlangen wachgerufen, über leichtes Petting hinauszugehen.

Tom Fitzgerald.

Sie begann im zarten Alter von dreizehn, für ihn zu schwärmen, und hatte nie damit aufgehört, obwohl ihre Gefühle während ihrer Zeit am College ein wenig nachgelassen hatten. Sie hatte ihn mit anderen Frauen gesehen und erkannt, dass er in ihr nie mehr sehen würde als eine kleine Schwester. Und am Tag seiner Beerdigung war auch der letzte Funke Hoffnung auf eine romantische Beziehung mit ihm gestorben.

Jayson zog an einer Haarsträhne, die ihr ins Gesicht hing. »Anstrengender Tag, Rotschopf?«

Meine Güte, sie hatten sich schon einen ganzen Block von ihrem Gebäude entfernt und hatten nicht mehr als vier Worte miteinander gesprochen. Statt sich zu unterhalten, hatte sie in Gedanken eine melancholische Richtung eingeschlagen, die an einem solchen Abend nichts zu suchen hatte.

Lizzie räusperte sich und zwang sich zu einem Lächeln. »Die letzten Wochen waren ziemlich anstrengend.« Warum sollte sie ihn anlügen? »Aber ich komme zurecht.«

»Wollen Sie darüber reden?«

»Eigentlich nicht.«

Er zuckte mit den Schultern. »Also gut, wir können uns stattdessen übers Abendessen unterhalten. Ich weiß, dass Sie San Dinos lieben, aber mir sind Gerüchte über ein besseres Pizzarestaurant zu Ohren gekommen.«

Sie zog die Augenbrauen hoch. »Das ist Blasphemie!«

Jayson lachte. »Ich würde vorschlagen, wir probieren es erst einmal aus und bilden uns dann unsere Meinung darüber.«

Sie kniff die Augen zusammen. »Wie heißt denn dieses angebliche Restaurant?«

»Es ist tatsächlich ein Restaurant«, erwiderte er. »Und ich glaube, es heißt Magilinos oder so ähnlich.«

Sie hatte noch nie davon gehört. »Wo ist es?«

»Äh, es ist in Brooklyn.« Er schenkte ihr ein verlegenes Lächeln. »Ich hoffe, Sie fahren gern U-Bahn.«

LIZZIE WATKINS VERSUCHTE, ihn umzubringen.

Zum einen trug sie ein Kleid, das ihr bis zur Mitte ihrer Oberschenkel reichte und ihre umwerfenden Beine perfekt zur Schau stellte.

Zum anderen hatte sie ein Paar aufreizende Stöckelschuhe angezogen, in denen sie sich wie ein Model auf dem Laufsteg bewegte.

Und jetzt saß sie ihm gegenüber und stöhnte vor Wonne.

Er wusste, dass die Pizza hier um Welten besser war als die im San Dinos, aber er hatte nicht erwartet, dass seine *Freundin* ihre Anerkennung nach jedem Bissen mit sinnlichen, kleinen Lauten zum Ausdruck bringen würde.

Dazu kam noch, dass Luc ihn ermahnt hatte, die Beziehung zu Lizzie nicht über ein professionelles Maß hinausgehen zu lassen. Jayson wusste, was seine Aufgabe war, und respektierte die damit einhergehenden Beschränkungen, doch ein Teil von ihm begann, sie zusehends als eine Herausforderung zu betrachten. Und zwar eine, die er nackt in seinem Bett sehen wollte.

Völlig ausgeschlossen.

»Okay«, sagte Lizzie, nachdem sie das dritte Stück Pizza vertilgt hatte, »ich hatte meine Zweifel, aber Sie haben gewonnen. Das war unglaublich.«

Oh, ihm gefielen die Worte, die ihr über die fülligen Lippen kamen. Allerdings hätte er sie gern in einem anderen Zusammenhang gehört. Die Frau war so unschuldig wie ein

Engel, doch das steigerte sein Interesse umso mehr. Mit jeder Bewegung versprühte sie eine erotische Anziehungskraft und schien sich dessen nicht einmal bewusst zu sein. Hätten sie sich an einem anderen Ort und zu einer anderen Zeit getroffen, dann hätte er sie verführt. Er hätte ihr das Kleid ausgezogen und ihre Schuhe angelassen, um ihr eine Nacht zu bescheren, die sie nie vergessen würde.

Leider musste er sich jedoch auf die Arbeit konzentrieren, an die er durch das Vibrieren des Handys in seiner Hosentasche ständig erinnert wurde.

Wir brauchen noch mindestens eine Stunde, hatte die letzte Nachricht gelautet.

Kein Problem, er würde sie sicher noch sechzig Minuten bei Laune halten können.

»Sie haben also noch nie zuvor von diesem Restaurant gehört?«, fragte er und täuschte sein Erstaunen vor. Lizzie war in wohlhabenden Verhältnissen aufgewachsen, die sie davon abgehalten hatten, die einfachen Freuden des Lebens zu genießen und abgelegene Pizzerien aufzusuchen.

»Jetzt schon«, erwiderte sie mit einem verschmitzten Lächeln. »Allerdings komme ich nicht oft in diese Gegend, immerhin sind es fünfundvierzig Minuten mit der U-Bahn hierher.«

Er musste lachen, als er sich an den Ausdruck in ihrem Gesicht erinnerte, nachdem er ihr offenbart hatte, wohin die Fahrt gehen würde. Sie hatte ihn mit einer schockierten und erschrockenen Miene angesehen, als die Vorstellung, ihre gewohnte Umgebung in Manhattan zu verlassen, ihr einen Moment lang Unbehagen bereitet hatte. Nichtsdestotrotz war sie keine Spielverderberin gewesen und war anstandslos mitgegangen.

»Doch es hat sich gelohnt.« Damit spielte er sowohl auf ihre ursprüngliche Reaktion als auch auf ihren Seitenhieb über die lange Fahrt an. »In Ordnung, bisher habe ich erfahren, dass Sie Lehrerin sind, die gern Pizza isst und Manhattan nur selten verlässt. Oh, und nicht zu vergessen, Sie verabscheuen laute Musik.« Er verschränkte die Arme auf dem kleinen Tisch und beugte sich vor. »Erzählen Sie mir mehr. Wie lange wohnen Sie schon in der Stadt?«

»Zunächst einmal will ich anmerken«, sagte sie und hielt ihren Zeigefinger in die Höhe, »dass ich kein Problem mit lauter Musik habe, nur mit Nachbarn, die über mir Gewichte durch die Gegend werfen. Ich mag Musik.«

»Tatsächlich? Ich wette, Sie hören gern abgedroschene Popmusik.«

Sie schnaubte. »Und Sie scheinen es vorzuziehen, sich die Ohren mit laut schreienden und wild trommelnden Männern volldröhnen zu lassen.«

»Gegen Heavy Metal ist nichts einzuwenden, Rotschopf.«

»Und das aus dem Mund des Mannes, der seine Gewichte in der Wohnung herumwerfen muss, um den Krach zu übertönen.«

Offensichtlich konnte er *geistreich* zu der langen Liste ihrer Vorzüge hinzufügen. Er musste feststellen, dass er dank ihr fast den ganzen Abend über gelächelt hatte und sein Gesicht langsam zu schmerzen begann. »Ich muss wohl den Konzertbesuch von meiner Ideenliste für nachbarschaftliche Aktivitäten streichen.«

Sie kicherte. »Die meisten New Yorker glauben, dass eine nachbarschaftliche Beziehung nicht über ein freundliches Winken hinausgehen sollte. Woher, sagten Sie, kommen Sie?«

»Nicht doch, ich glaube, ich habe Sie zuerst gefragt.« Er musste das Gespräch auf sie lenken, denn er wollte nicht über sich sprechen. Er konnte zwar lügen, doch das wollte er nicht, und die Wahrheit ließ sich nun einmal nur bis zu einem gewissen Grad beschönigen. »Wie lange wohnen Sie schon in der Stadt?«

»Mein ganzes Leben lang«, antwortete sie. »Ich wurde in

Manhattan geboren und bin auch dort aufgewachsen. Nach der Schule habe ich zuerst das Columbia College besucht und dann an der Universität von New York studiert. Und Sie wissen, wo ich jetzt wohne.«

»Dann wohnt Ihre Familie also auch in der Stadt?« Er ließ es wie eine Frage klingen, obwohl er die Antwort längst kannte. »Haben Sie Geschwister?«

Seine Stimme war beschwingt und täuschte höfliches Interesse vor, doch innerlich brannte er darauf, mehr über ihre Beziehung zu George und Lillian Watkins zu erfahren. Stas hatte ihnen die schmutzigen Details verraten, doch vielleicht konnte Lizzie ihm weitere Einzelheiten mitteilen, die ihnen dabei helfen konnten, diesen Fall zu lösen. Er bezweifelte es zwar, aber einen Versuch war es wert.

Der belustigte Ausdruck in Lizzies Gesicht verdunkelte sich ein wenig, doch ihr Tonfall war immer noch freundlich. »Ich bin ein Einzelkind, und ja, meine Eltern wohnen ebenfalls in Manhattan.«

»Sehen Sie sie oft?« Eine logische Folgefrage.

Sie verzog den Mund. Er erkannte die Geste als den Moment, in dem sie entschied, ihm die Wahrheit zu sagen, statt ihn mit einer höflichen Antwort abzufertigen.

»Ja«, gab sie zu. »Für gewöhnlich sehe ich sie regelmäßig, aber in letzter Zeit nicht mehr so häufig. Wir verstehen uns momentan nicht sehr gut, aber am Sonntag muss ich mich mit ihnen treffen. Das ist Tradition.«

»Tradition?«, wiederholte er neugierig.

»Ja, wir treffen uns einmal im Monat zum Brunch. Genaugenommen findet er alle vier Wochen statt und damit dreizehn Mal im Jahr, doch das ist nicht von Bedeutung.« Ihre Wangen liefen zartrosa an, was seine Zuneigung für sie nur noch steigerte. »Es tut mir leid. Es ist nicht wichtig. Es ist nur ein Frühstück mit meinen Eltern und dem besten Freund meines Vaters.«

»Und Sie können es nicht ausfallen lassen?«

»Äh, ich weiß nicht, wahrscheinlich könnte ich einfach nicht hingehen. Ich habe es nie versucht. Vor ein paar Jahren ist der Sonntagsbrunch auf den Weihnachtstag gefallen und wir haben uns trotzdem alle getroffen.« Ihr entfuhr ein humorloses Lachen. »Ich bin mir sicher, dass meine Mutter mich umbringen würde, wenn ich nicht erscheine.«

»Und Sie gehen immer in das gleiche Restaurant? Selbst damals an Weihnachten?« Er bemühte sich um einen lässigen Tonfall, der unschuldiges Interesse ausdrückte, doch ihre Worte verschlugen ihm fast die Sprache.

Das muss etwas mit der CRF zu tun haben.

Lizzie nickte. »Ja. Ich weiß auch nicht, wie meine Eltern es angestellt haben, aber das Restaurant hat damals nur für uns geöffnet. Es hat sicher eine Stange Geld gekostet, doch davor haben sie noch nie zurückgeschreckt.« Das Rot ihrer Wangen verdunkelte sich und er musste wieder an ihren Spitznamen denken. »Sie denken sicher, dass ich ein verwöhntes, reiches Mädchen bin, nicht wahr? Ich wohne in einem Apartment, das ich mir ganz offensichtlich nicht selbst leisten kann, und erzähle Ihnen eine Geschichte darüber, wie meine Eltern ein ganzes Restaurant gemietet haben.«

Sie senkte den Blick auf ihre verschränkten Hände in ihrem Schoß. Die Geste bestärkte ihn nur in seiner Vermutung, dass sie unter einem zerbrechlichen Selbstbewusstsein litt.

»Ich beurteile Menschen für gewöhnlich nicht aufgrund ihrer familiären Beziehungen, Lizzie.« Andernfalls würden sie jetzt nicht gemeinsam zu Abend essen. »Ich meine, mein Vater ist ein Arschloch.« Das war die Untertreibung des Jahrtausends. »Und meine Mutter ist vor langer Zeit verstorben.« Denn sein ichorianischer Samenspender hatte sie aus reinem Vergnügen umgebracht. »Aber ich bin mein eigener Herr und meine Eltern haben nichts mit der Person zu tun, die ich heute bin.« *Um genau zu sein, habe ich mich schon vor etwa dreitausend Jahren von ihnen verabschiedet.*

»Das tut mir so leid«, sagte sie und blickte ihm in die Augen. »Ich meine den Tod Ihrer Mutter.«

Ihre Beileidsbekundung überraschte ihn. Er hatte seit einer Ewigkeit nicht mehr an seine Mutter gedacht, doch Lizzie konnte das natürlich nicht wissen. Seine Erscheinung, die er in ihrer Gegenwart nicht veränderte, war die eines dreißigjährigen oder sogar etwas jüngeren Mannes. Sie musste annehmen, dass seine Mutter während der letzten zehn Jahre verstorben war.

»Ich habe mich schon vor einer Weile mit ihrem Tod abgefunden«, antwortete er vorsichtig. »Aber danke für Ihr Mitgefühl.« Es war Zeit, das Gespräch wieder auf sie zu lenken. Andernfalls kam sie vielleicht auf die Idee, ihn zu fragen, wie seine Mutter ums Leben gekommen war, und das würde ihn in eine heikle Lage versetzen. »Warum alle vier Wochen?«

»Der Brunch?«

»Ja.«

»Hm, es war schon immer so. Der beste Freund meines Vaters ist gleichzeitig sein Chef, John Fitzgerald. Haben Sie schon einmal etwas von der CRF gehört?«

Er setzte einen verwirrten Gesichtsausdruck auf. »Die humanitäre Organisation?«

»Genau die.« In ihrer Stimme lag ein Anflug von Sarkasmus, was ihn belustigte. Offenbar mochte sie das Unternehmen nicht besonders. In diesem Punkt waren sie sich zweifellos einig. »Wie dem auch sei, John ist der Firmenchef. Und mein Vater arbeitet für ihn.«

»Und sie treffen sich immer zum Brunch, hm?« Stas hatte etwas darüber erwähnt, doch keiner von ihnen hatte sich viel dabei gedacht. Das war eindeutig ein Fehler gewesen.

»Alle vier Wochen«, erwiderte sie. »Sie können mich am

Sonntag gern begleiten, wenn Ihnen der Sinn nach unbehaglicher Konversation und Salat steht.« Die Schamesröte stieg ihr wieder ins Gesicht. »Oh, das klang gerade wie eine Einladung, meine Eltern zu treffen, und das habe ich nicht damit gemeint. Ich weiß, dass wir nur Freunde sind und dass dieses Essen nichts weiter zu bedeuten hat, und … und ja, ich halte jetzt besser den Mund.«

Sie verbarg ihre Verlegenheit hinter einem Glas Wasser und trank eifrig einen großen Schluck, während er lachen musste.

Sie war einfach bezaubernd.

Und charmant.

Und für ihn tabu.

Verdammt, Luc.

»Eigentlich würde es mir gefallen, Sie zu begleiten.« Und sei es nur, um den Ausdruck auf Jonathan Fitzgeralds Gesicht zu sehen. »Aber ich werde am Sonntag beruflich verreisen.«

Das war die erste unverfrorene Lüge des Abends. Er würde durchaus arbeiten, allerdings wäre er dann immer noch in New York. Und höchstwahrscheinlich bei dem Brunch, denn sie hatte seine Neugier geweckt.

Alle vier Wochen.

Das konnte kein Zufall sein.

Die Akten, die Jonathans Sohn Tom gefunden hatte, besagten, dass sie eine Art Serum brauchte, um am Leben zu bleiben. Bisher hatte Jayson noch nicht herausfinden können, *wie* die CRF es ihr verabreichte. Er beobachtete Lizzie nun schon seit fast sieben Wochen und bis auf den Freitag, an dem er das Überwachungssystem der Organisation vorübergehend lahmgelegt hatte, hatte es keinen Kontakt zwischen der CRF und Lizzie gegeben.

Vielleicht war es jedoch viel einfacher und sie musste die Zentrale gar nicht besuchen.

Nur ein Brunch.

»Oh, bleibt dabei auch etwas Zeit für Vergnügen?«, wollte Lizzie wissen, wobei sie auf seine Geschäftsreise anspielte.

»Nein, auf keinen Fall.« Alles, was mit der CRF zu tun hatte, war in seinen Augen alles andere als angenehm. »Aber ich werde nicht lange weg sein. Vielleicht ein paar Tage.« Eher einige Stunden.

Ein Ausdruck der Erleichterung huschte über ihr Gesicht und es gab ihm ein gutes Gefühl, dass sie sich nicht die Mühe machte, es zu verbergen. Vielleicht konnte sie es auch nicht. »Ein paar Tage Ruhe und Frieden kann ich gut vertragen.«

Oh, du kleines Luder! »Oh, Rotschopf, suchen Sie etwa Ärger?«

»Ich?« Sie bedachte ihn mit einem unschuldigen Augenaufschlag. »Niemals.«

»Wissen Sie was? Ich glaube, bei unserem nächsten Rendezvous sollten wir *doch* ein Konzert besuchen. Und ich werde die Band wählen.«

»Dieses *Rendezvous* werde ich dankend ablehnen«, entgegnete sie.

»Tatsächlich?«

Sie nickte entschlossen.

Jayson sah darin eine Herausforderung.

Nun gut, vielleicht konnte er nicht mit ihr schlafen, doch ein kleiner Flirt hatte noch niemandem geschadet.

Ihr triumphierendes Lächeln erstarb, als er aufstand und um den Tisch herumging. Als ihr endlich bewusst wurde, was er vorhatte, stand er bereits hinter ihr. Er legte die Hände auf die Lehne ihres Stuhls und beugte sich zu ihr hinunter, um ihr etwas ins Ohr zu flüstern. »Können Sie mir wirklich so leicht widerstehen?«

Er sah, wie ihre Brust sich hob und senkte, während ihr Puls in die Höhe schoss. Hm, offenbar ließ er sie doch nicht so kalt, wie sie vorgab. Ihm erging es jedoch nicht anders. Es fühlte sich viel zu richtig an, als er jetzt so dicht hinter ihr stand. Darüber hinaus duftete sie viel zu lieblich. Er wurde plötzlich von dem Verlangen übermannt, sich seinen Fantasien hinzugeben, wobei es ihn nur noch mehr reizte, dass sie eigentlich tabu für ihn war.

Sie schluckte und drehte den Kopf zur Seite, um ihn anzusehen. »Möglicherweise könnten Sie mich überreden«, sagte sie, »wenn Sie versprechen, mir Ohrstöpsel mitzubringen.« Er wusste, dass er sie nervös machte, doch sie schaffte es immer noch, eine geistreiche Bemerkung zu machen.

Es war faszinierend und gefiel ihm über alle Maßen.

Er wollte noch einen Schritt weitergehen.

Und liebkoste ihren Nacken. Sie schnappte nach Luft, wobei ihre vollen Brüste sich wieder anhoben. Er musste feststellen, dass auch sein Unterleib den Anblick viel zu sehr genoss.

Er hätte am liebsten seine Finger in ihrem Haar verwoben und seinen Mund auf den ihren gepresst, doch das Vibrieren in seiner Hosentasche erinnerte ihn daran, warum er hier war.

Sie war zwar wunderschön, aber sie war immer noch sein Auftrag.

Außerdem hatte er sich für gewöhnlich besser unter Kontrolle, obwohl sein harter Schwanz anderer Meinung zu sein schien.

Verdammt.

»Sehen Sie es einfach als ein nachbarschaftliches Rendezvous, zu dem wir uns schon bald treffen sollten«, flüsterte er ihr zu. Dann richtete er sich wieder auf, um sein Handy aus der Tasche zu ziehen.

Schade. Wir haben im Apartment nichts Nützliches finden können. Wir sind in etwa dreißig Minuten fertig. Tut mir leid, dass wir dich enttäuschen müssen. Er konnte Grace' niedergeschlagenen Tonfall förmlich hören. Er würde sie später anrufen müssen, um sie zu beruhigen. Jayson hatte zwar gehofft, etwas zu finden, doch er hatte es im Grunde nicht erwartet. Am Ende hatte er alles Nötige mittels der altbewährten Kunst der Konversation erfahren.

~

LIZZIE BEMÜHTE SICH, gleichmäßig weiter zu atmen.

Was war gerade geschehen?

Jayson hatte sich so dicht zu ihr vorgebeugt, dass sie den erdigen Duft seines Aftershaves fast schmecken konnte. Jetzt stand er einfach nur hinter ihr, während er etwas in sein Handy tippte. Sie blickte auf und sah, dass er ein Grinsen im Gesicht hatte, wobei er jedoch nicht sie, sondern sein Telefon anblickte.

Eine andere Frau vielleicht?

Es war gut möglich, dass er ein Frauenheld war. Sie kannte ihn kaum und wusste nur, dass er gern mit einer Pizza in der Hand in die Wohnung seiner Nachbarn eindrang. Doch seine Offenheit und Lässigkeit ließen darauf schließen, dass er im Umgang mit Frauen sehr geübt war. Dazu kam noch sein gutes Aussehen und sie konnte davon ausgehen, dass er kein Kind von Traurigkeit war.

Doch das war nicht von Bedeutung.

Sie waren nur Freunde, die sich zu einem *nachbarschaftlichen Rendezvous* getroffen hatten, wie er es nannte.

Was machte es da schon, wenn seine Lippen ihr Ohr streiften, wenn er ihr etwas zuflüsterte? Man konnte das kaum romantisch nennen, obwohl sie plötzlich Schmetterlinge im Bauch hatte.

»Wir sollten uns langsam auf den Rückweg machen«, sagte er, während er immer noch auf sein Handy starrte. »Es ist schon spät und wir müssen beide morgen früh arbeiten.«

Sicher. Gerade flirtete er noch mit ihr und im nächsten Moment wollte er gehen. Sie hatte entweder die Signale missverstanden oder etwas Falsches gesagt. Vielleicht war es eine Mischung aus beidem?

Sie ärgerte sich, weil sie sich wieder viel zu viele Gedanken machte, und schob ihren Stuhl zurück, wobei sie Jaysons Beine rammte.

»Oh!« Sie drehte sich um und zuckte innerlich zusammen, als sie seinen gequälten Gesichtsausdruck sah. »Es tut mir *so* leid!«

Er räusperte sich und trat einen Schritt zurück, damit sie aufstehen konnte. »Kein Problem.« Allerdings klang seine Stimme immer noch schmerzverzerrt. Sie hatte den Stuhl zwar mit Wucht zurückgeschoben, doch es hätte nicht so wehtun sollen.

Es sei denn, die Lehne hatte mehr als nur seine Beine getroffen …

Es war typisch, dass Lizzie den Abend auf diese Weise beenden musste.

Indem sie sich wie ein Tollpatsch verhielt.

Die Hitze stieg ihr in den Nacken, wobei ihre Wangen und sogar ihre Brüste rot anliefen. Sie wünschte sich, dass sie die Möglichkeit hätte, sich direkt in ihre Wohnung zu teleportieren, um sich unter ihrem Bett zu verstecken.

»Es tut mir leid«, wiederholte sie hilflos.

Er bedachte sie mit einem warmherzigen Blick. »Ich glaube, ich werde es überleben, Rotschopf.«

Sie war nicht einmal imstande, sich gegen den furchtbaren Spitznamen zur Wehr zu setzen. Obwohl sie zugeben musste, dass er aus seinem Mund eher wie ein liebevolles Kosewort klang. Vielleicht bildete sie es sich auch nur ein.

Er nahm ihre Handtasche und schlang sie sich um den Arm.

»Sie haben mich nur überrascht, aber ich war selbst schuld daran, weil ich mit meinem Handy beschäftigt war.« Seine

Finger tanzten über ihr Handgelenk, bevor er ihre Hand ergriff. »Wollen wir?«

Er gab sich so zwanglos.

Als wäre es die platonischste Sache der Welt, ihre Hand zu halten.

Er führte sie nach draußen und zur nächsten U-Bahn-Station.

Es war kühl geworden und auf ihren nackten Armen und Beinen zeichnete sich eine Gänsehaut ab. Die kurzen Ärmel ihres Kleides hatten sie im Restaurant und am frühen Abend ausreichend gewärmt, doch sie waren länger geblieben, als sie erwartet hatte.

»Pullover oder Arm?«

Lizzie blinzelte ihn an, als wäre er ein Außerirdischer. »Wie bitte?« *Schon wieder diese Frage.*

»Soll ich entscheiden?«

Äh ... »Warum nicht?«

»Hervorragend.« Jayson ließ ihre Hand los und schlang einen Arm um ihre Schulter, um sie an sich zu ziehen.

Oh, das fühlt sich gut an.

Sie spürte seinen starken und warmen Körper, der sich an ihren schmiegte. Wer hätte ahnen können, dass Zedernholz so gut duftete?

»Ist das besser?«, fragte er, als er ihr über den Arm strich.

Ihr Mund schien außerstande, ein Wort zu formulieren, daher nickte sie nur.

Es war Freunden gestattet, sich gegenseitig zu wärmen, nicht wahr?

Ja.

In Ordnung.

Nein, es war kein Rendezvous. Er wollte Lizzie nur davor bewahren, sich den Hintern abzufrieren. Stas hatte sie schon viele Male auf diese Weise gewärmt und hätte jetzt dasselbe getan, denn Lizzie trug selbst im Winter mit Vorliebe Kleider.

Tom hätte es auch getan, flüsterte ihr Herz ihr zu.

Sie schob den Gedanken beiseite und vergrub ihn tief in ihrem Inneren. Warum sollte sie zulassen, dass die Vergangenheit ihr den Abend mit ihrem neuen Freund ruinierte?

Sie verspürte einen Anflug von Bedauern, als Jayson seinen Arm zurückzog und sie sich in der U-Bahn nebeneinandersetzten. Sie unterhielten sich eine Weile über dies und das, bis Jayson von Lizzie wissen wollte, warum sie sich für den Lehrberuf entschieden hatte. Für gewöhnlich antwortete sie auf die Frage damit, dass sie Kinder mochte, doch die Worte blieben ihr im Halse stecken. Allerdings lag das nicht an ihrer Nervosität, sondern daran, dass sie ihm aus unerklärlichem Grund mehr verraten wollte.

Die Wahrheit.

»Kinder sind in diesem Alter so leicht zu beeindrucken«, murmelte sie. »Ich finde es wichtig, einen positiven Einfluss auf sie auszuüben, da mir dies als Kind verwehrt blieb.«

Er streckte seinen Arm über ihre Sitzlehne und wandte sich ihr zu. Ihre Knie berührten sich, doch das schien ihn nicht weiter zu stören. »Hatten Sie in der Schule schlechte Lehrer?«

In seiner Stimme lag ein Anflug von Ungläubigkeit. Offenbar nahm er an, dass ihre Eltern ihr eine gute Ausbildung geboten hatten, was auch stimmte. Doch das hatte sie nicht gemeint.

»Ich habe eine Privatschule besucht und meine Lehrer waren alle hervorragend. Doch solange Geld im Spiel ist, kann man auch mal ein Auge zudrücken.« Und das taten sie. Ständig. »Wenn zum Beispiel eine Schülerin nicht zum Unterricht erscheint, weil sie an einem Schönheitswettbewerb teilnimmt oder viel mehr Zeit mit Ballettstunden als mit Lernen verbringt, dann sollte man doch meinen, dass ein Lehrer einschreitet, nicht wahr?«

»Doch sie haben nichts unternommen.«

»Genau.« Sie verzog das Gesicht zu einer Grimasse, doch er lächelte nicht.

»Ich nehme an, dass Sie an den Ballettstunden und Schönheitswettbewerben teilnehmen mussten?«

Sie nickte. »Ich habe bis zum College regelmäßig daran teilnehmen müssen.« Und selbst dann hatte ihre Mutter noch versucht, sie zu den Wettbewerben für Erwachsene zu drängen. Als Lizzie jedoch achtzehn wurde, hatte sie ihr Verweigerungsrecht geltend gemacht. Das Tanzen hatte sie allerdings nie aufgegeben. Zumindest nicht gänzlich. Heute ging sie zum Vergnügen zum Ballettunterricht, wann immer sie Zeit hatte. In letzter Zeit war das jedoch nicht oft.

Er ließ den Blick über ihren Körper schweifen und lächelte. »Ich wette, Sie haben oft gewonnen.«

Sie erwiderte sein Lächeln nicht. »Hin und wieder.« Und wenn sie nicht gewonnen hatte, musste sie sich den Tadel ihrer Mutter noch Tage danach anhören. Sie blickte auf ihre Hände und seufzte. »Ich habe mich dem Lehrberuf verschrieben, um Kindern wie mir zu helfen, die unter emotionalem und körperlichem Missbrauch leiden.« Denn genau das hatte sie durchgemacht, auch wenn ihre Mutter es nie zugeben würde.

Er hob mit dem Daumen ihr Kinn an und blickte ihr tief in die Augen. »Ich finde das bewundernswert, Elizabeth. Und es tut mir leid.«

Sie blinzelte. »Was denn?«

»Es tut mir leid, dass ich mich über etwas lustig gemacht habe, das Ihnen offensichtlich so viel Kummer bereitet, und ich bedaure, dass Sie so etwas durchmachen mussten. Man sollte seine Kindheit mit Spaß und Spielen verbringen, doch ich weiß aus eigener Erfahrung, dass das nicht immer der Fall ist.« Er strich ihr mit den Fingerspitzen über ihren Kiefer, bevor er wieder seinen Arm hinter ihr ausstreckte und sich zurücklehnte. »Meine Eltern, oder besser gesagt mein Vater hat ebenfalls gewisse Erwartungen an mich gestellt. Selbstverständlich bin ich seinen Wünschen nicht nachgekommen.«

»Dennoch haben Sie es offensichtlich weit gebracht«, erwiderte Lizzie. Wenn er sich eine Wohnung in ihrem Apartmentgebäude leisten konnte, dann konnte es ihm nicht schlecht gehen. Es sei denn, sein Vater hatte ihm die Wohnung ebenfalls gekauft, was sie allerdings stark bezweifelte.

»Oh, mir geht es ohne ihn hervorragend, vielleicht sogar, weil ich nichts mehr mit ihm zu tun habe.« Jayson lachte leise und schüttelte den Kopf. »Hm, ich glaube, hier müssen wir aussteigen.«

Lizzie lächelte. »Sie haben sich immer noch nicht ganz eingelebt, nicht wahr?«

»Die Stadt ist riesig.«

»Sicher, aber Sie haben mir immer noch nicht erzählt, woher Sie eigentlich kommen.«

Er stand auf und ergriff ihre Hand, um sie auf die Füße zu ziehen. »Ich glaube, ich behalte es noch eine Weile für mich, Rotschopf.« Er schenkte ihr einen vielsagenden Blick. »Ich will Ihnen schließlich einen Grund geben, um sich wieder mit mir zu treffen.«

»Ach ja? Wollen Sie damit etwa sagen, dass ich eine Wahl habe?«, neckte sie ihn, als sie die Treppe hinaufgingen. Das nächste Mal würde sie daran denken, eine Strickweste mitzunehmen.

»Sie hatten auch heute Abend eine Wahl«, erinnerte er sie.

»Ich habe nur zugestimmt, mit Ihnen essen zu gehen, damit Sie nicht wieder in meine Wohnung einfallen.«

Er legte seinen Arm über ihre Schultern und zog sie ruckartig an sich. Sie presste eine Hand auf seinen Bauch, um nicht zu stolpern. Sie konnte sein Lachen in ihrem Arm spüren, den sie um seine Taille schlang, um sich abzustützen.

»Das ist also der Dank dafür, dass ich Sie zu einer Pizza eingeladen habe. Schon zum zweiten Mal.«

Sie versuchte mit aller Kraft, sich auf seine Worte zu konzentrieren und sich nicht von den stahlharten Muskeln unter ihren Fingerspitzen ablenken zu lassen. Es war eine Sache, sie zu sehen, doch sie zu berühren, war etwas völlig anderes.

Er ging weiter und sie versuchte, mit ihm Schritt zu halten, während sie verzweifelt nach einer Antwort suchte.

»Danke schön?« Zumindest glaubte sie, dass er es hören wollte. Vielleicht. Sie hatte keine Ahnung. Ihr Verstand funktionierte nicht richtig, solange sie einem solchen Prachtexemplar von Mann derart nahe war. Es war ein Wunder, dass sie nicht über ihre eigenen Füße stolperte.

Zumindest war ihr nicht mehr kalt. »Das war fast glaubwürdig, Rotschopf.«

»Es tut mir leid?«

Er lachte wieder und führte sie zu ihrem Apartmentgebäude, während sie sich darauf konzentrierte, einen Fuß vor den anderen zu setzen.

Was zum Teufel ist nur los mit mir?

Stas hatte immer von ihr behauptet, dass sie verrückt nach Jungs war, weil sie geradezu besessen von Liebesbeziehungen und Hochzeiten war, doch das meiste davon war nur scherzhaft gemeint. Lizzie wünschte sich, dass ihre beste Freundin glücklich war, während sie ihr eigenes Glück hintangestellt hatte, da sie immer nur Tom gewollt hatte. Zumindest hatte sie geglaubt, ihn zu wollen.

Jayson veranlasste sie dazu, all das infrage zu stellen. In seiner Gegenwart empfand sie ein völlig anderes Gefühl. Sie war nicht liebestrunken, sondern fühlte sich glücklich und beschützt. Und gewärmt.

Sie würdigte den Nachtportier kaum eines Blickes, sondern ging schweigend zum Treppenhaus, während Jayson ihr folgte. Als sie ihr Stockwerk erreichten, bedeutete er ihr mit einer Geste weiterzugehen, und sie lachte.

»Aha, das ist der Moment, an dem Sie auf einen Nachtisch mit hereinkommen wollen.«

Er schenkte ihr ein Grinsen. »Nein, das ist der Moment, an dem ich mich davon überzeuge, dass Sie wohlbehalten in Ihrer Wohnung sind, bevor ich nach oben gehe.«

»Das trifft sich gut, denn ich habe schon seit Tagen nichts mehr gebacken.«

»Sie backen?«

Sie drehte sich um und lehnte sich an den Türrahmen, dann sah sie zu ihm auf. »Ich werde ihnen nichts weiter von meinen Hobbys erzählen, bis Sie mir verraten, woher Sie kommen.«

»Ich verstehe, was Sie vorhaben.« Er stützte sich mit einem Unterarm über ihrem Kopf ab und drängte sie mit seinem muskulösen Körper gegen die Tür. »Wenn Sie mir ein paar Kekse backen, werde ich Ihnen mehr über meine früheren Wohnorte erzählen.«

»Warum ausgerechnet Kekse?«

»Weil Dennis mir berichtet hat, wie köstlich sie sind.«

Verdammt. Der Portier hatte ihr Geheimnis preisgegeben, doch sie musste lachen. »Er liebt Schokolade.«

»Ich auch«, murmelte Jayson, während er ihr direkt in die Augen blickte. »Aber ich mag eine Menge Dinge.«

Sie schluckte und wusste nicht, wie sie darauf reagieren sollte. Die versteckte Anspielung in seiner Stimme raubte ihr den Atem. Die meisten Männer, die ihr derart nahe kamen, riefen in ihr ein unbehagliches Gefühl hervor. Das galt sogar für die Männer, die sie geküsst hatte, doch Jayson war anders. In seiner Gegenwart verspürte sie ein Gefühl von Glück, das bisher nur wenige Menschen in ihr hatten wachrufen können.

»Der heutige Abend hat Spaß gemacht, Rotschopf.«

»Das finde ich auch.« Sie hätte schwören können, dass ihr

Herzschlag ihre Stimme übertönte. In ihren Ohren klang er wie eine laute Trommel.

Ein stetiger dumpfer Schlag nach dem anderen.

Und sie hatte geglaubt, seine Musik wäre unerträglich. Nein! Sie konnte keinen klaren Gedanken fassen, so sehr dröhnte es in ihrem Inneren.

»Ich melde mich, wenn ich von meiner Geschäftsreise zurück bin. Dann können wir uns auf einen Termin für einen Konzertbesuch einigen. Wir könnten auch ins Kino gehen.«

Sie nickte wie ferngesteuert, wobei sie sich nicht einmal sicher war, wozu sie ihre Zustimmung gab.

Sein Lachen hinterließ ein prickelndes Gefühl auf ihren Lippen und sandte ihr einen elektrisierenden Schauer über den Rücken.

»Freunde können sich doch mit einem Gutenachtkuss voneinander verabschieden, nicht wahr?«, fragte er, als er mit seinem Mund über den ihren strich.

Sie nickte wieder, denn gegen diese Logik hatte sie nichts einzuwenden.

Er legte eine Hand an ihre Wange, als er seine Lippen auf die ihren presste und ihr einen unschuldigen, aber festen Kuss gab. Dann trat er einen Schritt zurück und sie sehnte sich sofort nach mehr. Der heiß glühende Blick in seinen Augen verriet ihr, dass das Gefühl auf Gegenseitigkeit beruhte.

»Gute Nacht, Lizzie«, sagte er leise. »Denk daran, die Tür abzuschließen.«

Richtig. Die Tür.

Irgendwie schaffte sie es, sie aufzuschließen und ein »gute Nacht« über die Lippen zu bringen.

Sie bebte noch immer am ganzen Körper, nachdem Jayson längst gegangen war.

Sie saß auf der Couch und starrte ins Leere, während die Emotionen auf sie einstürmten.

Sie hatte das Gefühl, als hätte er sich in ihre Seele

eingebrannt, was selbst in ihren eigenen Ohren völlig lächerlich klang. Doch sein Wesen war in ihr Innerstes eingedrungen und hatte aus ihr ein zitterndes Wrack gemacht, das von quälendem Verlangen geplagt wurde.

Wegen eines einzigen Kusses!

Weder Toms Umarmungen noch ihre früheren Erfahrungen hatten in ihr ein so starkes Gefühl hervorrufen können.

Freunde können sich doch mit einem Gutenachtkuss voneinander verabschieden.

Aber doch nicht auf diese Weise.

Ich stecke wirklich in Schwierigkeiten.

Kapitel Fünf

Gläsertausch

Tag acht ohne menschliche Nahrung und die Vitalwerte des Testobjekts fallen innerhalb eines angemessenen Bereichs. Die nächste Phase schließt die Einnahme von Blut mit ein.

Eintrag 105.02.4-7

Lizzie bekam eine Gänsehaut, als sie in den Fahrstuhl stieg. Sie hatte nicht die geringste Lust, hier zu sein, und hätte es sich an diesem Sonntagmorgen lieber in ihrer Wohnung gemütlich gemacht, doch ihre Mutter hätte sie umgebracht, wenn sie sich vor dem Brunch drückte.

Stas ergriff ihre Hand und drückte sie. »Es wird schon nicht so schlimm werden, Liz.«

»Der letzte Brunch war furchtbar«, murmelte Lizzie. Tom hatte oft nicht an dem Brunch teilgenommen, weil er sich irgendwo auf einer Mission befunden hatte, doch beim letzten Mal war er aus einem ganz anderen Grund nicht erschienen. Ihre Eltern hatten sich geweigert, bei Tisch darüber zu sprechen, denn es hätte den Benimmregeln ihrer Mutter widersprochen.

»Diesmal wird es anders«, versprach Stas, »denn ich werde nicht zulassen, dass die Böse Hexe ihr Gift versprüht.«

Lizzies Mundwinkel verzogen sich zu einem Lächeln. Ihre beste Freundin hatte ihrer Mutter den Spitznamen gegeben, nachdem sie sie zum ersten Mal getroffen hatte. »Wie hast du Issac davon überzeugen können, heute zu kommen?« Sie waren schon seit einigen Monaten ein Paar, doch bisher hatte er noch nie an einem Brunch teilgenommen.

»Dr. Fitzgerald hat ihn darum gebeten.«

»Tatsächlich?«

»Ja. Das bedeutet, dass dir gleich zwei Freunde zur Seite stehen werden, Liz. Denn Issac wird Lillians Bösartigkeit genauso wenig dulden.«

Bevor Lizzie etwas erwidern konnte, verkündete ein Klingeln, dass sie ihr Stockwerk erreicht hatten. Issac Wakefield stand vor der Tür und wartete in einem seiner maßgeschneiderten Anzüge in der Empfangshalle auf sie. Heute trug er Schwarz auf Schwarz, was sein schwarzbraunes Haar und seine auffallend blauen Augen besonders zur Geltung brachte. Er lächelte nicht, als sie aus dem Fahrstuhl traten, doch er bedachte Stas mit einem beifälligen Ausdruck in den Augen, als er seinen Blick über ihr marineblaues Kleid und die passenden Pumps schweifen ließ.

»Aya«, sagte er mit gedämpfter Stimme, als er an einer ihrer blonden Haarsträhnen zog, »ich habe dich heute Morgen vermisst.« Stas gab ihm einen zärtlichen Kuss auf die Wange und flüsterte ihm etwas ins Ohr, woraufhin ein Lächeln seine Lippen umspielte.

Sie bekundeten ihre Zuneigung in der Öffentlichkeit nur selten, doch die beiden verband eine aufrichtige Liebe. Und zwar nicht die Art undeutlicher, leichtlebiger Zuneigung, sondern eine seelentiefe, herzzerreißende Verbindung, die fast schmerzhaft mit anzusehen war. Gewöhnliche Menschen durften so eine Art Liebe nie erleben und das Paar, das sie nun vom Empfangstresen aus beobachtete, hatte eine solch innige Zuneigung sicher nie erfahren.

Lizzies fröhliches Lächeln erstarb, als ihr Blick auf das strenge Profil ihrer Mutter fiel. Ihr würde es guttun, wenn sie zur Abwechslung ein paar lose Strähnen um ihr Gesicht baumeln ließ und vielleicht völlig auf den Eyeliner verzichtete. Er schien ihrem Gesicht bleibenden Schaden zugefügt zu haben, der aber auch von den Stirnfalten herrühren konnte.

Neben Lizzies wohlgenährtem Vater wirkte sie überaus zierlich. Er war nicht unbedingt übergewichtig, aber im Vergleich zu dem schlanken, blonden Mann neben ihm konnte man ihn als pummelig bezeichnen.

Sie verspürte einen Stich, als sie ihn erblickte. Er sah seinem Sohn unglaublich ähnlich und obwohl er mittlerweile sicher Mitte fünfzig war, wirkte er nicht älter als vierzig.

»Hallo, Elizabeth«, begrüßte Issac sie. Sein britischer Akzent verlieh ihrem Namen einen Sex-Appeal, den sie nicht oft hörte. »Wir geht es dir, meine Liebe?«

Sie zwang sich zu einem Lächeln. »Es geht mir gut. Und wie geht es dir?«

»Ich will es so schnell wie möglich hinter mich bringen«, gestand er leise. »Wollen wir?«

Seine Aufrichtigkeit war erfrischend und sie fühlte sich gleich ein wenig besser. Sie nickte.

Stas hakte sich bei ihr ein und übernahm die Rolle ihrer Leibwächterin, als sie auf die anderen zugingen. Obwohl sie sich alle kannten, begrüßten sie einander auf formelle Art, bevor sie sich an ihren üblichen Tisch am Fenster setzten.

Ich kann es kaum erwarten, es hinter mich zu bringen. Um vierzehn Uhr ist alles vorbei.

JAYSON HATTE MITLEID MIT LIZZIE. Er konnte das Unbehagen und den Kummer in ihrem Gesicht sehen, als ihre Mutter ihr wieder etwas ins Ohr flüsterte.

Verbales Gift.

Stas saß zu ihrer Rechten, was Jayson noch mehr verärgerte. Sie sollte in Hydria sein und nicht an einem Brunch mitten in Manhattan teilnehmen. Offenbar hatte sie mit Issac irgendeine Abmachung getroffen, der Luc widerwillig zugestimmt hatte.

Doch sie schien die Einzige zu sein, die Lizzie davon abhalten konnte, in Tränen auszubrechen, während sie ebenso wütend wie er selbst zu sein schien. Sie hatte die Augen zusammengekniffen, während Issac vor zehn Minuten seine Hand unter den Tisch geschoben hatte, um sie entweder zu beruhigen oder sie daran zu hindern, die Frau über Lizzie hinweg anzuspringen und sie körperlich anzugreifen.

Die beiden anderen Männer am Tisch schienen es entweder nicht zu bemerken oder es war ihnen egal.

Arschlöcher.

Jayson hätte Lillian am liebsten die Panoramafenster näher gezeigt, indem er sie durch die Scheibe warf. Leider hatte er jedoch in der Küche zu tun.

Issac hatte die bewundernswerte Fähigkeit, die Sehkraft anderer zu manipulieren, was in solchen Situationen sehr nützlich war. Er war imstande, ihre visuellen Rezeptoren anzuzapfen und dadurch ihre Wahrnehmung der Realität zu verändern, wobei er mit Leichtigkeit Hunderte von Menschen gleichzeitig beeinflussen konnte. Der Ichorianer hatte es einmal mit einer Reihe Fernseher verglichen, wobei er einfach für alle denselben Sender einstellte.

Über die Jahrhunderte hinweg hatte er die Gabe perfektioniert.

Im Moment erlaubte sie Jayson, sich frei durchs Restaurant zu bewegen, ohne bemerkt zu werden. Selbst

Lizzie konnte ihn nicht sehen. Stas war die Einzige, die der Manipulation gegenüber immun war, denn auf dem Rücken trug sie das Mal einer Rune, die ichorianische Fähigkeiten blockierte.

Niemand wusste, wie und warum es dorthin gekommen war, doch es war dafür verantwortlich, dass die beiden Turteltauben sich überhaupt getroffen hatten.

Jayson schlich sich in die Küche und folgte der blonden Kellnerin, die gerade die Getränkebestellung an Lizzies Tisch aufgenommen hatte. Er war gemeinsam mit Issac dreißig Minuten vor Beginn des Brunchs eingetroffen, um sich das Restaurant genauer anzusehen, hatte jedoch nichts Interessantes finden können. Sie hatten sich für Plan B entschieden, bei dem Jayson das Geschehen nicht aus den Augen lassen und nach allem Ausschau halten sollte, was ihm ungewöhnlich erschien.

Bisher hatte er nichts Auffälliges entdecken können.

Doch der Brunch hatte gerade erst begonnen.

Die kleinwüchsige Kellnerin tippte die Bestellung, einschließlich Lizzies grünem Salat ohne Dressing mit trockener Hähnchenbrust, ins System ein.

Das klingt furchtbar.

Was war nur aus seinem Pizza liebenden Rotschopf geworden, der fettige Salami genauso sehr genoss wie er?

Stas bestellte zweimal Pasta mit extra Knoblauchbrot.

Lecker.

Issac hatte gut gewählt.

Ihre Beziehung hatte zwar keine Zukunft, doch das war nicht Jaysons Problem.

Er folgte der zierlichen Kellnerin zur Bar, wo sie fünf Gläser füllte. Dann zog sie ein Handy aus der Tasche und tippte ein Wort hinein.

Bereit.

Die Antwort ließ nicht lange auf sich warten. *Hier.*

Sie ließ die Getränke stehen und ging mit einem leeren Glas in der Hand zum Hintereingang. Vor einem etwas abgelegenen Lastenaufzug blieb sie stehen. Jayson hoffte, dass Issac das alles sah, denn andernfalls würde seine Tarnung auffliegen, sobald sich die Tür öffnete.

Er lehnte sich mit der Hüfte gegen die Wand und ließ seine Hände lose neben seinem Körper hängen, um für alle Fälle kampfbereit zu sein. Seine Verbundenheit zu Metall sowie die Messer in seiner Anzugjacke würden ihm dabei behilflich sein.

Ein leises *Ping* ertönte, kurz bevor die Türen sich öffneten und den Blick auf einen blonden Mann mit breiten Schultern und einem gelangweilten Gesichtsausdruck freigaben.

Sentinel Stark, dachte Jayson. Er war Stas' Hauptausbilder bei der CRF.

Der Mann ließ den Blick aus seinen hellgrünen Augen in Jaysons Richtung wandern. Als er jedoch keinerlei Reaktion zeigte, wusste Jayson, dass Issacs Manipulation immer noch wirksam war. Stark trat mit einem Glas Wasser in der Hand einen Schritt nach vorn.

»Hallo, Stark«, begrüßte die Kellnerin ihn.

»Bridget«, erwiderte er, als sie die Gläser austauschten. »Ich weiß Ihre Hilfe wie immer sehr zu schätzen.«

Sie lächelte. »Es ist nicht gerade ein schwieriger Job.«

Er erwiderte ihr Lächeln nicht, sondern trat zurück in den immer noch geöffneten Fahrstuhl. »Bis in vier Wochen.«

Jayson hätte sich am liebsten geohrfeigt, weil ihm dieser offensichtliche Zusammenhang völlig entgangen war. Stas hatte den monatlichen Brunch zwar erwähnt, doch keiner von ihnen hatte sich irgendetwas dabei gedacht.

Er schüttelte immer noch den Kopf, als die Blondine sich umdrehte, einen Schrei ausstieß und das Glas fallen ließ. Es zersprang zwischen ihnen in unzählige Einzelteile.

Offenbar hatte Issac diesen Zeitpunkt gewählt, um die visuelle Manipulation aufzuheben.

Arschloch, dachte Jayson. Da er ihn nicht vorgewarnt hatte, lag ihre beste Spur jetzt überall auf dem Boden verteilt. Darüber hinaus musste er sich mit einer hysterischen Frau herumschlagen. Er konnte unmöglich so tun, als wäre er nur zufällig im Personalbereich gelandet.

Seine Instinkte übernahmen die Kontrolle.

Er packte sie, bedeckte ihren Mund mit einer Hand und zog sie nur wenige Sekunden, bevor zwei Angestellte durch die Tür eilten, in eine Ecke.

»Was zum Teufel war das?« Ein untersetzter Mann mit einer Kochmütze auf dem Kopf beäugte mit verärgerter Miene die Glassplitter auf dem Boden. »Im Ernst, was ist hier los?«

Die brünette Frau neben ihm kratzte sich ihre lange Nase und blickte in Jaysons Richtung. Da sie nicht reagierte, entspannte er sich.

Danke, Issac, dachte er, wobei ihn der Ichorianer natürlich nicht hören konnte.

»Hol einen Besen«, sagte der Koch. »Und wisch das auf.«

Er wartete nicht auf eine Antwort, sondern verließ ohne ein weiteres Wort den Personalbereich. »Arschloch«, murmelte die Brünette, als sie sich einen Wischmopp und einen Besen schnappte und sich dann gemächlich daranmachte, die Scherben aufzusammeln.

Währenddessen versuchte die Kellnerin vergeblich, seinem Griff zu entkommen. Jayson war nicht gerade ein Anfänger, wenn es darum ging, eine Frau festzuhalten. Er hatte einen Arm um ihre Taille geschlungen und dabei ihre Arme fest gegen ihren Körper gepresst, während er mit der anderen Hand ihren Mund bedeckte. Sie strampelte vergeblich mit den Beinen, als er sie hochhob. Sie schaffte es, ihm ein paar ordentliche Tritte mit den Hacken zu versetzen, doch er war Schmerzen gewohnt.

Als die Aushilfsputzfrau endlich damit fertig war, den Boden aufzuwischen, war die Blondine in seinen Armen völlig erschöpft.

Er wartete noch eine Minute, bis er aus der Ecke hervortrat und die Frau mit sich zur Tür trug, die er leise verschloss.

»Also.« Er drehte die Blondine zu sich um und sah das Entsetzen in ihrem Gesicht. »Ich werde Ihnen nicht wehtun, aber Sie müssen mir einen Gefallen tun.«

Sie zog die Augenbrauen in die Höhe, während ihr Tränen über die Wangen kullerten.

»Okay, ich will eines klarstellen«, fuhr er fort, »wenn Sie schreien, werde ich Sie wieder festhalten müssen. Sie werden bereits bemerkt haben, dass Ihre Kollegen uns nicht sehen können. Daher würde ich Ihnen raten, den Mund zu halten und mir gut zuzuhören. Sie können später noch so viel schreien, wie Sie wollen, in Ordnung?«

Er hatte sie mit dem Unterarm an ihrem Bauch gegen die Tür gedrückt, während er ihr mit der anderen Hand den Mund zuhielt. Sie schien sich jedoch nicht mehr zu wehren, was er als gutes Zeichen deutete.

Allerdings würde es eine Weile dauern, bis der Schreck wieder aus ihren blauen Augen wich.

Menschen fassten es für gewöhnlich nicht gut auf, wenn sie mit dem Übernatürlichen in Kontakt kamen. Ihr Verstand würde ihr eine Vielzahl an Erklärungen für das Geschehene liefern, von denen keine die nahe liegende wäre. Dank ihrer Reaktion ließ sich jedoch eine Frage beantworten, die ihm unter den Nägeln brannte.

Sie hatte keine Ahnung von der Existenz der Ichorianer oder Hydraianer.

Was bedeutete, dass sie auch nichts über die wahre Natur der CRF wusste.

Er löste langsam seine Hand von ihrem Mund und wartete auf eine Reaktion. Als sie ruhig blieb, ließ er seine Hand sinken und lockerte den Griff um ihre Taille.

»Danke«, sagte er leise und meinte es ernst. Sie war offensichtlich völlig verängstigt, doch sie war intelligent genug, um sich ihm nicht zu widersetzen, und das respektierte er. »Um auf meinen Gefallen zurückzukommen. Ich will, dass Sie den Mann aus dem Fahrstuhl anrufen und ihm sagen, dass Sie ein weiteres Glas mit dem Getränk benötigen, das er Ihnen eben schon einmal gebracht hat.«

Sie zog die Augenbrauen in die Höhe. »Sie … Was wollen Sie?«

»Wissen Sie, was sich in dem Glas befindet?« Sie schüttelte langsam den Kopf.

»Aber Sie servieren es der Rothaarigen, nicht wahr? Alle vier Wochen?«

Sie bekam wieder ein wenig Farbe im Gesicht, als sie nickte.

»Ich nehme an, Sie werden dafür bezahlt«, fuhr er fort.

Wieder ein Nicken.

»Großartig. Ich will, dass Sie ihm zuerst eine Nachricht schreiben und ihm mitteilen, dass Sie das Glas aus Versehen haben fallen lassen. Und wenn er anruft, schalten Sie auf Lautsprecher, damit ich mithören kann.«

»Ich … ich …«

»Hören Sie, ich habe nicht viel Zeit. Ich will nur, dass Sie diesen Anruf tätigen. Dann verschwinde ich wieder.« Danach konnte sie wem auch immer sie wollte von ihm erzählen. Da er sein Aussehen verzerrt hatte, würde sie ihn ohnehin nicht beschreiben können, und dank Mateo waren die Aufnahmen des Überwachungssystems bereits verändert worden. Sie hatten sich in alle Richtungen abgesichert.

Sie schluckte, doch sie rührte sich nicht.

Offenbar war sie doch nicht so scharfsinnig, wie er zuerst geglaubt hatte. Der Schock hatte wohl ein paar ihrer Gehirnzellen zerstört.

»Entsperren Sie Ihr Telefon und geben Sie es mir.« Er streckte ihr die Hand mit der Handfläche nach oben entgegen und wartete.

Ihre Hand zitterte, als sie seiner Aufforderung Folge leistete.

Jayson las sich die Nachrichten durch, die sie von Stark erhalten hatte, und achtete darauf, welchen Tonfall sie bisher angeschlagen hatten. Sie waren alle kurz und bündig. Er würde ebenso verfahren.

Ich habe aus Versehen das Glas fallen lassen. Was soll ich tun?

»Ich nehme an, dass er gleich anrufen wird.« Wahrscheinlich wird er nicht sehr erfreut sein. »Ich will, dass Sie mit ihm reden. Wenn Sie mich auch nur mit einem Wort erwähnen, wird das unangenehme Folgen haben, verstanden?«

Sie nickte kurz und wurde wieder blass im Gesicht.

Jayson wusste, dass er Furcht einflößend sein konnte, wenn er wollte, doch das hier war einfach nur lächerlich. Bis auf die Tatsache, dass er sie festgehalten hatte, hatte er sie in keiner Weise bedroht. Sie sollte sich mehr Sorgen über den Sentinel machen.

Innerhalb von Sekunden klingelte ihr Handy und ein Name erschien auf dem Display: Agent Stark.

Okay, dann wollen wir mal.

Entweder sie spielte mit oder nicht.

Jayson nahm das Gespräch an und bedachte sie mit einem vielsagenden Blick.

»H-hallo?« Ihre Nervosität war zu erwarten gewesen und nicht verwunderlich. Stark würde vermuten, dass sie wegen des Missgeschicks erschrocken war und sich vor seiner Reaktion fürchtete.

»Sie haben das Glas fallen gelassen«, wiederholte er ausdruckslos.

»Ich … ich bin ge-gestolpert.«

»Aha.«

»Es … es tut mir leid.«

»Das glaube ich Ihnen«, erwiderte Stark. »Natürlich werden Sie diesen Monat nicht bezahlt werden.«

Tränen traten ihr in die Augen. »K-könnten Sie mir nicht noch ein Glas b-bringen?«

»Nein.« Seine knappe Antwort hallte durch den Raum, dann folgte ein Klicken, als Stark das Gespräch beendete.

Bridget blickte mit weit aufgerissenen Augen zu Jayson auf. Wahrscheinlich erwartete sie das Schlimmste von ihm und er konnte es ihr nicht einmal verübeln.

»Hervorragend. Sehen Sie, das war doch gar nicht so schwer, nicht wahr?« Er stieß sich von ihr ab und winkte in Richtung der Tür. »Sie können jetzt gehen.«

»D-das war alles?«

»Ich habe Ihnen doch gesagt, dass ich nur einen Gefallen wollte.«

Sie runzelte die Stirn. »Meinen Sie es wirklich ernst?«

»Ich versuche für gewöhnlich, mein Wort zu halten«, antwortete er, als er auf den Knopf neben dem Lastenaufzug drückte. »Oh, aber wenn ich Ihnen einen Rat geben darf, suchen Sie sich einen neuen Job und ändern Sie Ihre Telefonnummer.«

»Wie bitte? Warum?«

»Wegen Stark. Mit ihm ist nicht gut Kirschen essen. Wenn er genug von Ihnen hat, wird er Sie einfach austauschen. Und damit meine ich nicht, dass Sie gefeuert werden.« Er trat in die Fahrstuhlkabine, als die Türen sich öffneten. »Ich wünsche

Ihnen noch einen schönen Tag.« Er salutierte ihr und drückte dann auf den Knopf fürs Erdgeschoss.

Als die Türen sich schlossen, zog er sein Handy aus der Tasche und hielt es sich ans Ohr.

Jacque antwortete beim ersten Klingeln. »Was gibt's?«

Jayson hatte eine Vorliebe für Militärtechnik, die sich auch auf den Bereich der Telekommunikation erstreckte. Aus diesem Grund hatte er selbst innerhalb der Kabine aus Metall einen guten Empfang.

»Kannst du mich abholen?«, fragte er.

»Von den Koordinaten, die du mir geschickt hast?«

»Ja.« Jayson hatte vorausgesehen, dass etwas schiefgehen könnte, und hatte sich einen Ausweichplan zurechtgelegt.

»Kein Problem.« Dann war die Leitung tot.

Jayson schrieb eine kurze Nachricht an Issac, während er weiter hinab fuhr. *Auf dem Weg nach Hydria zur Einsatzbesprechung.*

Nächstes Treffen um 16:30 Uhr, kam die Antwort, als die Fahrstuhltüren sich öffneten.

Jacque wartete in der Empfangshalle. Er stand gegen eine Säule gelehnt da und hatte die Hände in den Taschen seiner Jeans vergraben. Jayson musste lächeln, als er sein T-Shirt einer Rockband und sein leicht zerzaustes Haar sah.

Nach Hause.

~

Lizzie sah zum tausendsten Mal auf die Uhr.

Der Brunch hätte schon vor dreißig Minuten vorbei sein sollen, doch da ihre Kellnerin verschwunden war, hatten sie gerade erst ihre Mahlzeit beendet.

Lizzie reichte dem Ersatzkellner ihren Teller mit dem halb gegessenen Salat und faltete die Hände in ihrem Schoß.

Bisher hatte ihre Mutter bereits drei Bemerkungen zu Lizzies schwarzem Kleid geäußert.

Die Farbe steht dir überhaupt nicht.

Warum kommst du auf die Idee, zu deinem roten Haar Schwarz zu tragen, vor allem, da Halloween vor der Tür steht?

Wirklich, Elizabeth, man könnte meinen, dass du um jemanden trauerst.

Lizzie hätte ihrer Mutter am liebsten mit einer Gabel in den Rachen gestochen.

Dennoch blieb sie schweigend sitzen und konzentrierte sich angestrengt auf das Blumengesteck in der Mitte des Tisches.

Stas drückte ihren Oberschenkel, um ihre Aufmerksamkeit zu wecken. »Was hältst du von Freitagabend, Lizzie?«

Äh ... »Du meinst diesen Freitag?«

Stas nickte. »Ist das genügend Zeit, um ein Abendessen vorzubereiten?«

Lizzie zog die Augenbrauen in die Höhe. Ihr war wohl etwas Wichtiges entgangen. »Das kommt darauf an, was du essen willst.« *Und wen ich sonst noch bewirte.*

»Ich habe deine Kochkünste schon immer genossen«, sagte Dr. Fitzgerald.

»Dem stimme ich zu«, sagte Issac leise. »Gibt es etwas, das Ihr Sentinel nicht isst?«

Welcher Sentinel?

Dr. Fitzgerald zuckte mit den Schultern. »Ich bin mir sicher, dass ihm schmecken wird, was Lizzie ihm auftischt.«

»Sentinel Stark«, flüsterte Stas ihr zu, als Issac und Dr. Fitzgerald sich auf eine Uhrzeit einigten. »Sie wollen am Freitag zum Abendessen kommen.«

»Warum?«, flüsterte Lizzie zurück.

Stas zuckte mit den Schultern. »Ich weiß es nicht. Dr. Fitzgerald hat vor Kurzem einen Anruf erhalten und danach um eine Einladung zum Essen gebeten. Er sagte, Stark will dich kennenlernen.«

»Warum?«, fragte Lizzie noch einmal.

»Wahrscheinlich weil ich ihm schon viel über dich erzählt habe. Vielleicht will er mich auch nur besuchen, um mich zu Hause zu schikanieren«, murmelte Stas.

»Es ist wirklich unhöflich, am Tisch miteinander zu flüstern, vor allem in Gesellschaft«, sagte Lizzies Mutter lautstark.

»Tatsächlich? Sie selbst hatten damit aber kein Problem, als sie Lizzie etwas ins Ohr geflüstert haben«, entgegnete Stas.

Oh nein.

Ihre Mutter starrte Stas in die Augen, doch bevor sie etwas erwidern konnte, ergriff Issac das Wort.

»Wäre dir neunzehn Uhr recht, Elizabeth? Oder benötigst du mehr Zeit, um ein Essen für fünf auszurichten?«

Das heißt, dass meine Eltern nicht daran teilnehmen werden. Gut. Sie hatte zwar keine große Lust auf Gesellschaft, doch einen Abend mit Stas und ihren Kollegen würde sie durchstehen.

»Neunzehn Uhr passt gut«, antwortete sie.

Lizzie liebte es zu kochen, doch in letzter Zeit hatte sie sich nicht einmal in der Nähe der Küche aufhalten wollen. Auch nicht, um Kekse zu backen. Es war der eigentliche Grund dafür, dass sie Jayson immer noch keine Schokoladenkekse gebracht hatte.

Dazu kam noch die Tatsache, dass er ihr seit ihrem Nicht-Rendezvous vor fünf Tagen nicht eine einzige Nachricht geschrieben hatte. Und jetzt war er unterwegs auf Geschäftsreise. Sie hatte keine Ahnung, wann sie ihn wiedersehen würde.

Wir sind nur Freunde, wiederholte sie zum millionsten Mal in Gedanken.

Er war ihr nichts schuldig und sie mochte ihn im Grunde kaum.

Sie hatte diese Woche zwar jede Nacht von ihm geträumt, doch das lag nur daran, dass sie einsam war.

Der Kuss hatte auch nicht viel zu bedeuten gehabt. Ihre Lippen hatten danach zwar noch eine Stunde lang gekribbelt, aber sie hatte seit über einem Jahr keinen Mann mehr geküsst. Da war es nicht verwunderlich, dass sie derart übertrieben reagierte.

»Lizzie«, murmelte Stas, »ist alles in Ordnung?«

»Es geht mir gut.« Die Worte kamen ihr leicht über die Lippen, wie jedes Mal, wenn jemand sie nach ihrem Befinden fragte.

Denn es war die Antwort, die von ihr erwartet wurde.

Der Mann, den ich fast mein ganzes Leben lang geliebt habe, ist gerade ums Leben gekommen, aber es geht mir gut.

Meine Mutter genießt es, mein Selbstvertrauen zu zerstören, aber es geht mir gut.

Du hast gerade den Mann, der der Liebe meines Lebens wie aus dem Gesicht geschnitten ist, für Freitagabend zum Essen eingeladen, aber es geht mir gut.

Meine beste Freundin hat einen Job bei der Firma angenommen, die meine Kindheit ruiniert hat und für Toms Tod verantwortlich ist, aber es geht mir gut.

Unser neuer Nachbar hat mich geküsst und sich danach nicht mehr bei mir gemeldet, aber es geht mir gut.

Gut.

Eine Lüge.

Lizzie ging es ganz und gar nicht gut.

Ihr ging es schon seit einiger Zeit nicht mehr gut. »Es geht mir gut«, wiederholte sie. Denn wenn sie es nur oft genug aussprach, dann würde sie es vielleicht selbst irgendwann glauben.

KAPITEL SECHS

KAFFEE MIT EINEM GEIST

Der Mitarbeiter des Gönners, der das heutige Experiment beaufsichtigt hat, hat den Vorschlag gemacht, die soziale Ausbildung des Testobjekts zu erweitern. Wir werden darüber nachdenken.

Eintrag 109.04.4-7

ER VERMISSTE SIE.

Er wusste, dass er nicht so empfinden sollte.

Es war lächerlich.

Doch er tat es trotzdem.

Jayson drehte sein Handy ein paarmal in seiner Hand herum, während er mit sich selbst haderte. Es konnte doch nicht schaden, wenn er sie kurz besuchte? Nur um Hallo zu sagen?

Immerhin waren sie Nachbarn. Und sogar Freunde.

Ich habe sie geküsst.

Man konnte es jedoch kaum einen Kuss nennen. B würde ihn zur Sexualtherapie schicken, wenn er darin mehr sah als eine platonische Geste.

Jayson küsste Frauen für gewöhnlich nicht auf diese zärtliche Weise. Stattdessen verschlang er sie förmlich.

Daher zählte der Kuss eigentlich nicht. Er hatte keinerlei Regeln gebrochen und keine Grenzen überschritten.

Es war eine Woche her, seit er zum letzten Mal mit Lizzie gesprochen hatte. Er beschützte sie pausenlos, doch sie wusste davon genauso wenig wie von seiner Anwesenheit im Restaurant vor zwei Tagen.

Ihr verlorener Gesichtsausdruck an diesem Morgen machte ihm immer noch zu schaffen. Normalerweise nahm er sowohl bei Männern als auch bei Frauen beim ersten Anzeichen von Emotionen Reißaus, doch ihr Kummer berührte ihn auf einer Ebene, von deren Existenz er zuvor nicht einmal geahnt hatte.

»Scheiße«, murmelte er und stand auf.

Er sollte eine Runde laufen gehen.

Oder jemanden vögeln.

Vielleicht auch beides.

Die Enthaltsamkeit trieb ihn noch in den Wahnsinn. Er hielt es für gewöhnlich nicht lange ohne Sex aus. Jayson genoss alle möglichen Arten von Sex, verschiedene Positionen und kleine Perversionen. Er hatte sogar schon Frauen mit Männern geteilt und umgekehrt.

Dreitausend Jahre waren eine lange Zeit, um sich nicht hin und wieder etwas Abwechslung zu verschaffen.

Ein Klopfen an der Tür ließ ihn aufschrecken, wobei er hoffte, dass ein gewisser Rotschopf ihn besuchen wollte. Stattdessen lehnte Ezekiel mit einem gelangweilten Ausdruck im Gesicht am Türrahmen. Er machte keine Anstalten einzutreten, sondern stand nur lässig mit verschränkten Beinen und einem Funkeln in seinen schwarzen Augen vor ihm.

»Hast du Lust, etwas trinken zu gehen?«, fragte er zu Jaysons Überraschung.

»Soll das etwa eine versteckte Anspielung sein?«

Ezekiel schenkte ihm ein Grinsen, bei dem er seine perfekten Zähne aufblitzen ließ. »Nein, heute nicht.«

»Ich werde mich umziehen.« Jayson ließ die Tür offen stehen, als er ins Schlafzimmer ging, wo er eine Jeans und einen Pullover anzog und mehrere Messer einsteckte. Als er wieder zurückkam, stand Ezekiel immer noch an derselben Stelle im Türrahmen. »Versuch nicht, mich umzubringen, denn du wirst damit keinen Erfolg haben.«

Der Ichorianer zuckte nur mit den Schultern, als wollte er sagen: *Möglicherweise.*

Jayson schloss die Tür ab und folgte dem Attentäter, der wie immer seine Lederjacke trug, den Flur entlang ins Treppenhaus. Die Tatsache, dass er Jayson den Rücken zuwandte, war ein Zeichen seines Vertrauens und seine Art, ihm dafür zu danken, dass er sich spontan entschieden hatte mitzukommen, statt ihm die Tür vor der Nase zuzuknallen.

»Wie kommst du mit dem sexy Rotschopf voran? Hat dein Werben bereits Wirkung gezeigt?«

»Ich umwerbe sie nicht.«

»Oh, ich weiß, dass du nicht wie erwartet vorankommst«, erwiderte der Ichorianer und nickte. »Es ist wirklich schade, nachdem euer Rendezvous in Brooklyn so gut gelaufen ist. Vielleicht solltest du sie öfter anrufen. Ich habe gehört, dass Frauen das mögen.«

Jayson widerstand dem Drang, dem Ichorianer ein Messer in den Rachen zu stecken, und konzentrierte sich darauf, mit ruhiger Stimme zu sprechen. »Ich hatte keine Ahnung, dass du dich so sehr langweilst, Zeke.« *Oder dass du uns nach Brooklyn gefolgt bist.*

Wie konnte er Lizzie beschützen, wenn er nicht einmal bemerkte, dass ein todbringender Attentäter ihnen auf Schritt und Tritt folgte?

»Ich würde eher sagen, dass ich *neugierig* bin.« Ezekiel

schenkte ihm wieder ein Furcht einflößendes Grinsen. »Aber im Ernst, was ist los mit dir? Wie kommt es, dass du ihr an einem Abend den Hof machst und sie am nächsten Tag ignorierst? Das klingt mir eher wie ein Spielchen, das eine Frau spielen würde.«

»Ich versuche nicht, ihr den Hof zu machen«, beteuerte Jayson.

»Natürlich nicht, Jay. Denn du stellst dich ziemlich beschissen an.« Ezekiel schüttelte den Kopf, als er ein paar Häuserblocks von dem Wohngebäude entfernt vor einem Café stehen blieb. »Soll ich dir zeigen, wie man es richtig macht?«

Nur über meine Leiche.

Jayson unterdrückte das Bedürfnis, Zeke zu erwürgen, und wechselte das Thema. »Als du vorgeschlagen hast, etwas trinken zu gehen, hatte ich eher eine Kneipe im Sinn.«

»Es ist eine Art Kneipe. Nur mit dem Unterschied, dass hier Kaffee ausgeschenkt wird.« Jayson wurde argwöhnisch. Er hatte zwar während der letzten Jahrhunderte den Kontakt zu dem Ichorianer verloren, doch er wusste, dass er normalerweise nicht die Neigung hatte, sich in einem Café zu entspannen.

»Warum sind wir wirklich hier, Zeke?«

»Um ein wenig zu spielen«, antwortete er, als er ihm die Tür aufhielt. »Nach dir.«

Das wird kein gutes Ende nehmen.

Sein Verdacht wurde bestätigt, als sein Blick auf Stas und Lizzie fiel, die gegenüber dem Eingang auf einer Couch saßen. Lizzie bemerkte ihn zuerst. Sie riss ihre braunen Augen auf und kniff sie dann zu dünnen Schlitzen zusammen.

»Ah ja, sie ist tatsächlich wütend auf dich.« Ezekiel stieß ihn leicht mit dem Ellbogen an. »Vielleicht kann ich dir dabei helfen, es wieder geradezubiegen?« Der Ichorianer stolzierte selbstsicher auf die beiden Frauen zu.

Scheiße.

Er hatte gewusst, dass Ezekiel etwas im Schilde führte, doch das hatte er nicht erwartet. Er musste all seine Kraft zusammennehmen, um sich nichts anmerken zu lassen, als er dem sadistischen Attentäter folgte. Sein Unbehagen wuchs, als Lizzie ihn mit einem finsteren Blick bedachte und Stas mit besorgter Miene von ihrer Kaffeetasse aufsah.

»Jayson?«, fragte Lizzie mit verwirrtem Gesichtsausdruck und einem leicht gekränkten Unterton. »Ich dachte, du bist geschäftlich unterwegs.«

»Das waren wir«, antwortete Ezekiel, bevor Jayson etwas erwidern konnte. »Wir sind gerade erst zurückgekehrt und wollten irgendwo etwas trinken gehen, als Jayson Sie zufällig hier gesehen hat.« Er zeigte auf das riesige Fenster, durch das man einen Blick auf den Broadway hatte.

Zumindest hat er mich nicht Jedrick genannt.

Lizzie warf einen Blick auf Ezekiel und zog die Augenbrauen in die Höhe. »Sie sind Kollegen?«

»Ich würde uns eher als Konkurrenten bezeichnen«, sagte der Attentäter mit geschmeidiger Stimme und streckte ihr eine Hand entgegen. »Ich bin übrigens Kiel.«

Sie verzog den Mund, doch ihre Manieren gewannen die Oberhand und sie schüttelte ihm die Hand. »Ich bin Lizzie.«

»Ich weiß«, erwiderte Ezekiel. »Jayson redet immerzu von Ihnen.«

Wow.

Jaysons Wunsch, dem Attentäter den Garaus zu machen, war gerade ins Unermessliche gestiegen.

»Als er Sie von draußen gesehen hat, hat er den Vorschlag gemacht, Ihnen Gesellschaft zu leisten, doch jetzt ist er verlegen.« Er schüttelte missbilligend den Kopf. »Das sieht ihm eigentlich gar nicht ähnlich. Ich würde sagen, Ihre Schönheit hat ihm die Sprache verschlagen. Er bringt keinen Ton mehr heraus, nicht wahr?«

Oh, um Himmels willen. Er stellte Jayson als ein Weichei dar.

Ein Messer zwischen den Augen würde sein Gesicht sicher verschönern. Vielleicht würde er ihm auch noch eines in die Lenden rammen. Ezekiel hatte schon immer eine Vorliebe für metallischen Schmuck gehabt, was auch der Grund für sein Lippenpiercing war.

»Kiel will damit nur sagen, dass wir hier eine Tasse Kaffee trinken wollten und euch gleich wieder in Ruhe lassen werden.« Jayson zeigte auf den Tresen, doch Zeke rührte sich natürlich nicht von der Stelle.

»Oh, aber du hast mir so viel über sie erzählt. Ich will noch mehr erfahren. Würde es Ihnen etwas ausmachen, wenn wir uns eine Weile zu Ihnen setzen?« Ezekiels beschwichtigender Tonfall jagte Jayson einen Schauer über den Rücken.

Verdammt. Sag Nein, Rotschopf.

»Äh …« Lizzie sah Stas an, doch die Blondine war ganz und gar auf Ezekiel fixiert. »Ich meine … ich denke, das geht in Ordnung.« Sie schien darauf zu warten, dass Stas ebenfalls etwas sagte, doch sie starrte den Ichorianer in Lederkluft nur mit zusammengepressten Lippen an.

Konnte sie die tödliche Aura spüren, die Ezekiel umgab?

Die hydraianischen Ältesten wollten alle, dass Stas die Stadt verließ. Es war hier viel zu gefährlich für sie, doch sie ignorierte ihre Wünsche. Würde sie jetzt endlich das Ausmaß des Risikos erkennen? Ihm wäre es zwar lieber gewesen, wenn sie auf andere Weise zur Einsicht gelangt wäre, doch Angst konnte durchaus motivierend sein.

»Wunderbar«, sagte Ezekiel leise. Er ließ sich schräg gegenüber von Lizzie auf die Couch sinken. »Holst du uns eine Runde, bitte?«

Jayson verschränkte ungerührt die Arme. »Wir sind hier nicht in einer Kneipe, Kiel.«

»Das ist wahr. Ich nehme einen Cappuccino.«

Jayson zog die Augenbrauen in die Höhe. »Und ich zahle wohl?«

»Natürlich.« Ezekiel wandte sich Lizzie und Stas zu. »Möchten die Damen auch etwas?« Er beäugte Stas' Kaffeetasse. »Vielleicht noch einen Latte, meine Liebe?«

Ihr Griff um die Tasse festigte sich, bis ihre Fingerknöchel weiß anliefen, als sie ihm in die Augen blickte. Ihr Gesicht wurde kreidebleich.

Keine Antwort.

Lizzie betrachtete ihre Freundin mit einem Stirnrunzeln, bevor sie zu Jayson aufsah. »Ich möchte nichts, danke.«

»Meine Güte, geht es Ihnen gut?«, fragte Ezekiel mit einem Hauch Belustigung in der Stimme, als er Stas anblickte. »Sie sehen aus, als hätten Sie einen Geist gesehen.«

Sie räusperte sich. »Nein. Es tut mir leid.« Sie stand ruckartig auf. »Ich will mir nur schnell ein Wasser holen.«

»Jayson kann das für Sie tun«, bot Ezekiel an.

»Das ist nicht nötig«, sagte Stas mit einer abwinkenden Handbewegung. »Ich bin gleich zurück.«

Lizzie sah Stas mit einem Stirnrunzeln nach, als sie angespannt zum Tresen stakste.

»Du solltest ihr nachgehen, Jay«, forderte Ezekiel ihn auf, »und unsere Getränke bestellen.«

Jayson kniff die Augen zusammen. *Wenn du sie anfasst, bringe ich dich um.*

Ist das nicht ein Heidenspaß?, schien Ezekiel zu antworten. »Geh schon. Ich verspreche dir, nicht zu beißen oder mich danebenzubenehmen.« Er warf Lizzie einen verschwörerischen Blick zu. »Manchmal geht einfach sein Beschützerinstinkt mit ihm durch.«

Sehr lustig, dachte Jayson verärgert. »Ich bin gleich hier drüben.« Er richtete die Worte ausschließlich an Lizzie. Sie müsste nur einen Schrei ausstoßen und er wäre sofort bei ihr.

»In Ordnung«, antwortete sie mit einem argwöhnischen

Blick. Sie glaubte wahrscheinlich, dass er verrückt war. Nicht zum ersten Mal wünschte sich Jayson, Lizzie die Wahrheit sagen zu können.

Er behielt sie im Auge, während er durchs Café ging, und zuckte zusammen, als Ezekiel sie zum Lachen brachte.

Es würde ganz sicher kein gutes Ende nehmen.

Er wurde unterbrochen, als sich einige Fingernägel durch seinen Pullover in seinen Oberarm krallten. Er wandte sich um und blickte in ein Paar erschrockene grüne Augen. Er schlang instinktiv seinen Arm um Stas' Schulter und zog sie außer Sichtweite.

»Was ist los?«, flüsterte er.

Sie presste ihr Handy an die Brust, als wäre es eine schützende Rüstung.

»Raus mit der Sprache, Schätzchen«, sagte er mit gedämpfter Stimme. Bisher hatte niemand ihr seltsames Verhalten bemerkt, doch es war nur eine Frage der Zeit, bis jemand auf sie aufmerksam wurde.

»Er … Dieser Mann …« Sie zitterte und legte ihre Stirn an seine Brust. Wenn Lizzie sie sah, würde ihre Tarnung auffliegen, denn sie glaubte, dass Jayson Stas nicht kannte.

Offenbar spürte sie die tödliche Energie, die Ezekiel verströmte, denn als Nizari-Attentäter war er vor allem für sie extrem gefährlich. »Du hast ihn wiedererkannt.«

Sie nickte energisch.

»Weil Issac dir eine Beschreibung von ihm gegeben hat oder ist es eher eine Empfindung?«, fragte er neugierig. Heutzutage gab es kaum noch Sprösslinge, daher waren ihre angeborenen Fähigkeiten in gewisser Hinsicht ein Rätsel. Und Stas war alles andere als gewöhnlich.

»Nein.« Sie klang derart erschüttert, dass er einen Schritt zurücktrat, um ihr ins Gesicht blicken zu können.

Er konnte Tränen, Entsetzen und tiefe Trauer darin entdecken.

»Also gut, ich will jetzt wirklich wissen, was hier vor sich geht, Stas.« Die Frau war bereits anderen Unsterblichen gegenübergetreten, die ähnlich veranlagt waren, doch sie hatte nie derart erschrocken reagiert. Sie hatte sogar ein Konklave überlebt. Ein Nizari-Attentäter sollte sie zwar verängstigen, doch was immer sie gerade durchmachte, ging weit über Angst hinaus.

Sie schluchzte. »Jay …« Sie schloss die Augen und atmete tief durch. »Das ist …« Noch ein Atemzug. »Das ist der Ichorianer, der meine Eltern getötet hat.«

~

»Sie haben also auch geschäftlich mit Akquisitionen zu tun?«, wollte Lizzie wissen, denn sie war neugierig. Kiels lange Haare, sein Lippenpiercing und die Lederjacke erinnerten sie eher an die Aufmachung eines Rockers statt eines Geschäftsmannes.

Er lächelte verschmitzt. »Das ist richtig, ja. Ich arbeite sozusagen für die Konkurrenz.«

»Aber Sie sind miteinander befreundet?«

»Ja, auf gewisse Weise sind wir das.« Er kreuzte die Beine und lehnte sich zurück. »Man könnte sagen, dass wir uns schon lange kennen.«

»Sind Sie gemeinsam zur Schule gegangen?«, fragte sie.

»Wir haben zusammen eine Ausbildung genossen, ja.«

Das war eine seltsame Formulierung, doch sein Verhalten und seine Ausdrucksweise waren ebenfalls ungewöhnlich. Genauso wie sein Akzent. »Woher kommen Sie?«

Er lachte. »Das ist eine komplizierte Frage. Was genau meinen Sie mit *woher*?«

»Äh, wo Sie geboren wurden?«

»Babylon«, antwortete er, ohne zu zögern.

Sie blinzelte, als sie den ihr bekannten Namen hörte. »Sie meinen die altertümliche Stadt?«

»Genau die. Und Sie?«

»Okay, einen Moment mal. Wollen Sie damit sagen, dass Sie aus der Stadt Babylon in der Gegend des, was war es noch gleich, antiken Mesopotamiens stammen?« Lizzie hatte Geschichte zwar nicht als Hauptfach studiert, doch sie glaubte, mit ihrer Vermutung richtigzuliegen. »Oder meinen Sie eine Stadt namens Babylon?«

Er beugte sich zu ihr hinüber, wobei seine schwarzen Augen mit goldenen Sprenkeln funkelten. »Was glauben Sie denn?«

»Dass Sie ohne Zweifel von einer Stadt sprechen, die nach dem alten Babylon benannt wurde.« Seine blasse Haut ließ den Schluss zu, dass er nordischen Wurzeln entstammte, zudem würde niemand die Gegend im Mittleren Osten als Babylon bezeichnen. Heutzutage nannte man sie Irak oder wie auch immer die Stadt in dem jeweiligen Land hieß.

»Sicher.« Er lächelte. »Und wo wurden Sie geboren?«

»Hier in New York.«

»Sind Sie sich dessen sicher?«, fragte er.

Sie starrte ihn an. »Natürlich.«

Er nickte. »Ich verstehe. Faszinierend. Und Sie haben Ihr gesamtes kurzes Leben hier verbracht?«

Wieder eine seltsame Formulierung, doch sie spielte mit. »Ja, in Manhattan.«

»Wird es Ihnen nie langweilig?«, fragte er und zog sie mit seinem hypnotischen Blick in seinen Bann. Sie würde nicht unbedingt sagen, dass er wie Jayson attraktiv war, doch auf eine düstere Weise war er durchaus sexy.

»Hin und wieder«, beantwortete sie seine Frage. »Doch ich weiß nicht, wo ich sonst leben würde.«

»Wahrscheinlich in Griechenland.« Schon wieder eine schlagfertige Antwort, die sie verblüffte.

Ausgerechnet … »Warum Griechenland?«

Er grinste über beide Ohren und sie musste unwillkürlich an den Teufel denken. Er war faszinierend und verströmte gleichzeitig eine bösartige Energie. Er wollte etwas sagen, wurde jedoch von Jayson unterbrochen, der ein Tablett mit Tassen lautstark auf dem Tisch zwischen den Sofas abstellte.

»Cappuccino«, sagte er mit ausdrucksloser Stimme.

»Hervorragend. Danke, Kumpel.« Kiel nahm seine Tasse und trank einen Schluck. Er rümpfte die Nase, sagte jedoch nichts.

Lizzie warf einen Blick in Richtung Tresen, doch sie konnte Stas nirgendwo entdecken. »Deine Freundin telefoniert gerade«, klärte Jayson sie auf, als er sich neben Lizzie auf den Platz setzte, auf dem Stas zuvor gesessen hatte. »Sie hat sich mir vorgestellt und mich dann gebeten, dir Bescheid zu geben. Es hat wohl etwas mit der Arbeit zu tun.«

Natürlich. Die CRF besaß ihre Freundin mittlerweile mit Haut und Haaren. »Ich verstehe. Kiel hat mir gerade erzählt, dass ich nach Griechenland ziehen sollte.«

»Tatsächlich?«, murmelte Jayson. »Nun, es ist wirklich ein schönes Land und das Klima ist fantastisch. Die Inseln sind toll, aber ich bin mir nicht ganz sicher, warum Kiel diesen Ort empfehlen würde. Ich glaube nicht, dass er ihn schon oft besucht hat.«

Jaysons Freund blickte sie beide über seine Kaffeetasse hinweg an. »Oh, ich war schön öfter dort, als du glaubst.«

»Darauf könnte ich wetten.« Jayson griff über Lizzie hinweg nach seiner Tasse und streifte dabei ihre Brüste.

Ihre Brustwarzen wurden hart und ihr lief ein heißer Schauer über den Rücken.

Verdammt. Ihr dünner Spitzen-BH und violettes Kleid würden die Reaktion nicht ausreichend verbergen können. *Vielleicht denkt er, dass mir kalt ist.*

Oder er bemerkte es überhaupt nicht.

Er ließ sich nichts anmerken, als er die Tasse mit einer Hand auf seinem Oberschenkel balancierte. »Wie war deine Woche, Rotschopf?«

»Äh, gut.« *Langweilig. Lang. Traurig. Einsam.* Warum war es plötzlich so heiß hier drin? Sie räusperte sich und schlug ein unverfängliches Thema an. »Wie war deine Geschäftsreise?«

»Wir mussten eine geringfügige Änderung unseres Plans vornehmen, doch im Großen und Ganzen stehen wir kurz vor dem Abschluss unseres Projekts.«

Kiel beugte sich interessiert nach vorn. »Und um welches Projekt handelt es sich dabei, Jay?«

»Das geht dich nichts an, Kiel.«

»Oh, wenn das nur wahr wäre«, erwiderte er, wobei seine Mundwinkel leicht zuckten. Er trank seinen Cappuccino aus und stellte die Tasse auf dem Tisch ab. »Der Kaffee war bestenfalls mittelmäßig.«

»Es war deine Idee, etwas trinken zu gehen.«

»Ja, ja, das stimmt.« Der schlanke Mann stand auf und reckte seine langen Arme über den Kopf, bevor er einen Seufzer ausstieß. »Ich glaube, ich werde mir irgendwo eine Kneipe suchen. Ich vermute, dass du hierbleiben willst?«

»Die Gesellschaft ist wesentlich besser«, antwortete Jayson. »Also ja, ich bleibe hier.«

»Das hat wehgetan, alter Freund.« Kiel schien allerdings keine Schmerzen zu haben, sondern war eher belustigt. »Bitte richten Sie Ihrer Freundin aus, dass ich es bedaure, mich nicht eingehender mit ihr unterhalten zu haben. Vielleicht beim nächsten Mal. Ich werde mich bemühen, nicht ganz so geisterhaft zu erscheinen.«

Lizzie runzelte die Stirn. »Ich verstehe zwar nicht ganz, was das zu bedeuten hat, aber ich bin mir sicher, dass sie Sie irgendwann gern kennenlernen würde.« Allerdings wusste sie nicht, wann das sein sollte oder ob sie diesen exzentrischen Mann je wiedersehen würde.

»Oh, das bezweifle ich, aber wir werden ja sehen«, erwiderte er rätselhaft. »Jay, es war mir wie immer eine Freude. Bleib wachsam, in Ordnung?«

Jayson streckte seinen Arm hinter Lizzies Kopf auf der Couchlehne aus und warf seinem Freund einen vielsagenden Blick zu, den sie jedoch nicht deuten konnte.

»Ebenso, Z«, sagte Jayson.

»Mach's gut, Jay«, murmelte Kiel. »Es war mir ein Vergnügen, Sie kennenzulernen, Lizzie. Bis bald.«

»Äh, es hat mich auch gefreut.« *Und wann sehen wir uns wieder?*

Er zwinkerte ihr zu und schlenderte, ohne sich noch einmal umzublicken, zum Ausgang.

»Jay«, wiederholte Lizzie, als der Mann durch die Tür trat. »Ist das dein Spitzname?«

»Ja, die meisten Leute nennen mich Jay.« Er ließ mit einer Hand seine Tasse auf seinem Oberschenkel kreisen, während er den anderen Arm weiterhin über die Lehne gelegt hatte. »Von all meinen Freunden ist er derjenige, den ich dir nicht unbedingt zuerst vorgestellt hätte. Wahrscheinlich nicht einmal zuletzt.«

»Warum nicht?«

Jayson fixierte seine Tasse, als könnte er darin all die Antworten finden. »Lass uns einfach sagen, dass mit ihm nicht gut Kirschen essen ist.«

Sie nickte verständig. So viel hatte sie bereits an seinem Verhalten ablesen können, obwohl er durchaus einen gewissen Charme besaß. »Er ist zweifellos ungewöhnlich.«

»Das ist eine Untertreibung.« Er nippte an seinem Kaffee und verzog das Gesicht, dann stellte er die Tasse auf dem Tisch ab. »Leider muss ich Kiel zustimmen, der Kaffee ist scheiße.«

Lizzie grinste. »Ist der Kaffee in Griechenland denn besser?«

»Allerdings.«

»Und das weißt du, weil du dort gelebt hast?« Sie bemühte sich, die Frage so unschuldig wie möglich klingen zu lassen, denn sie wollte nicht, dass er ahnte, wie sehr sie die Antwort interessierte.

Er durchschaute sie jedoch mit Leichtigkeit.

»Oh, Rotschopf.« Er ließ seinen Arm auf ihre Schultern gleiten und lehnte sich zu ihr hinüber. »Ich glaube, du schuldest mir erst ein paar Kekse.«

»Ich wusste nicht, wann du zurückkommen würdest.« Es war eine halbherzige Entschuldigung, da sie nie vorhatte, die Kekse zu backen, doch das wusste er nicht.

»Hm. Du hättest mich anrufen und fragen können.«

»Und du hättest mir jederzeit eine Nachricht schreiben können, doch das hast du nicht getan.«

Sein Lachen klang tief und sexy und viel zu vertraulich. »Du willst mir damit also sagen, dass ich dir schreiben soll, wenn ich Kekse möchte?«

Sie schluckte und ihr Mund war wie ausgetrocknet. Irgendwie hatte er es geschafft, dem Thema *Backen* einen verführerischen Beigeschmack zu verleihen. Plötzlich sah sie ihn vor sich, wie sein Körper mit Schokolade beträufelt war. *Ja, bitte.*

Dann wurde sie jedoch von einem Räuspern unterbrochen. Issac stand vor ihnen und hatte seinen Arm um Stas geschlungen.

Sie beide warfen ihnen einen missbilligenden Blick zu. »Äh, hallo Issac.«

»Elizabeth«, erwiderte er. »Stelle mich bitte deinem Freund vor.«

Sie wurde wütend, als sie den fordernden Unterton in seiner Stimme hörte. »Stelle dich doch selbst vor.«

»Also gut.« Er starrte Jayson direkt an. »Issac Wakefield.«

»Jayson Masters«, antwortete ihr *Freund* mit einem lässigen

Lächeln im Gesicht. Er löste seinen Arm nicht von ihrer Schulter, doch er rutschte ein Stück von ihr ab. »Sie scheinen etwas angespannt zu sein. Vielleicht sollten Sie sich setzen.«

»Sehr lustig«, erwiderte Issac. »Ich wollte Aya gerade zurück in ihre Wohnung bringen. Sie sollten uns begleiten.«

Jayson lachte. »Jawohl, Sir.«

»Und wenn wir noch nicht gehen wollen?«, blaffte Lizzie verärgert. Sie hatte keine Ahnung, was in Issac gefahren war oder warum ihre beste Freundin ihn nicht zur Vernunft brachte, doch Lizzie wollte sich sein Benehmen nicht gefallen lassen. Er war vielleicht ein Milliardär, doch er hatte nicht das Recht, ihr Befehle zu erteilen.

»Es ist schon in Ordnung, Rotschopf«, murmelte Jayson. »Wir können gehen.«

»Bitte, Liz«, sagte Stas, »können wir es uns nicht zu Hause gemütlich machen? Ich brauche etwas Stärkeres als einen Kaffee.«

Lizzie bemerkte die verquollenen Augenringe und leicht geröteten Wangen ihrer besten Freundin. Sie sah aus, als hätte sie geweint. »Ist etwas passiert?«

»Nichts, was ich nicht bewältigen könnte, aber ich würde mich zu Hause besser fühlen.« Stas warf ihr einen flehenden Blick zu, den Lizzie nur selten an ihr sah.

Freunde mussten zusammenhalten.

Wenn Stas aus welchem Grund auch immer das Bedürfnis hatte, nach Hause zu gehen, dann würde Lizzie mitkommen. Und sie würde keine Fragen stellen. Sie hatte schon vor langer Zeit gelernt, dass sie bei Stas damit wenig Erfolg hatte. Ihre beste Freundin war durchaus gewillt, sich ihr zu öffnen, aber erst wenn sie bereit dazu war.

»Natürlich«, sagte Lizzie, »lass uns gehen.«

Jayson erhob sich zuerst und streckte Lizzie die Hand entgegen, um ihr beim Aufstehen zu helfen. Sie brauchte sie zwar nicht, aber ergriff sie dennoch. Als er sie nicht losließ und stattdessen seine Finger mit ihren verhakte, setzte ihr Herz einen Schlag aus. Issac bedachte die offensichtliche Zurschaustellung ihrer Zuneigung mit einem finsteren Blick, was Lizzie noch mehr verunsicherte.

Sie waren nur Freunde.

Oder auch nicht.

Oder vielleicht mehr?

Würde er sie noch einmal küssen?

Wahrscheinlich nicht, solange Issac ihn mit einem derart finsteren Blick betrachtete.

Hör auf damit.

Jayson drückte ihre Hand, während sie schweigend nebeneinander hergingen. Sie blickte zu ihm auf und sah, dass er lächelte. »Du bist mir immer noch die Kekse schuldig.«

Sie erwiderte sein Lächeln. »Nur wenn du mir von Griechenland erzählst.«

»Abgemacht.«

Stas blieb plötzlich vor ihnen stehen, drehte sich jedoch nicht zu ihnen um. »Was ist mit Griechenland?«, fragte sie mit erstickter Stimme.

Lizzie runzelte die Stirn. »Äh, Jayson hat dort gelebt. Aber er will es nicht zugeben.«

»Kiel, ein alter Bekannter, hat so etwas angedeutet, doch ich habe es weder bestätigt noch geleugnet.«

»Er hat dort gelebt«, bestätigte Lizzie. »Er rückt nur nicht mit der Sprache heraus, weil er will, dass ich für ihn backe.«

Jayson ließ ihre Hand fallen und schlang seinen Arm um ihre Schulter, um sie an sich zu ziehen. »Du machst nur Schwierigkeiten, Rotschopf.«

»Das tut ihr beide«, warf Issac ein, »ihr seid beide in Schwierigkeiten, meine ich.«

»Sie sollten sich wirklich etwas entspannen, Wakefield.« Jayson schenkte ihm einen vielsagenden Blick. »Gehen Sie einfach weiter. Wir sind direkt hinter Ihnen.«

»Lass es gut sein«, sagte Stas und drängte Issac weiterzugehen. »Es wird sich alles regeln.«

»Oh, es wird sicher geregelt werden«, erwiderte Issac, woraufhin Jayson lachte.

»Ich habe keine Ahnung, was in ihn gefahren ist«, flüsterte Lizzie. »Er ist normalerweise viel umgänglicher.«

»Er will euch nur beschützen«, flüsterte Jayson zurück. »Aber mach dir keine Sorgen, Rotschopf, er kann mich nicht einschüchtern.« Sein ungezwungenes Lächeln erstarb, als er stolperte und einen Fluch ausstieß.

Issac packte Jayson am Arm, um ihn aufzufangen. »Vorsicht, Kumpel«, sagte er mit angespannter Stimme. »Der Bürgersteig hat seine Tücken.«

»Wissen Sie, was noch seine Tücken hat?«, keuchte Jayson. »Metall.«

Issac wich zurück. »Verstanden.«

»Bringt uns nach Hause«, forderte Stas. »Sofort.«

Issac antwortete mit einem Lächeln, das bis zu seinen Augen reichte. »Natürlich, Aya.«

Jayson schien nicht annähernd so belustigt zu sein, doch er schlang seinen Arm um Lizzies Schultern und setzte sich wieder in Bewegung. Die Berührung war unterkühlt und weniger innig, wobei er sie nicht mehr anblickte.

Sein Verhalten verblüffte sie. Er schien sich zu ihr hingezogen zu fühlen, zumindest war es das, was sie trotz ihrer geringen Erfahrung im Umgang mit Männern dachte. Gleichzeitig behandelte er sie jedoch nur wie eine Freundin. Genauso wie Tom es getan hatte.

Doch Tom hatte sie nie auf den Mund geküsst, nur auf die Wange.

Auf der anderen Seite hatte Jayson sie nicht wirklich geküsst, zumindest nicht auf die leidenschaftliche Art eines Mannes, der eine Frau begehrte.

Es war nur ein unschuldiger Kuss unter Freunden gewesen.

Warum ist das alles nur so kompliziert?

Der Portier begrüßte sie alle beim Namen, als sie das Gebäude betraten. Lizzie lächelte, sagte jedoch nichts, als Jayson sie die Treppe hinauf bis zu ihrer Wohnung brachte.

»Ich glaube, Issac und Stas können jetzt übernehmen«, sagte er mit sanfter Stimme.

»Du musst noch nicht gehen.« Der jammervolle Unterton in ihrer Stimme hinterließ einen bitteren Geschmack in ihrem Mund. War sie derart ausgehungert nach Aufmerksamkeit, dass sie ihn anflehen musste zu bleiben? Autsch.

»Es ist schon in Ordnung, Rotschopf. Wir können uns später noch bei einer Ladung Kekse unterhalten.« Er strich ihr mit den Lippen über die Schläfe. »Schokolade, bitte.« Dann zog er den Kopf zurück und zwinkerte ihr zu. »Bis bald, Liz.«

»Schokolade«, wiederholte sie. Sicher. Sie schluckte einen Kloß im Hals hinunter. »Okay. Gute Nacht.«

Es hätte ihr nichts ausmachen sollen, dass er schon ging, doch sie hatte endlich ein wenig Spaß gehabt, der viel zu früh geendet hatte und ihr wie alles im Leben wieder entrissen worden war. Eine Handvoll gestohlener Momente voller aufreizender Worte und beschwingten Lachens.

War das alles, was sie erwarten konnte? Oder würde daraus je mehr werden?

Als er weiter in Richtung Treppenhaus ging, dachte sie, dass sie es vielleicht nie erfahren würde.

Es war ein deprimierender Gedanke, doch wenn sie während der letzten Monate eines gelernt hatte, dann, dass das Leben kurz war.

Wenn sie Jayson das nächste Mal sah, würde sie ihm sagen, was sie fühlte, denn sie wollte denselben Fehler nicht noch einmal machen, den sie bei Tom begangen hatte. Er war gestorben, ohne zu wissen, dass sie ihn liebte. Und auch wenn sie Jayson vielleicht noch nicht liebte, wollte sie ihm dennoch sagen, dass sie ihn mochte. Vielleicht hegte sie sogar mehr als nur freundschaftliche Gefühle für ihn.

Sie betrat die Wohnung und verschloss die Tür hinter sich.

»Ich bin in meinem Zimmer, falls ihr mich braucht«, sagte sie zu dem Paar im Flur.

»Liz …«

»Es ist schon in Ordnung, Stas. Genieße deine Zeit mit Issac.« Sie schenkte ihnen beiden ein zaghaftes Lächeln, bevor sie sich abwandte. Zumindest ihre beste Freundin war glücklich. Sie hatte es mehr verdient als jeder andere. Sogar mehr als sie selbst.

Kapitel Sieben

Geheimnisse und Lügen

Testobjekt hat in kürzester Zeit eine emotionale Bindung zu seiner Mitbewohnerin aufgebaut, was bedeutet, dass zukünftige Erinnerungsprotokolle einer geringfügigen Änderung unterzogen werden müssen.

Eintrag 118.10.4-7

Stas ließ sich in Issacs Arme sinken, während ihr Herz aus vielerlei Gründen in tausend Stücke zersprang.

»Nicht hier«, flüsterte er in ihr Ohr und erinnerte sie an die Überwachungskameras in der Wohnung. Er zog sie wortlos hinaus in den Korridor. Sie wusste nicht, wohin er sie führen wollte, und hörte kaum, wie er die Tür verschloss.

Sie hasste alles.

Die CRF.

Diese Welt.

Das Schicksal.

Und das Monster, das ihre Eltern umgebracht hatte.

Issacs Arme hielten sie aufrecht, als ihre Beine drohten nachzugeben. Er hatte sie auch schon draußen vor dem Café aufgefangen. Er war innerhalb von Minuten, nachdem sie ihn angerufen hatte, eingetroffen, was bedeutete, dass er ganz in der Nähe gewesen sein musste. Es hätte sie verärgern sollen, dass er das Bedürfnis verspürte, auf sie aufzupassen, doch an diesem Abend war sie dankbar dafür gewesen, dass er ein Auge auf sie hatte.

Und er hatte recht. Sie setzte ihr Leben aufs Spiel, wenn sie in der Stadt blieb. Doch sie konnte Lizzie nicht zurücklassen, vor allem nicht, solange ein Attentäter um die Ecke lauerte.

Ihr lief ein Schauer über den Rücken. Sie hatte all ihre Kraft zusammennehmen müssen, um zurück ins Café zu gehen und Lizzie abzuholen. Als sie jedoch wieder eingetreten war, war der Mann, der Stas' Erinnerungen heimsuchte, nicht mehr da gewesen. Sie hatte versucht, um Lizzies willen zu lächeln, doch es hatte sich unecht angefühlt. Falsch.

Doch er ist wirklich.

Und er war nicht nur der Albtraum ihrer Vergangenheit, sondern auch der Übeltäter, der ihre Zukunft zerstören wollte.

»Aya«, sagte Issac leise und riss sie aus ihren Gedanken. Sie standen im Treppenhaus und lagen sich in den Armen. Sie wollte nie wieder loslassen. »Lucian hat um ein Treffen gebeten.«

»Wegen …« Sie konnte den Satz nicht beenden und seinen Namen aussprechen.

Issac bedachte sie mit einem verständnisvollen Blick. »Ezekiel.«

Sie schluckte und zwang sich zu einem Nicken.

»In Hydria«, fügte er hinzu. »Jacque wird uns abholen.«

Sie nickte wieder, denn sie brachte immer noch keinen Ton heraus. Der Schreck, den sie heute Abend erlebt hatte … Sie zitterte und umarmte Issac noch fester.

Er hatte recht gehabt.

Sie konnte dem Attentäter nicht die Stirn bieten. Er würde sie in tausend Stücke zerreißen und es genießen.

Dieses Lächeln … Oh Gott, dieses Lächeln …

Issac presste seine Lippen auf ihre Schläfe und streichelte ihr über den Rücken. Sie wusste, was er sagen wollte. *Es ist Zeit, die Stadt zu verlassen.*

Sie stimmte ihm zu, doch sie konnte Lizzie nicht allein lassen. »Was ist mit Liz?« Sie konnten nicht einfach nach Hydria davonlaufen und sie schutzlos zurücklassen.

»Jayson hat einen der Wächter angefordert, sie zu beschützen, während wir uns mit Luc treffen. Jacque setzt sie gerade hier ab.«

»Oh.«

Soweit Stas verstanden hatte, waren die Stärksten der Hydraianer für die persönliche Sicherheit der Ältesten zuständig. Jayson hatte darum gebeten, seine Wächterin in Griechenland zurückzulassen, da die vielen Ichorianer in der Stadt ein zu großes Risiko darstellten und er der Einzige war, der seine Identität verbergen konnte. Dass er und die anderen es für nötig hielten, jemanden in seiner Abwesenheit zu Lizzies Schutz abzustellen, sprach Bände darüber, wie sie über sie dachten. Sie wollten sie ebenfalls beschützen.

Diese Erkenntnis beruhigte sie ein wenig.

Sie sorgen sich wirklich um sie.

»Was gibt's?« ertönte eine tiefe Stimme hinter ihnen. Stas hatte den Teleporter während der vergangenen Monate näher kennengelernt und musste für gewöhnlich lächeln, wenn sie ihn sah. Doch nicht heute Abend.

»Hallo, Jacque«, murmelte Issac, als er eine Hand von ihrem Rücken löste. »Danke, dass du uns abholst.«

»Stets zu Diensten.«

Alles drehte sich und Stas verspürte einen Stich im Magen, als ihre Umgebung sich veränderte. Issac löste seine Umarmung, damit sie ihre Balance wiedergewinnen konnte. Dann wandte sie sich um und blickte in die bekannten Gesichter der Unsterblichen, die sich alle um einen langen, weißen Tisch versammelt hatten. Darauf befanden sich weder Getränke noch etwas zu essen noch irgendwelche Spiele. Nur ernste Mienen, ein Whiteboard, mehrere Computer an der hinteren Wand und ein Korb voller Handys.

Offenbar war dies das hydraianische Äquivalent einer Einsatzzentrale. »Stas. Wakefield«, begrüßte Luc sie vom Kopf des Tisches aus. »Setzt euch.«

»Lucian«, erwiderte Issac, als er Stas einen Stuhl heranzog. »Hast du Aidan angerufen?« Er setzte sich neben sie und legte ihr einen Arm auf die Schultern. Es war eine ungezwungene Geste, die ihr jedoch so viel bedeutete. Es war ein Zeichen ihrer Partnerschaft und seiner Fürsorge, die sie jetzt mehr denn je brauchte.

»Ja, ich habe vorhin mit ihm gesprochen«, antwortete Luc. »Er ist der Meinung, dass Ezekiel ein strategisches Spiel spielt und über Stas' Blutlinie durchaus Bescheid weiß.«

»Das denke ich auch«, sagte Issac mit gedämpfter Stimme, während er mit dem Daumen unsichtbare Muster auf ihren Oberarm zeichnete. »Was schlägt er vor?«

»Er denkt, dass wir mitspielen sollen«, informierte Jayson sie verärgert. Aidan hatte ganz offensichtlich seinen verdammten Verstand verloren. Niemand, der noch ganz bei Sinnen war, würde sich auf ein Spiel mit Ezekiel einlassen. »Ich bin zufällig anderer Meinung.«

»Was hat Aidan als Gründe angeführt?«, wollte Issac mit ausdrucksloser Miene wissen.

»Einfach ausgedrückt brauchen wir noch weitere Informationen.« Luc kratzte sich am Kinn. »Am besten verfahren wir, indem wir abwarten und noch mehr Einzelheiten in Erfahrung bringen, während wir Elizabeth weiterhin im Ungewissen lassen. Es macht den Anschein, als hätte Ezekiel nicht vor, ihr zu schaden …«

»Noch nicht«, fügte Jayson hinzu, denn er konnte unmöglich schweigen. Er verstand den Attentäter besser als sonst irgendjemand an diesem Tisch, was nicht bedeutete, dass einer von ihnen auf ihn hören würde.

Luc blinzelte und bedachte ihn mit einem allwissenden Blick, was Jayson verriet, dass er hochkonzentriert war. »Ezekiel ist berüchtigt für seinen Hang zur Gewalt, doch er hat es vorgezogen, sich mit Elizabeth zu unterhalten, statt sie zum Spaß zu töten. Ich würde liebend gern den Grund dafür wissen, ihr nicht auch?«

Stas räusperte sich. »Um ehrlich zu sein, nein. Ich will es nicht wirklich wissen.« Ihre Stimme klang sanfter als gewöhnlich, fast heiser, doch mit jedem Wort drückte sie den Rücken ein Stück weiter durch. »Doch ich würde mir wünschen, dass wir meine Freundin hierher umsiedeln, wo wir sie beschützen können.«

»Ohne das Serum können wir ihr nicht ausreichend Schutz bieten«, bemerkte Luc. »Außerdem würden wir so ihr Leben aufs Spiel setzen.«

Stas ließ die Schultern sinken, worauf Issac sie dicht an sich zog. Er blickte Luc mit seinen saphirblauen Augen an und die beiden Männer kommunizierten auf eine Weise, die nur sie verstanden. Man könnte sagen, dass sie einen gemeinsamen Vater hatten, wobei ihre brüderliche Verbindung vor einigen Jahrhunderten ihren Anfang genommen hatte. Sie war zwar nicht mit der innigen Freundschaft zu vergleichen, die zwischen Jayson, Luc, Alik und Balthazar über Tausende von Jahren gewachsen war, doch die Beziehung zwischen Luc und Issac war von Loyalität, Liebe und familiären Banden geprägt. Und das konnte man jetzt sehen.

»Wir können Lizzie nicht helfen, bis wir wissen, was die CRF und mein Vater ihr angetan haben«, sagte Tom mit leiser Stimme. Für gewöhnlich war es so jungen Hydraianern nicht gestattet, an dieser Art von Gesprächen teilzunehmen, doch seine Kenntnisse zu dem

Thema qualifizierten ihn dazu, dem Treffen beizuwohnen.

Issac bedachte den Mann mit einem eindringlichen Blick und nickte. »Ich stimme Thomas zu. Wenn wir Elizabeth jetzt hierherbringen, würden wir sie einem großen Risiko aussetzen. Wir müssen zuerst weitere Informationen zu ihrer Herkunft sammeln, bevor wir etwas unternehmen.«

Jayson stieß in Gedanken einen Fluch aus.

Es macht Sinn.

Das wusste er.

Aber ihre einwandfreien Argumente konnten nichts gegen den Aufruhr ausrichten, der wegen der Geschehnisse des heutigen Abends in seinem Inneren tobte. Und auch wenn er selbst der Meinung war, dass sie noch weitere Einzelheiten brauchten, bevor sie Lizzie aus ihrer Lage befreiten, sehnte er sich zusehends danach, ihr die Wahrheit zu sagen. Als er sie zu ihrer Wohnung gebracht hatte, hatte sie ihn mit einem verletzten Ausdruck in den Augen angesehen, der ihm bis nach oben gefolgt war. Hätte Jacque nicht bereits in seinem Apartment auf ihn gewartet, dann hätte er wahrscheinlich wieder vor Lizzies Tür gestanden und sie um einen Gutenachtkuss angefleht.

Was zum Teufel stimmt nicht mit mir?

Jayson schmachtete nicht nach Frauen. Er ging hin und wieder mit einer Frau aus, doch die meisten seiner Liebeleien hielten nicht länger als ein oder zwei Nächte.

Doch sein Rotschopf brachte ihn völlig durcheinander.

Es lag an der ihr innewohnenden Güte. Er beobachtete sie nun schon seit etwa sieben Wochen und hatte gesehen, wie sie die Menschen behandelte, die weniger vom Glück beseelt waren als sie. Vor einigen Tagen erst hatte sie einem obdachlosen Mann in der U-Bahn ihr Mittagessen überlassen. Jayson musste unwillkürlich feststellen, dass er Gefühle für sie entwickelte.

Dann war da noch die enge Bindung, die sie zu ihren Schülern aufgebaut hatte. Ihre Zuneigung zu Lizzie war selbst von Weitem nicht zu übersehen. Kinder waren hervorragende Menschenkenner und sie vergötterten sie.

Weil sie aufrichtig ist.

Er fuhr sich mit der Hand durchs Haar und blickte zur Decke hinauf, während er sich seiner Erinnerung hingab. All die strahlenden Gesichter, die voller Verehrung zu einer Frau aufsahen, die sie nie von ihnen erwartete.

Scheiße.

Lizzie hatte Besseres verdient.

Er fühlte sich sogar schuldig dafür, dass er seine Arbeit erledigte, was im Grunde keinen Sinn ergab. Es unterlag nicht seiner Verantwortung, ihr die Wahrheit zu sagen. Diese Aufgabe blieb Luc, Stas und Tom überlassen. Jayson sollte sie nur beobachten, den anderen Bericht erstatten und sie, wenn nötig, beschützen.

Verdammt.

Lizzie fühlte sich sicher einsam und sie alle waren schuld daran. Grace befand sich momentan in Jaysons Wohnung und hatte ein Auge auf Lizzie, doch sein Rotschopf konnte das weder wissen noch verstehen.

Dennoch hatten Luc und Issac recht.

Sie würden einen sicheren Ort brauchen, an den sie Lizzie bringen konnten, nachdem sie die Wahrheit erfahren hatte, doch dafür mussten sie sich zuerst ein besseres Bild ihrer genetischen Beschaffenheit machen. »Wir brauchen das Serum«, sagte er mit gedämpfter Stimme.

»Das ist richtig«, stimmte Issac zu. »Und das ist der Zweck unseres Abendessens am Freitag.«

Jayson nickte. Jonathan hatte kurz nach dem Missgeschick im Restaurant um das Treffen in Lizzies Wohnung gebeten. Die Tatsache, dass er Stark eingeladen hatte, bestätigte nur seine Absichten.

»Doch dafür muss Stas nach New York zurückkehren«, fügte Jayson hinzu, »wo Ezekiel sie wahrscheinlich im Auge hat.«

Es herrschte Schweigen, als alle Augen sich auf Stas richteten.

Sie räusperte sich und schob die Schultern zurück. »Es ist ein notwendiges Risiko, um Lizzie zu helfen. Wenn ich ihn das nächste Mal sehe, werde ich vorbereitet sein.« In ihrer Stimme war nichts mehr von ihrer Selbstsicherheit zu hören, was ein Zeichen dafür war, dass sie zum ersten Mal begriff, welcher Gefahr sie sich selbst aussetzte.

Sie kommt langsam zur Einsicht. Endlich.

»Bitte verzeih mir, falls ich gefühllos erscheine«, sagte Luc leise an Stas gerichtet, »aber bist du dir sicher, dass Ezekiel deine Eltern ermordet hat? Ich frage nur, weil er für gewöhnlich leise und reserviert vorgeht und nicht eine solche Leidenschaft und ein derartiges Chaos an den Tag legt. Doch soweit ich verstanden habe, wurden deine Eltern bei lebendigem Leib verbrannt. Das scheint sich sehr von seinen üblichen Methoden zu unterscheiden.«

Sie blieb ruhig und saß weiterhin aufrecht auf ihrem Stuhl. Nach einigen Augenblicken nickte sie. »Ich werde nie die glühenden Flammen vergessen, die sich in seinen schwarzen Augen spiegelten. Er war es. Ich bin mir sicher.«

Luc runzelte die Stirn. Jayson kannte den Mann schon seit Jahrtausenden und wusste genau, was dieser Gesichtsausdruck zu bedeuten hatte. *Zweifel.* In seinem allwissenden Verstand fügten sich die Puzzleteile nicht zusammen, dennoch hakte er nicht weiter nach.

»Es tut mir leid, Stas. Ich kann mir denken, dass es für dich schmerzhaft ist, doch es ist die einzig logische Vorgehensweise. Wir werden Lizzie zu gegebener Zeit helfen. Du hast mein Wort darauf.«

Stas konnte nicht wissen, wie machtvoll eine solche

Aussage aus dem Mund des Anführers der hydraianischen Rasse war, doch Issac und Jayson verstanden die Bedeutung seiner Worte genau. Luc hatte gerade eine Art Blutschwur ausgesprochen, und er nahm diesen sehr ernst.

Sie sagte nichts, doch Issac antwortete an ihrer Stelle kaum merklich mit einem dankbaren Nicken.

»Dann ist es also beschlossene Sache«, murmelte Luc. »Das Abendessen findet am Freitag statt.«

Jayson streckte die Arme über den Kopf. »Es sieht so aus, als dürften wir noch einmal Versteck spielen, Wakefield.«

Issac lächelte verschmitzt. »Das spiele ich am liebsten.«

»Versuch diesmal, die Tarnung nicht zu früh auffliegen zu lassen«, sagte Jayson, wobei er darauf Bezug nahm, dass die Kellnerin ihn am Sonntag plötzlich gesehen hatte.

»Vielleicht solltest du an deiner Reaktionszeit arbeiten«, schlug Issac vor.

Jayson schüttelte den Kopf und wandte sich Jacque zu. »Ich bin so weit.«

»Pass auf dich auf«, sagte Luc, als der Teleporter neben Jayson erschien und ihm die Hand entgegenstreckte.

Jayson nickte einmal zur Bestätigung. »Du auch.«

Kapitel Acht

Ein Versteckspiel

Gönner des Projekts hat verlangt, dass dem Testobjekt zusätzliche Nahrungsergänzungsmittel zugeführt werden. Eine Beobachtung wird erforderlich sein.

Eintrag 103.11.4-7

Jayson warf einen Baseball in die Luft, fing ihn auf und warf ihn wieder hoch.

»Gibt es etwas Neues?«, fragte er, als Jacque neben der Couch auf und ab ging. Es war einige Tage her, seit sie sich das letzte Mal gesehen hatten.

Der Teleporter zuckte mit den Schultern. »Amelia und Tom haben am Wochenende mit dem Hausbau begonnen.«

»Tatsächlich?«, fragte Jayson und grinste. »Das freut mich. Ich hätte gern mein Haus wieder, wenn ich nach Hydria zurückkehre.« Er würde es zwar von oben bis unten reinigen müssen, da die beiden Turteltauben es während der vergangenen Wochen als ihr Heim genutzt hatten, doch immerhin hatte es seinen Zweck erfüllt, während er hier in New York war.

Der Ball landete in seiner Hand und er legte ihn auf

seinem Bauch ab. Er hatte sich auf die Couch gelegt, während er auf Issacs Anruf wartete, doch er hatte einfach keine Ruhe. Jonathan und Stark mussten jede Minute eintreffen, um mit Lizzie zu Abend zu essen, während sie vorgaben, ihre Freunde zu sein. Doch im Grunde hatte er nichts anderes getan, als er sie zum Essen ausgeführt hatte, um sie von ihrer Wohnung wegzulocken. Während die beiden Männer ihr allerdings eine ihm unbekannte Substanz verabreichen wollten, hatte er ihre Gesellschaft wirklich genossen.

Würde sie je den Unterschied verstehen können?

Oder würde sie ihn hassen, wenn sie erst einmal die Wahrheit kannte?

Er wollte sich nicht mit derart unbedeutenden Fragen herumschlagen, doch der Gedanke, sie zu verärgern, machte ihm zu schaffen.

Sie ist nur eine Frau.

Sie war zwar eine attraktive Frau, die er gern nackt gesehen hätte, doch das galt für die meisten weiblichen Wesen, denen er begegnete.

Allerdings war Lizzie ihm unter die Haut gegangen.

Das liegt nur an deinen Schuldgefühlen, beschloss er. Jayson war stolz auf die Tatsache, dass er immer die Wahrheit sagte, und obwohl er sie nicht direkt angelogen hatte, hatte er ihr dennoch einschlägige Informationen vorenthalten.

Um sie zu schützen.

»Also gut, was ist los?«, wollte Jacque wissen.

Jayson hielt inne. Der Teleporter stand mit verschränkten Armen neben seinem Kopf und blickte ihn mit seinen silbergrauen Augen an. Er bedachte ihn mit einer ernsten Miene, die untypisch für ihn war, woraufhin Jayson einen Scherz unterdrückte.

»Was meinst du?«

»Du scheinst dich kaum konzentrieren zu können, Jay. Ich habe dir gerade davon erzählt, was Eliza zu Luc gesagt hat, während du mit deinen Gedanken ganz woanders bist.« Er ging wieder neben der Couch auf und ab, während er einen Blick auf seine überdimensionale Armbanduhr warf.

»Äh …« Jayson hatte nicht einmal gehört, dass der Teleporter etwas gesagt hatte. »Es tut mir leid.« Er setzte sich auf, stellte die Füße auf den Boden und schenkte Jacque seine volle Aufmerksamkeit. »Was ist los?«

»Nein, das ist mein Spruch. Was ist mit dir los?« Er hielt wieder inne und legte den Kopf schief. »Liegt es an dem Mädchen? Ist sie dir unter die Haut gegangen?«

Jayson schnaubte. »Nicht doch. Dies hier ist ein Auftrag wie jeder andere, er ist nur ein wenig gefährlicher als gewöhnlich.« Er streckte die Arme über den Kopf und ließ sich auf das Kissen hinter sich sinken. »Aber ich bin irgendwie ruhelos, weil ich tagein, tagaus in dieser Wohnung festsitze.«

Als Vorsichtsmaßnahme verließ er das Gebäude nur selten. Wenn er einmal nach draußen ging, dann nur, um Lizzie zur Arbeit zu folgen und die Umgebung zu beobachten. Es war nicht gerade aufregend, denn sie folgte einer festen Routine.

Jacque nickte verständnisvoll. »Warum gehst du heute Abend nicht aus? Ich meine, nachdem du deine Arbeit für heute erledigt hast. Lass dich für eine Weile gehen und hab ein bisschen Spaß. Stas kann auf das Mädchen aufpassen. Immerhin ist sie ihre Mitbewohnerin, nicht wahr?«

Jayson rieb sich mit einer Hand übers Gesicht. Ihm war schon öfter der Gedanke gekommen, entweder eine Nacht in Hydria oder hier in der Stadt zu genießen. Er konnte nicht ständig ganz allein hier herumsitzen. Selbst wenn er Sport trieb, half ihm das nur zu einem gewissen Maß, überschüssige Energie abzubauen.

»Ich werde es mir überlegen«, murmelte er. Sein Körper sehnte sich nach der Freiheit und nach einer Nacht voller fleischlicher Genüsse und ekstatischer Freuden, während er sich, ohne nachzudenken, in einer Frau verlor …

Es war viel zu lange her, seit er sich dieser Art der Erleichterung hingegeben hatte. Er konnte durchaus einige Wochen ohne Sex aushalten, doch zwei Monate waren für ihn ein Rekord. Zumindest in diesem Jahrhundert.

Es müsste ein Rotschopf sein.

Mit braunen Augen.

Und unendlich langen Beinen.

Mit gerade genügend weiblichen Kurven, um seine Hände zu füllen.

Natürlich würde er dabei an sie denken.

Falsch.

Er ballte die Hände zu Fäusten, als sein Verantwortungsgefühl überhandnahm und die Begierde unterdrückte, die durch seine Adern rauschte.

Du kannst Lizzie nicht verlassen.

Und du kannst sie genauso wenig haben.

Seine Aufgabe war es, mehr über sie in Erfahrung zu bringen, doch darüber hinaus musste er sie vor allem beschützen. Eine Nacht, ja sogar eine Minute könnte alles verändern.

Jaysons Handy gab ein summendes Geräusch von sich und lenkte ihn von seinem inneren Zwiespalt ab. Er würde später entscheiden, wie er seinen Abend verbringen würde, nachdem er sich als ungeladener Partygast unten eingeschlichen hatte.

»Es geht los«, sagte er und stand auf.

Sie hatten sich zuvor einen Plan zurechtgelegt. Jacque würde Jayson in Stas' Schlafzimmer teleportieren. Dann würde sich Jayson genau wie im Restaurant durch die Wohnung bewegen, während nur Stas und Issac ihn sehen konnten. Nachdem er alle nötigen Informationen gesammelt hatte, würde er zurück zu Jacque ins Schlafzimmer gehen und sich von ihm wieder in seine Wohnung teleportieren lassen.

Ein Kinderspiel.

Er legte eine Hand auf die Schulter des Teleporters und wappnete sich gegen das flaue Gefühl in seinem Magen. Im Gegensatz zu weiteren Reisen wie zum Beispiel nach Hydria war das Unbehagen in diesem Fall nur von kurzer Dauer. Bei längeren Trips wurde ihm immer übel, doch es war immer noch besser, als zu fliegen.

Jacque ließ sich auf Stas' Bett fallen und überkreuzte die Füße, während er sein Handy aus der Tasche zog und einen Arm hinter den Kopf legte. Offenbar hatte er vor, die nächste Stunde in dieser Position zu verharren.

Jayson musste lächeln und trat aus der halb geöffneten Tür in den Flur hinaus. Er konnte Stimmen aus dem Esszimmer hören. Scheinbar unterhielten sich Jonathan und Issac gerade über den Finanzmarkt.

Faszinierend.

Jayson überließ es Luc, sich um finanzielle Angelegenheiten zu kümmern. Er war ein Genie, was Anlagestrategien betraf. Mit seinem Vermögen könnte er ganz Hydria über Jahrhunderte versorgen, sofern sie nicht ein unvorhergesehenes Desaster ereilte.

Wie zum Beispiel eine Invasion der Ichorianer oder ein Angriff der CRF.

Er hielt auf der Schwelle zur Küche inne. Noch ein Schritt und die Gäste im Esszimmer würden ihn sehen können.

Wakefield hatte sich heute Abend hoffentlich richtig ins Zeug gelegt.

Es wird schon schiefgehen.

So leise wie möglich betrat er die Küche. Lizzie stand in der Nähe des Backofens und wartete darauf, dass die Küchenuhr klingelte, während die anderen um den Esstisch saßen.

Niemand sah ihn an.

Jonathan erging sich in einem Monolog über

Absatzmärkte, während Issac, Stas und Stark ihm zuhörten. Jayson betrachtete den Sentinel, der Jeans und ein Hemd trug.

Er wusste nicht viel über den Mann. Ihm war nur bekannt, dass Jonathan ihn als Leiter der Einheit sah und Tom ihn als einen eiskalten Scheißkerl bezeichnete. Die Beschreibung schien zutreffend zu sein. Stark schien weder belustigt noch interessiert an den Ausführungen seines Chefs zu sein, während seine verkrampfte Haltung darauf schließen ließ, dass er wachsam war und seine Umgebung ständig im Auge behielt.

Jayson hob seinen Arm und senkte ihn wieder, während er auf eine Reaktion wartete. Es geschah nichts.

Er zuckte mit der Schulter und trat einen weiteren Schritt in die Küche hinein, wobei er Lizzies nackte Beine bewunderte. Sie trug ein dunkelrotes Kleid, das sich perfekt an ihre weiblichen Kurven schmiegte und in ihm den Wunsch hervorrief, aus einem anderen Grund hier sein zu können.

Sie hielt inne und zog die Nase kraus, als er sich lautlos hinter sie stellte. Er wollte gerade noch einen Schritt auf sie zu treten, doch ihre Reaktion machte ihn neugierig.

»Ich verliere noch den Verstand«, flüsterte sie zu sich selbst. Jayson musste lächeln.

Sie konnte ihn entweder spüren oder ihr war der Duft seines Aftershaves in die Nase gestiegen.

Wie dem auch sei, es freute ihn ungemein, dass sie ihn wiedererkannt hatte. Genauso wie der Anblick ihres eng anliegenden Kleides, das genau die richtigen Stellen betonte. Am liebsten hätte er mit seinen Händen jeden Zentimeter ihres Körpers erforscht, doch als die Eieruhr klingelte, setzte er sich schnell auf die Anrichte neben der Spüle.

Stas wollte gerade aufstehen, doch Stark machte eine abwinkende Handbewegung. »Ich mache das schon.« Mit einer gebieterischen Geste stieß er sich vom Tisch ab und ging mit energischen Schritten in die Küche.

»Wie kann ich helfen?«, fragte er mit flacher Stimme und ausdrucksloser Miene.

»Hm …« Lizzie biss sich auf ihre füllige Unterlippe, womit sie Jayson fast um den Verstand brachte. Er sehnte sich danach, den Auftrag endlich zu Ende bringen zu können, nur damit er in der Lage wäre, ihren Mund zu erforschen. Selbst wenn es nur für einen kurzen Moment wäre.

Mann, was zum Teufel ist nur los mit dir?

Er schüttelte den Kopf. Vielleicht könnte er Jacque oder einen der hydraianischen Wächter bitten, auf Lizzie aufzupassen, während er sich die nötige Erleichterung verschaffte. Denn er musste aufhören, sich derart nach ihr zu sehnen.

Du schmachtest die Frau an, als wärst du ein Hund, der nach einem Knochen geifert. Reiß dich zusammen.

»Könnten Sie bitte den Salat und die Brötchen ins Esszimmer bringen?« Sie klang so liebenswert und schüchtern, während ihr Verhalten fast demütig wirkte. Dem dominanten Teil von ihm gefiel diese Seite an ihr, während der Mann in ihm sich nach der temperamentvollen Frau unter dem sittsamen Äußeren sehnte.

Wo ist mein selbstsicherer Rotschopf?

»Gern.« Stark nahm die Schüssel und den Brotkorb und trug sie ins Esszimmer. Lizzie folgte ihm, wobei sie etwas in Händen hielt, das aussah wie hausgemachte Lasagne.

Jayson wandte den Blick zur Decke.

Er glaubte nicht an einen Gott, dennoch schickte er eine Frage gen Himmel: *Hast du diese Frau nur für mich geschaffen?*

Denn sie hatte einen Körper, der für die Sünde gemacht war, und war intelligent genug, um ihn über Tage hinweg zu unterhalten. Außerdem liebte sie Speisen. Würde er an eine Seelenverwandtschaft glauben, dann hätte er in ihr wahrscheinlich seine Partnerin gefunden, doch durch seine jahrtausendelange Erfahrung blieb er auf dem Boden der Tatsachen.

Die wahre Liebe war nur wenigen vorbehalten und wenn sie tatsächlich einmal existierte, dann hielt sie nicht ewig. Die meisten Menschen wurden einander bereits nach einigen Jahren müde, und wenn sie Glück hatten, blieben sie einige Jahrzehnte zusammen. Jayson und seinesgleichen lebten ewig.

Unsterbliche ließen sich nicht auf längerfristige Beziehungen ein, doch er hatte nichts gegen wiederholte sexuelle Begegnungen. Und mit einer Frau wie Lizzie? Ja, er konnte sich durchaus vorstellen, sich einige Male mit ihr zu vergnügen.

Sie stellte die Auflaufform auf dem Tisch ab und wandte sich um, wobei sie gegen Starks Brust prallte.

Jayson sprang von der Anrichte und wollte schon einschreiten, doch sein gesunder Menschenverstand ließ ihn innehalten.

Was zum Teufel willst du denn tun? Ihn von ihr reißen?

Er fuhr sich mit der Hand durchs Haar.

Dieser Auftrag raubte ihm noch den letzten Nerv.

Wenn er so weitermachte, würde er Balthazar bitten müssen, mit ihm eine Nacht lang um die Häuser zu ziehen. Vielleicht könnten sie noch einmal in Rio oder auch in Dublin vorbeischauen. Er würde wenigstens drei Rotschöpfe brauchen, um sein Verlangen zu stillen.

Scheiße.

Seine Begierde würde mit fortschreitendem Verlauf dieser Mission nur noch stärker werden und er musste sich um jeden Preis konzentrieren. Er durfte nicht zulassen, dass er wegen einer Frau seine Instinkte vernachlässigte. Niemals.

Er setzte sich wieder auf die Anrichte und zog sein Handy aus der Tasche, um Grace eine Nachricht zu schreiben. *Wenn die Sache hier mit Wakefield erledigt ist, brauche ich einen freien Abend. Leite alles in die Wege und gib B Bescheid.*

Nachdem er sich vergewissert hatte, dass er das Handy auf lautlos gestellt hatte, steckte er es zurück in seine Hosentasche und beobachtete, wie Stark Lizzie den Stuhl heranzog. Es war sicher nicht nötig, dass er sie dabei berührte. Sie konnte sich auch ohne seine Hilfe setzen.

»Ich habe die Gläser …«

»Sie haben schon so viel getan«, unterbrach der Sentinel sie. »Ich werde sie holen und den Wein einschenken.«

Wein, hm?, dachte Jayson. *Wie praktisch.*

»Das sieht köstlich aus«, sagte Jonathan mit gedämpfter Stimme und lenkte sie ab, während Stark ihren Stuhl zurechtrückte.

»Oh, äh, danke«, erwiderte Lizzie, wobei sie den berüchtigten Ichorianer anblickte. Sie würde in ihm den Firmenchef der CRF sehen, doch Jayson sah nur den mörderischen Verräter, der Eli umgebracht hatte, welcher einer seiner ältesten und engsten Freunde gewesen war.

Eines Tages werde ich dich töten, Jonathan.

Starks breite Schultern versperrten Jayson die Sicht und rissen ihn aus seinen Gedanken. Er hielt seine Hände und Arme entspannt neben seinem Körper, für den Fall, dass er sich zur Wehr setzen musste.

Die Küche wäre groß genug für eine Kücheninsel gewesen, doch bis auf die überdimensionalen Arbeitsflächen und den offenen Tresen, der das Esszimmer überblickte, war der Raum leer und verbreitete eine luftige Atmosphäre. Dennoch schien Starks Anwesenheit den gesamten Raum einzunehmen, als er den Kühlschrank öffnete.

Er strahlte eine bedrohliche Energie aus, was nicht nur an den sechs Messern lag, die Jayson an ihm wahrnehmen konnte. Es lag an der Art, wie er sich bewegte, als wüsste er, dass er das gefährlichste Raubtier im Raum war.

Er nahm eine Flasche Weißwein aus dem Kühlschrank.

»Wo bewahren Sie die Gläser auf?«, fragte er an Lizzie gewandt.

Sie zeigte auf einen Küchenschrank, der auf der gegenüberliegenden Seite der Spüle hing, neben der Jayson immer noch saß. Er dachte daran, ihm auszuweichen, doch er befürchtete, dass auch ein leises Rascheln Starks Aufmerksamkeit erregen könnte.

Der Sentinel schien sich seiner Umgebung viel zu bewusst zu sein, als könnte er bestimmte Dinge spüren, die er eigentlich nicht spüren sollte. Tom hatte in seinem Bericht die Möglichkeit erwähnt, dass die CRF Starks Genmaterial verbessert haben könnte. Seinem Verhalten nach zu urteilen musste Jayson zustimmen.

Er nahm eine Reihe Gläser aus dem Schrank, entkorkte die Flasche und schenkte den Wein ein. Normalerweise erfolgte letzterer Vorgang bei Tisch und nicht neben der Spüle, doch Starks Absichten wurden offenbar, als er eine Ampulle mit einer klaren Flüssigkeit aus der Tasche zog.

Und da ist es.

Stark goss ein Viertel des Inhalts in eines der Gläser, verschloss die Ampulle wieder und stellte sie auf der Anrichte ab. Er schwenkte den Wein zweimal, bevor er noch ein weiteres Glas in die Hand nahm und damit zurück ins Esszimmer ging.

Jayson erwiderte Issacs Blick, bevor er sich von der Anrichte gleiten ließ, um denselben Küchenschrank wie zuvor Stark zu öffnen. Hoffentlich würde Lizzie später nicht ihre Gläser zählen.

Er verschwendete keine Zeit damit, sich umzusehen. Wenn jemand ihn bemerkte, dann würde er dessen Reaktion hören, doch er vertraute darauf, dass Issac ihm den Rücken frei hielt.

In der kleinen Ampulle befanden sich bestenfalls einige

Milliliter des Serums. Er konnte nicht unbemerkt die ganze Flüssigkeit stehlen, daher goss er etwa dieselbe Menge, die Stark zuvor ins Weinglas gegossen hatte, in ein frisches Glas und hoffte, dass es genügen würde. Er stellte die Ampulle wieder an die gleiche Stelle, an der er sie gefunden hatte, und setzte sich mit dem Glas in der Hand gerade rechtzeitig zurück auf die Anrichte.

Stark kam in die Küche zurück, um zwei weitere Gläser zu holen, und brachte sie an den Tisch. Dann holte er auch noch das letzte Glas. Er steckte die Ampulle wieder in seine Tasche, ohne auf den Inhalt zu achten.

Jayson kam der Gedanke, dass der Sentinel die Flüssigkeit vielleicht ein wenig zu leicht zugänglich auf der Anrichte platziert hatte. Es machte fast den Eindruck, als hätte er es absichtlich getan.

Doch warum sollte er das tun?

Stark konnte nicht wissen, dass Jayson in der Küche auf eine derartige Gelegenheit gewartet hatte. Es sei denn, er hatte seine Anwesenheit gespürt.

Der Sentinel setzte sich, ohne sich noch einmal umzusehen, an den Tisch, wobei seine Miene genauso ausdruckslos war wie in der Küche, als er den Wein eingeschenkt hatte.

Nein.

Stark wusste nicht, dass er hier war. Wenn er es täte, hätte er ihn sicher gestellt, doch der Sentinel schien fast gelangweilt zu sein.

Mit einem Kopfschütteln machte Jayson sich wieder auf den Weg in Stas' Schlafzimmer, wo Jacque immer noch auf dem Bett lag. Er sah nicht einmal von seinem Handy auf, als er seinen Ellbogen anhob. Jayson ergriff ihn und lachte, als sein Wohnzimmer um sie herum in Erscheinung trat. Der Teleporter landete liegend auf der Couch, wobei er immer noch die Beine gekreuzt hatte und sein Handy in der Hand hielt, während Jayson neben ihm stand.

»Ich kann mich noch an eine Zeit erinnern, in der du keine fünf Schritte gehen konntest, ohne dich nicht aus Versehen irgendwohin zu teleportieren. Du bist immer erst Stunden später mit einem entsetzten Ausdruck im Gesicht zurückgekehrt.«

Jacque zuckte nur mit den Schultern. »Ich beherrsche meine Fähigkeit mittlerweile perfekt.«

»Ganz offensichtlich.« Er stellte das Glas vorsichtig auf dem Couchtisch ab, bevor er die Nachrichten von Grace las.

Du weißt, dass ich dich liebe, aber ich bin kein Babysitter. x

Er musste lachen. Alle Ältesten versammelten ein persönliches Sicherheitsteam aus Hydraianern mit einzigartigen Fähigkeiten um sich. Jaysons Team bestand aus fünf Personen, zu denen auch Grace gehörte. Jacque stand hauptsächlich Luc zu Diensten, doch auch alle anderen nahmen seine unglaublichen Talente in Anspruch.

»Ich bin gleich zurü…« Jacque verschwand, bevor er den Satz beendet hatte.

Bis gleich, G, tippte Jayson in sein Handy, denn er wusste, dass Jacque gerade dabei war, sie abzuholen.

Er dachte daran, die Kleidung zu wechseln, doch er wusste nicht, was Balthazar vorhatte. Wahrscheinlich würde er ihn in einen Nachtklub in Europa entführen, immerhin war es dort bereits Mitternacht. Vielleicht konnten sie auch etwas hier in den Staaten finden, um ihn bei Laune zu halten.

Auf die eine oder andere Art würde es wie immer eine vergnügliche Nacht voller Ausschweifungen werden.

Er hätte geglaubt, dass ihm der Gedanke ein Lächeln aufs Gesicht zaubern würde, doch nichts geschah. Stattdessen verspürte er einen seltsamen Schmerz in der Magengegend.

»Das ist doch wahnsinnig«, murmelte er.

Er brachte diesen Schmerz viel zu sehr mit einem Gefühl von Schuld in Verbindung und verstand nicht, warum er so empfand. Er war Lizzie nichts schuldig und sie ihm ebenso wenig.

Doch er wollte ihr etwas schuldig sein, sogar eine ganze Menge.

Es liegt nur daran, dass sie für dich tabu ist, entschied er. Jayson liebte Herausforderungen und wenn er etwas nicht haben konnte, dann wollte er es umso mehr. Wenn man obendrein bedachte, dass Lizzie die personifizierte Unschuld und wunderschön war, dann war es nicht verwunderlich, dass er sich zu diesen Gefühlen hatte hinreißen lassen.

Er legte sich eine Hand an den Nacken und starrte zu Boden. »Scheiße.«

»Ich glaube, ich weiß, was du brauchst«, ertönte Balthazars Stimme neben ihm. Er war wie immer zu genau dem richtigen Zeitpunkt erschienen. »Wohin zuerst, Jay?«

~

Drei Gläser Wein konnten die Kopfschmerzen, die sich hinter Lizzies Augen festgesetzt hatten, nicht vertreiben.

Sie hatte sich so sehr bemüht, zu lächeln und die Unterhaltung zu genießen, doch es fiel ihr schwer, solange es dabei nur um die CRF und Politik ging.

Es ist mir egal, hätte sie am liebsten mehr als einmal gesagt.

Doch als sich das Thema schließlich um Stas' Ausbildung drehte, verkrampfte sich Lizzies Magen.

»Sie ist bereit für die nächste Phase«, sagte Stark. »Beschattung.«

»Wirklich? Sind Sie es denn schon leid, mich jeden Tag fertigzumachen?«

Der blonde Sentinel lächelte verschmitzt, zumindest glaubte Lizzie, dass es ein Lächeln war. Soweit sie es bisher beobachten konnte, änderte sich sein Gesichtsausdruck so gut wie nie. »Damit werden wir solange fortfahren, bis du mich schlägst. Also solltest du davon ausgehen, dass wir mit dem Training bis in alle Ewigkeit weitermachen.«

Stas versetzte Issac einen Stoß mit dem Ellbogen. »Siehst du, ich habe dir doch gesagt, dass er ab und zu Scherze macht.«

»Ich denke, dass dies der Moment ist, an dem ich beunruhigt sein sollte, nicht wahr? Immerhin reden wir darüber, dass ein anderer Mann meiner Freundin Schaden zufügt«, sagte Issac mit einem Grinsen, das sich allerdings nicht in seinen hervorstechenden Augen widerspiegelte.

»Sie kann sich gut verteidigen«, erwiderte Stark. »Zumindest in letzter Zeit. Am Anfang der Ausbildung schien sie es vorzuziehen, auf dem Boden zu liegen, statt aufrecht zu stehen.«

»Ich habe dir gegenüber auch erwähnt, dass er ein Arschloch ist, nicht wahr?«, fügte Stas hinzu.

Dr. Fitzgerald schüttelte lachend den Kopf, während Lizzie sich auf ihr Glas Wein konzentrierte. Dieser Abend konnte nicht ewig dauern.

Früher hatte sie es geliebt, Abendessen auszurichten, vor allem wenn Tom und sein Vater zu den Gästen gehörten. Doch im Laufe des letzten Jahres hatte sie mehr und mehr das Interesse verloren. Es hatte damit begonnen, dass Stas ein Praktikum bei der CRF begonnen hatte, und als sie dann beschlossen hatte, nach dem Abschluss einen Vollzeitjob bei der Organisation anzunehmen, hatte Lizzies Abneigung sich noch verstärkt. Jetzt war sie genauso wie Tom ein Sentinel und würde wahrscheinlich ebenfalls unter der Erde landen.

Bei dem Gedanken festigte Lizzie ihren Griff um das Weinglas.

Wie konnte es sein, dass niemand außer ihr das Problem sehen konnte?

Sie waren alle derart von der Tugendhaftigkeit der CRF geblendet, dass keiner von ihnen die Möglichkeit in Betracht zog, dass Stas verletzt werden oder ihr sogar Schlimmeres zustoßen könnte.

Sie lachten darüber, wie hart ihr Training war und dass sie bald in die nächste Phase überging, in der sie Stark auf seinen Auslandsmissionen auf Schritt und Triff folgen würde. Als wäre all das eine verdammte Komödie statt einer Tragödie.

Sie schüttelte den Kopf und versuchte, ihre Gedanken zu vertreiben, doch sie wurde immer wütender.

Empfanden sie denn gar keine Reue?

Toms Vater saß zwei Stühle weiter und *lächelte*. Seit der Beerdigung waren acht Wochen vergangen und er schien völlig unbeeindruckt zu sein, während Lizzie an einem gebrochenen Herzen litt und sich fragte, ob jeder, den sie je geliebt hatte, auf schreckliche Weise zu Tode kommen würde.

Und niemand scherte sich darum.

Sie hörte die Unterhaltung wie aus der Ferne, während die Worte der anderen durch sie hindurch schossen.

Es ging nur um die CRF.

Niemand sprach über Toms Tod.

Niemand trauerte.

Niemand empfand Schuld.

Niemand erinnerte sich.

Sie sprachen nur über Stas' Zukunft bei der Organisation, die Lizzies Vater mit Haut und Haaren verzehrte und sie mit Lillian Watkins allein gelassen hatte.

Ihr Leben hatte nur aus Ballettunterricht, Schönheitswettbewerben und Benimmregeln bestanden. Und natürlich hatte Lillian sie ermahnt, nicht zu essen, und ihre Missbilligung zum Ausdruck darüber gebracht, dass sie einen Beruf gewählt hatte, statt sich für ein Leben als perfekte Hausfrau zu entscheiden.

Als Kind hatte Lizzie ihren Vater dafür gehasst, dass er sie nie beschützt hatte, und den Job verabscheut, der all seine Zeit in Anspruch genommen hatte.

Als Erwachsene verstand sie, dass die CRF eigentlich keine Schuld trug. Dennoch hatte sie diese irrationale Angst nie abschütteln können, die ihr immer noch ein ungutes Gefühl bereitete, wenn sie auch nur in die Nähe der Zentrale kam.

Dann hatte Toms Tod alles wieder an die Oberfläche befördert, während Stas eine Stelle in der gleichen Einheit angenommen hatte, die ihn das Leben gekostet hatte.

Sie hatten keine Ahnung, wie schmerzhaft es für Lizzie war, hier zu sitzen und ihnen zuzuhören, wie sie sich über die Organisation unterhielten, die sie verabscheute. Sie war die Einzige, die sich elend fühlte, während die anderen lachten und den Abend *genossen*.

Ich hasse sie.

Es war ein absurder Gedanke.

Das wusste sie, doch sie wiederholte ihn immer und immer wieder im Geiste, bis sich ein Schrei in ihrer Kehle formte und sich Ausdruck verschaffen wollte. Sie spülte ihn mit einem Schluck Wein hinunter und vergrub ihn in ihrem Herzen. Ihre Mutter hatte ihr beigebracht, wie man Emotionen unterdrückte, was sie als eine der wenigen nützlichen Lektionen ihrer Kindheit erachtete.

Sie konnte nicht länger untätig herumsitzen und begann, wortlos das Geschirr abzuräumen. Sie konnte Stas' besorgten Blick auf ihrer Haut spüren, doch sie weigerte sich, ihn zu erwidern.

Es fühlte sich falsch und richtig zugleich an, wütend auf ihre beste Freundin zu sein. Sie waren sich einmal so nahe gewesen und hatten sich gegenseitig alles anvertraut. Sie hatten viel Zeit miteinander verbracht, doch in letzter Zeit hatte Lizzie das Gefühl, mit einer Fremden zusammenzuleben.

Stas war so gut wie nie zu Hause und wenn sie einmal hier war, dann brachte sie Issac mit oder ging nach ein paar Minuten wieder. Ihre wöchentlichen Frauenabende fanden nur noch monatlich statt und endeten früh, während ihre Beziehung irgendwie gekünstelt wirkte. Lizzie wusste nicht mehr, warum sie sich überhaupt noch trafen.

Sie fühlte sich einsam.

Eine Träne drohte ihr über die Wange zu kullern, doch sie wischte sie weg.

Ich verhalte mich kindisch.

Emotional.

Irrational.

Sie brauchte eine Ablenkung.

Und musste vielleicht endlich erwachsen werden.

Tom hatte in ihr immer ein Kind gesehen, weil sie sich wie eines benahm. Er würde nur recht behalten, wenn sie weiter in der Küche Trübsal blies.

Sie stellte den letzten Teller in die Spüle.

Normalerweise würde sie das Geschirr jetzt sorgfältig mit der Hand spülen und dann zum Trocknen beiseitestellen, doch ihre Hände wollten ihr einfach nicht gehorchen.

Warum tue ich mir das nur an?

Es war noch nicht einmal neun Uhr an einem Freitagabend und sie stand allein in der Küche und starrte auf einen Stapel Teller.

Sie hätte am liebsten gelacht, wenn sie daran dachte, wie absurd das alles war. *Ich komme mir vor wie eine Fünfzigjährige.*

Scheiß drauf.

Sie konnte die Teller auch später noch spülen. Vielleicht würde sie damit sogar bis morgen warten. Diese unbedeutende Veränderung in ihrer Routine reichte aus, um ihr eine Last von den Schultern zu nehmen. Sie stieß all den Stress und die Enttäuschung, die sie während des Abendessens empfunden hatte, mit einem Atemzug aus.

Sie wurde plötzlich von einem Gefühl der Freiheit und Glückseligkeit übermannt, als ihr klar wurde, dass sie tun und lassen konnte, was sie wollte.

Sie musste am Morgen keine Hausaufgaben korrigieren und hatte keinerlei Verpflichtungen außer ihren Gästen am Esstisch gegenüber. Doch keiner von ihnen unterhielt sich mit ihr, warum sollte sie also bleiben?

Sie könnte vielleicht Cam oder Kristin anrufen. Sie hatte ihre Freundinnen aus der Studentenverbindung schon lange nicht mehr gesehen. Sie könnte sich mit ihnen in einer Kneipe treffen und sich ein wenig gehen lassen.

Oder sie könnte allein ausgehen und einen Fremden kennenlernen. Der Gedanke war verrucht. Er gefiel ihr.

Mit einem Lächeln ging sie in ihr Zimmer, machte sich etwas zurecht und zog sich ein paar Stöckelschuhe an, die zu ihrem roten Kleid passten. Dann schnappte sie sich ihre Handtasche.

Als sie ihren Namen hörte, hielt sie im Flur neben dem Esszimmer inne.

»Ja?«, fragte sie und wandte sich zu den anderen um.

»Was tust du da?«

»Ich gehe aus«, antwortete Lizzie, wobei sie jedoch nicht wusste, wohin sie gehen würde. Ihre Mutter wäre außer sich vor Wut, wenn sie davon erführe, doch sie war nicht imstande, sich deshalb Gedanken zu machen. Sie hatte sich diese Auszeit verdient. »Ich wünsche euch einen schönen Abend.«

»Warte, Liz …«

Doch Lizzie hatte nicht vor, auf jemanden oder etwas zu warten.

Sie öffnete die Tür und knallte sie entschieden hinter sich zu. Ihre Beine trugen sie in Richtung Treppenhaus, bevor ihr klar wurde, was ihr Herz im Sinn hatte.

Jayson Masters.

Warum sollte er der Einzige sein, der einfach so an ihre Tür klopfen durfte? Lizzie konnte ebenfalls spontan sein und wenn er nicht zu Hause war, würde sie sich eben etwas anderes einfallen lassen.

Ihre Lippen verzogen sich zu einem Lächeln, als sie sich der Herausforderung stellte.

Ja, genau das musste sie tun. Sie musste ihr Leben genießen.

Sie würde den Anfang machen, indem sie einem gewissen anmaßenden Nachbarn ihre Gefühle gestand. Doch sie würde es nicht mit Worten, sondern mit ihren Lippen tun.

KAPITEL NEUN

EIN ABSTECHER ZUM SUPERMARKT

Testobjekt scheint bereit für die Versuche hinsichtlich zwischenmenschlicher Interaktion zu sein. Morgiges Treffen mit dem Vermittler wurde anberaumt, um die Rahmenbedingungen und Voraussetzungen zu besprechen.

Eintrag 117.12.4-7

»BIST DU SO WEIT?«, fragte Balthazar von der Schlafzimmertür aus. Zusammen mit Jacque hatte er die rätselhafte Flüssigkeit zu Lucs Team gebracht, damit sie sie untersuchen konnten. Da er mit Verspätung wieder hier eingetroffen war, vermutete Jayson, dass ihr allwissender Freund einige Fragen gehabt hatte. Typisch.

»Fast.« Jayson zupfte den Kragen seines grauen Hemds zurecht und ließ den obersten Knopf offen, dann zog er sich ein leichtes Jackett an. Seine dunkle Jeans rundete das lässige Outfit ab, womit er für ihr Reiseziel passend gekleidet war. Balthazar hatte sich für eine ähnliche Aufmachung entschieden, trug jedoch kein Jackett.

»Dann muss ich später nicht so viel ausziehen«, murmelte er, als er sah, wie Jayson ihn begutachtete.

»Das ist doch der halbe Spaß, B.«

»Natürlich, und aus diesem Grund habe ich dich vermisst. Die anderen haben einfach noch nicht dein Niveau erreicht.« Er gab Jayson einen Klaps auf den Rücken. »Lass uns einen draufmachen.«

»Lass das bloß Luc nicht hören.« Die drei Männer hatten sich in der Vergangenheit immer wieder aneinander gemessen und Luc konnte sich durchaus gegen sie behaupten. »Er hat die Herausforderung mit dem Sirup im letzten Jahr wirklich gemeistert.«

Balthazar grinste, als sie ins Wohnzimmer gingen. »Diese Woche werde ich nie vergessen.«

»Wie er es geschafft hat, die beiden Frauen in diese Position zu bekommen …« Jayson pfiff durch die Zähne, als er sich daran erinnerte. »Das war ein Anblick für die Götter.«

»Er hatte den Sieg verdient«, stimmte Balthazar zu. »Spielend.«

»Ja, es war tatsächlich ein Spiel.«

Balthazar lachte. »Ein aufregendes.«

»Ich würde zu gern wissen, was ihr in Brasilien getrieben habt«, sagte Grace, die auf dem Sofa saß. Sie hatte ihre nackten Füße auf den Couchtisch gelegt und hielt eine Schüssel Popcorn auf dem Schoß.

»Eine ganze Menge, allen voran Jay.«

Jayson zog die Augenbrauen nach oben. »Und du etwa nicht?« Der ganze verdammte Wettbewerb war überhaupt erst zustande gekommen, nachdem Balthazar und Luc sich schon wieder über Waffeln und Pfannkuchen gestritten hatten. Die Ausschweifungen, die die Diskussion nach sich gezogen hatte, hatten Jayson für die kommenden Wochen ausreichend befriedigt.

»Das muss ich wohl nicht erst erwähnen.« B zwinkerte der Hydraianerin auf der Couch zu, die daraufhin hochrot anlief.

»Grace weiß, wie ich mit Frauen im Schlafzimmer umgehe, nicht wahr, Schätzchen?«

Es gab Dinge, die wollte Jayson nicht wissen. Und dies war eines davon.

»Ich denke, wir sollten gehen, bevor ich das Interesse verliere.« Wir müssen nur noch Jacque finden. Der Teleporter befand sich wahrscheinlich in der Küche und bediente sich an seinen Lebensmitteln.

»Hm, ich bezweifle, dass es soweit kommen wird«, erwiderte Balthazar mit einem geheimnisvollen Lächeln.

Jayson gefiel der Ausdruck in seinem Gesicht ganz und gar nicht, denn er wusste, was für gewöhnlich danach passierte. »Was …«

Er wurde von einem Klopfen an der Tür unterbrochen.

»Du solltest wohl öffnen.« Balthazar setzte sich neben Grace auf die Couch. »Es könnte wichtig sein.«

Lizzie. Wenn eine andere Person vor seiner Tür stünde, hätte Balthazar sie selbst geöffnet.

Er zog die Tür auf und schenkte seinem Lieblingsrotschopf ein Lächeln.

Sie ergriff sofort das Wort, ohne auf eine Begrüßung von ihm zu warten.

»Ich habe beschlossen, dass du nicht der Einzige bist, der einfach so unangemeldet vorbeischauen kann.« Als er den selbstsicheren Unterton in ihrer Stimme hörte und ihre forsche Art bewunderte, wurde sein Lächeln noch breiter.

»Dir ebenfalls einen guten Abend, Rotschopf.«

»Hallo«, fügte sie nachträglich hinzu. »Ich weiß im Grunde gar nicht, was ich tun will, aber ich will irgendetwas unternehmen.«

Er zog wieder die Augenbrauen in die Höhe. »Tatsächlich? Und was zum Beispiel?«

»Tanzen.« Sie ging an ihm vorbei in die Wohnung. »Und vielleicht können wir irgendwo etwas trinken …«

Sie verstummte, als ihr Blick auf das Paar auf der Couch fiel.

»Oh …« Ihr Gesicht nahm wieder diese wunderbar rötliche Farbe an, als sie sich ihm zuwandte. »Es tut mir so leid. Oh Gott. Das war wirklich unhöflich von mir. Ich habe nicht gewusst, dass du Besuch hast. Ich werde ... äh ...« Sie wollte sich wieder an ihm vorbeidrängen, doch Jayson stellte sich ihr in den Weg.

»Tanzen und etwas trinken«, murmelte er, als er ihren Wunsch wiederholte. »Soll das etwa bedeuten, dass du mich jetzt doch zu einem Konzert begleiten wirst?«

Sie schnaubte und blickte ihm in die Augen. »Ich sagte, dass ich tanzen will, und nicht, dass ich meinen Kopf gegen eine Wand hämmern will.«

Er legte eine Hand auf seine Brust. »Das schmerzt, Lizzie.«

»Das bezweifle ich«, entgegnete sie mit einem verschmitzten Lächeln. »Außerdem hast du mir nie eine Nachricht geschrieben, um mich zu einem Konzert einzuladen. Also schuldest du mir noch einen Filmabend.«

Er beugte sich dicht zu ihr vor. »Ich würde tanzen und trinken vorziehen, aber wenn du darauf bestehst, schaue ich mir mit dir auch einen Film an.«

»Hm, ich gebe dir fünf Komma zwei Punkte«, sagte Balthazar leise, als er aufstand und sich neben Lizzie stellte. Sie konnte die Bedeutung der Worte nicht verstehen, doch Jayson wusste genau, was er damit meinte.

Verschone mich, B. Sie ist so unschuldig. Wenn er noch dicker auftrug, würde sie wahrscheinlich schreiend zurück in ihre Wohnung laufen.

Balthazar bedachte ihn mit einem vielsagenden Ausdruck im Gesicht, als wollte er sagen: *Ich werde dir zeigen, wie man es richtig macht.*

»Sie müssen die schöne Nachbarin sein, an die Jay

immerzu denken muss.« Er streckte ihr eine Hand entgegen. »Ich bin Balthazar, Jays ältester und bester Freund. Sie sind Lizzie, nicht wahr?«

»Äh, ja.« Sie ergriff seine Hand.

»Es ist mir eine Freude, Sie kennenzulernen.« Er führte ihr Handgelenk an seinen Mund.

»Gleichfalls.« Als Jayson Lizzies atemlose Stimme hörte, lief ihm ein heißer Schauer über den Rücken.

Es war ihm stets egal gewesen, wie andere Frauen auf Balthazar reagierten. Der Mann konnte seine Liebhaber mit einem einzigen Blick in die Knie zwingen. Dieses Talent machte ihn zu einem idealen Verbündeten und garantierte ihnen beiden endlose Vergnügen und Freuden. Als er jedoch hörte, wie Lizzie wegen seines Freundes fast die Fassung verlor, wurde er von einem ungewohnten Gefühl gepackt.

Balthazar ließ Lizzies Hand viel zu langsam wieder los, als er fragte: »Ich nehme an, dass Sie zur Party bleiben?«

»Party?«, wiederholte sie.

Was tust du da?

Ganz ruhig. Ich habe alles im Griff, Jay, schien er mit seinen Augen sagen zu wollen.

Oh, darauf wette ich.

»Hat Jay Ihnen etwa nichts davon erzählt?«, fragte Balthazar und schüttelte missbilligend den Kopf. »Das sieht ihm ähnlich. Er weiß einfach nicht, wie man sich als Gastgeber zu benehmen hat.« Den letzten Satz flüsterte er Lizzie verschwörerisch ins Ohr, woraufhin sie kicherte.

Du bist ein Arschloch.

Balthazar warf ihr einen schelmischen Blick zu. »Er hat Ihnen noch nicht einmal etwas zu trinken angeboten.« Er schüttelte den Kopf, wobei er übertrieben abschätzig das Gesicht verzog. »Darf ich Ihnen etwas bringen, meine Liebe? Wie wäre es mit einem Glas Wein?«

Jayson schloss die Tür, denn es bestand kein Zweifel mehr,

dass Lizzie zu einer Party bleiben würde, die er überhaupt nicht ausrichten wollte. Die Tür fiel etwas lauter als beabsichtigt ins Schloss, doch niemand sonst schien es gehört zu haben.

»Äh.« Lizzie leckte sich die Lippen. »Ich trinke gern Wein.«

»Wunderbar«, sagte Balthazar leise. »Machen Sie es sich bequem, während Jay und ich die Getränke holen. Für dich ein Bier, Grace?«

»Sicher«, erwiderte sie von ihrem Platz auf der Couch aus. Sie hatte ihre Füße immer noch auf den Couchtisch gelegt, hatte jedoch die Schüssel Popcorn beiseitegestellt.

»Komm schon, Jay«, sagte Balthazar und zeigte mit einem Kopfnicken in Richtung Küche. »Es wird Zeit, dass du die Rolle des Gastgebers übernimmst.«

»Natürlich«, erwiderte Jayson. »Lizzie, das ist Grace. Ich versichere dir, dass sie überwiegend ungefährlich ist.« Dabei zwinkerte er seiner Lieblingswächterin zu und drückte sich von der Tür ab. »Wir sind in einer Minute zurück.« *Ich muss nur meinem besten Freund einen Tritt in den Hintern verpassen.*

Balthazar lachte. »Du wirst länger als eine Minute brauchen.«

»Das werden wir ja sehen«, murmelte er, als er seinem Freund durchs Esszimmer folgte.

Sie betraten die Küche, in der Jacque mit einem Pizzakarton auf dem Schoß auf der Anrichte saß.

Jayson warf einen Blick auf die leere Verpackung. »Geben sie dir in Hydria eigentlich nichts zu essen?«

»Dein Kühlschrank ist voller Reste. Ich helfe dir nur dabei, etwas Platz zu schaffen«, sagte der schlanke Teleporter mit vollem Mund.

»Charmant«, murmelte Jayson.

»Dasselbe könnte ich auch von dir behaupten, Jay. Was

sollte das gerade eben?«, fragte Balthazar forsch. »Dieses halbherzige Flirten? Ich habe dir Besseres beigebracht.«

»Jetzt hör schon auf, als hätte ich etwas von dir gelernt.« Jayson öffnete den Kühlschrank, um nach einer Flasche Wein zu suchen, von der er wusste, dass sie nicht existierte. »Wir wissen doch beide, dass ich mich durchaus selbst behaupten kann, B.«

»Habe ich etwas von einer Party gehört?«, unterbrach Jacque sie. »Denn dafür wirst du mehr Alkohol brauchen.«

»Und Gäste«, fügte Jayson hinzu. »Was hast du dir nur dabei gedacht, als du sie zu einer Party eingeladen hast?«

»Das lass mal meine Sorge sein.« Balthazar bedachte ihn mit einem wissenden Grinsen. »Aber zuerst brauchen wir eine Flasche Wein. Jacque?«

»Kommt sofort.« Im nächsten Augenblick war er verschwunden.

Jayson legte sich eine Hand an den Nacken und stieß den Atem aus. »So viel zu meinem freien Abend.« Doch dafür machte er eher Balthazar als Lizzie verantwortlich.

»Wann habe ich dich je im Stich gelassen?«, fragte sein Freund. »Vertrau mir.«

»Hast du etwa eine neue Herausforderung im Sinn?«, wollte Jayson lachend wissen. »Raus mit der Sprache.«

»Oh, nein. Hier geht es um etwas ganz Persönliches und es ist einzig und allein meine Idee, aber du wirst mir morgen früh dafür danken.« Er sprach die Worte mit einer Überzeugung aus, die von seiner jahrhundertelangen Erfahrung herrührte.

Jayson zuckte nur mit den Schultern. »Also gut.« Wenn Balthazar sich etwas in den Kopf gesetzt hatte, dann würde er es auch wahr werden lassen. Diesbezüglich konnte Jayson sich nicht beschweren.

Solange es Lizzie keinen Kummer bereitet.

Bei dem Gedanken runzelte er die Stirn. Warum sollte es

ihr wehtun? Sie waren einander nichts schuldig. Natürlich mochte er sie, doch sie war tabu für ihn, ein Wirtschaftsgut, von dem er die Finger lassen musste.

Davon weiß sie nichts.

»Das ist durchaus eine schwierige Situation«, sagte Balthazar nachdenklich. »Du bist ihretwegen ganz durcheinander, mein Freund. Aber mach dir keine Sorgen. Wir werden das schon wieder geradebiegen.« Er gab Jayson einen Klaps auf die Schulter, als Jacque mit einer Flasche Wein in jeder Hand zurückkehrte.

»Ich wusste nicht, was ihr bevorzugt, daher habe ich mir zwei Flaschen aus Wakefields Keller geschnappt.« Der Teleporter stellte sie auf der Anrichte ab und wandte sich Balthazar zu. »Ich nehme an, wir machen uns auf den Weg, um ein paar Leute und noch mehr Getränke zu holen?«

»Das ist richtig. Lass uns zuerst Maria holen.« Er streckte eine Hand aus und Jayson stand der Mund offen.

»Ihr könnt doch nicht …« Aber es war schon zu spät. Balthazar und Jacque waren verschwunden.

Scheiße.

Maria hatte die Fähigkeit, das Kurzzeitgedächtnis eines Menschen zu beeinflussen. Ihre Anwesenheit konnte nur eines bedeuten. Balthazar und Jacque hatten vor, wahllos irgendwelche Menschen in Bars aufzugabeln und sie hierher zu teleportieren. In Jaysons Wohnung. Mitten in New York.

Er stöhnte innerlich auf, als ihm bewusst wurde, wie idiotisch dieser Plan war. Genauso gut hätten sie ein Schild vor dem Haus aufstellen können, um die Ichorianer zu ihrer Party einzuladen.

»Kann ich dir helfen?«, fragte Lizzie, als sie die Küche betrat. Ihr Blick fiel auf die beiden ungeöffneten Flaschen auf der Anrichte, bevor sie Jayson beäugte. Er hatte sich gegen die Anrichte gelehnt, während er mit sich selbst gehadert hatte. »Wo ist dein Freund?«

»Er bereitet gerade noch ein paar Sachen für die Party vor«, erwiderte er vage.

»Oh, in Ordnung. Äh, kann ich dir behilflich sein?« Ihr hoffnungsvoller Unterton steigerte seine Zuneigung für sie nur.

»Ich kann den Wein öffnen.« Er begab sich auf die Suche nach einem Korkenzieher. Mateo und Issac hatten das Apartment für ihn ausgestattet und sicher den Flaschenöffner nicht vergessen.

Neben ihm wurde die Kühlschranktür geöffnet und er warf Lizzie einen fragenden Blick zu.

»Ich werde dir helfen«, erklärte sie mit einem liebreizenden Lächeln. Sie hatte wirklich keine Ahnung, welche Wirkung ihre Schönheit auf andere hatte. »Ich meine, bei den Essensvorbereitungen.«

»Essensvorbereitungen?«

»Ja, du weißt schon, Käse und Cracker, Obst …« Sie verstummte, als sie den Blick über die fast leeren Fächer schweifen ließ. »Oder auch nicht.« Sie schloss den Kühlschrank wieder und zog eine Augenbraue in die Höhe. »Wie willst du ohne etwas zu essen eine Party ausrichten?«

»Äh …« Die meisten seiner Partys endeten im Schlafzimmer, nicht im Esszimmer.

Jetzt zog sie beide Augenbrauen in die Höhe. »Wolltest du deinen Gästen nichts außer Bier und Wein anbieten?«

»Nun.« Er legte sich wieder eine Hand an den Nacken. »Ich hatte eigentlich …« Das feurige Funkeln in ihren Augen ließ ihn verstummen. Würden ihre Pupillen sich im Bett ebenso erweitern?

»Jayson Masters«, sagte sie mit tadelndem Unterton, »du kannst keine Party ohne Essen ausrichten!« Sie schüttelte den Kopf. »Um wie viel Uhr kommen die Gäste?«

Er dachte an das, was Balthazar vorhatte, und zuckte mit den Schultern. »In etwa dreißig Minuten.«

Lizzie stieß ein Schnauben aus. »Das ist kaum genügend Zeit, aber wir werden es schon irgendwie schaffen.« Sie stellte den Weißwein in den Kühlschrank neben seinen persönlichen Biervorrat und ließ den Rotwein auf der Anrichte stehen. Jayson wusste, dass Balthazar noch mehr Alkohol besorgen würde, doch die gegenwärtigen Vorräte würden für den Anfang reichen.

»Lass uns gehen.« Sie ergriff seine Hand und zog ihn mit sich. Sein Schwanz wäre am liebsten in die entgegengesetzte Richtung in sein Schlafzimmer gegangen, doch offenbar hatte sie andere Pläne.

»Wohin gehen wir?«, wollte er wissen.

»An der Ecke zwischen der Siebenundsiebzigsten Straße und Broadway befindet sich ein Supermarkt, der rund um die Uhr geöffnet hat.« Sie hatte bereits die Tür erreicht. Sein Blick fiel auf ihre Handtasche auf der Kommode, doch sie machte keinerlei Anstalten, sie mitzunehmen. Nur gut, dass er seinen Geldbeutel eingesteckt hatte, wobei er sie ohnehin niemals hätte bezahlen lassen.

»Viel Spaß.« Grace winkte ihnen zu und wirkte dabei überaus belustigt. »Ich werde einfach auf deine Wohnung aufpassen, bis ihr zurück seid.«

»Witzig«, erwiderte er.

Sie schenkte ihm ein breites Grinsen. »Ich tue mein Bestes, Jay. Wirklich.«

Bevor er antworten konnte, zog Lizzie ihn in den Korridor hinaus und führte ihn zum Treppenhaus. »Wie viele Leute erwartest du denn?«

So wie er Balthazar kannte … »Mindestens zwanzig.« Und die meisten davon würden Frauen sein.

»Damit kann ich arbeiten.«

Er betrachtete ihren Hintern, als sie vor ihm die Treppe hinabstieg. Ja, es gab wahrlich Schlimmeres, als ihr zu gestatten, ihn herumzukommandieren. Doch nicht im

Schlafzimmer. Dort genoss er es viel zu sehr, die Kontrolle zu übernehmen.

Auf dem Weg zum Supermarkt schlug sie ihm verschiedene Ideen für »Partysnacks« vor und er stimmte jeder einzelnen zu. Ihre Vorstellung von Gästebewirtung unterschied sich eindeutig von seiner eigenen, doch es war ihm egal.

Sie richtete sich nach so vielen Förmlichkeiten und erinnerte ihn in dieser Hinsicht ein wenig an Amelia, zumindest an die Amelia von früher. Die Frau, die vor zwei Monaten nach Hydria zurückgekehrt war, schien sich aus gesellschaftlichen Ereignissen nur wenig zu machen. Doch er konnte ihr deshalb keinen Vorwurf machen. Jahrelange Folter veränderte einen Menschen.

Jayson schnappte sich am Eingang einen Korb und hielt sich an Lizzies Anweisungen, während er ihr durch den Supermarkt folgte. An der Kasse bezahlte er mit seiner Kreditkarte und musste lächeln, als er die Gesamtsumme sah, die sein Rotschopf innerhalb von zehn Minuten zusammengetragen hatte.

»Ganz ohne Zweifel weißt du, wie man einkauft, Rotschopf«, murmelte er.

»Oh, das ist noch gar nichts. Du solltest mich mit meinen Freundinnen von der Uni sehen.«

»Tatsächlich? Erzähl mir mehr von ihnen.« Lizzie bestand darauf, dass er noch ein paar Mehrwegtaschen kaufte, da sie umweltfreundlich waren. Dem hatte er nichts entgegenzusetzen.

»Du willst doch nur, dass ich dir etwas von Pyjamapartys und Kissenschlachten erzähle, nicht wahr?«

»Da hast du recht.«

»Tut mir leid, so etwas passiert nicht im wirklichen Leben.«

Das stimmt nicht, Rotschopf. Er hatte im Lauf der Zeit bereits an einigen dieser Partys teilgenommen. »Du solltest wenigstens einmal im Leben das Vergnügen haben.«

Sie schnaubte. »Nein danke.«

»Nicht einmal mit mir?«, neckte er sie.

Sie wurde rot. »Äh, ich …«

»Das war nur ein Scherz, Rotschopf.« *Nicht wirklich.* Ihr jungfräuliches Gemüt war für derartige Anspielungen noch nicht bereit. »Und jetzt kläre mich doch bitte auf, warum wir Mehl eingekauft haben.«

Ihre Lippen verzogen sich zu einem Lächeln. »Um Kekse zu backen.«

»Für mich?«

»Für deine Gäste.«

»Oh, Rotschopf, das wird nicht funktionieren. Ich teile nie etwas mit anderen, was mir gehört.« Und das traf nicht nur auf Kekse zu. Natürlich hatte er sich über all die Jahre auch schon Frauen mit Luc und Balthazar geteilt, doch nie diejenigen, die er ganz allein für sich haben wollte. Genauso wie Lizzie. Allerdings ging es im Moment nicht um dieses Thema.

»Wer sagt denn, dass es deine Kekse sind?«, sagte sie spöttisch, wobei ihre Augen fröhlich funkelten. Lizzie hatte eine verspielte Seite, die seine tiefsten Instinkte ansprach. Er würde sogar sagen, dass ihr Geplänkel ihm Spaß bereitete.

»Erstens hast du versprochen, mir Kekse zu backen«, erinnerte er sie. »Nur auf diese Weise wirst du mehr darüber erfahren, wo ich zuvor gelebt habe. Und zweitens habe ich die Zutaten bezahlt. Also sind es meine Kekse, Rotschopf.«

»Du hast für die Lebensmittel bezahlt, weil es deine Party ist. Außerdem schuldest du mir etwas dafür, dass ich dir den Hintern rette und dafür sorge, dass du deinen Gästen ein paar Snacks anbieten kannst.« Sie sah ihn mit einem spöttischen Funkeln in den Augen an. »Und es wäre möglich, dass ich nicht mehr interessiert daran bin, mehr über dich in Erfahrung zu bringen.«

»Oh, wir wissen doch beide, dass das nicht stimmt«, entgegnete er. »Du solltest dich nicht selbst belügen.«

»Na, wenn das nicht ein wenig großspurig ist.«

»Mein lieber Rotschopf, du hast noch nicht einmal an der Oberfläche meiner Großspurigkeit gekratzt, aber ich hätte nichts dagegen, wenn du das Bedürfnis hättest, weiter in die Tiefe zu gehen.«

»Wie *nachbarschaftlich* von dir.«

»Hey, ich versuche nur, gastfreundlich zu sein.« Er hob die vier Taschen in seinen Händen in die Höhe. »Das wäre der Beweis.«

Sie lachte und schüttelte den Kopf. »Soll ich dir eine davon abnehmen?«

»Das fragst du jetzt, da wir gerade in unsere Straße einbiegen.« Er schüttelte mit übertrieben enttäuschter Miene den Kopf. »Und von mir behauptest du, ein schlechter Gastgeber zu sein.«

Sie öffnete den Mund und schloss ihn wieder. »Mist. Ich hätte dir anbieten sollen … Ich bin …«

»Das war nur ein Scherz, Lizzie. Als würde ich dich bitten, diese Taschen für mich zu tragen. Ich bin vielleicht kein idealer Gastgeber, aber ich weiß, wie sich ein Gentleman zu benehmen hat.« *Selbst wenn ich am liebsten diese Taschen fallen lassen würde, um dich gegen die Wand zu drücken und deinen Mund zu ficken.*

Sie ging voraus, um ihm die Tür aufzuhalten, und schenkte ihm ein triumphierendes Lächeln. »Jetzt bin ich auch gesellschaftsfähig.«

»Ich bin mir ziemlich sicher, dass du immer gesellschaftsfähig bist«, erwiderte er, als er dem Portier zunickte, der mit einem einladenden Lächeln hinter Lizzie stand. »Hallo, Dennis.«

»Guten Abend Jayson. Lizzie.« Er tippte sich an den Hut und sicherte den Eingang, nachdem sie durch die Tür getreten waren.

Jayson dachte daran, ihn über die Party zu informieren, doch Lizzie war bereits auf dem Weg zum Treppenhaus. Sie konnte ihre Tanzbeine wirklich mit flinken Schritten bewegen, wenn sie wollte.

Er folgte ihr mit einem Lachen und nahm zwei Stufen auf einmal, um mit ihr Schritt zu halten. Als sie sein Stockwerk erreichten, sandte er ein Stoßgebet gen Himmel, weil es im Korridor still war. Entweder war Balthazar noch nicht zurückgekehrt oder er hatte weniger Leute als erwartet mitgebracht.

»Die Tür ist wahrscheinlich offen«, sagte er, als sie sich seinem Apartment näherten.

Lizzie drehte den Türknauf und erstarrte, als sie von sinnlicher Musik begrüßt wurden. »Du sagtest, dass du etwa zwanzig Leute erwartest.«

Er warf einen Blick über ihre Schulter. »Ich sagte, dass es mindestens zwanzig sind.« So wie es aussah, befanden sich sogar dreißig oder vierzig Leute in seiner Wohnung. Er konnte in der Menge mehrere Wächter ausmachen. Sie waren überaus loyal. Solange sie sein Apartment nicht verließen, sollte es keinerlei Probleme geben. Die übrigen Gäste waren harmlose Sterbliche, die höchstens ein wenig zu laut waren. Bis auf Tristan waren keine weiteren Ichorianer in Sicht. *Das erklärt die Stille im Korridor, denn er hat den Lärm gedämpft.* Sehr schlau.

Lizzie versetzte ihm einen Stoß mit dem Ellbogen. »Wir haben nicht genug zu essen eingekauft, Jayson.«

»Mach dir keine Sorgen, Rotschopf«, beruhigte er sie. »Jacque kann sich nachher noch einmal auf den Weg machen, falls es nicht ausreicht.«

»Jacque?«, wiederholte sie.

»Was gibt's?« Der Teleporter erschien plötzlich vor ihr. Und zwar buchstäblich. Sie hatte jedoch nichts davon mitbekommen, denn sie hatte sich ganz auf Jayson konzentriert.

»Oh.« Lizzie trat einen Schritt zurück und presste ihren Rücken an Jaysons Brust. »Hallo.«

»Hallo«, erwiderte Jacque. »Ihr habt gerufen?«

Jayson hob die Einkaufstaschen in seinen Händen zu beiden Seiten von Lizzie in die Höhe. »Könntest du damit bitte in die Küche *gehen*, Jacque?«

Sein Freund setzte ein freches Grinsen auf. »Natürlich, Jay. Ich werde sie in die Küche bringen.« Er schnappte sich die Einkaufstaschen und eilte hastig davon. Er strotzte nur so vor Energie.

»Das ist Jacque«, sagte Jayson, als er die Arme um Lizzies Taille schlang. Er fasste die Tatsache, dass sie sich nicht von der Stelle gerührt hatte, als Einladung auf. »Er ist ein guter Freund, dem es Freude bereitet, Besorgungen zu machen.«

»Oh«, sagte sie noch einmal, während ihr Körper sich warm an den seinen schmiegte. »Okay.«

»Wir sollten hineingehen«, flüsterte er ihr ins Ohr. An der Biegung ihres Nackens bildete sich eine Gänsehaut und ermutigte ihn, noch einen Schritt weiter zu gehen. Er presste seinen Körper an ihren Rücken und drängte sie in die Wohnung hinein, wobei er die Tür mit einem Fußtritt schloss. Die Szene, die sich ihnen offenbarte, erfüllte seine Erwartungen.

Tanzende und trinkende Menschen, die sich ihren sinnlichen Genüssen hingaben.

Typisch Balthazar. Vor Tausenden von Jahren hatte er einmal Bacchus besucht. Die Legende seiner Ausschweifungen war noch immer in den Geschichtsbüchern zu finden, obwohl der Name Dionysos dank der Griechen eine größere Verbreitung gefunden hatte. Er hatte seine Talente als

Gastgeber während seines langen Lebens perfektioniert, was man an dem Geschehen in Jaysons Wohnung deutlich sehen konnte.

Die Musik war gerade leise genug, um sich ungezwungen miteinander unterhalten zu können, während sie die Gäste gleichzeitigt ermutigte, sich von dem sinnlichen Rhythmus mitreißen zu lassen. Die Beleuchtung war leicht gedämpft und hüllte den Raum in eine erotische Atmosphäre, während sie dennoch hell genug war, um etwas sehen zu können. Es war fast wie eine Mischung aus Nachtklub und Lounge, allerdings mitten in einem Wohnhaus.

Im Grunde war es unglaublich.

Besagter Gott kam mit einer Frau an jedem Arm auf sie zu. Er bedachte sie mit einem Blick, der in vielerlei Hinsicht einladend war. »Ich habe gehört, dass ihr einkaufen wart?«

»Lizzie hat darauf bestanden, dass wir ein paar Snacks für die Party besorgen«, erklärte Jayson, als er die beiden wunderschönen brünetten Frauen zu beiden Seiten seines Freundes beäugte. *Argentinierinnen?*

Balthazar zwinkerte ihm zur Bestätigung zu und sagte: »Das war wirklich lieb von Ihnen, Lizzie.«

»Danke«, erwiderte sie und schien mit sich selbst zufrieden zu sein. »Sie hatten recht mit Ihrer Bemerkung, dass Jayson ein schlechter Gastgeber ist.«

Oh, das kleine Luder.

»Vorsicht, Rotschopf«, flüsterte Jayson ihr ins Ohr, als er den Griff um ihre Taille festigte. »Oder ich zeige dir, wie ich meine Gäste normalerweise bewirte.«

Er konnte an seiner Nase spüren, wie ihre Wangen sich erhitzten.

Hm.

Welche Teile ihres Körpers konnte er noch zum Erröten bringen? Ohne Zweifel ihre Brüste. Auch ihre Schenkel und noch intimere Stellen würden erglühen, wenn er sie liebkoste. Die Fantasien schwirrten durch seinen Kopf und schalteten seinen Verstand aus, was zur Folge hatte, dass sein Schwanz zum Leben erwachte. Er machte sich nicht die Mühe, es zu verbergen. Warum sollte er? Sie musste einfach wissen, wie sehr er sie wollte, selbst wenn er sie nicht haben konnte.

Seine Hormone spielten verrückt und bewiesen ihm nur, dass er dringend Sex haben musste. Allerdings machte es den Anschein, als würde nur eine Frau die Begierde stillen können, die Lizzie in ihm erweckte. Da war es nur gut, dass er diese Frau gerade in seinen Armen hielt.

»Ohne ihnen etwas zu essen anzubieten?«, fragte sie. Ihre Stimme bebte und hatte etwas von der Bestimmtheit von gerade eben verloren. Dennoch musste er sich etwas mehr ins Zeug legen, solange sie sich noch soweit im Griff hatte, dass sie ihm antworten konnte.

Er knabberte an ihrem Ohr und flüsterte: »Das kommt ganz darauf an, was auf der Speisekarte steht.« Er war überaus erfreut, als sie auf seine Worte mit einem Zittern reagierte.

»Jetzt würde ich dir schon sechs Punkte geben«, unterbrach Balthazar den Moment. »Ich bin begeistert.«

Wir wissen doch beide, dass meine Darbietung auf deiner Skala von eins bis zehn elf Punkte wert ist. Leider ist es in diesem Fall notwendig, dass ich mich ein wenig zurückhalte, erwiderte Jayson im Geiste, als er seine Lippen an Lizzies Hals zu einem Lächeln verzog. Sie verströmte einen blumigen Duft, der seine Urinstinkte ansprach und ihn dazu einlud, noch einen Schritt weiterzugehen.

Balthazar grinste nur. »Nun, da ihr jetzt beide zurück seid, können wir mit der Party richtig loslegen.« Er bedachte die Frau zu seiner Rechten mit einem sinnlichen Blick. »Das sind Delfina«, sagte er und wandte sich dann nach links, »und Sofia.« Seine Lippen verzogen sich zu einem verführerischen

Lächeln, als er auf Jayson zeigte. »Meine Damen, das ist mein Freund, von dem ich euch erzählt habe.«

Die beiden Frauen bedachten ihn mit einem liebreizenden Blick, der in Jayson alle möglichen schmutzigen Gedanken hätte hervorrufen sollen, doch nichts dergleichen geschah. Er schenkte den beiden ein Lächeln, von dem er selbst nicht ganz überzeugt war. Zumindest nicht so wie vor zehn Minuten, als er noch mit Lizzie gescherzt hatte.

»Meine Damen«, sagte er zur Begrüßung, während er sie ungeniert abschätzte. Nach ihren himmelhohen Absätzen und kurzen Röcken zu urteilen, hatte Balthazar sie in einem Nachtklub, wahrscheinlich in Buenos Aires, aufgegabelt. Die Mehrheit der Gäste in seiner Wohnung schien aus verschiedenen Teilen Südamerikas zu stammen. Mit ihrer Schönheit und den perfekten Kurven erinnerten sie ihn an seinen letzten Ausflug zu dem südlichen Kontinent.

Gute Arbeit.

Natürlich, antwortete sein Freund mit einem prahlerischen Ausdruck in den Augen.

Jayson murmelte ein paar Komplimente auf Spanisch, die die Frauen erwiderten. Er hatte eine Schwäche für sexy Akzente, doch er richtete seine Aufmerksamkeit auf die Rothaarige in seinen Armen, als sie versuchte, sich daraus zu befreien.

»Ich, äh, will eure Unterhaltung nicht stören und werde in der Küche die Snacks vorbereiten«, sagte sie, als er den Griff um ihre Taille festigte. Er hatte nur höflich sein wollen und kein Interesse an den beiden Frauen gezeigt, doch Lizzie hatte sein Verhalten offensichtlich falsch interpretiert.

So wird das nicht funktionieren, B. Nicht, solange sie hier ist.

Oder vielleicht gerade, weil sie hier ist. Denn in letzter Zeit schien nur eine Frau seine Fantasie anregen zu können, und diese versuchte gerade, sich seinem eisernen Griff zu entziehen.

»Lizzie hat versprochen, mir Kekse zu backen.« Er strich mit der Nase über ihren Nacken, um sie zu beruhigen. »Und ich schulde ihr ein Glas Wein.«

»Nein wirklich, es ist schon in Ordnung. Ich komme auch allein zurecht.« Sie wollte sich wieder aus seiner Umarmung lösen, doch er hielt sie fest.

»Es tut mir leid, dir das sagen zu müssen«, murmelte er, als er seine Finger in ihrem Haar verwob und ihren Kopf leicht zurückneigte, um mit seinen Lippen über den ihren zu schweben, »aber ich bin noch nicht bereit, dich gehen zu lassen.«

Ihre Pupillen erweiterten sich, was ihn nur anspornte. Eigentlich hatte er heute Abend seine Lust mit einer oder zwei beliebigen Frauen stillen wollen, doch Lizzies Anwesenheit änderte alles. Der Gedanke, mit einer anderen Frau zu schlafen, hatte seinen Reiz verloren, was bedeutete, dass er eine quälende Nacht vor sich hatte. Wenigstens würde er einen Teil seiner Begierden befriedigen können, indem er Zeit mit seinem Lieblingsrotschopf verbrachte. Wenn dieser Auftrag erst einmal vorbei war und er einen wohlverdienten Urlaub genoss, würde seine Besessenheit sicher verfliegen.

Er strich mit den Lippen über die ihren und musste lächeln, als sie zitternd den Atem ausstieß. Zumindest war er nicht der Einzige, der gegen die Begierde ankämpfte.

»Wein?«, fragte er mit sanfter Stimme.

»O-okay.«

»Gut.« Er sprach die Worte an ihren Lippen und küsste sie dann zärtlich, denn er konnte der Versuchung einfach nicht widerstehen. »Lass uns gehen, Rotschopf.«

Jayson richtete sie wieder auf und wollte gerade etwas zu Balthazar und seinen Begleiterinnen sagen, doch die drei waren bereits wieder mit der Menge verschmolzen. Sein Freund war von mehreren Frauen, einschließlich der beiden Schönheiten von zuvor, umringt und tanzte, wobei er es schaffte, jeder einzelnen von ihnen gleich viel Aufmerksamkeit entgegenzubringen.

Er bedachte ihn mit einem Blick, der so viel ausdrückte wie: *Genieße den Abend, Jay.*

Es war ein Zeichen der Solidarität, des Respekts und des Verständnisses. Lizzie war eine verbotene Frucht, doch wenn Jayson sie mit in sein Bett zog, dann würde Balthazar ihn deshalb nicht verurteilen. Er konnte Gedanken lesen und hatte die Fähigkeit, anderer Leute Emotionen zu fühlen und zu kontrollieren, was ihm einen tieferen Einblick gewährte als den meisten.

Jayson erwiderte die Geste mit einem Nicken. Allerdings würde er sich nicht dazu hinreißen lassen und seine Selbstkontrolle würde ihm dabei dienlich sein.

Doch es gab andere Wege, seine Bedürfnisse zu stillen.

Vielleicht sollte er diese ein wenig erkunden.

Kapitel Zehn

Es gibt für alles ein erstes Mal

Gefühle und Genussempfinden sind für das Testobjekt unverständliche Konzepte. Gönner ist nicht erfreut darüber und hat um eine hormonelle Verbesserung gebeten. Labortechniker arbeiten an einem Cocktail, um den Fehler zu beheben.

Eintrag 116.03.4-7

Lizzie brauchte mehr Wein. Die drei Gläser von vorhin hatten ihre Wirkung verloren, nachdem sie mit Jayson zum Supermarkt gegangen war, und das, was sie eben getrunken hatte, reichte nicht aus, um das verrückte Gefühl in ihrem Inneren zu dämpfen.

Jede Berührung brachte ihr Blut in Wallung.

Bei jedem verführerischen Blick bekam sie eine Gänsehaut.

Und, oh Gott, die Küsse.

Sie presste die Schenkel zusammen.

Was stellt er nur mit mir an?

Noch nie zuvor hatte ein Mann sie in einen derartigen Taumel versetzt. Nicht einmal Tom. Sie wusste nicht, wie sie damit umgehen sollte, und der Wein konnte auch keine Abhilfe schaffen.

»Was soll ich mit diesen hier tun?«, fragte Jayson, als er ihr die Tüte mit Trauben entgegenstreckte, die sie im Supermarkt mitgenommen hatte. Selbst in diesen einfachen Worten schien ein sinnlicher Unterton mitzuschwingen. Ganz ohne Zweifel hatte sie ihn missverstanden.

Doch all die Berührungen … sind bedeutungslos.

Ein Mann, der sich nach der Art Beziehung sehnte, die auch Lizzie sich erhoffte, würde nicht mit anderen Frauen vor den Augen seiner Angebeteten flirten. Und es bestand kein Zweifel daran, dass er mit den Models geflirtet hatte. Sie konnte ihm keinen Vorwurf daraus machen, denn die beiden waren atemberaubend schön.

Nur Freunde, ermahnte sie sich selbst und konzentrierte sich wieder auf die Trauben. »Wir müssen sie waschen und in eine Schüssel geben.« Sie zog eine aus dem Küchenschrank und reichte sie ihm. »Ich kümmere mich um den Käse und die Cracker.« Lizzie hatte sich für Snacks passend zum Wein entschieden, da er seine Gäste hauptsächlich damit bewirtete. Seine Freunde schienen jedoch keinen großen Hunger zu haben, denn sie waren viel zu sehr damit beschäftigt, ihre Körper gegeneinander zu reiben.

Jedem das Seine, dachte sie nur. Lizzie würde einfach ein paar Snacks auf den Tisch stellen, falls doch jemand Interesse hatte, und würde Jayson seinen Partygästen überlassen. Sie bezweifelte, dass er sie zum Bleiben bewegen wollte. Diese Leute waren seine Freunde und sie hatte Verständnis dafür.

Vielleicht würde sie Kristin oder Cam anrufen. Sie schuldete den beiden noch einen Frauenabend und es wäre noch nicht zu spät. Sie saßen wahrscheinlich ohnehin gerade in irgendeiner Bar. Lizzie würde viel lieber zu ihnen stoßen, statt in ihrer Wohnung zu sitzen. Issac und Stas befanden sich sicher noch dort und Lizzie wollte sie nicht sehen, nachdem sie sich einfach so aus dem Staub gemacht hatte.

Sie richtete den Käse an und sah, dass Jayson sie beobachtete. »Was ist los?«

Er stellte sich dicht vor sie, presste behutsam seinen Daumen auf die Stelle zwischen ihren Augen und begann, sie mit langsam kreisenden Bewegungen zu massieren. »Ich versuche nur herauszufinden, was oder wer für diese Sorgenfalte verantwortlich ist. Ich dachte, wir hätten Spaß.«

»Das haben wir … Nein … Ich meine, eigentlich nicht.« *Um Himmels willen!* Seine Berührung hatte ihr die Fähigkeit genommen, einen klaren Satz zu formulieren. Sie räusperte sich und versuchte es noch einmal. »Ich war mit den Gedanken woanders.«

»Soll ich dir helfen, wieder in die Gegenwart zurückzukehren?« Mit seiner warmen Hand nahm er ihr das Messer ab und legte es beiseite, dann schob er sie gegen die Anrichte. »Denn ich bin gern dabei behilflich.«

Ihr Herz setzte einen Schlag aus und sie war nicht imstande zu atmen. »Okay«, brachte sie hervor.

Er liebkoste ihre Lippen mit den seinen, als er sie wieder zärtlich küsste. Oh, sie genoss diese Küsse, doch bei jedem einzelnen verspürte sie ein brennendes Gefühl in ihrem Inneren, das fast unerträglich wurde. Es war wie ein flammendes Inferno, das nur von ihm gestillt werden konnte.

Sie ließ ihre Hände an seinen Armen hinaufgleiten und genoss das Gefühl der italienischen Seide seines Blazers. Lizzie liebte diesen eleganten, sexy Look an einem Mann und Jayson stand er besonders gut. Sie strich über den Kragen seines Hemdes und wanderte mit ihren Fingern dann weiter hinauf über seinen Nacken bis in sein dichtes Haar.

Zuvor hatte er über jeden Kuss die Kontrolle gehabt, doch sie sehnte sich nach mehr.

Sie ballte ihre Hände um sein Haar zu Fäusten und lehnte sich zu ihm hin.

»Hör auf mit den Spielchen und küss mich«, forderte sie. Die Stimme aus ihrem Mund klang ganz und gar nicht wie die ihre, denn sie war heiser und sinnlich. Aber sie hatte den gewünschten Effekt.

»Vorsicht mit deinen Wünschen, Rotschopf.« Er hob sie hoch, setzte sie auf der Kücheninsel ab und zog sie an sich, wobei er zwischen ihre Schenkel trat. »Sie könnten in Erfüllung gehen.«

Ihr ganzer Körper stand in Flammen, als er von ihrem Mund mit einem Kuss Besitz ergriff, der all ihre weiblichen Sinne mit einem Mal zunichtemachen sollte.

Oh. Mein. Gott.

Seine Zunge ... Lizzie hatte nicht gewusst, dass eine Zunge sich auf diese Weise winden konnte.

Sie versuchte, es ihm gleichzutun, und vergrub ihre Fingernägel in seiner Kopfhaut, während er sie mit Haut und Haaren zu verschlingen schien. Sie bereute ihre Forderung nicht eine Sekunde lang. Sie hatte es von ihm verlangt und er hatte ihr den Wunsch erfüllt.

Er ließ seine Hände an ihrer Taille hinaufgleiten, woraufhin sie eine Gänsehaut bekam und ihre Brustwarzen sich verhärteten. Als er ihren Nacken streichelte, war sie Wachs in seinen Händen und ergab sich ihm vollkommen.

Er neigte ihren Kopf nach hinten, damit er noch tiefer in ihren Mund eindringen konnte, während er seine Lenden gegen ihr Becken presste.

Ihr lief ein elektrisierender Schauer über den Rücken, als die Berührung ein animalisches Gefühl in ihrem Inneren auslöste. Noch nie hatte sie ein Mann *an dieser Stelle* berührt, doch sie konnte ihn durch ihr dünnes Höschen spüren.

Denn sie trug ein Kleid.

Und sie hatte die Schenkel um einen Mann geschlungen.

In seiner Küche.

Wie wunderbar verrucht.

Sie hätte sich so etwas in ihren wildesten Träumen nicht ausgemalt, doch es fühlte sich ganz natürlich und richtig an. Und gleichzeitig überaus erschreckend.

All diese widersprüchlichen Emotionen spiegelten sich in ihrem Kuss wider, als sie versuchte, es ihm gleichzutun. Sie wusste jedoch, dass sie im Gegensatz zu ihm keinerlei Erfahrung hatte, und er stellte es unter Beweis, indem er ihren Mund dominierte und ihren Körper mit ein paar gekonnten Bewegungen kontrollierte.

Doch all das war ihr egal, denn sie wurde von dem Augenblick der Euphorie mitgerissen. Er verwob seine Finger in ihrem Haar und zog leicht daran, um sie zu erden, während er sie weiter seinen sinnlichen Lehren unterzog.

Sie spannte ihre Schenkel um seine Hüften an und sehnte sich nach etwas, was sie selbst nicht ganz verstand.

Reibung.

Hitze.

Mehr.

Er zog fluchend den Kopf zurück und sein heißer Atem umschmeichelte ihre Lippen.

»Nicht doch, meinetwegen müsst ihr nicht aufhören.« Als sie die unbekannte Stimme hörte, lief Lizzie ein eiskalter Schauer über den Rücken.

Jaysons Kuss hatte ihren Verstand von sämtlichen logischen Gedanken befreit und sie hatte vergessen, dass sie in seiner Wohnung nicht allein waren. Sie hatte nicht einmal daran gedacht, als er sie auf der Kücheninsel fast verschlungen hatte.

Darüber hinaus hatten sie scheinbar mindestens einen Zuschauer angelockt.

Jayson strich mit den Fingern durch Lizzies Haar, bevor er seine Hände auf ihre Taille sinken ließ. Sie erwartete, dass er einen Schritt zur Seite trat, doch das tat er nicht. Ein Teil von ihr wünschte sich, dass sie auf den Boden gleiten und ihr Kleid glatt streichen konnte, während der andere Teil sich von seiner besitzergreifenden Haltung beschützt fühlte.

Sie war sprachlos und beschämt, weil sie gerade ertappt worden waren, doch gleichzeitig wurde sie von einer unbändigen Hitze durchströmt. Lizzie brach normalerweise nie irgendwelche Anstandsregeln, die dank ihrer jahrelangen Ausbildung tief in ihr verwurzelt waren, doch Jayson hatte diese Grenzen mit seinen berauschenden Küssen einfach durchbrochen. Und sie bereute es nicht eine Sekunde lang.

»Schade«, murmelte die Stimme, als hinter ihr die Kühlschranktür geöffnet wurde.

»Tristan«, knurrte Jayson. »Suchst du etwas Bestimmtes? Die Tür vielleicht?«

»Ich wollte mir eigentlich nur noch etwas Wein einschenken, als ihr mich mit eurer Darbietung in euren Bann gezogen habt.« Der Kühlschrank wurde mit einem leisen Klicken wieder geschlossen. »Du weißt doch, dass ich eine Neigung zum Voyeurismus habe.«

Jayson festigte seinen Griff um ihre Taille. »Du kannst deinen Fetisch woanders ausleben.«

»Seit wann hast du etwas gegen ein Publikum einzuwenden?«, fragte Tristan mit einem leichten Akzent. *Möglicherweise irisch.*

Sie konnte hören, wie ein Glas auf die Granitplatte gestellt wurde, als der Mann sich ein Glas Wein auf der Kücheninsel einschenkte, auf der Lizzie saß. Sie konnte die gekühlte Flasche neben ihrem Hintern spüren, als ihr ein Schauer über den Rücken lief. Vielleicht war sie auch nervös, weil der Fremde so dicht neben ihr stand.

»Soweit ich mich erinnern kann, warst du dem Exhibitionismus nie ganz abgeneigt«, fuhr er fort. »Bitte sag mir nicht, dass du dich ebenfalls veränderst. Ich glaube nicht, dass ich es verkrafte, wenn ich gleich zwei meiner Freunde an ihre Schoßhündchen verliere. Obwohl ich zugeben muss, dass dieses hier wirklich liebreizend ist.«

Der Mann strich mit einem Finger über ihren Arm, was Jayson dazu veranlasste, sie an sich zu ziehen.

Sie hielt sich an seinen Schultern fest, um nicht die Balance zu verlieren, als sie sich schließlich zu dem großen Mann umdrehte, der hinter ihr stand.

Sie blickte in ein Paar leuchtend grüne Augen.

»Ja, wirklich liebreizend.« Man konnte sein Lächeln nur als niederträchtig bezeichnen. Dann richtete er den Blick über ihre Schulter auf den Mann, der zwischen ihren Beinen stand. »Aber ich kann sehen, dass du nicht vorhast, sie zu teilen, daher werde ich mich woanders nach einem Snack umsehen.«

»Eine kluge Entscheidung«, antwortete Jayson. »Und versuche, nichts zu verschütten.«

»Jetzt beleidigst du mich aber, Jay. Ich würde mich niemals in deiner Wohnung nähren.« Er stellte die Weinflasche in den Kühlschrank zurück und griff nach seinem Glas. »Darf ich noch einen Vorschlag machen?«

»Das wirst du ohnehin tun.«

»Das ist richtig«, stimmte Tristan zu. »Vielleicht solltet ihr euer kleines Intermezzo an einen privaten Ort verlegen, wenn ihr nicht noch weitere Zuschauer anlocken wollt. Diejenigen, die dich gut kennen, könnten ein wenig verwirrt sein.«

Lizzie musste schlucken und wandte sich wieder Jayson zu.

Sein Freund redete immerzu vom Teilen und Zusehen und sie nahm an, dass er sich dabei auf einen sexuellen Zusammenhang bezog. Doch in welchem Ausmaß?

Sie hatte nur wenig Erfahrung mit Männern und unterhalb der Gürtellinie hatte sich nie wirklich etwas abgespielt. Sie konnte unmöglich den Erwartungen entsprechen, auf die Tristan gerade anspielte.

»Vielen Dank dafür«, sagte Jayson, während er den

anderen Mann anstarrte. »Und jetzt verzieh dich und mach dich im Wohnzimmer nützlich. Der Geräuschpegel ist gestiegen.«

»Oh, ich habe ein unbestimmtes Gefühl, dass es später noch viel lauter wird, mein alter Freund.« Als er den Spott in Tristans Stimme hörte, kniff Jayson die Augen zusammen. »Aber mach dir keine Sorgen. Ich werde die Lautstärke für dich kontrollieren, schließlich bin ich ein guter Freund.«

Lizzie hatte keine Ahnung, wovon die beiden sprachen, ob es um einen privaten Scherz ging. Allerdings ließ Jaysons wütender Gesichtsausdruck darauf schließen, dass Scherz vielleicht nicht das richtige Wort war.

»Sicherlich hast du auch etwas davon«, entgegnete Jayson.

»Natürlich«, murmelte Tristan. »Warum würde ich dir sonst meine Talente für eine so frivole Sache zur Verfügung stellen?«

»Weil du so ein guter Freund bist?«, scherzte Jayson.

»Ich weiß deinen Humor zu schätzen, Jay. Genieße den Abend. Ich weiß, dass ich meinen Spaß haben werde.« Er versuchte, noch einmal über ihren Arm zu streicheln, doch Jayson packte sein Handgelenk, bevor Tristan ihren Ellbogen erreichte.

»Lass die Spielchen«, sagte Jayson mit tiefer Stimme.

Tristan grinste und befreite seine Hand. »Vielleicht beim nächsten Mal.« Seine grünen Augen funkelten verächtlich, als er sie ansah. »Es hat mich gefreut, Sie kennenzulernen, meine Liebe. Ich liebe Frauen, die schweigen.«

Sie öffnete den Mund, doch als sie sich endlich eine Antwort zurechtgelegt hatte, war er bereits mit seinem Wein und der Schüssel mit Trauben, die Jayson vorbereitet hatte, aus der Küche verschwunden.

Sie spürte zwei warme Hände an ihren Wangen, die ihre Aufmerksamkeit wieder auf den Mann zwischen ihren

Schenkeln lenkten. »Es tut mir leid, Liz. Er kann wirklich ein Arschloch sein.«

»Du hast seltsame Freunde«, platzte sie heraus. Zuerst sein Kollege Kiel. Dann Balthazar, der weniger seltsam, sondern vielmehr gut aussehend und viel zu charmant war, und jetzt auch noch Tristan. »Woher kennst du sie alle? Bist du nicht gerade erst hierhergezogen? Wer sind all diese Leute? Und du sprichst Spanisch?«

Sie konnte sich kaum mehr zurückhalten, all die verblüffenden, beschämenden und überwältigenden Momente ließen all die Worte nur so aus ihr heraussprudeln.

»Ich brauche einen Schluck Wein«, entschied sie.

Er hielt sie davon ab, sich umzudrehen, und griff nach ihrem Glas, das er ihr reichte.

»Balthazar ist zu Besuch und kommt von dem Ort, an dem ich zuvor gelebt habe. Tristan ist ein alter gemeinsamer Freund, der in der Stadt wohnt. Von den anderen kommt mir nur eine Handvoll bekannt vor, wobei die Restlichen Balthazars Freunde sind. Schließlich ist er derjenige, der diese Party ausrichten wollte, und ich spreche eine Menge Sprachen.« Er stich ihr eine Haarsträhne hinters Ohr, als sie ihn anlächelte. »Habe ich deine Frage damit ausreichend beantwortet?«

Sie trank den Rest ihres Weines aus, während sie nach einer Antwort suchte.

»Die Sache mit dem, äh, Teilen?« Sie hatte nicht den Mut, den Satz weiter auszuführen, und lief hochrot an. Vielleicht lag es auch an dem Alkohol. »Ich brauche mehr Wein.«

Sie reichte ihm ihr Glas und er musterte sie abschätzend. »Wie viel hast du heute Abend getrunken, Rotschopf?«

Das war nicht die Antwort, die sie erwartet hatte. »Willst du etwa behaupten, dass ich betrunken bin?«

»Nein.« Er stellte das Glas beiseite. »Ich frage nur, weil ich will, dass du nüchtern bleibst.«

»Warum?« Gehörte das Trinken nicht zu einer Party dazu?

Er legte ihr eine Hand an die Wange und zwang sie, ihm in die Augen zu blicken. »Weil ich deine Zustimmung brauche.«

Sie runzelte die Stirn. »Wofür?«

»Für die Dinge, die ich mit dir anstellen will.« Er strich ihr mit dem Daumen über die Unterlippe. »Aber zuerst wollen wir deine Grenzen festlegen.«

Sie bekam einen trockenen Mund, als sie seine Worte und seine tiefe, sinnliche Stimme hörte. Schlagartig war all das Unbehagen verschwunden, das Tristan ausgelöst hatte, und an seine Stelle trat wieder dieses fremdartige Empfinden, das ihr Blut in Wallung brachte.

»Ich mag dich«, sagte sie einer plötzlichen Regung folgend. »Deshalb bin ich heute hierhergekommen. Um dir zu sagen, dass ich dich mag.«

Sehr erwachsen, Liz, dachte sie, während sie sich innerlich krümmte. Wie alt war sie? Zwölf?

Glücklicherweise schien ihn das mehr zu amüsieren als zu verärgern. »Tatsächlich? Ich glaube, das hast du bereits deutlich gemacht.« Er küsste sie sanft, bevor er hinzufügte: »Das Gefühl beruht auf Gegenseitigkeit.«

Er zog sie von der Kücheninsel hinunter und zupfte ihr Kleid zurecht. »Komm mit, Rotschopf.«

~

Scheiß drauf.

Jayson würde ohnehin in die Hölle kommen, dann konnte er sich auf dem Weg dorthin ebenso gut amüsieren.

Er sah Balthazar nicht an, als er Lizzie in Richtung seines Schlafzimmers zog, doch er konnte den Blick des Gedankenlesers auf seinem Rücken spüren. Er strahlte einen

Ausdruck der Zufriedenheit aus, denn ganz ohne Zweifel war dies von Anfang an sein Plan gewesen.

Wann habe ich dich je im Stich gelassen?, schien er fragen zu wollen.

Noch nie.

Und heute Abend bildete keine Ausnahme.

Also gut. Jayson würde sich heute ein wenig vergnügen. Er hatte es verdient, nachdem er sich zwei Monate voll und ganz auf diesen Auftrag konzentriert hatte. Wenn Lizzie ihn nicht wollte, dann würde er sie nicht anrühren, doch die kleinen begierigen Laute, die sie in der Küche ausgestoßen hatte, hatten seinen Verdacht bestätigt.

Sie war sich ihrer Reaktionen nicht einmal bewusst gewesen und hatte nicht bemerkt, dass sie bereits nach ein paar unschuldigen Berührungen kurz vor einem Orgasmus gestanden hatte.

Bei dem Gedanken an ihre mangelnde Erfahrung unterdrückte er ein Stöhnen, denn es verschlug ihm die Sprache.

Diese leidenschaftliche Anziehungskraft zwischen ihnen trieb ihn fast in den Wahnsinn. Er musste etwas unternehmen.

Aber er würde um ihretwillen ein paar Regeln aufstellen, an die er sich halten würde.

Er musste Lizzie langsam an seine Bettpraktiken heranführen, denn er wollte sie nicht überfordern. Sie hatte Besseres verdient.

Außerdem konnte er sie nicht so ficken, wie er wollte, bevor sie nicht die Wahrheit kannte.

Scheiße, eigentlich sollte er nicht einmal so weit gehen, sie in seinem Schlafzimmer zu verführen, bis er ihr nicht alles erzählt hatte. Doch nach ihrem Stelldichein in der Küche war seine Ehre plötzlich in den Hintergrund getreten.

Diesmal wollte er nur, dass sie sich gut fühlte, mehr nicht.

Das könnte sie ihm sicher vergeben, nicht wahr?

Er führte sie in sein Schlafzimmer und verschloss die Tür.

»Also, äh …« Sie blickte durch ihre dichten Wimpern zu ihm auf, während sie errötete. »Du hast etwas von Grenzen gesagt?«

»Ja, das habe ich.« Er drückte sie gegen die Wand und stützte seine Hände zu beiden Seiten ihres Kopfes ab. »Kein Sex heute Nacht.«

Ihr stand der Mund offen. »W-wie bitte?«

»Das ist richtig. Und genau wegen dieser Reaktion werden wir heute Nacht nicht miteinander schlafen.« Er ließ den Blick über jeden Zentimeter ihres tiefroten Kleides schweifen, bevor er ihr wieder in die Augen blickte. »Aber ich bin offen für andere Möglichkeiten, wenn du es auch bist.« *Zum Beispiel würde ich dir gern dieses Kleid ausziehen und deine Haut mit meiner Zunge erforschen.*

Sie streckte ihre hübsche rosafarbene Zunge heraus und leckte sich über die Lippen. Er fragte sich, wie sie sich wohl an seinem Schwanz anfühlen würde.

Doch das würden sie heute auch nicht tun.

Heute ging es nur um sie.

Er strich mit der Nase über ihre geröteten Wangen bis zu ihrem Ohr. »Lass uns mit einer einfachen Frage beginnen«, schlug er vor. »Wie wäre es, wenn ich dir dein Kleid ausziehe?«

Sie erzitterte und er musste lächeln. »Hm, der Gedanke gefällt dir also, genauso wie mir. Was sonst noch, Rotschopf? Was darf ich dir noch ausziehen?«

Er legte eine Hand auf ihre Taille und ließ sie nach oben gleiten, bis er mit dem Daumen auf die Unterseite ihrer Brust traf. »Deinen BH?«, flüsterte er. Sie erzitterte wieder und stöhnte leise auf, woraufhin er mit seiner Hand nach unten bis zu dem Saum ihres Kleides wanderte. Er strich über den Stoff und tastete sich dann behutsam bis zur Innenseite ihrer Schenkel vor.

Ihr Atem beschleunigte sich und er hielt inne.

»Eine Grenze«, murmelte er. »Hm, damit kann ich arbeiten.«

»Ich …« Sie bebte selbst dann noch, als ihr Körper sich anspannte. »I-ich weiß nicht.«

Denn sie war noch nie zuvor dort berührt worden. Das wusste er jetzt.

»Aus diesem Grund setzen wir Grenzen, Rotschopf«, sagte er mit beruhigender Stimme. Er würde weder sie noch sonst irgendeine Frau in eine unangenehme Situation zwingen. Das widersprach seinem Ehrgefühl.

»Ich bin mir nicht … sicher.« Sie erzitterte wieder, doch diesmal schien die Reaktion weniger erregt, sondern vielmehr emotional zu sein.

Er liebkoste ihren Hals und zog sie an sich, als er seine Hand von ihrem Schenkel löste und sie in ihrem Haar verwob. »Ich wäre auch zufrieden, wenn ich dich die ganze Nacht lang küssen könnte, Elizabeth. Mit oder ohne Kleider. Du hast die Wahl.« Er presste seine Lippen auf ihre Halsschlagader und saugte leicht an ihrer Haut, womit er ihr ein begieriges Stöhnen entlockte.

Genau so, Schätzchen. Komm zu mir zurück.

Sie krallte sich in seine Arme und zog ihn an sich. Er presste seine Hüften gegen die ihren, um eine weitere Grenze zu testen. Sie reagierte auf seine Berührung, indem sie sich ihm entgegenwölbte. Sein Schwanz schmerzte, doch er schob sein Verlangen beiseite, um sich voll und ganz auf sie zu konzentrieren. Er könnte danach ausgiebig duschen.

»Hm, ich glaube, wir können beginnen.« Er zog den Kopf zurück und blickte ihr in die Augen. »Sag mir, falls ich zu weit gehe, Rotschopf. Nur ein Wort und ich höre auf, verstanden?«

Der entrückte Ausdruck in ihrem Gesicht und das kurze Nicken konnten ihn nicht überzeugen.

Er ballte die Hand um ihr Haar zur Faust und zog daran.

»Elizabeth, ich muss wissen, dass du mir Einhalt gebieten wirst, oder es wird nicht funktionieren.« Er konnte ihre körperlichen Reaktionen zwar deuten, doch er bestand darauf, dass sie ihnen auch verbal Ausdruck verlieh.

Sie schluckte und durchbrach den Schleier ihrer Erregung, um ihre Konzentration wiederzufinden. »Okay.«

»Das reicht noch nicht.« Er biss ihr zärtlich ins Kinn. »Was wirst du mir sagen, wenn du willst, dass ich mich zurückhalte? Wenn es zu intensiv wird?«

Sie blinzelte zu ihm auf. »Äh, Stopp?«

Ihm wurde warm ums Herz, als er ihre unschuldige Antwort hörte. Es würde ihm so viel Vergnügen bereiten, sie in der Kunst der Verführung und des Sex zu unterweisen. Vielleicht sogar ein bisschen zu viel Vergnügen. »Wenn du willst, können wir das für den Anfang verwenden, doch später willst du es vielleicht anders ausdrücken.«

Sie zog die Mundwinkel nach unten. »Warum?«

Er presste seine Lippen auf ihr Ohr. »Rotschopf, irgendwann wird deine Erregung so heftig sein, dass du mich anflehen wirst aufzuhören, auch wenn es eigentlich das Letzte ist, was du willst.«

~

»Aber das können wir später noch herausfinden, wenn du so weit bist.« Die Worte brannten sich in Lizzies empfindsame Haut.

Oh. Mein. Gott.

So etwas konnte er mit ihr anstellen?

Aber wie?

Er ließ seinen heißen Mund wieder auf ihren Hals wandern und ihr lief ein Schauer über den Rücken. Als wäre es nicht schon genug, dass er sie gegen die Wand presste, obendrein verwöhnte er sie auch noch mit seinen geschickten Lippen.

Ich stecke in großen Schwierigkeiten.

Doch es waren wunderbare Schwierigkeiten.

Zumindest hoffte sie das.

Oh Gott, jetzt wanderte er wieder mit seinen Händen an ihrer Taille hinauf und hielt kurz unter ihren Brüsten inne. Sie hätte ihn am liebsten weiter nach oben gedrängt, doch sie wusste nicht wie.

»Dreh dich um«, befahl er mit gedämpfter Stimme. »Leg deine Hände an die Wand.«

Sie wusste nicht, was sie denken oder fühlen sollte, doch sie gehorchte, weil sie mehr wollte. Sie hatte Schmetterlinge im Bauch, als er ihr Haar über ihre Schulter strich. Dann folgte er mit der Hand dem Verlauf ihres Reißverschlusses von unten nach oben, bis sie glaubte, innerlich zu verbrennen.

»Atme, Rotschopf.« Er presste einen Kuss auf ihren Nacken, der ihr eine Gänsehaut bescherte. Vielleicht lag es auch daran, dass er Stück für Stück den Reißverschluss aufzog und langsam ihren Rücken entblößte. Sie wusste es nicht. Es war ihr egal. Sie konnte sich nicht mehr konzentrieren.

Er wird mich nackt sehen.

Es ist nichts anderes als die Bademodenpräsentation beim Schönheitswettbewerb.

Nein, es ist etwas völlig anderes.

Mein Gott, welche Unterwäsche hatte sie angezogen?

Die weinrote.

Richtig.

Sie passte zu ihrem Kleid.

Sie trug ein Höschen, keinen Stringtanga, und einen passenden Seiden-BH. Es war fast dasselbe wie ein Bikini, sie zeigte nur ein wenig mehr Dekolleté. Sie würde es verkraften.

Ihr Kleid fiel zu Boden.

Oh Gott.

Ihr lief ein heißer Schauer über den Rücken, als er seine Hände auf ihre nackte Haut presste. »Du bringst mich noch um den Verstand, Lizzie.« Er drehte sie langsam um, bis sie ihm ins Gesicht sah. Sie konnte seine Erregung in seinem Blick sehen und es hätte ihr fast den Boden unter den Füßen weggezogen.

Noch nie zuvor hatte ein Mann sie auf diese Weise angesehen.

Ausgehungert.

Heißblütig.

Und so unglaublich sexy.

Es löste etwas tief in ihrem Inneren aus und brachte ein Selbstbewusstsein hervor, das sie noch nie zuvor an sich selbst erlebt hatte.

Er will mich. Sie konnte es an der Art erkennen, wie er seine schokoladenbraunen Augen bewundernd über jeden Zentimeter ihrer nackten Haut wandern ließ.

Lizzie hatte keine Ahnung, was sie mit diesem Wissen anstellen sollte, doch das Verlangen, ihn zu küssen, war so stark, dass es schmerzte. Sie zögerte nicht und bat ihn auch nicht darum, sondern presste einfach ihre Lippen auf die seinen.

Er reagierte sofort, indem er mit seiner Zunge die Kontrolle übernahm und sie gegen die Wand drückte. Sie stöhnte in seinen Mund hinein, als er mit einem Bein ihre Schenkel spreizte.

Es fühlt sich so gut an.

Sie brauchte mehr.

In ihr flammte dieses Feuer wieder auf, das sie berauschte und von innen heraus verzehrte.

Er verwob seine Finger wieder in ihrem Haar und zog ihren Kopf leicht nach hinten, während er die andere Hand auf ihre Hüfte legte und ihr Becken nach vorne schob. Es durchzuckte sie wie ein Blitz, als er seinen muskulösen Oberschenkel auf ihre empfindsamste Stelle presste.

Oh. Das gefiel ihr.

Jayson erweckte etwas in ihrem Inneren, von dem sie nur sehr wenig wusste. Lust und Erregung waren für sie nur abstrakte Vorstellungen, die sie zwar verstand, doch nur selten empfand. Selbst wenn sie es nachts allein im Bett versuchte, geschah nichts. Sie hatte sich zu anderen Männern hingezogen gefühlt und konnte Liebe empfinden, doch so etwas wie jetzt hatte sie noch nie zuvor erlebt.

Sie küsste ihn noch heftiger und er erwiderte ihre Leidenschaft, während er weiterhin sein Bein gegen ihren Lustpunkt presste und immer dann Druck ausübte, wenn sie es am meisten brauchte.

Was geschieht nur mit mir?

Sie fühlte sich schamlos, schmutzig und so lebendig.

Sie krallte sich in seine Kopfhaut, als das Gefühl immer stärker wurde. Er grinste an ihren Lippen. »Was willst du, Rotschopf?«

Sie konnte ihm nicht antworten, weil sie es nicht wusste.

Er umfasste ihre Brüste und sie wölbte sich ihm instinktiv entgegen.

Ja, das wollte sie. Sehr sogar.

»Haut«, brachte sie hervor, während ihr das Feuer die Sinne verbrannte.

Er zog ihr den BH aus und sie stöhnte auf, als er ihre Begierde erfüllte. Doch es war immer noch nicht genug.

»Schhh, ganz ruhig«, murmelte er an ihrem Mund. Er hob sie hoch und trug sie zu seinem Bett, auf dem er sie viel zu behutsam ablegte. Er glitt mit den Händen über ihre Schenkel bis hinunter zu ihren Fußknöcheln. Dann zog er ihr einen Schuh nach dem anderen aus und ließ sie zu Boden fallen.

Jede Zelle ihres Körpers sehnte sich nach mehr und sie

wand sich auf seinem Bett begierig hin und her. Jayson beobachtete sie mit einem hungrigen Ausdruck in den Augen, während er langsam sein Jackett auszog und es über einen Stuhl in der Ecke des Zimmers legte.

Sie erstarrte, als er seine Hand auf den obersten Knopf seines Hemdes legte.

Sie malte sich aus, was sich unter dem Stoff befand, und spürte, wie sie feucht wurde.

Oh ja, bitte.

Er knöpfte langsam sein Hemd auf, wobei er jede ihrer Reaktionen mit demselben gierigen Blick beobachtete.

»Was tust du nur mit mir?«, fragte sie mit einem Stöhnen.

»Ich zögere nur den Moment hinaus«, antwortete er und neigte den Kopf mit einem wissenden Lächeln auf den Lippen zur Seite. »Vertrau mir. Du wirst mir später noch dafür danken.«

»Im Moment würde ich dich am liebsten umbringen.«

»Nein, Schätzchen. Du willst mich ficken. Ich kann verstehen, dass du die beiden Begriffe momentan verwechselst, aber sie hängen absolut nicht zusammen.« Er zog sein Hemd aus und begann, seinen Gürtel aufzuschnallen.

Ihr stand der Mund offen, als ihr die Bedeutung der Geste bewusst wurde. Er hielt inne, doch sie brachte es nicht über sich, ihn aufzuhalten. Wie konnte sie es ablehnen, Jayson nackt zu sehen?

Er musste es in ihrem Gesichtsausdruck gesehen haben, denn er fuhr fort und entledigte sich seiner Jeans.

Schwarze Boxershorts.

Selbst so gut wie nackt bewies der Mann einen erlesenen Geschmack. Dabei war er nicht wie die meisten Männer, die einfach nur gern Anzüge trugen. Nein, er bevorzugte europäische Mode. Lizzie war mehr als begeistert, vor allem, als er mit gespannten Muskeln auf sie zukam.

Ihre Atmung beschleunigte sich, als er sich auf sie legte.

»Du hast die schönsten Brüste, die ich je gesehen habe«, murmelte er an einer ihrer harten Brustwarzen.

Er blickte ihr in die Augen, als er ihren Nippel bedächtig mit seinen heißen Lippen umschloss. Sie wölbte sich auf und er lachte leise.

»Hm, das gefällt dir also.« Dann wandte er sich der anderen Brustwarze zu und saugte noch fester daran, womit er ihrer Kehle einen gequälten Laut entlockte.

Die Empfindung war zu stark und dennoch nicht genug. Sie wusste nicht, was sie brauchte, sie wusste nur, dass sie es *wollte*. Oh Gott, sie *wollte* es.

Er wanderte mit seinen Lippen hinunter bis zu ihrem Bauch, während sie sich unter ihm wand. Erst als er seinen Kopf zwischen ihre Schenkel schob, verstand sie, was er vorhatte.

Sie wollte ihm gerade Einhalt gebieten, als er etwas mit seinem Mund anstellte, das sie niemals hätte voraussehen können.

Siehst du, sagte eine innere Stimme, als sie sich in das Laken unter ihr krallte.

Das war es, was sie brauchte.

Sie bebte am ganzen Körper, als er ihre empfindsamste Stelle durch den roten Seidenstoff ihres Höschens auf köstliche Weise folterte und mit seiner Zunge einen herrlichen Druck ausübte.

Zauberhaft.

Der Mann hatte magische Fähigkeiten.

Nur dadurch war sie zu derartigen Empfindungen imstande. Denn wenn sie sich selbst an dieser Stelle berührte, fühlte es sich weder so gut an, noch genoss sie es.

Doch sie genoss es durchaus, wie er jetzt seine Zunge kreisen ließ.

»Jayson«, flüsterte sie verunsichert.

Er ergriff ihre Hand und drückte sie fest. Das Gefühl in

ihrem Unterleib schmerzte auf so wunderbare Weise, während die Flammen ihrer Leidenschaft jeden Gedanken unmöglich machten.

In diesem Moment existierten nur noch der Rhythmus seiner Bewegungen, seine Wärme und seine Nähe.

Und das Inferno, das in ihrem geheimen Innersten tobte, zu dem sie bisher nie einen Zugang gefunden hatte.

Es durchströmte ihren ganzen Körper und explodierte schlagartig, um ihre Seele zu den Sternen zu erheben, während sie nur noch Blitze vor ihrem inneren Auge sah. Der ekstatische Rausch durchzog jeden Winkel ihres Körpers und verhalf sich in einem endlosen Schrei zur Freiheit.

Sie hätte sich schämen sollen, doch sie brachte nicht die nötige Kraft auf. Nicht nach allem, was er gerade mit ihr angestellt hatte.

Sie hatte so oft vergeblich versucht, sich dieses Gefühl selbst zu verschaffen. Für gewöhnlich gab sie auf, bevor sie überhaupt begonnen hatte, denn sie wusste ohnehin, dass es nicht funktionieren würde. Doch Jayson hatte auf ihrem Körper wie ein meisterhafter Virtuose gespielt. Und sie hatte mit jeder Zelle ihres Körpers darauf reagiert.

Sie atmete stoßweise, als er sich wieder auf sie legte. Seine Lippen schmeckten süßlich und sie schnappte nach Luft, als sie erkannte, dass sie ihren eigenen Saft auf seiner Zunge kostete. Es war wie ein sinnlicher Leckerbissen, der ihr Blut in Wallung brachte und ihr Urteilsvermögen trübte.

Er hatte sie ganz und gar verdorben und es war ihr völlig egal. Sie wollte nur … »Mehr.«

»Die ganze Nacht lang, Lizzie.« Er vertiefte seinen Kuss und schob ein Bein zwischen ihre Schenkel. »Was auch immer du brauchst.«

Sie schüttelte den Kopf. »Nackt.« Sie wollte seine Zunge überall auf ihrem Körper und befreit von einer seidenen Barriere spüren.

Er schüttelte missbilligend den Kopf. »Nicht doch, Rotschopf, wir haben uns zu Beginn Grenzen gesetzt und uns darauf geeinigt, unsere Unterwäsche heute anzubehalten.« Er liebkoste ihren Hals. »Aber beim nächsten Mal können wir gern neu verhandeln.«

Bei dem Gedanken an ein nächstes Mal erhitzte sich ihr Blut und sie nickte energisch. Sein Lachen vibrierte auf wunderbare Weise durch ihre Brust, dann küsste er sie wieder. Er brachte all ihre Gedanken zum Schweigen und trieb sie einmal mehr zu lustvollen Höhen.

Die ganze Nacht lang, hatte er gesagt.

Oh ja.

Kapitel Elf

Frühstück

Die hormonellen Ergänzungsmittel zeigen nicht die gewünschte Wirkung. Gönner verlangt eine sofortige Erhöhung der Dosis.

Eintrag 116.07.4-7

Jaysons Plan war nicht aufgegangen.

Er dachte, dass er sein Verlangen stillen könnte, indem er Lizzie eine Nacht lang in seinem Bett verwöhnte, doch es hatte seine Begierde nur gesteigert. Er hatte ihre Leidenschaft auf eine Weise erweckt, die er nicht erwartet hatte und die ihn fast um den Verstand brachte. Selbst jetzt, da sie sich an seine Seite schmiegte, konnte er die Hitze spüren, die von ihrem Körper ausstrahlte. Sie hatte sich in seinen Händen in eine sinnliche Göttin verwandelt und er liebte es.

Er brauchte mehr. So viel mehr.

Er legte sich eine Hand auf die Stirn und stieß den Atem aus. Es würde böse enden, das wusste er. Alles würde in der Sekunde enden, in der sie die Wahrheit erfuhr. Dennoch konnte er sich nicht dazu überwinden, mit Lizzie auf noch intimeres Territorium vorzudringen, solange sie nicht alles wusste. Es wäre ihr gegenüber nicht fair.

Er steckte in einer Zwickmühle, die ihm pochende Kopfschmerzen und einen steifen Schwanz bescherte.

Er brauchte eine ausgiebige Dusche, vorzugsweise, während der Rotschopf sich an seine Schulter schmiegte.

Noch nie zuvor war seine Selbstkontrolle so wichtig gewesen wie vergangene Nacht, als sie ihn angefleht hatte, ihn berühren und sich revanchieren zu dürfen. Es hatte ihn mehr Kraft als erwartet gekostet, als er ihr den Wunsch verweigert hatte, vor allem, da er sie zum Schweigen gebracht hatte, indem er sie sexuell erschöpft hatte.

Sie war um fünf Uhr heute Morgen auf ihm eingeschlafen, was der Grund dafür war, dass er erst jetzt, am frühen Nachmittag erwacht war. Er hatte länger geschlafen als erwartet und war mit einem unbändigen Drang erwacht, sich auf sie zu legen und sie zu ficken.

Es war verrückt.

Jayson genoss es, neben einer nackten Frau im Bett zu liegen, und hatte nichts dagegen einzuwenden, sich auch am nächsten Morgen noch eine Runde mit ihr zu vergnügen. Doch dieses Verlangen, das ihn jetzt durchdrang, war absolut unnatürlich. Es ging viel tiefer als einfache fleischliche Begierden und jagte ihm Angst ein.

Er gehörte zwar nicht zu der Art Mann, der mit einer Frau schlief und sie dann keines Blickes mehr würdigte, doch er bevorzugte ungezwungene Abenteuer mit einer Frau, mit der er das Vergnügen vielleicht später einmal wiederholen konnte.

Mit Lizzie jedoch glaubte er, dass er zu dem Mann werden könnte, der nur noch eine einzige Frau wollte. Vor allem, nachdem sie sich so hatte fallen lassen. Noch nie zuvor hatte eine Frau derart hingebungsvoll auf seine Berührung reagiert.

Es muss ein Trick sein.

Vielleicht hat es etwas mit ihrer genetischen Beschaffenheit zu tun.

Er würde die anderen fragen, ob sie sich ebenso stark zu ihr hingezogen fühlten. Es machte ihn verrückt und brachte sowohl seinen Verstand als auch seinen Schwanz völlig durcheinander.

Sie rührte sich und rutschte mit ihrem Schenkel an die Stelle, an der er sich am meisten nach ihrer Berührung sehnte. Ihr Körper schien seine Bedürfnisse intuitiv zu erkennen.

Diese Frau war ohne Zweifel geschaffen worden, um seine Selbstkontrolle einer Prüfung zu unterziehen und ihn zu zerstören.

Er unterdrückte ein Stöhnen, als sie ihre vollen Brüste an seine Seite schmiegte.

Himmlisch. Das Gefühl, sie neben sich zu spüren, war himmlisch. Jede sündhafte Zelle seines Körpers flehte ihn an, sie unter sich zu ziehen und seine dunkelsten Begierden zu entfesseln. Doch sie war noch nicht annähernd bereit für ihn, was nicht nur an den Geheimnissen lag, die sie alle vor ihr verbargen.

Er spürte, wie ihr Bein zuerst nach oben und dann wieder nach unten rutschte. Bevor er reagieren konnte, saß Lizzie rittlings auf ihm und starrte ihn mit verschlafenen Lidern an.

»Guten Morgen«, sagte sie mit gedämpfter Stimme, in der ein erregter Unterton mitschwang. Aus ihrem Mund klangen die Worte unglaublich und ihr Blick brachte die reinste Leidenschaft zum Ausdruck.

Er legte eine Hand an ihre Taille. »Es ist bereits Nachmittag«, erklärte er mit einem Lächeln. »Hast du gut geschlafen?«

»Hmhm.« Sie rieb ihren Unterleib über seinen harten Schwanz und stieß ein Murmeln aus, das durch seine schmerzenden Hoden vibrierte. Er festigte seinen Griff, um ihr Einhalt zu gebieten, doch sie widersetzte sich ihm, indem sie ihre Brust auf die seine presste und seinen Kiefer wiederholt küsste. »Es ist ein neuer Tag und ich bin bereit, neu zu verhandeln.«

Verdammt. »Lizzie …«

Sie brachte ihn mit einem Kuss zum Schweigen und entfesselte mit ihrer Zunge alles, was er ihr in der vergangenen Nacht beigebracht hatte. Er war erstaunt, wie schnell diese Frau seine Vorlieben erfasst hatte. Dennoch hatte sie einen entscheidenden Punkt ihrer Beziehung außer Acht gelassen.

Er rollte sich auf sie und drückte ihre Handgelenke zu beiden Seiten ihres Kopfes auf die Matratze. »Du hast etwas Wichtiges vergessen, Rotschopf.«

Sie starrte mit ihren großen braunen Augen zu ihm auf, als ihre Wangen sich leicht röteten. »Und das wäre?«, hauchte sie.

»Du hast hier nicht das Sagen, Schätzchen.« Um seiner Aussage Nachdruck zu verleihen, biss er ihr zärtlich in die Unterlippe, bevor er seinen Mund an ihr Ohr führte. »Und ich sage, dass wir mit den Verhandlungen noch etwas warten.« Er strich mit der Zunge ihren Hals entlang bis zu ihrem Schlüsselbein und wanderte dann tiefer, bis er ihre rosige Brustwarze erreichte.

Er würde vor dem Frühstück noch eine weitere Grenze austesten.

Statt an ihrem empfindsamen Nippel zu saugen, strich er mit den Zähnen darüber und lächelte, als sie den Rücken wölbte. Dann biss er leicht zu und entlockte ihr ein ersticktes und begieriges Stöhnen, das wie ein Blitz durch seinen Schwanz zuckte.

Offenbar war Lizzie Watkins nicht abgeneigt, ihrer Lust auch Schmerzen beizumischen. Er würde es genießen, später mehr davon in ihr wachzurufen.

Er leckte über ihre geschundene Brust, bevor er die andere mit offenem Mund küsste, dann stand er auf und ließ sie allein auf dem Bett liegen.

Sie blinzelte verwirrt zu ihm auf. »Wo willst du hin?«

»Zum Brunch«, antwortete er. »Wir müssen etwas essen.«

Und seine empfindsame Nase verriet ihm, dass sich gerade jemand in der Küche zu schaffen machte.

»Aber …« Sie leckte sich über die Lippen, als sie seinen kaum verborgenen Schwanz beäugte. Er unterdrückte ein Grinsen. Sie sah aus, als wollte sie ihn jeden Augenblick verschlingen. Wenn er es ihr doch nur gestatten könnte.

»Das steht nicht auf der Speisekarte, Rotschopf.« Er zog Boxershorts und ein weißes T-Shirt aus der Kommode. »Hier.«

Sie ignorierte die angebotenen Kleidungsstücke. »Ich habe keinen Hunger.«

»Deine Augen drücken aber etwas anderes aus.« Er zog sich ein passendes T-Shirt über den Kopf und schnappte sich eine Jogginghose. »Zieh dich an.«

Die kleine Rebellin kniff die Augen zu dünnen Schlitzen zusammen. »Können wir nicht danach etwas essen?« Er stützte seine Hände auf beiden Seiten ihres Kopfes ab und starrte ihr in die Augen. »Du vergisst schon wieder, wer hier das Sagen hat.«

Sie runzelte die Stirn. »Dem habe ich nie zugestimmt.«

»Das stimmt nicht, Schätzchen.« Er strich mit seinen Lippen über die ihren. »Du hast in dem Moment zugestimmt, in dem du einen Fuß in mein Schlafzimmer gesetzt hast. Außerdem«, er presste seinen Mund an ihr Ohr, »findest du Gefallen an meinen Befehlen.« Er lächelte an ihrem Hals, als er sich leicht erhitzte. »Und jetzt steh auf, damit wir etwas essen können.«

Hätte sie auf dem Bauch gelegen, dann hätte er seinen Worten mit einem Klaps auf den Hintern Nachdruck verliehen. Stattdessen biss er ihr zärtlich in den Hals und stand auf, wobei er eine Augenbraue in die Höhe zog.

Sie bedachte ihn mit einem finsteren Blick, doch ihr errötetes Gesicht und die harten Brustwarzen verrieten ihm, wie erregt sie war. Lizzie wollte, dass er beendete, was er begonnen hatte, doch er entschied sich dafür, ihr den Wunsch nicht zu erfüllen. Es war seine Art, sie daran zu erinnern, wer hier das Sagen hatte.

Vielleicht wollte er auch, dass sie zumindest ansatzweise die Qualen durchlitt, die auch er hatte durchstehen müssen.

War es fair? Natürlich nicht.

War es notwendig? Ja. Denn er brauchte eine Pause, bevor er noch etwas Dummes anstellte und sie bis zur Besinnungslosigkeit fickte.

Er würde heute mit Luc sprechen müssen, und zwar nicht nur über die Ampulle von gestern Abend, sondern auch über seine Beziehung zu Lizzie. Er konnte sich nicht weiter mit ihr einlassen, solange sie sie im Dunkeln ließen. Sie hatte Besseres verdient.

Als sie seine Kleidung anzog, bereute er es sofort, die Sachen für sie herausgesucht zu haben. Er hatte schon so viele Frauen eingekleidet und sich nie viel daraus gemacht, doch sie zog ihn auf irgendeine Weise in ihren Bann.

Sein weißes T-Shirt reichte ihr bis über die Hüften, wobei die Boxershorts gerade noch darunter hervorlugten. Es war ihr viel zu groß, doch er konnte immer noch ihre weiblichen Kurven darunter ausmachen. Er würde sich später seinen Fantasien darüber hingeben. Nachdem sie gegangen war.

»Zufrieden?«, fragte sie.

Er verwob seine Finger in ihrem Haar und ließ sie einen Anflug seiner Erregung spüren, als er sie fast um den Verstand küsste. Er brachte sie mit seiner Zunge zum Schweigen, wobei er seine Leidenschaft entfesselte und sie auf seine Weise brandmarkte. Sie krallte sich in seine Arme und trieb ihn vorwärts, bis er seinen Kopf zurückzog und sie heftig keuchend stehen ließ. »Jetzt schon«, flüsterte er. »Lass uns etwas essen.«

»Du machst mich fertig«, hauchte sie.

»Gleichfalls, Rotschopf.« Er ließ noch einmal seine Zunge

in ihren Mund gleiten und ergriff dann ihre Hand, um sie in Richtung Tür zu ziehen. Sie folgte ihm wortlos und festigte ihren Griff um seine Hand, als er sie den Flur entlang in die Küche führte. Balthazar stand in nichts als seinen Boxershorts am Herd und ließ gerade einen Pfannkuchen auf einen Teller gleiten, den er dann auf die Kücheninsel stellte.

»Sieben Komma sechs Punkte, Jay. Gut gemacht.« Seine Augen funkelten fröhlich, als sein Blick auf Lizzies zerzaustes Haar und ihr Outfit fiel. »Du siehst völlig ausgehungert aus, Schätzchen. Warum nimmst du dir nicht den ersten Teller, während ich die nächsten anrichte?«

Jayson zählte die Teller, die auf der Kücheninsel standen, während Lizzie wie erstarrt neben ihm stand. Der Anblick von Balthazars muskulösem Körperbau hatte diesen Effekt auf Frauen. Übrigens auch auf Männer.

»Sind Grace und Jacque noch hier?«, fragte Jayson neugierig.

»Sie sitzen im Wohnzimmer und sehen sich amerikanische Fernsehserien an«, antwortete B, als er einen weiteren Pfannkuchen auf einen Teller gleiten ließ.

Vor ihm standen acht Teller, von denen jeweils einer für Lizzie und Jay und zwei für Grace und Jacque im Wohnzimmer waren, was bedeutete, dass Balthazar vier für sich selbst bereitgestellt hatte. *Du hast nur drei von ihnen mit ins Bett genommen?*

Der Unsterbliche am Herd zuckte nur mit den Schultern.

Jayson hatte sich wohl geirrt. Vielleicht wollte B selbst nicht frühstücken. *Vier?*

»Du solltest dir wirklich noch ein paar Teller zulegen«, sagte Balthazar, als er einen von der Kücheninsel nahm. »Meines Wissens sind zwölf Standard, doch in diesem Fall wären zehn angebracht.«

Fünf? Jayson grinste. *Bravo.* »Ja, ich werde daran denken.«

»Tu das.« Er reichte Jayson einen mit Pfannkuchen

beladenen Teller. »Luc hat uns später auf einen Drink eingeladen.«

Hat er das Serum schon untersucht?, wollte Jayson wissen.

Balthazar hob zur Bestätigung sein Kinn, bevor er sagte: »Er will, dass wir so schnell wie möglich bei ihm vorbeischauen. Wäre dir das recht?«

»Sicher.« Er griff nach Lizzies Teller, den sie nicht angerührt hatte, und stieß mit seiner Hüfte gegen ihre. »Lass uns essen, Rotschopf.«

»Äh, ja.« Lizzie schloss den Mund wieder und folgte ihm ins Wohnzimmer.

»Ich habe ganz offensichtlich etwas falsch gemacht, wenn du Balthazar interessanter findest als mich«, sagte er, als er sich ihr gegenüber an den Tisch setzte.

»Er ist so gut wie nackt«, flüsterte sie.

Jayson nahm sich einen Satz Besteck von der Mitte des Tisches, den Balthazar dort platziert hatte, und reichte ihn Lizzie. Der Gedankenleser dachte wirklich an alles, was die Küche und auch das Schlafzimmer betraf.

»Balthazar lebt alle Aspekte der Sexualität aus, einschließlich des Exhibitionismus«, erwiderte er. »Ich bin ehrlich schockiert, dass er sich überhaupt die Mühe gemacht hat, Boxershorts anzuziehen.« Er nahm an, dass er sich nur um Lizzies willen bekleidet hatte. Alle anderen in der Wohnung hatten ihn schon unzählige Male nackt gesehen.

Sie starrte ihn mit offenem Mund an. »Dann ist das also normal?«

»Für Balthazar? Auf jeden Fall.«

»Und für dich?«, wollte sie wissen.

Er zuckte mit den Schultern. »Es kommt nicht jeden Tag vor, aber Balthazar hat eine Vorliebe für Pfannkuchen.«

»Nein, ich meinte die Party und …« Sie verstummte, als Balthazar mit zwei Tellern in den Händen aus der Küche kam und in Richtung Schlafzimmer weiterging. Kurz darauf ertönte lautes Gekicher und Lizzie runzelte die Stirn. »Woher sagtest du kennst du all diese Leute?«

Er hatte es ihr gestern Abend erzählt, doch vielleicht war er dabei nicht ausreichend ins Detail gegangen.

»Die meisten von ihnen kenne ich nicht«, gestand Jayson, als er sich selbst ein Messer und eine Gabel nahm. »Balthazar ist ein alter Freund aus Hydria, welches die griechische Insel ist, auf der ich gelebt habe, bevor ich von Berufs wegen hierhergezogen bin.« Er schenkte ihr einen vielsagenden Blick. »Du schuldest mir immer noch eine Ladung Kekse.«

»Was ist mit den anderen?«, fragte sie, wobei sie die Kekse überging. Er würde später noch darauf zu sprechen kommen.

»Jacque und Grace sind ebenfalls aus Hydria und sind mit Balthazar übers Wochenende zu Besuch hier. Tristan ist von den Leuten, die du gestern getroffen hast, der Einzige, der in der Stadt wohnt.«

»Und all die Frauen?«

»Balthazars Freundinnen.« Er griff nach dem Sirup, den B für sie auf den Tisch gestellt hatte, und musste lächeln, als er das vertraute Etikett sah. Jacque hatte die Flasche ohne Zweifel aus Lucs privatem Vorrat geholt. Ihr Anführer hatte eine Vorliebe für unverfälschte Ahornprodukte.

»Willst du welchen?«, fragte er und hoffte, sie wieder in eine sinnlichere Stimmung versetzen zu können.

»Äh, gern.«

Er beträufelte zuerst ihre und dann seine eigenen Pfannkuchen mit Sirup, während sie ihm dabei zusah. »Offensichtlich hat B sich heute für Pfannkuchen mit Schokoladensplittern entschieden«, sagte er.

»Dann veranstaltet er also oft solche Partys?«

Jayson lachte. »Ja. Ich würde sagen, dass es seine Spezialität ist.«

Sie erwiderte sein Lachen nicht. »Und am nächsten Morgen macht er für alle Frühstück?«

»Nach einer anstrengenden Nacht körperlicher Betätigung ist es wichtig, dass das leibliche Wohl nicht zu kurz kommt«, beantwortete Balthazar ihre Frage, als er in die Küche zurückkehrte, um die restlichen Teller zu holen. »Außerdem gebietet es die Gastfreundschaft«, fügte er hinzu, als er zurück ins Schlafzimmer ging.

Lizzie starrt ihm mit offenem Mund nach, bevor sie sich wieder Jayson zuwandte. »Dann gehört es also zu euren Gewohnheiten, mit Frauen zu schlafen und sie am nächsten Morgen zu verpflegen.« Es war keine Frage, sondern eine Feststellung.

»Ich würde es nicht gerade eine Gewohnheit nennen …«

»Aber es kommt häufig vor?«

Jayson legte sich eine Hand an den Nacken. Die meisten Frauen, mit denen er schlief, verstanden, dass er keinerlei Verpflichtungen eingehen wollte, doch Lizzie unterschied sich in vielerlei Hinsicht von ihnen.

»Ich bin mir nicht sicher, ob *häufig* das richtige Wort ist.« Es kam ganz darauf an, wie sie es definierte.

»Wie oft in New York?«

»Das war das erste Mal.«

»Und in Griechenland?«

»Das kommt ganz auf die Woche an.« Er würde sie nicht anlügen, doch er würde auch nicht weiter ins Detail gehen.

Sie riss die Augen auf, als ein erster Anflug von Emotionen über ihr Gesicht huschte. Es war kein Ausdruck, den er je an ihr sehen wollte. *Schmerz*. »Immer mit verschiedenen Frauen oder mit denselben?«

Er seufzte. »Lizzie, was willst du wirklich von mir hören? Wie oft ich mit Frauen schlafe? Das letzte Mal, als ich mit einer Frau zusammen war? Was willst du wissen?« Denn er würde es ihr erzählen, zumindest ansatzweise.

Balthazar wählte ausgerechnet diesen Moment, um ins Wohnzimmer zurückzukehren. »Die Damen wollen Sirup«, murmelte er mit einem Augenzwinkern und schlenderte wieder davon, als Lizzie ihre Augenbrauen fast bis an den Haaransatz hochzog.

»Wie viele Frauen sind in seinem Zimmer?«

»Ein paar«, erwiderte er vage. Wenigstens diskutierten sie jetzt Balthazars Sexleben. Das sollte die Aufmerksamkeit ein wenig von Jayson ablenken.

»Und das ist normal?«, fragte sie.

»Ja.«

»Für dich ebenso?«

»Ich schlafe für gewöhnlich nicht mit fünf Frauen gleichzeitig, wenn es das ist, was du wissen willst.« Er bereute die Worte, sobald sie ihm über die Lippen gekommen waren.

»Fünf Frauen?«, wiederholte sie. »Du hattest schon einmal … einen … einen … ›flotten Sechser‹?«

Scheiße. Diese Unterhaltung verlief ganz und gar nicht zufriedenstellend. »Hör zu …«

Sie stieß sich vom Tisch ab und machte einen Schritt beiseite, bevor er reagieren konnte. Er hatte sie ohnehin nicht berühren wollen, denn er wusste aus Erfahrung, dass er damit nur alles schlimmer machen würde.

»Wie viele, Jayson?«

Er wusste genau, was sie meinte. Die Anzahl der Frauen, mit denen er geschlafen hatte. »Das willst du nicht wissen«, sagte er aufrichtig.

Sie würde es nicht verstehen, denn sie wusste weder, wie alt er war, noch kannte sie die Wahrheit über ihn oder die anderen. Er würde ihr ohnehin keine Zahl nennen können, denn er hatte vor einem Jahrtausend aufgehört zu zählen.

»Oh Gott.« Sie blinzelte hastig. »Tristan hat etwas von Teilen gesagt. Er meinte damit …« Sie bedeckte den Mund mit einer Hand, während Jayson innerlich fluchte.

Verdammter Ichorianer.

»Es ist nicht …« Okay, es gab keinen Weg, wie er die Frage

beantworten sollte, ohne sie dabei aufzuwühlen. *Nicht, was du denkst,* wäre eine schamlose Lüge, denn es verhielt sich genau so, wie sie dachte. »Es ist nichts, was wir tun werden«, sagte er stattdessen. Er hatte kein Interesse daran, Lizzie mit irgendjemandem zu teilen.

Sie schüttelte den Kopf. »Ich … Ich …«

Es brach ihm das Herz, als ihr Tränen in die Augen traten. »Lizzie …«

»Nein, ich bin nicht … ich kann nicht …« Ihre Lippen bebten und in diesem Moment verabscheute er sich ein klein wenig selbst. Er würde sich niemals für seine Vergangenheit entschuldigen, denn er bereute keine Sekunde, doch es schmerzte mehr, als er erwartet hätte, als er nun sah, wie sehr sie darunter litt.

»Ich muss gehen«, sagte sie plötzlich und machte auf dem Absatz kehrt, um zur Tür zu eilen.

Er sprang auf, um ihr zu folgen, doch er wurde von einer Hand auf seiner Schulter zurückgehalten.

»Gib ihr etwas Freiraum«, flüsterte Balthazar, der auf unheimliche Weise auf einmal hinter ihm stand. Er hatte zweifellos all ihre Gedanken gehört.

»Wir wissen doch beide, dass man in einer solchen Situation nichts Schlimmeres tun kann«, erwiderte Jayson und wollte sich wieder in Bewegung setzen.

Balthazar festigte seinen Griff. »Da stimme ich dir zwar zu, aber ihr Fall ist alles andere als normal. Sie muss sich erst einmal beruhigen.«

»Ich kann sie doch nicht so gehen lassen, B.«

»Und ich kann nicht zulassen, dass du ihr hinterherläufst.«

»Was zum Teufel soll das heißen?« Er wandte sich angriffslustig zu seinem ältesten Freund um, als die Tür mit einem Knall ins Schloss fiel. »Seit wann hältst du es für angebracht, eine Frau allein leiden zu lassen?« Balthazar war immer der Erste, der anderen Mitgefühl und Verständnis entgegenbrachte, was vor allem seinen Fähigkeiten, Gedanken zu lesen und Emotionen zu kontrollieren, zu verdanken war.

»Wie ich schon sagte, nichts an dieser Situation entspricht der Norm«, entgegnete Balthazar mit einer irritierend ruhigen Stimme, die so typisch für ihn war. »Und du bist nicht in der richtigen Verfassung, um dich der Situation zu stellen.«

»Wie bitte?«

»Du willst ihr die Wahrheit sagen«, fuhr Balthazar fort. »Leugne es nicht, Jay. Du hast die ganze Nacht lang darüber nachgedacht und du kannst deinen Gefühlen momentan nicht trauen. Du wirst die Nerven verlieren.«

Jayson hätte seinem Freund am liebsten mit der Faust ins Gesicht geschlagen, doch die Vernunft hielt ihn zurück.

»Verdammt …« Er rieb sich mit der Hand übers Gesicht, bevor er die Holzlehne des Stuhls neben sich packte und sie so lange drückte, bis sie zerbrach. »Verdammt.«

»Warum hast du eigentlich nicht mit ihr geschlafen?«, wollte Balthazar wissen, als er schließlich seine Hand von Jaysons Schulter löste. »Jede andere Frau hättest du gevögelt. Aber nicht sie. Ich will wissen warum.«

Jayson schüttelte den Kopf. »Es wäre falsch, und das weißt du.«

»Ihr fühlt euch eindeutig zueinander hingezogen. Warum wäre es also falsch, Jay?« Balthazar wartete auf eine Antwort, doch Jayson brachte sie nicht schnell genug über die Lippen. »Weil du befürchtest, dass sie es dir nie vergeben könnte. Bei einer anderen Frau hättest du dir derartige Gedanken nicht gemacht.«

»Ich bin kein Arschloch.«

»Das habe ich auch nicht behauptet«, entgegnete Balthazar. »Ich sage nur, dass du dir normalerweise nicht über eine Zukunft mit einer Frau den Kopf zerbrichst, doch du denkst daran, mit Lizzie zusammen zu sein. Aus diesem Grund willst du deinem Verlangen nicht nachgeben, doch genau deshalb solltest du ihr jetzt nicht hinterherlaufen. Du bist viel zu versucht, ihr alles zu erzählen, und obwohl ich verstehen kann, dass ihr eure Bedürfnisse befriedigen müsst, kann ich es nicht zulassen. Nicht, solange die anderen dem nicht zugestimmt haben.«

Jayson wusste, dass er recht hatte, doch er sehnte sich danach, alle Vernunft über Bord zu werfen und Lizzie nachzugehen.

Der Schmerz, der sich in ihren Augen widergespiegelt hatte … er war dafür verantwortlich. Nicht weil er es gewollt hatte, sondern weil er nicht schnell genug reagiert hatte, um ihr alles zu erklären.

»Ich hasse das«, gestand er. »Ich hasse das alles.«

»Wir werden es wieder geradebiegen, Jay«, murmelte Balthazar. »Aber zuerst brauche ich noch dreißig Minuten im Schlafzimmer. Danach machen wir uns auf den Weg, um uns mit Luc zu treffen.«

»Dreißig Minuten?«, wiederholte Jayson mit einem halbherzigen Lachen. Er wusste, dass Lizzie in der Wohnung unter ihm saß und litt, daher konnte er an Balthazars Aussage kaum etwas lustig finden, aber er versuchte es dennoch. »Bist du etwa müde, B?«

»Die Damen haben ohne mich angefangen«, antwortete Balthazar mit einem Achselzucken. »Ich habe ihnen ein Ziel gesetzt und sie werden der Aufgabe durchaus gerecht.«

»Aha.« Jayson schüttelte verärgert den Kopf. »Nicht einmal das reizt mich im Moment.« Und das sollte es eigentlich, denn er wusste, dass Sirup dabei eine Rolle spielte. »Ich werde hier warten, bis du fertig bist.«

~

Lizzie warf ihre Handtasche aufs Bett und ließ sich daneben auf die Matratze fallen. Sie war eine Idiotin, weil sie sie die ganze Nacht über unbeaufsichtigt auf dem kleinen Tisch im Flur hatte liegen lassen, doch sie war noch eine viel größere Närrin, weil sie mit Jayson ins Bett gegangen war.

Vielleicht hatte sie sich auch nur zur Idiotin des Jahres gemacht, weil sie wegen einer Lappalie die Fassung verloren hatte.

Ihr entfuhr ein Schluchzen, als sie sich zu einer Kugel zusammenrollte.

Wie hatte eine Nacht der Ekstase nur so schrecklich enden können? Sie hatte zugelassen, dass ihre Unsicherheiten im denkbar schlechtesten Moment die Oberhand gewannen, doch als sie bemerkt hatte, wie wenig ihn die Sexpraktiken seines Freundes beunruhigten, hatte er einen empfindlichen Nerv bei ihr getroffen. Sie hatte ihre gemeinsame Nacht mehr als genossen und er war ganz offensichtlich viel erfahrener als sie. Doch als sie gehört hatte, wie viel erfahrener er tatsächlich war, hatte sie es mit der Angst zu tun bekommen.

Exhibitionismus.

Teilen.

Erotische Partys, die mit mehreren Bettpartnern und Frühstück am nächsten Morgen endeten.

Ich schlafe für gewöhnlich *nicht mit fünf Frauen gleichzeitig.* Das bedeutete allerdings auch, dass es schon vorgekommen war.

Ihre Brust gab ein rasselndes Geräusch von sich und sie atmete tief ein.

Wie würde sie je einen solchen Mann zufriedenstellen können? Es war kein Wunder, dass er heute Morgen nicht hatte neu verhandeln wollen.

Das ganze Gerede über die Zukunft hatte in ihr die Hoffnung geweckt, dass er mehr wollte und sie nur langsam an ihre leidenschaftliche Beziehung heranführen wollte, weil er wusste, wie unerfahren sie war. Er hatte jedoch Neigungen, die sie niemals würde befriedigen können, und das hatte er während der letzten Nacht ohne Zweifel erkannt.

War sie für ihn nur eine Ablenkung gewesen? Die jungfräuliche Nachbarin, die er verderben und entjungfern wollte?

Mein Gott, sie hoffte, dass es nicht so war. Er hatte etwas tief in ihrem Inneren geweckt, das ihr bisher fremd gewesen war. Dabei hatte er ihr deutlich zu verstehen gegeben, wie sehr er sie wollte.

Natürlich war es möglich, dass er alle Frauen so ansah. »Verdammt«, flüsterte sie, als ihr noch mehr Tränen über die Wangen kullerten.

Doch selbst wenn er sie wollte, würde sie seinen Erwartungen nicht gerecht werden können. Das war ihm sicher klar geworden, als sie sich beim Frühstück gerade dermaßen lächerlich aufgeführt hatte.

Sie hatte mehr als überreagiert.

Doch fünf Frauen auf einmal? Das konnte nicht normal sein. Wie nannte man das eigentlich? Eine Ménage-à-six?

Und wenn er *für gewöhnlich* nicht mit so vielen Frauen auf einmal schlief, mit wie vielen ging er dann regelmäßig ins Bett?

Das willst du nicht wissen.

Er hatte recht. Sie wollte es nicht wissen.

Jayson war der erste Mann, der sie je wirklich berührt hatte, und sie hatte sich nach so viel mehr gesehnt. Doch sie hatte sich diese Chance selbst genommen, als sie sich in seinem Esszimmer wie eine prüde Zicke benommen hatte.

Vielleicht war es nur zu ihrem Besten. Lizzie hatte nie vorgehabt, mit dem Sex zu warten, bis sie verheiratet war, doch sie hatte noch nie einen Mann getroffen, der sie in dieser Hinsicht gereizt hätte. Bis auf Tom. Obwohl sie sich dessen mittlerweile gar nicht mehr so sicher war.

Jayson hatte während der letzten Wochen Gefühle und Empfindungen in ihr geweckt, die nichts im Vergleich zu denen ihrer Vergangenheit waren. Wenn Tom sie umarmt hatte, hatte sie Schmetterlinge im Bauch gehabt, doch Jayson hatte mit seinen Küssen ein Feuer in ihrem Inneren auflodern lassen.

Ihr Handy gab ein piepsendes Geräusch von sich. Sie wurde von einem Funken Hoffnung durchzuckt, dem jedoch ein Anflug von Panik folgte. Sie hatte ihr Kleid und ihre Schuhe in seinem Zimmer liegen lassen. Er wollte sie ihr wahrscheinlich vorbeibringen oder erwartete, dass sie sie in seiner Wohnung abholte.

Es ertönte ein weiterer Piepton und sie kramte mit einem Stöhnen in ihrer Handtasche herum, bis sie endlich ihr Handy hervorzog.

Die Nachricht, die auf dem Display aufleuchtete, hatte sie nicht erwartet.

OMG! Du wirst nie erraten, was Cam getan hat! Oh, und ich will hoffen, dass du heute Abend Zeit hast, Liz. Wir haben uns seit einer Ewigkeit nicht gesehen und ich brauche einen Frauenabend.

Eine Sekunde später erhielt sie eine zweite Nachricht.

Im Ernst, du musst mich so schnell wie möglich zurückrufen. Ich halte das nicht mehr aus!

Lizzie drückte ihren Kopf ins Kissen und murmelte etwas Unverständliches.

Lizzie war sowohl erleichtert als auch traurig gewesen, als sie die Wohnung bei ihrer Rückkehr leer vorgefunden hatte. Sie hätte vor Stas nicht die Fassung verlieren wollen, doch in gewisser Weise wäre es heilsam gewesen. Kristin konnte ihr nicht denselben Trost bieten. Es machte Spaß, mit ihr zusammen zu sein, doch sie war keine enge Freundin.

Ihr Handy piepte noch einmal und sie warf einen Blick aufs Display.

Hat Kristin dir von den Eintrittskarten erzählt?

Cam hatte eine Reihe aufgeregter Emojis hinzugefügt, einschließlich einem Teufelsgesicht und einem Paar roter

Lippen. Als Nächstes erhielt Lizzie ein Bild von dem Kostüm eines gefallenen Engels und eine weitere Nachricht.

Du hast doch noch das Outfit, das du zur Schwarz-Weiß-Party der Alphas im letzten Studienjahr getragen hast, oder?

Lizzie setzte sich auf dem Bett auf. Cam hatte ihr Interesse geweckt.

Ja, sandte sie zurück.

Auf dem Bildschirm erschienen kleine tanzende Punkte, bevor Cams Antwort eintraf.

Gut! Zieh es heute Abend an. Es ist verdammt sexy, Süße.

Lizzie blätterte zurück zu der Nachricht von Kristin. Sie überlegte, mit einer Nachricht zu antworten, entschied sich jedoch dafür, sie einfach anzurufen. Sie atmete ein paarmal tief durch und wählte dann ihre Nummer.

Ein aufgeregter Schrei ertönte am anderen Ende der Leitung, der so laut war, dass Lizzie das Handy von ihrem Ohr weghielt.

»Sitzt du gerade?«

Lizzie räusperte sich wieder, bevor sie antwortete: »Ja.«

»Cam hat uns Eintrittskarten zu einer exklusiven Halloweenparty heute Abend besorgt und du musst mitkommen. Keine Widerrede, Liz. Ich habe dich seit zwei Monaten nicht mehr zu Gesicht bekommen und ich weiß, dass du dich gern in Schale wirfst.«

Lizzie verzog das Gesicht. Die Vorstellung, sich im Moment für irgendeine Veranstaltung schick zu machen, widerstrebte ihr, doch das konnte sie Kristin nicht sagen. Ihre Freundin würde sie sicher nach dem Grund fragen und von ihr verlangen, trotzdem mit ihr auszugehen.

»Am schnellsten kommt man über einen Kerl hinweg, indem man sich unter einen anderen legt«, sagte Kristin mit Vorliebe.

»Um wie viel Uhr?«, wollte Lizzie wissen.

»Cam hat gesagt, dass wir um neun Uhr bei ihr sein

sollen. Sie will, dass du das sexy Kostüm von der Schwarz-Weiß-Party trägst. Du weißt schon, in der Nacht ist sie mit Dean im Bett gelandet.« Sie nannte ihr einige weitere Einzelheiten und machte noch eine Bemerkung über ihr eigenes Outfit, bevor sie sagte: »Noch Fragen?«

»Wo findet die Party denn statt?« Lizzie war es eigentlich egal, doch sie wollte es aufschreiben für den Fall, dass Stas später nach Hause kam.

»Im Arcadia«, erwiderte Kristin. »Angeblich ist der Klub ziemlich angesagt, aber ich war noch nie dort. Sie veranstalten jedes Jahr eine Halloweenparty, zu der nur erlesene Gäste geladen werden. Cam hat gesagt, dass wir wahrscheinlich einige Berühmtheiten erwarten können.«

Vor ein paar Monaten hätten diese Worte sie noch in Aufruhr versetzt, doch jetzt hätte sie sich am liebsten versteckt. »Das klingt gut«, brachte sie hervor. »Dann sollte ich mich jetzt fertig machen.«

Kristin dachte wahrscheinlich, dass Lizzie anfangen wollte, sich zurechtzumachen, während sie sich jedoch erst einmal sammeln musste. Sie konnte unmöglich ein Lächeln aufsetzen und einen Frauenabend genießen, solange sie wegen Jayson Trübsal blies.

»Großartig. Bis später, Liz.«

Dann war die Leitung tot.

Lizzie betrachtete ihr Bild im Spiegel, der über der Kommode hing.

Vielleicht wird es mir guttun, dachte sie.

Sie war seit Toms Tod nicht mehr mit ihren Freundinnen ausgegangen und sie musste den Schmerz endlich hinter sich lassen.

Ein wenig Alkohol und eine Runde auf der Tanzfläche würden die Ringe unter ihren aufgequollenen Augen vertreiben können.

Vielleicht würde ein unschuldiger Flirt ihr sogar dabei helfen, Jayson vorübergehend zu vergessen.

Darüber hinaus würde sie sich bei einem Treffen mit ihren alten Freundinnen weniger einsam fühlen. Stas würde es zwar nicht gefallen, denn sie mochte ihre Verbindungsschwestern nicht sonderlich.

»Aber Stas ist nicht da«, murmelte Lizzie zu sich selbst. »Sie ist nie da.«

Sie konnte ebenso gut ausgehen und ein wenig Spaß haben. Nichts hielt sie hier in ihrer Wohnung, außer sie selbst. Jayson war es offenbar egal, dass sie aus seiner Wohnung gestürmt war, andernfalls hätte er schon längst an ihre Tür geklopft oder angerufen. Es schien die nahe liegende Lösung zu sein, mit ihren Freundinnen auszugehen. Sie hatte bereits ein Kostüm und passende Schuhe. Sie musste nur noch ihre Haare frisieren und Make-up auflegen.

»Ich schaffe das«, sagte sie zu sich selbst.

Es würde sicher Spaß machen, einen neuen Klub zu besuchen, und wenn die Party ihr nicht gefiel, konnte sie jederzeit nach Hause fahren. Ganz einfach.

»Jetzt muss ich nur noch das Kostüm finden.«

Kapitel Zwölf

Ein Kostümfest für Engel und Dämonen

Aufnahme am College abgeschlossen. Gönner ist begierig darauf zu sehen, wie das Testobjekt sich an sein soziales Umfeld anpasst und mit den außerschulischen Aktivitäten zurechtkommt.

Eintrag 118.06.4-7

»ÖSTROGEN?«, fragte Jayson ungläubig. War das der Grund dafür, dass er Lizzie so unwiderstehlich fand? Er vergötterte die Frauen im Allgemeinen, doch Lizzie übte auf ihn eine Anziehungskraft aus, wie keine andere es je zuvor getan hatte. Und für einen Mann seines Alters war das beachtlich. »Hat die CRF etwa vor, sie in eine Art Sukkubus zu verwandeln?«

Luc lehnte sich gegen die Wand und steckte die Hände in die Hosentaschen. »Lizzie ist durchaus verführerisch, aber ich glaube nicht, dass das ihre Absicht ist.«

»Sie ist eine wunderschöne Frau«, fügte Balthazar hinzu, »aber ich finde sie nicht unwiderstehlich.« Die Wortwahl und der vielsagende Blick, den er Jayson jetzt zuwarf, ließen darauf schließen, dass Balthazar seine Gedanken gelesen hatte. Er wollte ihm damit sagen, dass Jaysons Gefühle für sie einzig und allein aus ihm entstanden und nichts mit wissenschaftlicher Manipulation zu tun hatten.

Doch das bedeutete nicht, dass das Serum nicht zumindest einen Teil dazu beitrug.

»Wie ist die chemische Zusammensetzung?« Vielleicht etwas, das einen Rausch herbeiführte? Denn genau so würde Jayson sein Verlangen nach Lizzie beschreiben, er war von ihr betört. Er sehnte sich nach ihr und wünschte sich, bei ihr in New York sein zu können, statt sich hier in Hydria aufzuhalten. Er hatte wieder eine Wächterin zu ihrem Schutz abgestellt, doch wenn sie ihre Wohnung verließ, wäre die Hydraianerin nicht in der Lage, ihr zu folgen. Aus diesem Grund war Jayson ruhelos und angespannt.

Luc kratzte sich am Kinn und blickte nachdenklich ins Leere. »Die Lösung besteht hauptsächlich aus Östrogen und ein paar Füllstoffen.«

»Dann wirkt sie also wie eine Antibabypille?«, riet Stas. Sie stand ihnen mit Issac an ihrer Seite gegenüber.

Keiner von ihnen hatte Jayson wohlwollend begrüßt. Vermutlich waren sie nicht sehr erfreut darüber, dass Lizzie die vergangene Nacht bei ihm verbracht hatte. *Nun, das ist euer Problem.* Er bereute nur, dass sie an diesem Nachmittag derart aufgewühlt aus seiner Wohnung gestürmt war, doch sobald dieses Gespräch beendet war, würde er es wieder geradebiegen.

»Nicht ganz«, antwortete Luc. »Nichts in der chemischen Zusammensetzung kann eine Schwangerschaft verhindern. Es scheint vielmehr eine Art Hormonkur zu sein, doch ich kann nicht mit Sicherheit sagen, welchen Zweck sie erfüllt.« Er wandte sich an Tom. »Ich kann nicht verstehen, wie das Serum sie am Leben halten soll.«

»Das habe ich auch nie behauptet.« Tom verschränkte seine gebräunten Arme. Der Mann hatte erst kürzlich die Verwandlung zum Hydraianer unterlaufen und verbrachte offensichtlich eine Menge Zeit am Schwimmbecken mit Amelia. »Ich habe nur zufällig mitgehört, dass sie eine monatliche Dosis erhält. Wir haben voreilige Schlüsse gezogen und angenommen, dass sie sie zum Überleben braucht. Deine Forschungsergebnisse besagen jedoch etwas anderes, es sei denn, man braucht Hormone neuerdings zum Atmen.«

»Wohl kaum«, sagte Luc. »Wir können das Serum kopieren, aber ich brauche zuerst eine Blutprobe.«

»Von Lizzie?«, fragte Stas. Sowohl ihr Tonfall als auch ihr Gesichtsausdruck dienten als Warnung für denjenigen, der es wagen sollte, die Frage zu beantworten. Doch Luc liebte Herausforderungen.

»Ja.« Eine einfache und knappe Antwort, in der ein gebieterischer Unterton mitschwang.

»Nein«, sagte sie sofort. »Nein. Als Nächstes werden wir ihr die Wahrheit sagen. Ihr habt das Serum. Wir sollten es kopieren und sie in Sicherheit bringen.«

»Das ist nicht deine Entscheidung«, sagte Luc mit gedämpfter Stimme. Seine Miene und Körperhaltung waren professionell und höflich, doch diejenigen, die ihn gut kannten, hätten das Zucken in seinem Unterkiefer gesehen, das von dem Drang herrührte, seine Autorität geltend zu machen.

»Möglicherweise nicht«, stimmte Stas zu, »aber ich werde nicht in ihr Zimmer eindringen wie irgendein Vampir und ohne ihre Erlaubnis Blut abzapfen.« Sie warf einen entschuldigenden Blick zu Issac, der lediglich mit den Schultern zuckte. Sie stieß den Atem aus und wandte sich wieder Luc zu. Sie wirkte immer noch zerknirscht, doch diesmal aus einem anderen Grund.

Luc und Stas waren seit ihrem ersten Treffen immer wieder aneinandergeraten, vor allem, weil sie sich vor ihrer Zukunft fürchtete und er ihr Verhalten für selbstsüchtig hielt. Jayson nahm an, dass ihre Unstimmigkeiten sich noch verstärken würden, wenn Stas zu einer Hydraianerin wurde, denn ihre angeborene Fähigkeit, andere ihrem Willen zu unterwerfen, untergrub Lucs natürliche Vorherrschaft in Hydria.

»Ich will sie nicht mehr anlügen«, sagte sie, wobei ihr Tonfall nicht mehr so angriffslustig war wie kurz zuvor. »Wir haben darin übereingestimmt, dass wir weitere Informationen über sie sammeln müssen, doch die haben wir jetzt. Währenddessen befindet sich Lizzie allein in New York, wo mehr als ein Wahnsinniger umherstreift. Das kann ich nicht akzeptieren. Es wird Zeit, dass wir ihr alles erzählen und sie an einen sicheren Ort bringen, bevor …« Sie hielt inne, um sich zu räuspern, wobei ihr Blick sich verdunkelte. »Bevor *Ezekiel* den nächsten Schritt macht.«

Jayson nickte, denn er stimmte jedem einzelnen ihrer Worte zu. Dennoch schwieg er, weil er wusste, dass er andernfalls sein Stimmrecht gefährden würde. Er war sich der Tatsache bewusst, dass er Lizzie hauptsächlich aus egoistischen Gründen die Wahrheit sagen wollte, und Balthazar würde nicht zögern, diesen Umstand zur Sprache zu bringen, falls es zu einer Abstimmung kam.

»Stas hat recht«, sagte Tom, wobei sein Tonfall etwas respektvoller war. »Wir haben zwei Monate lang nach Informationen gesucht und alles, was wir gefunden haben, waren ein paar Getränke, die mit Hormonen versetzt wurden. Das ist zwar nicht viel, aber wir können noch mehr über sie herausfinden, wenn sie in Hydria in Sicherheit ist.«

Luc schwieg und dachte über das Gesagte nach, dann wandte er sich an Issac. »Und du?«

»Ich glaube nicht, dass Elizabeth eine Bedrohung für irgendjemanden darstellt außer für sich selbst«, erwiderte er. »Wenn wir sie über unsere Welt und ihren potenziellen Platz darin informieren, wird sie es sicher nicht gut aufnehmen. Ich mache mir Sorgen darum, wie sie reagieren wird. Nicht unseretwegen, aber um ihretwillen.«

»Er hat recht«, sagte Balthazar leise. »Ihr werdet mich brauchen, um ihre Emotionen abzuschwächen. Andernfalls könnte sie etwas Unüberlegtes tun.«

»Alik?«, fragte Luc und drehte sich zu dem Mann um, der schweigend in einer Ecke des Raumes stand.

»Ich habe schon vor zwei Monaten gesagt, dass wir sie hierherbringen sollen, als ihr euch alle darauf geeinigt habt, Jayson als Babysitter zu ihr zu schicken.« Alik steckte die Hände in die Taschen seiner Lederjacke. »Das sollte eure Frage beantworten.«

Luc würdigte seine Antwort mit einem Nicken und blickte dann Jayson an. »Und was ist mit dir?«

»Balthazar würde sagen, dass meine Gefühle mich davon abhalten, der Sache unvoreingenommen gegenüberzutreten«, antwortete er ehrlich. »Aber ich stimme den anderen zu, dass es Zeit wird, ihr die Wahrheit zu sagen.«

»Dann glaubt ihr also alle mehr oder weniger, dass sie bereit ist.« Nach Lucs Tonfall zu urteilen stimmte er ihnen zwar nicht zu, doch er würde ihre Meinung respektieren.

»Das ist sie nicht.« Issac schlang seine Arme um Stas, als sie auf seine direkten Worte reagierte. »Aber ich glaube, dass wir in einer Sackgasse gelandet sind. Wir werden ihre Zusammenarbeit benötigen, wenn wir mehr über sie herausfinden wollen, doch das können wir nur erreichen, wenn wir ihr die Wahrheit sagen. Und ich denke nicht, dass es klug wäre, darauf zu warten, dass Ezekiel den nächsten Schritt macht.«

Sowohl Jayson als auch alle anderen stimmten mit einem Nicken zu.

»Nun.« Luc verschränkte die Hände und zuckte mit den Schultern. »Damit wären wir beim nächsten Thema unserer Unterredung. Wer wird es ihr sagen und wie?«

LIZZIE VERSTAND AUGENBLICKLICH, warum Cam sie gebeten hatte, ihr schwarz-weißes Kostüm anzuziehen.

Engel und Dämonen.

Das Motto der Party war nicht besonders originell, aber immerhin ein Klassiker.

Die meisten Gäste trugen finster anmutende Kleidung mit Leder und Ketten, die dem Klub eine Grufti-Atmosphäre verlieh. Die Musik, die aus den Lautsprechern tönte, und die gedämpfte Beleuchtung boten die passende Untermalung.

Das Etablissement wäre zwar nicht Lizzies erste Wahl gewesen, aber um einen schaurig schönen Abend mit Trinken und Tanzen zu verbringen, war es perfekt.

»Meine Damen«, sagte der Barkeeper, als er ihnen die bestellten Cocktails brachte.

Cam schenkte dem gut aussehenden Mann ein übertriebenes Lächeln, während Kristin ihm ihre Kreditkarte zuschob, um die Getränke auf ihre Rechnung schreiben zu lassen. Während ihrer Collegezeit hatten sie abwechselnd die Rechnung übernommen und hatten daran auch nach ihrem Abschluss nichts geändert. Lizzie hatte den letzten Frauenabend bezahlt und heute war Kristin an der Reihe.

»Du leuchtest förmlich«, sagte Cam zwischen zwei Schlucken.

Lizzie musste grinsen. »Das liegt an dem Schwarzlicht.« Sie war von oben bis unten in Weiß gekleidet, wobei ihr Minirock, die kniehohen Stiefel und das Trägerhemd alle violett erstrahlten. »Wenn ich doch nur Flügel hätte.« Sie würde aussehen wie ein lilafarbener Engel.

»Man kann deinen BH sehen«, neckte Kristin sie. »Wir hätten auch Weiß tragen sollen, Cam.« Sie beide waren ganz in Schwarz gekleidet. Cam trug einen Rock, der kaum ihren Hintern bedeckte, und ein transparentes Hemd, das ihren

Spitzen-BH durchscheinen ließ. Kristin hatte sich für eine Lederhose und ein Nackenhalter-Bustier entschieden.

Zwei Dämonen mit ihrem engelhaften Schoßhündchen namens Lizzie.

»Wir sind viel zu sündhaft, um Weiß zu tragen«, erwiderte Cam. »Außerdem ist Lizzie die einzige Jungfrau hier.«

»Hey! Das ist nicht …« Sie lief rot an, als sie plötzlich an die letzte Nacht denken musste. Sie räusperte sich und beendete dann den Satz mit: »Wahr.«

»Hat sich in den vergangenen zwei Monaten etwas geändert?«, wollte Kristin wissen, wobei sie vielsagend mit den Augenbrauen wackelte.

»Vielleicht ist sie mit irgendeinem Typen zusammengezogen und war deshalb nicht aufzufinden«, sagte Cam.

»Natürlich!«, rief Kristin aufgeregt. »Ich denke, damit könntest du recht haben. Hat sie recht, Liz? Gibt es einen Mann, der dich auf Trab hält?«

Lizzie schüttelte den Kopf. »Ihr macht euch beide lächerlich.« Doch sie musste wieder an Jayson denken und ihr stieg die Hitze in den Nacken. Als ihr jedoch einfiel, wie die Dinge zwischen ihnen geendet hatten, lief ihr ein kalter Schauer über den Rücken.

Keine Anrufe.

Keine Nachrichten.

Nichts.

Allerdings hatte sie auch nichts erwartet. Sie hatte sich wie eine Verrückte benommen. Was machte es schon, wenn er etwas erfahrener als sie war?

Viel *erfahrener wäre wohl eher zutreffend.*

Nun gut, es stimmte, doch konnte das nicht auch vorteilhaft sein?

»Oh mein Gott, Cam hat recht. Du hast jemanden aufgerissen.« Kristin stellte ihren Drink auf dem Tresen ab und schenkte Lizzie ihre volle Aufmerksamkeit. »Raus mit der Sprache. Wir wollen alles wissen.«

»Äh, nun, ich habe einen neuen Nachbarn. Es ist eigentlich nichts, aber, ich weiß auch nicht. Er ist sexy und wir haben uns ein paarmal geküsst.« Sie trank ein paar Schlucke ihres Cocktails und hoffte, dass die Röte aus ihren Wangen wich, doch der Alkohol schien sie nur noch mehr zu wärmen. »Es ist keine große Sache.«

»Jayson wäre so enttäuscht, wenn er das hören könnte«, sagte eine männliche Stimme direkt hinter ihr.

Sie wandte sich um und sah sich einer muskulösen Brust gegenüber, die in eine Lederjacke gehüllt war. Sie hob den Blick und starrte in ein Paar tiefschwarze Augen mit goldfarbenen Sprenkeln.

»Kiel«, hauchte sie. »Hallo. Ich wollte nicht, also, ich ...« Lizzie räusperte sich, während er sie mit einem belustigten Funkeln in den Augen betrachtete. Er dachte offenbar, dass sie eine Idiotin war, und er hatte allen Grund dazu.

»Ignorieren Sie mich einfach«, murmelte sie.

»Nicht doch, kleiner Rotschopf, ich bin nicht imstande, Sie zu ignorieren.« Er verwob einen Finger in einer Haarsträhne, die ihr lose ums Gesicht hing, und zog leicht daran. »Wollen Sie mich nicht vorstellen?«

»Natürlich, es tut mir leid.« Gerade als sie dachte, sie könnte sich nicht noch mehr blamieren, vergaß sie ihre Manieren. Er blieb hinter ihr stehen, als sie sich zu ihren Freundinnen umdrehte, die sie mit offenem Mund anstarrten. »Cam, Kristin, das ist Kiel. Er, äh, arbeitet mit dem Nachbarn zusammen, von dem ich euch gerade erzählt habe.«

»Hallo, die Damen«, sagte er über ihre Schulter hinweg. »Darf ich Sie meinen Freunden vorstellen?«

Cams Augen erhellten sich, als sie das hörte. »Ja, ich denke, das sollten Sie«, antwortete sie auf die für sie typisch kokette Art. Kiels Erscheinung eines Rockers entsprach zwar nicht dem Typ Mann, den Kristin bevorzugte, doch Cam war nur selten wählerisch. Solange der Mann selbstsicher war und gut aussah, gab sie ihm für gewöhnlich eine Chance. Und Kiel erfüllte beide Anforderungen.

»Wunderbar.« Er legte eine Hand auf Lizzies Schulter, als er seinen Freunden zuwinkte, die in einer der Nischen an der Wand saßen. Die Sitzreihe schien sich entlang der gesamten Wand des Klubs zu erstrecken und wurde nur von der Treppe unterbrochen, die zu einem VIP-Bereich im ersten Stock führte. Fast die gesamte Mitte wurde von einer Tanzfläche eingenommen. Sie hatten sich entschieden, die ersten Drinks an der Bar in der Nähe des Eingangs zu genießen, nachdem sie sich umgesehen hatten. Kristin zog es vor, sich zuerst ein paar Runden zu genehmigen, bevor sie mit fremden Männern ins Gespräch kam, doch Cam hatte keinerlei Probleme, auch nüchtern zu flirten. Genauso wie jetzt.

»Was tun Sie beruflich, Kiel?«, wollte sie wissen, als zwei Männer auf sie zukamen. Im Gegensatz zu Kiel trugen sie schwarze Anzüge. Lizzie erkannte die teure Marke und lächelte in sich hinein. Kristin wäre nicht mehr zu stoppen, wenn sie die beiden erst einmal in Augenschein genommen hatte.

»Ich bin ein Attentäter«, antwortete Kiel lässig.

Cam und Kristin lachten über den schaurigen Halloweenscherz, während Lizzie nur mit dem Kopf schüttelte. Ein Attentäter passte eigentlich nicht zu dem Motto der Party und er trug die gleiche Lederjacke wie an dem Abend, an dem sie ihn zum ersten Mal getroffen hatte. Es war nicht besonders originell, aber vielleicht verkleidete er sich nicht gern.

»Ich bin eine Teufelin«, sagte Cam und formte mit den Fingern kleine Hörner auf ihrem blonden Kopf.

»Tatsächlich?« Kiel klang beeindruckt. »Nur im Bett oder auch außerhalb des Schlafzimmers?«

»Warum nicht beides?«, entgegnete Cam mit einem verschmitzten Lächeln.

Kiels Brust befand sich so dicht an Lizzies Rücken, dass sie sein Lachen hören konnte. »Ich glaube, Sie werden einen aufschlussreichen Abend erleben, meine Liebe«, sagte er, als seine Freunde sich zu ihnen gesellten. »Zach, Lars, darf ich euch Cam und Kristin vorstellen.« Er schlang einen Arm um Lizzies Taille, als er hinzufügte: »Und das ist Lizzie, aber sie ist nicht zu haben.«

Lizzie wandte sich um und sah zu ihm auf, während sich die anderen einander vorstellten. »Tatsächlich?«, fragte sie ungläubig.

»Natürlich«, antwortete er. »Ihre Beziehung zu Jay ist viel wichtiger, als Sie denken, meine Liebe.«

Sie blinzelte. »Hat er mit Ihnen gesprochen?« In ihrer Stimme schwang ein hoffnungsvoller Unterton mit, den sie am liebsten verborgen hätte, doch sie war nicht imstande, ihn zu unterdrücken.

»Nicht wirklich.« Er ließ seinen neugierigen Blick an ihr auf und ab schweifen. »Es gibt so vieles, was Sie nicht wissen. Ich kann es an Ihrem unschuldigen Wesen erkennen.«

Bei diesen seltsamen Worten runzelte sie die Stirn. Sie hätten ein Unbehagen in ihr hervorrufen sollen, doch stattdessen weckten sie ihre Neugier. Nichts an Kiel erschien ihr normal oder zuverlässig, doch gleichzeitig schien er nicht gefährlich zu sein. Er war ein Freund von Jayson – oder zumindest ein guter Bekannter. Vielleicht vertraute sie ihm deshalb. Außerdem wusste sie, dass ihre Freundinnen ganz in der Nähe waren.

»Würden Sie gern mehr wissen, Lizzie?«, fragte er und legte den Kopf schief. »Über Jay? Über unsere Welt?«

»Meinen Sie damit Ihre Firma?« Das klang ganz und gar nicht interessant, doch sie hätte nichts dagegen zu erfahren, womit Jayson sich jeden Tag beschäftigte.

Kiel kräuselte die Lippen. »Was hat Jay Ihnen über unseren Beruf erzählt?«

»Er hat gesagt, dass er mit Akquisitionen zu tun hat.«

»Ist das alles?« Er schüttelte missbilligend den Kopf. »Meine liebe Lizzie, wir haben so viel zu bereden.«

Er nickte seinen Freunden zu und sie warf einen Blick auf Cam und Kristin, die sich gerade auf die Tanzfläche führen ließen. So viel zum Mädchen-Kodex. Sie nahmen sicher an, dass Lizzie bei Kiel in Sicherheit war, da sie einander bereits kannten. Dennoch hätten sie fragen können.

»Wollen Sie sich ihnen anschließen?«, fragte Kiel an ihrem Ohr. »Oder würden Sie lieber mehr über unsere Welt erfahren?«

Unsere Welt …

Es war eine bizarre Formulierung, doch Kiel schien sich eigentlich immer sehr seltsam auszudrücken. Er war ein wandelndes Rätsel. Er sah gut aus, war charmant und hatte im Grunde ein heiteres Gemüt. Doch er wurde gleichzeitig von einer tödlichen Aura umgeben, hatte eine unbeugsame Ausstrahlung und einen Akzent, den sie nicht einordnen konnte.

Sie blickte ihm wieder in die Augen. »Was meinen Sie mit ›unsere Welt‹?«

»Kommen Sie mit und finden Sie es heraus.« Er ließ ihre Taille los und streckte ihr eine Hand entgegen. »Ich beiße nicht.«

»Also gut«, stimmte sie zu und ergriff seine Hand. »Aber nur, wenn wir hier im Klub bleiben.«

In seinen Augen funkelte eine Mischung aus Frohsinn und Heimlichtuerei. »Wie die Dame wünscht.«

Sie nahm an, dass er sie zu der Nische führen würde, in der seine Freunde zuvor gesessen hatten, doch stattdessen ging er in Richtung der schwer bewachten Treppe. Er nickte den Männern zu, die ganz in Schwarz gekleidet waren und

Ohrhörer trugen, woraufhin sie beiseitetraten und ihnen Zutritt gewährten. Lizzie wurde nervös.

»Wohin gehen wir?«, fragte sie, doch er konnte sie aufgrund der lauten Musik nicht hören. Sie wollte es gerade noch einmal versuchen, als sie oben ankamen, wo es deutlich ruhiger war. Die Umgebung weckte aufs Neue ihre Neugier.

Auf dem oberen Balkon befand sich ebenfalls eine Bar und außerdem eine Reihe Nischen, die mit violetten Bezügen und Glastischen um einiges eleganter waren als die im Erdgeschoss. Kiel schlenderte auf eine leere Nische zu, von der aus man die Tanzfläche unter ihnen sehen konnte. Mit einer Geste bedeutete er ihr, zuerst Platz zu nehmen. Sie kam seiner Aufforderung nach, während er einer Kellnerin zuwinkte, die ein knappes Bikinioberteil und einen Rock aus Ketten trug.

Einige der anderen Frauen hier oben trugen ähnliche Outfits und beobachteten Lizzie mit neugierigen Blicken.

Für dieses Stockwerk habe ich viel zu viel Stoff am Leib.

Vielleicht wollten sie auch wissen, warum sie die Erlaubnis hatte, sich in der VIP-Lounge aufzuhalten.

Lizzie zwang sich zu einem Lächeln, das jedoch keiner von ihnen erwiderte.

»Du weißt, was ich will«, sagte Kiel. Er hatte sich noch nicht gesetzt und blieb mit den Händen in den Hosentaschen stehen, um bei der kurvenreichen Kellnerin seine Bestellung aufzugeben. »Meine Freundin hier hätte gern etwas Fruchtiges, aber versetze es mit reichlich Alkohol, sie wird ihn brauchen.«

Die Brünette strich mit ihren lackierten Fingernägeln über seine Lederjacke und grinste. »Alles, was du willst, mein Lieber.«

Er packte ihre Finger und führte ihr Handgelenk an seinen Mund. »Alles?«

»Hör schon auf«, sagte sie mit einem tadelnden Unterton.

»Wir wissen doch beide, dass ich nicht dein Typ bin.«

»Hm, leider wahr.« Er biss ihr leicht in den Daumen und ließ dann ihre Hand los. »Aber ich brauche dich vielleicht später für eine kleine Demonstration.«

»Wirklich?« Sie warf Lizzie einen eifrigen Blick zu und sah dann wieder Kiel an. »Gib mir einfach Bescheid, ich werde dir zur Verfügung stehen.«

»Danke, Schätzchen.« Er gab ihr einen Kuss auf die Wange, bevor er Lizzie gegenüber Platz nahm und sie fixierte. »Wir werden beginnen, sobald Cynthia unsere Drinks gebracht hat. In der Zwischenzeit würde ich gern wissen, was Sie vom Arcadia halten.«

»Äh, für gewöhnlich treibe ich mich nicht in solchen Klubs herum.«

Er lachte. »Nein, das hätte ich auch nicht gedacht. Sie scheinen mir eher ein Mädchen für eine Country und Western Bar oder vielleicht eine Disco zu sein.«

»Eine Disco?«, wiederholte sie mit einem unschönen Schnauben. »Ich tanze zwar gern, aber ich mag es doch ein wenig moderner.«

»Ist eine Disco denn nicht modern?« Er runzelte die Stirn und schien aufrichtig verblüfft. »Vergeben Sie mir, doch die Dekaden verschwimmen miteinander. Verdammt, manchmal geht es mir sogar mit den Jahrhunderten nicht anders, obwohl ich zugeben muss, dass dieses Zeitalter der Technologie sehr faszinierend ist.«

Sie starrte ihn mit offenem Mund an. »Wie alt sind Sie?« Er wirkte nicht einen Tag älter als dreißig, doch er sprach auf so seltsame Art von der Zeit. Genauso wie von allem anderen.

Wie kommt es, dass dieser Typ mit Jay befreundet ist? Sie schienen zwei völlig verschiedene Menschen zu sein.

Kiel lächelte. »Oh, dazu kommen wir in Kürze, meine Liebe. Würde es Ihnen etwas ausmachen, wenn ich zuerst jemanden anrufe? Es wird nicht lange dauern.«

»Äh, natürlich nicht.« Lizzie suchte die Tanzfläche nach ihren Freundinnen ab, während er mit seinem Handy beschäftigt war.

Von ihrem Platz neben dem Glasgeländer konnte sie das Gedränge sich windender Körper sehen, doch es war unmöglich, inmitten der blitzenden Lichter einzelne Gesichter auszumachen. Die Nischen an der Wand waren deutlicher zu sehen und sie konnte sogar die Menschen darin erkennen, doch sie bezweifelte, dass Cam oder Kristin sich in einer von ihnen befanden. Zumindest noch nicht. Cam kam zwar immer zügig zur Sache, aber *so* schnell war sie nun auch wieder nicht.

»Guten Abend Jedrick«, sagte Kiel mit einer gedehnten Stimme, die Lizzies Aufmerksamkeit weckte. Darin schwang ein finsterer Unterton mit, den sie bisher noch nicht bei ihm gehört hatte.

»Passt es gerade nicht? Dann werde ich es kurz machen. Ich habe etwas, was dir gehört.« Er hörte zu, während sein dunkler Blick einen sündigen Ausdruck annahm, der Lizzie verunsicherte.

Der scherzhafte Charmeur von vorhin war einem niederträchtigen Mann gewichen.

Das war gar keine gute Idee.

Jetzt ist es zu spät, Liz.

»Nein, nicht ganz.« Er grinste. »Würden Sie gern mit Jay sprechen, kleiner Rotschopf?«

~

Jayson gefror das Blut in den Adern und er hielt sein Handy mit festem Griff. »Lizzie …«

»Jay – Jayson?« Ihre unschuldige Stimme am anderen Ende der Leitung hatte einen verwirrten Unterton angenommen. »Ich bin nicht …«

»Hör mir gut zu, Lizzie, du musst …«

Ezekiels missbilligendes Schnauben drang durch den Hörer und ließ Jaysons Warnung verstummen. »Das ist aber nicht nett von dir, Jay. Ich gebe dir die Chance, mit ihr zu sprechen und dich gegebenenfalls zu verabschieden, und du versuchst, mir den Spaß zu verderben? Wo bleibt denn da der Sportsgeist, hä?«

Die Lampe neben ihm zerschellte auf dem Boden, als er den Tisch in Balthazars Wohnzimmer mit einer Handbewegung abräumte. »Wenn du sie auch nur anfasst …«

»Was dann? Wirst du mich umbringen?« Ezekiel lachte. Seine Belustigung war selbst über die Tausende von Kilometern hinweg, die sie voneinander trennten, spürbar. »Ich muss sagen, dass ich deine Gefühle für diese Frau unterschätzt habe. Das wird ein Spaß werden.«

Jayson biss die Zähne zusammen und zwang sich, die folgenden Worte auszusprechen. »Was willst du?«

»Ich will nur wissen, wie sehr dir daran gelegen ist, sie zurückzubekommen«, murmelte Ezekiel. »Würdest du gern wissen, wo wir sind?«

»Das weißt du genau«, brachte Jayson hervor, wobei sein Kiefer bereits schmerzte. *Damit ich dir ein Messer zwischen die Augen rammen kann.*

»Im Arcadia«, antwortete er nur. »Eine von Lizzies Freundinnen hat Einladungen für die heutige Party erhaschen können, möglicherweise nicht ganz zufällig. Du kannst dir meine Freude vorstellen, als dein schöner Rotschopf plötzlich hier aufgetaucht und von oben bis unten in Weiß gekleidet ist. Oh, danke, Cynthia. Das sieht wunderbar aus. Ich werde klingeln, falls wir noch etwas brauchen, wie zum Beispiel die Demonstration, von der ich eben gesprochen habe. Danke, meine Liebe.«

»Was tun Sie da?«

Jayson sank auf die Knie, als er den ängstlichen Unterton

in Lizzies Stimme hörte. Er war der Verzweiflung nahe. Er hätte sie nie allein lassen sollen, nicht, solange Ezekiel frei in New York herumlief. Was zum Teufel hatte er sich nur dabei gedacht, als er nach Hydria gereist war und sie ungeschützt in der Stadt zurückgelassen hatte?

Er hatte sie auf schlimmste Weise im Stich gelassen. Das Arcadia?

Verdammt.

Was zur Hölle ist mit der Wächterin geschehen, die ich zu ihrem Schutz abgestellt habe?

Ezekiels unterkühlte Antwort konnte seine Nerven nicht im Geringsten beruhigen. »Vertrauen Sie mir, Schätzchen, es ist nur zu Ihrem eigenen Schutz. Ich nehme an, dass es hier gleich ein wenig laut werden könnte.«

»Wenn du …«

»Einen Moment, Jay.« Die Musik im Hintergrund erstarb, als ein schlurfendes Geräusch ertönte, das auf einen Kampf hinwies. Es endete mit einem gedämpften Schrei und einem Seufzen von Ezekiel. »Beruhigen Sie sich.«

»Ich werde mich nicht beruhigen!«, fauchte Lizzie. »Sie haben uns gerade in einer Glaskugel eingeschlossen!«

»Sie werden den Grund verstehen, wenn ich das Telefongespräch beende. Und jetzt sitzen Sie still oder ich bin gezwungen, Sie zum Schweigen zu bringen.«

Jayson konnte hören, wie Lizzie schockiert und angsterfüllt nach Luft schnappte.

Oh verdammt, nein.

Jayson würde Ezekiel dafür in Stücke reißen.

Er ballte die Hände zu Fäusten, als er sich ausmalte, wie er dem Ichorianer Stück für Stück die Gliedmaßen vom Körper riss und sie verbrannte, während er das Arschloch dazu zwang, alles mit anzusehen.

Stillschweigender Waffenstillstand hin oder her, er würde ihn fertigmachen.

Langsam.

Für immer.

Er versuchte, seinen Drohungen Ausdruck zu verleihen, doch ihm versagte die Stimme. Die Qualen, die Wut und ein Anflug von Hilflosigkeit lähmten seinen Verstand und reduzierten ihn zu einer Hülle aus Angst und Hass.

»Du weißt, wo wir sind. Ich schlage vor, dass du schnell handelst, Jay.« Dann war die Leitung tot und Jayson warf sein Handy mit Wucht gegen die Wand. Es zersplitterte in tausend verdammte Stücke, als Balthazar und Luc ins Haus eilten.

Das Arcadia war der einzige Ort der Welt, an den Jayson nicht gehen konnte, und Ezekiel wusste es.

»Scheiße!« Jayson schlug mit der Faust auf den Boden ein, wobei er sich nicht darum scherte, dass die Haut an seinen Knöcheln aufplatzte. Es wäre innerhalb einer Minute wieder verheilt. Doch auf Lizzie traf das nicht zu.

»Was zum Teufel geht hier vor?«, wollte Luc wissen.

»Jay verliert den Verstand«, antwortete Alik, der auf der Couch saß. »Das erinnert mich an das eine Mal in Rom …« Er verstummte, als Jayson ihn mit einem wütenden Blick bedachte. »Natürlich, du weißt, wovon ich rede.«

Alik zuckte mit den Schultern und wandte sich wieder seinem verdammten Handy zu. Jayson verspürte plötzlich den Drang, es ihm aus der Hand zu reißen und es zusammen mit Alik gegen die Wand zu werfen, doch eine Hand auf seiner Schulter hielt ihn zurück.

»Sag mir, was los ist«, forderte Balthazar, als er sich neben ihn kniete.

Jayson konnte immer noch keinen klaren Satz formulieren, deshalb spielte er die Unterhaltung noch einmal im Geiste ab, während er die Hände abwechselnd entspannte und dann wieder zu Fäusten ballte.

Seine Gedanken wurden von gewaltsamen Bildern durchdrungen, die ihn in einen Zwiespalt stürzten. Ein Teil von ihm wollte Vernunft walten lassen, während der andere auf ein Himmelfahrtskommando nach New York drängte.

»Ezekiel hält Lizzie im Arcadia fest«, sagte Balthazar für die anderen, die Jaysons Gedanken nicht lesen konnten. »Holt Wakefield. Wir müssen herausfinden, was mit Jennifer geschehen ist.«

Jennifer. Lizzies Wächterin.

Warum zum Teufel hat sie mir nicht gesagt, dass Lizzie ausgegangen ist?

»Ich bin schon unterwegs«, sagte Luc und verließ das Haus.

»Er wird sie nicht umbringen«, sagte Alik auf seine irritierend ruhige Art. »Es wird ihm kein Vergnügen bereiten und sie ist lebend für ihn mehr wert. Er will dich in den Wahnsinn treiben und scheint damit Erfolg zu haben.« Er sprang von der Couch auf. »Ich bin im Schwimmbecken, falls mich jemand sucht.«

Balthazar festigte seinen Griff an Jaysons Schulter, als er daran dachte, ein Messer nach einem seiner ältesten Freunde zu werfen. Es wäre weder das erste noch das letzte Mal, dass sie miteinander im Clinch lagen, doch Alik gewann für gewöhnlich. Seine Fähigkeit, anderen mit seinen Gedanken Schmerzen zuzufügen, überragte ihre eigenen bei Weitem. Dazu kam noch sein telepathisches Talent. Mächtiger Scheißkerl.

»Er versucht, deine Wut umzuleiten«, murmelte Balthazar, als die Tür mit einem Knall zufiel.

»Es funktioniert.«

»Gut. Und jetzt steh auf und verhalte dich wie der Krieger, von dem ich weiß, dass er in dir steckt.« Balthazar trat zurück und schaltete den Fernseher aus, bevor er in die Küche ging. Jayson atmete zweimal tief durch und richtete sich auf. Er nahm die Wasserflasche an, die Balthazar ihm auf dem Weg zum Esszimmer reichte.

»Alik hat recht«, sagte B. »Zeke stachelt dich nur zum Spaß an. Er wird Lizzie nicht töten.«

»Das kannst du nicht mit Sicherheit wissen. Er ist ein verdammter Attentäter, zum Teufel noch mal.«

»Der bereits mehrere Möglichkeiten hatte, sie umzubringen, und es nicht getan hat. Nein, es steckt etwas anderes dahinter.« Balthazar trank einen Schluck Wasser und starrte auf die Tür, kurz bevor sie aufflog. Issac und Luc traten gefolgt von Stas und Tom in den Raum.

»Jennifer ist eingeschlafen«, sagte Luc mit ausdrucksloser Stimme.

»Sie ist eingeschlafen?«, wiederholte Jayson mit angespannter Stimme.

»Ja, sie dachte, dass Lizzie den Abend zu Hause verbringt.« Lucs Miene verriet ihm, dass er nicht glücklich über diese Entschuldigung war. »Ich werde mir Jennifer später vornehmen, nachdem wir dieses Problem geklärt haben.«

»Tu das. Oder ich werde es tun.« Eine Degradierung sollte die kleinste ihrer Sorgen sein.

Sie war bei der Arbeit eingeschlafen. Verdammt.

Wenn Lizzie deshalb stirbt …

Bei dem Gedanken ballte er die Hände zu Fäusten. Er würde weder Jennifer noch sich selbst jemals dafür vergeben können.

»Was habt ihr vor?«, wollte er wissen.

»Mateo und Tristan sind bereits auf dem Weg ins Arcadia«, berichtete Issac. »Was sollten sie wissen, bevor sie dort eintreffen?«

»Zeke hält sie in einer Art Glaskugel fest«, knurrte Jayson. »Es hat sämtliche Geräusche von draußen verschluckt.«

Issac nickte. »Die VIP-Lounge. Die Nischen verfügen alle über Schallschutz. Den Grund dafür muss ich euch sicher nicht erst erläutern. Noch etwas?«

»Er hat vor, sie zum Schreien zu bringen.« Jayson ballte

wieder die Hände zu Fäusten und zerdrückte dabei die Plastikflasche in seiner Hand.

Balthazar reichte ihm sofort eine neue. »Das kommt gar nicht infrage, Stas. Wakefield geht allein.« Er hatte offenbar auf ihre Gedanken reagiert, denn sie kniff die Augen zu dünnen Schlitzen zusammen.

»Sie ist meine beste Freundin.« Das Feuer in ihren Augen war bewundernswert, doch es wurde von Kummer überschattet. Es war ausgeschlossen, dass sie ins Arcadia gehen und einen klaren Gedanken fassen konnte. Jayson konnte es verstehen, weil es ihm nicht anders erging. Die Emotionen verdrängten den gesunden Menschenverstand. »Außerdem hat er meine Eltern umgebracht«, erinnerte sie die anderen mit gebrochener Stimme.

»Und genau deshalb wirst du nicht rational handeln können, wenn du ihm gegenübertrittst«, erwiderte Balthazar mit sanfter Stimme. »Du wirst wenig hilfreich sein und den anderen nur im Weg stehen.«

»Issac kann sich nur darauf konzentrieren, Elizabeth lebend aus dieser Situation zu befreien, solange er weiß, dass du hier in Sicherheit bist«, fügte Luc hinzu. Diesem Argument war nichts entgegenzusetzen. »Andernfalls gehst du das Risiko ein, deine Freundin nie wiederzusehen.«

»Lucian hat recht«, murmelte Issac. »Du erinnerst dich an das Arcadia, Aya. Wir haben deinen ersten Ausflug dorthin nur knapp überlebt und wenn ich gezwungen wäre, mich zu entscheiden, dann würde meine Wahl immer auf dich fallen.« Er legte ihr eine Hand an die Wange und zog sie an sich. »Ich muss allein gehen, Liebes. Das weißt du genauso gut wie ich und du weißt auch, dass ich es nur für dich tue.«

»Du bist außerdem viel zu wertvoll. Ich bin durchaus dafür, dass du deine eigenen Entscheidungen triffst, doch du darfst dein Leben nicht unnötig aufs Spiel setzen. Wenn du jetzt ins Arcadia marschierst und Ezekiel Befehle an den Kopf wirfst, dann wird er dich auf der Stelle abschlachten, und das werde ich nicht zulassen.« Lucs Stimme war ungewöhnlich sanft, dennoch schwang ein autoritärer Unterton in ihr mit. Er wählte seine Schlachten immer mit Bedacht und diese würde er für sie austragen, wenn sie es von ihm verlangte. Jayson würde an seiner Seite kämpfen, genauso wie Balthazar und wenn nötig auch Alik.

Stas presste ihre Stirn an Issacs Brust, als Balthazar nickte und die anderen damit wissen ließ, dass sie sich Lucs stillschweigender Verordnung unterwarf. Selbst wenn ihre Gefühle überhandnahmen, konnte sie sich der Logik nicht entziehen und bewunderte sie sogar. Die Frau würde eines Tages eine herausragende Hydraianerin werden, wenn sie sich dazu entschloss, sich ihrem Schicksal zu fügen.

»Was wollt ihr also tun?«, fragte Tom mit ruhiger, aber eindringlicher Stimme. »Ich habe Ezekiels Akte gelesen. Er wird sie euch nicht einfach aushändigen.«

Issac ließ seine Finger durch Stas' Haar gleiten und gab ihr einen zärtlichen Kuss auf die Stirn, bevor er einen Schritt zurücktrat und ein ernstes Gesicht zog. »Darüber mache ich mir keine Sorgen, Thomas.«

Seine Worte bargen keine Arroganz, sondern drückten eine Zuversicht aus, die auf Erfahrung beruhte. Issac wusste, wie er mit einer solchen Situation umgehen musste, doch es brachte Jayson fast um, selbst nichts tun zu können. Er rieb sich übers Gesicht und kämpfte gegen den Drang an, noch weitere Dinge in Balthazars Haus zu zerschmettern.

Diese Raserei sah ihm gar nicht ähnlich. Nicht einmal die Nachricht von Amelias Gefangenschaft hatte ihn derart aufgebracht und er war damals ohne Zweifel wütend gewesen. Dennoch war er imstande gewesen, einen kühlen Kopf zu bewahren und mit Bedacht nach einer Lösung zu suchen.

Lizzie jedoch rief in ihm den Wunsch hervor, sie eigenhändig aus dem Arcadia zu befreien, wobei er wusste, dass sich dieses Verlangen jeglicher Logik und Fassbarkeit entzog. Gerade noch vor ein paar Sekunden hatte er Stas für ihre Besonnenheit in dieser Situation gelobt, während er selbst aufs Neue von einem Rachedurst gepackt wurde.

Irgendetwas stimmt nicht mit mir, B.

Balthazar stieß ihn leicht am Arm an, womit er ihm zu verstehen gab, dass sie eine Lösung finden würden.

Wenn Jayson ihm doch nur glauben könnte. Die Vorstellung, dass Issac an seiner statt zu Lizzies Rettung eilte, rieb ihn innerlich auf. Für jeden Ältesten wäre es reiner Selbstmord, einen Fuß ins Arcadia zu setzen, selbst wenn er seine Erscheinung verändern konnte. Jayson verstand das zwar, doch sich auf jemand anderen verlassen zu müssen …

»Ist eine kluge Entscheidung«, flüsterte Balthazar als Antwort auf Jaysons Gedanken. »Wenn du versuchst, ihn zu begleiten, wird Alik dir die Lichter ausblasen.«

»Er soll es ruhig versuchen«, murmelte Jayson.

»Er wartet draußen«, sagte Balthazar mit gedämpfter Stimme, damit nur Jayson ihn hören konnte. »Er kennt uns alle viel besser, als er je zugeben würde.«

»Deshalb ist er trotzdem ein Arschloch.«

»Das ist wahr«, stimmte Balthazar zu und trank einen Schluck Wasser, um sein Grinsen zu verbergen. Der Gedankenleser schaffte es, selbst den schlimmsten Situationen noch etwas Vergnügliches abzugewinnen.

»Du hast gerufen«, sagte Jacque, als er nur mit einer Schlafanzughose bekleidet in der Mitte des Wohnzimmers erschien.

»Elizabeth hat sich entschieden, das Arcadia zu besuchen, während wir uns darüber unterhalten haben, wie wir ihr morgen am besten die Wahrheit sagen«, erklärte Luc.

Issac strich mit einer Hand über seine Krawatte und fügte hinzu: »Ja, es scheint, als müsste ich mich zurück in die Stadt begeben.«

Kapitel Dreizehn

Das Spiel mit der Wahrheit

Testobjekt passt sich wie erwartet dem Leben am College an. Jeder gesellschaftliche Umgang wird zur späteren Ansicht katalogisiert.

Eintrag 118.10.4-7

»Ich werde Ihnen nicht wehtun«, sagte Kiel, als Lizzie in dem kleinen Raum zwischen dem Tisch und der Glaswand auf und ab ging.

Alles war so schnell geschehen, dass sie kaum hatte reagieren können. Doch sie wäre ohnehin nicht weit gekommen. Kiels Arm hatte sich wie Granit um ihre Taille gelegt, als er sie zurück an die Stelle gezogen hatte, die sie jetzt erkundete. Sie war in einem Rechteck neben der Nische gefangen, das gerade einmal einen halben Quadratmeter maß.

Die übrigen Gäste schienen wenig beeindruckt von dem Geschehen. Einige beobachteten sie, als wäre sie ein Tier in einem Zoo, während es für die anderen eine tägliche Begebenheit zu sein schien.

Denn provisorische Kapseln waren offenbar Normalität in diesem Etablissement.

Lizzie rieb sich vergeblich die Arme, um sie zu wärmen, während sie weiter ihre beengte Umgebung sondierte. Das Glas schien solide und dick zu sein und machte auf sie einen undurchdringlichen Eindruck. Sie wusste nicht, auf welchen Knopf Kiel gedrückt hatte, um die Glaswand herunterzufahren, doch wenn sie ihn finden könnte, dann hätte sie die Möglichkeit zu fliehen.

Und was dann? Willst du weglaufen?

Sie hätte fast laut gelacht. Kiel hatte bereits bewiesen, dass seine Reflexe die ihren bei Weitem übertrafen. Lizzie saß solange hier fest, bis er sie entweder gehen ließ oder zum Punkt kam.

»Was wollen Sie?«, fragte sie fordernd. Zumindest bemühte sie sich um einen schroffen Unterton, doch ihre bebende Stimme klang viel sanfter als beabsichtigt.

»Was ich will, spielt keine Rolle und hat nichts damit zu tun, warum wir uns jetzt in dieser Situation befinden, meine Liebe. Ich bin nur hier, um Ihnen Informationen zukommen zu lassen, das ist alles.«

»Tatsächlich?« Sie blickte ihm schließlich in die Augen. »Informationen worüber?«

»Lassen Sie uns mit Tom Fitzgerald beginnen. Er ist ein Freund von Ihnen, nicht wahr?«

Sie spürte, wie sich entlang ihrer Wirbelsäule eine Gänsehaut ausbreitete. Sie wollte mit niemandem über dieses Thema sprechen, vor allem nicht mit einem Fremden, der sie in einer Glaskugel eingeschlossen hatte. »Kannten Sie ihn?«

»Nein, nicht persönlich.« Kiel hielt inne, um an seinem tiefroten Drink zu nippen, und schenkte ihr ein finsteres Lächeln. »Was würden Sie sagen, wenn ich Ihnen erzähle, dass Tom durchaus am Leben und wohlauf ist?«

Sie runzelte die Stirn. »Ich würde Sie grausam und herzlos nennen.«

»Ich kann Ihnen versichern, dass beide Eigenschaften

angemessen sind, doch in diesem Fall ist keine von beiden zutreffend. Doch obwohl Sie und die übrige menschliche Rasse zu dem Glauben verleitet wurden, dass er während eines Einsatzes auf heroische Weise ums Leben gekommen ist, bin ich hier, um Ihnen die Wahrheit mitzuteilen. Würde Ihnen das gefallen?«

»Mir würde es gefallen, wenn Sie mich aus diesem Käfig befreien würden«, entgegnete sie.

Er schnalzte mit der Zunge. »Danach habe ich nicht gefragt. Was wäre, wenn ich Ihnen hier und jetzt beweisen würde, dass Tom noch lebt? Würden Sie mir dann zuhören?«

Sie starrte ihn mit offenem Mund an. Es musste ein schlechter Scherz sein, doch sie konnte einfach nicht verstehen, zu welchem Zweck er sie in die Irre führen würde. Er hatte ihr bereits gesagt, dass er Tom nicht kannte, gleichzeitig hatte er jedoch angedeutet, dass er von ihrer Freundschaft wusste. Diese Tatsache hatte sie Jayson gegenüber nie erwähnt, geschweige denn Kiel davon erzählt. Sie kannte sie beide kaum, doch dieser Mann gab ihr zu verstehen, dass er eine ganze Menge über sie wusste.

»Wer sind Sie?«

»Aha, jetzt kommen wir der Sache schon näher.« Er klang zufrieden. »Aber vielleicht sollten Sie die Frage umformulieren und *was* anstelle von *wer* einsetzen. So würden wir viel schneller vorankommen.«

Sie blinzelte und war noch verwirrter als zu Beginn dieses Albtraums. Cam und Kristin vergnügten sich auf der Tanzfläche und hatten sicher einen Heidenspaß, während Lizzie mit einem Wahnsinnigen in einem Glascontainer festsaß.

Darüber hinaus war dieser Wahnsinnige mit ihrem Nachbarn befreundet.

Und hatte ihn vor ein paar Minuten angerufen, um ihm

mitzuteilen, wo sie sich befanden. Nichts davon ergab auch nur ansatzweise einen Sinn!

Wenn sie nur ihre Handtasche bei sich hätte. Cam hatte vorgeschlagen, die Sachen in ihrer Wohnung zu lassen, da Kristin diejenige war, die heute die Rechnung übernahm. Lizzie hatte lediglich ihren Ausweis mitgebracht, um den Klub betreten zu können. Das war nicht besonders hilfreich.

Allerdings hatte sie auch nicht damit gerechnet, in einer schalldichten Kabine mit einem Verrückten festgehalten zu werden.

Durch die Glaswand drang kein einziger Ton, nicht einmal der Bass der Musik war zu hören. Das bedeutete, dass niemand ihre Schreie hören würde, was Kiel während seines Telefongesprächs mit Jayson bereits angedeutet hatte. Sie musste sich klug verhalten und hoffen, dass ihr Nachbar zu ihrer Rettung eilte oder ihre Freundinnen ihre Abwesenheit irgendwann bemerken würden.

Sie glaubte zwar, dass keine der beiden Möglichkeiten wahrscheinlich war, doch sie konnte sie als Ausweichplan im Hinterkopf behalten.

Du brauchst immer noch einen Generalplan.

Vielen Dank auch, darauf wäre ich selbst nicht gekommen.

Wenn sie sein törichtes Spiel mitspielte, würde Kiel sie vielleicht gehen lassen.

Zweifelhaft.

Das ist nicht besonders hilfreich.

Kiel grinste und nippte an seinem Drink, wobei er den Kopf leicht schief legte, als würde er darauf warten, dass sie ihren nächsten Zug machte. Doch was erwartete er von ihr? *Eine Frage*, dachte sie.

Wer sind Sie?, hatte sie ihn gefragt.

Er hatte etwas davon gesagt, dass sie ihre Frage neu formulieren sollte.

»Was sind Sie?« Sie konnte nichts gegen die Unsicherheit

in ihrer Stimme tun, denn es war ganz offensichtlich, dass er ein Mann war. Dennoch schien es Kiel zu gefallen, Worte und Sätze so zu verdrehen, bis sie die Färbung seiner eigenen seltsamen Sprache annahmen.

»Setzen Sie sich, Lizzie.«

»Warum?«

»Ich werde Ihre Frage beantworten.« Er zeigte auf den Platz, von dem sie zuvor aufgesprungen war, als sich die Glaswand um sie geschlossen hatte. Dort würde sie ihm direkt gegenüber und mit dem Rücken zum Balkon sitzen, was weder offensiv noch defensiv war. Wenn er ihr wehtun wollte, dann könnte er das auch im Stehen tun.

Sie konnte ihren Beinen genauso gut eine Pause gönnen, falls er ihr die Chance gab zu entkommen. Dennoch schien das in ihrem kleinen Gefängnis eher unwahrscheinlich zu sein. Sie ließ sich in die Nische gleiten und verschränkte die Arme auf dem Tisch. Die Kellnerin hatte ihr einen pinkfarbenen, fruchtigen Cocktail gebracht, der Lizzie für gewöhnlich zusagen würde, doch heute Abend stand ihr nicht der Sinn danach.

»Ich heiße Ezekiel«, murmelte er. »Ich habe erst kürzlich den Namen Kiel angenommen, da mir hin und wieder nach Abwechslung gelüstet. Es kann sehr langweilig werden, wenn man ewig lebt, wissen Sie. Es sind die kleinen Dinge, die uns bei Laune halten.«

Sie nickte. »Sicher.« *Sie sind wahnsinnig.*

»Ihr Jayson war unter dem Namen Jedrick bekannt, als wir uns zum ersten Mal begegnet sind. Das war übrigens circa 1700 vor Christus in Babylon. Wir wurden in sehr unterschiedlichen Verhältnissen geboren. Ich selbst war der Sohn einer verarmten Frau, die von einem Soldaten vergewaltigt wurde. Jaysons Vater dagegen war der kriegerische Gott Artemis. Er war weniger ein Gott als ein Ichorianer mit einer Vorliebe für Metall und einem unstillbaren Blutdurst. Aber darauf kommen wir später noch zu sprechen.

Meine Mutter starb an einer Krankheit, als ich neun Jahre alt war. Daher musste ich schnell und effizient lernen, mich um mich selbst zu kümmern. Es wäre untertrieben zu sagen, dass ich ein Talent dafür hatte zu überleben. Sie müssen verstehen, Lizzie, es ist eine Kunst, leichte Beute auszumachen und sie stillschweigend zu ermorden, und ich habe sie bereits während meiner Jugend gemeistert.«

Er hielt inne, um wieder an seinem Drink zu nippen, während Lizzie gegen ein hysterisches Lachen ankämpfte.

Zum einen behauptete er, aus Babylon zu stammen, wobei er die altertümliche Stadt meinte. Des Weiteren wollte er ihr weismachen, dass er, was, über dreitausend Jahre alt war?

Und jetzt erfand er auch noch irgendwelche Wörter wie »Ichorianer«, behauptete, dass Jayson der Sohn eines Gottes war, und erzählte ihr, dass er, Kiel oder Ezekiel – wie auch immer er genannt werden wollte – ein Attentäter war.

Der Mann war ein Irrer, der in der Erscheinung eines zurechnungsfähigen Mannes auftrat. Unglaublich.

»Osiris ist während meiner Jugend an mich herangetreten«, fuhr er fort. »Sie haben ihn noch nicht getroffen, doch eines Tages werden Sie das Vergnügen haben. Wie dem auch sei, er erschien mir als Gott und behauptete, dass ich über einzigartige Fähigkeiten verfügte, die seinen Anforderungen entsprachen. Er hat mich seinem Sohn Sethios vorgestellt und unsere Freundschaft begünstigt. Da wir fast im gleichen Alter waren, haben wir uns schnell gut verstanden und ich hatte im Grunde ein neues Zuhause. Es war von einzigartigen Prinzipien geprägt, die sich nicht nach der Menschheit, sondern einem viel größeren Universum richteten.«

Er schenkte ihr ein Lächeln, das ihr das Blut in den Adern

gefrieren ließ. »Soll ich Ihnen ein Geheimnis verraten, Lizzie?«

Sie räusperte sich, doch sie hatte das Gefühl, dass ein Netz aus Spinnweben sich um ihren Rachen gelegt hatte und ihr das Sprechen unmöglich machte. Wahrscheinlich war es besser so, da sie andernfalls vielleicht etwas Törichtes gesagt hätte.

Lizzie nickte, denn sie nahm an, dass ihre Weigerung ihn enttäuschen würde, und sie hatte nicht vor, einen Verrückten zu verärgern, solange sie keine Möglichkeit zur Flucht hatte.

»Ich habe schon vor einer ganzen Weile von Ihrer Existenz erfahren, sogar bevor Sie Astasiya getroffen haben. Aber das ist nicht das Geheimnis, von dem ich gesprochen habe.« Er winkte mit der Hand in der Luft und lächelte vergnügt. »Ich will damit eigentlich sagen, ich habe dafür gesorgt, dass Sie während des ersten Studienjahres Zimmergenossinnen waren. Es war zwar das Resultat meiner Faulheit, doch ich glaube, es hat sich dadurch alles zum Besten gewendet, finden Sie nicht auch?«

Das Hämmern in Lizzies Ohren konnte nicht gesund sein. Sie hatte weder ihm noch Jayson jemals Stas' vollen Namen genannt.

»Wer sind Sie?«, flüsterte sie wieder.

Er lehnte sich mit einem Seufzen zurück. »Sie hören mir einfach nicht zu, nicht wahr?«

»I-ich höre zu«, stammelte sie. *Aber Sie erdichten irgendein Märchen, das in der Realität keinerlei Relevanz hat.*

Doch er kannte Stas' vollen Namen. Astasiya war viel zu außergewöhnlich, als dass er ihn hätte erraten können.

»Ich glaube, uns läuft die Zeit davon, deshalb sollten wir einen anderen Ansatz wählen«, sagte Kiel, während er seine halb leere Tasse auf dem Tisch drehte. »Sagen Sie mir, was Sie von der CRF halten. Haben Sie sich je gefragt, welchen Zweck ihre paramilitärische Einheit tatsächlich erfüllt? Und wie ein Sentinel wie Tom während eines humanitären Einsatzes ums Leben kommen kann?«

»Er …« Sie gab schließlich nach und kostete ihren Drink. Ein Erdbeer-Daiquiri. Ihr gesunder Menschenverstand ließ zwar sämtliche Alarmglocken in ihrem Hinterkopf läuten, doch sie brauchte etwas, um ihren Rachen zu befeuchten, der sich wie Watte anfühlte.

»Sie denken darüber nach und ich werde für Sie antworten, meine Liebe. Die CRF ist nicht die Firma, für die die Öffentlichkeit sie hält, doch ich weiß, dass Sie das nicht überraschen wird. Jedes Mal wenn Sie sich der Zentrale auch nur nähern, sagt Ihnen Ihre Intuition, dass etwas nicht stimmt, habe ich recht?«

Auch wenn sie ihn für verrückt hielt, jetzt schenkte sie ihm ihre ungeteilte Aufmerksamkeit. Denn sie hatte nie jemandem von diesem Gefühl erzählt, das er gerade beschrieben hatte. Nicht einmal Stas.

»Woher wissen Sie das?«, brachte sie mit krächzender Stimme hervor.

»Weil ich Sie über die Jahre unzählige Male in diesem Gebäude gesehen und die Veränderungen in ihrem körperlichen Verhalten beobachtet habe. Die CRF versetzt Sie in Angst und Schrecken, und zwar zu Recht. Das nennt man motorisches Gedächtnis, meine Liebe. Ihnen wurden dort unaussprechliche Dinge angetan, und obwohl Sie sich nicht daran erinnern können, hat Ihr Körper es nicht vergessen.«

Sie musste schlucken. »W-was wollen Sie damit sagen?« Sie besuchte die Zentrale nur selten und war selbst als Kind nie oft dort gewesen. Dennoch hatte er recht damit, dass die CRF eine unwillkürliche Reaktion bei ihr hervorrief. Das Gebäude machte ihr aus unerklärlichen Gründen Angst.

»Ich wünschte, wir könnten noch weiter ins Detail gehen, aber unser intimes Treffen kommt bald zu einem Ende und wir haben noch nicht einmal alle Grundlagen abgedeckt.« Er blickte ihr in die Augen. »Sie haben mich gefragt, wer ich bin, und ich habe es Ihnen gesagt. Und was das *Was* angeht, ich bin ein Ichorianer, genauso wie Jays Vater. Osiris hat mich zu meinem achtzehnten Geburtstag verwandelt und mir somit die Unsterblichkeit geschenkt, und bevor Sie etwas bemerken wollen, ich weiß, dass ich eher wie fünfunddreißig aussehe. Die Sterblichen heutzutage altern auf andere Weise als zu der Zeit, in der ich aufgewachsen bin.«

Sie hatte eigentlich nichts sagen wollen, aber sie nickte dennoch. Warum auch nicht? Er sah aus wie ein Mann in den Dreißigern, doch vielleicht hatte die Unsterblichkeit etwas mit seiner Alterung zu tun. Oder dem Ausbleiben derselben …

Glaube ich etwa irgendetwas von all diesem Wirrwarr?

»Ich sollte hinzufügen, dass das Dasein als Ichorianer einen geringfügigen Nachteil mit sich bringt. Wir brauchen menschliches Blut, um zu überleben.« Er reichte ihr seine Tasse. »Werfen Sie einen Blick hinein und sehen Sie selbst.«

Lizzie zögerte, vor allem nach seinen schneidenden Bemerkungen, dennoch tat sie, wie geheißen, und runzelte die Stirn. »Es sieht aus wie eine Bloody Mary.« Es war zwar seltsam, einen Cocktail in einer Kaffeetasse zu servieren, doch nichts an diesem Ort war gewöhnlich.

»Nein, meine Liebe, es ist Blut von einem meiner Lieblingsspender im Hinterzimmer. Wenn Sie mir nicht glauben, sollten Sie einen Schluck kosten.«

Sie roch daran und rümpfte die Nase, als sie eine Welle der Übelkeit überkam.

Auf jeden Fall war es kein Wodka mit Tomatensaft. Doch es konnte unmöglich sein Ernst sein.

Blut? Ekelhaft.

»Wie ein Vampir?«, fragte sie mit schriller Stimme.

Er lachte. »Ich kann Ihnen versichern, dass das nur ein Mythos ist, doch das Prinzip ist ähnlich. Allerdings sollten Sie diesen Begriff außerhalb dieser Glaswände nicht zu laut aussprechen. Meine Rasse ist nicht sehr erfreut, wenn man sie mit diesen niederträchtigen Geschöpfen der Nacht vergleicht. Unsere Vorfahren haben nichts mit ihnen gemein.«

Lizzie krallte sich in den Rand ihres Sitzes. »Sie sind … Das ist … Unmöglich. Es ist nicht …« Sie schüttelte verzweifelt den Kopf, um ihre Gedanken zu ordnen. »Ich kann nicht …«

Vampire existieren in Wirklichkeit nicht. Das Übernatürliche existiert nicht.

»Ich kann Cynthia bitten, sich für eine Demonstration zur Verfügung zu stellen, wenn Sie möchten.« Er klang so vernünftig und gefasst, als würde er täglich über Unsterblichkeit und Vampire sprechen. »Wahlweise können Sie natürlich auch einen Blick über die Schulter auf die Nische unter uns in der Nähe der Tanzfläche werfen. Meine Ohren wären Ihnen jedoch dankbar, wenn Sie Ihre Schreie in Grenzen halten könnten.«

Er trank noch einen Schluck aus dieser verdammten blutigen Tasse, während er darauf wartete, dass sie eine Entscheidung traf.

Wenn sie um eine Demonstration bat, würde er die Glaswand absenken müssen, wodurch sie die Möglichkeit zur Flucht hätte.

»Ihre Augen vermitteln ungehindert Ihre Gedanken, Lizzie. Wenn Sie sich dafür entscheiden, dass ich mich vor Ihren Augen nähre, dann werde ich Sie zuerst fesseln müssen. Und glauben Sie mir, wenn ich Ihnen sage, dass es nur zu Ihrer eigenen Sicherheit wäre. Denn eine Frau Ihres Formats würde keine fünf Minuten überdauern, bis sie in einer der Nischen landet, und das nicht unbedingt freiwillig.«

Lizzie musste schlucken. Die Art, wie er die Worte aussprach, war sowohl nervtötend als auch furchterregend. »Warum erzählen Sie mir das alles?«

»Ah, das ist eine hervorragende Frage.« Er stellte seine

Tasse ab und schenkte ihr ein aufrichtiges Lächeln. »Ich habe meine Beweggründe, doch ich sehe es als Bonus, dass ich Jayson dabei eins auswischen kann.«

»Er weiß über all das Bescheid?«

»Natürlich. Wie ich schon sagte, wir sind zusammen aufgewachsen. Jays Vater Artemis ist ein Ichorianer und enger Freund von Osiris, was auch der Grund dafür ist, dass Jay und ich uns begegnet sind. Wir haben beide eine Vorliebe für Kriege und Zerstörung, die zwischen uns eine Art rivalisierendes Band hat entstehen lassen, das sich vor etwa fünfhundert Jahren zugespitzt hat. Meine Rasse hat irgendwann herausgefunden, dass unsere Nachkommen, die Hydraianer, tödliches Blut in sich tragen, das uns zerstören könnte. Ich will nicht zu sehr ins Detail gehen, aber damals sind eine Menge Unsterbliche ums Leben gekommen.«

Lizzie war nicht imstande, einen klaren Satz zu formulieren. All das klang so wirklich und doch so unwahrscheinlich.

Hydraianer?

Fand Kiel Gefallen daran, Worte zu erfinden?

Doch Jayson hatte heute Morgen ein Wort benutzt, das so ähnlich geklungen hatte. Hydria, oder nicht? Der Ort, an dem Jacque und Grace lebten?

Sie riss die Augen auf. War es möglich, dass der Begriff *Hydraianer* von dem Wort *Hydria* abstammte?

Sie schüttelte den Kopf. All das war zu viel für sie. Sie wäre ein Fall für die Psychiatrie, wenn sie diesem Irrsinn Glauben schenkte.

Dennoch … Mit seiner Aussage über die CRF und ihre Abneigung gegen die Firma hatte Kiel ins Schwarze getroffen, obwohl seine beiläufige Bemerkung darüber, dass er sie beobachtet hatte, ihr Angst machte. Und er wusste Dinge über Stas …

Lizzie gab der Versuchung nach und wandte sich um, um

einen Blick auf die Nischen unter ihnen zu werfen. Sie konnte nichts Ungewöhnliches erkennen, sondern sah nur ein herumknutschendes Pärchen.

Sie kniff die Augen zusammen, als die Lichter über ihnen aufblitzten und sie beleuchteten.

Ist das etwa …

Sie bedeckte ihren Mund mit einer Hand. Ein dunkelhaariger Kopf.

Unter dem Tisch saß ein Mann, der seinen Kopf zwischen die nackten Beine der Frau geschoben hatte und seinen Mund an die Innenseite ihres Schenkels presste. Lizzie erwartete, dass er weiter nach oben wanderte, doch das tat er nicht.

Der Körper der Frau schien wie erstarrt zu sein, als der Mann neben ihr seinen Mund an ihren Hals führte, um das Rinnsal aus Blut aufzulecken, das aus ihrer Wunde floss.

Lizzie sprang auf und legte ihre Hände an die Glasscheibe, um um Hilfe zu rufen, als sie erkannte, dass sich in der Nische neben ihnen eine ähnliche Szene abspielte. Und in der Nische dahinter ebenso.

»Oh Gott …« *Cam und Kristin* … Sie musste sie finden und sie warnen.

»Ihren Freundinnen wird nichts geschehen«, murmelte Kiel. »Zach und Lars werden sie vielleicht für einen Snack verköstigen, doch ich habe sie angewiesen, die Mädchen danach sicher nach Hause zu bringen.«

»Warum?« *Warum würde er das tun?*

»Sehen Sie es einfach als ein Zeichen meines guten Willens«, erwiderte er. »Außerdem verlassen die meisten Sterblichen diesen Klub mit Erinnerungen an einen euphorischen Abend, das ist alles. Dadurch sorgen wir dafür, dass unsere Nahrungsmittelversorgung nicht versiegt, doch es gibt auch andere, die es vorziehen, sich auf einer Blutfarm zu nähren.«

Lizzie wandte sich zu ihm um, als er mit den Schultern zuckte.

»Ich kann beide Seiten der Argumentation verstehen, doch wir schweifen wieder vom Thema ab. Sollen wir uns jetzt über Tom unterhalten? Den Freund, den Sie beerdigt haben, der allerdings sehr lebendig ist?«

Ihre Knie wurden weich und sie setzte sich wieder ihm gegenüber auf ihren Platz. Vor zehn Minuten hatte sie ihn noch als grausam beschimpft, weil er die Möglichkeit überhaupt angesprochen hatte, doch jetzt verspürte sie einen Anflug von Hoffnung, der jedoch sofort einer tiefen Traurigkeit wich.

Würde Tom zulassen, dass sie seinen Verlust betrauerte, während er ein Leben ohne sie führte?

Sie waren Freunde. Sie hatte ihn geliebt.

Warum würde er ihr so etwas antun?

»Nur um eines klarzustellen, Hydraianer sind das Resultat eines ichorianischen Vaters, der es mit einer sterblichen Frau getrieben hat. Ihr Freund Tom entstammt seinem ichorianischen Vater Jonathan Fitzgerald, der sich mit einer menschlichen Frau namens Anna gepaart hat.«

Kiel streckte den Arm über die Lehne des Sitzes aus und trommelte mit seinen langen Fingern einen Rhythmus, den sie nicht hören konnte, da ihr immer noch das Blut in den Ohren rauschte.

Tom ist nicht menschlich? John ist ein Ichorianer?

Das ist … Nein.

Es ist lächerlich und nicht real.

Nur eine gut durchdachte Geschichte. Eine List.

»Tom hat gemeinsam mit einer Handvoll Hydraianern und ein paar Ichorianern draußen im Wald in der Nähe der alten Blockhütte seiner Mutter ein Täuschungsmanöver inszeniert. Sein Vater glaubt, dass einer der Sentinels Tom mit einer Feuerkugel erschossen hat, doch es war alles nur eine Illusion, die von Issac Wakefield sorgfältig eingefädelt wurde.«

»Issac?«, wiederholte sie. *Er hat ebenfalls etwas damit zu tun?*

»Er ist ein Ichorianer, was ich in etwa einer Minute beweisen werde, und er hat dabei geholfen, das Leben Ihres Freundes zu retten. Ich nehme an, dass er es Astasiya zuliebe getan hat, da er von dieser talentierten Frau sehr angetan ist. Nun, da haben Sie es. Tom ist am Leben und wohnt in Hydria. Und ja, Stas weiß ebenfalls Bescheid. Und hier schließt sich der Kreis, nicht wahr? Und warum haben sie das alles vor Ihnen geheim gehalten? Ich habe da meine Theorien, doch dafür bleibt uns leider keine Zeit mehr.«

»Tatsächlich?«

»Durchaus.« Er zeigte mit dem Kopf in Richtung Bar. »Ihre Rettungsmannschaft ist eingetroffen, und sogar zehn Minuten früher, als ich erwartet habe. Ich bin beeindruckt.«

Lizzie folgte seinem Blick und sah Issac, der gefolgt von zwei weiteren Männern im Anzug die Treppe zum VIP-Bereich erklomm. Issac schenkte dem Barkeeper ein vertrautes Grinsen und nickte einigen anderen Gästen zu, die die Geste erwiderten.

Das ist der Beweis. Kiel hatte ihr gesagt, dass Issac ein Ichorianer war. Er kannte die Mitglieder des Klubs.

Sie hätte es seinem Status als Milliardär zuschreiben und behaupten können, dass er all die Leute nur durch seine Beziehungen zur gesellschaftlichen Oberschicht kannte. Lizzie erkannte jedoch keinen Einzigen von ihnen und sie war durchaus vertraut mit der Elite von New York.

Das Arcadia strahlte eine Atmosphäre von Opulenz und altem Wohlstand aus, der sich ihr allein aufgrund ihrer Erziehung offenbarte. Dennoch war ihr lediglich der Mann bekannt, der auf ihre Kapsel zuging.

»Lizzie, wenn Ihnen Ihr Leben lieb ist, dann verhalten Sie sich ruhig. Ich habe nicht vor, Ihnen Schaden zuzufügen, doch ich kann nicht für die anderen hier im Klub sprechen. Wenn Sie eine Szene machen, dann werden sie Sie zum Schweigen bringen und dabei werden sie nicht zimperlich sein.«

Ihr gefror das Blut in den Adern und sie erstarrte, als das Glas zurück nach oben in die Decke fuhr.

Selbst wenn sie hätte schreien wollen, hätte sie es nicht gekonnt. Ihre Atemwege brannten durch den Sauerstoffmangel.

Ein Teil von ihr dachte, dass dies vielleicht nur ein schlechter Traum war, doch Ezekiel war die ganze Zeit so ruhig und gefasst gewesen. Er war der Überbringer von Informationen, die er ihr bündig und aufrichtig übermittelt hatte. Doch was wollte er damit bezwecken? Wollte er sie in Angst und Schrecken versetzen? Sie beschwichtigen? Oder sie belehren? Sie wusste es nicht.

Als das Gehäuse um sie herum verschwand, zitterte sie. Ihr fröstelte jedoch nicht wegen der Luft, sondern weil sie sich völlig ungeschützt fühlte.

Kiel hatte ihr alles in einer schalldichten Kabine erzählt, weil er sie schützen wollte, falls sie reagierte.

Aber warum?

Er machte sich ganz offensichtlich nichts aus ihr. Was war also seine Absicht?

Er wollte Jayson verärgern.

Weil Jayson nicht wollte, dass sie die Wahrheit kannte. Keiner von ihnen wollte es, einschließlich Issac und Stas.

Und Tom.

Sie verspürte einen Stich im Herzen, als sie sich des Verrats bewusst wurde.

Alle außer ihr wussten Bescheid.

»Guten Abend, Issac«, sagte Kiel zur Begrüßung. »Willst du dich nicht auf einen Drink zu uns setzen?«

Issac ließ sich neben Lizzie in die Nische gleiten, wobei er mit dem Oberschenkel ihr erstarrtes Bein streifte. Er legte die Fingerspitzen auf dem Tisch aufeinander und fixierte Kiel.

»Ich will nicht respektlos erscheinen, Ezekiel, aber wenn du Elizabeth nicht sofort freilässt, werde ich gezwungen sein, in ihrem Interesse zu reagieren.«

Die unterschwellige Drohung in seiner Stimme sandte ihr einen Schauer über den Rücken.

Er klang wie ein Raubtier.

Ein Verbrecher.

Ein Vampir.

Sie biss sich auf die Unterlippe, um nicht aufzuspringen, doch die Angst schnürte ihr die Brust zu und drohte aus ihr herauszubrechen.

Denn ihre Mitbewohnerin und beste Freundin war mit einem Monster zusammen, das völlig entspannt durch diesen Klub marschierte, in dem sie Blut in Tassen servierten und ein Stockwerk tiefer Arterien anzapften.

Wie konnte Stas all das vor ihr verheimlichen?

»Hm, ich würde sagen, dass es in ihrem Interesse wäre, wenn du gar nicht reagierst«, erwiderte Kiel, als er seine Tasse leerte. Er schob sie mit einem Lächeln beiseite. »Nun, wenn dir der Sinn nicht nach einem Drink steht, wie wäre es dann mit einem Spaziergang?« Er warf einen Blick auf die beiden Männer, die neben der Nische Wache hielten, bevor er sich wieder an Issac wandte.

»Es genügt, wenn wir zu dritt gehen.« Er bedachte Lizzie mit einem Lächeln. »Ich nehme an, Sie hätten nichts gegen ein wenig frische Luft einzuwenden, Schätzchen, habe ich recht?«

Sie formte eine Antwort mit den Lippen, doch sie war nicht imstande, ihr mit ihrer Stimme Ausdruck zu verleihen. Wenn er sie nach draußen führen wollte, dann würde sie sich nicht dagegen wehren. Sie würde alles tun, um diesen furchtbaren Ort zu verlassen.

»Ich würde sagen, dass es ihre Art ist, uns ihr Einverständnis zu geben«, sagte Kiel. »Wollen wir?«

Issac stand auf und nickte seinen beiden Freunden zu, dann streckte er Lizzie eine Hand entgegen.

Vor zwei Tagen hätte sie sie ergriffen.

Vielleicht sogar vor einer Stunde.

Doch jetzt?

Ausgeschlossen.

Vielleicht war Kiel ein Verrückter mit einer blühenden Fantasie.

Vielleicht würde sie in fünf Minuten aufwachen.

Vielleicht existierten Einhörner tatsächlich.

Sie wusste es nicht, doch einer Sache war sie sich sicher: Sie vertraute Issac Wakefield nicht. Oder Tom Fitzgerald. Oder Jayson Masters. Oder Stas Davenport.

Ich bin völlig allein.

»Was hast du ihr angetan?«, wollte Issac von Kiel wissen.

»Wir haben nur eine Märchenstunde genossen, während du auf dem Weg hierher warst. Aber wir sollten diese Unterhaltung draußen fortführen. Mir würde es sehr missfallen, wenn wir die Aufmerksamkeit eines bedeutenden Mitglieds auf uns ziehen.«

Issac ballte eine Hand zur Faust und ließ sie seitlich an seinem Körper hängen. »Das ist wahr«, knurrte er, als er einen Schritt zur Seite machte, um Lizzie ausreichend Platz zu lassen, um die Nische zu verlassen.

Mit zitternden Beinen setzte sie vorsichtig einen Fuß vor den anderen. All der Tanzunterricht konnte ihr heute Abend nicht helfen. Sie taumelte aus der Nische wie eine alte gebrechliche Frau, die ihre Glieder jahrelang vernachlässigt hatte.

Kiel stellte sich neben sie, wobei die Wärme seines Körpers ihr in dem eiskalten Klub eine Form der Geborgenheit bot.

Was sagte das über ihre Zurechnungsfähigkeit aus?

Sie vertraute dem einen Mann, dem sie eigentlich misstrauen sollte, doch er hatte ihr die Wahrheit gesagt.

Er hatte auch erwähnt, ein Attentäter zu sein.

Meine Güte … Sie wusste nicht, wie sie von diesem Moment an in die Zukunft blicken sollte. Wenn all das wahr war, würde sie … Wie könnte sie …

Lizzie lief ein Schauer über den Rücken.

Was sollte sie jetzt tun?

Kiel hatte gerade erst begonnen, über die CRF zu sprechen, doch seine kurze Ausführung hatte ihre schlimmsten Ängste bestätigt. Dort wohnte das Böse. Er hatte angedeutet, dass sie einen Grund haben sollte, sich vor der Firma zu fürchten, war aber nicht näher darauf eingegangen.

Dafür hatten sie jetzt keine Zeit.

Er führte sie die Treppe hinab und sie folgte ihm wie ferngesteuert auf wackeligen Beinen, während Issac direkt hinter ihr blieb.

Die Körper, die sich auf der Tanzfläche wanden, zogen genauso wie die Bar in einem Nebel an ihr vorbei.

Sie machte sich nicht die Mühe, nach Cam und Kristin Ausschau zu halten.

Was hätte sie tun können? Hätte sie ihnen irgendetwas über Vampire ins Gesicht schreien sollen? Sie hätten sie nur ausgelacht und Lizzie selbst wäre wahrscheinlich gestorben.

Kiel hatte ihr versichert, dass ihnen nichts zustoßen würde. Sie wollte ihm glauben, bisher hatte er sie noch nicht belogen. Selbst im Café hatte er ihr die Wahrheit gesagt.

Babylon.

Er hatte tatsächlich von der Stadt gesprochen, die vor Tausenden von Jahren existiert hatte.

Wie konnte sie so etwas nur glauben?

Jayson ist genauso alt, vielleicht sogar noch älter …

Ihr Verstand konnte die Information einfach nicht

verarbeiten. Sie wollte es nicht begreifen. Sie hatte eine leidenschaftliche Nacht mit … mit … einer wandelnden Mumie verbracht.

Oder einem Gott, dachte sie. Doch dadurch fühlte sie sich auch nicht besser.

Sie spürte einen Druck auf ihren Tränendrüsen, doch sie konnte nicht weinen. Der Schock hatte sie unbrauchbar gemacht.

»Ah, es ist ein schöner Abend für einen Spaziergang«, verkündete Kiel, als sie ins Freie traten. Er blickte zum Himmel hinauf. »Herrlich. Lasst uns in diese Richtung schlendern.«

Issac ging mit Lizzie gleichauf, berührte sie jedoch nicht. Sie folgte Kiel wie ferngesteuert und ließ sich wie eine Marionette an einem unsichtbaren Faden hinter ihm herziehen.

Sie gingen zwei Häuserblock weit, bevor Issac das Wort ergriff. »Welches Spiel spielen wir hier, Ezekiel?«

»Warum muss denn alles zu meinem Vergnügen sein? Vielleicht will ich euch nur helfen.«

»Das bezweifle ich.«

Er lachte. »Da könntest du recht haben, aber ich bin nicht derjenige, der ein Spiel spielt. Vielmehr bist du das und ich möchte hinzufügen, dass du mit dem Feuer spielst.«

Issac gähnte und steckte die Hände in die Hosentaschen. »Deine Rätsel langweilen mich.«

»Tatsächlich?« Kiel blieb schließlich stehen und drehte sich um, wobei er sich an die Wand des Gebäudes neben ihm lehnte. »Wie wäre es stattdessen, wenn ich dir einen Vorschlag unterbreite?« Er kreuzte die Fußknöchel übereinander, während seine gold gesprenkelten Augen einen ernsten Ausdruck annahmen. »Schafft Astasiya aus der Stadt, bevor das Konklave hinter ihre Geheimnisse kommt. Und ich meine damit nicht ihre Ausbildung zum Sentinel.«

Die Luft zwischen den beiden Männern schien zu vereisen, während Lizzie nach Atem rang. Es war alles zu viel für sie. Die unterschwelligen Drohungen, die Bemerkungen zur Unsterblichkeit, die Erkenntnis, dass alle sie angelogen hatten …

Bedeute ich ihnen wirklich so wenig?

»Warum hast du nichts unternommen?«, fragte Issac mit gedämpfter Stimme, in der ein bedrohlicher Unterton mitschwang. Lizzie bekam eine Gänsehaut.

Er ist gefährlich.

Ein Raubtier.

»Ich habe meine Gründe«, antwortete Ezekiel, als er sich von der Wand abstieß. Er fixierte Lizzie mit seinem Blick, der ihr einen Schauer über den Rücken sandte.

Lauf weg.

Aber wohin soll ich gehen?

Sie konnte niemandem vertrauen.

»Wir werden uns bald wiedersehen, Schätzchen, wobei ich allerdings befürchte, dass unser nächstes Treffen unter weniger angenehmen Umständen stattfinden wird.« Er schaffte es, reuevoll und zugleich ungerührt zu klingen, und sie wusste nicht, wie sie darauf reagieren sollte.

»Viel Spaß dabei, es wieder geradezubiegen, Jedrick«, fügte er hinzu, als er mit einer flinken Bewegung etwas auffing, das eine Sekunde später seine Nase getroffen hätte. »Ein weiteres Andenken. Wie aufmerksam.« Er steckte den metallenen Gegenstand in seine Jacke und verschwand im Dunkel eines Schattens.

Buchstäblich.

Lizzie stand der Mund offen, als sie Zeuge dieses übersinnlichen Vorfalls wurde, dann sackte sie zusammen. Issac schlang einen Arm um ihre Taille, um ihren Fall zu bremsen, doch sie wirbelte instinktiv herum und prallte mit dem Rücken gegen die Wand, während sie versuchte, Kiel ausfindig zu machen.

»Wo … Wie …« Gerade war er noch vor ihr hergelaufen, um im nächsten Moment von der Dunkelheit umhüllt in der Nacht zu verschwinden.

Inmitten von New York.

Auf der Straße.

Wie war das möglich?

»Lizzie.« Als sie Stas' Stimme hörte, wandte sie sich nach links und sah, wie sie gemeinsam mit Jayson und Jacque, den sie gestern Abend getroffen hatte, auf sie zukam.

»Ezekiel hat geredet«, sagte Issac mit ausdrucksloser Stimme. »Ich bin mir nicht sicher, wie viel er ihr verraten hat, aber es war offenbar genug.«

Lizzie taumelte rückwärts, als Stas eine Hand nach ihr ausstreckte. »Oh, Liz …«

Lizzie blickte ihrer besten Freundin in die Augen. Sie kannte die Frau seit sieben Jahren.

Sie hatte ihr vertraut.

Und sie geliebt.

»Sag mir«, flüsterte Lizzie, denn sie musste es wissen, »sag mir, dass es nicht wahr ist.« Sie hatte gerade mit angesehen, wie sich ein Mann vor ihren Augen in Luft aufgelöst hatte, verdammt noch mal. Doch es konnte nur eine Illusion sein.

All die Dinge, die Kiel ihr erzählt hatte, waren sicher gelogen, oder?

Es gab keine Vampire.

»Sag mir, dass es eine Lüge ist«, wiederholte sie, wobei ihre Stimme noch verzweifelter klang als zuvor. »Sag mir, dass er wahnsinnig ist. Bitte.«

Stas warf einen Blick auf Issac, wobei sie den Mund öffnete und wieder schloss, während Lizzies Herz wild in ihrer Brust hämmerte.

Oh Gott.

Ihre beste Freundin würde ihr doch so etwas nicht verheimlichen, nicht wahr?

Nein.

Es war unmöglich.

Doch selbst Ezekiel sagte …

»Ist Tom am Leben?« Lizzies Stimme war nur noch ein Krächzen und klang selbst in ihren eigenen Ohren fremd. »Ist es wahr? Ist all das wahr?«

Stas schluckte sichtbar.

Und dann nickte sie.

»Er ist …« Stas hielt inne und räusperte sich. »Ja. Tom ist am Leben.«

»Und Issac ist ein Vampir?«, fragte sie mit schriller Stimme. »Und Jayson …«

Meine Güte, sie konnte nichts mehr sagen.

Es war Wahnsinn.

Absoluter Wahnsinn.

Stas machte einen Schritt auf sie zu. »Liz …«

Nein!

Lizzies Hand schien ein Eigenleben zu entwickeln, als sie mit einem Knall auf Stas' Wange landete.

Es fühlte sich gut an, etwas oder vielmehr jemanden zu schlagen. Sie wollte es noch einmal tun, nur fester.

Alle hatten sie angelogen.

Alle.

»Das habe ich verdient«, murmelte Stas. »Aber, Liz …«

Lizzie ließ sie mit einem Schrei verstummen. Er hatte sich stundenlang, tagelang, vielleicht sogar monatelang in ihrer Brust aufgebaut und explodierte mit einer Wucht, die sie nicht mehr aufhalten konnte.

Alles platzte aus ihr heraus.

Qualen.

Angst.

Wut.

Kummer.

Schmerz.

All die Empfindungen fanden in diesem einen Moment ihren Höhepunkt und sie konnte sie nicht länger zurückhalten, als sie auf dem Bürgersteig zusammenbrach. Sie wollte einfach nur alles herausschreien.

Und das tat sie.

Immer und immer und immer wieder.

Bis sie von einem seltsamen Gefühl ergriffen wurde.

Es rauschte in ihren Ohren.

Es riss sie aus ihrer Verzweiflung und zog sie in einen Bann aus tanzendem Licht und unwirklichen Klängen.

Dann landete sie in einer anderen Realität.

Plötzlich befand sie sich an einem Strand. In der Dunkelheit konnte sie die Wellen in der Ferne rauschen hören.

»Es ist alles gut, Rotschopf«, murmelte Jayson. »Es wird alles gut werden.«

Was geschah mit ihr? Träumte sie? Oder war sie in einer anderen Dimension gelandet? Sie öffnete den Mund, um ihn zu fragen, doch dann wurde sie wie aus dem Nichts von einer unsäglichen Müdigkeit übermannt.

»Sie braucht Ruhe«, sagte Issac als Antwort auf etwas. Vielleicht eine Frage? Etwas, was Jayson ... vielleicht ...

Oh, aber Schlaf klang verlockend.

Ein Albtraum. Das war alles. Sie würde morgen erwachen und alles wäre in bester Ordnung.

Ja.

»Ich bin bei dir«, flüsterte Jayson, als sie von Wärme umhüllt wurde.

Sie schwebte.

Durch eine sternenlose Nacht.

Durch den Himmel.

Kapitel Vierzehn

War alles nur ein Traum?

Der akademische Lehrplan des Testobjekts stellt keine hinreichende Herausforderung dar. Es wird vorgeschlagen, zukünftige Durchläufe während der Entwicklungsphase einem weniger strengen akademischen Schema zu unterwerfen.

Eintrag 119.04.4-7

»Es wird alles gut werden«, flüsterte Jayson, als er sie in sein Bett legte. Niemand hatte irgendwelche Einwände erhoben, als er sie in sein Schlafzimmer getragen hatte, nicht einmal Stas. Er strich ihr eine rote Haarsträhne hinters Ohr und presste seine Lippen auf ihre Stirn. Er küsste sie eine Sekunde länger, als nötig gewesen wäre, doch er konnte nicht anders.

Sie ist in Sicherheit.

»Ich werde dich nie wieder schutzlos zurücklassen«, schwor er. Sie konnte ihn nicht hören, doch das war nicht wichtig. Er richtete das Versprechen eher an sich selbst als an sie, denn er nahm an, dass sie nichts mehr mit ihm zu tun haben wollte, wenn sie wieder erwachte.

Und diese Erkenntnis schmerzte um einiges mehr, als er je erwartet hätte.

Er strich mit den Fingerknöcheln über ihre Wange und ging widerwillig zu den anderen ins Wohnzimmer. Amelia und Tom saßen mit finsterer Miene auf dem kleinen Sofa. Stas stand in einer Ecke und hatte ihr Gesicht an Issacs Brust vergraben, während Luc in Jaysons Lieblingssessel saß und an einer Tasse Tee nippte.

Balthazar kam mit zwei Flaschen Bier in den Händen ins Zimmer und reichte Jayson eine davon. »Ich dachte, du könntest einen Drink vertragen.«

Alkohol hatte zwar keinerlei Auswirkungen auf Unsterbliche, aber er nahm die Flasche dennoch entgegen. Gegen eine Erfrischung hatte er nichts einzuwenden.

»Das wird sie mir nie vergeben«, sagte Stas mit gedämpfter Stimme zu Issac, wobei ihre Worte durch die gespenstische Stille des Raumes getragen wurden. Selbst die stärkste Frau erlebte irgendwann einen Moment der Schwäche und für Stas war er jetzt gekommen.

Die Wut und der Schmerz, die Lizzie empfunden hatte, waren für sie alle fühlbar gewesen. Und dieser Schrei … Dieser Klang würde Jayson noch in seinen Albträumen verfolgen. Alle ihre Qualen und ihr Kummer hatten sich in diesem schrillen Klagelaut entladen, der sie alle hatte treffen sollen. Bei der Erinnerung zuckte er innerlich zusammen und rieb sich instinktiv über die Brust. Doch dadurch konnte er diesen seltsamen Schmerz auch nicht vertreiben, der tief in seinem Inneren immer weiter anschwoll.

Stas war nicht die Einzige, die um Lizzies Vergebung bangte. Es war nie sein Entschluss gewesen, sie im Dunkeln zu lassen, doch er hatte sich unter falschem Vorwand auf eine Beziehung mit ihr eingelassen, was ihn im Grunde zu einem Arschloch machte.

»Also gut. Wir müssen in Erfahrung bringen, was genau

Ezekiel ihr erzählt hat. Offensichtlich hat er Tom und Issac erwähnt, doch was hat er sonst noch gesagt?« Luc stellte seine Tasse beiseite. »Ich bin dafür, dass wir sie wecken.«

»Sie wird schreien«, warnte Jacque sie, als er plötzlich hinter dem Sessel erschien. Er musste von der Küche aus zugehört haben. »Und zwar ziemlich laut«, fügte der Teleporter schaudernd hinzu.

Luc zuckte mit einer Schulter. »Darum kann B sich kümmern.«

»Das können wir nicht tun«, sagte Stas, deren Stimme die übliche Selbstsicherheit vermissen ließ. Sie löste sich aus Issacs Umarmung und wandte sich mit müden, grünen Augen an Luc. »Wir haben ihr alles andere genommen, wir können ihr nicht auch noch ihren Schmerz nehmen. Sie hat es verdient, ihn zu empfinden, und wir haben es verdient, mit ihr zu leiden.«

Jayson rieb sich mit einer Hand übers Gesicht und seufzte. Stas hatte recht. Wenn sie Lizzies Emotionen abstumpften, würden sie ihr wieder eine Wahl nehmen, und sie hatten wahrlich schon genug Unheil angerichtet.

»Wie dem auch sei, wir werden nichts erreichen, wenn wir sie in einem Koma lassen.« Luc warf Issac einen fragenden Blick zu. »Es sei denn, du sprichst in ihren Träumen zu ihr?«

»Wenn ich davon ausgehe, wie sie im Arcadia auf mich reagiert hat, wäre das für sie wohl eher ein Albtraum als ein Traum«, erwiderte der Ichorianer.

Im Wohnzimmer breitete sich eine Stille aus.

Sie hatten sich zuvor alle darauf geeinigt, Lizzie sanft an die Materie heranzuführen, doch das war nun nicht mehr möglich. Ezekiel hatte Lizzie ohne Rettungsweste ins kalte Wasser geworfen und von ihr erwartet, dass sie schwimmen konnte.

Verdammter Scheißkerl. Ezekiel hatte sie zwar körperlich nicht verletzt, doch mental hatte er ihr einen gehörigen Schaden zugefügt.

»Ich stimme Luc zu.« In Toms Stimme schwang ein düsterer Unterton mit, der die Stimmung im Raum widerspiegelte. »Wir haben ihr wirklich genug wehgetan. Es wird Zeit, dass wir uns den Konsequenzen unserer Entscheidungen stellen.«

»Du wolltest sie nur beschützen«, sagte Amelia mit gedämpfter Stimme, als sie Tom eine Hand auf die Brust legte.

»Möglicherweise, aber sie wird es nicht so sehen.« Tom gab ihr einen Kuss auf die Wange und stand auf. »Wir sollten sie wecken. Ich bin bereit.«

»Ich aber nicht«, flüsterte Stas. »Du hättest sehen sollen, wie sie mich angeschaut hat.«

»Ich würde sagen, dass dieser Blick nichts ist im Vergleich zu dem, wie sie sich gegenüber Thomas verhalten wird«, sagte Issac.

»Danke, Kumpel«, erwiderte Tom mit vorgetäuschter Aufrichtigkeit.

Issac zuckte nur ungerührt mit den Schultern.

»Ich habe eine Idee«, sagte Balthazar. »Dadurch wird sie nicht ganz so aufgebracht sein, wenn sie erwacht, und wir werden nicht gezwungen sein, ihr irgendwelche Entscheidungen abzunehmen. Außerdem könnten wir vielleicht mehr darüber in Erfahrung bringen, was Ezekiel ihr erzählt hat.«

Alle starrten ihn an und warteten darauf, dass er den Gedanken weiter ausführte. »Aber es wird nur funktionieren, wenn Jayson sich der Herausforderung stellt«, fügte Balthazar hinzu, als er Jayson mit einem vielsagenden Blick bedachte, den er nur zu gut kannte.

Jedes Mal wenn Balthazar eine Herausforderung erwähnte, endete sie immer positiv, doch in Lizzies Fall war das nicht zu erwarten. Es wäre keine leichte Aufgabe, bei der er am Ende vielleicht sogar verletzt werden würde, und sein Freund fragte ihn nun mit einem Blick, ob er glaubte, ihr gewachsen zu sein.

Jayson stellte sein Bier auf dem Couchtisch ab und zog eine Augenbraue in die Höhe. »Woran hast du gedacht, B?«

~

Lizzie schwebte in einer Wolke aus männlichem Zederntuft und Hitze. Sie streckte die Beine aus und streifte dabei ein Seidenlaken, während sie sich noch dichter an das muskulöse Kissen unter ihrem Kopf schmiegte.

Jayson, dachte sie mit einem Lächeln und runzelte dann die Stirn, als ihre Erinnerung bruchstückhaft zurückkehrte.

Das Arcadia und Kiel, der ihr Geschichten über Unsterblichkeit und Blut erzählte. Sie setzte sich mit einem Ruck auf und blinzelte in die Dunkelheit hinein.

»Rotschopf?«, murmelte Jayson mit verschlafener Stimme.

Sie versuchte, einen klaren Gedanken zu fassen.

Wie war sie in diesem Bett gelandet?

Es sei denn …

War alles nur ein Traum gewesen?

Lizzie strich sich über die Kleider an ihrem Körper. Boxershorts und ein T-Shirt, das ihr zu groß war. Ihre Füße waren nackt. Sie trug weder weiße Kleider noch Stiefel.

Sie spürte, wie eine warme Hand über ihren Rücken streichelte, als Jayson sich neben ihr aufsetzte. »Ist alles in Ordnung?«, fragte er mit einer tiefen, sinnlichen Stimme.

»Ich …« Sie leckte sich die Lippen. »Ich weiß es nicht.« Alles hatte sich so real angefühlt, bis auf den letzten Teil, als sie von einem Rauschen und Dunkelheit umhüllt worden war. Vielleicht war es das Ende eines Albtraums gewesen?

Sie wandte sich um und legte eine Hand auf seine nackte

Brust. Okay, das war zweifellos real. Sie ließ ihre Fingerspitzen über seine Muskeln bis hinunter zu seinem Bauch wandern, bevor sie ihre Hand neben ihren Körper legte.

»Ich hatte einen merkwürdigen Traum«, sagte sie. *Zumindest glaube ich, dass es ein Traum war.*

War alles nur ihrer Fantasie entsprungen? Lizzie hatte zwar manchmal die verrücktesten Gedanken, doch das schien selbst für sie ein wenig übertrieben zu sein.

»Wovon hast du denn geträumt?«, fragte er und gähnte. Er ließ seine Hand beruhigend über ihren Rücken kreisen und löste auch den Rest ihrer Anspannung. Sie schmiegte sich an ihn, wobei sie mehr als nur Trost suchte. Der Traum hatte sie ziemlich aufgewühlt.

»Du wirst sicher glauben, dass ich verrückt bin«, sagte sie und schüttelte den Kopf. Er glitt mit seiner Hand auf ihre Schulter und begann, sie mit magischen Fingern zu massieren. »Das fühlt sich gut an.«

»Hier.« Er zog sie an sich, sodass sie zwischen seinen Beinen lag und er mit beiden Händen ihren oberen Rücken kneten konnte. »Und jetzt erzähle mir von deinem seltsamen Traum und ich werde dir sagen, ob du tatsächlich verrückt geworden bist.«

Sowohl seine Worte als auch seine geschickten Hände ließen sie aufstöhnen. Lizzie hatte nicht gewusst, dass sie derart verspannt war. Der Traum hatte sie offenbar wirklich erschüttert. Vielleicht würde es helfen, wenn sie darüber sprach.

Aber sie würde ihm nicht alles erzählen.

Mit keinem Wort erwähnte sie die unheilvolle Unterhaltung beim Frühstück oder die Pfannkuchen und kam gleich auf die Halloweenparty im Arcadia zu sprechen.

»Es war eigentlich alles ganz normal, bis Kiel plötzlich auftauchte«, murmelte Lizzie. »Seine Freunde haben Cam und Kristin zum Tanzen aufgefordert. Dann hat Kiel mich gefragt, ob ich gern mehr über eure Welt erfahren würde.« Es war eine seltsame Formulierung gewesen, die sie selbst nie gebrauchen würde, doch Kiel hatte sie in ihrem Traum wiederholt ausgesprochen.

Es sei denn, es war überhaupt kein Traum.

Jayson zog an einer Strähne ihres Haares. »Lass mich nicht hängen, Rotschopf. Was hat er denn über unsere Welt erzählt?«

Genau. Ein Albtraum. Sonst nichts.

Sie räusperte sich. »Äh, nun, er hat mir eine Geschichte über seine Kindheit in Babylon erzählt und meinte dabei die altertümliche Stadt.« Offenbar hatte sie diese Information ihrer Unterhaltung mit Kiel im Café entnommen. »Dann sagte er, dass dein Vater ein Kriegsgott war. Er hat ihn einen ›Ichorianer‹ genannt. Wahrscheinlich habe ich mir diesen Ausdruck wegen seiner ursprünglichen Herkunft irgendwie im Kopf zusammengereimt, weil wir über Blut gesprochen haben. Du weißt schon, *Ichor* und *Ichorianer* klingen doch ziemlich ähnlich, nicht wahr?«

Aber war ihr Gespräch wirklich so verlaufen? Sie konnte sich nicht erinnern. Es war alles so verrückt gewesen und …

»Dir ist der Begriff *Ichor* geläufig?«, fragte er überrascht.

»Äh, ja. Ich habe in der Schule etwas darüber gelernt.« Warum sollte ihn das derart schockieren?

»Ichor«, wiederholte er ungläubig. »So etwas wird dir in einer Privatschule in New York beigebracht?«

»Ja, ich glaube, es stand an der Highschool auf dem Lehrplan.« Der Großteil ihres Wissens stammte aus unterschiedlichen Quellen, denn sie war wegen der Schönheitswettbewerbe viel gereist und hatte sich ihr Wissen nebenbei aneignen müssen. Lizzie konnte sich nicht daran erinnern, wann genau sie etwas gelernt hatte, aber sie hatte die Information in ihrem Kopf abgespeichert, und nur darauf kam es an.

»Wie dem auch sei, er hat etwas darüber gesagt, dass er mich bereits vor Stas kannte.« Lizzie schrieb diesen Teil ebenfalls ihrem Treffen im Café zu, da er Stas dort kurz begegnet war. »Danach hat Kiel vor meinen Augen Blut getrunken. Es war ekelhaft.« Ihr lief ein Schauer über den Rücken, als sie die Erinnerung wiederaufleben ließ.

»Und dann hat er dich einen unsterblichen ›Hydraianer‹ genannt.« Sie zwang sich zu einem Lachen. »Diesen Begriff habe ich vermutlich geschaffen, weil du erwähnt hast, dass Grace und Jacque aus Hydria stammen …« Sie verstummte, als ihr einfiel, *wann* er es gesagt hatte.

Während des katastrophalen Frühstücks.

Welches nie stattgefunden hatte …

»Ich bin für gewöhnlich nicht derart kreativ«, fügte sie verwirrt hinzu.

Jayson hatte Hydria nie erwähnt, doch Geographie war ebenfalls eines dieser Themen, das sie einfach nur verstand. Die kleine Insel im Ägäischen Meer gehörte zu Griechenland. Warum hatte sie jedoch ausgerechnet diesen Ort gewählt?

Sie konzentrierte sich schließlich auf ihre Umgebung jenseits der Seidenlaken und dem attraktiven Mann hinter ihr.

Etwas stimmte nicht. Es lag weder an der Temperatur noch an der Atmosphäre im Raum. Es war ohne Zweifel Jaysons Zimmer, aber …

Es ist viel zu still.

»Hier gibt es keine Verkehrsgeräusche«, erkannte sie. »Und du hast Vorhänge.« Sie reichten von der Decke bis zum Boden. Hatte sie sie vorher nur nicht gesehen? Sie war ziemlich beschäftigt gewesen, doch sie schienen irgendwie fehl am Platz zu sein. Als würde sich dahinter ein sehr großes Fenster verbergen und sie wusste, dass es solche Fenster in ihrem Wohngebäude nicht gab.

»Lizzie«, sagte Jayson, als er seine Hände über ihre Arme gleiten ließ, »ich muss dir etwas sagen.«

Sie konzentrierte sich auf die Seidenvorhänge und das Rascheln des Stoffs. *Frische Luft?* Unmöglich.

Er legte eine Hand auf ihr Kinn und neigte ihren Kopf zurück, bis ihre Blicke sich trafen. In der Dunkelheit des Zimmers glichen seine Augen zwei rätselhaften Kugeln. »Es tut mir leid.«

Ihr Magen verkrampfte sich, als sie den verdrießlichen Unterton in seiner Stimme hörte. »Warum?«, brachte sie mit trockenem Mund hervor.

»Weil es kein Traum war«, antwortete er. »Und soweit ich das beurteilen kann, hat Ezekiel dir die Wahrheit gesagt.«

Sie blinzelte. Seine Worte waren klar verständlich, doch sie konnte sie nicht gänzlich begreifen. »Du bist also …« Sie konnte den Satz nicht beenden. Es war nicht möglich. Er musste sie missverstanden haben.

»Ich bin ein Hydraianer und wir befinden uns in meinem Zimmer. In Hydria.«

Sie stieß sich von ihm ab. Er hielt sie nicht zurück und ließ seine Hände sinken. Sie kniete sich auf die Matratze und drehte sich ihm zu.

»In Griechenland.« Sie konnte nichts gegen die Skepsis in ihrer Stimme tun. »Du hast mich bewusstlos geschlagen und bist mit mir nach Griechenland geflogen?« Denn das Flughafenpersonal hätte sich sicher nicht daran gestört, wenn eine bewusstlose Frau außer Landes geflogen wurde. Nicht im Geringsten.

»Jacque hat dich hierher teleportiert. Er ist ebenfalls ein Hydraianer, genauso wie Balthazar und Grace.«

»Mach das Licht an«, forderte sie, denn sie brauchte Beweise.

Das Seidenlaken gab ein raschelndes Geräusch von sich, als er aufstand und eine Lampe neben dem Bett einschaltete. Ihr Blick fiel auf die Wände, die in einem kräftigen Cremeweiß getüncht waren. Die Möbel waren aus

Mahagoniholz gefertigt und an den Fenstern hingen leuchtend blaue Vorhänge, die in der nächtlichen Brise hin und her wehten.

»Es ist ein Balkon«, murmelte er, »von dem aus man die Ägäis überblickt.«

Lizzie kletterte aus dem Bett und ging zur Tür, denn sie musste es mit eigenen Augen sehen.

Die Türen hinter dem Vorhang waren geöffnet und sie trat in die Nacht hinaus. Am Himmel leuchteten unzählige Sterne und unter ihr rauschten die Wellen des Ozeans. Sie hielt sich an der Türkante fest, als ihre Knie weich wurden, und Jayson eilte zu ihr.

»Du bist … das …« Sie schluckte. Sie hob ihre freie Hand und führte sie an ihren Hals, als die Erinnerung an die Nischen im Arcadia sie einholte. »D-du trinkst Blut?«

»Nein«, sagte er leise. »Hydraianer brauchen den Lebenssaft der Sterblichen nicht, um zu überleben. Es ist einer der vielen Gründe, warum die Ichorianer uns hassen.« Er trat einen Schritt vor, stützte einen Ellbogen auf dem Geländer ab und ließ die Schultern hängen, als er in die Nacht hinausblickte. »Ich habe dich nur ein einziges Mal belogen, als ich dir von meiner Arbeit erzählt habe, Lizzie. Ansonsten war ich immer ehrlich zu dir, wobei ich dir allerdings einiges verschwiegen habe. Es war nicht meine Entscheidung, dir die Informationen vorzuenthalten. Ich weiß, dass es nur wie eine Ausrede klingt, aber es ist die Wahrheit.«

»I-ich verstehe nicht. Warum? Wie?« Schlagartig musste sie an all das denken, was Ezekiel ihr erzählt hatte, und sie krallte sich in die Türkante, um nicht zusammenzubrechen. Sie wusste nicht, ob sie weinen, schreien, davonlaufen oder springen sollte. All ihre Emotionen tobten in ihrem Inneren wie ein wütender Orkan.

»Wir sind keine Bedrohung für dich«, sagte er, als hätte er ihre wachsende Angst gespürt. »Tatsächlich ist das Gegenteil der Fall. Ich wurde nach New York geschickt, um dich zu beschützen.«

»Um mich zu beschützen?«, fragte sie mit schriller Stimme. »Wovor?«

»Vor der CRF.« Er drehte sich zu ihr um, um ihr in die Augen zu sehen, und lehnte sich gegen das Geländer. Seine nackte Brust leuchtete unter dem Sternenhimmel und verlieh ihm eine königliche Aura, die sie unter anderen Umständen sicher bewundert hätte.

»Ich habe die vergangenen zwei Monate versucht herauszufinden, was sie dir angetan haben, genauso wie Stas. Leider beschränken sich unsere Erkenntnisse bisher auf ein Minimum. Wir wollten dir diese Woche alles erzählen, um dich in unsere Forschungen mit einzuschließen, doch Ezekiel hatte andere Pläne.«

»Forschungen?«, wiederholte sie.

»Ja, wir wollen herausfinden, was sie dir als Kind angetan haben«, antwortete Jayson mit gedämpfter Stimme. »Hat Ezekiel dir erklärt, was die eigentliche Aufgabe eines Sentinels ist?«

Bei der Erwähnung der berühmten paramilitärischen Einheit schüttelte Lizzie den Kopf. Zum einen kannte sie die Antwort auf seine Frage nicht und zum anderen war ihr nicht begreiflich, was all das mit ihrer Kindheit zu tun hatte.

»Die humanitären Einsätze sind nur ein Deckmantel für etwas, das viel düsterer und tödlicher ist. Die Sentinels sind ausgebildet, abtrünnige Unsterbliche zu jagen und zu töten. Das schließt sowohl Hydraianer als auch Ichorianer mit ein. Jonathan Fitzgerald hat das Projekt ins Leben gerufen.«

»Kiel sagte, dass er ein Ichorianer ist«, flüsterte Lizzie, »genauso wie Issac.«

»Beide Aussagen sind wahr, doch während Jonathan ein Monster ist, ist Issac unser Verbündeter. Er hat gemeinsam mit Stas versucht, mehr über dich in Erfahrung zu bringen.«

Lizzie löste schließlich ihre Hand von der Tür, um sich die Arme zu reiben. Trotz der warmen Luft war ihr kalt. Sie fühlte sich so unglaublich einsam.

»Alle haben es gewusst«, murmelte sie, eher zu sich selbst als zu Jayson.

Sie alle hatten es ihr verschwiegen. Jayson, Issac, Stas, Tom … »Ist er hier?«, fragte sie. Kiel hatte ihr mitgeteilt, dass er noch am Leben war. Offenbar war alles andere wahr, was er ihr erzählt hatte, würde sich dieser Punkt also ebenfalls als zutreffend erweisen? »Ist Tom hier?«

»Ja«, antwortete Jayson leise. »Er ist im Wohnzimmer.« Sie nickte und setzte sich in Bewegung.

Lizzie machte sich nicht die Mühe, ihr Haar oder ihre Kleidung zu richten. Es war ihr egal, wie sie aussah. Nichts war noch von Bedeutung. Sie alle hatten sie angelogen, hatten ihr Dinge verschwiegen und zugelassen, dass sie ohne Beistand getrauert hatte. Waren diese Menschen überhaupt ihre Freunde?

Sie hatte schon vor Monaten bemerkt, dass Stas sich verändert hatte. Hatte sie damals die Wahrheit erfahren? Die ganze Zeit über hatte Lizzie sie unterstützt und war ihr eine *gute* Freundin gewesen, während Stas sie bei jeder Gelegenheit angelogen hatte.

Doch nichts davon war so schwerwiegend wie die größte Täuschung von allen.

Tom.

Seine Beerdigung hatte sie zerbrochen. Sie hatte tagelang allein in ihrem Zimmer um ihn geweint, weil Stas keine Zeit gehabt hatte und voll und ganz von ihrer Arbeit eingenommen war. Lizzie hatte geglaubt, dass ihre beste Freundin sich einfach nicht so viel aus Tom machte wie sie selbst, doch das war nicht der Fall gewesen. Stas hatte nicht getrauert, weil sie gewusst hatte, dass Tom noch am Leben war. Und niemand hatte es ihr gesagt.

Sie folgte dem Licht im Flur, bis sie in einen Raum voller Leute kam, die sie wiedererkannte. Im Moment schienen sie jedoch Fremde zu sein. Vor allem der Mann, der in der Mitte saß und sie mit einem besorgten Ausdruck im Gesicht beobachtete.

Sie konnte die Lügen in seinen braunen Augen sehen.

Sie hatte geglaubt, dass er sie zumindest ein bisschen liebte, doch die Tatsache, dass er jetzt vor ihr saß, bewies ihr, dass sie damit falschgelegen hatte.

Kein Mann würde wortlos dabei zusehen, wie seine Freundin derartige Schmerzen durchlitt, wenn sie ihm wirklich etwas bedeutete.

Doch dieser Mann hatte es getan.

Als Kind hatte sie ihn bewundert und geglaubt, dass sie ihn mehr als alles andere auf der Welt liebte.

Er hatte sie verraten.

»Lizzie«, flüsterte sie, als sie auf ihn zuging. »Ich bin …«

Ihre Faust traf seinen Kiefer mit einer Wucht, die ihn rückwärts taumeln ließ. Ein Teil von ihr empfand eine gewisse Befriedigung, während der andere Teil unter ihrem Kummer zusammenbrechen wollte. Denn sie hatte ihn berührt, und das machte ihn real und lebendig.

Alles war wahr. Sie hatte es im Grunde gewusst, doch da sie jetzt den Beweis dafür hatte, erhielt alles ein völlig neues Gewicht. »Wie konntest du nur?«, sagte sie verbittert, während ihr Tränen in die Augen stiegen und ihre Sicht verschwimmen ließen. *»Wie konntest du nur?«*

»Es war der einzige Weg, dich zu beschützen«, flüsterte Tom.

»John musste glauben, dass er tot ist«, sagte Stas, als sie versuchte, auf ihre Freundin zuzugehen, doch Lizzie warf ihr einen eisigen Blick zu, der sie erstarren ließ.

»Du hast es die ganze Zeit über gewusst und mir nichts gesagt.« In ihrer Stimme war nichts von der Wut zu hören, die in ihrem Inneren kochte, wofür sie ihre Erschöpfung verantwortlich machte. »Ich will nach Hause zurückkehren. In meine Wohnung. Um allein zu sein. Sofort.«

»Davon würde ich abraten«, sagte Issac mit gedämpfter Stimme. Er saß hinter einer braunhaarigen Frau, deren blaue Augen seinen zum Verwechseln ähnlich waren.

Seine Schwester, erkannte Lizzie. Issac hatte ihr vor ein paar Monaten beim Frühstück erzählt, dass sie tot war. »Alles war eine Lüge gewesen«, sagte sie und schüttelte den Kopf.

»Wir haben erst kürzlich herausgefunden, dass Amelia noch lebt«, sagte eine Stimme zu ihrer Linken. Balthazar legte den Kopf schief und beobachtete sie. »Als Issac dir von ihrem Tod erzählt hat, hat er daran geglaubt.«

»Er hat daran geglaubt … Aber Sie … Haben Sie gerade meine Gedanken gelesen?« Sie schüttelte den Kopf. »Vergessen Sie es. Natürlich können Sie meine Gedanken hören. Wahrscheinlich könnt ihr das alle.« Sie konnte den sarkastischen Unterton in ihrer Stimme nicht unterdrücken und stieß sogar ein hysterisches Lachen aus. »Bringt mich zurück nach New York.«

Issac verschränkte die Arme. »Wie ich schon sagte …«

»Es ist mir egal, was du gesagt hast«, blaffte Lizzie, deren Geduldsfaden endgültig gerissen war. »Ich habe für heute Abend genug gehört. Lasst mich gehen. Es sei denn, ich bin eine Geisel?«

»Natürlich nicht«, sagte ein blonder Mann, der in einem Sessel saß. »Sie sind unser Gast, solange Sie hierbleiben wollen.«

»Sie kann nicht zurückkehren«, flüsterte Stas. »Nicht, bis sie alles verstanden hat.«

»Du warst doch diejenige, die wollte, dass wir ihr eine Wahl lassen, oder etwa nicht?«, fragte der blonde Mann und zog eine Augenbraue in die Höhe. »Sie möchte nach Hause zurückkehren und ich würde vorschlagen, dass wir ihrem

Wunsch nachgeben.« Er stand auf. Seine Größe und sein muskulöser Körper erinnerten Lizzie ein wenig an Jayson. »Sie sind jederzeit herzlich willkommen, Elizabeth. Sie müssen uns nur rufen.« Mit diesen Worten verließ er das Haus.

»Ich hole Jacque«, murmelte Jayson. »Er kann dich nach Hause bringen.«

»Wir müssen darüber reden«, sagte Stas. »In der Wohnung bist du nicht sicher, Liz. Du verstehst das alles nicht.«

»Und wessen Schuld ist das?«, entgegnete Lizzie. »Ich will, dass du deine Sachen packst und bis Ende der Woche aus *meiner* Wohnung verschwunden bist. Du hältst dich ohnehin nicht oft dort auf. Vielleicht kannst du ja bei deinem Vampir oder bei John wohnen, aber wir beide sind fertig miteinander.«

»Lizzie, ich kann verstehen, dass du verletzt bist, aber du musst uns eine Chance geben, dir alles zu erklären.« Als sie den gebieterischen Unterton in Toms Stimme hörte, brachte sie das fast an den Rand des Wahnsinns.

»Diese Chance hast du verspielt, als ich dich beerdigt habe«, blaffte sie. »Du bist nur eine weitere Version dieses Menschen, und ich habe nicht den Wunsch, sie jemals kennenzulernen. Der Tom Fitzgerald, den ich geliebt habe, ist tot. Ganz ehrlich, ich schulde *dir* überhaupt nichts.«

Stas starrte sie mit offenem Mund an. »Lizzie.«

Lizzie würdigte sie keines Blickes. Es schmerzte zu sehr, sie anzusehen. »Ich will nach Hause zurückkehren«, sagte sie zum hundertsten Mal. »Ich bin es leid, angelogen und manipuliert zu werden. Es hat wohl nicht gereicht, dass ich die Wahrheit von Kiel erfahren musste, denn ihr habt mich noch ein weiteres Mal getäuscht, als ich vorhin aufgewacht bin. Außerdem habe ich das Gefühl, dass ich nicht von allein eingeschlafen bin. Ich bin fertig mit euch. *Bringt mich nach Hause.*«

»Okay, wir können los«, sagte Jayson.

Vier Worte.

Einerseits verstand sie sie, andererseits auch wieder nicht.

»Ich brauche keinen Babysitter, Jayson«, sagte Lizzie. »Du kannst hierbleiben. Ich komme auch allein zurecht.«

»Es ist nicht so wie …«

»Ach tatsächlich?«, entgegnete sie, bevor er den Satz beenden konnte. »Du hast doch selbst gesagt, dass du nach New York geschickt wurdest, um mich zu beschützen, nicht wahr? Und dann, als du nicht genug in Erfahrung bringen konntest, hast du dich mit mir angefreundet?« Sein Gesichtsausdruck bestätigte ihre Vermutung und ihr Herz, das bereits in Scherben lag, zersprang aufs Neue. »Das hättest du auch tun können, ohne noch einen zusätzlichen Nutzen daraus zu ziehen«, fügte sie leise hinzu.

Wie oft hatte er gesagt, dass sie nur Freunde waren? Jetzt wurde ihr klar, was er hatte tun wollen. Er hatte sie davon abhalten wollen, irgendwelche romantischen Gefühle für ihn zu entwickeln. Er hatte nie mit ihr schlafen wollen und hatte sich deshalb nur auf platonische Küsse beschränkt. Er hatte sie nur zufriedenstellen wollen, doch während seiner Party hatte sie die Dinge selbst in die Hand genommen und ihn geküsst, womit sie ihm keine andere Wahl gelassen hatte, als darauf zu reagieren.

Es war kein Wunder, dass er ihr den Sex verweigert und nicht zugelassen hatte, dass sie sich bei ihm revanchierte.

Er hatte sie nie gewollt. Sie war nicht mit den Frauen zu vergleichen, mit denen er sich normalerweise vergnügte, was seine Freunde deutlich zum Ausdruck gebracht hatten.

Für ihn war es einfach nur ein Job gewesen. Eine Verpflichtung.

Warum nur tat das von allem am meisten weh? Denn alles andere hatte sie bis zu diesem Punkt bereits zermürbt, oder lag es daran, dass er ihr bereits mehr bedeutete als sonst irgendjemand in ihrem Leben?

Ich bin eine Närrin.

Wie konnte sie je glauben, dass ein Mann wie er sie wollte …

Zumindest konnte sie sich jetzt sicher sein, dass ihre Gefühle für Tom nie derart tief gegangen waren. Seine Zurückweisungen hatten nicht annähernd so wehgetan.

»Ich muss von hier verschwinden«, flüsterte sie, während sie sich innerlich vor Schmerzen krümmte. »Sofort.«

Wenn sie noch länger in diesem Raum blieb, würde sie zerbrechen. Sie brauchte ihr Zimmer, ihr Bett und die Einsamkeit, bevor sie ihren Tränen freien Lauf lassen konnte.

»Dir wird wahrscheinlich ein wenig mulmig werden, wenn ich dich schon so früh wieder nach New York teleportiere«, sagte eine sanfte Stimme, »aber ich werde dich natürlich dort hinbringen, wenn du das wirklich willst.«

Sie blickte in ein Paar silbergraue Augen, die voller Verständnis und Traurigkeit schimmerten. *Jacque.* Der Mann, der sie laut Jayson hierher teleportiert hatte.

»Wirst du mich in meine Wohnung bringen?«

»Natürlich«, versprach er und streckte ihr eine Hand entgegen. »Wenn ich bitten darf.«

Ohne weiter darüber nachzudenken, ergriff sie seine Hand. Er könnte sie in einer Feuergrube abwerfen und es wäre immer noch besser, als noch länger an diesem Ort zu bleiben.

»Schließe deine Augen«, flüsterte er. »Ich werde dir sagen, wenn du sie wieder öffnen kannst.«

Die Luft rauschte um sie herum und ihr Magen verkrampfte sich, als sie von einer ungewollten Schwerfälligkeit übermannt wurde. Das Gefühl erinnerte sie an einen Windtunnel, durch den sie in Sekundenschnelle hindurchrauschte.

»Wir sind da«, murmelte er. »Du kannst die Augen wieder öffnen.«

Sie standen wieder in ihrem Wohnzimmer und sie wäre vor Erleichterung fast in Tränen ausgebrochen. »Danke.«

Er ging zu ihrem Sofa und beugte sich vor, um etwas auf den Notizblock zu schreiben, der offen auf dem Couchtisch lag. »Das ist meine Nummer. Speichere sie in dein Handy ein und ruf mich an, wenn du bereit bist zurückzukommen. Du bist zu Recht aufgebracht, aber sie sind deine Familie, Lizzie. Und sie lieben dich.«

Jacque verschwand, bevor sie etwas erwidern konnte, und ließ sie allein zurück. Genauso wie sie es gewollt hatte.

Dennoch schien es sie innerlich nur noch mehr zu zerreißen.

Ich bin allein.

Ganz und gar allein.

Nichts würde so sein wie vorher.

Sie schaffte es nicht bis in ihr Bett, wie sie gewollt hatte, sondern brach auf dem Teppich zusammen und ließ all ihren Emotionen freien Lauf.

Erst viel später, als sie die Notiz las, die Jacque hinterlassen hatte, fiel ihr auf, dass sie ihn gar nicht anrufen konnte, selbst wenn sie das gewollt hätte. Denn dafür brauchte sie ein Handy, das sie nicht hatte, weil sie es zusammen mit ihrer Handtasche in Cams Wohnung hatte liegen lassen.

Kapitel Fünfzehn

Ein Freigeist

Schlafentzug an sieben aufeinanderfolgenden Tagen protokolliert, wobei Testobjekt keinerlei Anzeichen körperlichen Abbaus aufweist. Gönner verlangt die Fortsetzung der Simulation, um die Ausdauer zu testen.

Eintrag 105.07.4-7

Jayson rieb sich mit der Hand übers Gesicht, als Jacque mit Lizzie verschwand.

»Das ist ja großartig gelaufen«, murmelte er. Ihr Schmerz war aus ihrem tiefsten Inneren gekommen und hatte alles verstummen lassen, was er hätte sagen können.

Das hättest du auch tun können, ohne noch einen zusätzlichen Nutzen daraus zu ziehen. Ihre Worte hatten ihn berührt wie keine anderen. Er hätte sie beschützen sollen, ohne sie zu berühren, doch er hatte stattdessen seinem Trieb nachgegeben.

Er empfand eine Mischung aus Reue und Frustration. Auch wenn er wusste, dass es ein Fehler gewesen war, hatte es sich dennoch so richtig angefühlt. Wie sollte er sich für etwas entschuldigen, das er im Grunde nicht bereute?

»Ich hatte erwartet, dass sie wütend sein würde, aber das

…« Stas verstummte und wirkte blasser als gewöhnlich. »Sie kann dort nicht allein bleiben.«

»Das wird sie nicht«, erwiderte Jayson. »Ich werde dort sein.« Er duldete keine Widerrede. Lizzie wollte keinen Babysitter. Auch gut. Dann würde er sie stattdessen bewachen.

Tom nickte zustimmend. Er setzte sich wieder neben Amelia auf die Couch, doch er schien alles andere als entspannt zu sein. Er fuhr sich mit der Hand über den Kiefer, obwohl Jayson bezweifelte, dass er noch wehtat. Lizzies Faustschlag war zwar beeindruckend gewesen und hatte die meisten Anwesenden im Raum überrascht, doch er hatte Tom vor allem emotional getroffen, was Jayson an seinem Gesichtsausdruck ablesen konnte.

»Ich kann es nicht dabei belassen«, sagte Tom. »Wenn Jacque zurückkommt, werde ich ihn bitten, mich in ihre Wohnung zu teleportieren. Vielleicht kann ich sie überreden, mit mir zu sprechen.«

»Ich glaube wirklich, dass ich mit ihr reden sollte«, erwiderte Stas. »Ich kenne sie am besten und …«

»Du wirst nicht nach New York zurückkehren.« Issacs Tonfall ließ keine Widerrede zu. Sie öffnete den Mund, um es dennoch zu versuchen, doch er brachte sie mit einem mitfühlenden »Nein« zum Verstummen. »Es steht nicht zur Debatte, Astasiya. Ezekiel weiß, dass du ein Sprössling bist. Ich habe keine Ahnung, warum er bisher nichts unternommen hat, aber es ändert alles.«

Sie schüttelte bereits den Kopf. »Das ist nicht deine Entscheidung.«

»Tatsächlich?« Er zog eine Augenbraue in die Höhe und bedachte sie mit einem unnachgiebigen Blick. »Du scheinst zu vergessen, dass dein Leben nicht das einzige ist, das hier auf dem Spiel steht. Sollte Ezekiel Osiris über deinen Status als Sprössling informieren, wer wird dann härter bestraft werden?« Sie riss die Augen auf, doch der Ichorianer war noch nicht fertig.

»Ich habe jedes einzelne Blutgesetz gebrochen, um hinter deinen Entscheidungen stehen zu können, Astasiya. Und obwohl es bewundernswert sein mag, hat es hiermit ein Ende. Ich werde nicht mit dir darüber diskutieren. Rufe Jonathan an und bitte ihn darum, dir Urlaub zu geben, oder kündige, es ist mir egal. Ab jetzt wirst du Hydria nicht mehr verlassen, bis wir uns über Ezekiels Absichten im Klaren sind.«

»Und du?«, entgegnete sie wütend. »Wirst du ebenfalls hierbleiben?«

»Das werden wir sehen«, erwiderte er gelassen. »Ich darf meine Nachkommen nicht vernachlässigen und muss eine Firma leiten.«

Stas verschränkte die Arme. »Und ich habe nichts dergleichen.«

»Du wirst überhaupt nichts haben, wenn du tot bist.« Eine einfache Antwort, die das Feuer in Stas' Augen jedoch nicht zum Erlöschen brachte.

Falls Issac versuchte, sie von ihrem Schmerz abzulenken, den sie wegen Lizzie empfand, dann leistete er ausgezeichnete Arbeit. Doch Jayson vermutete, dass noch etwas anderes dahintersteckte. Alles, was er sagte, war wahr, auch wenn Stas es nicht einsehen wollte.

»Warum darfst du dein Leben riskieren und ich nicht?«, fragte sie.

»Weil ich nicht annähernd so wertvoll bin wie du«, erwiderte er wie aus der Pistole geschossen. »Lucian hat dir widerwillig gestattet, dein Leben für ein höheres Ziel aufs Spiel zu setzen, weil ich versprochen habe, dich zu beschützen. Doch ich kann nicht länger für deine Sicherheit garantieren.«

Sie kniff die Augen zusammen. »Und was geschieht, wenn Ezekiel es Osiris trotzdem erzählt?«

»Das wird meine Sorge sein.«

»Fick dich.« In ihren Augen schimmerten Tränen. »Wie kannst du so etwas auch nur denken! Glaubst du etwa, dass du der Einzige bist, der sich hier Sorgen macht? Ich habe das Konklave miterlebt, Issac. Was Osiris getan hat … Ich werde auf keinen Fall danebensitzen und zusehen, wie er dir dasselbe antut. Du kannst unmöglich denken, dass ich nicht für dich kämpfen würde.«

»Ich weiß, dass du es tun würdest.« Er zuckte nicht mit der Wimper, als sie ihren Emotionen freien Lauf ließ. »Und genau deshalb wirst du hierbleiben. Ich kann mich nicht selbst schützen, wenn ich mir Gedanken darüber machen muss, dich zu retten.« Er legte eine Hand an ihre Wange und ließ sie dann an ihren Nacken wandern, als sie versuchte, ihm auszuweichen.

»Nicht, Aya. Ich kann verstehen, dass du aufgebracht bist, aber du darfst nicht zulassen, dass deine Gefühle deinen gesunden Menschenverstand überschatten, denn das würden wir beide bereuen.«

Sie sah aus, als wollte sie noch etwas erwidern, doch dann erschien Jacque wieder, wobei er ein finsteres Gesicht machte. »Ich habe ihr meine Nummer hinterlassen, falls sie hierher zurückkommen möchte«, sagte er zu den anderen, bevor er sich an Jayson wandte. »Bist du bereit?« Der Teleporter kannte ihn gut.

»Ja.«

»Ich würde mich ein paar Tage lang nicht bei ihr blicken lassen«, schlug Balthazar vor. Er stand gegen die Wand gelehnt da und hatte die Diskussion zwischen Issac und Stas mit ernster Miene beobachtet. Die Ältesten hatten sich schon vor Monaten darauf geeinigt, dass sie Maßnahmen ergreifen würden, um Stas in Hydria festzuhalten, sollte ihre Sicherheit in noch größerer Gefahr sein, als sie es ohnehin schon war. Es war zwar nicht fair, aber notwendig, denn Issac hatte recht. Stas' Fähigkeit, anderen ihren Willen aufzuzwingen, würde im nächsten Krieg der Unsterblichen entscheidend sein. Von einem strategischen Gesichtspunkt aus hatte ihr Leben einen viel größeren Stellenwert als sein eigenes.

»Ich kann nicht einfach hier herumsitzen und nichts tun«, sagte Stas und schüttelte den Kopf an Issacs Brust.

»Es ist zu unser aller Bestem«, murmelte Tom. »So sehr es dir widerstrebt, sie haben alle recht. Dein Leben ist mehr wert als eine Handvoll Geheimnisse der CRF. Wir haben, was wir brauchen, um Lizzie zu beschützen. Es ist nicht nötig, dass du noch länger dort arbeitest.«

Stas löste sich aus Issacs Umarmung. Er versuchte nicht, sie wieder zu berühren, doch er beobachtete sie auf diese eindringliche Art, die er über die wenigen Jahrhunderte, die er auf Erden wandelte, gemeistert hatte. »Aber wir haben Lizzie nicht.«

»Darum werde ich mich kümmern«, erwiderte Jayson. »Gib mir eine Woche.«

Balthazar nickte. »Soweit ich das aufgrund ihrer Gedanken und Gefühle beurteilen kann, ist Jay im Moment unsere größte Hoffnung.«

Stas schnaubte. »Er kennt sie doch kaum.«

»Ich kenne sie gut genug«, entgegnete Jayson verärgert. Er hatte dieses Verhalten schon viel zu lange geduldet. Er konnte ihr Misstrauen zu Beginn verstehen, da alles neu und überwältigend für sie gewesen war, doch jetzt hatte sie wirklich einen Tritt in den Hintern verdient. »Du musst anfangen, unserer Erfahrung zu vertrauen und sie zu respektieren, denn sie übertrifft die deine bei Weitem.«

Ihre Frustration war augenblicklich verschwunden und sie machte ein schockiertes Gesicht. »Ich … Das ist nicht …«

»Doch, das ist es«, sagte er beharrlich. »Deine Unfähigkeit, unserer Welt zu vertrauen, hat deine Beziehung zu uns von Anfang an behindert. Ich kann verstehen, dass du noch nicht bereit für die Unsterblichkeit bist, aber du musst deine Zukunft akzeptieren. Vielleicht kannst du die kommenden Wochen in Hydria nutzen, um die Welt, von der du ein Teil sein wirst, näher kennenzulernen.«

Er wartete nicht auf eine Antwort, sondern wandte seine Aufmerksamkeit Jacque zu. »Lass uns gehen. Lizzie war schon viel zu lange allein.«

~

LIZZIE ZÖGERTE. Was sollte sie tun, wenn sie anklopfte und niemand ihr öffnete? Sollte sie von dem Handy, das sie nicht bei sich hatte, die Polizei rufen? Und den Beamten von der Existenz der Vampire berichten und sie bitten, das Arcadia zu überprüfen?

Bei diesem absurden Gedanken hätte sie fast laut losgelacht.

Niemand würde ihr Glauben schenken und die Menschen, denen sie sich normalerweise anvertrauen konnte, hatten sie allesamt angelogen.

»Klopfe einfach an«, tadelte sie sich selbst, bevor sie wieder in Tränen ausbrechen konnte. Sie fühlte sich bereits verkatert, weil sie die ganze Nacht hindurch geweint und kein Auge zugetan hatte und heute Morgen weder etwas getrunken noch gegessen hatte. Vielleicht waren die Kopfschmerzen aber auch das Resultat der unzähligen Fragen, die ihr im Kopf herumschwirrten.

Wer konnte es schon wissen, aber sie brauchte auf jeden Fall ihre Handtasche und ihr Handy.

Sie klopfte zuerst zaghaft an die Tür und begann dann, wild dagegen zu hämmern, als sie von Panik ergriffen wurde. Cam öffnete eine Minute später in ihrem seidenen Schlafanzug und bedachte sie mit einem finsteren Ausdruck im Gesicht. Lizzie schlang die Arme um ihren Hals und drückte sie so fest sie konnte an sich.

»Hast du eine Ahnung, wie viel Uhr es ist?«, fragte Cam, während sie Lizzies Rücken tätschelte. »Und warum versuchst du, mich zu ersticken?«

»Ich habe mir solche Sorgen gemacht«, gestand Lizzie, deren Augen vor Erleichterung feucht wurden. Wenigstens hatte Kiel ihr die Wahrheit über Cam gesagt. Sie zog den Kopf zurück und ließ den Blick durchs Wohnzimmer schweifen. »Ist Kristin auch hier?«

»Nein, sie hat Zach mit zu sich nach Hause genommen. Da wir gerade von ihm sprechen, Lars ist immer noch in meinem Schlafzimmer, also … Was kann ich für dich tun?« Das war typisch Cam. Sie konnte es kaum erwarten, wieder zu dem Mann ins Bett zu hüpfen.

»Hat er …« Lizzie zuckte zusammen, als sie das rote Mal an Cams Hals entdeckte. »Nicht wichtig.« Er hatte sie gebissen, aber nicht getötet. *Noch nicht.* »Ich wollte meine Handtasche holen.«

»Oh ja. Sie liegt immer noch im Esszimmer. Verschließe bitte die Tür hinter dir, wenn du wieder gehst.«

Lizzie packte den Arm ihrer Freundin. Sie wollte ihr sagen, dass der Mann in ihrem Bett ein Vampir war, doch die Worte kamen ihr nicht über die Lippen. Daher fragte sie nur: »Bist du dir seinetwegen sicher? Ich meine, ihr habt euch doch gerade erst getroffen.«

Cam kicherte und schüttelte den Kopf. »Oh Lizzie, die Jungfrau. Du bist so niedlich. Glaub mir, es geht mir gut.« Sie tätschelte Lizzie den Kopf, wie man es mit einem Kind tun würde. »Ich melde mich später, Süße.«

Lizzie beobachtete hilflos, wie ihre Freundin zurück ins Schlafzimmer eilte. Selbst wenn sie ihr die Wahrheit erzählen würde, würde Cam ihr nicht glauben. Wahrscheinlich würde sie nur lachen und es Lars erzählen, und das wäre für keinen von ihnen vorteilhaft.

Wenn er sie bisher noch nicht getötet hatte, würde er es wahrscheinlich auch später nicht tun, nicht wahr?

Sie könnte Stas anrufen, um sie zu fragen, oder den Teleporter oder sogar Jayson um eine Erklärung bitten. Aber sie konnte sich nicht sicher sein, ob sie ihr die Wahrheit erzählen würden.

Lizzie fand ihre Handtasche und zog ihr Handy heraus. Was sollte sie sagen? *Hallo, ich rufe nur an, um herauszufinden, ob dieser Ichorianer im Schlafzimmer meine Freundin umbringen wird.* Sie schnaubte. Es klang lächerlich. Außerdem vertraute sie ihnen nicht. Nicht nach allem, was sie getan hatten.

Sie hatte niemanden, an den sie sich wenden konnte.

Ihren Eltern konnte sie nicht vertrauen, vor allem nicht nach allem, was Jayson und Kiel ihr über die CRF erzählt hatten. Ihre beste Freundin hatte sie über Monate hinweg belogen. Der Mann, den sie zu lieben geglaubt hatte, hatte seinen Tod vorgetäuscht und zugelassen, dass sie elendiglich um ihn trauerte. Und dann hatte sich herausgestellt, dass der Mann, in den sie sich tatsächlich verliebt hatte, nur ein Babysitter war, der seinen Charme hatte spielen lassen, um ihr Informationen zu entlocken.

Zu allem Übel trieben ihre Verbindungsschwestern es mit blutsaugenden Monstern.

Sie starrte auf ihr Handy, als könnte es ihr die Antworten auf all ihre Fragen liefern, und sah, dass sie neunzehn verpasste Anrufe hatte. Sie waren allesamt von ihrer Mutter. Ein paar Nachrichten hatte sie auch geschickt.

Wahrscheinlich hatte Lizzie irgendeine Veranstaltung verpasst. Oder ihre Eltern hatten angerufen, weil sie wissen wollten, wie es ihr ging.

Sie schnaubte. *Sicher, weil ihnen so viel an mir gelegen ist.*

Die letzte Nachricht war gerade einmal vor zwanzig Minuten eingetroffen. Ihre Mutter gab nicht so leicht auf. Lizzie war überzeugt davon, dass sie jemanden zu ihrer

Wohnung geschickt hatten, um nach ihr zu sehen, was bedeutete, dass sie nicht zurück nach Hause gehen konnte.

Doch das wollte sie ohnehin nicht.

Stas' Sachen waren immer noch dort. Sie könnte jeden Moment vorbeikommen, um ihre Koffer zu packen und auszuziehen, und Lizzie wollte nicht dabei sein, wenn es geschah.

Wenn sie Jacque anrief, würde er sie nach Hydria teleportieren. Sie würde sich schrecklich fühlen, doch zumindest würde sie so ein paar Antworten bekommen.

Sie schüttelte den Kopf. *Dazu bin ich auch noch nicht bereit.*

»Verdammt«, flüsterte sie und kniff die Augen zusammen, während sie angestrengt nachdachte.

Plötzlich fiel ihr Blick auf ein Stück Plastik, das in ihrem Geldbeutel glänzte. Eine Kreditkarte ohne Verfügungsrahmen. Sie lief auf das Konto ihres Vaters, doch ihr Name stand darauf.

Sie suchte die Außentasche nach ihrem Pass ab, während sie sich langsam einen Plan zurechtlegte. Ein Teufel erschien auf einer Schulter, während ein Engel auf der anderen saß. Für gewöhnlich hörte sie auf das Wesen mit dem Heiligenschein, doch heute sprach die gehörnte Kreatur eher ihre Sprache.

Das ist keine gute Idee.

Machst du Witze? Die Idee ist hervorragend.

Es ist nicht sicher.

Genauso wie New York. Es wird schon nichts passieren.

Doch, das wird es!

Manchmal muss man einfach loslassen und das Leben genießen.

Ich muss morgen arbeiten.

Im Ernst? Ist das deine Entschuldigung? Schick ihnen eine E-Mail und nimm dir den Rest der Woche frei. Du hast es verdient.

»Ja«, stimmte sie zu, »das habe ich.« Sie lebte in einer beschränkten Alltagsroutine, in der sie die Regeln befolgte, doch am Ende war sie trotzdem nur einsam. Alle hatten sie angelogen, sie betrogen und ihr wehgetan. Warum konnte sie nicht auch etwas Spontanes und sogar ein wenig Gefährliches tun?

Nebenan ist ein Vampir, dachte sie mit einem Lachen. Sie hatte in der vergangenen Nacht einen Klub besucht, der voll von ihnen gewesen war, dann war sie nach Griechenland teleportiert worden, wo sie weitere unsterbliche Wesen getroffen hatte. Sie hatte herausgefunden, dass ihre beste Freundin schon monatelang ein Teil dieser Welt war, ohne ihr etwas davon zu erzählen, und hatte sogar einen Mann gesehen, der von den Toten auferstanden war.

Ja, ein Ausflug auf Kosten ihres Vaters war *nichts* im Vergleich zu alledem.

Ein Urlaub würde ihr guttun. Sie würde irgendwohin reisen, wo sie sich in aller Ruhe entspannen und nachdenken konnte. Wenn sie zurückkam, wäre Stas ausgezogen und Lizzie konnte ihr normales Leben weiterleben.

Oder auch nicht.

Aber wie dem auch sei, sie hatte sich einen kleinen Ausflug verdient.

Sie schrieb eine E-Mail an ihren Arbeitgeber und teilte ihm mit, dass sie sich eine Woche freinehmen würde. Sie hatte die Stundenpläne bereits fertiggestellt, daher würde ein Aushilfslehrer sie ohne Weiteres vertreten können.

Nachdem sie die Nachricht abgeschickt hatte, verließ sie Cams Wohnung und machte sich auf den Weg zum Flughafen. Ihr marineblaues Etuikleid war angemessen für einen Flug und wenn sie erst einmal am Ziel angekommen war, könnte sie sich mit der Kreditkarte ihres Vaters neue Kleidung kaufen. Er überprüfte das Konto so gut wie nie und selbst wenn er es tat, würde er wie gewohnt die Rechnung begleichen.

Manchmal zahlte es sich aus, einen reichen Vater zu haben.

~

»Wir haben ein Problem«, sagte Jayson, als Mateo das Telefongespräch annahm. »Lizzie ist am Flughafen und hat sich gerade ein Flugticket gekauft. Ich konnte leider nicht nahe genug herankommen, um herauszufinden, wohin sie fliegt.«

»Ich verstehe«, murmelte Mateo. »Welcher Schalter?«

Jayson teilte ihm den Namen der Fluggesellschaft mit.

»Weißt du, welche Karte sie benutzt hat?«

»Wenn ich nicht nahe genug war, um sie zu hören, dann habe ich es wohl kaum sehen können«, erwiderte Jayson, dessen Geduldsfaden dank des durchgebrannten Rotschopfs zum Zerreißen gespannt war. Er war ihr quer durch Manhattan zu irgendeinem Wohngebäude gefolgt, bevor sie zu Fuß zur Penn Station gegangen und in einen Zug nach Newark gestiegen war. Er hatte Luc eine Nachricht geschickt, um ihn auf den neuesten Stand zu bringen, doch er hatte nicht erwartet, dass sie tatsächlich ein Flugticket kaufen würde.

»Gib mir fünf Minuten.« Mateo beendete das Gespräch, als Jayson Lizzie gerade dabei beobachtete, wie sie die Sicherheitskontrolle passierte.

»Kleines Luder«, murmelte er. Mit einem Kopfschütteln sandte er Luc einen Bericht.

Die Frau musste wirklich lernen, klügere Entscheidungen zu treffen, denn ihr momentanes Verhalten war alles andere als schlau.

Er konnte verstehen, dass sie aufgewühlt war, doch musste sie wirklich ein Flugzeug besteigen? Ihr unreifes und kindisches Benehmen minderte seinen Respekt vor ihrer Intelligenz.

Als sein Handy vibrierte, nahm er das Gespräch an. »Was gibt es Neues, M?«

»Hast du deinen amerikanischen Pass bei dir?« Jayson runzelte die Stirn. »Nein. Er liegt in meiner Wohnung.«

»In Ordnung. Ich würde vorschlagen, dass du Jacque bittest, ihn für dich zu holen, denn dir bleibt nicht mehr viel Zeit.« Jaysons Handy gab einen Piepton von sich, während Mateo weitersprach. »Glückwunsch. Du hast gerade den letzten verfügbaren Platz in der Business Class auf dem Flug nach Rom ergattert. Das Flugzeug startet in siebenundsechzig Minuten.«

»Sag mir, dass ich neben ihr sitze«, knurrte er.

»Natürlich. Gute Reise, Jay.« Mateo legte auf und Jayson hätte schwören können, dass er ihn lachen gehört hatte.

»Scheiße.« Sie hatte einen Last-minute-Flug nach Italien gebucht. Verstand sie denn nicht, dass die CRF gefährlich war? Und dass ihre Existenz für sie alle ein Rätsel war?

Er schüttelte den Kopf. Natürlich wusste sie es nicht, denn sie hatte ihnen nie die Gelegenheit gegeben, es ihr zu erklären. Aber musste sie deshalb denn wirklich nach Europa fliegen? Es war einfach nur kindisch.

Er tippte eine Nachricht an Jacque und bat ihn darum, seinen Pass zu holen. Er schüttelte immer noch den Kopf, als sein Freund mit der leicht zerzausten Frisur zurückkam und den gewünschten Gegenstand aus seiner Tasche zog.

»Ich bin froh, dass ich nicht der Grund für deine finstere Miene bin«, sagte der Teleporter, als er ihm das marineblaue Büchlein in die Hand drückte. »Versuche, sie nicht zu sehr zu bestrafen.«

Jayson grinste. »Oh, wenn ich sie erst einmal in die Finger kriege, wird sie nie wieder etwas derart Unüberlegtes tun.«

Musste sie denn ausgerechnet das Land verlassen? Es war einfach nur töricht.

»Na schön, viel Spaß dabei.« Jacque klang allerdings nicht sehr überzeugt und trat sogar einen Schritt zurück.

»Danke, den werde ich haben«, erwiderte Jayson. Und er meinte es ernst. Er hatte genug davon, den netten Jungen zu spielen.

Er sah ein, dass er ihr Informationen vorenthalten hatte, doch er hatte sie nur beschützen wollen. Das war alles.

Wenn sie die Wahrheit wissen wollte, dann würde er sie ihr nicht einfach nur erzählen. Er würde sie ihr zeigen.

Es war nicht das erste Mal, dass Lizzie sich fragte, ob sie mit dem Besteigen des Flugzeugs nicht gerade den dümmsten Fehler ihres Lebens begangen hatte. Als die Flugbegleiterin ihr jedoch ein Glas Champagner reichte, waren ihre Bedenken verflogen.

Durch das Fenster beobachtete sie die Arbeiter auf dem Rollfeld, während sie an ihrem Drink nippte. Die Abreise am späten Nachmittag war gegenüber einem späteren Flug nach Paris die bessere Option gewesen. Lizzie befürchtete, dass sie die Nerven verlieren würde, wenn sie zu lange wartete, daher hatte sie sich für Rom entschieden, nachdem sie die Liste der Abflüge durchgegangen war. Die meisten Flüge nach Europa gingen erst später am Abend, doch dieser würde schon um halb sechs starten. Sie würde sich einen Film ansehen, versuchen, etwas zu essen, und dann hoffentlich ein wenig schlafen.

Ein raschelndes Geräusch ließ sie aufhorchen, als sich jemand auf den Platz neben ihr setzte. Die Sitze in der Business Class waren einander nahe genug, sodass man sich unterhalten konnte, während sie jedoch ausreichend

Privatsphäre boten. Sie hatte gehofft, dass der Platz neben ihr unbesetzt blieb, doch so viel Glück hatte sie leider nie.

»Willkommen an Bord, Sir«, schnurrte die Flugbegleiterin. »Kann ich Ihnen vor dem Start etwas bringen? Hätten Sie gern einen Drink?«

»Mm, ja«, erwiderte eine vertraute Stimme. Lizzie stand der Mund offen, als ihr bewusst wurde, *wer* sich gerade neben sie gesetzt hatte. Statt sie zu begrüßen, konzentrierte er sich jedoch ausschließlich auf die Flugbegleiterin.

»Ich hätte gern einen Whisky pur, zumindest für den Start«, sagte er mit einem Augenzwinkern.

Wir flirten wohl gern?

»Natürlich, Sir«, antwortete die Brünette und schlenderte davon, während Jayson ihr mit einem verschmitzten Lächeln nachsah.

Lizzie hätte ihm am liebsten eine Ohrfeige verpasst. Nicht nur, weil er die Flugbegleiterin so schamlos beäugte, sondern weil er sich einfach wortlos neben sie gesetzt hatte. Weil er ihr gefolgt war. Und weil er jetzt so tat, als würde er nicht einmal bemerken, dass sie ihn anstarrte.

Er legte seinen Ellbogen auf der überdimensionalen Armlehne ab und betrachtete die Beine der Frau, während sie im vorderen Teil der Kabine seinen Drink zubereitete. Es war, als existierte Lizzie überhaupt nicht, doch offensichtlich war er ihr bis in dieses Flugzeug gefolgt.

»Was tust du hier?«, fauchte sie, während sie den wütenden Unterton in ihrer Stimme nicht verbergen konnte.

»Das ist eine hervorragende Frage, Elizabeth.« Er legte den Sicherheitsgurt an, bevor er sich ihr endlich mit einem wenig erfreuten Ausdruck im Gesicht zuwandte. »Rom?«

Sie schluckte und ihr Ärger verflog schlagartig. Er strahlte eine machtvolle Energie aus, die ganz und gar nichts mit seiner sonst so verspielten Art zu tun hatte. Lag es daran, dass sie die Wahrheit kannte? Oder war etwas anderes dafür verantwortlich?

»Weißt du, es ist gut, dass dies ein Langstreckenflug ist«, fuhr er fort, »dadurch haben wir ausreichend Gelegenheit, uns miteinander zu unterhalten.«

»Oh nein, du wirst nicht …«

»Laut der internationalen Flugvorschriften ist es keinem Passagier erlaubt, das Flugzeug zu verlassen, sobald die Türen geschlossen wurden, und ich war der Letzte, der eingestiegen ist. Das bedeutet«, er warf einen kurzen Blick über die Schulter, bevor er sich wieder ihr zuwandte, »dass du für die nächsten acht Stunden und dreißig Minuten neben mir festsitzt.«

Er lehnte sich zurück, als die Flugbegleiterin mit seinem Drink kam. »Danke, Schätzchen«, murmelte er.

»Darf es sonst noch etwas sein?«, säuselte sie.

Jayson ließ den Blick an ihr auf und ab schweifen und lächelte. »Vielleicht später.«

Lizzie hätte ihm am liebsten noch eine Ohrfeige verpasst. Die letzten vierundzwanzig Stunden waren für sie die reinste Hölle gewesen und jetzt musste er auch noch vor ihrer Nase mit der Flugbegleiterin flirten. Wie herzlos von ihm.

Vor zwei Nächten hatte sie noch in seinem Bett gelegen. Zugegebenermaßen war sie selbst schuld daran, denn sie hatte ihn praktisch angefleht, sie in der Küche zu küssen. Dennoch war er derjenige gewesen, der sie in sein Schlafzimmer geführt hatte. Wahrscheinlich hatte er sie nur beschwichtigen wollen.

»Sobald wir in der Luft sind, werde ich wieder nach Ihnen sehen«, flötete die Flugbegleiterin.

»Ich freue mich schon darauf«, erwiderte er, wobei Lizzie die Augen verdrehte.

Die Brünette schwang übertrieben die Hüften, als sie sich umwandte, und entlockte Jayson damit ein Grinsen.

»Vielleicht solltest du dich den achtstündigen Flug über mit ihr unterhalten«, schlug Lizzie vor.

»Ich bezweifle, dass wir viel Zeit mit Reden verbringen würden«, antwortete er, bevor er an seinem Whisky nippte. »Außerdem bin ich nicht ihretwegen hier, sondern deinetwegen.«

Seine Worte versetzten Lizzie einen Stich im Herzen, doch sie überspielte sie, indem sie die Augen verdrehte und schnaubte. »Sicher. Babysitter Jayson.«

»Oh Elizabeth, du hast ja keine Ahnung, wie falsch du damit liegst.« Er blickte ihr in die Augen. »Die Bezeichnung *Babysitter* würde darauf schließen lassen, dass ich in dir nur ein Kind sehe, was nichts damit zu tun hat, dass ich dein Verhalten kindisch und unreif finde.«

»Wie bitte?«

»Du hast genau verstanden, was ich gesagt habe. Ich hätte große Lust, dich für diese Nummer übers Knie zu legen.«

Sie starrte ihn mit offenem Mund an. »Hast du mir gerade damit gedroht, mir den *Hintern zu versohlen*?« Sie sprach mit gedämpfter Stimme, konnte jedoch den schrillen Tonfall am Ende nicht unterdrücken. Sie konnte es einfach nicht glauben!

»Ich habe mich noch nicht entschieden, aber du wirst die Erste sein, die es erfährt.«

Sie war sprachlos. Noch nie zuvor hatte ihr jemand damit gedroht, ihr den Hintern zu versohlen, nicht einmal in ihrer Jugend. Jayson konnte es einfach nicht ernst meinen. Ein Mann konnte eine Frau doch nicht auf diese Weise bestrafen, oder etwa doch?

Plötzlich spürte sie Jaysons Lippen an ihrem Ohr und ihr lief ein elektrisierender Schauer über den Rücken. »Du würdest es genießen, aber ich bin mir nicht sicher, ob du das verdient hast.«

Sie erzitterte. In seinen Worten schwang ein Versprechen mit, das sich ihrem Verständnis entzog. Es rief verbotene

Gefühle in ihr hervor, denen sie sich nicht in einem Flugzeug hingeben sollte, vor allem nicht mit ihm.

Vampire sind echt, ermahnte sie sich und versuchte, die Fassung nicht zu verlieren.

Äh, ja, aber das ist mittlerweile Schnee von gestern, meldeten sich ihre Hormone zu Wort. *Außerdem heißen sie Ichorianer.*

Sie war also im Begriff, den Verstand zu verlieren. Großartig.

Jayson legte eine Hand auf ihr Knie und riss sie aus ihren Gedanken.

Unter ihrer Haut vibrierte es, als er seine Hand unter den Rock ihres Etuikleids auf die Innenseite ihres Schenkels gleiten ließ.

Seine Berührung hätte sie nicht einmal annähernd so sehr erregen sollen. Doch das tat sie.

Er hatte sie belogen.

Alle hatten sie belogen.

Aber seine Hände ließen ihre Frustration hinwegschmelzen und an ihre Stelle trat ein viel sinnlicheres Gefühl, bei dem sich ihr erwartungsvoll der Magen verkrampfte.

Ihr gingen wichtige Fragen durch den Kopf, doch ihr Mund reagierte nicht. Sie war scheinbar nicht imstande, ihre Zunge zu bewegen, um die Worte zu formulieren. Er hatte sie mit einer Berührung in seinen Bann gezogen.

Zauberei.

»Nur damit du es weißt, ich bin zwar wesentlich älter, als du dir vorstellen kannst, aber das bedeutet nicht, dass ich in dir jemals ein Kind gesehen habe.« Er leckte ihr übers Ohr, woraufhin sie eine Gänsehaut bekam. »Du bist eine wunderschöne Frau, Elizabeth. Und ich denke in deiner Anwesenheit sicher nicht ans Babysitten. Ganz und gar nicht.« Er biss ihr zärtlich ins Ohrläppchen und lehnte sich dann wieder auf seinem Sitz zurück.

Lizzie blieb wie erstarrt sitzen und war völlig verunsichert. Sie hätte wütend auf ihn sein sollen und nicht … fieberhaft und … Sie wusste nicht mehr, was sie fühlte.

Er hatte sich nur mit ihr angefreundet, um mehr über sie herauszufinden, nicht weil er sie mochte.

Aber er hatte erneut gesagt, wie wunderschön er sie fand.

Und die Art, wie er sie eben berührt hatte, war auch nicht unbedingt freundschaftlich gewesen.

»Schnall dich an«, sagte er, als das Flugzeug sich in Bewegung setzte. »Wenn wir in der Luft sind, werden wir ein Spiel spielen.«

Sie musste dreimal schlucken, bevor sie ihn fragen konnte. »Ein Spiel?«

»Ja. Eines, bei dem ich die Regeln aufstelle und du sie befolgst.«

Sicher, dem würde sie auf keinen Fall zustimmen. »Viel Glück dabei.« Ihren Worten mangelte es allerdings an Nachdruck. Verdammte Hormone.

Er durchbohrte sie fast mit seinen braunen Augen. »Bisher habe ich es dir wirklich leicht gemacht, Elizabeth. Doch meine Geduld hatte ein Ende, als du beschlossen hast, deinen gesunden Menschenverstand auszuschalten und aus einer Laune heraus das Land zu verlassen.«

Sie öffnete den Mund, um zu widersprechen, doch er brachte sie mit einem eindringlichen Blick zum Schweigen.

Nun gut, vielleicht war es doch nicht so eine gute Idee gewesen, sich in ein Flugzeug nach Rom zu setzen, aber sie hatte schließlich nicht ohne Grund die Fassung verloren. Vor einigen Stunden schien ihre Flucht noch ein guter Plan zu sein, sie hatte nur nicht damit gerechnet, dass ihr jemand folgen würde.

»Bis zum Ende dieses Fluges«, fuhr er fort, »wirst du verstanden haben, warum ich es geschafft habe, solange zu überleben, und mir den Titel ›Ältester‹ unter meinesgleichen verdient habe. Danach wirst du nach meinen Regeln spielen, und zwar nicht, weil du musst, sondern weil du es willst.«

Ganz ausgeschlossen. »Du kennst mich ganz offensichtlich nicht.« Da war er. Ein Funke Selbstsicherheit in ihrer Stimme.

Doch er brachte ihr aufkeimendes Selbstbewusstsein mit einem räuberischen Lächeln zum Schweigen. Er glich einem König, der auf seine Eroberung herablächelte.

»Oh, damit liegst du falsch.« Er senkte den Blick auf ihren Mund, bevor er ihr wieder in die Augen sah. »Dein Körper spricht zu mir auf einer Ebene, die du noch nicht verstehen kannst. Aber das wirst du, und zwar bald.«

Kapitel Sechzehn

Der Vertrag von 1747

Gönner ist zufrieden mit dem Intelligenzquotienten des Testobjekts und bittet darum, besondere Aufmerksamkeit auf die Fähigkeit des Testobjekts zu richten, Informationen abrufen zu können.

Eintrag 106.09.4-7

Wenn Jayson Lizzie noch einmal bei ihrem vollen Namen nannte, würde sie laut schreien.

Er hatte ihre Mahlzeit für sie bestellt – *Elizabeth hätte gern das Filet* –, wobei er ihre Einwände ignoriert hatte. Während er sich mit ihr unterhalten hatte, hatte er sie die ganze Zeit über mit vollem Namen angesprochen, und jetzt bat er gerade um einen Drink zum Dessert für *Elizabeth*.

Lizzie hätte nie gedacht, dass sie ihren Kosenamen einmal vermissen würde.

»Und wenn ich gar keinen Dessertwein möchte?«, fragte sie verärgert.

»Dann trinke ich eben zwei.«

»Bestellst du immer für die Frauen, denen du nachstellst?«

Sie hatte begonnen, ihn als Stalker zu bezeichnen, da ihm der Ausdruck *Babysitter* missfiel.

»Nur für die, die sich danebenbenehmen«, antwortete er, als er sich in seinem Sitz zurücklehnte und die Auswahl an Filmen auf seinem Bildschirm begutachtete.

Das hatte sie sich nicht gerade unter einem Spiel vorgestellt. Es schien eher eine Zurschaustellung seiner Macht zu sein, wobei er ihr auf subtile Art vermittelte, dass er ihren Geschmack kannte. Denn sie hatte tatsächlich das Abendessen gewollt, welches er für sie gewählt hatte, und sie mochte Dessertwein mit Schokolade.

Doch darum ging es gar nicht.

Er konnte nicht einfach so in dieses Flugzeug marschieren und sich einen Film ansehen. Nicht nach allem, was sie während der vergangenen Tage durchgemacht hatte. Sie hatte nur die Flucht ergriffen, weil sie alles vergessen wollte, doch das hatte er ihr nun unmöglich gemacht. Dann konnte er ihr genauso gut einige Antworten geben.

»Wurdest du wirklich in Babylon geboren?«, wollte sie wissen.

»Ja.« Er blätterte weiter durch die Filme, statt sie anzusehen.

»Als Sohn eines Kriegsgottes?«

Er schnaubte. »Artemis behauptet zwar, ein Gott zu sein, aber im Grunde ist er nur ein Ichorianer, der Metall kontrollieren und manipulieren kann.«

Die Hintergrundgeräusche im Flugzeug waren laut genug, sodass die anderen Passagiere sie nicht hören konnten, daher beschloss sie, weiter zu bohren. »Was genau meinst du damit?«

»Nimm deinen Löffel in die Hand«, sagte er nur.

»Ich verstehe nicht, wie …«

Er bedachte sie mit einem vielsagenden Blick. »Das würdest du, wenn du mir zuhörst.«

Sie stieß die Luft aus. »Also gut.« Sie hob den Löffel hoch. »Zufrieden?«

Er antwortete nicht, doch der Löffel verbog sich und faltete sich zusammen. Sie schrie auf und ließ den Löffel zurück auf ihr Tablett fallen.

Der Passagier, der ihnen gegenübersaß, warf ihnen einen neugierigen Blick zu und Jayson sagte lautstark: »In Ordnung. Dann also kein Horrorfilm.«

»Wie hast du das angestellt?«, fauchte sie. Das Metall bog sich zurück in seine Ausgangsform, während sie fasziniert dabei zusah.

»Ichorianer geben ihre übernatürlichen Kräfte an ihre Nachkommen weiter und Artemis hat mir die Fähigkeit verliehen, Metall zu kontrollieren. Der Löffel ist übrigens nur ein einfacher Zaubertrick. Ich kann jeden einzelnen Bolzen und jede Mutter in diesem Flugzeug wahrnehmen, genauso wie die Uhren, Halsketten, Gürtel und sonstigen metallischen Gegenstände. Wenn ich wollte, könnte ich sie alle auf einmal oder auch getrennt voneinander manipulieren.«

Sie öffnete erstaunt den Mund. »Wirklich?«

Er zuckte mit den Schultern. »Bei dieser Gelegenheit sollte ich vielleicht erwähnen, dass nicht alle Fähigkeiten der Unsterblichen gleich stark ausgeprägt sind. Ich habe Telekinetiker getroffen, die gerade einmal eine Heftklammer anheben konnten, während andere imstande waren, ein ganzes Haus in die Luft zu befördern. Diejenigen, deren Fähigkeiten stärker ausgeprägt sind, leben länger.«

»Dann hatte dein Vater also dieselben Fähigkeiten wie du?«

»Ja, die hat er.« Er blickte ihr schließlich in die Augen. »Artemis, der Ichorianer, der an meiner Zeugung beteiligt war, ist noch am Leben.«

»Und deine Mutter?«

»Sie ist vor sehr langer Zeit gestorben«, sagte er leise.

»Ezra, meine Mutter, war eine Sterbliche. Artemis hat sie umgebracht, als ich zehn Jahre alt war.«

Lizzie riss die Augen auf. »Warum?«

»Weil sie älter wurde.« Jayson hielt inne und schien zu überlegen, was er ihr noch erzählen sollte, dann zuckte er mit den Schultern. »Natürlich hätte er sie verwandeln können, aber sie hat ihn gelangweilt. Und statt sie einfach gehen zu lassen, hat er sie vor meinen Augen getötet. Er hat mir damit eine Lektion in Sterblichkeit erteilen wollen, um mir zu zeigen, warum Unsterbliche den Menschen nie zu nahekommen sollten. Weil sie sterblich sind.«

»Das ist …« Sie konnte den Satz nicht beenden. Es war für sie unvorstellbar, wie jemand einem kleinen Jungen so etwas antun konnte.

»Ich habe den Großteil meiner Jugend versucht, ihm zu gefallen und mich würdig zu erweisen, damit mich nicht dasselbe Schicksal ereilen würde. Doch an meinem neunzehnten Geburtstag hat er mir den Hals aufgeschlitzt.« Lizzie zuckte zusammen, doch er fuhr ungerührt fort: »Aufgrund seiner genetischen Veranlagung als Ichorianer alterte er nicht und hatte gehofft, meine Identität als junger Anführer annehmen zu können, um seine Unsterblichkeit vor den Menschen zu verbergen. Doch am nächsten Morgen bin ich wiedererwacht. Er probierte es noch einmal, doch ich bin auch ein zweites Mal wiederauferstanden. Danach hat er mich als seinen wahren ichorianischen Sohn angenommen.«

In diesem Moment kam die Flugbegleiterin mit ihrem Nachtisch zurück. Sie tauschte das Tablett gegen das vom Abendessen aus, während Jayson etwas auf Italienisch zu ihr sagte. Irgendwann errötete sie und Lizzie verdrehte die Augen. Dieser verdammte Kerl hatte während des ganzen Abendessens mit der Brünetten geflirtet.

Lizzie drehte sich der Magen um und ihr war der Appetit auf die Schokolade vergangen. Sie trank stattdessen einen

Schluck Wein, um ihre Sinne zu betäuben. Wenn er am Ende des Fluges mit der Frau davonschlenderte, würde sie die Fassung verlieren.

Allerdings schuldete er ihr nichts, denn sie waren kein Paar. Für ihn war sie nur ein vorübergehender Auftrag. Mehr nicht.

Bis auf die Momente, wenn er sie berührte.

»Wo war ich stehen geblieben?«, fragte er, als die Flugbegleiterin mit einem übertriebenen Hüftschwung davonschlenderte.

»Du wolltest mir gerade erzählen, dass du ein Idiot bist«, sagte Lizzie. *Okay, vielleicht sollte ich mich mit dem Wein doch ein wenig zurückhalten.*

Er grinste. »Bist du etwa eifersüchtig, Elizabeth?«

Sie bedachte ihn mit einem finsteren Blick. »Erstens lautet die Antwort nein. Zweitens, hör auf, mich Elizabeth zu nennen.«

Seine Lippen verzogen sich zu einem noch breiteren Lächeln, bis seine hinreißenden Grübchen zum Vorschein kamen. »Ich dachte, dir gefällt der Kosename nicht, den ich für dich gewählt habe. Zumindest war das vor Kurzem noch der Fall.«

»Ich … Das ist nicht der Punkt. Wenn du mich Elizabeth nennst, klingt es, als wäre ich in Schwierigkeiten.«

»Aha, aber du bist in Schwierigkeiten.« Er nahm ein Stück Schokolade von seinem Tablett und führte es an ihre Lippen. »Mach den Mund auf.«

»Nein, das …« Er brachte sie zum Schweigen, indem er das köstliche Dessert zwischen ihre Lippen schob.

»Gut, genieße es, während ich mit meiner Geschichte fortfahre.« Er senkte den Blick auf ihren Mund, als sie widerwillig auf dem Stück Schokolade herumkaute. Es wäre eine Verschwendung, es auszuspucken, und besonders damenhaft wäre es auch nicht.

»Artemis glaubte, dass er mit mir einen Ichorianer geschaffen hatte, doch er hat schon bald herausgefunden, dass es mich weder nach menschlichem Blut gelüstete noch, dass ich es brauchte. Darüber hinaus verfügte ich nicht nur über eine Gabe, sondern über zwei.«

Er nahm noch ein Stück Schokolade und presste es gegen ihren Mund. Sie wollte sich weigern, doch es schien eine Sünde zu sein, ein solch köstliches Dessert abzulehnen. Außerdem würde sie sich nicht beschweren, wenn er ihr seinen Nachtisch überlassen wollte, doch sie würde ihren nicht mit ihm teilen.

»Mein zweites Talent habe ich von meiner Mutter geerbt. Ich kann mehr oder weniger beeinflussen, wie andere mich wahrnehmen, und sie hinsichtlich meiner Physiognomie verwirren. Ich tue es ständig, ohne darüber nachzudenken, und muss mich oft darauf konzentrieren, meine Erscheinung nicht zu verändern. So wie ich es zum Beispiel gerade mit dir tue. Du bist die Einzige in diesem Flugzeug, die mich wirklich *sehen* kann.«

Sie blinzelte und musste schlucken. »Was ist mit der koketten Brünetten?«

Er runzelte die Stirn. »Mit wem?«

Lizzie blickte zum vorderen Teil der Kabine. »Die Flugbegleiterin, die du ständig anmachst.« Sie hatte ihnen zu Beginn des Fluges ihren Namen genannt, doch Lizzie konnte sich nicht daran erinnern. Wahrscheinlich weil die Frau jedes Mal mehr an Jayson interessiert war, wenn sie an ihren Sitzen vorbeikam.

Um seine Augen bildeten sich Lachfältchen. »Es gefällt mir, wenn du eifersüchtig bist.«

Sie verdrehte die Augen. »Ich bin nicht eifersüchtig.«

»Doch, das bist du«, sagte er grinsend. »Und um deine Frage zu beantworten, sie hat nur eine verschwommene

Erinnerung an meine Gesichtszüge, aber sie weiß, dass ich attraktiv bin.«

»Das ist ganz und gar nicht arrogant.«

»Nein, das ist es nicht«, stimmte er zu. »Denn es ist wahr.«

Er presste wieder ein Stück Schokolade an ihren Mund, bevor sie antworten konnte. Dabei biss sie ihm zaghaft in die Finger, woraufhin er ihr einen sinnlichen Blick zuwarf.

»Vorsicht«, murmelte er, »oder ich werte das als Einladung.«

Wozu?, fragte sie sich.

»Um zu meiner Geschichte zurückzukommen«, fuhr er fort, während er ihren Mund betrachtete, »Artemis kam irgendwann selbst zu dem Schluss, dass ich kein Ichorianer war, und berief eine Versammlung ein. Tatsächlich handelte es sich dabei um das erste Konklave, doch damals trug es noch nicht diesen Namen. Die damalige Bezeichnung ist aufgrund der toten Sprachen nur schwer zu übersetzen, doch im Grunde brachten sie damit ihre Göttlichkeit zum Ausdruck.«

Er schwenkte nachdenklich sein Weinglas, bevor er fortfuhr: »Ichorianer aus allen Teilen der Welt kamen zusammen, um über mich zu sprechen, und sie fanden heraus, dass ich nicht der Einzige meiner Art war. An jenem Tag traf ich Balthazar, Lucian, Alik, Eli und etwa zwanzig weitere Unsterbliche mit ähnlichen Eigenschaften.« Er lächelte liebevoll, als würde er sich in diesem Moment daran erinnern, dann schüttelte er den Kopf.

»Einige nannten uns ein Geschenk des Himmels, während andere in uns eine Bedrohung sahen. Der Verwaltungsrat, der heute unter dem Namen Konklave bekannt ist, hat uns am Leben gelassen, um unseren Nutzen zu testen.«

Lizzie nippte an ihrem Wasser, bevor sie es beiseitestellte und ihm ihre volle Aufmerksamkeit schenkte. »Was soll das bedeuten? Sie haben euren Nutzen getestet?«

Er betrachtete sie für einen langen Moment und sagte

dann: »Nichts Gutes. Es reicht, wenn ich dir sage, dass sie unsere Grenzen hinsichtlich unserer Sterblichkeit, unserer Kräfte und anderer Dinge getestet haben. Nicht alle haben überlebt.«

Sie zog die Augenbrauen in die Höhe. »Aber du sagtest, sie waren deine Eltern, nicht wahr? Ich meine, Artemis war dein Vater, also hatte Balthazar offensichtlich auch einen ichorianischen Elternteil?«

»Unsere Väter«, murmelte Jayson. »Wir werden geschaffen, wenn ein ichorianischer Mann sich mit einer menschlichen Frau paart. Und um darauf zu sprechen zu kommen, worauf du gerade angespielt hast, ja, im Grunde haben sie ihre Kinder im Namen der Forschung gefoltert. Dabei haben sie jedoch nie unser Blut geschmeckt, da das Konklave es als schändlichen Akt verboten hat. Ansonsten war alles erlaubt.«

Jayson leerte sein Glas und stellte es energisch vor sich ab.

»Das ist furchtbar«, flüsterte sie, wobei ihre Stimme durch das Motorengeräusch fast nicht hörbar war.

Die kokette Flugbegleiterin kam zu ihnen, um ihre Tabletts einzusammeln, und runzelte die Stirn, als sie sah, dass sie ihren Nachtisch nur zur Hälfte gegessen hatten. Jayson sagte wieder etwas auf Italienisch zu ihr, woraufhin sie erneut errötete. Lizzie schüttelte immer noch den Kopf, als die Frau wieder davonstolzierte.

Sie schnappte nach Luft, als er ein Stück Schokolade von ihrem Teller stibitzte und es sich in den Mund schob.

»Hey!« Sie versuchte, ihm einen Klaps auf die Hand zu geben, als er sich wieder ein Stück schnappte, aber er war zu flink.

»Ich habe Rebekah versprochen, dass wir unseren Nachtisch bald aufessen würden.«

»Rebekah?«

»Entschuldige bitte, ich meine die kokette Brünette.«

Lizzie fluchte leise vor sich hin. Natürlich war der Name der Frau sexy, er passte zu ihren langen Beinen und weiblichen Kurven.

Als er wieder versuchte, ihr ein Stück Schokolade in den Mund zu schieben, weigerte sie sich, es anzunehmen. Sie wollte sich ihre gute Figur nicht durch fetthaltiges Essen verderben.

»Um es kurz zu machen, die Ichorianer beschlossen schließlich, dass wir ihnen nützlich sein könnten, solange sie uns im Griff hatten. Sie behandelten uns wie zweitklassige Bürger, wie Bauern, und beuteten uns für ihre Zwecke aus. Sie töteten jeden Nachkommen, der das Potenzial hatte, sie zu überwältigen, und erlaubten nur den nützlichen Kindern, als Unsterbliche wiedergeboren zu werden.«

»Dann können Unsterbliche also getötet werden?«

Er nickte. »Es ist nicht leicht, aber durchaus möglich. Man muss dazu entweder den Kopf abtrennen oder den Körper zu Asche verbrennen.«

Lizzie zuckte innerlich zusammen, als sie im Geiste ein Bild vor Augen hatte. »Ekelhaft.«

»Dann ist da noch die Tatsache, dass unser Blut giftig für Ichorianer ist, doch das hat man erst vor etwa tausend Jahren herausgefunden. Ich komme später darauf zurück, nachdem ich dir erklärt habe, woher der Begriff *Hydraianer* stammt.« Er schnappte sich den letzten Bissen von ihrem Teller und spülte ihn mit einem Schluck Wasser hinunter. »Willst du noch etwas Wein?«

Sie schüttelte den Kopf. Zwei Gläser waren genug.

Er rief die Flugbegleiterin mit einem Lächeln zu sich und Lizzie fragte sich, ob die kokette Brünette es überhaupt sehen konnte. Offenbar hatte sie es gesehen, denn ihr Gesicht erhellte sich und sie kam federnden Schrittes auf sie zu. Lizzie würde ihn später darum bitten, ihr die Manipulation seiner Gesichtszüge näher zu erklären.

Nachdem er noch eine Runde mit der Flugbegleiterin geflirtet hatte.

Sie räumte die Tabletts ab und verschaffte ihnen damit wieder etwas mehr Freiraum. Lizzie zog die Beine auf dem großen Sitz an sich und drehte sich Jayson zu. Er legte einen Knöchel auf das gegenüberliegende Knie und gewährte ihr einen Blick auf seine muskulösen Beine.

In seiner Cargohose und dem Pullover wirkte er, als wäre er einem Modemagazin entsprungen. Dazu passend war sein Haar leicht zerzaust und seine Augen strahlten verführerisch.

»Nachdem sie über mehrere Jahrhunderte unseren Mut getestet und einen Weg gefunden hatten, um unsere Bevölkerungszahl im Zaum zu halten, überließen sie uns einen Ort, an dem wir mit beschränkten Mitteln auf eigene Faust leben konnten. Den meisten von uns war klar, dass sie uns auf diese Weise immer noch beherrschten, aber wir wollten uns sicher nicht die Chance auf zumindest einen Anflug von Freiheit entgehen lassen. Und das war der Zeitpunkt, an dem wir uns auf Hydria ansiedelten.«

Sie konnte kaum glauben, dass sie derart zwanglos darüber plauderten, doch aus Jaysons Mund schien alles so viel glaubwürdiger zu sein, als Kiel ihr hatte vermitteln können. »Und aus diesem Grund nennt ihr euch Hydraianer?«

»Ja. Luc – der blonde Mann, dem du gestern Abend kurz begegnet bist – ist ein strategisches Genie und machte den Vorschlag, einen Begriff zu erschaffen, der unseresgleichen zu einer Einheit zusammenfassen würde.« Die Erinnerung zauberte ein Lächeln auf sein Gesicht, während Lizzie seine Zuneigung zu dem anderen Mann förmlich spüren konnte. Dieser Punkt in der Geschichte schien ihm viel zu bedeuten und war vielleicht der erste Moment, an dem er Glück empfunden hatte.

»Luc wird von allen als allwissend bezeichnet, doch das

trifft es nicht ganz. Er hat die Fähigkeit, sich an alles zu erinnern, egal wie nichtig ein Detail auch sein mag. Er ist viel älter als ich und sein ichorianischer Vater verfügt über eine ähnliche Gabe. Die beiden zusammen sind im Grunde allwissend.«

Lizzie konnte die Zuneigung in seiner Stimme hören, die so anders war, wenn er über seinen eigenen Vater sprach. »Es macht den Anschein, dass Luc eine andere Erziehung genossen hat als du.«

Er lachte. »Das ist richtig, in vielerlei Hinsicht. Mein Vater hat mich geschaffen, um nach einer Weile meine Identität anzunehmen, damit er seine Unsterblichkeit vor der Menschheit verbergen konnte. Lucs Vater Aidan liebt seinen Sohn. Er wird außerdem als eines der ältesten Wesen der Welt erachtet und im Gegensatz zu den meisten seiner Art sehnt er sich nach Frieden und Gleichheit unter den Unsterblichen. Ich denke, dass dieser Wunsch von seiner Liebe zur Strategie herrührt.«

»Er ist offenbar auf der Seite des Guten«, stimmte Lizzie zu. »Verursacht er durch seine Ansichten je Probleme?«

Jayson kratzte sich am Kinn. »Nun, ja, aber wie ich schon sagte, er ist sehr alt und wird daher respektiert. Ich habe erwähnt, dass das Blut der Hydraianer für Ichorianer tödlich ist, was erst vor etwa tausend Jahren entdeckt wurde. Diese Erkenntnis hat denjenigen Glaubwürdigkeit verliehen, die unsere Rasse aufgrund unserer zweifachen Fähigkeiten ausrotten wollten, und hat über Jahrhunderte die Gewalt geschürt.«

Er hielt inne und machte ein ernstes Gesicht.

Lizzie legte eine Hand auf die seine, die auf der Armlehne ruhte. Sie drückte sie leicht und riss ihn aus seinen Gedanken. Er räusperte sich und konzentrierte sich wieder auf seine Erzählung, während sich in seinen Augen die quälenden Erinnerungen spiegelten.

»Ich habe damals viele Freunde verloren, von denen einige zu den Ältesten meiner Art gehörten und bei der ursprünglichen Versammlung anwesend waren. Doch diejenigen, die überlebt hatten, waren unverwüstlich. Die Ichorianer waren über die Jahre hinweg nachlässig geworden, denn ihre Kontrolle über meine Rasse wurde vorausgesetzt und nie angezweifelt. Sie hatten nicht erkannt, dass einige ihrer Kinder überaus mächtig waren, denn wir hatten schon früh gelernt, unsere Fähigkeiten zu verbergen.

Alik zum Beispiel kann mittels seiner Gedanken foltern, hat es jedoch nie zugegeben. Die Ichorianer glaubten, dass seine telepathische Fähigkeit, die er durch die Blutlinie seines Vaters erhalten hat, sein vorrangiges Talent war. Er hat lange Zeit vorgegeben, dass eine Sprachbegabung seine zweite Gabe war, doch in Wahrheit kann er eine ganze Armee mit einem einzigen Gedanken in die Knie zwingen.«

»Das ist furchterregend«, sagte Lizzie leise.

Jayson nickte. »Ja, aber auch sehr nützlich. Dazu kommt meine Verbundenheit mit Metall, Lucs strategisches Genie, Balthazars Begabung, Emotionen zu manipulieren, das Talent einiger Hydraianer, Feuer zu kontrollieren, und ihr Geschick in weiteren Kampfkünsten, und alles in allem bilden wir eine ziemlich beeindruckende Armee. Darüber hinaus haben wir Waffen entwickelt, die wir in unserem Blut getränkt haben, um den Gegner sofort töten zu können.«

Die Flugbegleiterin kam mit zwei Wasserflaschen zurück und schenkte Jayson ein Lächeln, das er jedoch nicht erwiderte. Er wies sie mit ein paar Worten ab und wandte sich wieder Lizzie zu.

»1747 kam es zu einem Waffenstillstand zwischen Hydraianern und Ichorianern, der in bestimmten Regionen Frieden geschaffen hat. Hydria ist für meinesgleichen eine sichere Zone, während New York ein Zufluchtsort für Ichorianer ist.«

Sie dachte über seine Worte nach und runzelte die Stirn. »Verstößt du dann nicht gegen die Regeln, wenn du dich in Manhattan aufhältst?«

»Nein, wir dürfen uns auf eigenes Risiko auf fremdem Territorium aufhalten, doch wenn ich in New York dem falschen Ichorianer in die Hände falle, dann hätte er das Recht, mich zu töten.«

»Kiel ist ein Ichorianer und ein Freund?« Sie formulierte es als Frage, da Kiel so liebevoll von Jayson gesprochen hatte und die beiden Männer offensichtlich Zeit miteinander verbrachten. Gleichzeitig waren sie aber auch Rivalen. Hatte Kiel sich dabei auf ihre beiden Rassen bezogen, die sich gegenseitig bekriegten, oder hatte er etwas anderes gemeint?

Jayson stieß den Atem aus, als er seine Wasserflasche aufschraubte und einen Schluck trank. »Ezekiel ist weniger ein Freund als ein Gegenspieler, den ich respektiere. Er ist dazu ausgebildet, Sprösslinge zu töten, die die Nachkommen von Ichorianern sind und noch nicht als Hydraianer wiedergeboren wurden.«

Er rutschte auf seinem Sitz herum, während Lizzie darauf wartete, dass er weitersprach. Es war alles so kompliziert, doch er erklärte es auf eine verständliche Art.

Stas wusste darüber Bescheid?

Wie?

Und wo kommt die CRF ins Spiel?

»Es gibt ein spezielles Gift, das im Wesentlichen ichorianisches Blut verbrennt und daher Sprösslinge tötet. Wir nennen es Nizarigift, das nach der Gruppe Attentäter benannt wurde, die es verwenden und von denen Ezekiel der erste Anführer ist.«

Lizzie öffnete den Mund. »Dann ist er also kein Freund.«

»Auf keinen Fall, doch in letzter Zeit scheint er nach seinen eigenen Regeln zu spielen. Ich nehme an, dass er es aus Langeweile tut, die irgendwann ein Ende findet, wenn der

Drang zu morden wieder überhandnimmt.« Er betrachtete sie für einen Moment. »Hat er sonst noch etwas Interessantes gesagt?«

Kannst du meine Gedanken lesen?, fragte sie argwöhnisch. Denn sie hatte gerade über ihre ehemalige beste Freundin nachgedacht und es schien seltsam, dass er plötzlich das Thema gewechselt hatte. Er blickte sie jedoch weiterhin mit einem neugierigen Ausdruck im Gesicht an.

Zufall?

Möglicherweise.

Lizzie dachte an ihre Unterhaltung mit Kiel zurück. Trotz des Schocks und all der Emotionen, die auf sie eingestürmt waren, konnte sie sich fast an jedes einzelne Wort erinnern.

»Er sagte, er hat dafür gesorgt, dass Stas und ich während unseres ersten Studienjahres Zimmergenossinnen waren.« Und das war seltsam. »Er kannte außerdem ihren vollen Namen, den ich ihm gegenüber nie erwähnt habe. ›Astasiya‹ ist nicht gerade ein geläufiger Name.«

»Nein, das ist richtig, was bedeutet, dass er mehr über sie weiß, als wir dachten«, erwiderte Jayson mit nachdenklicher Miene. »Hat er sonst noch etwas gesagt?«

»Über Stas? Nun«, antwortete sie, »er hat hauptsächlich über seine Jugend gesprochen und erzählt, wie Osiris ihn als kleinen Jungen bei sich aufgenommen und ihn gemeinsam mit seinem eigenen Sohn Sethios aufgezogen hat. In Babylon.«

Er betrachtete sie eindringlich. »Er sagte, dass er mit Sethios aufgewachsen ist? Und dass sie als Kinder im gleichen Alter waren?«

»Ja, zumindest hat er das angedeutet.« Lizzie hatte ein Talent dafür, sich an Fakten und Unterhaltungen zu erinnern. Im College hatte ihr das zum Vorteil gereicht, da sie nie hatte lernen müssen.

»Was hat er sonst noch über Osiris gesagt?«

Sie zuckte mit den Schultern. »Nicht viel, nur, dass ich ihn eines Tages treffen würde und er ein Freund von Artemis ist. Warum?«

Er trank sein Wasser aus und kniff nachdenklich die Augen zusammen. Als er sie endlich wieder ansah, konnte sie eine Entschlossenheit in seinem Blick erkennen und es schien, als hätte er gerade einen inneren Konflikt gelöst.

»Osiris ist ein Wesen, das alle, einschließlich der Ichorianer, fürchten, denn er kann anderen mittels eines gesprochenen Befehls seinen Willen aufzwingen.« Er ließ seine Worte einen Moment im Raum stehen und setzte eine ernste Miene auf. »Ich nehme an, Ezekiel wollte damit andeuten, dass Osiris Sethios verwandelt hat und ihn vielleicht sogar als Kind aufgezogen hat. So wie es auch Aidan mit Issac getan hat.«

»Äh … Aidan?« Ihr wurde ganz schwindelig, als ihr all diese Namen durch den Kopf schwirrten. Er hatte zuvor schon von ihm als Lucs Vater gesprochen, hatte Issac jedoch nicht erwähnt.

Jayson lächelte, als hätte er ihre Gedanken gelesen. Er legte eine Hand an ihren Nacken und begann, ihre verspannten Muskeln zu massieren.

»Er ist der Unsterbliche, der Issac zu einem Ichorianer gemacht hat«, erklärte er. »Er ist außerdem Lucs und Amelias leiblicher Vater, aber das ist jetzt nicht wichtig.«

Jayson beugte sich zu ihr hinüber und legte eine Hand an ihre Wange. »An dem Tag, an dem ich dich getroffen habe, habe ich mir selbst geschworen, dass ich dich nie belügen würde. Ich habe mein Wort gehalten, habe dir allerdings gleichzeitig einiges vorenthalten. Zumindest bis heute. Aber darüber solltest du wirklich mit Stas sprechen, nicht mit mir.«

Sie wurde von Angst gepackt, doch sie konnte jetzt nicht mehr aufhören. »Das kannst du nicht einfach sagen, ohne es wenigstens zu erläutern.«

Er strich mit dem Daumen über ihre Unterlippe. »Ich

habe dir erklärt, dass Ichorianer und Menschen Sprösslinge zur Welt bringen …«

»Was ist mit Hydraianern und Menschen?«, fragte sie, bevor er fortfahren konnte.

»Hydraianer können sich nicht fortpflanzen«, antwortete er. »Aber das ist jetzt nebensächlich. Ich will, dass du darüber nachdenkst, *warum* Stas über unsere Welt Bescheid weiß. Es liegt nicht daran, dass sie für die CRF arbeitet.«

Lizzie runzelte die Stirn. »Willst du damit etwa sagen, dass sie unsterblich ist?«

»Noch nicht, aber bald.«

»Sie ist ein Sprössling?« Wie konnte Stas Lizzie so etwas verheimlichen?

Er nickte. »Ja, und sie verfügt über eine Fähigkeit, die der von Osiris ähnlich ist, denn sie kann anderen durch ihre Stimme ihren Willen aufzwingen.«

Lizzie riss die Augen auf. »Wie bitte?«

»Psst.« Er umfasste ihren Nacken mit festem Griff. »Wir wollen doch kein Aufsehen erregen.«

»Du hast mir gerade erzählt, dass meine beste Freundin anderen Menschen ihren Willen aufzwingen kann«, fauchte sie. »Darauf werde ich doch wohl noch reagieren dürfen.«

»Natürlich, aber nicht so laut«, erwiderte er.

Sie bedachte ihn mit einem finsteren Blick, doch er lächelte nur belustigt. »Ich kann dich verstehen. Es ist interessant, wie sich die Dinge entwickelt haben.«

Das war die Untertreibung des Jahres. Sowohl diese Unterhaltung als auch die letzten vierundzwanzig Stunden waren für Lizzie überaus *interessant* gewesen.

»Und was ist Stas' zweite Fähigkeit?« Sie hatte zwar die Stimme gesenkt, doch ihr Puls raste noch immer. Zum einen lag es daran, dass Jayson ihr so nahe war, und zum anderen an ihrem Gesprächsthema. Es war einfach nicht zu glauben.

»Wir wissen es noch nicht, weil sie noch nicht

wiedergeboren wurde.« Jayson hatte plötzlich einen mitfühlenden Ausdruck im Gesicht. »Sie hat sich aus vielerlei Gründen geweigert, den nächsten Schritt zu gehen. Einer davon bist du.«

»Ich?« Lizzie zog die Augenbrauen so weit in die Höhe, dass sie fast ihren Haaransatz berührten. »Warum?«

»Weil sie als Hydraianerin nicht für die CRF arbeiten kann. Sie musste ein Mensch bleiben, um ein Sentinel zu werden und Informationen zu sammeln. Zu Anfang ist sie dortgeblieben, um Issacs Schwester aus der Gefangenschaft zu befreien. Das ist eine andere Geschichte, zu der wir später noch kommen werden. Danach ist sie geblieben, um dir zu helfen. Tom hat eine Akte mit deinem Namen gefunden, als er dort gearbeitet hat, doch er musste seinen Job kündigen, bevor er mehr darüber in Erfahrung bringen konnte.«

Er ließ seine Hand an ihren Nacken gleiten und massierte die verspannte Stelle im oberen Bereich ihrer Wirbelsäule. Es fühlte sich himmlisch an, doch es konnte den Schrecken nicht aus seinen Worten vertreiben.

»Hast du irgendeine Ahnung, was in der Akte steht?«

Er schüttelte den Kopf. »Nein. Wir haben zwei Monate lang vergeblich versucht, weitere Informationen zu sammeln. Wir wollten dir alles erzählen, doch Ezekiel ist uns zuvorgekommen.«

»I-ich verstehe nicht. Was könnten sie denn gegen mich in der Hand haben?«

»Was auch immer es ist, du hast für sie einen großen Wert.« Jayson lehnte sich wieder auf seinem Sitz zurück, wobei er ihr seinen Körper aber immer noch zugewandt hatte. »Kannst du dich noch an den Abend erinnern, an dem ich dich zum ersten Mal besucht habe? Ich glaube, kurz danach ist ein Sentinel vorbeigekommen, nicht wahr?«

Lizzie nickte. »Charlie.«

»Kommt das häufig vor?«

Sie zuckte mit den Schultern. »Hin und wieder. Meine Mutter schickt sie gern, um nach mir zu sehen.«

»In jenem Fall war er da, um dein Überwachungssystem zu überprüfen. Ich habe mit meiner Uhr ein Störsignal ausgesandt, um ihre Reaktionszeit zu messen. Es war beeindruckend.«

Lizzie wurde blass und er legte eine Hand auf ihren Mund, bevor sie reagieren und einen Schrei ausstoßen konnte. Sie packte sein Handgelenk und zog seine Hand mit einem Ruck hinunter. »Lass das sein.«

»Ich will nicht, dass du schreist.«

»Das hatte ich auch nicht vor.«

Er zog eine Augenbraue in die Höhe. »Und lüg mich nicht an.«

»Das musst du gerade sagen.«

»Ich habe dich nie belogen, Elizabeth.« Die Aufrichtigkeit in seiner Stimme und sein eindringlicher Blick ließen sie erzittern. »Es war nicht meine Entscheidung, dich im Dunkeln zu lassen. Dennoch hatte ich nicht das Recht, es dir zu erzählen, auch wenn ich es wollte.«

Lizzie schluckte.

Stas und Tom hatten ihr alles verheimlicht. Jayson hatte sich ebenfalls schuldig gemacht, doch auf eine andere Art. Sie hatten ihn damit beauftragt, sie zu beschützen und sich mit ihr anzufreunden. Es sagte eine Menge über ihn aus, dass er ihr die Wahrheit hatte sagen wollen, angenommen, er meinte es ernst. Seine Augen verrieten ihr, dass er sie auch in diesem Punkt nicht belog, doch ihr Herz wollte im Moment noch niemandem Glauben schenken.

»Ich brauche etwas Zeit«, gestand sie, »um über alles nachzudenken.«

»Das kann ich verstehen, doch es ist keine Lösung, aus einer Laune heraus einfach nach Rom zu verschwinden.« Er forderte sie mit einem Blick heraus, ihm zu widersprechen, doch sie brachte kein Wort heraus. Er hatte recht, obwohl sie das nie zugeben würde.

»Hast du letzte Nacht ein wenig schlafen können?«, fragte er, wobei seine Stimme viel sanfter war als noch kurz zuvor.

Sie schüttelte langsam den Kopf. »Nicht wirklich.«

»Dann lass uns etwas schlafen und morgen früh können wir von vorn anfangen. Wir könnten eine Besichtigungstour machen, bevor wir uns entscheiden, wohin wir als Nächstes reisen werden.«

»Tatsächlich?« Sie wurde munter, als sie den Vorschlag hörte. »Dann schickst du mich also nicht nach Hydria?« Sie hatte fast erwartet, dass am Flughafen ein ganzes Begrüßungskomitee auf sie wartete.

»Es ist deine Entscheidung, wohin wir als Nächstes gehen.« Seine Lippen verzogen sich zu einem Lächeln, als er hinzufügte: »Doch du solltest wissen, dass ich dir nicht von der Seite weichen werde.«

Sie spielte mit einer Haarsträhne, die ihr über die Schulter gefallen war. »Das musst du nicht tun.« Nach allem, was er ihr erzählt hatte, schien es ungerecht und riskant. »Aber ich bin noch nicht bereit, ihnen gegenüberzutreten«, gab sie zwiegespalten zu.

Um in Hydria zu bleiben, müsste sie die Welt, die sie kannte, hinter sich lassen.

Es gab allerdings nicht viel in Manhattan, wofür sie dankbar sein musste. Ihre Eltern würden sie sicher nicht vermissen und ihre Freundinnen würden ihr Leben weiterleben, genauso wie sie es immer taten. Sie konnte sich nicht daran erinnern, wann sie das letzte Mal mit jemandem gesprochen hatte, den sie noch aus der Highschool kannte. Einige hatten während ihres ersten Studienjahres zwar noch per SMS Kontakt gehalten, doch irgendwann war jeder seiner eigenen Wege gegangen. Zu diesem Zeitpunkt hatte Lizzie

Stas getroffen und ihre Bindung war so viel aufrichtiger gewesen als alles andere in Lizzies Leben.

Sie verspürte einen Stich im Herzen, als sie an die Freundschaft dachte, die sie verloren hatte. Sie war durch die Ereignisse der letzten Monate unwiderruflich verändert worden und Lizzie fragte sich, ob sie sich je wieder davon erholen würden.

Jayson stand auf und streckte die Arme über den Kopf, wobei sie einen Blick auf seine nackte Haut zwischen seinem roten Pullover und seiner Cargohose erhaschte.

Wenn das keine Ablenkung war.

Allerdings war sie nicht die Einzige, die es bemerkt hatte.

Die kokette Brünette warf ihm einen fragenden Blick zu, doch Jayson ignorierte sie und wandte sich wieder um, um sich mit den Händen auf Lizzies Armlehne abzustützen. Sein Gesicht war gerade einmal einen Zentimeter von dem ihren entfernt, als er sich vorbeugte.

»So sehr mich dieses spontane Abenteuer auch verärgert, ich kann verstehen, dass du einfach nur verschwinden wolltest. Aus diesem Grund werde ich dir dein törichtes Verhalten noch einmal durchgehen lassen.«

Er packe ihr Kinn mit festem Griff und zwang sie, ihm in die Augen zu blicken. »Wenn du jedoch je wieder so eine Nummer abziehst, dann werde ich dich übers Knie legen und meinen Missmut auf eine Weise zum Ausdruck bringen, bei der du noch Wochen später an mich denken wirst. Und ich werde mich nicht davor scheuen, es in der Öffentlichkeit zu tun. Hast du mich verstanden?«

Ihr Mund war wie ausgetrocknet. »Das würdest du nicht …«

»Oh doch«, versprach er.

Sie rutschte voller Unbehagen auf ihrem Sitz hin und her, denn sie wusste nicht, wie sie mit den Gefühlen umgehen sollte, die er in ihr auslöste. Warum faszinierte sie der

Gedanke so sehr, sich von ihm den Hintern versohlen zu lassen? Es war falsch, doch die Art, wie er sich über sie beugte und ihr unumwunden in die Augen starrte, entfesselte etwas in ihrem Inneren. Es war ein fremdartiges, lüsternes und unanständiges Verlangen, das sich jedoch so richtig anfühlte.

»Was machst du nur mit mir?«, flüsterte sie.

Er führte seine Lippen an ihr Ohr. »Ich erforsche nur deine Grenzen, Schätzchen. Und jetzt sollten wir etwas schlafen.«

Kapitel Siebzehn

Abseits der Touristenpfade

Erinnerungsimplantate sind vollständig. Den Ersatzeltern wird ein detaillierter Bericht für zukünftige Interaktionen bereitgestellt.

Eintrag 118.02.4-7

Lizzie erwachte, als sie Jayson Italienisch sprechen hörte.

Sie spähte durch ihre dichten Wimpern und sah, dass die kokette Brünette zurückgekehrt war. Sie lehnte mit der Hüfte an Jaysons Armlehne. Er hatte seinen Sitz aufgerichtet und schien wachsam zu sein, während Lizzie sich auf ihrem Flachbettsitz zu einer Kugel zusammengerollt hatte.

Die Flugbegleiterin errötete und nickte, als er etwas zu ihr sagte. Er zog sein Handy aus der Tasche und murmelte etwas mit einer sexy Stimme, dann reichte er ihr das Telefon, damit sie etwas hineintippen konnte. Sie nahm das Gerät entgegen und lächelte triumphierend.

Lizzie beobachtete die beiden mit zusammengekniffenen Augen. Scheinbar hatte er sich aus diesem Grund bereit erklärt, etwas länger zu bleiben, um die Touristenattraktionen zu bewundern. Er hatte im Flugzeug nicht mit der Frau schlafen können und musste sich daher anderweitig arrangieren.

Es sollte eigentlich nicht wehtun. Doch Lizzie verspürte einen Stich im Herzen.

Sie waren kein Paar und er hatte ihr den Sinn und Zweck ihrer Beziehung deutlich erklärt. Doch warum hatte er mit ihr geflirtet? Es sei denn, Lizzie hatte all die Signale missverstanden. Sie hatte in solchen Angelegenheiten einfach viel zu wenig Erfahrung.

Er erwähnte Balthazar, als er sein Handy zurück in die Tasche steckte, und Lizzie zog eine Augenbraue in die Höhe. Tristan hatte angedeutet, dass Jayson nicht abgeneigt war, seine Frauen mit seinen Freunden zu teilen. Hatte er das damit gemeint?

Ihr Magen verkrampfte sich.

Sie hatten ihre Unterhaltung von neulich nicht fortgeführt, bei der sie von seiner Vorliebe erfahren hatte, mit mehreren Frauen gleichzeitig zu schlafen. Zudem hatten sie bisher noch nicht über die Bemerkungen gesprochen, die sein Freund während der Party gemacht hatte.

Sie hatte die Signale offenbar völlig falsch gedeutet. In einem Moment könnte sie schwören, dass er sie mochte, und im nächsten war sie nicht mehr als ein Auftrag für ihn.

Ich muss endlich aus diesem Flugzeug steigen.

Lizzie setzte sich auf, um den Flugstatus auf ihrem Bildschirm zu überprüfen. Noch eine Stunde. Gut.

Jayson sagte etwas auf Italienisch über sie und die Flugbegleiterin nickte eifrig, bevor sie wieder davoneilte.

»Rebekah wird dir dein Frühstück bringen«, murmelte er.

Lizzie beachtete ihn gar nicht, als sie ihren Sitz wieder aufrichtete. Sie zog die Beine an und fuhr sich mit den Fingern durchs Haar. Sie konnte spüren, dass er sie beobachtete.

Scheinbar wartete er auf eine Antwort.

Na schön.

»Ich habe keinen Hunger.«

Das ist ganz und gar nicht zickig, Liz.

Scheiß drauf.

»Das ist wirklich schade, denn du wirst trotzdem etwas essen«, erwiderte er. »Wir werden heute viel zu Fuß unterwegs sein, daher solltest du dich stärken.«

Schließlich wandte sie sich ihm zu. Er strahlte vergnügt über das ganze Gesicht. »Und wohin werden wir gehen?«

»Das kommt ganz darauf an, was du gern sehen würdest. Ich könnte dir einen historischen Rundgang bieten, wenn es dich interessiert. Und damit meine ich nicht die üblichen touristischen Attraktionen, sondern Schauplätze, an denen sich tatsächliche Ereignisse abgespielt haben.« Er strahlte einen jungenhaften Charme aus, während er auf ihre Antwort wartete.

»Du willst mich tatsächlich herumführen?«

»Natürlich. Sonst würde ich es dir nicht anbieten.«

Vielleicht hatte er sein Treffen mit der koketten Brünetten auf einen anderen Tag gelegt. Lizzie könnte versuchen, ihn derart zu erschöpfen, bis er nicht die nötige Energie aufbrächte, doch sie bezweifelte, dass ein Mann wie Jayson je müde wurde.

Sie wurde von einem ungewollten Gefühl übermannt.

Sie hatte kein Recht, eifersüchtig zu sein. Er berührte sie zwar immer wieder, aber er flirtete auch ungeniert mit der Flugbegleiterin und tauschte Nummern mit ihr aus.

Er war weder ein treuer Mann noch jemand, der sich je wirklich für Lizzie interessieren würde.

»Warum tust du das?«, fragte sie ihn verwirrt. »Hast du etwa ein schlechtes Gewissen?«

Er wandte sich ihr zu. »Brauche ich denn wirklich einen Grund, um Spaß mit dir zu haben?«

Sie starrte ihn an. »Es würde dir Spaß bereiten?«

Er grinste. »Oh, ohne Zweifel. Wahrscheinlich hätte ich mehr Spaß, als ich sollte, doch da ich in Bezug auf dich ohnehin schon alle Regeln gebrochen habe, kann ich auch noch eine Runde Sightseeing mit auf die Liste setzen.«

Sie runzelte die Stirn. »Regeln? Welche Regeln?«

»Luc ist ein Liebhaber von Verordnungen«, antwortete er vage. »Und jetzt wechsle nicht das Thema, sondern sag mir, wohin du gehen willst, nachdem wir gelandet sind.«

Er starrte sie mit seinen schokoladenbraunen Augen an und sie konnte nicht anders, als seiner Aufforderung Folge zu leisten.

Eine Besichtigungstour könnte durchaus Spaß machen … Außerdem bekam man nicht alle Tage die Möglichkeit, einen Touristenführer zu haben, der bereits vor tausend Jahren durch diese Straßen gewandelt ist. Vielleicht sogar vor zwei oder dreitausend Jahren.

Wie werde ich all das je begreifen können?, fragte sie sich.

Oh. Plötzlich wurde ihr klar, warum er ihr eine Führung anbot.

Er wollte ihr ein wenig Ablenkung bieten. Weil sie ihm leidtat? Oder gab es einen anderen Grund?

Ist das denn wichtig? Nein. Sie war dankbar für die Abwechslung.

»Hm, nun, die üblichen Touristenattraktionen habe ich alle schon gesehen, aber es ist schon eine Weile her.« Sie war mit ihren Eltern vor zehn Jahren nach Rom gereist, doch ihre Erinnerungen an die Zeit waren bestenfalls verschwommen und wirkten eher wie ein Traum. »Könntest du etwas empfehlen?«

Er dachte nach. »Du hast Rom also schon gesehen, nicht wahr?«

»Vor etwa zehn Jahren, ja.«

»Hast du damals auch Pompeji besucht?«

Sie runzelte die Stirn. »Das ist nicht in Rom.«

»Das ist mir klar.« Er streckte eine Hand aus und zog an einer ihrer Haarsträhnen, die ihr über die Brust gefallen war. »Warst du schon einmal dort?«, fragte er, als er mit dem Handrücken ihre Brust streifte. Falls er es absichtlich getan hatte, ließ er sich nichts anmerken, aber ihr Körper reagierte dennoch auf seine Berührung. Sie zwang sich, den Kopf zu schütteln, da sie plötzlich einen trockenen Mund hatte und kein Wort mehr hervorbrachte. Nein, sie war noch nie dort gewesen. Ihre Mutter zog es vor, einkaufen zu gehen, statt archäologische Stätten zu besuchen.

»Dann werden wir einen Tagesausflug in den Süden machen. Wir können eine neapolitanische Pizza genießen und die Nacht in Rom verbringen, wenn du willst.« Er ließ ihr Haar los und strich mit den Fingerknöcheln über ihre Wange. »Du bist so hübsch, wenn du errötest, Rotschopf.«

In diesem Moment kam die kokette Brünette mit ihrem Frühstück zurück. Die Flugbegleiterin hatte wirklich gutes Timing.

Jayson ließ seine Hand auf Lizzies Schulter sinken, als er die Frau auf Englisch ansprach. »Danke, Rebekah.«

Sie antwortete auf Italienisch, als Lizzie dabei war, ihren Tisch auszuklappen. Sie nahm das Tablett mit einem gezwungenen Lächeln entgegen und stieß ein »Danke« hervor. Ihre Mutter hatte ihr beigebracht, unter allen Umständen höflich zu sein, und dieser Moment bildete keine Ausnahme.

Jayson streichelte mit dem Daumen über Lizzies Nacken, als er um zwei Tassen Kaffee bat. Wieder auf Englisch. Als er für Lizzie um zwei Packungen Zucker und Milch bat, riss sie die Augen auf. So trank sie ihren Kaffee am liebsten, doch sie hatten nie zusammen eine Tasse getrunken.

»Woher weißt du, wie ich meinen Kaffee mag?«, fragte sie, als die Flugbegleiterin sich wieder entfernte.

»Ich habe dich beobachtet«, sagte er leise, während er seinen Daumen über ihre Halsschlagader kreisen ließ. »Ich habe während der letzten zwei Monate viel über dich gelernt. Nicht als Stalker, sondern als eine Art Sicherheitsmann.«

»Und Leibwächter müssen wissen, wie die Menschen, die sie beschützen, ihren Kaffee trinken?«

Er lächelte. »Wahrscheinlich nicht, aber du hältst jeden Morgen auf dem Weg zur Arbeit in dem Café auf dem Broadway an.«

Lizzie zog die Augenbrauen in die Höhe. »Du bist mir gefolgt?«

»Ja.« In seiner Antwort lag keinerlei Reue. »Ich wollte wissen, wo und wann die CRF in dein Leben eingreift.«

»Hat sie das etwa getan?«

»Nur einmal im Monat.«

Sie runzelte die Stirn. »Wann?«

»Beim Brunch«, erwiderte er. »Wir können nach dem Essen noch darüber sprechen. Wir werden bald landen, daher solltest du dich beeilen.«

Sie war sich nicht sicher, ob sie überhaupt noch etwas essen wollte. »Beim Brunch?«, wiederholte sie. »Das ergibt doch keinen Sinn.«

»Wie wäre es, wenn du dich deinem Omelett widmest, während ich es dir erkläre?«

Er hatte ihr zwar eine Frage gestellt, doch sein Tonfall ließ den Schluss zu, dass er ihr ohnehin keine Wahl ließ.

Ein Kompromiss. Na schön. Dem konnte sie zustimmen, auch wenn ihr der Sinn nicht danach stand, etwas zu essen.

Lizzie schnitt ein Stück Ei ab und schob es sich mit einer hochgezogenen Augenbraue in den Mund.

Jayson grinste zufrieden und legte seine Hand auf die Armlehne zwischen ihnen. »Also gut, ich werde dir erzählen, was wir wissen, aber ich kann dir jetzt schon sagen, dass es nicht viel ist.«

»Ein Bordell«, sagte Lizzie mit gerunzelter Stirn. »Mit einem Bett aus Stein.«

Jayson lachte. »Es sollte die Männer davon abhalten, nach dem Akt noch lange herumzulungern.«

Sie betrachtete das kleine, gut erhaltene Zimmer in Pompeji und nickte. »Hier wollte ich auch nicht liegen bleiben.«

Ihr Ausflug zu der archäologischen Stätte war eine perfekte Ablenkung von ihrer Unterhaltung im Flugzeug. Lizzie murmelte in regelmäßigen Abständen etwas davon, wie unwirklich ihr alles erschien, vor allem da Jayson über detaillierte Kenntnisse der ehemaligen römischen Stadt verfügte.

Sie strich mit den Fingern über die Wände, bevor sie wieder ins Sonnenlicht hinaustrat. Ihr rotes Haar schimmerte verführerisch, doch es war vor allem ihre Kleidung, die ihn in ihren Bann zog.

Sie trug eine perfekt sitzende Jeans, schwarze Stiefel und ein Oberteil aus fließendem Stoff.

Sie war sexy wie die Sünde.

Lizzie hatte sich ihr neues Outfit am Flughafen gekauft, während er sich um eine Transportmöglichkeit gekümmert hatte. Er hatte all seine Kraft zusammennehmen müssen, um nicht irgendein Hotelzimmer mit einem großen Bett zu buchen. Auch jetzt hätte er sie am liebsten in eine Nische gezogen und sie gegen die Wand gepresst, um sie zu verschlingen.

Stattdessen verschränkte er die Hände hinter seinem Rücken.

»Lässt dieser Ort Erinnerungen aufleben?«, fragte sie mit sanfter Stimme.

Er zuckte mit den Schultern. »Pompeji war hauptsächlich ein Handelshafen, daher habe ich hier nie viel Zeit verbracht.

Ich habe mich vorzugsweise öfter in Rom aufgehalten.« Aus vielerlei Gründen, doch vor allem wegen der Frauen.

»Hattest du denn gar keine Zeit, um dich im Bordell zu vergnügen?« Sowohl der kokette Unterton als auch ihr Lächeln schienen gezwungen zu sein.

»Willst du wirklich eine Antwort auf diese Frage, Rotschopf?« Mit diesen Worten wollte er sie zwar necken, ihr jedoch gleichzeitig eine Lektion erteilen. *Bitte nicht um Einzelheiten, die du gar nicht wissen willst.* Er nahm an, dass es aufgrund seines Alters und ihrer Unschuld ein Problem zwischen ihnen sein würde. Für ihn war es eine Herausforderung, die er überwinden wollte, doch er wusste nicht recht, wo er anfangen sollte. Oder warum er den Drang verspürte, es überhaupt zu versuchen.

»Wahrscheinlich nicht.« Sie senkte den Blick zu Boden. »Vergiss es einfach.« Sie beschleunigte ihre Schritte, doch er ergriff ihre Hand und zog sie zurück an seine Seite.

»Wohin willst du denn so schnell verschwinden?« Er verwob seine Finger mit den ihren und zwang sie dazu, langsamer zu gehen.

»Ich wollte nicht, ich meine, ich habe nur …«

»Um deine Frage zu beantworten«, unterbrach er sie, »ich zahle nicht für diese Art von Vergnügen.« Er ließ seine Worte einen Moment wirken. »Also, nein, ich habe keine Zeit in diesem Bordell verschwendet.«

»Oh, ich wollte nicht …« Sie verstummte, als ihr schönes Gesicht hochrot anlief.

»Doch, das wolltest du«, erwiderte er mit sanfter Stimme. Er konnte ihr keinen Vorwurf machen. Sie hatten kaum an der Oberfläche seiner weitläufigen Erfahrung gekratzt. Sie fühlte sich zu Recht davon eingeschüchtert. Dennoch … »Ich kann mich nicht für meine Vergangenheit entschuldigen, Liz.« Er drückte ihre Hand. »Aber ich kann versuchen, einen neuen Anfang für unsere Zukunft zu machen.«

Sie stolperte, was nicht schwer war, wenn man bedachte, wie steinig die Straße war. Er vermutete jedoch, dass seine Worte der wahre Grund für ihr Taumeln waren.

»Unsere Zukunft?«, wiederholte sie.

»Ja.« Sein Mund verzog sich zu einem Lächeln, als sich plötzlich die Härchen auf seinen Armen warnend aufstellten.

Schusswaffen.

Jaysons Gabe meldete sich instinktiv zu Wort, als er durch reine Willenskraft die Kugel in der Luft packte und sie zu Boden fallen ließ, bevor sie weiter auf ihn zufliegen konnte.

Ein Scharfschütze. Seine Position auf dem Hügel bot ihm eine perfekte Sicht auf die *Via dell'Abbondanza*, was bedeutete, dass Lizzie und Jayson sofort von der Hauptstraße verschwinden mussten. Die ehemaligen Wohnhäuser und Läden waren ein idealer Ort, um sich zu verstecken.

Jayson konnte zwei Handfeuerwaffen und mehrere Messer wahrnehmen.

Die Sentinels am Boden waren etwa hundert Meter von ihnen entfernt. Er machte sich nicht die Mühe, sich nach ihnen umzusehen. Ein Kampf inmitten all der Touristen würde nur unnötig Menschenleben kosten.

Ihnen blieb nur eine Möglichkeit: Sie mussten fliehen.

Jayson schlang seine Arme um Lizzie und zog sie in einen abgesperrten Bereich.

»Was …«

»Sentinels«, erklärte er, als er sie ruckartig zwischen zwei Steinsäulen zog und auf die nächste Säulengruppe zustürzte. Er riss Lizzie gewaltsam mit sich und hätte sicher für Aufsehen gesorgt, wenn jemand sie beobachtet hätte. Glücklicherweise war dieser Bereich mit einem Seil abgesperrt und durch uralte Mauern verdeckt.

Er dankte dem Himmel für den Erhalt der Ruinen.

Er prallte mit dem Rücken gegen einen alten Türrahmen, während er mit mentaler Kraft geschickt die Waffen der

Sentinels zerlegte. Sie waren ihnen zwar dicht auf den Fersen, doch sie hatten sich aufgeteilt und würden den Eingriff nicht bemerken, was Jayson später zum Vorteil gereichen würde. Zur Sicherheit spielte er obendrein an ihren Messern herum und überprüfte im Geiste, ob es sonst noch etwas gab, was sie als Waffe benutzen konnten.

»Jayson«, keuchte Lizzie und krallte sich in seine Unterarme.

»Tut mir leid, Rotschopf«, murmelte er und lockerte den Griff. Er hatte sie fester gepackt als beabsichtigt, als er instinktiv auf die sich nähernden Waffen reagiert hatte. »Wir müssen von hier verschwinden.«

»W-wie kannst du wissen, dass …«

»Waffen«, antwortete er hastig. »Und jetzt folge mir.« Er ergriff ihre Hand und zog sie auf einen Seitenausgang zu, der ganz offensichtlich erst später zu dem Originalbau hinzugefügt worden war.

Mithilfe seiner Fähigkeit suchte er die Gegend weiter nach Metall ab, das irgendwie mit Waffen in Verbindung stand, während er gleichzeitig sein Handy aus der Tasche zog. Bei ihrer Ankunft hatte er Luc eine Nachricht geschickt, um ihn auf den neuesten Stand zu bringen, und hatte danach Jacque per SMS gebeten, sich bereitzuhalten.

Jayson hatte bereits geahnt, dass die CRF irgendwann auftauchen und ihnen ihren kleinen Ausflug verderben würde, und hatte daher Vorkehrungen getroffen.

Jacque nahm beim ersten Klingeln ab. »Was gibt's?«

»Die CRF hat uns ausfindig gemacht«, erklärte er, während Lizzie neben ihm spuckte. »Du musst uns abholen. Sofort. Nimm B mit. Er soll dir erklären, wo sich das *Apodyterion* befindet. Er hat ein paar schöne Erinnerungen an diesen Ort.«

»Bin schon dabei.«

Dann war die Leitung tot und Jayson sprang über ein Seil.

Er wandte sich um, packte Lizzie an den Hüften und hievte sie ebenfalls darüber.

»Das kann ich auch selbst tun«, blaffte sie.

Jayson musste trotz der widrigen Umstände grinsen. »Wahrscheinlich, aber so macht es viel mehr Spaß, Rotschopf.« Er zwinkerte ihr zu und verwob seine Finger mit ihren. »Los geht's.«

Sie grummelte etwas Unzusammenhängendes vor sich hin, was nur noch mehr zu seiner Belustigung beitrug, während sie sich in schnellem Tempo vorwärtsbewegten. Wenigstens hatte das Eintreffen der CRF ihrem feurigen Temperament nichts anhaben können.

»Wir müssen dein Handy loswerden«, sagte er, als sie in ein Wohnhaus liefen. Da es verboten war, innerhalb der archäologischen Stätte von Pompeji größere Taschen bei sich zu tragen, hatten sie ihre Handtasche im Kofferraum des Wagens gelassen. Sie hatte jedoch ihr Handy bei sich und Jayson vermutete, dass die CRF es orten konnte. Oder sie hatten ihr einen Peilsender eingepflanzt, wie sie es auch mit Amelia getan hatten.

Lizzie wehrte sich nicht. Sie reichte ihm ihr Mobiltelefon und sah zu, wie er es in eine Ecke des Raumes schleuderte.

»Du wirst mir ein neues kaufen.«

»Natürlich, Schätzchen.«

Diesmal ergriff sie seine Hand, um sich von ihm führen zu lassen, und entlockte ihm somit ein Lächeln. Sie hätte verängstigt sein sollen, doch er konnte das Vertrauen in ihren Augen leuchten sehen. Wahrscheinlich war es hilfreich, dass sie nichts von dem Scharfschützen ahnte, und auch nicht wusste, wie viele Sentinels sie gerade verfolgten.

»Erinnere mich später daran, dich zu küssen«, murmelte er. Es war zwar nicht der beste Zeitpunkt dafür, aber Jayson liebte willensstarke Frauen.

Sie runzelte die Stirn, doch er gab ihr keine Möglichkeit, etwas zu erwidern.

Er führte sie durch die Steinmauern, bis sie die *Stabianer Thermen* erreichten, und beschleunigte die Geschwindigkeit, als sie auf den Innenhof trafen.

Mehrere Touristen schlenderten über das offene Gelände und machten Fotos. Sie hätten ihnen eine ausgezeichnete Deckung geboten, wenn Lizzies Haarfarbe nicht derart auffällig gewesen wäre.

Die CRF würde sie sofort finden.

»Hier herein«, sagte er und zeigte auf einen massiven Torbogen, der zum Badehaus der Frauen führte.

»Das sieht nach einer Sackgasse aus.«

»Ja«, stimmte er zu, als er sie hineinführte. »Geh weiter.«

Sie gehorchte, verlangsamte jedoch ihre Schritte, als sie einen Raum mit beeindruckenden Mosaiken betraten. »Wow«, flüsterte sie, als sie sich bemühte, einen Schritt vor den anderen zu setzen.

»Ich verspreche dir, dass wir eines Tages hierher zurückkehren«, schwor er. »Aber im Moment brauche ich deine ungeteilte Aufmerksamkeit. Du darfst nicht stehen bleiben.«

Sie nickte und folgte ihm, bis sie auf eine Wand stießen. Jacque war noch nicht erschienen, und das war kein gutes Zeichen.

»Äh, und jetzt?«, fragte sie mit gedämpfter Stimme.

»Wir warten ab oder verteidigen uns.« Da sie mit dem Flugzeug gereist waren, hatte er keine Waffe bei sich, doch er würde wahrscheinlich keine brauchen. Jayson war ein Meister vieler Kampfkünste und einiger anderer Techniken, die nicht dieser Ära entstammten. Nicht zu vergessen seine Fähigkeit, Metall zu kontrollieren.

»Bist du sicher, dass die CRF hier ist?«, flüsterte Lizzie.

»Ja.« Er suchte die Umgebung mithilfe seiner Sinne ab.

Die Sentinels schienen sich aufzuteilen, was darauf schließen ließ, dass sie entweder Lizzies Handy folgten oder das Signal durch etwas innerhalb dieser alten Mauern gestört wurde.

»Okay.« Sie biss sich auf die Unterlippe und begann, nervös darauf herumzukauen. »Ich habe kein bekanntes Gesicht entdecken können.«

»Das überrascht mich nicht. So sehr ich die Sentinels verabscheue, sie sind alle hervorragend ausgebildet.«

Sie nickte. »Die meisten von ihnen werden aus dem Sondereinsatzkommando und ähnlichen Einheiten rekrutiert. Ich habe schon immer geahnt, dass etwas mit ihnen nicht stimmt. Vieles ergab einfach keinen Sinn. Was hatte es mit all den Reisen und der Geheimniskrämerei auf sich?«

»Sie tun auch Gutes in der Welt«, gab Jayson zu, »doch hauptsächlich, um ihre Tarnung aufrechtzuerhalten.«

Er konnte zwei Waffen spüren, die ins Badehaus eindrangen. Vier.

»Sie sind auf dem Weg hierher«, warnte er. »Steig über das Seil und stell dich mit dem Rücken an die Wand.«

Sie betrachtete das Mosaik auf dem Boden und warf ihm einen argwöhnischen Blick zu. »Ist das nicht illegal?«

Trotz ihrer brenzligen Lage war er belustigt. Doch schon kurze Zeit später war sein Humor wieder verflogen. Er hob sie hoch und setzte sie auf der anderen Seite des Seils wieder ab. Dann drückte er sie mit seinem eigenen Körper gegen die Wand. »Rühr dich nicht von der Stelle.« Das konnte sie auch gar nicht.

»Aber …«

Er legte einen Finger auf ihre Lippen, als ein paar Touristen durch den einzigen Eingang traten. Sie lächelten, als sie das Paar sahen, schossen ein paar Fotos von dem Mosaik auf dem Boden neben Lizzies Füßen und verließen den Raum wieder.

Ich liebe dieses Land. Hier mokierte sich niemand über die Zurschaustellung von Zuneigung.

Jaysons Freude hielt jedoch nicht lange an, denn er konnte fühlen, dass die Schusswaffen näher kamen.

Nach der Position und Nähe her zu urteilen, machte er zwei Sentinels aus, die jeweils zwei Waffen bei sich trugen.

Ein Kinderspiel.

Kapitel Achtzehn

Vertrauen und Überzeugung

Gönner hat die Manipulation des Blutes abgelehnt. Testobjekt soll unverfälscht bleiben und anhand von anderen angemessenen Mitteln verfolgt werden können.

Eintrag 101.02.4-7

»Versuche, nicht zu schreien«, flüsterte er, als er sich von ihr löste, um sich auf der anderen Seite des Eingangs zu positionieren. Er verspürte einen Stich im Herzen, als sie ihn mit großen Augen ansah, doch er musste sich konzentrieren.

Die Sentinels gingen davon aus, dass sie bewaffnet waren, was Jayson einen Vorteil verschaffte.

Fünf.

Vier.

Drei.

Zwei.

Als der erste Soldat über die Schwelle trat, schlug Jayson ihm mit der Faust gegen den Hals und setzte ihn auf diese Weise vorübergehend außer Gefecht.

Leider hatte sein Partner dadurch die Möglichkeit zu reagieren. Der blonde Mann versuchte, seine Waffe abzufeuern, und schleuderte sie in Jaysons Richtung, als er bemerkte, dass sie nicht mehr funktionierte. Er ließ einen Faustschlag folgen, dem Jayson auswich, dann setzte er mit einem Tritt gegen die Rippen nach.

Beide Männer ähnelten sich in Größe und Stärke und ihr Kampf wurde zu einem Tanz brachialer Gewalt.

Jayson holte zum Schlag aus, doch sein Gegner blockte ihn ab und griff selbst an.

Dann beging der Sentinel einen tödlichen Fehler, als er Lizzie bemerkte, die sich gegen die Wand drückte. Ein Ausdruck des Wiedererkennens huschte über sein Gesicht und Jayson nutzte den Moment zu seinem Vorteil.

Er schlug ihm mit der Faust gegen das Kinn. Der Mann geriet ins Taumeln und prallte direkt gegen Jaysons Knie. Der Sentinel fiel zu Boden und Jayson sprang auf ihn, wobei er die Kehle des Mannes mit beiden Händen zudrückte. Er spuckte und versuchte vergeblich, ihn abzuwehren.

»Ich würde ja behaupten, dass es nicht persönlich gemeint ist«, sagte Jayson, »aber das wäre gelogen.« Denn er erkannte den Scheißkerl als den Mann, der vor ein paar Wochen in Lizzies Wohngebäude herumgelungert hatte. Er war derjenige, der ihr Apartment überprüft hatte, nachdem Jayson das Überwachungssystem vorübergehend lahmgelegt hatte.

Der blonde Mann bekam glasige Augen, als ihm langsam der Sauerstoff ausging. Er musste nur noch ein paar …

»Jayson!«, rief Lizzie mit schriller Stimme, als der andere Sentinel den Versuch unternahm, seine Waffe vom Boden aus abzufeuern. Der Abzug bewegte sich jedoch nicht, woraufhin er sich auf die Füße mühte und dabei ein Messer zog. Er hatte sich schneller als erwartet erholt.

»Oh, das sieht nach Spaß aus«, sagte Jayson. Er verbog die Klinge mit der Kraft seiner Gedanken, als der Mann unter ihm das Bewusstsein verlor.

»Code H, Badehaus«, formte der Sentinel mit den Lippen,

wobei er jedoch keinen Ton hervorbrachte, da sich seine Luftröhre noch nicht von dem Schlag erholt hatte. Soviel zu dem Versuch, Verstärkung anzufordern. Es machte den Anschein, als hätten sie bisher nicht geahnt, dass er ein Hydraianer war. Faszinierend. Jayson fragte sich, worin sie den Grund für das Verfehlen des Scharfschützen gesehen hatten.

Jayson stand auf und nahm eine defensive Haltung ein, als er eine vertraute Präsenz spürte, die seinem Gegner eine Kugel in den Kopf jagte.

Das war eine Art, um der Lage Herr zu werden, doch es machte wesentlich weniger Spaß.

»Beim nächsten Mal solltest du wirklich etwas genauer sein«, tadelte Balthazar hinter ihm. »Ich bin in Pompeji in mehreren Badehäusern ein und aus gegangen und habe nicht nur ein einziges frequentiert.«

»Es gibt aber nur ein Apodyterion, B.« Jayson wandte sich um und klopfte sich die Hände an seiner Jeans ab.

»In den historischen Aufzeichnungen vielleicht«, erwiderte sein Freund, »aber meine Erinnerung ist viel weitläufiger als ein geschichtliches Textbuch.«

»Können wir jetzt gehen?«, fragte Jacque und streckte ihnen eine Hand entgegen. Er stand mit Balthazar in der Mitte des abgesperrten Bereichs, während Lizzie sich immer noch mit weit aufgerissenen Augen gegen die Wand drückte.

Richtig.

Es war kein guter Zeitpunkt, um sich mit Balthazar über Geschichte zu streiten.

Er sprang über das Seil und eilte zu seiner erschrockenen Begleiterin. Sie zuckte zusammen, als er ihr übers Gesicht strich. »Ganz ruhig, Rotschopf. Es ist alles in Ordnung.«

»Du … du hast Charlie umgebracht«, stammelte sie.

Das musste der Name des blonden Mannes sein. Offenbar kannte sie ihn gut.

»Er schläft nur, Liz. Er wird in ein paar Minuten wieder aufwachen.«

Sie sah ihm in die Augen und blinzelte. »Sie haben versucht, dich umzubringen«, flüsterte sie mit einem nachdrücklichen Unterton.

»Das ist leider nichts Neues.« Er zog sie von der Wand in seine Arme. »Wir müssen unsere Besichtigungstour ein andermal fortsetzen.«

»Aber das ist … ich …«

»Ganz ruhig«, murmelte er, als er sie an sich drückte. »Wir können später darüber reden, wenn wir in Sicherheit sind. Schließe deine Augen, Rotschopf.« Er bedeutete Jacque und Balthazar mit einer Geste, sich ihrer Umarmung anzuschließen, und verzog das Gesicht, als das schwindelnde Gefühl ihm den Magen umdrehte.

Jaysons Wohnzimmer tauchte um sie herum auf, wobei die nackte Frau auf der Couch einen erschrockenen Schrei ausstieß.

Amelia.

Mit ihren dunklen Haaren, hervorstechenden blauen Augen und ihrer Porzellanhaut war sie eine der verführerischsten Frauen der Welt. Sie glich einem Engel, obwohl sie mit dem Kopf des blonden Mannes zwischen ihren Schenkeln ein weniger himmlisches Bild abgab.

Jayson war nicht gerade erfreut darüber, sie in dieser Position zu überraschen, da er die Frau wie eine Schwester liebte. Er war froh, dass ihr richtiger Bruder nicht bei ihnen war, sonst wäre die Hölle losgebrochen.

Tom enttäuschte sie nicht mit seinen Reflexen, als er eine Decke von einem Kissen zog, sie über Amelia warf und auf die Füße sprang, nur mit Boxershorts bekleidet, die sich vorne verdächtig wölbten. Seine ungerührte Miene wich einem schockierten Ausdruck, als er sah, wer vor ihm stand.

Es wurde langsam Zeit, dass diese beiden Turteltauben endlich ihr Eigenheim fertigstellten.

Lizzie hatte zitternd ihr Gesicht an Jaysons Brust gepresst, um sich von der romantischen Szene abzuwenden.

»Nicht schlecht«, sagte Balthazar, dessen Augen schelmisch funkelten. »Ich ziehe Punkte für die Ausführung ab, denn du hättest einen besseren Blickwinkel von dem Tresen gehabt, aber alles in allem war es eine solide Sieben. Jay?«

»Könnt ihr verdammt noch mal nicht anklopfen?«, fragte Tom.

»Nicht in meinem eigenen verdammten Haus«, entgegnete Jayson. »Und ich werde keine Wertung für diese Szene abgeben, B.«

Amelias Wangen liefen hochrot an, während Lizzie erstarrte. Offenbar hatte sie Toms Stimme erkannt.

»Es tut mir leid, wir haben euch nicht erwartet«, murmelte Amelia, als sie Toms Hand ergriff und ihn ruckartig zu sich zog. Er landete neben ihr, starrte jedoch weiterhin Jayson oder vielmehr den Rotschopf in seinen Armen an.

»Ja, die CRF hat uns in Pompeji aufgespürt. Das erinnert mich daran, dass ich Lizzie nach einem Peilsender absuchen sollte.« Solange sie hier waren, war es egal, denn die Sentinels würden nie versuchen, nach Hydria vorzudringen. Allerdings gab es andere Technologien, die sich möglicherweise in ihrem Körper befanden.

»Meiner war in meinem Genick«, sagte Amelia mit sanfter Stimme, als die Röte aus ihrem Gesicht wich. »Tom hat ihn entfernt.«

»Ich werde dort nachsehen«, sagte Jayson, während er zur Beruhigung seine Hand über Lizzies Rücken kreisen ließ. Sie hatte bisher nicht ein Wort gesagt und sie hatte sich auch nicht von der Stelle gerührt. Er presste seine Lippen auf ihr Ohr.

»Ist alles in Ordnung, Rotschopf?« Er sprach so leise, dass nur sie ihn hören konnte.

Sie krallte sich so fest in seinen dünnen Pullover, dass er ihre Fingernägel durch den Stoff spüren konnte. »I-ich kann nicht.«

Ihre gestammelte Antwort weckte den Beschützerinstinkt in seinem Inneren. »Wir können uns woanders unterhalten«, murmelte er leise. Dann wandte er sich an die anderen und sagte: »Wir sind in meinem Zimmer.«

»Einen Moment mal.« Tom sprang wieder auf. »Ich glaube ganz und gar nicht, dass das eine gute Idee ist.«

Jayson hob Lizzie in seine Arme und warf dem jungen Unsterblichen einen vielsagenden Blick zu. »Das war keine Bitte.«

Er wartete nicht auf eine Antwort, sondern ging auf direktem Weg den Flur entlang zum großen Schlafzimmer und schloss die Tür mit einem Fußtritt hinter sich.

Jayson stand in der Mitte des Raumes und hielt Lizzie im Arm, während er den Blick aus dem Balkonfenster bewunderte.

Er vermisste seine Heimat Hydria, das Wasser und die Sonne. Doch noch nie zuvor hatte er so empfunden wie jetzt. Er hatte das Gefühl, als wäre ein Teil von ihm zurückgekehrt. Es hatte jedoch nichts mit der Landschaft oder seinem Zimmer zu tun, sondern war nur der Frau zu verdanken, die er jetzt im Arm hielt.

Das Gewicht des Augenblicks traf ihn wie ein dumpfer Schlag und wärmte ihn von innen heraus. Alles schien plötzlich richtig zu sein, als wäre er bestimmt, hier zur sein, in diesem Moment, mit *ihr*.

Jayson hatte nie an das Schicksal oder Seelenverwandte geglaubt. Er hatte schon viel zu lange gelebt und maß solchen Hirngespinsten normalerweise keine Bedeutung bei, doch diese Verbindung, die sich zwischen ihnen immer mehr festigte, schien jegliche Logik zu übersteigen.

Er wollte das Serum dafür verantwortlich machen oder an ein bestimmtes Pheromon in ihrem Blut glauben, das ihn verführen sollte. Doch niemand außer ihm konnte es fühlen.

Es ist ganz und gar Lizzie.

Ihre Intelligenz verblüffte ihn fast so sehr wie ihr Herz. Von ihr ging eine solche Aufrichtigkeit aus, mit der sie jeden beglückte, dem sie begegnete, und er vergötterte sie dafür. Sie war charmant, geistreich und so wunderschön, dass es schmerzte.

Er war erledigt, doch es war ihm völlig egal. Sie war alles, was zählte.

Er setzte sie langsam ab und hielt sie fest, während sie ihre Balance wiederfand. Sie krallte sich in seinen Bizeps und flehte ihn damit an, sie nicht loszulassen. Den Gefallen erfüllte er ihr gern.

»Sag etwas, Rotschopf«, murmelte er, als er eine Hand an ihren Nacken legte. Er suchte die Stelle behutsam nach einem möglichen Peilsender unter ihrer Haut ab. Er konnte keine Wölbungen oder Male entdecken. Er strich über ihren Haaransatz, doch auch dort fand er nichts.

Dann ließ er seine Hand an ihr Gesicht gleiten und neigte vorsichtig ihren Kopf zurück. Sie sah ihn mit großen braunen Augen an, während ihre Unterlippe bebte.

»I-ich kann nicht«, stammelte sie. Es waren dieselben Worte, die sie zuvor schon ausgesprochen hatte.

Er betrachtete ihr blasses Gesicht. Die Angst, die sie noch in Pompeji empfunden hatte, war einer tiefergehenden Emotion gewichen, die ihr Gesicht verdunkelte und ihre Mundwinkel herabzog.

Schmerz.

Jetzt verstand er.

»Du bist noch nicht bereit, hier zu sein.« Er strich ihr eine Haarsträhne hinters Ohr. »Also gut, Liz. Wir können wieder gehen, aber ich muss dich zuerst nach einem Peilsender absuchen.« Denn er wollte vermeiden, dass die CRF ihnen folgte.

Sie blinzelte. »W-wo?«

»Meinst du damit, wohin wir gehen werden oder wo ich dich absuchen muss?«, fragte er.

»Das Erstere«, flüsterte sie.

Er strich mit dem Daumen über ihre Lippen. »An einen abgelegenen Ort, nur wir beide, bis wir alles geregelt haben. Aber ich muss zuerst sichergehen, dass die CRF uns nicht verfolgen kann.«

Ein Ausdruck der Erleichterung spiegelte sich in ihren Augen wider, als die Spannung aus ihrem Körper wich. Sie schmiegte sich mit einem Seufzen an ihn. »Danke.«

Er gab ihr einen Kuss auf die Stirn und dann auf ihre Schläfe, während er sie fest an sich zog und den Moment genoss, der sich ganz und gar richtig anfühlte.

Sie schlang ihre Arme um seinen Nacken und drückte ihn fester an sich, als er erwartet hätte. Er erwiderte ihre Umarmung und ließ sein Kinn auf ihrem Kopf ruhen. »Wie wäre es mit Santorini oder der Türkei?«

»Sind beide Ziele nicht ganz in der Nähe?«, fragte sie leise.

»Das stimmt, doch sie sind beide wunderschön.« Er hielt inne und wartete auf eine Antwort, doch sie sagte nichts.

Hm, wir brauchen einen Ort, der noch weiter weg ist.

Die meisten Länder in Europa kamen nicht infrage, da es dort überall Überwachungskameras gab. Dasselbe galt für die Vereinigten Staaten und einige Länder in Südamerika. Die CRF konnte weltweit auf mehrere Systeme zugreifen, die alle über Gesichtserkennungssoftware verfügten.

Es wäre besser, wenn sie sich irgendwo auf eine entfernte Insel verkriechen würden.

Die Karibik war für seinen Geschmack viel zu nahe an New York.

»Wie wäre es mit dem Südpazifik?«, fragte er sich lautstark. »Tahiti, Fidschi oder ein ähnliches Ziel?« Die Orte waren alle abgelegen, während sie außerhalb der Flughäfen nur wenige Überwachungssysteme aufwiesen. Und da sie mit einem Teleporter statt mit einem Flugzeug anreisen würden, würde das kein Problem darstellen.

»So wie Bora Bora?«, fragte sie mit sanfter Stimme.

Er lächelte. »Natürlich, wenn dir die Idee gefällt.« Sie konnten reisen, wohin sie wollte. Einer der Vorzüge des ewigen Lebens war, dass man dadurch die Möglichkeit hatte, unermessliche Reichtümer anzuhäufen. Der Großteil seines Vermögens war dazu gedacht, Hydria gedeihen und florieren zu lassen, doch er verfügte zudem über ein Privatkonto.

Sie legte den Kopf in den Nacken, um ihn anzusehen, und er war verblüfft, wie sehr sich ihre Miene plötzlich verändert hatte. In ihren Augen war nichts mehr von ihrem Schmerz zu erkennen, stattdessen funkelten sie voll zaghafter Neugier. Er hatte diese Veränderung in ihr mit ein paar verständnisvollen Worten bewirken können. Jayson mochte das Gefühl, das diese Erkenntnis in ihm hervorrief.

»Das klingt ziemlich warm«, sagte sie.

»Doch es gibt genug Wasser, in dem man sich abkühlen kann.«

»Bora Bora«, sagte sie und lachte. »Wir können wirklich einfach so dorthin gehen?«

»Nun, wir können nicht nach New York zurückkehren und du bist noch nicht bereit hierzubleiben, warum sollten wir dann nicht an einen exotischen Ort reisen? Französisch-Polynesien ist wunderschön und sehr abgeschieden. Es scheint das perfekte Ziel zu sein.« *Außerdem wirst du fast die ganze Zeit über Badekleidung tragen.* Darüber konnte er sich nicht beschweren.

Sie stieß ein Lachen aus und hielt dann inne, wobei sie die Augen aufriss. »Ich … Wow. Ich kann nicht glauben, dass das das wahre Leben ist. Ich war in New York, Rom, Pompeji und bin momentan in Griechenland, während wir uns über die andere Seite der Welt unterhalten.« Sie runzelte die Stirn, als sie wieder lachte, doch diesmal schwang ein abschätziger Unterton in ihrer Stimme mit.

»Die CRF hat mich verfolgen lassen, um mich zu töten, und du bist etwa dreitausend Jahre alt. Stas ist ein Sprössling und ihr Freund ist ein Vampir. Tom ist am Leben und du hast es Charlie so richtig gezeigt. Während ich völlig unbedarft hier stehe, während nur ein paar zusätzliche Hormone in meinem Körper kreisen. Aber warum? Ich kann nicht ...«

Ihm gefiel ganz und gar nicht, worauf sie mit ihrer Schimpftirade hinauswollte, und noch weniger mochte er ihre blassen Wangen oder den verzweifelten Blick, der ihre wunderschönen braunen Augen trübte.

»Das ist alles ein einziges Durcheinander, nicht wahr?«, fuhr sie fort, wobei ihre Stimme mittlerweile nur noch ein Flüstern war. »Ich bin ein Wrack. Und du bist … Oh, du kannst dein Heim nicht meinetwegen verlassen, Jayson. Das ist dir gegenüber nicht fair und ich bin …«

Er verwob seine Finger in ihrem Haar und küsste sie leidenschaftlich. Sie öffnete den Mund, vielleicht nur, um zu protestieren, doch das war ihm egal. Ihre Schimpftirade hatte sein Blut in Wallung gebracht. Mit jedem Wort hatte sie sich vor seinen Augen ein Stück ihres Selbstvertrauens genommen, bis sie ihn mit einem Ausdruck in den Augen angestarrt hatte, den er nie wiedersehen wollte.

Unsicherheit.

Die ihm galt.

Und seinen Gefühlen, seinem Stolz und seinem Platz in ihrem Leben.

Völlig ausgeschlossen.

Er schob seine Zunge in ihren Mund und ergriff von ihr Besitz. Sie stöhnte auf und trieb ihn damit nur noch mehr an, bis jeder Zentimeter ihm gehörte.

Sie ist mein.

Unwiderruflich.

Keine Widerworte.

Es stand fest.

»Jetzt gibt es kein Halten mehr, Rotschopf.« Er strich mit der Zunge ihren Hals entlang. Sie kannte nun die Wahrheit, was bedeutete, dass Jayson sich nicht länger zurückhalten musste. Lucs Sexverbot hatte demnach keinerlei Gültigkeit mehr.

»I-ich verstehe nicht.«

Oh, das bezweifelte er. Ihr Körper verstand sehr wohl, als sie sich ihm entgegenwölbte und ihn um mehr anflehte.

Dennoch konnte er es in Worte fassen, wenn sie es wollte. »Mm, ich habe vor, jeden Zentimeter deines Körpers zu verschlingen, Lizzie.« Er wanderte mit seinen Lippen über ihre Halsschlagader und küsste dann ihr Kinn. »Und dir mehr Lust zu bereiten, als du es je für möglich gehalten hättest.« Er strich mit der Nase über ihre Wange und näherte seine Lippen den ihren an. »Und dann will ich sehen, welche Stellen deines Körpers ich durch meine Zunge zum Erröten bringen kann.«

Sie schnappte nach Luft und er atmete den süßen Duft ihrer Lippen ein.

»Ja, ich glaube, du hast mich sehr wohl verstanden«, flüsterte er, bevor er von ihrem Mund Besitz ergriff, wie er es wollte. Er erforschte und leckte sie und brannte jeden Zentimeter in sein Gedächtnis ein.

Lizzie schmiegte sich an ihn und er vermutete, dass sein Arm um ihren Rücken das Einzige war, was sie noch aufrecht hielt. Er hätte vor Belustigung gelächelt, wenn der Kuss ihm nicht ebenso wie ihr den Boden unter den Füßen weggezogen hätte.

Jayson wollte nur noch mehr. Und er nahm es sich.

Die Einschränkungen der vergangenen Woche galten nicht mehr.

Er konnte diese Frau nehmen, wie er es begehrte, und sich so lange, wie er wollte, an ihr ergötzen. Immer und immer und immer wieder.

Doch er sehnte sich noch auf einer ganz anderen Ebene nach dieser Frau, von deren Existenz er nicht einmal gewusst hatte. Sie ging über Lust und fleischliche Begierden weit hinaus und traf ihn tief in seinem Inneren. Ihre Berührung brannte sich in seine Seele ein und pflanzte dort die Saat der Erinnerung für die kommenden Jahrzehnte und vielleicht sogar Jahrhunderte.

Sie überwältigte und verzehrte ihn, aber er konnte nicht mehr aufhören.

Und als sie ihre Arme fester um seinen Hals schlang und ihn noch dichter an sich zog, wusste er, dass sie sich ebenso nach dieser Verbindung sehnte wie er.

Ihr zaghaftes Stöhnen wurde lauter, als er seine Hand auf ihren Hintern gleiten ließ und sie gegen seinen schmerzenden Schwanz presste. Er hatte über zwei Monate ohne die Berührung einer Frau gelebt, doch sie war die Einzige, die ihn jetzt noch befriedigen konnte. Es gab nur noch sie.

Sie ließ ihre Hände über seine Arme bis hinunter auf seine Hüften gleiten und schob sie dann unter seinen Pullover, um seine erhitzte Haut zu erforschen. Begieriges kleines Luder.

Er liebte es, wie sie sich in seinen Armen gehen ließ.

Hinter all ihrer Unschuld verbarg sich eine leidenschaftliche Frau, die nur darauf wartete, entfesselt zu werden.

Er hatte ihr nur eine Kostprobe geben und sie nicht nehmen wollen, doch er verspürte den unbändigen Drang, sie hier und jetzt zu dominieren. Diese verführerische Frau hatte mehr Kontrolle über ihn, als er zugeben wollte.

Doch dies war weder der richtige Zeitpunkt noch der richtige Ort, vor allem, da sie einen ungebetenen Zuschauer hatten.

Er hatte das Metall gespürt, als jemand die Tür geöffnet hatte, und hatte den Eindringling an der Waffe in seiner Hand erkannt. Nur eine Person wäre naiv genug, bewaffnet in Jaysons Schlafzimmer einzutreten. Der Mann trug seine Pistole wahrscheinlich aus Gewohnheit bei sich, doch da er nicht angeklopft hatte, machte ihn das ebenso zu einer Bedrohung wie die wütende Energie, die von ihm ausging.

Jayson zog langsam den Kopf zurück und strich mit den Lippen über Lizzies Wange, während er sie immer noch besitzergreifend festhielt.

»Das würde ich nicht tun«, warnte er mit tiefer Stimme, die unverhohlen zornig klang.

Lizzies Hände erstarrten auf seinem Bauch. »Wie bitte?«

»Er redet mit mir«, erwiderte Tom mit einem ähnlich wütenden Tonfall. »Ich bin nur hier, um nach ihr zu sehen.«

»Und wie du sehen kannst, geht es ihr gut.«

»Tatsächlich?«, entgegnete Tom, der sich wie ein älterer Bruder aufführte. Jayson hätte laut gelacht, wenn er ihn nicht so verärgert hätte.

Lizzie hatte sich während dieses unwillkommenen Gesprächs wieder verkrampft, was ihn nur noch wütender machte. Er hätte den Kopf des jungen Unsterblichen am liebsten durch eine Wand gestoßen, weil er sie in diesem innigen Moment unterbrochen hatte. Er konnte verstehen, dass er Lizzie beschützen wollte, doch er verabscheute die Zurschaustellung seines Misstrauens.

»Ich würde vorschlagen, dass du mit deiner Schusswaffe aus meinem Zimmer verschwindest, bevor noch etwas geschieht, was Lizzie noch mehr aufwühlt«, sagte Jayson und ließ einen bedrohlichen Unterton in seiner Stimme mitschwingen.

»Machst du dir etwa Sorgen, dass ich dich töten könnte?«, fragte er übermütig. Für gewöhnlich schätzte Jayson diese Eigenschaft an Tom, doch heute war sie nur lästig.

»So unterhaltsam es auch wäre, die Stärke deiner Fähigkeiten mit den meinen zu messen, es würde Lizzie sicher sehr mitnehmen, wenn sie Zeugin *deines* Ablebens werden müsste«, erwiderte Jayson zuversichtlich. Tom war ein starker Hydraianer mit beeindruckenden Talenten, doch Jaysons Alter und seine Erfahrung würden in diesem Wettstreit den Sieg davontragen.

Jayson blickte Tom schließlich über Lizzies Schulter hinweg in die Augen und machte ihm mit einem Blick deutlich, wie schwerwiegend sein Verstoß war. »Amelia ist wie eine Schwester für mich, Tom. Aus diesem Grund kann ich deine Besorgnis verstehen und bin gewillt, noch einmal darüber hinwegzusehen. Aber solltest du noch einmal ein derart anmaßendes Verhalten an den Tag legen, wird es Konsequenzen nach sich ziehen.«

Jayson hatte nicht ohne Grund so lange überlebt und es wäre besser, wenn Tom das nicht vergessen würde. Er starrte ihn noch einen Moment länger mit entschlossenem Blick an, bevor er sich wieder der erstarrten Frau in seinen Armen zuwandte.

»Wir machen uns bald auf den Weg«, flüsterte er. »Das verspreche ich dir.«

Sie nickte zaghaft, als sie ihn mit einem vertrauensvollen Blick ansah. Es zog ihm den Boden unter den Füßen weg, als er den Ausdruck in ihren Augen sah. Er wusste nicht, wie er sie hatte davon überzeugen können, ihm ihr Vertrauen zu schenken, doch er würde es niemals als selbstverständlich ansehen.

»Zuerst muss ich dich noch nach dem Peilsender absuchen

und ich glaube, Luc wollte dich um eine Blutprobe bitten. Danach werden wir reisen, wohin du willst, und so lange bleiben, wie du es für nötig hältst, einverstanden?«

»Eine Blutprobe?«, wiederholte sie mit unsicherer Stimme.

»Er weiß nicht mehr weiter, da wir durch das Serum der CRF nicht viel in Erfahrung bringen konnten.«

»Oh …«

»Aber du kannst dich weigern«, versicherte er ihr. »Es ist alles deine Entscheidung. Immer.« Und das traf nicht nur auf ihre Nachforschungen zu. Für ihn galt dieses Versprechen auch im Schlafzimmer.

Sie nickte wieder. »Ich war noch nie auf Bora Bora.«

Er lächelte. »Es wird dir gefallen.«

»Okay«, stimmte sie zu, wobei ihre Lippen sich zu einem zaghaften Lächeln verzogen.

Er liebkoste ihre Nase. »Okay.«

Dieser innige Moment war eigentlich nur für sie beide bestimmt gewesen, doch offenbar hatte er Tom besänftigt, denn er hatte wortlos den Raum verlassen.

Es schien, als wäre Vertrauen heute ein vorherrschendes Thema.

Kapitel Neunzehn

Eine Lektion in Selbstbewusstsein

Gönner hat den Antrag abgelehnt, die Lustrezeptoren zu entfernen, und darauf hingewiesen, dass das Testobjekt Befriedigung empfinden sollte. Die Verbesserung wird demnächst durchgeführt.

Eintrag 116.11.4-7

Lizzie hatte ein Hotelzimmer mit Strandblick erwartet und nicht diese wunderschöne, abgelegene Hütte auf dem Meer. In der Anlage befanden sich noch weitere dieser Unterkünfte, doch jede einzelne von ihnen war so platziert, dass sie eine gewisse Privatsphäre bot. Dazu gehörte ein kleines Tauchbecken auf einer Terrasse, von der aus man einen direkten Zugang zum Ozean darunter hatte.

Und in der Hütte stand ein riesiges Bett.

»Das ist unglaublich«, sagte sie, als sie die Balkontüren öffnete.

Jayson hatte keinerlei Gerätschaften wahrnehmen können, was bedeutete, dass sie ihren Aufenthalt ohne Unterbrechungen genießen konnten. Jacque hatte außerdem zwei große Koffer mit hierher teleportiert, die darauf schließen ließen, dass sie eine Weile hierbleiben würden.

Lizzie hatte ihre Arbeit erwähnt, die im Grunde keine Bedeutung mehr für sie hatte, aber Jayson hatte gesagt, dass sich jemand darum kümmern würde. Was auch immer das zu bedeuten hatte. Etwas sagte ihr, dass sie für eine Weile nicht arbeiten würde. Möglicherweise würde sie sogar nie wieder einem Job nachgehen.

Es hätte sie stören sollen, derart umhegt zu werden, doch nach allem, was während der letzten Tage vorgefallen war, nahm sie es dankbar an und stellte keine Fragen. Sie war froh, Hydria und Tom hinter sich gelassen zu haben. Und auch Stas. Letztere war am Ende ihrer medizinischen Untersuchung mit Luc ins Zimmer gekommen und hatte versucht, ihr zu sagen, wie leid ihr alles tat. Doch es hatte nichts gebracht.

Lizzie war noch nicht bereit dafür.

Vom Verstand her konnte sie die Gründe verstehen, die Stas und Tom dazu gebracht hatten, ihr alles zu verheimlichen, doch das konnte ihr gebrochenes Herz trotzdem nicht heilen. Sie brauchte Zeit, um über alles nachzudenken, und dazu war sie nicht imstande, solange die beiden sie unablässig mit ihren Entschuldigungen bombardierten.

Das hier – das Meer, die frische Luft und diese neue Erfahrung – waren genau das, was sie brauchte. Die Tatsache, dass Jayson ihre Beweggründe kannte und verstand, machte sie sprachlos.

Sie hätte genauso wütend auf ihn sein sollen, doch ihr Ärger richtete sich ausschließlich gegen Stas und Tom. Das lag vor allem daran, dass sie sie über Monate und sogar über Jahre hinweg belogen hatten.

Doch Jayson hatte sich nicht schuldig gemacht. Alles, was er ihr erzählt hatte, war eine Version der Wahrheit gewesen, wobei er nur einige Details ausgelassen hatte. Es waren zwar wichtige Einzelheiten gewesen, doch sie waren nicht mit den Informationen zu vergleichen, die ihre besten Freunde ihr vorenthalten hatten.

Tom war am Leben.

Stas konnte andere Menschen kontrollieren und würde eines Tages unsterblich sein.

Das waren zwei sehr entscheidende Fakten, die wahre Freunde ihr nicht verheimlicht hätten.

Jaysons einziger Fehler war es gewesen, dass er die Wahrheit gekannt, ihr aber nichts erzählt hatte. Allerdings war es nicht seine Entscheidung gewesen. Das hatte sie nach ihrer Unterhaltung im Flugzeug, und vielleicht sogar schon zuvor, verstanden.

Sie war verletzt gewesen, weil sie so tiefe Gefühle für ihn hegte und weil die Geschehnisse der letzten Tage sie durcheinandergebracht hatten. Doch es dauerte eine lange Zeit, bis man die Fehler und Geheimnisse des anderen kannte, und ihre Freundschaft steckte immer noch in den Kinderschuhen. Sie glaubte, dass das möglicherweise der Grund dafür war, dass sie auf Stas und Tom so wütend sein konnte, während sie Jayson alles verzieh.

Vielleicht ging es auch viel tiefer.

Sie hatte eine Verbindung mit ihm, die über jegliches Verständnis hinausging. Der Gedanke, mit ihm ein Zimmer zu teilen, sollte ihr eigentlich Angst einjagen, doch stattdessen verspürte sie nur Zufriedenheit und vielleicht sogar ein wenig Vorfreude. Vor allem, wenn man bedachte, wie er sie jetzt ansah.

»Jacque hat dir ein paar Kleider gekauft«, sagte er, als er ihren Koffer hinter sich herzog.

Sie runzelte die Stirn. »Tatsächlich? Woher kennt er denn meine Größe?«

»Ich habe ihm die Information gegeben.«

Sie warf verunsichert einen Blick auf den Koffer und sah dann wieder ihn an. Je nach Geschäft hatte sie unterschiedliche Größen, was für ihre Mutter ein Grund zur Belustigung war. Denn offenbar kontrollierte Lizzie dadurch die Modeindustrie. »Äh, bist du sicher, dass du keinen Fehler gemacht hast?«

Er ließ den Blick langsam und ausgiebig über ihren Körper schweifen und raubte ihr den Atem. »Ich bin überzeugt davon, dass ich ihm die richtigen Maße genannt habe.« Er hievte den Koffer auf die Gepäckablage und zog den Reißverschluss auf. »Aber du kannst gern alles anprobieren, Rotschopf. Ich werde mir jetzt eine Badehose anziehen.«

Sie musste schlucken, als er mit seinem eigenen Koffer in dem überdimensionalen Badezimmer verschwand.

Badekleidung. Ja. Damit konnte sie umgehen.

Sie hatte das Zeitgefühl verloren, nachdem sie von Rom nach Hydria und jetzt nach Bora Bora teleportiert worden war, doch sie nahm an, dass es Morgen war. Sie warf einen Blick auf die Uhr und sah sich in ihrer Vermutung bestätigt.

Das war der längste Tag ihres Lebens. Sie könnte sich daran gewöhnen, einen Teleporter in greifbarer Nähe zu haben.

Lizzie betrachtete den Inhalt des Koffers und lächelte, als sie die Auswahl an Farben sah. Sommerkleider, Flipflops und mehrere Bikinis.

Perfekt.

Als sie die Unterwäsche fand, blieb ihr der Mund offen stehen. Sie kannte die französische Designermarke gut, doch sie hatte sich noch nie ein Kleidungsstück dort gekauft.

»Oh scheiße«, hauchte sie. Die handgenähten Höschen und BHs glichen in keiner Weise der Unterwäsche, die sie normalerweise trug. Sie waren überaus sexy.

Jacque hat sie ausgesucht? Ihre Wangen liefen rot an. *Oh Mann.*

»Ich finde, dass du diese auf jeden Fall anprobieren solltest«, sagte Jayson, als er nur mit schwarzen Badeshorts bekleidet zurück ins Schlafzimmer kam.

Beim Anblick seines muskulösen Körpers lief ihr das Wasser im Mund zusammen, den sie aufgrund seiner Bemerkung kaum schließen konnte.

»Ich … Diese …« Sie räusperte sich. »Ich werde mir einfach nur einen Bikini anziehen.«

Sie schnappte sich unbesehen einen aus dem Koffer und ging schnurstracks ins Badezimmer. Etwa ein Viertel des Raumes wurde von einer überdimensionalen Badewanne, einer Dusche aus Marmor und zwei Waschbecken eingenommen. Die Toilette befand sich auf der anderen Seite und ihr gegenüber gab es einen großen begehbaren Kleiderschrank. Entlang der angrenzenden Wand verlief eine Ablage aus Marmor.

Die Unterkunft bot so viel Platz für zwei Personen. Es war kein Wunder, dass Jayson nur ein Zimmer reserviert hatte.

Lizzie zog das Outfit aus, das sie in Rom gekauft hatte, und legte es auf der Ablage zusammen, dann nahm sie den Stringbikini in die Hand.

Sie hielt ihn hoch und hätte beinahe ihre Zunge verschluckt.

Das Unterteil bestand nur aus einem Stringtanga, der seitlich von Schnüren zusammengehalten wurde.

Es war ihre eigene Schuld, sie hätte nicht einfach blindlings etwas aus ihrem Koffer ziehen sollen. Aber im Ernst, wer trug so etwas?

Lizzie kniff sich in den Nasenrücken. Sie hätte sich den Bikini näher ansehen sollen, bevor sie sich ausgezogen hatte. Sie könnte mit einem Handtuch um den Körper zurück ins Zimmer gehen und noch einmal ihren Koffer durchwühlen, doch damit würde sie nur Aufsehen erregen. Und wenn sie ihre Kleider wieder anzog und von vorn anfing, wäre das auch nicht besser.

Verdammt.

Warum würde Jacque ihr ein derart sexy Outfit kaufen? War das die europäische Mode? Vielleicht trugen alle Frauen in Hydria Stringtangas. Jayson würde es wahrscheinlich nicht einmal bemerken, nicht wahr? Vielleicht würde er sie auch mit all den anderen Frauen in seinem Leben vergleichen.

Nein. So etwas durfte sie nicht denken, sonst würde sie all ihr Selbstbewusstsein über Bord werfen.

Also gut. Okay. Sie würde den Bikini anziehen und sich mit einem Handtuch bedecken. Jayson würde es gar nicht auffallen, vor allem, wenn sie nach ihm ins Wasser sprang.

Sowohl das Ober- als auch das Unterteil des tiefroten Bikinis saßen perfekt, doch das überraschte sie nicht. Der Tanga bestand nicht gerade aus viel Stoff.

Sie fand ein Handtuch, wickelte es sich um den Körper und ging barfuß ins Schlafzimmer zurück, in dem Jayson mit seinem Handy in der Hand auf sie wartete. Mit der anderen Hand rieb er sich geistesabwesend über die Brust, was Lizzie dazu verleitete, wieder seinen muskulösen Oberkörper anzustarren.

So sexy.

Vor allem, als er sich eine Hand an den Nacken legte und zudrückte, brachte das seinen Bizeps zu Geltung.

Unsterbliche Männer schienen mit einem besonders ausgeprägten Sex-Appeal gesegnet zu sein. Jayson, Issac und Balthazar gemeinsam konnten die gesamte Frauenwelt in die Knie zwingen. Die Männerwelt übrigens auch.

Als hätte er ihre Gedanken gelesen, wandte Jayson sich um und zwinkerte ihr zu, während er dem Sprecher am anderen Ende der Leitung zuhörte.

»Das wäre alles, vielen Dank.« Er beendete das

Gespräch. »Ich habe uns ein frühes Abendessen bestellt, das wir nach unserem Bad am Strand genießen können. Ich dachte mir, dass wir um etwa sechzehn Uhr sicher hungrig sein werden.«

»Äh, natürlich.« Sie zeigte auf die Terrasse. »Also gut. Nach dir.«

Er ließ den Blick über ihren Körper schweifen und schlenderte auf sie zu, statt auf die Terrasse hinauszutreten. Sie trat einen Schritt zurück, bis sie mit dem Rücken gegen die Wand prallte, und musste schlucken, als er ihr immer näher kam.

»Warum versteckst du dich?«, fragte er mit trügerisch sanfter Stimme. Sie konnte die Hitze spüren, die von seiner Brust ausstrahlte, doch er berührte sie nicht. Zumindest nicht körperlich.

»I-ich verstecke mich nicht.«

Er strich mit dem Finger über den oberen Rand des Handtuchs, das knapp über ihren Brüsten saß. »Lügnerin.«

Jayson zog an dem Knoten und sie packte das Handtuch, bevor es zu Boden fallen konnte. Sie hatte Schmetterlinge im Bauch, als er ihre Reaktion belächelte.

»Ich habe dich gewarnt, Rotschopf.« Er zog ruckartig an dem Handtuch, das daraufhin zu Boden fiel. »Ich werde mich nicht mehr länger zurückhalten.«

Lizzie versuchte, sich mit den Händen zu bedecken, doch er packte ihre Handgelenke und presste sie zu beiden Seiten ihres Kopfes gegen die Wand. Seine Dominanz erregte sie und ein warmes Gefühl breitete sich zwischen ihren Schenkeln aus. Sie wand sich unter seinem Griff und auf Jaysons Gesicht breitete sich ein Grinsen aus.

Er ließ den Blick über jeden Zentimeter ihrer nackten Haut gleiten, bis sie vor Hitze fast explodierte.

»Diese Farbe steht dir wirklich ganz hervorragend.« Sein beifälliger Unterton sandte ihr trotz der warmen Luft einen

Schauer über den Rücken. »Ich denke, wir sind bereit, die Grenzen neu zu definieren.«

Sie schluckte. »Woran hast du denn gedacht?«

Er schob ihre Hände über ihrem Kopf zusammen und packte sie mit einer Hand. Sie fühlte sich entblößt und machtlos, doch sie vertraute dem Mann, der dabei war, sie zu erobern. Sie war mehr als bereit, mit ihm gemeinsam neues Territorium zu erforschen.

»Hier geht es nicht um mich, sondern einzig und allein um dich, Schätzchen.« Mit seiner freien Hand glitt er an ihrem Arm entlang bis zu ihrem Schlüsselbein. Ihre Brustwarzen wurden steif, als er sie weiter auf ihr Dekolleté wandern ließ. Er kniff ihr ohne Vorwarnung in einen ihrer Nippel und entlockte ihr damit ein Stöhnen, während sie den Rücken wölbte. Die Berührung schmerzte, doch als er die Stelle danach massierte, fühlte es sich so, so gut an.

»Mm, damit kann ich arbeiten«, murmelte er, als er seine Hand weiter nach unten gleiten ließ. Sie atmete schwer, als er über ihren Bauchnabel strich und dann bis hinunter zu dem Fetzen Stoff glitt, der ihre Weiblichkeit bedeckte.

Er blickte ihr direkt in die Augen und glitt langsam mit dem Daumen über den Saum ihres Bikinihöschens hinüber zu ihrem Hüftknochen, bevor er entlang der Falte ihres Oberschenkels weiterwanderte. Sie wurde von einem elektrisierenden Schauer durchzuckt, als die Luft zwischen ihnen vor erwartungsvoller Spannung knisterte.

»Das ist keine Grenze«, hauchte sie und machte ihm sowohl mit Worten als auch mit ihrem Körper begreiflich, dass sie für ihn bereit war.

Doch statt sofort auf ihr Angebot einzugehen, strich er mit den Fingerknöcheln um ihren Schenkel, bis seine Hand auf ihrem nackten Hintern landete. Er drückte ihre Pobacke und schob ihr Becken gegen seine Hüfte.

»Kannst du das spüren, Lizzie?« fragte er mit tiefer und

verführerischer Stimme. »Kannst du fühlen, wie sehr ich dich begehre?«

Mein Gott, ja. Sie nickte.

»Sag es mir, Lizzie.« Er kniff ihr tadelnd in den Hintern und streichelte dann die Stelle, wie er es zuvor mit ihrer Brustwarze getan hatte. »Kannst du spüren, wie hart mein Schwanz ist?«

Sie schluckte und begann zu nicken, als ihr wieder einfiel, was er von ihr wollte. »J-ja«, stieß sie hervor, wobei ihre Stimme eher wie ein Stöhnen klang.

»Gut.« Er ließ seine Hand an die Schnüre an ihren Hüften gleiten. »Du musst dich nicht verstecken und solltest dich nie selbst schlechtmachen, Rotschopf.«

Er blickte ihr direkt in die Augen, als er fortfuhr: »Ich habe dich nie belogen und ich werde auch jetzt keine Ausnahme machen, wenn ich dir sage, dass du wunderschön bist, Elizabeth. Das dachte ich von dem Moment an, an dem ich dich zum ersten Mal gesehen habe. Seitdem fühle ich mich von Tag zu Tag mehr zu dir hingezogen.« Er unterstrich seine Aussage damit, dass er seine Hüfte wieder an ihren Körper presste und ihrer Kehle ein weiteres Stöhnen entlockte.

»Ich war zuvor nachsichtig mit dir, Schätzchen«, flüsterte er mit finsterer Stimme, »aber du hast deine Grenzen erweitert und ich habe vor, sie gründlich zu erforschen.«

»Ja, bitte«, hauchte sie, als sie sich ihm wieder entgegenwölbte. Sie konnten auch später noch schwimmen gehen. Oder währenddessen. Es war ihr egal, solange sie nur noch mehr dieser Lust spüren konnte, an die er sie in der vergangenen Woche herangeführt hatte. Sie hatte noch nie zuvor etwas derart Erregendes empfunden, und sie sehnte sich nach mehr.

Er zog an der Schnur um ihre Hüfte, bis die Schleife sich öffnete. Ihr Herzschlag beschleunigte sich, als er ihre entblößten Schamhaare mit seinem Daumen erforschte.

»Ich wette, die sind ebenfalls rot.« Bei jedem Wort strich er mit den Lippen über ihren Mund. »Ich kann es kaum erwarten, dich zu schmecken und zu sehen, wie du auch an deiner intimsten Stelle errötest.«

Ihr zitterten die Knie, als seine Worte ein Bild vor ihrem geistigen Auge heraufbeschworen. Wie wäre es, wenn sie alle Schranken fallen ließe?

Er löste auch die andere Seite ihres Höschens und ließ es zwischen ihren Schenkeln zu Boden fallen. Dann leckte er über ihre Unterlippe und nagte behutsam daran. »Halt dich fest, Rotschopf«, flüsterte er, als er ihre Hände losließ. »Ich werde dich jetzt verschlingen.«

Mehr als diese knappe Vorwarnung gab er ihr nicht, bevor er vor ihr auf die Knie ging und sie an ihrer intimsten Stelle küsste.

»Oh Gott …« Sie versuchte vergeblich, sich an der Wand festzuhalten. Es war so sündhaft, so feucht und so zügellos.

Mit einem Stöhnen ließ sie den Kopf in den Nacken fallen, als er sie mit seiner Zunge erforschte. Sie hatte geglaubt, dass die Lust, die sie in seinem Schlafzimmer empfunden hatte, intensiv gewesen war, doch sie war nichts im Vergleich zu dem, was sie jetzt spürte. Wenn er ihre Hüften nicht mit beiden Händen festgehalten hätte, wäre sie wahrscheinlich zu Boden gesackt.

Sie stieß seinen Namen hervor und er klang wie ein Flehen, dass er dieses lustvolle Gefühl nie enden lassen möge. Sie war eine Sklavin in seinen Händen und seinen Forderungen und dem Rhythmus seiner Zunge völlig ausgeliefert.

»Mehr«, bettelte sie ihn an, wobei sie nicht einmal wusste, was sie damit meinte. Sie wusste nur, dass sie es brauchte. Ihre Schenkel bebten, als ihre Lust sich immer mehr steigerte, und sie fragte sich, wie lange sie sich noch aufrecht halten konnte.

Er nahm ihr die Entscheidung ab, indem er sich wieder

erhob und sie leidenschaftlich auf den Mund küsste. Als sie ihre Erregung auf seiner Zunge schmeckte, zog es ihr den Boden unter den Füßen weg. Jayson hob sie, ohne zu zögern, hoch und trug sie zum Bett.

Das weiche Laken kühlte ihre erhitzte Haut, doch nur der Mann, der sich auf sie legte, konnte den Schmerz zwischen ihren Schenkeln stillen. Sie verwob ihre Finger in seinem dichten Haar und zwang ihn, sie noch einmal zu küssen. Er lächelte an ihren Lippen, doch er kam ihrer Aufforderung nach, indem er seine Zunge in ihren Mund gleiten ließ und von ihrer Seele Besitz ergriff.

Tief in ihrem Inneren wusste sie, dass niemand außer Jayson je diese Gefühle in ihr wecken konnte. Kein anderer Mann würde je an seine Fähigkeiten heranreichen. Und sie würde es nicht anders wollen.

»Ich will mit dir Liebe machen«, flüsterte sie. Wahrscheinlich hätte er es vorgezogen, die Worte *Fick mich* aus ihrem Mund zu hören, doch sie brachte sie einfach nicht über die Lippen. Sie hatten einen schmutzigen und vulgären Beigeschmack und schienen in diesem Moment völlig unangebracht zu sein.

Er legte eine Hand an ihre Wange und küsste sie viel zu zärtlich. »Ich verwende das Wort *Liebe* nicht leichtfertig, Lizzie.« Er strich noch einmal mit seinen Lippen über ihren Mund, bevor er seine Zunge wieder in ihren Mund schob und die Schnüre an ihrem Nacken löste. Er streichelte ihre Wange mit seiner Nasenspitze, bevor er seinen Mund auf ihr Ohr presste. »Aber in deinem Fall könnte ich es über die Lippen bringen.«

Ihre Haut brannte, als er seinen Mund über ihren Hals bis hinunter zu ihren Brüsten wandern ließ. Er ließ seine Hand unter ihren Rücken gleiten und löste mit geschickten Fingern die Schnüre an ihrem Oberteil, um es beiseitezuwerfen. Sie wölbte sich vom Bett auf, als er ihre Brustwarze mit seinen Lippen umschloss und mit einer Heftigkeit daran saugte, die sie nicht erwartet hatte. Schmerz vermischte sich mit Euphorie und ließ ihre Nervenenden explodieren, während sich der Puls zwischen ihren Schenkeln immer weiter beschleunigte. Sie stöhnte auf, als er seine Hand an ihre feuchte Spalte gleiten ließ.

Es schien, als hätte er ihren Körper in sein Gedächtnis eingebrannt und wusste genau, wo und wie heftig er Druck ausüben musste, um sie vor Begierde fast in den Wahnsinn zu treiben.

Sie verwob ihre Hände in seinen Haaren und zog wild daran, während ihr Köper unter dem seinen unkontrollierbar bebte.

Dann drang er in sie ein. Doch nicht so, wie sie es ursprünglich gewollt hatte. Stattdessen schob er zwei Finger in sie hinein und ließ sie in einem wunderbaren Rhythmus tanzen, der ihr Tränen in die Augen trieb.

Ihre Glieder wurden schwer, als sie vergeblich versuchte, zum Höhepunkt zu kommen.

Lizzie stöhnte frustriert auf, als Jayson sich aufsetzte. Dann erstarrte sie, als er begann, seine Badehose mit langsamen Bewegungen auszuziehen, als wollte er sie mit einem Striptease verwöhnen, während er den Teil von sich entblößte, den sie noch nicht zu Gesicht bekommen hatte.

Sie leckte sich über die Lippen, als er völlig nackt vor ihr saß und sie von dem Drang gepackt wurde, ihn ebenfalls zu erforschen.

Sie wollte die Hand nach ihm ausstrecken, doch er ergriff sie und führte sie an seinen Mund, um ihr als Warnung zärtlich in die Finger zu beißen. »Wenn du mich jetzt berührst, wird das hier ganz anders ablaufen, als du gedacht hast«, murmelte er, als er seine Männlichkeit zwischen ihre Schenkel schob.

»Es ist mir egal, wie du es tust«, keuchte sie. »Ich will dich einfach nur.«

Er presste seinen steifen Schwanz an ihre feuchte Spalte und fand mit Leichtigkeit ihren Eingang. Sie spannte die Hüften an, um ihn anzuspornen, doch er presste sie auf die Matratze.

»Luder«, murmelte er mit einem tadelnden Unterton. »Du hast wohl vergessen, wer hier das Sagen hat.« Während er sprach, drang er mit seiner dicken Eichel in sie ein und sie blieb wie erstarrt unter ihm liegen. »Das wird wehtun, Rotschopf.«

Sie wollte etwas erwidern, doch ihr entfuhr stattdessen ein schockiertes Keuchen, als er ihr mit einem Stoß die Unschuld raubte.

Seine Warnung hatte sie nicht auf die Heftigkeit dieser Erfahrung vorbereiten können. Sie hatte geglaubt, dass er langsam vorgehen würde, und hatte nicht erwartet, von seinem beeindruckenden Schaft entzweigespalten zu werden.

Vor Schmerzen stiegen ihr Tränen in die Augen. Sie krallte sich in seine Schultern und flehte ihn an, sich nicht mehr zu bewegen.

»Atme tief durch.« Er liebkoste ihren Nacken. »Konzentriere dich ganz auf mich, Schätzchen. Auf meinen Mund«, sagte er, als er mit seiner Zunge über ihren Hals strich, »und auf meine Berührungen.«

Er ließ seine Hände an ihrer Taille hinaufgleiten und umfasste ihre Brüste. Sie wimmerte, als er mit den Daumen ihre steifen Brustwarzen massierte.

»Genau so, Rotschopf. Spüre mich.« Er biss zärtlich in ihr Kinn, während er mit den Fingern gekonnt ihre Nippel umkreiste. Sie wölbte sich auf und zuckte zusammen, als sie spürte, wie er sie ganz ausfüllte, doch es schmerzte nicht mehr und fühlte sich eher wie ein Kribbeln an. Lizzie hob ihre Hüften an und stellte fest, dass die Bewegung um einiges angenehmer war, als sie erwartet hatte. Sie versuchte es noch einmal und stieß ein lustvolles Stöhnen aus.

Sein heißer Schaft brandmarkte sie von innen und ergriff von ihr Besitz, wie es kein anderer Mann je vermocht hatte oder je tun würde. Er würde für immer derjenige sein, der ihr die Unschuld genommen hatte. Es war ein Geschenk, das sie nie einem anderen Mann würde geben können, und bei dieser Erkenntnis breitete sich ein friedvolles Gefühl in ihrer Brust aus.

Er verschlang ihren Mund mit dem seinen, als er begann, sich zu bewegen. Er fing ganz langsam an und es war fast, als wollte er sie reizen, bevor seine Stöße immer kraftvoller und schneller wurden. Er packte ihre Hüfte, um den Rhythmus vorzugeben, während er mit der anderen ihre Wange liebkoste.

Sie schlang ihre Arme um seine Schultern und hielt sich an ihm fest, während er sie mit Haut und Haaren bezwang. Mit jedem Stoß trieb er sie näher an den Abgrund der Ekstase, während er mit jedem Streich seiner Zunge die Verheißungen seiner Seele entfesselte.

Er ist mein, verkündete ein Teil in ihrem Inneren.

Es war absurd, doch in diesem Moment konnte sie es nicht verleugnen.

Alles, was jetzt noch zählte, war der Mann, der ihren Körper beherrschte.

Sie hinterließ ihr Mal in seinem Fleisch, als sie sich in seinen Rücken krallte, während er Stück für Stück ihre Zukunft verwüstete. Denn niemand würde je mit Jayson oder den Gefühlen, die er in ihr hervorrief, zu vergleichen sein.

»Du bist so perfekt«, flüsterte er an ihren Lippen. »So verdammt perfekt.« Er löste seine Hand von ihrer Hüfte und ließ sie auf ihre geschwollene Lustperle gleiten. Die Berührung sandte Schockwellen durch ihren ganzen Körper und rief eine dunkle Sehnsucht in ihr wach, die sie nicht mehr ignorieren konnte.

»Schlinge deine Beine um meinen Rücken«, drängte er sie. Sie verschränkte die Füße an seinem Hintern und schrie auf, als er noch tiefer und härter in sie hineinstieß.

»Oh, Jayson …« Sie verdrehte die Augen, als er einen Punkt in ihrem Inneren berührte, der die Grenzen der Realität verwischen ließ.

Sie konnte nur noch fühlen und atmen.

Und Lust empfinden.

Sie verspürte einen intensiven Schmerz, der sie gleichzeitig in die Glückseligkeit riss.

Sie konnte nicht mehr denken.

Konnte nicht atmen.

Konnte sich nicht bewegen.

Sie erging sich nur noch in den Bewegungen und dem Gefühl seines Körpers, der den ihren beherrschte.

»Zergehe für mich, Lizzie«, befahl er. »Lass alles los und komm für mich.«

Ihr Puls rauschte in ihren Ohren, als ihr Körper sich seinem Befehl ergab. Er presste den Daumen auf ihre Klitoris, während er noch härter in sie hineinstieß. Um sie herum wurde alles schwarz, bevor die Welt in einer Explosion erstrahlte, die aus ihrem Inneren herausbrach.

Sie stieß Laute aus, die sie noch nie zuvor gehört hatte, als sie von dem intensivsten Orgasmus ihres Lebens überwältigt wurde. Sie bebte am ganzen Körper, während sie wieder und wieder von der Welle der Lust durchströmt wurde.

Sie konnte nichts mehr sehen.

Und schwebte auf der Welle der Glückseligkeit.

Jayson stöhnte ihren Namen, als er noch ein paarmal kraftvoll zustieß und ihr dann über den Abgrund folgte. Ein Gefühl der Wärme breitete sich in ihrem Inneren aus, das sich mit ihrer Erregung vereinte und sie beide in einem Meer der Ekstase davontrug.

Lizzie keuchte heftig, während ihr Herz viel zu schnell schlug.

All ihre Freundinnen hatten sich immer über ihr erstes Mal beschwert, doch Lizzie konnte mit Überzeugung sagen, dass sie nichts bereute. Es war unglaublich gewesen und sobald sie wieder einen Ton hervorbrachte, würde sie die zweite Runde einläuten.

Jayson lachte an ihrem Hals. »Keine Sorge, Rotschopf. Wir werden uns wieder ins Abenteuer stürzen, nachdem wir im Meer schwimmen waren.«

Sie wollte etwas erwidern, konnte es jedoch nicht. Es überraschte sie nicht, dass er ihre Begierde erraten hatte, denn er hatte ihr mehr als bewiesen, dass er ihre Körpersprache richtig interpretierte.

Er stützte sich auf einem Ellbogen neben ihrem Kopf ab. »Wie würde es dir gefallen, wenn wir nackt schwimmen?«

Kapitel Zwanzig

Ein kleiner Flirt

Testobjekt ist empfängnisbereit. Gönner sucht nach geeignetem Kandidaten für erste Tests.

Eintrag 118.01.4-7

Mit ihren feuchten roten Locken, die verführerisch über ihr blaues Sommerkleid hingen, glich Lizzie einer Meerjungfrau am Strand. Sie hatte Jaysons Angebot, nackt schwimmen zu gehen, angenommen und er hatte ihr ausgiebig dafür gedankt. Zweimal. Infolgedessen war sie nun mehr als befriedigt.

»Warum starrst du mich so an?«, fragte sie.

Er lächelte. »Deine Naivität verschlägt mir wirklich die Sprache, Rotschopf.« Sie hatte keine Ahnung, wie sexy es war, sie dabei zu beobachten, wie sie ihre Zunge um den Strohhalm in ihrem Glas kreisen ließ. Er stellte sich vor, wie sie stattdessen seinen Schwanz liebkoste. Jayson wollte Lizzie eigentlich langsam an ihre sexuelle Beziehung und seine dunkleren Begierden heranführen, doch wenn sie ihren Strohhalm weiterhin auf diese Weise leckte, würde er nicht mehr lange an sich halten können. Denn dann würde er sie innerhalb der nächsten fünf Minuten vor sich auf die Knie zwingen und seinen Schaft in ihren Mund schieben. Und würden sie der Kellnerin damit nicht einen schönen Anblick bereiten?

Lizzies Wangen höhlten sich, als sie an dem Strohhalm saugte, während sie ihn beobachtete. Er hatte noch nie so etwas Unschuldiges und zugleich Erotisches gesehen.

»Wenn du so weitermachst, werden wir es nicht bis zum Hauptgang schaffen.« Denn er würde sie statt der Mahlzeit verschlingen.

Sie riss die Augen auf und ließ den Strohhalm aus ihrem Mund gleiten. »Was meinst du damit?«

Er bedeutete ihr mit gekrümmtem Zeigefinger, sich ihm zu nähern. »Komm her, Rotschopf.«

Lizzie ließ den Blick über den fast menschenleeren Strand schweifen. Jayson hatte für sie beide ein privates Abendessen am Meer arrangiert, statt mit Lizzie in eines der Restaurants zu gehen. Dadurch wurden sie nicht so oft von der Kellnerin gestört und konnten die romantische Atmosphäre besser genießen. Dennoch konnte jederzeit jemand an ihrem Tisch vorbeikommen.

Sie leckte sich über die Lippen. »Ich weiß nicht …«

»Sofort.«

»Äh.« Sie räusperte sich. »Also gut.«

Sie stand auf, ging um den Tisch herum, an dem auch vier Gäste Platz gehabt hätten, und blieb mit einer hochgezogenen Augenbraue neben ihm stehen. »Zufrieden?«

»Noch nicht.« Er lehnte sich auf seinem Stuhl zurück und tätschelte sein Bein. »Setz dich.«

»Dir ist doch klar, dass ich kein Hund bin, nicht wahr?«, murmelte sie, als sie seiner Aufforderung nachkam.

Er schlang einen Arm um ihre Taille, um sie auf seinen Schoß zu ziehen, wo er sie haben wollte. Dann führte er seinen Mund an ihr Ohr. »Kannst du es fühlen, Lizzie?« Er wusste, dass sie es spürte, denn sie erstarrte, als sie mit dem Hintern auf seinem harten Schaft landete. »Das passiert nur, weil ich an nichts anderes denken kann, als deinen Strohhalm durch meinen Schwanz zu ersetzen.«

Ihr stand der Mund offen, als sie seine vulgären Worte hörte, und ihre Wangen liefen rot an. »Oh ...«

»Ja, *oh*«, sagte er mit gedämpfter Stimme, als er seine Hand auf ihren nackten Oberschenkel legte und sie nach oben gleiten ließ. »Du machst mich ganz verrückt, und zwar auf die denkbar beste Weise, doch deshalb fällt es mir so *schwer*, es langsam angehen zu lassen, verstehst du das?«

Jayson folgte mit dem Zeigefinger dem Saum ihres neuen Höschens und hielt sie fest, als sie versuchte, sich herauszuwinden. Er hatte ihren Körper so gedreht, dass niemand sie sehen konnte, doch Lizzie hatte davon keine Ahnung.

»Wir haben gerade erst begonnen, an der Oberfläche zu kratzen, Elizabeth. Es gibt noch so viel mehr, was ich mit dir anstellen will.« Er presste seinen Daumen auf ihre Klitoris und begann, die empfindsame Stelle durch die handgefertigte Seide zu massieren, während sie nach Luft rang. »Mein Geschmack geht weit über den üblichen Standard hinaus, was ich meinem Alter und meiner Erfahrung zu verdanken habe.«

Er saugte an ihrem Ohrläppchen, als er noch mehr Druck auf ihre Lustperle ausübte. Ihre Erregung drang durch den dünnen Stoff, während sie versuchte, ihre Schenkel zusammenzupressen. Seine Hand machte ihr das jedoch unmöglich, während er warnend seinen Griff um ihre Taille festigte.

»Du wirst für mich kommen«, flüsterte er. »Aber du wirst dich beeilen, bevor die Kellnerin unser Abendessen bringt.«

»Jayson, ich weiß nicht ...« Sie unterbrach sich mit einem

Wimmern, als er den Druck und die Geschwindigkeit seiner Berührung steigerte. Der feuchte Stoff ihres Höschens bezeugte ihre Erregung, obwohl sie sich im Geiste immer noch dagegen wehrte.

Er musste nur ihre mentale Barriere durchbrechen.

»Konzentriere dich nur auf das lustvolle Gefühl, Schätzchen. Kannst du fühlen, wie hart mein Schwanz ist? Das habe ich ganz allein dir zu verdanken, Rotschopf.« Er ließ seine Zunge in einem betörenden Rhythmus über ihre Halsschlagader kreisen, bevor er ihr zärtlich in den Hals biss. Ihre Atmung wurde flacher und ihr Körper spannte sich an, als sie alles um sich herum vergaß. Genauso wie er es gewollt hatte. Er hatte nicht vorgehabt, ihr während des Abendessens eine derartige Lektion zu erteilen, doch er konnte sich diese Möglichkeit nicht entgehen lassen.

Jayson liebkoste ihren Nacken, als sie zu zittern begann. »Genau so, Liebes. Lass dich gehen.« Er löste seine Hand von ihrer Taille und ließ sie auf ihre Brust gleiten, um ihr in die harte Brustwarze zu kneifen. »Ich will spüren, wie du kommst, Lizzie. Jetzt, Schätzchen.«

Sie bebte und flüsterte seinen Namen, der aus ihrem Mund wie eine Segnung klang. Er würde es nie müde werden, diesen Laut zu hören. Sie stöhnte auf, als sie von der Welle der Ekstase davongetragen wurde und unkontrolliert auf seinem Schoß zitterte. Sein Schwanz flehte ihn förmlich an, sie über den Tisch zu beugen und sie solange zu ficken, bis sie aufschrie, doch er unterdrückte seine Begierde und konzentrierte sich wieder auf die Frau, die in seinen Armen in andere Sphären schwebte.

Es gibt noch so viel, was ich ihr beibringen muss …

Er würde Jahre, vielleicht sogar Jahrzehnte brauchen, um seine Sehnsucht nach ihr zu stillen.

Ich stecke wirklich in Schwierigkeiten und es ist mir völlig egal.

Er presste seine Stirn gegen ihre Schulter, als sie von ihrem Höhenflug herunterkam. Er wusste genau, wann sie wieder ins Hier und Jetzt zurückkehrte, denn sie verkrampfte sich und versuchte, von seinem Schoß herunterzuklettern.

»Tu das noch einmal und ich werde dich zu einem weiteren Orgasmus zwingen, Rotschopf.« Er verlieh seinen Worten Nachdruck, indem er ein letztes Mal grob über ihre empfindsame Lustperle strich. Ihr Körper zuckte, als sie ein weiteres Wimmern ausstieß.

»Was tust du mir nur an?«, fragte sie atemlos.

»Ich bilde dich aus«, erwiderte er an ihrem Nacken. »Und du sprichst wunderbar darauf an.« Er löste seine Hand von ihrem Unterleib und strich mit dem Daumen über ihre Lippen. »Leck ihn ab«, befahl er.

Sie gehorchte, während sie am ganzen Körper zitterte. »Oh Gott …«

»Mm, der Kosename gefällt mir.« Er packte ihr Kinn und neigte ihren Kopf nach hinten, um sie zu küssen. »Du schmeckst unglaublich, Lizzie. Ich denke, ich werde dich später zum Nachtisch verspeisen.«

Ihre Wangen nahmen den tiefroten Farbton an, den er so liebte. »O-okay, aber nur, wenn ich dich auch schmecken darf.«

Sie hatte keine Ahnung, wie sexy diese Worte waren, vor allem wenn sie derart unschuldig klangen.

»Ich werde dein Angebot auf jeden Fall annehmen«, versprach er. »Aber zuerst essen wir zu Abend.« Er half ihr beim Aufstehen und zupfte ihr Kleid zurecht, als die Kellnerin mit einem Tablett voller Teller an ihren Tisch kam. »Ausgezeichnetes Timing, Jana«, sagte er mit einem schelmischen Grinsen. »Es riecht hervorragend.«

Die zierliche Frau strahlte ihn an, als sie begann, das Essen auf dem Tisch anzurichten. »Ich hoffe, es schmeckt Ihnen, Mr. Jayson.«

»Das wird es ganz sicher«, sagte er mit einem Augenzwinkern. »Danke.«

»Kann ich sonst noch etwas für Sie tun?« Der zweideutige Unterton in ihrer Stimme hätte sein Interesse wecken sollen, doch das tat er nicht. Nicht im Geringsten. Er verärgerte ihn sogar, denn es war offensichtlich, dass er ein Rendezvous hatte. Für manche Frauen war das jedoch eine Herausforderung. Wie dem auch sei, er wollte nicht unhöflich sein.

»Im Moment nicht«, antwortete er mit einem weiteren Lächeln, von dem er wusste, dass die Frauen es liebten. »Aber vielen Dank.«

»Sie lassen es mich wissen, wenn Sie bereit für den Nachtisch sind?« Noch eine Anspielung, die ihn an seine Pläne für später erinnerte.

»Das werde ich ganz sicher.« Er lächelte ein wenig zu eifrig, als er ein Bild von Lizzie vor sich sah, die nackt in seinem Bett lag. Es würde tatsächlich eine sehr lustvolle Nacht werden. »Danke, Jana«, sagte er, um sie höflich abzuweisen.

»Es ist mir ein Vergnügen, Mr. Jayson.« Sie warf ihm einen vielversprechenden Blick zu und schlenderte dann mit ihrem Tablett wieder davon, während Jayson belustigt den Kopf schüttelte. Die Frau war hübsch, doch sie war in keiner Weise mit der Schönheit zu vergleichen, die ihm gegenübersaß.

Er entfaltete seine Serviette und ließ den Blick über die verschiedenen Gerichte auf dem Tisch schweifen. Er liebte die französische Küche, doch seine Begleiterin schien nicht annähernd so angetan von den Speisen zu sein. Seltsam. Sie war ganz begeistert von der Speisekarte gewesen, als sie bestellt hatten.

»Was ist los, Rotschopf?«, fragte er, als ihr wütender Gesichtsausdruck ihn verwirrte. »Warum siehst du mich so finster an?«

Lizzie zog die Augenbrauen in die Höhe. »Soll das dein Ernst sein?«

Nun, diese Antwort wollte kein Mann jemals hören.

Er nippte an seinem Wasser und wartete darauf, dass sie fortfuhr.

»Du bist ein Arschloch«, sagte sie schließlich und warf ihre Serviette auf den Tisch. »Nein, ich habe mich geirrt, das ist der falsche Ausdruck. Du bist ein Frauenheld. Natürlich wusste ich es. Ich bin eine Idiotin, weil ich geglaubt habe, das zwischen uns … oder was auch immer …« Sie schüttelte den Kopf. »Weißt du was? Vergiss es. Ich habe keinen Hunger.« Sie stieß sich vom Tisch ab, doch er packte ihr Handgelenk, bevor sie davoneilen konnte.

»Setz dich«, sagte er mit sanfter Stimme, in der jedoch ein fordernder Unterton mitschwang.

»Oder was?«, entgegnete sie. »Willst du mir wieder einen Orgasmus am Tisch abverlangen, um später deinen Nachtisch mit der Kellnerin einzunehmen?« In ihren Augen schimmerten Tränen, als sie ihn mit einem flehenden Blick anstarrte. »Ich kann dabei nicht zusehen, Jayson. Ich …« Sie biss sich auf die Unterlippe, als sie zu beben begann. »Bitte lass mich los.« Es brach ihm das Herz, als er ihre gebrochene Stimme hörte.

»Lizzie …«

»Nein, bitte. Ich will nur …« Sie schniefte und schloss die Augen. »Es geht mir gut.«

Er stand auf und zog sie in seine Arme, denn es ging ihr offenbar nicht gut. Sie verkrampfte sich, was ihn sowohl verärgerte und ihm gleichzeitig das Herz zerriss. Wie war es möglich, dass ihr Abendessen in einem Moment noch angenehm und vielversprechend war, nur um im nächsten derart aus dem Ruder zu laufen?

Und was zum Teufel redete sie da von Nachtisch? Warum würde er die Kellnerin wollen, wenn er doch Lizzie hatte?

»Du musst mir schon ein wenig auf die Sprünge helfen«, gestand er. »Ich habe dir gerade gesagt, was ich nach dem Abendessen alles mit dir anstellen will, doch du scheinst der Meinung zu sein, dass ich stattdessen die Kellnerin vernaschen will. Wie kommst du zu diesem Schluss?«

Lizzie schnaubte und versuchte, ihn von sich zu stoßen. »Das kann nicht dein Ernst sein.«

»Es ist mein voller Ernst«, knurrte er, denn ihr Verhalten verärgerte ihn langsam. Er verwob seine Finger in ihrem Haar und zog ihren Kopf zurück, damit er den Ausdruck in ihrem Gesicht sehen konnte. »Ich war von Anfang an ehrlich zu dir, doch du benimmst dich, als hätte ich dich auf irgendeine Weise betrogen, und dann beschimpfst du mich auch noch. Ich würde gern den Grund dafür wissen.«

Sie schluckte, als ein Anflug von Zweifel über ihr Gesicht huschte. Jetzt machten sie Fortschritte. »Du hast mit der Kellnerin geflirtet, genauso wie mit der Flugbegleiterin«, sagte sie. »Vor meinen Augen. Als wäre ich gar nicht da.«

»Geflirtet?«, wiederholte er mit einem Stirnrunzeln. »Ich war nur höflich.«

»Indem du sie angebaggert hast!«, blaffte sie, als ihre Stimme wieder einen feurigen Unterton annahm. »Ich habe gesehen, wie die Flugbegleiterin dir ihre Nummer gegeben hat, und gerade eben hast du der Kellnerin versprochen, dass du ihr Angebot zum Nachtisch annimmst. Und ich weiß, dass es dabei nicht ums Essen geht. Ich bin vielleicht unerfahren und naiv, aber ich weiß, was eine sexuelle Anspielung ist, Jayson.«

»Ich verstehe.« Er überlegte, welches Problem er zuerst angehen sollte, und entschied sich für die Kellnerin. »Weißt du, woran ich gedacht habe, als Jana mich auf den Nachtisch angesprochen hat?«

Lizzie wurde blass. »Das will ich gar nicht wissen.«

»Tatsächlich?« Er zog eine Augenbraue in die Höhe. »Das

ist wirklich schade, denn ich hatte ein ziemlich beeindruckendes Bild vor Augen, und zwar von dir, wie du nackt in unserem Bett liegst.«

Sie riss die Augen auf. »Wie bitte?«

»Und was Rebekah betrifft«, fuhr er fort und ignorierte ihren verwirrten Gesichtsausdruck, »sie hat mir ihre Nummer gegeben, damit ich sie an Balthazar weiterreichen kann, denn sie haben ähnliche sexuelle Vorlieben.« Er überlegte, ob er noch mehr verraten sollte, und entschied dann, dass es nur hinderlich wäre, wenn er ihr noch mehr verschwieg.

»Sie hat uns im Flugzeug ein Angebot gemacht, Rotschopf. Offenbar hat sie eine Schwäche für Dreier mit attraktiven Paaren. Ich habe ihr höflich eine Absage erteilt und ihr vorgeschlagen, sich mit B in Verbindung zu setzen, wenn sie das nächste Mal in Griechenland ist.«

Lizzies Wangen waren plötzlich mit roten Flecken übersät, während ihr überrascht der Mund offen stand. »Ein Dreier?«, flüsterte sie empört.

»Ja, das ist gar nicht so ungewöhnlich. Aber wie ich Rebekah schon im Flugzeug sagte, habe ich nicht vor, dich mit irgendjemandem zu teilen. Jemals.« Er sprach die Worte mit einer Überzeugung aus, die er nicht erwartet hatte, doch es fühlte sich gut an, sie lautstark einzugestehen. »Ich werde dich nicht einmal mit Balthazar teilen.« Die Worte waren mehr an ihn selbst gerichtet als an sie und schockierten ihn.

Jayson verweigerte Balthazar nie einen Wunsch, wenn er mit einer Frau schlafen wollte.

Doch Lizzie?

Oh, das würde er ihm auf keinen Fall gestatten.

Der Gedanke, dass B *seinen* Rotschopf berühren könnte, brachte Jaysons Blut zum Kochen.

Das ist neu.

Jayson hatte für gewöhnlich kein Problem zu teilen.

Aber nicht sie.

»Du tust mir weh«, sagte Lizzie mit angespannter Stimme.

Jayson entspannte seinen Arm um ihren Rücken und löste seine Hand aus ihrem Haar. »Es tut mir leid, Rotschopf.« Er hatte sie nicht erdrücken wollen und hatte nicht einmal bemerkt, dass er sie zu fest gepackt hatte. »Ich habe gerade an etwas Unangenehmes denken müssen.«

Sie schluckte und nickte, dann runzelte sie die Stirn. »Dann, äh, hattest du also nicht vor, dich in Rom mit der Flugbegleiterin zu treffen?«

»Natürlich nicht. Ich hatte erwartet, dass die CRF uns findet, obwohl ich gehofft hatte, dass es dazu nicht kommen würde. Ich hatte zu keinem Zeitpunkt vor, sie wiederzusehen, und habe auch kein Interesse an unserer Kellnerin.«

»Aber du hast einem Nachtisch zugestimmt.«

»Ja, mit dir«, murmelte er mit einem Lächeln. »Wenn du einen begierigen Unterton in meiner Stimme gehört hast, dann nur, weil ich dabei an dich gedacht habe, Rotschopf.«

Sie spitzte die Lippen und er konnte sehen, dass sie noch etwas sagen wollte, während sie jedoch an sich selbst zweifelte. Als sie den Kopf schüttelte und sich zu einem Lächeln zwang, wusste er, dass diese Unterhaltung noch lange nicht vorbei war.

»Sag, was du sagen musst, Lizzie. Rede nicht um den heißen Brei herum. Ich erwarte, dass wir miteinander ehrlich sind, und werde mich auf nichts Geringeres einlassen. Das ist der einzige Weg, wie eine Beziehung zwischen uns funktionieren kann.«

Sie blinzelte. »Du sprichst von uns, als hätten wir eine Zukunft.«

»Haben wir die etwa nicht?« Er suchte ihre schönen Augen nach einer Antwort ab, doch er konnte nur noch mehr Fragen darin entdecken. »Du musst mir wirklich auf die

Sprünge helfen, Rotschopf. Ich dachte, du wolltest eine längerfristige Beziehung. Liege ich damit etwa falsch?« Er hoffte inständig, dass er richtiglag, denn mit einer kurzfristigen Liebelei würde er sich nicht zufriedengeben. Nicht mit ihr.

»Was bedeutet längerfristig für einen Mann, der dreitausend Jahre alt ist?«, fragte sie. »Nach dem zu urteilen, was deine Freunde erzählt haben, schläfst du gern mit mehreren Frauen gleichzeitig und frühstückst nach einer Nacht voller sexueller Ausschweifungen mit allen zusammen in einer großen Runde. Oh, und Tristan hat angedeutet, dass du deine Gespielinnen für gewöhnlich mit Freunden teilst. Da du hier derjenige mit der meisten Erfahrung bist, sag du es mir doch. Was sollte ich erwarten?«

»Ich weiß es nicht«, gestand er, als er mit den Fingern durch ihr feuchtes Haar kämmte. »Ich hatte immer nur offene Beziehungen. Die Ewigkeit ist eine lange Zeit, um nur einer einzigen Frau treu zu sein. Meine früheren längerfristigen Liebhaberinnen waren sich darüber im Klaren. Sie haben oft andere Partner gehabt, um sich bei Laune zu halten, doch sie haben sich immer an mich gewandt, wenn ihnen der Sinn nach etwas Vertrautem stand. Dasselbe galt auch für mich.«

Sie rümpfte die Nase und verzog den Mund. »Okay, dann willst du also eine offene Beziehung, in der wir beide mit anderen beliebigen Partnern schlafen?«

Bei dem Gedanken, dass ein anderer Mann Lizzie berührte, verkrampfte sich sein Magen. »Auf keinen Fall.«

Sie sah ihn mit großen Augen an. »Doch genau das ist die Art Beziehung, die du gerade beschrieben hast.«

»Nein, ich meine, ja. Das stimmt, aber damit habe ich nicht uns gemeint.« Er ließ ihre Taille los und legte sich die Hand an den Nacken.

Warum war das nur so kompliziert? Jayson verstand und verehrte die Frauen und vergnügte sich ständig mit ihnen.

Doch gegenüber der Frau, die jetzt vor ihm stand, war er sprachlos und konnte nicht mehr klar denken. Sie hatte ihm gerade die Möglichkeit gegeben, solange er wollte, mit ihr zu schlafen, und dabei für andere Partner offen zu bleiben, und er hatte das Angebot, ohne zu zögern, abgelehnt.

Offenbar musste er seinen Verstand einer gründlichen Untersuchung unterziehen.

Jayson neigte normalerweise nicht zur Eifersucht. Er war ein Freigeist und ihre Beschreibung war absolut zutreffend – doch nicht, wenn es um sie ging.

»Ich will nicht, dass du mit anderen Partnern schläfst, Lizzie. Ob wir nun zusammen sind oder nicht. Allein der Gedanke, dass dich ein anderer Mann berührt, treibt mich in den Wahnsinn, und ich kann dir sagen, dass das zuvor nie ein Problem für mich war.« Er ließ sie los und trat einen Schritt zurück. Er fuhr sich mit beiden Händen durchs Haar, während er vor ihr auf und ab ging.

»Ich will dich auch nicht mit anderen Frauen teilen«, sagte sie leise. »Es tut mir weh, wenn du mit anderen Frauen flirtest. Sehr sogar.«

Sie senkte den Blick zu Boden und ließ die Schultern hängen, was ihm verriet, dass es ihr nicht leichtfiel, diese Worte auszusprechen. Dennoch hatte er sie hören müssen.

Über die Jahrhunderte hatte Jayson einen freimütigen Charme gegenüber den Frauen entwickelt, der hauptsächlich dazu diente, sie in sein Bett zu locken. Es war ihm zur Gewohnheit geworden und er dachte gar nicht mehr darüber nach, doch nun musste er feststellen, dass er Lizzie damit wehtat.

Er legte eine Hand an ihre Wange und neigte ihren Kopf zurück. Er musste schlucken, als er den gequälten Ausdruck in ihren schönen Augen sah. »Du hattest recht«, murmelte er. »Ich bin ein Arschloch.«

Sie wollte den Kopf schütteln, doch er unterbrach sie, indem er mit den Lippen über die ihren strich.

»Ich dachte, dass ich bereits alles erlebt habe, aber das hier – wir – ist absolut neu für mich.« Er verwob seine Finger in ihrem Haar und presste die Stirn an ihre.

»Du weckst in mir den Wunsch, etwas Neues auszuprobieren, Rotschopf. Etwas, das ich nie zuvor in Betracht gezogen habe. Aber du musst Geduld mit mir haben, denn es wird eine Weile dauern, bis ich meine alten Gewohnheiten abgelegt habe. Du musst mir sagen, wenn ich dir wehtue, genauso wie du es heute Abend getan hast. Kannst du das für mich tun, Lizzie? Kannst du mir gegenüber ehrlich sein und mir sagen, wenn ich etwas anstelle, was dir Schmerzen bereitet?«

Der flehende Unterton in seiner Stimme war ungewöhnlich für ihn, doch Lizzie erweckte eine Seite in ihm, die er nur selten einem anderen gegenüber offenbarte. In seinen Augen war es sowohl sein schwächstes Glied als auch seine größte Stärke.

Sein Herz.

Er würde nicht unbedingt sagen, dass er sie liebte, denn dafür kannten sie sich noch nicht gut genug, doch er wusste, dass er sie in Zukunft lieben konnte. Sie berührte ihn auf eine Weise, wie es nur wenige zuvor je getan hatten, und jede Zelle seines Körpers sehnte sich danach, sie für sich zu beanspruchen.

Sie ist mein.

Es war ein ganz natürlicher Trieb, den er jedoch nur selten für eine Frau empfand, doch Lizzie rief in ihm jeden einzelnen besitzergreifenden Instinkt wach, der in seinem Inneren schlummerte. Der dominante Teil seiner selbst verstand, dass er Geduld haben musste, während seine Seele in ihr eine potenzielle Gefährtin sah.

Lizzie leckte sich über die Lippen und öffnete und schloss

den Mund, bevor sie endlich antwortete. »Ich könnte dich, wenn nötig, Arschloch nennen.«

Ein Grinsen breitete sich auf seinem Gesicht aus. »Wirklich?«

Sie nickte und verzog die Lippen zu einem Lächeln. »Vielleicht bezeichne ich dich sogar als verdammten Scheißkerl.« Er zog den Kopf mit gespielter Überraschung zurück. »Hast du etwa gerade geflucht?«

»Hin und wieder fluche ich durchaus. Solange es berechtigt ist.« Sie runzelte die Stirn. »Meine Mutter sagt immer, dass man nur unflätige Ausdrücke verwendet, wenn einem sonst nichts Intelligentes einfällt.«

»Tatsächlich? Nun, deine Mutter ist ein verdammtes Miststück, daher werde ich diese Bemerkung einfach ignorieren.«

Lizzie lachte. »Du tust gerade so, als würdest du meine Mutter kennen.«

»Ich habe sie zwar noch nie persönlich getroffen, aber ich habe sie beim Brunch mit dir beobachtet und ich würde sagen, dass mein Urteil mehr als zutreffend ist. Ich habe all meine Kraft zusammennehmen müssen, um sie nicht durch eine Fensterscheibe zu schleudern.«

Lizzie riss die Augen auf. »Du warst beim Brunch?«

»Wegen der Hormondrinks, schon vergessen?«, erwiderte er. »Da wir gerade davon sprechen, wir sollten unser Abendessen verspeisen, das wahrscheinlich mittlerweile kalt ist. Es sei denn, du hast immer noch keinen Hunger?« Er zog eine Augenbraue in die Höhe und bedachte sie mit einem herausfordernden Blick. Sie sollte es nur wagen, das Essen zu verweigern. Wenn sie vorgab, nicht am Verhungern zu sein, dann würde sein Ego einen Kratzer davontragen.

Glücklicherweise nickte sie zustimmend. »Abendessen.« Sie blickte durch ihre dichten Wimpern zu ihm auf und fügte hinzu: »Und später einen Nachtisch.«

»Als hätte das je zur Debatte gestanden«, murmelte er an ihrem Mund. »Und morgen werden wir unser Frühstück im Bett genießen.«

Lizzies Lippen verzogen sich zu einem schelmischen Lächeln. »Ich denke, das würde mir gefallen.«

Kapitel Einundzwanzig

Lust auf ein Spielchen?

Gönner hat verlangt, seinem Mitarbeiter zu ermöglichen, das Testobjekt zum Zweck der Rückverfolgung zu schmecken. Ein Besuch unter Aufsicht wird anberaumt werden.

Eintrag 107.11.4-7

Zwei Wochen Sex und Sonne standen Lizzie wirklich gut. Ihre Wangen hatten eine gesunde Röte angenommen und ihre Augen strahlten voller Geheimnisse, in die Jayson sie eingeweiht hatte. Ihre Lippen waren fast ständig zu einem Lächeln verzogen, woran nicht zuletzt die Unterwäsche schuld war.

Sie befestigte die Strümpfe an dem Strumpfgürtel und zupfte das Spitzenbustier zurecht, um ihr Dekolleté zur Geltung zu bringen. Jayson hatte ihr beigebracht, wie man die eleganten französischen Kleidungsstücke richtig anzog, und sie genoss es seitdem, ihn mit dem neu erworbenen Wissen zu reizen.

Lizzie hatte ein Faible für Mode und würde diese neue Vorliebe für Spitze so schnell nicht wieder ablegen. Sie liebte die Tatsache, dass jedes einzelne Set perfekt saß und zwar offenherzig erschien, gleichzeitig jedoch nichts Intimes offenbarte. Vor allem erfreute sie sich daran, wie Jayson darauf reagierte.

Sie betrachtete sich noch einmal im Spiegel und ihr Lächeln wurde noch strahlender.

Sie sah perfekt aus.

Während der letzten Wochen hatte Jayson zudem ihr Selbstvertrauen gesteigert. Es schien töricht zu sein, sich verstecken zu wollen, wenn sie doch so viele Stunden nackt mit ihm verbracht hatte.

Und die Art, wie er sie ansah, wenn sie sich für ihn derart aufreizend kleidete? Sein Blick war das Zögern auf jeden Fall wert.

Sie schlenderte ins Schlafzimmer, um dort auf Jayson zu warten. Er hatte ihr ein Bad in der überdimensionalen Wanne eingelassen, bevor er sich auf den Weg zum Markt gemacht hatte, um etwas frisches Obst einzukaufen. Er würde sicher jede Minute zurück sein.

Lizzie schenkte sich ein Glas Wein ein und bewunderte den Anblick des stillen Ozeans. Jayson hatte gestern Abend bemerkt, dass das Meer ihn ein wenig an sein Zuhause erinnerte, und sie hatte es als subtile Andeutung gewertet, dass er bald nach Hydria zurückkehren wollte.

Luc hatte ihnen zweimal einen kurzen Besuch abgestattet, um ihr eine ganze Reihe persönlicher Fragen zu stellen, die auch ein Arzt von ihr hätte wissen wollen, und um weitere Proben zu nehmen. Es gefiel ihr zwar nicht, ihm als Testobjekt zu dienen, doch sie wollte ebenfalls Antworten, daher hatte sie eingewilligt.

Tief im Inneren wusste sie jedoch, dass sie Bora Bora verlassen müsste, wenn sie wirklich die Wahrheit erfahren wollte. Die selbstsüchtige Seite von ihr verabscheute den Gedanken, doch der Teil von ihr, der Jayson verehrte, wusste, wie ungerecht es war, ihn zum Hierbleiben zu zwingen.

Allerdings schien es ihm nicht allzu viel auszumachen, denn er …

»Nun, wenn das kein Anblick für die Götter ist.«

Ihr lief ein kalter Schauer über den Rücken, als sie die vertraute Stimme hinter sich hörte. Sie gehörte dem Mann, von dem sie nie erwartet hätte, ihn wiederzusehen.

Sie schluckte und drehte sich um und blickte in ein Paar belustigter brauner Augen. Seine väterlichen Züge schienen der Miene eines Mannes gewichen zu sein, den sie kaum wiedererkannte. Und als er den Blick beifällig über ihren Körper schweifen ließ, stieg ihr die Galle in den Rachen.

»Dr. Fitzgerald«, brachte sie hervor.

»Komm schon, Lizzie, ich würde sagen, du kannst mich John nennen, solange du so angezogen bist.« Er zeigte auf den bewaffneten blonden Mann neben ihm. »Du erinnerst dich doch an Stark, nicht wahr?«

Sie versuchte zu nicken, doch es gelang ihr nicht. Nicht, solange die beiden Männer sie in Richtung Meer drängten. Sie könnte springen, doch wohin sollte sie schwimmen? Etwa an den Strand? Ihre Tanzbeine waren nicht unbedingt für das Wasser gemacht und ihre Spitzenunterwäsche würde sie nach unten ziehen. Die beiden Männer würden sie entweder fangen oder vor ihr den Strand erreichen.

Zudem waren sie wahrscheinlich nicht allein hier.

»Wollen wir gehen?«, fragte Stark mit gelangweilter Stimme. Er hatte sich nicht einmal die Mühe gemacht, sie anzusehen oder einen Blick auf ihr verführerisches Outfit zu werfen. Sie war dankbar dafür, vor allem, da John weiter ihre Brüste und Beine mit einem gierigen Ausdruck in den Augen beäugte.

Vierundzwanzig Jahre lang hatte er sie immer wie eine Tochter behandelt, doch jetzt konnte sie an seinem lüsternen Blick sehen, dass alles nur eine Lüge gewesen war.

»Noch nicht.« John kam auf sie zu und spielte mit einer

Strähne ihres Haares, als er fragte: »Würdest du dich gern umziehen, bevor wir uns auf den Weg machen?« Seine Stimme klang völlig unbedarft, doch sein glühender Blick strafte sie Lügen.

Lizzie hatte sich immer gefragt, warum John nicht älter als fünfunddreißig erschien, doch jetzt wusste sie, dass er sein jugendliches Aussehen seiner ichorianischen Blutlinie zu verdanken hatte. »Das würde ich gern«, gab sie zu, denn sie war nicht imstande zu lügen. Sie hatte von seiner Gabe erfahren, anderen die Wahrheit zu entlocken, und sie zeigte auch in ihrem Fall Wirkung.

»Dann tu dir keinen Zwang an«, sagte er und zeigte auf den Koffer. »Du wirst sicher Verständnis dafür haben, dass du dich in unserer Gegenwart umziehen musst. Ich habe dich bereits einmal verloren und kann es mir nicht leisten, dich wieder entkommen zu lassen. Schließlich bist du eine kostspielige Investition.«

Sie erzitterte, als sie die Schonungslosigkeit seiner Worte hörte. »Was meinen Sie damit?«

»Das können wir unterwegs besprechen«, antwortete er. »Du hast zwei Minuten Zeit, um dich umzuziehen. Ich würde dir raten, sie nicht zu vergeuden.«

Lizzie wollte ihm schon sagen, dass er zur Hölle fahren sollte, doch sie besann sich eines Besseren. Sie konnte in diesem Outfit nicht die Flucht ergreifen, denn sie würde zu viel Aufmerksamkeit auf sich ziehen. Jeansshorts, ein Trägerhemd und Turnschuhe wären wesentlich angemessener.

Ihr lief ein eiskalter Schauer über den Rücken, als er sie beobachtete, wie sie den Strumpfgürtel und die Strümpfe auszog. Stark würdigte sie immer noch keines Blickes, sondern suchte stattdessen die Umgebung ab.

Er hält nach Jayson Ausschau.

Wenn sie einen Weg finden könnte, wie sie ihren Aufbruch

hinauszögern könnte, dann würde er vielleicht rechtzeitig zurückkehren, um John den Garaus zu machen.

Lizzie zog sich ein Trägerhemd über den Kopf und verschränkte die Arme, um ihre Brüste vor John zu verbergen. Sie hatte es geschafft, beim Umziehen ihre intimsten Körperstellen bedeckt zu halten, doch sein Grinsen verriet ihr, dass es nicht von Bedeutung war.

Dieser John, der jetzt vor ihr stand, war trotz seiner vertrauten Gesichtszüge nur noch ein Fremder für sie. In seiner Gegenwart fühlte sie sich kalt, benutzt und unzulänglich.

Sie zitterte, als sein Grinsen breiter wurde.

»Ich denke, wir sollten ein Spiel spielen, um herauszufinden, wie weit diese Verliebtheit geht«, sagte er. »Würde dir das gefallen, Lizzie? Würdest du gern wissen, was Jay wirklich fühlt?«

»Haben wir dafür Zeit, Sir?«, fragte Stark, in dessen Stimme ein scharfer Unterton mitschwang, der seinen gelangweilten Gesichtsausdruck Lügen strafte.

»Natürlich. Warum hätten wir sonst die Waffe mitgebracht?«

»Weil wir davon ausgegangen sind, dass er hier wäre, Sir.«

»Und ich nehme an, dass es jeden Moment so weit sein könnte.« John legte eine Hand an sein Ohr. »Habt ihr den Ältesten schon erspäht?« Er nickte, als die Person am anderen Ende der Kommunikationseinheit antwortete. »Hervorragend.« Er wandte sich an Stark. »Ich habe Ihnen doch gesagt, dass Patels Geräte funktionieren würden.«

Der Sentinel zuckte nur mit der Schulter, als er eine Waffe zog. »Wir werden es erst mit Sicherheit wissen, wenn er zur Tür hereinkommt.«

»Na schön.« Er blickte sie mit seinen dunklen schokoladenbraunen Augen an. »Sei ein Schatz und stell dich zu mir, bitte.« Er klang so höflich und durch und durch nach John.

Dennoch hatte sich alles zwischen ihnen verändert.

Dieser Mann war ein Monster, ein Ichorianer, der eine Organisation gegründet hatte, um damit andere Unsterbliche zur Strecke zu bringen. Und er hatte ihr etwas angetan, obwohl niemand wusste, was es war. Dann waren da noch die Dinge, die Jayson ihr über Tom und eine Hydraianerin namens Amelia erzählt hatte.

Lizzie würde John Fitzgerald nie wieder vertrauen können. Und sie wollte auf keinen Fall, dass er sie anfasste.

»Nein«, erwiderte sie, womit sie sowohl sich selbst als auch ihn überraschte. Durch ihre jahrelange Ausbildung hatte sie gelernt, auch in den unangenehmsten Situationen höflich zu bleiben, doch damit war es nun vorbei. Was hatte sie schon zu verlieren? Er hatte bereits angedeutet, dass sie eine »kostspielige Investition« war. Das bedeutete doch sicher, dass er sie nicht umbringen würde, nicht wahr?

»Sir«, murmelte Stark.

»Ich habe es gehört«, erwiderte John, als er einen Schritt auf Lizzie zutrat. Sie ging rückwärts, um sich ihm zu entziehen, doch sie wusste, dass sie nicht weit kommen würde. Es sei denn, sie wagte den Sprung …

Sie sackte zusammen und fiel auf die Knie, als sie von einem scharfen Gegenstand direkt über ihrem Ohr getroffen wurde. Das Blut rauschte ihr in den Ohren und ihre Sicht war verschwommen.

Ein Arm wurde um ihren Oberkörper geschlungen und zog sie mit einem Ruck nach oben, wobei sie mit dem Rücken gegen einen starken Körper prallte. Sie konnte einen scharfen Gegenstand spüren, der gegen ihren Nacken gepresst wurde.

»Vorsicht, Sir, oder der Gönner wird nicht erfreut sein«, bemerkte Stark mit unterkühlter und gefühlloser Stimme. Er hätte genauso gut übers Wetter reden können.

»Das lassen Sie meine Sorge sein.« Sie konnte Johns Antwort hinter sich hören, was ihr verriet, dass er derjenige war, der sie niedergeschlagen und gepackt hatte.

Hatte er sie mit dem stumpfen Ende des Messers getroffen, das er ihr nun an den Hals presste?

»Rühr dich nicht von der Stelle, Lizzie. Dies ist kein gewöhnliches Messer.« Es schien ihn zu belustigen und sie hatte nur eine logische Erklärung dafür.

Es ist nicht aus Metall gefertigt.

Sie versuchte, sich auf die Waffe in Starks Hand zu konzentrieren, doch sie verschwamm immer wieder vor ihren Augen. Zu allem Übel stiegen ihr Tränen in die Augen.

John drehte sich, bis er mit dem Rücken zur Wand stand, während er Lizzie weiterhin vor sich festhielt. Sein Arm um ihre Taille erinnerte sie an ein Kontraktionsband, als er ihr die Luft aus der Lunge presste. Ihrer Kehle entfuhr ein Wimmern, was John nur zum Lachen brachte.

»Das ist dafür, dass du deine Manieren vergessen hast«, murmelte er an ihrem Ohr.

Sie hatte keine Ahnung gehabt, dass er so grausam sein konnte. Es war eine Sache, es von Jayson zu hören, doch eine völlig andere, es mit eigenen Augen zu sehen. Es wunderte sie nicht, dass Tom seinen Tod vorgetäuscht hatte. Soweit sie wusste, hatte John davon keine Ahnung und glaubte auch, dass Amelia nicht mehr am Leben war. Wenn sie ihm doch nur auf ähnliche Weise entkommen könnte.

»Ich habe die Fingerbananen gefunden, die du so liebst, Rotschopf«, verkündete Jayson, als er die Suite betrat.

Lizzie öffnete den Mund, um etwas zu erwidern, doch Johns Arm schlang sich fester um ihre Taille, während Stark neben ihnen in Position ging.

Dann folgte Schweigen, was darauf schließen ließ, dass Jayson etwas ahnte.

»Mittlerweile sollten Sie bemerkt haben, dass unsere

Waffen nicht auf die herkömmliche Weise hergestellt wurden«, sagte John zur Begrüßung. »Aber glauben Sie mir, wenn ich Ihnen sage, dass sie ebenso tödlich sind.«

Das Rascheln von Tüten war zu hören, die auf dem Boden abgestellt wurden, bevor Jayson mit leeren Händen um die Ecke kam. Er sah Lizzie nicht an, sondern konzentrierte sich auf den Mann hinter ihr. »Hallo Jonathan.«

»Jayson«, erwiderte er den Gruß. »Ich würde keinen Schritt näher kommen, es sei denn, Sie wollen herausfinden, wie eine mit Diamantstaub überzogene Keramikklinge die Haut aufschlitzen kann.«

Jayson hob die Hände abwehrend in die Höhe und bewahrte einen neutralen Gesichtsausdruck. »Sie haben meine ungeteilte Aufmerksamkeit.«

»Tatsächlich?«, sagte John. »Vorzüglich. Ich habe Lizzie gerade ein Spiel vorgeschlagen. Hätten Sie Lust, sich uns anzuschließen?«

»Das kommt ganz auf die Bedingungen an.« Jayson verschränkte die Arme vor der Brust. »Woran haben Sie gedacht?«

»Es ist eigentlich ganz einfach. Sehen Sie, diese Waffe hier«, sagte er und zeigte auf die Pistole in Starks Händen, die auf Jayson gerichtet war, »ist mit Feuerkugeln aus Glas geladen. Es handelt sich hierbei um eine neue Technologie, die wir vor allem im Hinblick auf Sie entwickelt haben. Ihre Neigung zu Metall hat es uns nicht leicht gemacht.«

Lizzie zitterte. Jayson hatte ihr erzählt, welchen Zweck die Feuerkugeln erfüllten. *Sie setzen das Blut in Brand und töten auf diese Weise einen Unsterblichen unwiderruflich.* Dennoch gähnte er nur und bedeutete Jonathan mit einem Wink weiterzureden. »Fahren Sie fort.«

»Nun, damit habe ich meine Drohung deutlich zum Ausdruck gebracht, nicht wahr? Aber ich bin bereit, Ihnen eine Wahl zu lassen. Sehen Sie es einfach als eine Art, meine

Ältesten zu respektieren.« Der vergnügte Unterton in seiner Stimme schien Jayson nicht im Geringsten zu beeindrucken. Wenn überhaupt, wirkte er genauso gelangweilt wie Stark.

Hat er Jacque zu Hilfe gerufen?, fragte Lizzie sich. Sie versuchte, ihm in die Augen zu blicken, doch er konzentrierte sich weiterhin auf den Mann hinter ihr. John ließ seinen Arm von ihrer Taille auf ihre Brüste gleiten. Die intime Berührung ließ sie zusammenzucken, doch das Messer an ihrer Kehle war ihr eine Warnung, sich nicht zu bewegen. Wenigstens konnte sie wieder klar sehen.

»Kommen Sie zum Punkt, Jonathan«, forderte Jayson, dessen Gelassenheit langsam Risse bekam.

»Ich erlaube Ihnen, sich unversehrt zu entfernen, wenn Sie Lizzie bei mir lassen.«

»Oder?«, wollte Jayson wissen.

»Oder Stark wird Sie töten.«

»Ich finde beide Möglichkeiten nicht besonders verlockend«, sagte Jayson lässig. »Ihnen fällt doch sicher etwas Besseres ein, als mich dazu zu zwingen, mich zwischen Lizzie und mir selbst zu entscheiden.«

»Zugegebenermaßen bin ich davon ausgegangen, dass Sie sich dafür entscheiden würden zu gehen.«

»Das letzte Mal, als ein Ältester Ihnen vertraut hat, haben Sie ihn erschossen. Ich werde nicht denselben Fehler begehen.«

John schüttelte missbilligend den Kopf. »Aber, aber, wir wollen doch nicht die Vergangenheit wiederaufleben lassen. Nicht, wenn wir uns über die Zukunft unterhalten müssen.« Er ließ seine Finger über Lizzies Arme tanzen und ihr drehte sich der Magen um. »Also gut, die dritte Möglichkeit ist, dass Stark Ihnen ein Halsband umlegt. Damit umgehen wir einen Kampf und Sie können bei Lizzie bleiben.«

Sie riss die Augen auf. Jayson hatte das Gerät erwähnt, mit dem die CRF Amelia kontrolliert hatte. »Nein, Jayson …« Die

Klinge drückte sich in ihre Haut und brachte sie augenblicklich zum Schweigen.

»Nicht doch, Lizzie. Es ist unhöflich, deine Respektspersonen zu unterbrechen.« Er spannte wieder seinen Arm um ihre Brust an und drückte fest genug zu, um ihr ein weiteres Wimmern zu entlocken. »Sie haben mein Produkt beschädigt, Jayson. Ich bin deshalb wirklich ungehalten.«

»Ich würde eher sagen, dass ich es verbessert habe«, entgegnete Jayson, dessen Stimme einen gefühlvollen Unterton angenommen hatte. »Ich akzeptiere die dritte Möglichkeit.«

John erstarrte hinter ihr. »Das Halsband?«

»Ja.« Er sagte es, ohne zu zögern, wobei er sich immer noch weigerte, sie anzusehen. Wenn er es getan hätte, dann hätte er ihren eindringlichen Blick gesehen, mit dem sie ihn anflehte, es nicht zu tun. Nicht für sie. Niemals. Es musste einfach einen anderen Weg geben.

»Wirklich?« John klang überrascht. »Für sie?«

»Ja.«

»Zuerst Issac. Und jetzt der berühmte Jedrick von Babylon?« John stieß ein humorloses Lachen aus. »Die Welt ist offenbar dem Untergang geweiht.«

Jayson zog eine Augenbraue in die Höhe. »Sind wir jetzt fertig mit dem Spielchen?«

John lachte. »Sicher. Seien Sie ein guter Ältester und knien Sie vor Stark nieder.«

»Tu es nicht!«, rief Lizzie, die sich nicht länger zurückhalten konnte. Sie wollte noch mehr sagen, doch ihr wurde die Luft aus der Lunge gedrückt, als John seinen Griff um ihre Brust festigte. Ihre Rippen schmerzten, während ihr Herz in tausend Stücke zersprang, als sie sah, wie Jayson auf die Knie ging und die Arme lose neben seinem Körper hängen ließ.

Er sah sie immer noch nicht an, doch sie konnte die

Anspannung in seinem Kiefer sehen. Er hielt sich zurück, doch sie wusste nicht, was er vorhatte.

Ich kann nur hoffen, dass du einen Plan hast, dachte sie, als ihr langsam schwarz vor Augen wurde.

»Wirklich, Lizzie«, sagte John tadelnd, »du benimmst dich wie ein kleines Kind.«

Und du benimmst dich wie ein Arschloch.

Stark zog ein Halsband aus seiner Tasche und ging auf Jayson zu, um es ihm um den Hals zu legen. Er schloss es mit einem Klicken, das durch den ganzen Raum zu hallen schien. Jayson rührte sich nicht und verharrte in dieser unterwürfigen Haltung, selbst als der Sentinel einen Schritt zurücktrat.

»Nun, das ist besser gelaufen, als ich erwartet habe.« John klang zufrieden, als er endlich seinen Griff lockerte und Lizzie durchatmen konnte. Es kam ihr seltsam vor, dass sie nicht das Bewusstsein verloren hatte, obwohl ihr bereits schwarz vor Augen war, doch sie hatte keine Zeit, um jetzt darüber nachzudenken.

»Ich würde sagen, wir spielen noch eine Runde um die Wahrheit«, sagte das Monster hinter ihr. »Stark, schicken Sie die Nachricht ab.«

»Ja, Sir.«

Jayson hob endlich den Blick vom Boden. »Reicht Ihnen das denn noch nicht?«

»Wohl kaum«, schnaubte John. »Es gibt noch ein ungeklärtes Detail, über das ich mir Gewissheit verschaffen will.«

»Fertig«, berichtete Stark. »Ich nehme an, dass wir in ein paar Minuten wissen werden, ob Sie mit Ihrer Vermutung richtigliegen.«

Gerade als er den Satz beendete, ertönte ein summendes Geräusch aus Jaysons Hosentasche. »Das ist wohl Ihr Handy, nehme ich an«, sagte John. »Lassen Sie es klingeln.«

Ihr Geliebter zuckte mit den Schultern. »Wie Sie wollen.«

»Oh, das Ganze bereitet mir mehr Vergnügen, als es sollte.«

»Genießen Sie es«, erwiderte Jayson. »Ihre Freude wird nicht von Dauer sein.«

»So viel Selbstsicherheit von einem Unsterblichen, der mir völlig ausgeliefert ist. Ich habe Ihnen die Möglichkeit gegeben zu gehen.«

Jayson kniff die Augen zusammen und warf dem Mann hinter ihr einen glühenden Blick zu. »Das haben Sie, und Sie können darauf wetten, dass ich Ihnen nicht denselben Gefallen erweisen werde.«

»Das werden wir ja sehen.« John klang eher belustigt als verängstigt, wobei Lizzie annahm, dass er damit einen Fehler beging. Denn Jaysons gelangweilter Gesichtsausdruck war einer tödlich ernsten Miene gewichen.

»Das werden wir«, stimmte er zu, während eine Kälte in seiner Stimme lag, die sie noch nie an ihm gehört hatte.

Ein verzweifeltes Klopfen ertönte an der Tür und Lizzie atmete erleichtert auf. Das war sicher die Verstärkung, die Jayson angefordert hatte, wobei sie jedoch nicht verstand, warum die Hydraianer anklopfen würden …

»Lizzie!« Stas' Stimme drang durch die Tür. »Ich weiß, dass du wütend auf mich bist, aber du musst sofort öffnen!«

Jayson zuckte zusammen, als John einen Seufzer ausstieß. »Damit hätte ich meine Antwort.«

»Es macht ganz den Anschein, Sir«, stimmte Stark zu. »Soll ich sie hereinlassen?«

»Nein, das wird Lizzie für uns erledigen.« Er zog das Messer von ihrem Hals zurück. »Sei ein Schatz und öffne Stas die Tür. Und denke nicht einmal daran, sie zu warnen, oder Stark wird Jayson eine Kugel in den Kopf jagen. Oder aber …«

Er löste seinen Arm von ihrer Taille und drehte sie zu sich, wobei er sie mit einem aufgeregten Ausdruck im Gesicht betrachtete.

»Ich werde dir die Wahl lassen, Lizzie. Wenn du Stas warnst, wird Jayson sterben. Verrate Stas nichts und Jayson bleibt am Leben und, nun, wir werden sehen, was dann passiert.«

»Oh, zum Teufel damit«, knurrte Jayson.

Lizzie schüttelte den Kopf, als ihr die Tränen in die Augen stiegen. »Das kann ich unmöglich tun.« Jayson oder Stas? Sie würde sich nie zwischen den beiden entscheiden können. So wütend sie auch auf Stas war, sie wollte ihr keinen Schaden zufügen.

Und Jayson … Allein die Vorstellung, ihn zu verlieren, zerriss ihr das Herz.

Nein.

Sie konnte, sie *würde* ihn nicht sterben lassen. Aber Stas …

Wieder klopfte es heftig an die Tür und ein Grinsen breitete sich auf Johns Gesicht aus. »Ticktack, Lizzie. Triff deine Entscheidung. Sofort.«

»I-ich kann nicht. Sie können doch nicht …«

»Erschießen Sie ihn«, befahl John. »Sofort.«

»Nein!« Lizzie machte instinktiv einen Satz zurück und baute sich zwischen Stark und Jayson auf. »Nein. Ich werde … Ich werde mich entscheiden. Ich entscheide mich. Ich muss nur ...« Sie verstummte, als sie am ganzen Körper von einem heftigen Zittern gepackt wurde.

Jaysons unterwürfige Geste und die Tatsache, dass er sein Schicksal so ohne Weiteres akzeptierte, ließen ihr keine Wahl.

Sie konnte ihn nicht sterben lassen. Nicht ihretwegen.

Und John wusste nichts von Stas' unsterblichen Genen, zumindest nicht laut ihren Informationen. Das könnte ihnen zu ihrem Vorteil gereichen, genauso wie ihre Fähigkeit, anderen ihren Willen aufzuzwingen.

Lizzie schluckte und fasste einen Entschluss.

Es wäre der richtige Schachzug und der einzige, bei dem Jayson am Leben blieb. Denn sie konnte an Starks Gesichtsausdruck sehen, dass er nicht zögern würde, den Abzug zu drücken, auch wenn er durch sie hindurch schießen müsste.

»Ich werde die Tür öffnen«, sagte sie, als es zum dritten Mal klopfte und Stas Lizzie anflehte, mit ihr zu sprechen, während Jaysons Handy wieder vibrierte.

»Hervorragend«, sagte John. »Bringe Stas hierher, bitte.« Lizzie nickte, obwohl Jayson warnend ihren Namen aussprach. »Du bist nicht der Einzige, der Opfer bringen darf«, flüsterte sie, als sie sich ihrem Schicksal stellte. Ihre Hände zitterten unkontrolliert, als sie die Tür entriegelte. »Oh, Gott sei Dank«, sagte Stas und schlang ihre Arme um Lizzie. »Die CRF ist auf dem Weg hierher. Jacque holt gerade Verstärkung, aber ich habe darauf bestanden, dass er mich zuerst hier absetzt, damit ich dich und Jayson warnen kann. Er geht nicht ans Telefon.«

Lizzie erwiderte unbeholfen die Umarmung ihrer Freundin, während sie keinen Ton herausbrachte.

Lauf weg, wollte sie sagen.

Bleib hier, flehte ihr Herz sie an.

Denn Stark hielt Jayson vermutlich die Waffe an den Kopf und bei dem Gedanken lief ihr ein eisiger Schauer über den Rücken. Sie hätte schwören können, dass sogar ihre Seele weinte. Sie hatten sich zwar darauf geeinigt, keine anderen Partner zu haben, aber sie hatten nie über ihre Gefühle füreinander gesprochen.

Dieser Moment verriet ihr alles, was sie wissen musste.

Sie liebte ihn. Mehr als sie je für möglich gehalten hätte. Tom war nur eine Schwärmerei gewesen.

Jayson? Er war der Richtige und sein Leben hing am seidenen Faden, weil sie sich nicht entscheiden konnte.

Aber ihre beste Freundin … Sie liebte Stas ebenfalls. Es war so ungerecht.

Sie drückte ihre Freundin fest an sich, als ihre Emotionen überhandzunehmen drohten. »Es tut mir leid«, flüsterte sie. »Es tut mir so leid.«

»Hey, das sollte ich eigentlich sagen«, murmelte Stas. »Ich bin diejenige, der es leidtut. Ich hätte es dir sagen sollen, vor allem die Sache mit …«

»Nicht«, sagte Lizzie und unterbrach sie, bevor sie den Namen aussprach, der alles zum Einstürzen bringen würde. *Tom.* »Ich … Wir …«

Meine Güte, wie konnte sie ihre Freundin nur in die Höhle des Löwen führen? Wie konnte sie Jayson dort leidend zurücklassen?

Er war ihretwegen geblieben.

Er hatte ihretwegen niedergekniet.

Er hatte sich ihretwegen das Halsband anlegen lassen.

Für ihn ging es um viel mehr als nur darum, seine Pflicht zu erfüllen und sie zu beschützen. Sie wusste in den Tiefen ihrer Seele, dass er dieselbe ungewöhnliche Verbindung fühlte, und konnte es an der Art sehen, wie er sie anblickte. Selbst wenn er es nicht zugeben wollte.

Es war Liebe.

Oder zumindest der Beginn dieses Gefühls.

»Du zitterst ja.« Stas zog ihren Kopf zurück und packte Lizzies Schultern. »Ich verspreche dir, dass dir die CRF nichts anhaben wird.«

Zu spät.

Stas zog die Mundwinkel nach unten, als sie zuerst Lizzies Gesicht und dann ihren Hals betrachtete. »Wie …«

»Ich bin enttäuscht, Lizzie«, sagte John, als er mit einer Waffe in der Hand zu ihnen in den Flur trat. »Aber nicht annähernd so enttäuscht wie von dir, Stas.«

Ihre beste Freundin erstarrte und ihre Lippen bewegten sich lautlos, als sie vor Schock ganz blass wurde.

»Es ist wirklich eine Schande«, fuhr er fort. »Du hattest großes Potenzial, aber ich hatte schon eine Weile den Verdacht, dass du ein doppeltes Spiel treibst. Ich nehme an, dass es sich mit deinem Geliebten nicht anders verhält, doch das ist sein Pech. Das, was mein Gönner und ich erschaffen, ist weitaus größer als alles, was Issac sich je vorstellen könnte.« Er seufzte übertrieben. »Nun, er kann dies hier als eine Nachricht von mir annehmen. Mach's gut, Stas.«

Die Kugel krachte durch die Luft, bevor Lizzie auch nur blinzeln konnte.

Sie machte erschrocken einen Satz.

Und stieß einen Schrei aus, als das Leben aus den Augen ihrer Freundin wich.

Es geschah wie in Zeitlupe.

Ihr Körper schien durch die Luft zu schweben und die Zeit schien stillzustehen, als sie verstand, was gerade geschehen war.

Und plötzlich fiel sie zu Boden, während in ihren grünen, weit aufgerissenen Augen all die Emotionen schimmerten, die sie nicht ausgesprochen hatte.

Lizzie brach zusammen, als ihre Knie versagten. »Nein!«, schrie sie und ihr Herz zersprang in tausend Stücke. »Nein!«

Sie schüttelte den Kopf und ließ ihren Tränen freien Lauf.

Das war unmöglich gerade geschehen.

Er hatte Stas nicht getötet.

Ihre unsterblichen Gene …

Doch sie hatten davon gesprochen, dass sie Feuerkugeln geladen hatten, die eigens dazu geschaffen waren, Unsterbliche jeder Art zu töten. Auch Sprösslinge.

»Nein«, schluchzte sie und krümmte sich zusammen, als das Gewicht ihrer Emotionen ihre Seele zu erdrücken drohte. »Nein, nein, nein …«

»Lizzie«, sagte John mit einem herrischen Unterton, »du musst dich konzentrieren.«

Sie schüttelte den Kopf, denn sie war nicht imstande, seinem Befehl Folge zu leisten. Er hatte gerade ihre beste Freundin getötet. Ohne auch nur einen Funken Reue zu zeigen. Weil er Issac eine verdammte Nachricht schicken wollte.

Nein.

Sie zitterte am ganzen Körper, als sie durch ihren Schmerz hindurch nach Luft rang.

Dann geschah das Undenkbare.

Es fiel ein weiterer Schuss.

Diesmal kam er vom anderen Ende des Flurs, der in den Wohnbereich führte.

Sie blickte in Jaysons leere Augen und blinzelte ungläubig.

Nein.

Er würde ihn nicht … Das … Er hatte versprochen …

»Du hast deine Wahl getroffen«, murmelte John, als er die Waffe zurück ins Holster steckte, während er über Jaysons Leiche stand. »Und er hat die Konsequenzen deiner Unentschlossenheit getragen. Aber mach dir keine Sorgen, Lizzie. Du wirst lange Zeit haben, um mit den Auswirkungen dieses Moments zu leben, denn ich nehme an, dass sein Leben in dir weiterlebt.«

Sie konnte weder atmen noch denken.

Jayson …

Tot.

Ihretwegen.

Das alles musste ein schlechter Traum sein.

Gestern noch hatte er sie am Strand geküsst.

Aber seine Augen …

So gebrochen.

So ... leblos.

Sein Mund war geöffnet, als hätte er noch etwas gesagt,

was sie jedoch nicht gehört hatte. Hatte er ihren Namen gerufen? Sie war so verzweifelt über den Tod ihrer besten Freundin gewesen, dass sie sich nicht einmal hatte von ihm verabschieden können.

Er würde nie erfahren, was sie für ihn empfand.

Jayson war in dem Glauben gestorben, dass sein Opfer ihr nichts bedeutet hatte, dass sie nicht dieselbe Wahl getroffen hätte und dass sie ihn nicht genauso liebte wie er sie …

Oh, Jayson.

Etwas in ihrem Inneren zerbrach in tausend Stücke und sie konnte sich nicht mehr bewegen.

War es ihre Seele, die sich von ihrem Körper löste?

Oder ihr Herz?

»Ich schlage vor, dass wir uns auf den Weg machen«, sagte Stark, als er sich neben sie kniete und etwas in ihren Arm pikte.

Sie konnte sich nicht bewegen.

Es war ihr egal.

Sie wollte nicht einmal mehr fliehen.

Welchen Sinn hatte das Leben, wenn sie es nicht mit den beiden wichtigsten Menschen teilen konnte?

Sie waren tot.

Weil ich mich nicht entscheiden konnte.

Weil ich lebe.

Doch jetzt nicht mehr.

Sie ließ sich von der Vergessenheit davontragen, die sie von diesem Albtraum erlöste.

Selige Erleichterung versetzte sie in einen traumartigen Zustand, in dem sie nach Jayson suchte. Er würde sie sicher hier treffen.

Doch sie sah nichts als Dunkelheit.

Eine Zukunft ohne Freunde oder Liebe.

Eine Zukunft in einem Käfig.

Nach Hause, meldete sich ihr Unterbewusstsein zu Wort. *Wo wir hingehören.*

Bei dem Gedanken musste sie im Geiste blinzeln.

Das ist nicht …

Plötzlich sah sie ein Bild von Laborkitteln, Kameras und endlosen Tests vor sich.

Waren es Erinnerungen oder Albträume?

Nach Hause.

Wir gehen nach Hause.

Kapitel Zweiundzwanzig

Willkommen zurück

Vitalwerte des Testobjekts sind stabil. Reanimation wird um 08:00 Uhr beginnen. Ein neues Protokoll für Testobjekt 4-7.1 muss angelegt werden.

Eintrag 124.11.4-7

Als Lizzie erwachte, war um sie herum alles nur weiß.

Die Wände, die Bettdecke, die Möbel und Vorhänge waren alle makellos. Selbst ihre Hose und ihr Trägerhemd waren farblos.

Ein Gefühl von Déjà-vu überkam sie, als sie sich in dem weichen Bett aufsetzte.

Das Sonnenlicht fiel durch die deckenhohen Fenster.

Wo bin ich?

Ein Pflaster an ihrem Arm legte die Vermutung nahe, dass jemand ihr erst kürzlich Blut abgenommen hatte. Sie zog es ab und untersuchte die Einstichstelle. Anhand des Heilungsprozesses konnte sie sehen, dass der Eingriff tatsächlich noch nicht lange zurücklag.

Sie stand auf und zuckte zusammen, als sie spürte, wie schwach ihre Beine waren. *Wie lange habe ich geschlafen?*

Sie wurde wieder von dem seltsamen Gefühl übermannt, schon einmal hier gewesen zu sein, als sie langsam zum Fenster ging. Vor ihr breiteten sich ein strahlend blauer Himmel und ein Meer von Tannen aus, das sich kilometerweit erstreckte. Sie hatte diesen Anblick schon einmal gesehen, doch sie konnte sich nicht daran erinnern.

Ein leises Klopfen ertönte an der einzigen Tür des Raumes, die daraufhin geöffnet wurde.

Das Gesicht des glatzköpfigen Mannes kam ihr sofort bekannt vor, doch sie konnte sich nicht an seinen Namen erinnern. Seine uralten grünen Augen sprachen auf einer Ebene zu ihr, die sie nicht verstehen konnte, und als seine Lippen sich zu einem Lächeln verzogen, wurde sie von einer unguten Vorahnung ergriffen, bei der sich ihr der Magen umdrehte.

Ich mag ihn nicht.

Sie kannte den Grund nicht, doch das Hassgefühl, das sich gegen ihn richtete, ging über jegliche Vernunft hinaus.

»Sorge dich nicht, meine Kleine. Deine Erinnerungen werden dir irgendwann zurückgegeben werden.« Er verschränkte die Hände hinter dem Rücken, als er auf sie zu schlenderte. »Wie fühlst du dich?«

»Ich bin verwirrt«, gestand sie. »Wo bin ich?«

»In meinem Haus«, antwortete er. »Zumindest für den Moment. Jonathan würde es vorziehen, wenn du im Labor wärst, doch ich denke, dass diese Umgebung angenehmer für dich ist. Du kannst zu ihm zurückkehren, wenn du mir gegeben hast, was ich brauche.«

Sie schluckte. »Und das wäre?«

Er lächelte. »Deinen Nachkommen.«

Meinen was? Wie?

Lizzie blinzelte, als die Bilder vor ihrem geistigen Auge auftauchten. New York. Das Unigelände. Stas. Tom.

Jayson.

Alles war verschwommen, doch die Informationen, die sie brauchte, schienen in greifbarer Nähe zu sein …

»Ja, Jonathan war dafür, dich mit Chemikalien vollzupumpen, um dich gefügig zu machen. Doch da ich das Leben, das in dir heranwächst, nicht gefährden will, habe ich die Behandlung eingestellt. Immerhin gehörst du mir.«

»I-ich verstehe nicht.«

»Nein, das dachte ich mir.« Er bedachte sie mit einem abweisenden Lächeln. »Um den letzten Test zu erfüllen, mussten wir deine Kindheit neu erfinden, und ich muss sagen, dass meine Erwartungen bei Weitem übertroffen wurden. Als sie vorgeschlagen haben, dir lieblose Eltern zu geben, hatte ich meine Zweifel, doch das Resultat war genau, was sie erwartet hatten. Du hast dich nach Liebe und Zuneigung gesehnt, wodurch andere deine Emotionen mit Leichtigkeit manipulieren konnten. Es ist wirklich faszinierend. Ich kann es kaum erwarten, die Tiefen dieser mentalen Programmierung selbst zu erforschen.«

Sie schüttelte den Kopf, denn sie konnte einfach nicht verstehen, wovon er redete. *Sie haben meine Kindheit neu erfunden?*

»Was deine Vorliebe für das Tanzen angeht, so war es meine Idee, denn ich habe immer eine Vorliebe für das Ballett gehabt. Auch die Schönheitswettbewerbe waren mein Vorschlag. Da du fast immer den zweiten Platz belegt hast, hat das in dir den Drang geweckt, es beim nächsten Mal besser zu machen, während du gleichzeitig einen Sinn für Eleganz entwickelt hast. Schließlich wünsche ich mir keine anmaßende Frau.«

Er verschränkte die Hände. »Nun, ich bin durchaus zufrieden. Ich hätte nie erwartet, dass ein Ältester den Köder schlucken würde, doch ich bin begeistert, dass er es getan hat. Es ist der perfekte Abschlusstest, bevor wir beginnen.«

Warum die emotionale Programmierung? Und womit werden wir beginnen?

Als ein Klopfen ertönte, drehte er sich um und blickte die Frau in der Tür mit einer hochgezogenen Augenbraue an. »Es tut mir leid, Sire, aber Skye hat gerade einen Anfall.«

»Ich verstehe. Danke, Jezebel. Ich werde gleich da sein.«

»Natürlich, Sire.«

Osiris, meldete sich ihr Unterbewusstsein zu Wort. Das war der Name dieses Wesens.

Woher weiß ich das?

»Wir werden unsere Unterhaltung bald fortsetzen«, murmelte er. »Iss etwas und benimm dich, dann werde ich dir erlauben, dich frei in deinem Zimmer zu bewegen. Vielleicht bringe ich dir sogar ein paar Bücher vorbei, natürlich nur, falls du immer noch so gern liest.«

Sie runzelte die Stirn. Glücklicherweise wartete er nicht auf eine Antwort, sondern lächelte nur belustigt. »Es ist schön, dass du wieder da bist, vor allem jetzt, da dein Zweck offenbar geworden ist. Ich wünsche dir einen schönen Nachmittag.«

Mit diesen seltsamen Worten verließ er den Raum und verschloss die Tür hinter sich.

Lizzie musste vor Verwirrung mehrere Male blinzeln.

Langsam drangen immer mehr Bilder durch ihre Gedanken, und diesmal waren sie erotischer Natur.

Sie sah Jayson, der sie küsste. Sie berührte ihre Lippen und ihr Herzschlag beschleunigte sich. Ihre Brüste kribbelten, als sie sich daran erinnerte, wie er mit dem Mund ihre Brustwarzen liebkost hatte, bevor er weiter nach unten gewandert war …

Sie stöhnte auf, als die Erinnerungen auf sie einstürmten, wie er ihren Körper verehrt hatte und sie sich bei ihm revanchiert hatte.

Sie hatten zwei wunderbare Wochen miteinander verbracht, während der sie einander auf intimste Weise kennengelernt und sich ineinander verliebt hatten. Als sie das letzte Bild vor sich sah, zersprang ihr Herz in tausend Stücke und sie stieß einen gequälten Schrei aus.

Seine leblosen Augen.

»Nein!«, schrie sie, als sie auf dem makellosen Boden zusammenbrach. »Nein!«

Jonathan hatte ihn getötet. Und Stas ebenfalls.

»Oh Gott …«

Sie würgte, doch ihr leerer Magen machte es ihr unmöglich, sich zu übergeben, und ihr wurde schwindelig.

Lizzie rollte sich zu einer Kugel zusammen, als der Schmerz unerträglich wurde. Sie vergoss so viele Tränen wie noch nie in ihrem Leben, die wie ein Wasserfall aus ihr herausbrachen und ihre Seele austrockneten.

»Jayson«, wimmerte sie und vermisste ihn mehr denn je.

Mein Gott, sie dachte, dass Toms Tod schmerzhaft für sie gewesen war. Doch er war nichts im Vergleich zu dem Verlust, der sie jetzt innerlich zerriss.

Sie fühlte sich unvollständig, als wäre eine Hälfte ihres Selbst mit Jayson gestorben. Er hatte sie auf eine Weise berührt wie kein anderer zuvor.

Und ich trage sein Kind unter meinem Herzen?

War es das, was Osiris angedeutet hatte?

Hatte Jayson sie geschwängert? Und Osiris wollte das Baby behalten?

Ihr gefror das Blut in den Adern.

Jayson sagte, dass er sich nicht fortpflanzen konnte, doch Osiris hatte erwähnt, dass sie Jaysons Leben in ihrem Inneren trug.

Wie war das möglich?

Was bin ich?

LIZZIE BRAUCHTE EINEN PLAN, sie musste irgendwie für Ablenkung sorgen, um nach draußen zu gelangen. Dann könnte sie sich in den Bäumen verlieren. Sie erstreckten sich über Kilometer hinweg, doch irgendwo musste auch eine Straße existieren.

Ihr lief ein kalter Schauer über den Rücken, als jemand an die Tür klopfte und sie sofort danach öffnete. Sie hatte Osiris erwartet und dachte auch, dass er vor ihr stand, bis sie einen Blick auf den Mund des Mannes warf.

Oh Gott … Seine Lippen waren mit Stacheldraht zusammengenäht worden.

Er blickte sie mit seinen grünen Augen an, die denen von Osiris unglaublich ähnlich waren, als er ein Tablett mit Speisen auf den Tisch in der Ecke stellte. Daneben stand ein Stuhl aus Holz.

»D-danke«, murmelte sie.

Er verbeugte sich und richtete sich dann wieder auf, um sie genauer zu betrachten. Ein neugieriger Ausdruck huschte über sein Gesicht und sie hatte den Eindruck, dass er etwas sagen wollte, es jedoch nicht konnte.

Die Stacheln, die gegen seine Lippen drückten, machten einen schmerzhaften Eindruck. Was hatte er nur getan, um eine solche Strafe zu verdienen?

»Das wäre alles, Sethios«, sagte Osiris, als er mit einer braunhaarigen Frau den Raum betrat.

Der stille Mann verbeugte sich wieder und verließ leise das Zimmer, während Lizzie die Stirn runzelte.

War das nicht der Freund, den Ezekiel erwähnt hatte? Mit dem er in Babylon aufgewachsen war und den Osiris wie einen Sohn aufgezogen hatte? Warum zum Teufel würde er seine Lippen zusammennähen?

»Lizzie, setz dich auf den Stuhl.« Osiris zeigte auf den Holzstuhl und Lizzie setzte sich in Bewegung. Ihre Beine schienen sich wie von selbst zu bewegen, sie hätte sie nicht aufhalten können, selbst wenn sie es gewollt hätte.

Das ist absurd. Sie setzte sich.

»Iss dein Sandwich«, fügte er hinzu.

Sie nahm das Brot, das augenscheinlich mit Eiersalat belegt war, und aß einen Bissen. Wieder handelte sie gegen ihren freien Willen.

Was zum Teufel geht hier vor?

Die Haare auf ihren Armen standen ihr zu Berge, als sie das Sandwich noch einmal an ihren Mund führte.

Die Kraft der Überzeugung.

Jayson hatte im Flugzeug über Osiris' Fähigkeiten gesprochen, doch das war nicht der Grund dafür, dass sie es wusste.

Ich habe dieses Wesen schon einmal getroffen. Die Frage war nur wann?

»Das ist Valerie.« Er zeigte auf die zierliche Frau neben sich. »Ich habe sie Jonathans Forschungsteam entliehen und sie gebeten, deine Fortschritte zu überwachen.«

Die Frau blinzelte einmal mit ihren haselnussbraunen Augen, was für Lizzie eine Bestätigung war, dass Osiris sie weniger darum gebeten, sondern ihr seinen Willen aufgezwungen hatte.

Lizzie hatte Mitleid mit der Frau. *Dieses Sandwich schmeckt nicht einmal besonders gut, dennoch verschlinge ich es förmlich.*

»Ich werde euch beide allein lassen, damit ihr euch ein bisschen besser kennenlernen könnt«, sagte er. Er verließ den Raum und verriegelte die Tür wieder.

Valerie stellte eine Tasche auf dem Boden ab und ging mit verschränkten Armen durchs Zimmer, während Lizzie sich das Sandwich in den Rachen zwang. Sie mochte Eiersalat nicht besonders, doch sie konnte nicht anders, als ihn zu essen.

Hatte Stas dieselbe Fähigkeit gehabt?

Bei dem Gedanken verspürte sie einen Stich in der Brust.

Sie hatten nie die Gelegenheit gehabt, darüber zu sprechen, und waren durch einen Kopfschuss dieser Möglichkeit beraubt worden.

Sie schniefte in ihr Wasserglas.

Wenn Lizzie doch nur zugestimmt hätte, nach Hydria zurückzukehren und mit Stas zu reden … Aber nein, sie konnte diese Entscheidung nicht bereuen, denn dann würde sie ihre gemeinsame Zeit mit Jayson bereuen und diese Momente würde sie für nichts auf der Welt hergeben.

Valerie räusperte sich. »Wir sollten beginnen.« Sie hielt ein Klemmbrett in der Hand.

Lizzie schluckte und stellte ihr Glas ab. »Äh, womit denn?«

»Ich habe mir bereits Ihre Akten angesehen, aber ich ziehe es vor, selbst eine Untersuchung durchzuführen.« Sie zeigte aufs Bett. »Wenn Sie sich bitte dorthin setzen würden.« Lizzie war überrascht, als sie das Zögern in ihrer Stimme hörte. Sie hatte an Valeries Reaktion gegenüber Osiris gesehen, dass sie wahrscheinlich lieber nicht hier wäre, doch als ihre haselnussbraunen Augen wild hin und her tanzten, sah sich Lizzie in ihrer Vermutung bestätigt.

»Okay«, gab sie nach, denn sie nahm an, dass ihnen beiden etwas Unangenehmes widerfahren könnte, wenn sie sich weigerte.

Die Matratze gab ein knitterndes Geräusch von sich, als sie sich daraufsetzte und sich gegen das Kopfteil lehnte. Valeries Hände zitterten, als sie eine Seite in der Akte umblätterte. Lizzie reckte sich, um den oberen Teil des Blattes lesen zu können.

Aktenzeichen: 4-7

Gattung: nicht menschlich

Name des Projekts: Wiedergeburt

Sie runzelte die Stirn. »Was ist das?«

»Eine umfassende Zusammenfassung Ihrer Fortschritte«,

antwortete Valerie. »Hatten Sie in diesem Monat einen Eisprung?«

Lizzie blinzelte. »Nein, aber …«

»Ja oder nein reicht völlig.« Sie notierte sich etwas. »Wissen Sie, wann Sie Ihre letzte Periode hatten?«

»Ja.« Sie führte ihre Antwort nicht weiter aus, da sie gebeten wurde, es nicht zu tun.

Valerie blickte ihr in die Augen. »Das Datum, bitte.«

»Nein.«

Sie zog eine braune Augenbraue in die Höhe. »Nein?«

»Nein.« Wenn hier jemand eine Frage beantworten würde, dann war es diese Frau. »Sagen Sie mir, was in der Akte steht.«

»Die Informationen sind geheim.«

Lizzie konnte nichts gegen das Lachen tun, das aus ihrer Kehle herausbrach. »Hören Sie zu, ich kann sehen, dass Sie genauso gern hier sind wie ich. Wie wäre es, wenn wir zusammenarbeiten, damit wir beide überleben?« Oder besser noch, vielleicht konnten sie einander zur Flucht verhelfen.

Es war unwahrscheinlich, aber einen Versuch wert. Vielleicht.

Valerie betrachtete sie einen Moment lang und konzentrierte sich dann wieder auf die Akte in ihrer Hand.

Lizzie stieß frustriert die Luft aus.

Okay, damit hatte sie also kein Glück. Sie hatte die Reaktion der Ärztin wahrscheinlich nur falsch gedeutet. Osiris hatte erwähnt, dass er sie Johns Forschungsteam entliehen hatte, was bedeutete, dass sie freiwillig für die CRF arbeitete.

Damit stand sie wieder am Anfang. Sie war auf sich selbst gestellt und hatte keinen vernünftigen Plan. Sie wusste bereits, dass die Tür sich von außen verschließen ließ, und die Fenster ließen sich nicht öffnen. Darüber hinaus schienen sie aus dickerem Glas gefertigt zu sein, doch sie hätte ohnehin nicht in Betracht gezogen, sie zu zerschlagen. Wenn sie aus dieser

Höhe springen würde, würde sie nur verletzt und wieder gefasst werden, daher verwarf sie diesen Gedanken gleich wieder.

Lizzie könnte …

»Wirtschaftsgut 4-7 ist der erste erfolgreiche Versuch, ein Kind mit der genetischen Beschaffenheit eines Seraphs aus einem menschlichen Mutterleib zu gebären. Alle sechsundvierzig vorherigen Versuche sind gescheitert oder wurden aufgrund inakzeptabler Abnormalitäten bei der Geburt vernichtet.« Valerie sah von der Akte auf. »Soll ich fortfahren?«

Lizzie hatte die Worte zwar gehört, konnte sie jedoch nicht verstehen. »Ein Seraph«, wiederholte sie. »So wie der höchste Orden der Engel? Die mit den Feuerflügeln?«

»Die meisten Menschen kennen sich mit der Theologie nicht so gut aus.« Valerie blätterte durch die Akte und nickte dann. »Oh. Hier steht, dass Osiris Ihren Lehrplan erstellt hat. Das erklärt alles.« Sie blickte Lizzie in die Augen. »Ja. Seraphim sind mächtige unsterbliche Wesen, die in mehreren Religionen Verehrung finden. Und ihre Flügel sollen angeblich glühen, doch keiner von uns kann sie sehen, es sei denn, sie zeigen sich in ihrer leiblichen Form.«

Lizzie blinzelte. »Natürlich.« Warum auch nicht? Nach allem, was sie bisher erfahren hatte, hätte es sie nicht verblüfft, wenn Engel tatsächlich existierten. Vielleicht waren sie sogar mit den Ichorianern und Hydraianern befreundet. Sie unterdrückte ein hysterisches Lachen und fragte stattdessen: »Und Sie wollen mir erzählen, dass ich zum Teil ein Seraph bin?«

»Laut Ihrer Akte *sind* Sie ein Seraph.« Sie las noch ein paar Zeilen und ordnete dann die Papiere neu. »Offenbar hat sich unser Vorsitzender für internationale Angelegenheiten im Austausch für eine Beförderung dazu bereit erklärt, seine Frau als Wirt anzubieten. Wenn man bedenkt, dass alle sechsundvierzig Wirte zuvor während des Vorgangs gestorben sind, würde ich darauf wetten, dass er sich nicht viel aus seiner Frau macht.«

Sie schien laut nachzudenken und die Worte eher an sich selbst als an Lizzie zu richten, doch ihre Überlegung war zutreffend. George und Lillian waren alles andere als ein liebendes Ehepaar.

»Lillians Schwangerschaft schritt mit beschleunigter Geschwindigkeit fort und hätte sie fast das Leben gekostet, doch sie hat Ihre Geburt überlebt und wurde fürstlich dafür entlohnt.« Als sie die letzten Worte aussprach, zog Valerie die Augenbrauen in die Höhe, denn sie hatte ohne Zweifel die Summe gesehen, die Lizzies »Eltern« für ihr Opfer erhalten hatten. Das erklärte den Reichtum ihrer Familie und die Tatsache, dass ihr Vater, oder eher George, besessen von der CRF war.

Das ist alles so unwirklich.

Dennoch ergab nun alles einen Sinn.

All die Brunches und Partys und Besuche in der höheren Gesellschaftsschicht, die sie wie eine Marionette über sich ergehen lassen musste. Danach hatte sie sich immer leer gefühlt, wobei Lilians Hass ihr gegenüber seinen Teil dazu beigetragen hatte. Doch nun verstand Lizzie den Grund dafür.

Weil ich sie fast umgebracht habe.

Natürlich war es nicht Lizzies Schuld, denn sie hatte keine Wahl gehabt.

Sie wischte sich die feuchten Handflächen an ihrer weißen Hose ab.

»Steht in der Akte auch, wer meine wirklichen Eltern sind?«, fragte Lizzie sich lautstark.

Valerie zog ein Papier aus dem Stapel und las es, wobei ihre Augen immer größer wurden. »Es wurden keine Namen aufgelistet, doch hier steht, dass Sie aus einer Vielzahl biologischer Proben geschaffen wurden, die alle auf dem

Genmaterial von Seraphim basierten.« Valeries Pupillen erweiterten sich, als sie Lizzie in die Augen blickte. »Und Osiris hat die lebenden Seraphim für die Tests geliefert.«

»Warum?«, wollte Lizzie wissen. »Warum hat er mich kreiert?«

»Um noch weitere Seraphim zu erschaffen.« Valerie warf einen Blick auf Lizzies Bauch. »Sie wurden gentechnisch manipuliert, um eine neue Rasse himmlischer Wesen zur Welt zu bringen. Und wenn das Kind in ihrem Mutterleib Osiris' Erwartungen erfüllt, dann werden Sie ihm in der letzten Phase einen neuen Sohn gebären.«

Kapitel Dreiundzwanzig

Setz dich in Bewegung

Die Seherin hat den Gönner darüber informiert, dass die Zeit gekommen ist, das Testobjekt zurückzuholen. Die Sentineleinheit wurde davon in Kenntnis gesetzt, dass sich der Zielort in Französisch-Polynesien befindet.

Eintrag 124.11.4-7

Jayson. Die kühle, unliebsame Stimme durchdrang die Dunkelheit.

Verpiss dich.

Ich wünschte, das könnte ich. Und jetzt wach verdammt noch mal auf.

Oh, wenn Jayson die Augen öffnete, würde er dem Telepathen gehörig in den Hintern treten. Er genoss ein wenig Ruhe und Frieden, schließlich kam es selten genug vor, dass er sich zurückziehen konnte. Alik wusste das besser als sonst irgendjemand.

Ganz im Ernst, ich werde dich ins Meer schleudern, wenn du dich nicht bald in Bewegung setzt.

Du bist derjenige, der bald ein Bad nimmt.

Das bezweifle ich.

Jayson streckte die Arme und ließ den Nacken rollen, als er von seinem Tiefschlaf erwachte. Sein Körper schmerzte, was nach einer Mütze voll Schlaf eigentlich nicht der Fall sein sollte. Außerdem hatte er teuflische Kopfschmerzen.

Er zuckte zusammen und stöhnte auf, als das Sonnenlicht ihn blendete. »Alik«, knurrte er, verärgert über die Störung. Seine Stimme klang irgendwie seltsam. Sie war viel zu kratzig, als wäre er gerade von den Toten auferstanden.

Er setzte sich ruckartig auf und bereute es sofort, als das Zimmer sich um ihn drehte.

»Scheiße.« Er ließ sich zurück auf die Matratze fallen. Er fühlte sich, als wäre ein Zementlaster über seinen Kopf gefahren.

»Gute Arbeit, Lara«, hörte er Lucs Stimme. »Wir kommen jetzt auch allein zurecht.«

»Natürlich«, erwiderte sie.

Warum ist eine hydraianische Heilerin hier?

»Weil dir in den Kopf geschossen wurde«, antwortete Balthazar verärgert. »Genauso wie Stas, aber sie ist noch nicht bereit dazu aufzuwachen.«

»Wir haben dich schon früher aus dem Schlaf geholt, weil wir wissen müssen, was zum Teufel vorgefallen ist. Du bist der Einzige, der stark genug ist, um es zu verkraften«, erklärte Luc. »Und jetzt raus mit der Sprache.«

Er würde es ihnen erzählen, wenn er könnte, doch sein Verstand war wie benebelt und er erinnerte sich an nichts.

»Jemand hat dich mit einer Kugel aus Glas erschossen«, sagte Balthazar, um ihm auf die Sprünge zu helfen. »Stas ebenfalls.«

Jayson schüttelte den Kopf. »Wo ist Rotschopf?«

»Eine hervorragende Frage«, entgegnete Luc. »Wir hatten gehofft, dass du uns das verraten könntest.«

Er versuchte noch einmal, sich aufzusetzen, und stützte

sich langsam auf den Ellbogen ab, während er seine Umgebung betrachtete. Sie befanden sich in seinem Zimmer in Hydria, was bedeutete, dass Jacque ihn hierher teleportiert hatte. Ohne Lizzie.

Jayson massierte seine Schläfen und versuchte, sich zu erinnern, während er gegen die aufsteigende Panik ankämpfte. Er war in die Stadt gegangen, um Obst und ein paar andere Dinge zu besorgen, und hatte darüber nachgedacht, wie er am besten das Thema anschneiden könnte, gemeinsam als Paar nach Hydria zurückzukehren. Als er ins Zimmer zurückgekommen war …

»Stark und Jonathan«, sagte er, als seine Wut ihm die Sicht trübte. Er sah das Keramikmesser an Lizzies Hals und Stark, der ihm das Halsband anlegte. Er fasste sich an den Nacken und stellte fest, dass es nicht mehr da war. Dann erinnerte er sich daran, dass Jonathan Lizzie gezwungen hatte, sich zwischen ihm und Stas zu entscheiden. »Sie haben Feuerkugeln verwendet.«

»Nein, sie waren aus Glas und innen hohl«, korrigierte Luc ihn.

Jayson schüttelte den Kopf. »Jonathan sagte, dass es Feuerkugeln aus Glas waren, doch vielleicht war die neue Technologie fehlerhaft?«

»Ich habe zugesehen, als Lara die Kugel aus deinem Kopf entfernt hat«, erwiderte Luc. »Sie war ohne Zweifel leer und enthielt keinerlei Chemikalien, die sich beim Einschlag entzünden könnten.«

»War es nur ein Trick?« Der ungläubige Unterton in Jaysons Stimme offenbarte, was er von dieser Vermutung hielt. Jonathan liebte Spielchen, aber er würde niemals eine Gelegenheit verpassen, einen Ältesten zu töten. Ausgeschlossen. »Wie schnell seid ihr nach Stas eingetroffen?«

»Innerhalb von fünf Minuten«, antwortete Alik. »Eure

Körper waren immer noch warm, als Jacque und ich eintrafen.«

Das bedeutete, dass Jonathan und Stark nicht lange genug gewartet hatten, um sich zu vergewissern, ob ihre neue Technologie funktioniert hatte. Es wäre ohnehin nicht leicht gewesen. Die Feuerkugeln setzten das Blut in Brand und töteten einen Unsterblichen auf der Stelle, doch die Leiche blieb bis auf das Einschussloch äußerlich intakt. Eine beeindruckende Erfindung.

»Habt ihr mir das Halsband abgenommen?«, wollte Jayson wissen.

Alik runzelte die Stirn. »Welches Halsband?«

»Wenn ihr es nicht gesehen habt, dann haben sie es entfernt und mitgenommen, bevor ihr eingetroffen seid.« Schließlich war das Gerät nicht gerade billig. Das konnte er verstehen, doch der Rest … Jayson kratzte sich am Kinn. »Irgendetwas stimmt hier nicht.« Jonathan hätte seine Technologie vor Gebrauch sicher getestet, doch die Kugel hatte nicht die beabsichtigte Wirkung gehabt. Warum?

»Du machst dir zu viele Gedanken«, informierte ihn eine kultivierte Stimme aus einer dunklen Ecke. Ezekiel trat aus seiner Tarnung hervor und hielt die Hände abwehrend in die Höhe. »Wir wissen alle, dass ich ein großes Risiko eingehe, indem ich hierherkomme, daher würde ich vorschlagen, dass ihr mich zuerst anhört, bevor ihr versucht, mich umzubringen.«

Balthazar betrachtete ihn eindringlich. »Wie lange stehst du schon dort?«

»Lange genug.« Er lächelte verschmitzt. »Ärgert es dich etwa, dass du meine Gedanken nicht lesen kannst, alter Freund? Möchtest du wirklich darüber sprechen oder sollen wir uns lieber darauf konzentrieren, warum ich hier bin?«

»Er ist immun«, sagte Alik mit gedämpfter Stimme. »Das ist neu.«

»Ja, ich kann mir vorstellen, dass euch diese Neuheit durchaus missfällt«, sagte Ezekiel höhnisch. »Können wir jetzt zum Punkt kommen oder zieht ihr es vor, weiterhin kostbare Zeit zu verschwenden?«

»Raus mit der Sprache«, forderte Jayson.

»Wunderbar.« Ezekiel ließ sich auf Jaysons Chaiselongue fallen, verschränkte die Hände hinter dem Kopf und kreuzte seine bestiefelten Füße übereinander.

»Um zu eurer Unterhaltung zu kommen, die Kugeln waren tatsächlich leer, obwohl Jonathan davon überzeugt ist, dass es Feuerkugeln waren. Ich würde mich liebend gern für diesen Zaubertrick verantwortlich zeichnen, doch das wäre trügerisch und schlichtweg nicht wahr. Doch wir wollen das nicht zum Mittelpunkt dieses Gesprächs machen. Da ihr alle offenbar unfähig seid, Elizabeth Watkins' Bestimmung herauszufinden, obwohl wir euch die nötigen Hinweise praktisch auf dem Silbertablett serviert haben, will ich euch auf die Sprünge helfen.«

»Wir?«, wiederholte Luc.

Ezekiel lächelte. »Ja. Aber wie ich schon sagte, Elizabeth ist der Schlüssel. Sie wurde von Jonathan als ein Zeichen seiner Dankbarkeit für den Gönner der CRF geschaffen.« Er sah sich um. »Im Ernst? Keiner von euch weiß darüber Bescheid? Verdammt, das wird um einiges länger dauern, als ich erwartet habe.«

»Rede weiter«, drängte Jayson. »Vorzugsweise bevor ich dich ersteche.«

Ezekiel schüttelte missbilligend den Kopf. »Lass die Drohungen und hör zu. Ihr wisst sicher alle, dass Jonathan die CRF nicht im Alleingang geschaffen hat. Gleichzeitig fragt ihr euch bestimmt, warum Osiris im Herzen ichorianischen Territoriums eine Organisation duldet, die mit Vorliebe Unsterbliche abschlachtet.«

»Weil er der Gönner ist«, sagte Luc, der mithilfe seiner

strategischen Fähigkeit vor allen anderen die Puzzleteile aneinanderfügte. »Ich hatte zuvor schon eine Zusammenarbeit der beiden vermutet, doch mir war nie klar, inwiefern Osiris davon profitieren würde. Deinen Worten nach zu urteilen ist Elizabeth sein Gewinn.«

»Unter anderem, ja. Zumindest bin ich hier, um über sie zu sprechen.«

»Dann gibt es also noch mehr«, sagte Luc.

Ezekiel zuckte nur mit den Schultern. »Ist das nicht immer der Fall?«

Dieser rätselhafte Scheißkerl. Jayson hätte Ezekiel am liebsten gezwungen, schneller zu sprechen.

Der Attentäter grinste vergnügt, als könnte er die Ungeduld im Raum spüren. »Ich nehme an, dass ihr Elizabeths Blut ein paar Tests unterzogen habt?«

»Genug, um Rückschlüsse auf ihren Zweck zu ziehen«, antwortete Luc. »Das Serum, das Stark uns höflicherweise überlassen hat, war eine Mischung aus Hormonen, die dazu gedacht sind, eine Schwangerschaft herbeizuführen.«

»Höflicherweise überlassen«, wiederholte Ezekiel belustigt. »Die Umschreibung wird ihm gefallen. Was Elizabeth angeht, so ist sie ein Wesen, das sich jeglicher Beschreibung entzieht, doch hauptsächlich ist sie ein Seraph ohne Fähigkeiten. Ihr Alterungsprozess hat sich verlangsamt, was bedeutet, dass sie schon bald unsterblich sein wird. Und ja, sie wurde einzig und allein zu dem Zweck geschaffen, sich fortzupflanzen.«

Jaysons Blut rann heiß durch seine Adern, gefror und erhitzte sich wieder, als seine Emotionen verrücktspielten. *Fortpflanzung*. »Mit wem?«

Wenn die Antwort »Osiris« lautete, würde Jayson völlig die Fassung verlieren. Er musste sein Temperament ohnehin schon im Zaum halten und es fehlte nicht mehr viel, bis er ausrastete.

»Ah, sie hatten sich bis vor Kurzem noch nicht

entschieden, wer der Erste sein würde.« Ezekiel lächelte. »Als Osiris von deinem Interesse an seinem wertvollen Besitz erfahren hat, hat er entschieden, dem Schicksal seinen Lauf zu lassen. Du verfügst über außerordentliche Fähigkeiten und er kann es kaum erwarten zu sehen, wie sie sich mit ihren Erbanlagen verbinden. Zudem konnten sie auf diese Weise ihre Verträglichkeit mit Hydraianern testen, die offensichtlich erfolgreich war.«

Jaysons Herz hörte auf zu schlagen.

Seine Atmung setzte aus.

Er konnte unmöglich damit meinen, dass …

»Ich sollte dir meine Glückwünsche aussprechen, Jedrick. Du wirst Vater.« Ezekiel wischte eine Fluse von seiner Lederjacke.

»Woher weißt du das alles?«, fragte Luc, als hätte diese Neuigkeit nicht gerade Jaysons gesamte Welt auf den Kopf gestellt.

Ich werde Vater?

Und Lizzie … Oh mein Gott … Lizzie …

»Wo ist sie?«, wollte er wissen, wobei er sich nicht darum scherte, dass Ezekiel gerade dabei war, Lucs Frage zu beantworten.

»Wie ich gerade sagen wollte«, murmelte Ezekiel, »ich weiß darüber Bescheid, weil ich von Anfang an an ihrem Projekt beteiligt war. Es war nicht meine Entscheidung, doch darüber können wir uns ein andermal unterhalten. Im Moment ist nur wichtig, dass ich ihr Blut geschmeckt habe. Und ihr wisst alle, dass ich sie dadurch aufspüren kann.«

»Du bist der Grund dafür, warum sie sie in Bora Bora und in Italien gefunden haben«, sagte Luc. »Sehr schlau.«

Ezekiel zuckte mit den Schultern. »Wie ich schon sagte, es war nicht meine Entscheidung, an dem Projekt mitzuarbeiten.«

»Und aus diesem Grund hilfst du uns?«, fragte Balthazar, der zum ersten Mal zu der Unterhaltung beitrug.

»Meine Gründe gehen euch nichts an«, erwiderte er. »Aber ich verrate euch gern ihren Aufenthaltsort.«

»Tu das«, drängte Jayson. »Sofort.«

Ezekiel bedachte ihn mit einem abschätzigen Blick. »Du musst dich wirklich in etwas mehr Geduld üben, Jedrick. Soweit ich weiß, können Kinder ziemlich nervenaufreibend sein.«

Jayson hätte Ezekiels Gesicht am liebsten gegen die Wand gerammt, doch er hielt sich zurück. Denn es befand sich nicht nur die Frau, die ihm wichtig war, in Gefahr, sondern obendrein sein angebliches Kind. Vorausgesetzt Ezekiel sagte die Wahrheit.

Es war möglich, dass alles nur eine List war, um sie in die Falle zu locken, doch seine Aussage zu den Kugeln ergab einen Sinn. Jayson hatte die Freude in Jonathans Augen gesehen, als er den Abzug gedrückt hatte. Er war überzeugt davon gewesen, dass sie ihn töten würden.

Und Lizzies monatliche Hormonkur schien für eine Frau gedacht zu sein, die ein Kind empfangen sollte. Wenn sie geschaffen worden war, um sich mit unsterblichen Wesen zu paaren, dann war es durchaus möglich, dass sie jetzt schwanger war. Vor allem, nachdem sie so viele Stunden gemeinsam im Bett verbracht hatten.

Er verzog das Gesicht, als er einen Stich im Herzen verspürte.

Mein Rotschopf.

Sie war sicher völlig verängstigt und allein.

Doch viel schlimmer war, dass sie ihn für tot hielt. Sie glaubte wahrscheinlich, dass niemand sie retten würde.

Doch er würde es tun. Selbst wenn er dafür die CRF im Alleingang stürmen müsste, er würde die Tore zur Hölle für sie passieren.

Sie ist mein.

Niemand sonst berührte sein Herz so wie sie.

Balthazar gab ihm einen Klaps auf die Schulter und nickte, als wollte er ihm sagen: *Ich stehe dir bis zum Ende bei.*

Er erwiderte die Geste und blickte dann in Lucs geduldige Augen. »Ich will sie zurückhaben«, sagte Jayson. »Osiris kann mich am Arsch lecken.«

»Du könntest dadurch einen Krieg anzetteln«, warnte Luc. »Und ich denke, dass Osiris genau das bezwecken will.«

»Sie ist eine von uns«, entgegnete Balthazar. »Wir lassen unseresgleichen nicht einfach zurück.«

»Ist sie das?«, fragte Luc. »Laut Ezekiel ist sie eher ein Seraph als eine Hydraianerin.«

»Sie ist schwanger mit meinem Kind.« Jayson hielt einen Moment inne, um seinen Worten Nachdruck zu verleihen, dann fügte er hinzu: »Und selbst wenn sie es nicht wäre, ich werde sie beschützen.«

»Er wird mit oder ohne uns gehen«, bemerkte Balthazar. »Ihre Verbindung übertrifft alle Vernunft.«

»Alik?«, fragte Luc.

»Willst du wissen, ob ich ein paar Ichorianer töten will? Denn ich glaube, wir wissen alle, wie die Antwort auf diese Frage lautet.« Er stieß sich von der Wand ab. »Kann ich mit dem auf der Chaiselongue beginnen?«

»Das ist wohl mein Stichwort, mich wieder auf den Weg zu machen«, murmelte Ezekiel. »Ich werde dir die Adresse per SMS schicken, Jedrick. Aber du solltest wissen, dass es sich um Osiris' privates Anwesen handelt, und er umgibt sich mit einigen der mächtigsten Ichorianern dieser Welt, einschließlich einer Hellseherin.«

Er begann, sich wieder in seine schattenhafte Form zurückzuziehen, doch er erschien noch einmal und fügte hinzu: »Lucian, es tut mir sehr leid, was mit Owen geschehen ist. Er hat einen höheren Zweck erfüllt, indem er sich mit

Astasiya angefreundet hat, und dafür werde ich für immer in seiner Schuld stehen. Und ich vermisse in meiner Notlage wirklich seine Gesellschaft.«

Ezekiel verbeugte sich wie zum Gebet und verschwand ohne ein weiteres Wort.

Sie alle starrten mit offenem Mund auf die leere Chaiselongue.

Das hatten sie nicht erwartet. Verdammt, sie hatten nichts von alledem erwartet.

Doch genau darin tat sich Ezekiel hervor. Er brach die Regeln, um sich in erster Linie um sich selbst zu kümmern.

»Ein Nizari-Attentäter, der einen Sprössling beschützt? Ich glaube, jetzt kann mich nichts mehr schockieren«, bemerkte Alik.

»Es ist möglich, dass er lügt.« Lucs smaragdgrüne Augen leuchteten auf eine Weise, die auf den Einsatz seiner übernatürlichen Fähigkeiten schließen ließ. »Dennoch gibt es keinen logischen Grund, warum er diese Information noch hinzufügen oder uns all die anderen Einzelheiten verraten sollte. Es sei denn, es handelt sich um eine Falle. In diesem Fall hätte er jedoch hervorragende Arbeit geleistet, mich vom Gegenteil zu überzeugen.«

»Selbst wenn es eine Falle ist, ich werde sie holen«, sagte Jayson. »Ich werde sie nicht in Osiris' Händen lassen.«

»Tom und Stas wird es nicht anders ergehen«, fügte Balthazar hinzu. »Und das bedeutet, dass Issac ihnen mit Tristan und Mateo folgen wird.«

Jayson nahm an, dass noch weitere Ichorianer bereit wären zu helfen, denn das Bündnis zwischen Osiris und Jonathan verstieß gegen den Waffenstillstand. Es bedeutete, dass der Anführer ihres Konklaves der CRF bewusst gestattete, Unsterbliche willkürlich zu jagen und zu ermorden. Es gab sicher nicht viele, denen diese Übereinkunft gefiel.

»Alles, was Ezekiel behauptet hat, ergibt einen Sinn«,

sagte Luc, dessen Blick sich verdunkelte. »Wenn es der Wunsch der Ältesten ist, Elizabeth zu retten, dann werde ich euch unterstützen. Ich befürchte, dass wir damit einen Krieg vom Zaun brechen werden, doch ich glaube auch, dass dieses Schicksal ohnehin unausweichlich ist. Und ich bin gewillt, dafür in die Schlacht zu ziehen.«

Jaysons Handy summte wie aufs Stichwort. Er zog es aus seiner Tasche und las die Adresse laut vor. »Es scheint ziemlich abgelegen zu sein«, fügte er hinzu, als er das Handy wieder beiseitelegte.

»Ein hervorragender Ort, um zu töten, ohne viel Aufmerksamkeit zu erregen«, sagte Alik. »Ich bin dabei.«

»Wir werden einen handfesten Plan brauchen«, räumte Jayson ein. Er hatte das Gefühl, dass sie nur eine einzige Chance bekommen würden, um Lizzie zu retten. Und wenn sie es vermasselten, würde wahrscheinlich die Hölle losbrechen.

»Ich werde Aidan anrufen«, sagte Luc, als er zur Tür ging. »In der Zwischenzeit steht Issac bitte bei. Er macht gute Miene zum bösen Spiel, doch wir wissen alle, wie schwer er es nimmt.«

Issac war zwar kein Hydraianer, doch er gehörte für sie alle zur Familie. Sie fühlten alle seinen Schmerz.

Balthazar nickte. »Wird gemacht, Luc.«

»Danke«, murmelte er. »Ich würde mich ebenfalls um ihn kümmern, aber ich denke, dass ich es ihm mit meiner Anwesenheit nur schwerer machen würde.« Mit diesen freudlosen Worten verließ er den Raum, um sich eine Strategie zurechtzulegen. Jayson war hin- und hergerissen zwischen dem Wunsch, ihm zu folgen, zu Issac zu gehen oder sich auf den Weg zu der Adresse in seinem Handy zu machen.

Wie immer war es Balthazar, der ihn beruhigte. »Geh duschen. Danach werden wir uns unterhalten. Du kannst ihr nicht im Alleingang helfen, doch als Team können wir es schaffen. Außerdem hat Ezekiel erzählt, wie wichtig sie für Osiris ist, deshalb können wir davon ausgehen, dass sie unversehrt ist. Wir werden sie zurückholen, Jay.«

Er nickte und begann, seinem alten Freund Glauben zu schenken. »Ich kann nur hoffen, dass du recht hast.«

»Ich habe immer recht«, erwiderte er übermütig. »Aber im Ernst, stell dich unter die Dusche. Du siehst scheiße aus und du stinkst nach Tod.«

Jayson versuchte vergeblich, über den Scherz zu lächeln. Um sich wieder vollständig zu fühlen, brauchte er seinen Rotschopf. Denn ohne sie hatte er nur eine halbe Seele.

Ich werde dich holen, Lizzie, schwor er. *Halte durch.*

Kapitel Vierundzwanzig

Eine Wiederauferstehung unter katastrophalen Umständen

Testobjekt wurde mit einer Zimmergenossin am College zusammengelegt. Name: Astasiya Davenport. Alter: 18. Herkunft: Havre, Montana. Zu diesem Zeitpunkt gibt es keine bekannten Konflikte.

Eintrag 118.08.4-7

Noch ein Albtraum.

Sie war in den Tiefen des Ozeans verloren.

Stas kämpfte gegen die Fesseln an, doch ihre schwachen Glieder wollten ihr nicht gehorchen. Sie ähnelte einem Skelett, das in den Wellen der Zeit verloren war und dessen Schreie niemand hören konnte.

Alles schmerzte, doch vor allem ihr Herz.

Ein so großer Verlust …

Es hatte nicht so enden sollen.

»Aya …« Der Duft von Sandelholz und Pfefferminz stieg ihr in die Nase, als jemand ihren Kosenamen rief, doch etwas passte nicht zusammen.

Hilf mir … Finde mich … Befreie mich …

Das Wasser erstickte ihre Gedanken und gewährte ihr ein flüchtiges Gefühl von Frieden in einer Welt der Stille.

Nur um wieder in der Hölle zu erwachen.

Immer und immer wieder.

Ein dunkler, endloser Tanz der Einsamkeit und des Todes.

Wann werden sie mich retten?

»Astasiya.« Die Stimme wurde lauter und zog sie an einen anderen Ort. Sie entfernte sich von der Vertrautheit des Meeresgrunds und schwebte in eine lichtdurchflutete Welt.

Zu hell, dachte sie und bedeckte die Augen.

Die letzten Überreste des Albtraums wichen der Realität und offenbarten den Blick auf ein Zimmer voller tiefbrauner Farben und Mahagonimöbel, die weder ihr noch dem Mann gehörten, der ihre Hand hielt.

Sie schluckte. Ihr Hals war nach dem tiefen Schlaf wie ausgetrocknet. Ein Strohhalm wurde zwischen ihre Lippen geschoben und sie saugte instinktiv daran. Der frisch gepresste Saft schmeckte köstlich und verdrängte den bitteren Geschmack, den sie nach einem Besuch in den Tiefen der Meere immer im Mund hatte.

Issac, dachte sie mit einem Lächeln. Er hatte in den wenigen Monaten ihrer Zweisamkeit so viel über sie gelernt und wusste genau, wie er sie auf die wunderbarste Art aus ihren Albträumen herausziehen konnte. Sie wartete darauf, dass er sie küsste, nachdem der Strohhalm von ihren Lippen verschwunden war, doch es geschah nichts.

Seltsam. Er küsste sie immer, wenn sie aufwachte.

Sie streckte ihre verspannten Schultern und wappnete sich gegen das Licht, als sie die Augen öffnete. Issac saß neben ihr auf einem Stuhl und hatte die Ellbogen auf den Knien abgestützt, während er sie mit ausdrucksloser Miene betrachtete. Sie blickte sich um und stellte fest, dass sie beide allein in einem von Balthazars Gästezimmern waren.

Stas versuchte, sich daran zu erinnern, wie sie hierhergekommen war.

Sie hatte während der vergangenen Wochen mit Eliza in Amelias ehemaligem Haus gewohnt. Die Hydraianer nannten es das »Haus der Sprösslinge«, da sie beide Unsterbliche waren, die ihre Wiedergeburt jedoch noch nicht vollzogen hatten. Stas hatte der Gedanke zuerst missfallen, doch sie bewunderte Elizas Stärke und Überzeugung. Sie war eine bemerkenswerte Frau, vor allem wenn man bedachte, was sie vor ihrer Ankunft in Hydria alles durchgemacht hatte.

»Wie fühlst du dich?«, fragte Issac mit sanfter Stimme.

»Erschöpft«, gestand sie, als sie sich auf die Seite rollte und ihren Arm unter ihren Kopf auf dem Kissen schob. Er pulsierte ein wenig, was vermutlich auf den Albtraum zurückzuführen war. »Warum liegst du nicht neben mir im Bett?« Er trug einen seiner Anzüge ohne Krawatte und hatte sein nachtschwarzes Haar mit seinen Fingern zerzaust. Sie liebte diesen Aufzug, doch sie bevorzugte es, wenn er nackt war.

»Aya«, flüsterte er. Seine Stimme brach und er vergrub den Kopf in seinen Händen. Er zitterte am ganzen Körper und sie wurde von Panik ergriffen.

»Was ist geschehen?« Sie setzte sich auf, obwohl ihr Kopf heftig protestierte. »Geht es Lizzie gut?«

Zuletzt hatte sie gehört, dass ihre beste Freundin auf Bora Bora war, um mit Jayson ihre Zweisamkeit zu genießen. Er war zwar nicht der Typ Mann, den Stas ihrer Freundin empfohlen hätte, doch im Moment wollte sie nur, dass Lizzie glücklich war. Nach all dem Schmerz hatte sie ein wenig Glück verdient und er schien ihr dabei zu helfen, mit allem fertigzuwerden.

Issac zitterte wieder und Stas hielt es nicht länger aus. Sie streckte die Hand nach ihm aus, doch er entzog sich ihrer Berührung, als könnte sie ihn damit verbrennen.

»Du machst mir Angst«, gestand sie und war gleichzeitig verletzt, dass er sie auf diese Weise zurückwies. »Was ist los?«

Er schüttelte den Kopf. »Ich versuche es.« Seine gebrochene Stimme bohrte sich wie ein Pfeil in ihr Herz und rief einen Schmerz in ihrem tiefsten Inneren hervor, der sie verbrannte.

»Was ist geschehen?«, flüsterte sie.

Er fuhr sich mit den Fingern durchs Haar und zog an den Strähnen. »Verdammt, ich versuche es ja, Aya. Du …« Seine Wangen fielen ein, als er um die Worte kämpfte, die er aussprechen musste.

Sie hatte ihn noch nie so gesehen und sie bekam es mit der Angst zu tun.

»Du versuchst, was zu tun?«, fragte sie mit Tränen in den Augen. »Was ist los?« Sie packte ihn am Handgelenk und drückte es, als er das Gesicht verzog. »Sag mir, was geschehen ist, Issac. Sofort.« Sie hatte den Befehl nicht aussprechen wollen, doch nun konnte sie ihre Worte nicht zurücknehmen. Auch nicht, als er sie mit feuchten Augen anblickte.

»Du bist gestorben, Aya.« Vier Worte, die er so leise aussprach, dass sie sie fast nicht gehört hätte. Vielleicht lag es auch daran, dass ihr plötzlich das Blut in den Ohren rauschte.

»Wie bitte?« Sie hatte ihn sicher missverstanden.

»Du bist auf eigene Faust und ohne Verstärkung nach Bora Bora gereist und wurdest mit einem Kopfschuss niedergestreckt.«

Sie blinzelte, als die Erinnerung langsam zurückkam. Sie war so in ihrem Albtraum aufgegangen, dass sie die Wahrheit nicht wahrgenommen hatte.

»John«, hauchte sie. »Wo ist …« Ihre Stimme brach.

Oh verdammt.

Nein.

Ausgeschlossen.

Es kann nicht …

»Ich …« Sie ließ sein Handgelenk los und tastete ihre Stirn ab, doch konnte nur glatte Haut fühlen.

Ihr Herz schlug wild in ihrer Brust und sie rang nach Luft.

Ich bin gestorben. Die drei tödlichen Worte hallten durch ihren Verstand und hinterließen eine Spur der Verwüstung.

Ich … Das …

Sie wollte es nicht glauben und wollte ihn anflehen, ihr zu sagen, dass alles nur ein Irrtum war. Doch die Qualen, die sich in Issacs blauen Augen widerspiegelten, ließen keinerlei Zweifel offen.

»Ich bin eine Hydraianerin.«

Sie konnte ihre Finger nicht mehr spüren.

»Ich bin …« Sie konnte die Worte nicht noch einmal aussprechen, denn damit verlieh sie ihnen zu viel Wahrheit. Es war real. Genauso wie die Tränen, die Issacs Wangen hinunterrannen. Und ihre eigenen.

»Nein«, flüsterte sie und schüttelte immer wieder den Kopf, als könnte sie es damit ungeschehen machen.

Sie war noch nicht bereit.

Sie beide waren noch nicht bereit.

Ihre Tränen verschleierten ihr die Sicht, als der Schmerz mit Wucht ihren Körper durchströmte und sich in einem Schrei entlud. »Nein!«

Es war ungerecht!

Sie wollte diese Zukunft nicht. Sie wollte *ihn.* Sie wollte den Mann, den sie jetzt nicht mehr haben konnte. Den Mann, der ihr alles bedeutete.

Ihr Herz …

Und die Verzweiflung in seinen Augen …

Sie brauchten mehr Zeit.

»Ich kann dich nicht berühren«, flüsterte sie. »Aber ich brauche …«

Oh Gott, wie sollte sie überleben, ohne ihn berühren zu

dürfen? Ohne ihn zu küssen? Ohne seine Liebe? All die zärtlichen Momente und leidenschaftlichen Nächte.

Die unausgesprochenen Worte.

Diese Blicke, die ihr verrieten, dass er sie auf wunderbare Weise verschlingen wollte.

Seine zärtlichen Berührungen am Morgen.

Es hing alles in der Schwebe und zerschlug sich vor ihren Augen.

Und lag für immer in der Vergangenheit.

Es ist viel zu früh …

»Issac.« Ihre Seele verkümmerte, während sie sich nach der Verbindung sehnte, die sie brauchte und nicht mehr haben konnte. Sie konnte nicht zu ihm gehen. Doch sie wollte es mit jeder Zelle ihres Körpers. Oh Gott.

»Es tut mir so leid.« Die Worte klangen selbst in ihren eigenen Ohren fremd. War dieses ausgedorrte, gebrochene Krächzen wirklich ihre Stimme?

Issac schüttelte nur den Kopf, denn es gab nichts, was er sagen konnte. Es war nicht zu ändern. Sie hatte ihr Schicksal besiegelt, als sie einfach losgegangen war, um ihre Freundin zu retten, ohne vorher darüber nachzudenken.

Und sie hatte dadurch *alles* verloren. Durch ihre unüberlegte Entscheidung hatte sie die Verbindung zu ihrem Liebsten zerstört.

Stas brach unter einem Schluchzen zusammen, das ihr Innerstes zerreißen sollte, während ihr Körper unkontrolliert bebte.

Es darf einfach nicht wahr sein.

Bitte …

Ich kann nicht atmen.

Issac strich mit den Lippen über ihre Stirn. Es war ein schrecklich zaghafter Kuss, denn die Angst, sie zu berühren, überwiegte, doch er drückte so viel damit aus. Trauer, Kummer und *Schmerz*.

Er wollte sie selbst jetzt noch trösten, obwohl sie beide wussten, dass er es nicht konnte, während sie sich danach sehnte, es zuzulassen.

Es ist alles meine Schuld. Ich habe uns zerstört.

»Oh Gott, Issac …« Die Worte verbrannten ihren Rachen und versengten die Luft, als sie sie für immer voneinander trennten. Denn er würde nie wieder ihr gehören, nicht auf die Weise, die sie begehrte. Ihr Herz würde sich davon niemals erholen. Und ihre Seele … Sie war gestorben, als John den Abzug gedrückt hatte.

»Aya«, hauchte Issac, dessen inneres Leiden sich in dem einen Wort niederschlug. Schließlich ergriff er ihre Hand und drückte sie, während er den Kopf geneigt hatte und seinen Tränen stillschweigend freien Lauf ließ.

Stas stieß unwillkürlich ein Wimmern aus. Sie hatte das Gefühl, dass ihre gesamte Welt zu einem abrupten Ende gekommen war, bevor sie überhaupt begonnen hatte.

Und jetzt hatte sie eine Ewigkeit vor sich, in der sie ihr Leiden durchleben konnte. Allein.

Sie rollte sich zu einer Kugel zusammen, während ihre Hand immer noch in der seinen lag. Sie durchlebte noch einmal jeden einzelnen Moment, den sie mit ihm geteilt hatte. Jede Berührung. Jeden Kuss. Jedes Wort. Sie würde des Nachts von ihm träumen und am Tag an ihn denken, während sie ihn die ganze Zeit über vermissen würde. Selbst wenn er neben ihr stand, würde sie ihn vermissen.

Für sie würde es immer nur Issac geben. Für immer und bis in alle Ewigkeit.

Es war ein stilles Gelöbnis.

»Ich liebe dich«, flüsterte sie. Sie hatte die Worte nie laut ausgesprochen und es war nicht mehr von Bedeutung, doch er musste es wissen … »Es gab immer nur dich, Issac.«

»Ich weiß, Liebes«, erwiderte er mit ebenso sanfter Stimme. »Ich weiß.«

Kapitel Fünfundzwanzig

Feuerwand

Die Erinnerungen an eine Schwärmerei für Thomas Fitzgerald wurden dem Testobjekt heute implantiert. Der Teampsychologe behauptet, dass damit möglichen Beziehungen zu ungeeigneten Partnern entgegengewirkt werden kann.

Eintrag 118.05.4-7

»Stas ist aufgewacht, aber sie wird uns in ihrem derzeitigen Zustand nicht helfen können«, sagte Balthazar, als er die provisorische Einsatzzentrale betrat. »Issac ist ebenfalls nicht in der geistigen Verfassung, uns zur Seite zu stehen.«

Aidan nickte. »Es ist besser so. Vom strategischen Standpunkt her würde ich vorschlagen, Stas so lange wie möglich im Verborgenen zu lassen. Je eher Osiris von ihrer Existenz erfährt, desto eher wird er nach ihr suchen.«

»Wir können nicht leugnen, dass ihre Fähigkeit, anderen ihren Willen aufzuzwingen, in dieser Situation nützlich wäre, aber ich stimme Aidan zu.« Luc breitete eine Zeichnung auf dem Tisch aus. »Und aus diesem Grund haben wir einen Plan ausgearbeitet, der die beiden nicht mit einschließt.«

Das allwissende Vater-Sohn-Duo hatte über ein Dutzend Angriffspläne entworfen, bevor es sich schließlich auf diesen geeinigt hatte, während die anderen es nur dabei beobachtet hatten. Die beiden sprachen viel zu schnell und es war schwer, ihren logischen Ausführungen zu folgen, doch Jayson verstand den Kern der Sache.

»Was sollen wir hinsichtlich der Runen unternehmen?«, fragte er und verschränkte die Arme. Luc und Aidan hatten darüber gesprochen, bevor Balthazar zu ihnen gestoßen war.

»Wir werden uns darum kümmern«, erwiderte Luc, wobei er von Aidan und sich selbst sprach. »Gemeinsam sollten wir imstande sein, eine Handvoll uralter Runen zu zeichnen, die den Symbolen an Osiris' Anwesen lange genug entgegenwirken, um uns Zeit für einen Angriff zu verschaffen.«

»Ja, ich denke, sie sind nicht unbedingt dazu gedacht, eine Armee auszuschließen, sondern Osiris ausreichend vorzuwarnen, damit er sich an einen anderen Ort begeben kann«, murmelte Aidan, dessen smaragdgrüne Augen Lucs zum Verwechseln ähnlich sahen. »Hoffentlich wird er dabei Elizabeth nicht mitnehmen, denn sonst haben wir es mit einer Verfolgungsjagd zu tun.«

»Und da komme ich ins Spiel«, sagte Ash, als sie gerade ihre hellblonden Haare zu einem Pferdeschwanz zusammenband. »Mit dem Feuerring.«

»Richtig«, stimmte Luc zu. »Aber wir müssen uns für alle Fälle zurückhalten, vor allem wenn Jeremy den Boden manipuliert.«

Jayson nickte. »Und wenn wir Lizzie sehen …«

»Ich werde sie schnappen«, verkündete Jacque von seinem Platz in der Ecke aus. Neben ihm lagen drei leere Pizzaschachteln, während er einen Proteinshake in der Hand hielt. Das Teleportieren verbrannte unglaublich viele Kalorien und sie wollten sichergehen, dass sein Energieniveau auf dem höchsten Stand war.

»Gut. Gibt es sonst noch Fragen?« Aidan ließ den Blick durch den Raum schweifen. Einige der mächtigsten Unsterblichen Hydrias hatten sich angeboten zu helfen, obwohl sie Lizzie gar nicht kannten. Ihre Unterstützung und unerschütterliche Freundschaft waren der Grund dafür, warum sie einen Krieg gegen die Ichorianer gewinnen würden. Luc regierte mit Liebe und Zuneigung, während Osiris sich auf die Angst berief.

»Denkt ihr, dass mein Vater dort sein wird?« Tom saß rittlings auf einem Stuhl und hatte die Arme verschränkt und auf der Lehne abgestützt. Er hatte nicht viel gesagt und Aidans und Lucs Ausführungen aufmerksam zugehört.

Toms Erfahrungen als Scharfschütze und seine militärischen Kenntnisse würden sehr nützlich sein, vor allem, weil er die Fähigkeit hatte, immer ins Schwarze zu treffen. Darüber hinaus schien er die verblüffende Gabe zu haben, seine Emotionen unterdrücken zu können, denn die Taten seines Vaters brachten ihn ohne Zweifel in Rage, was er sich jedoch nicht anmerken ließ.

»Das ist unwahrscheinlich«, antwortete Aidan. »Er hat seinen Teil erfüllt, indem er Elizabeth Osiris ausgehändigt hat, und er glaubt, dass er gerade Stas und Jayson getötet hat. Für ihn wäre es das Klügste, seine Zentrale zu beschützen, denn er muss damit rechnen, dass Issac sich für Stas' Tod und die Ältesten für den Tod ihres Bruders rächen wollen.«

»Warum hat er ihn nicht lebend gefangen genommen?«, fragte Tom, woraufhin alle ihn verwirrt anblickten. »Tut mir leid, ich meine Jayson. Ich versuche schon die ganze Zeit zu verstehen, warum mein Vater ihn töten würde. Er ist ein mächtiger Hydraianer, genauso wie Amelia. Ich will es natürlich nicht gutheißen, doch ich frage mich, warum er

Jayson nicht in die Zentrale gebracht hat, um ihn verschiedenen Tests zu unterziehen.«

»Weil ich zu mächtig für ihn bin. Er hätte mich nicht lange in Schach halten können.« Die Aussage war nicht übertrieben, sondern bestätigte lediglich eine Tatsache. »Er hätte es mit dem Halsband versuchen können, doch irgendwann hätte ich einen Weg gefunden, das Gerät zu vernichten, und das wäre nicht gut für ihn ausgegangen.«

»Oder sein Ego ist dafür verantwortlich«, bemerkte Aidan mit einem Achselzucken. »Wenn es sich um meine Nachkommen und die Ältesten dreht, dann kann Jonathan nicht klar denken. Er ist süchtig nach Macht und will die der Unsterblichen an sich reißen, während er sie gleichzeitig beschwichtigen will.«

»Wenn es wirklich an seinem Ego läge, dann hätte er Elis Tod für sich beansprucht«, warf Balthazar ein. »Stattdessen hat er den Mord einem anderen in die Schuhe geschoben.«

»Um Amelia zu verstecken«, fügte Luc hinzu. »Aber wir wissen nicht, ob er vorhat, später noch etwas Großes zu enthüllen, oder ob er gegenüber Osiris bereits mit seinen Morden geprahlt hat. Ich neige dazu zu glauben, dass er nur sein Ego aufpolieren will, da er aufgrund seiner schwachen Fähigkeit schon immer etwas empfindlich war.«

Tom schnaubte. »Er versucht, seinen kleinen Schwanz zu überspielen. Natürlich habe ich dieses Problem nicht von ihm geerbt.«

Balthazar grinste. »Dafür haben wir alle den Beweis gesehen, Fitzgerald.«

Jayson räusperte sich. »Sind wir so weit? Denn ich kann es nicht länger ertragen, hier herumzustehen und nichts zu tun. Ich muss Lizzie mit eigenen Augen sehen, und zwar bald.« Das war eine Untertreibung. Die Planung hatte mehrere Stunden gedauert und ihn fast umgebracht. Er konnte nur daran denken, seinen Rotschopf wieder im Arm zu halten, um ihm seine Gefühle zu gestehen. Er hatte nie die Gelegenheit dazu gehabt und jetzt befürchtete er, dass es dafür vielleicht zu spät war.

Balthazar stieß ihn mit der Schulter an. »Wir holen sie zurück, Jay. Ich verspreche es dir. Egal, was wir dafür tun müssen.«

»Wie kannst du dir da so sicher sein?« Es schmerzte, diese Frage zu stellen, doch er musste es wissen.

»Weil ich in dreitausend Jahren noch nie erlebt habe, dass du eine Frau so ansiehst wie Lizzie. Und ich bin entschlossen, dir dieses Gefühl zurückzugeben.« Balthazar sprach die Worte mit feierlicher Stimme und bedachte ihn dann mit einem Grinsen. Er konnte nie lange ernst bleiben. »Außerdem will ich vielleicht dabei zusehen, wie du für ein paar Jahre den Vater spielst. Es wird sicher unglaublich unterhaltsam. Ich hoffe, es wird ein Mädchen.«

Trotz der widrigen Umstände musste Jayson lächeln, als er ein Bild von einem kleinen Rotschopf vor sich sah. »Sie wird genau wie Lizzie aussehen.«

»Das wird sie«, stimmte Balthazar zu und gab ihm einen Klaps auf die Schulter. »Und nun solltest du an dieses Bild denken, denn deine Gefühle können dich zu Unglaublichem motivieren, Jay. Du darfst sie nicht verleugnen.«

~

Lizzie krallte sich ins Bettlaken, während Valerie sie testete wie eine Laborratte. Sie nahm ihr Blut ab, unterzog sie einer gynäkologischen Untersuchung und führte jetzt eine Lumbalpunktion an ihr durch.

»Bewegen Sie sich nicht«, ermahnte sie sie, als sie die Nadel in ihren Rücken gleiten ließ.

Autsch, autsch, autsch …

Ihr stiegen Tränen in die Augen, die ihr die Sicht trübten,

doch sie hatte sich bereit erklärt, im Austausch für weitere Informationen zu kooperieren. Nachdem sie Lizzie ihre Herkunft erklärt und bestätigt hatte, dass sie hier war, um Osiris einen »neuen Sohn« zu gebären, hatte Valerie Lizzie ihre genetische Beschaffenheit erklärt.

Die Akten deuteten alle darauf hin, dass sie ein vollblütiger Seraph war, ohne jedoch im Besitz bestimmter Kräfte zu sein. Offenbar heilte sie nicht so schnell wie andere, doch ihre Unsterblichkeit war unumstritten bewiesen worden.

Denn sie war mehrere Male auf verschiedene Weise getötet worden.

Und sie hatte es überlebt.

Dennoch konnte sie sich an nichts erinnern.

Lizzie wusste nicht, ob das ein Segen oder ein Fluch war. Vielleicht könnte Osiris auch ihre Erinnerung daran auslöschen, welchen Zweck sie für ihn erfüllte.

Und was bedeutete das für das Kind in ihrem Bauch? Würde er ihr das Kind entreißen? Sie konnte den Gedanken nicht ertragen, diese letzte Verbindung zu Jayson zu verlieren.

Ihre Augen brannten, als sie versuchte, ihre Gefühle zu unterdrücken. In ihrem Inneren tobte ein Inferno aus Trauer und Schmerz, das nur darauf wartete, an die Oberfläche zu gelangen, doch sie schluckte es hinunter.

Osiris würde nicht gewinnen. Er durfte nicht gewinnen.

Ich werde sein Kind nicht bekommen.

Eher würde sie sterben.

Zumindest würde sie es versuchen.

»Fertig«, sagte Valerie und trat einen Schritt zurück. »Sie können sich jetzt wieder anziehen.«

Lizzie wollte antworten, doch sie schluckte nur. Sie hätte sich fast bei der Frau bedankt, doch das schien in ihrer momentanen Situation unangemessen. Ihre Leihmutter würde zwar etwas anderes behaupten, doch Lizzie scherte sich nicht mehr darum. Nicht nach allem, was sie während der vergangenen Wochen erfahren hatte.

Sie zog die weiße Hose mit Tunnelzug und ein passendes Trägerhemd an, nahm ihr Haar zusammen und ließ es auf ihren Rücken fallen. Valerie stellte ihre medizinische Ausrüstung auf einem Schreibtisch an der Wand ab. Daneben befanden sich ein leeres Bücherregal und ein weiterer Holzstuhl.

Das überdimensionale Zimmer verfügte darüber hinaus über ein Badezimmer mit einer großen begehbaren Dusche, zwei Waschbecken und einer Toilette. Sie befand sich zwar in einer Gefängniszelle, doch es hätte schlimmer sein können. Allerdings hätte sie sich über ein wenig Kunst an den Wänden, ein paar Bücher und einen Fernseher gefreut, um sich abzulenken. Stattdessen war sie umgeben von weißen Wänden, Fenstern und einer Handvoll Möbel.

Das Bett war der einzige bequeme Platz im ganzen Raum. Lizzie setzte sich nahe ans Kopfteil und zog die Knie an, während sie Valerie dabei beobachtete, wie sie die Proben eintütete und beschriftete.

Lizzie zitterte und fühlte sich geschändet und entblößt.

Ich muss von hier verschwinden.

Aber ihr war weder klar, wie sie das bewerkstelligen sollte, noch wusste sie, wohin sie gehen sollte. Sie hatte nicht einmal eine Ahnung, wo sie sich befand.

Würde jemand sie retten? Vielleicht. Vielleicht auch nicht. Sie war nicht besonders nett zu den Hydraianern gewesen und hatte sich auch Issac und Tom gegenüber nicht besonders freundlich verhalten. Warum würde ihr jemand helfen wollen, nachdem sie derart abweisend gewesen war?

Insbesondere, da Stas' und Jaysons Tod ihre Schuld war.

Sie legte das Kinn auf ihre Knie.

Ich trage einen Teil von ihm in meinem Inneren.

Sie streichelte ihren Bauch und schloss die Augen. War es

ein Junge oder ein Mädchen? Würde das Baby Jaysons schokoladenbraune Augen haben? Und sein dunkles, dichtes Haar? Seine Grübchen?

Lizzie musste lächeln, als sie ein Bild von einem kleinen Jungen vor Augen hatte, der wild herumlief und allerhand Unfug anstellte. Sie würde ihn zu Ehren seines Vaters Jedrick nennen.

Sie zeichnete ein Herz mit der Fingerspitze, um dem Leben Tribut zu zollen, das in Erinnerung an ihre Liebe in ihrem Inneren heranwuchs. Denn sie hatte keinen Zweifel daran, dass sie Jayson liebte, genauso wie sie ihr Kind lieben würde. Die Zeit hatte angesichts ihrer Gefühle keine Bedeutung mehr und ihre Seele schmerzte ohne ihre andere Hälfte. Es musste einfach Liebe sein. Und wenn es keine Liebe war, dann existierte kein Wort, mit dem sie ihre Gefühle hätte zum Ausdruck bringen können.

Ich werde mich um dich kümmern, versprach sie dem Baby, als sie eine Hand auf ihren flachen Bauch legte.

Denn sie würde fliehen, wenn auch nicht um ihretwillen, dann wenigstens um das Leben in ihrem Inneren zu retten.

»Sind Sie bereit, mehr zu erfahren?«, fragte Valerie mit sanfter Stimme.

»Ja«, antwortete Lizzie, ohne die Augen zu öffnen. »Bitte.«

Sie hörte das Rascheln von Papier, als die Ärztin sich bereit machte, doch eine Explosion von draußen ließ die Fensterscheiben erbeben und unterbrach sie, bevor sie etwas sagen konnte.

»Was war das?«, fragte Lizzie und setzte sich auf.

Ein weiterer Knall brachte die Wände zum Beben, woraufhin sie beide aufschreckten.

Valerie klappte die Mappe zu und schob sie in ihre Tasche, bevor sie den Raum durchquerte und nach draußen spähte. »Sie versuchen, die Schutzsymbole zu durchbrechen.«

»Schutzsymbole?«, wiederholte Lizzie, als sie sich neben

sie ans Fenster stellte. Draußen im Hof schwelte ein Feuer, aus dem Rauchfahnen aufstiegen.

»Sie werden wie auch die Runen von Seraphim geschaffen. Ich kenne mich mit Zauberei nicht aus, aber mehrere von ihnen umsäumen die Zentrale der CRF und es scheint, als würde Osiris sie hier auf seinem Anwesen ebenfalls anwenden.«

»Was bewirken sie?«

»Sie sind hauptsächlich dazu gedacht, Eindringlinge abzuwehren.« Eine weitere Explosion prallte gegen etwas, das ein Kraftfeld um das Anwesen zu sein schien. »Außerdem berauben sie die Unsterblichen ihrer Fähigkeiten. Die Symbole hier sind offenbar Schutzrunen und sie scheinen ihren Zweck zu erfüllen.«

Ein Feuer tanzte durch die Luft und drang über eine zerklüftete Linie. »Sind Sie sich wirklich sicher?« Denn es machte den Anschein, als hätten sie die Oberfläche der Schutzblase durchbrochen.

»Es wäre besser, wenn wir Schutz suchen«, erwiderte Valerie, als ein lautes Kreischen ertönte.

Lizzie bedeckte ihre Ohren, als der Laut, der wie der Schrei eines Raben klang, ihr durch Mark und Bein ging. »Was zum Teufel ist das?«

Die Ärztin schüttelte den Kopf und wurde blass.

Dann wurden sie von einem Lichtblitz geblendet und Valerie drückte Lizzie zu Boden, als die Fensterscheibe implodierte.

»Scheiße!«, rief Lizzie, als unzählige Scherben ihre nackten Arme zerschnitten. Die Ärztin bekam das meiste ab, da sie Lizzie mit ihrem Körper geschützt hatte, als sie zu Boden gefallen waren.

Autsch.

Valerie bewegte sich weder, noch gab sie einen Ton von sich. Lizzie hätte ohnehin nichts hören können, denn die

Implosion hatte ihr die Trommelfelle zerrissen und nun hörte sie nur noch ein unaufhörliches Klingeln.

An der Decke sammelte sich Rauch und Lizzie musste husten. Sie versuchte, Valerie von sich zu stoßen, doch die Frau war nur totes Gewicht.

»Bewegen Sie sich«, drängte Lizzie, als sie es noch einmal versuchte.

Sie musste all ihre Kraft zusammennehmen und schließlich schaffte sie es, sich zu befreien. Sie setzte sich auf, um durchzuatmen, doch der Rauch wurde immer dichter.

»Wir müssen von hier verschwinden«, sagte Lizzie und versetzte der Frau auf dem Boden einen leichten Stoß. Sie bewegte sich immer noch nicht.

»Kommen Sie schon, Val…« Lizzie verstummte, als sie das Blut bemerkte, das den Laborkittel der Ärztin durchtränkte. Sie beugte sich über die Frau und schnappte nach Luft, als sie die Glasscherbe sah, die in ihrem Rücken steckte. »Oh Gott.« Dann blickte sie der leblosen Frau in die Augen und rutschte schreiend von ihr ab. »Scheiße!«

Valerie hatte ihr das Leben gerettet, indem sie Lizzie im Fall mit ihrem Körper geschützt hatte. Lizzie würde nie wissen, ob sie es absichtlich getan hatte oder ob es ein Unfall war. Als eine weitere Vibration den Boden erbeben ließ, wusste sie, dass ihr keine Zeit blieb, um es herauszufinden.

Sie lief zur Tür und versuchte, sie zu öffnen, doch sie rührte sich keinen Zentimeter.

»Hilfe!« Lizzie hämmerte verzweifelt mit den Fäusten gegen die Tür und schrie. Aufgrund des verdammten Klingelns in ihren Ohren konnte sie immer noch nichts hören, daher konnte sie nicht wissen, ob jemand ihr antwortete. Doch die Tür blieb geschlossen. Über dem Türknauf befand sich ein Schloss. Hatte Valerie vielleicht den Schlüssel?

Lizzie warf einen Blick auf die tote Frau und musste würgen. Wahrscheinlich würde sie den Schlüssel ohnehin nicht am Körper tragen und Lizzie brachte es nicht über sich, die Frau abzutasten. Doch sie konnte in der Tasche neben dem Tisch nachsehen.

Lizzie durchsuchte hastig die Fächer der Tasche und hielt inne, als sie auf die Akte mit der Aufschrift »Wirtschaftsgut 4-7« stieß. Ihr blieb keine Zeit, um sie jetzt zu lesen, doch vielleicht könnte sie später einen Blick darauf werfen. Allerdings wusste sie nicht, wo sie die Papiere verstauen sollte, denn sie würde vielleicht beide Hände brauchen.

Hm …

Lizzie hob ihr Trägerhemd an und steckte einen Teil der Mappe in den Bund ihrer Hose, während sie den Rest an ihren Bauch presste. Es war zwar nicht die eleganteste Aufmachung, aber immerhin war sie praktisch. Sie zog die Kordeln ihrer Hose so fest wie möglich zusammen und schob das Trägerhemd wieder über die Mappe, bevor sie sich wieder der Tasche zuwandte.

Kein Schlüssel.

Es überraschte sie nicht, denn Valerie war wie Lizzie nur eine Gefangene.

Sie hämmerte wieder gegen die Tür, wobei ihre Fäuste von der Anstrengung wund wurden. Währenddessen drang weiterhin Rauch durch die Fenster. Es wäre zwar um einiges schlimmer, wenn das Feuer sich ebenfalls im Raum befände, doch das Atmen fiel ihr schwer und der Rauch war sicher schädlich für ihr ungeborenes Kind.

Das Schloss gab ein klickendes Geräusch von sich und die Tür wurde geöffnet. Sie machte einen Satz zurück und blickte in die grünen Augen des stillen Dieners.

Sethios.

Er bedeutete ihr mit einer Geste, ihm zu folgen, und da ihr keine Wahl blieb, tat sie, wie geheißen. Er eilte durch den Korridor und sie bemühte sich, mit ihm Schritt zu halten. Der

Boden bebte unter ihren Füßen, während die Mächte, die weit über ihr Verständnis hinausgingen, das Anwesen vernichteten.

Am Ende des Korridors erreichten sie eine Hintertreppe und Sethios zeigte nach unten. Sie wartete darauf, dass er vorausging, doch er schüttelte den Kopf.

»Wohin wende ich mich, wenn ich unten ankomme?«, fragte sie.

Er machte eine Bewegung, als würde er eine Tür öffnen und beschrieb mit den Fingern zwei laufende Beine.

»Nach draußen?«, fragte sie.

Er nickte.

Als sie sich nicht sofort in Bewegung setzte, stieß er sie mit einem drängenden Ausdruck im Gesicht nach vorn. Dann riss er den Mund auf, wobei seine Lippen durch die Stacheln schnitten. Sie zuckte zusammen, als ihm das Blut aus dem Mund tropfte.

»Du musst gehen«, krächzte er. Er hatte den Blick auf den Korridor gerichtet, den sie gerade entlanggelaufen waren, als würde er sich zur Schlacht bereit machen.

»Sethios!« Osiris' Stimme hallte von den Wänden wider und jagte ihr einen eiskalten Schauer über den Rücken.

Ihr Helfer ließ seinen Nacken knacken und grinste erwartungsvoll. Zumindest glaubte sie, dass es ein Grinsen war, denn sie konnte es durch seinen blutigen Mund nicht richtig erkennen. »Lauf die Treppe hinunter, meine Kleine«, befahl er heiser. »*Sofort*.«

Lizzies Beine setzten sich in Bewegung, bevor ihr Verstand wusste, was geschah. Sie hielt nicht inne, um sich über das Wie oder Warum Gedanken zu machen, sie eilte nur wie befohlen die Treppe hinunter und stürzte unten angekommen durch die Tür. Die Papiere an ihrem Bauch raschelten, doch dank der Kordel blieben sie im Bund ihrer Hose stecken. Allerdings würden sie ihr in ihrer neuen Zwangslage nicht helfen können.

Das Feuer loderte nur wenige Meter von ihr entfernt und

bildete eine undurchdringliche Mauer. Sie wandte sich nach rechts, doch auch im hinteren Teil des Anwesens versperrte ihr eine Wand aus Feuer und Energie den Weg.

Die Hitze versengte ihr die Haut, als sie zurück in Richtung Vordereingang lief. Ihre Hose klebte ihr an den Beinen und ihr Trägerhemd am Rücken, während ihr die Tränen die Sicht trübten.

Es war hoffnungslos. Selbst wenn sie einen Weg durch die Flammen fand, würde sie wahrscheinlich ersticken.

Ich darf nicht aufgeben.

Sie hatte keine Ahnung, wer für den Angriff verantwortlich war, doch er bot ihr möglicherweise die einzige Gelegenheit, die sie je zur Flucht haben würde.

Und sie hoffte inständig, dass die Angreifer auf ihrer Seite waren, denn jeder, der Osiris nicht mochte, war für sie ein Verbündeter.

Sie lief so schnell sie konnte in Richtung der anderen Seite des riesigen Anwesens, während sie betete, irgendwo einen Durchgang zu finden. Ihre Beine brannten, doch sie ignorierte den Schmerz und die Schnitte an ihren nackten Füßen.

Das Anwesen war weitläufig und lang gezogen, doch sie schaffte es auf die andere Seite, wo sie geradewegs in eine männliche Wand prallte.

Er war aus dem Nichts erschienen und bremste ihren Lauf mit einem dumpfen Knall, als ihr Gesicht auf seine Brust traf. Er packte sie und augenblicklich drehte sich alles um sie herum.

Ich muss mich gleich übergeben.

Der Wind peitschte durch ihr Haar und sie stolperte, als sie in den Sand fiel.

Der Mond leuchtete am sternenübersäten Himmel, während die Wellen hinter ihr an die Küste brandeten.

Sie drehte sich um die eigene Achse und stellte fest, dass sie allein war.

Nirgendwo war ein Feuer zu sehen.

Und das Anwesen war auch verschwunden.

»Wo bin ich?«, flüsterte sie in die Dunkelheit hinein. Es kam keine Antwort.

»Ich hab sie«, verkündete Jacque, als er sich wieder zu Jayson gesellte.

»Wie zum Teufel ist sie nach draußen gekommen?«, wollte Jayson wissen. Er hatte es nicht glauben können, als er sah, wie die kastanienbraune Haarpracht außerhalb des Hauses im Wind wehte.

Jacque schenkte ihm einen vielsagenden Blick. »Soll ich zurückgehen und sie fragen?«

»Jemand im Inneren muss ihr offensichtlich geholfen haben«, warf Ash ein, der von dem Spiel mit dem Feuer der Schweiß auf der Stirn stand. »Was nun, Chef?«

»Vernichte es«, erwiderte er wutentbrannt.

»Ihr habt den Mann gehört«, sagte Ash ins Funkgerät.

Trotz Aidans und Lucs Wissen hatte es sie viel zu viel Zeit gekostet, bis sie endlich die Schutzsymbole passiert hatten. Sie hatten schnell reagieren und sich durch Jahrtausende uralten Wissens durcharbeiten müssen, um die Runen zu finden und zu zeichnen, mit denen sie die Symbole überlagert hatten. Aufgrund einiger versteckter Sprengfallen waren sie gezwungen gewesen, verfrüht anzugreifen, wodurch sie viel zu viel Energie verschwendet hatten. Doch als die Schutzzauber erst einmal gebrochen waren, waren sie in der Lage gewesen, ihre geballten Kräfte zu vereinigen.

Seltsamerweise erwiderte Osiris das Feuer nicht. So viel zu Ezekiels Bemerkungen über eine Hellseherin und die unsterblichen Kräfte, die er um sich vereint hatte.

Grace stellte sich neben ihn und konzentrierte sich auf das

Herrenhaus. Sie demolierte es mittels mentaler Kraft, wobei sie zuerst das Dach entfernte und es ins Feuer warf, das Ash entzündet hatte. Dann ließ sie die Wände folgen.

Jeremy fiel auf ein Knie und legte die Hand auf die Erde, um sie zum Beben zu bringen. Mit seiner Gabe, Steine jeglicher Art zu kontrollieren, war er in solchen Situationen überaus nützlich, genauso wie Jayson mit seiner Fähigkeit, Metall zu manipulieren. Er benutzte sie, um die Stahlträger zu verbiegen, wobei er sich nicht darum scherte, wen er dabei erdrücken könnte. Er nahm jedoch an, dass Osiris schon vor einiger Zeit mit seinen Gefolgsleuten geflohen war, denn andernfalls stünden sie ihnen jetzt im Kampf gegenüber. »Warum würde er die Flucht ergreifen?«, fragte er Luc über die Kommunikationseinheit. Niemand sonst würde es wagen, eine Vermutung zu äußern.

»Unsere Quelle hat eine Hellseherin erwähnt«, erwiderte er. »Wahrscheinlich hat sie ihm gesagt, dass die Chancen auf einen Sieg eher schlecht stehen, und er hat sich für den Rückzug entschieden.«

»Warum hat er Lizzie nicht mitgenommen?«

»Vielleicht hatte er es vor, doch jemand hat ihm einen Strich durch die Rechnung gemacht. Wir müssen sie fragen, um es herauszufinden.«

Nun gut. Jayson zerstörte auch noch die letzten Metallstreben, während Ash, Jeremy und Grace sich um den Rest kümmerten. Eine ganze Armee aus Hydraianern hatte sich um das Anwesen versammelt. Sie hatten sich alle freiwillig zu dieser Mission gemeldet und er blickte mit Stolz auf sie herab.

Die Überreste des ehemaligen Herrenhauses glühten, als Ash die Flammen auf ein Glimmen reduzierte. »Was für eine Verschwendung. Es war ein so stattliches Anwesen«, bemerkte sie, als sie sich den Schweiß von der Stirn wischte.

»Du hast gute Arbeit geleistet«, sagte Jayson.

»Natürlich.« Sie schenkte ihm ein breites Grinsen und warf ihr weißblondes Haar über die Schulter. »Zeit zu gehen?«

»Zeit zu gehen«, stimmte er zu.

»Bin schon dabei«, sagte Jacque, als er vier Hydraianer, einschließlich Ash umarmte und verschwand.

»Nach all dem wird er sicher sämtliche Lebensmittel in Hydria verspeisen«, sagte Jeremy, als er sich erhob. Wie Grace war auch er einer von Jaysons Wächtern, was der Grund dafür war, warum sie sich jetzt zu beiden Seiten von ihm aufbauten. Die unmittelbare Gefahr war wohl gebannt, doch man konnte nie sicher sein.

»Euch ist doch hoffentlich klar, dass ich gut auf mich selbst aufpassen kann«, sagte er trocken.

»Und das aus dem Mund des Idioten, der auf Bora Bora erschossen wurde, nachdem er seinen Wächtern nicht erlaubt hatte, ihre Arbeit zu erledigen«, bemerkte Grace spöttisch. »Ich werde solange hierbleiben, bis Jacque dich zurück nach Hydria gebracht hat, *Sir*.«

Jayson schüttelte belustigt den Kopf. Er würde sie nicht davon abhalten können und er hatte auch nicht vor, es zu versuchen.

Jacque tauchte ein paar Meter von ihnen entfernt wieder auf und holte die Hydraianer ab, die in Richtung ihres Sammelpunkts liefen, dann verschwand er wieder. Jayson runzelte die Stirn, als er plötzlich von einem unguten Gefühl ergriffen wurde. Zwei der Unsterblichen waren Balthazars Wächter, doch die Ältesten waren nirgendwo zu sehen.

Das ist nicht die übliche Vorgehensweise.

»Luc, wie ist die Lage?«, fragte Jayson durchs Funkgerät, als sein Magen sich dank einer düsteren Vorahnung verkrampfte. *Etwas stimmt hier nicht.*

Am anderen Ende der Leitung herrschte Schweigen.

Grace nahm eine defensive Haltung ein und ließ den Blick

über das umliegende Feld schweifen, während Jeremy wieder in die Knie ging, um eine Hand auf die Erde zu legen. *Die Wächter spüren, dass ihre Ältesten in Gefahr sind.*

Jayson räusperte sich und versuchte es noch einmal. »Luc?«

»Es tut mir leid, aber Lucian ist im Moment verhindert«, erklang eine kühle Stimme. Jeder Einzelne von ihnen erstarrte.

»Osiris.«

»Jedrick, oder sollte ich Jayson sagen? Es ist nicht einfach, sich alle Namen zu merken. Wusstest du, dass Ezekiel jetzt unter dem Namen Kiel bekannt ist? Es ist ein so unwürdiger Name.« Er seufzte übertrieben. »Wie dem auch sei, ich würde sagen, du schuldest mir ein neues Zuhause. Es ist wirklich unhöflich, einfach ungebeten vorbeizukommen und mein Heim obendrein zu zerstören.« Er schnalzte missbilligend mit der Zunge. »Es erinnert mich an Troja.«

»Das ist nur ein Mythos.«

»Tatsächlich?«, sagte Osiris. »Nun, wir sollten uns noch ein wenig unterhalten. Von Angesicht zu Angesicht. Ich nehme doch an, dass du deinen *König* unversehrt wiederhaben willst.«

Grace und Jeremy schüttelten sofort verneinend den Kopf, während Jayson sich mit der Hand übers Gesicht rieb. Luc würde ihm befehlen, nicht darauf einzugehen, doch sie wussten beide, wie Jay dazu stand, die Regeln einzuhalten. Der Fall Lizzie Watkins war das beste Beispiel dafür. »Wo?«, fragte Jayson.

»Schick zuerst deine restlichen Wächter nach Hause und dann sehen wir weiter.«

»Nein«, sagte Grace sofort.

»Respektiere deine Ältesten, Mädchen«, murmelte Osiris. »Sie könnten dir das Leben retten.«

»Fick dich«, entgegnete Grace.

»Hüte deine Zunge, Kind«, tadelte Osiris. »Bring ihn zum Schreien, Alik.«

Ein gequälter Schrei drang durch die Lautsprecher, woraufhin Jayson auf die Knie fiel. Der vertraute Laut erinnerte ihn an die Zeit, als Luc während des letzten Krieges der Unsterblichen fast gestorben wäre.

»Das nenne ich Gehorsamkeit«, sagte Osiris. »Du bist ein so guter Ältester.« Jayson stellte sich bildlich vor, wie er dabei Aliks Kopf wie den eines Hundes streichelte.

Jacque erschien mit einem stolzen Grinsen im Gesicht. »Achtzehn erledigt und …« Er riss seine silbergrauen Augen auf. »Was …«

Ein weiteres Stöhnen dröhnte durch den Ohrhörer und zerriss Jayson das Herz. Es war Balthazars Stimme. Osiris hatte sich offenbar an Alik herangeschlichen und ihn dann benutzt, um die anderen beiden gefangen zu nehmen.

Verdammt.

Jayson hatte sich schon gedacht, dass alles viel zu glatt gelaufen war.

»Mehr«, drängte Osiris, als der Schrei lauter wurde. »Aufhören«, flehte Jayson. »Ich werde deinen Forderungen nachkommen.«

»Nein, ich genieße es, sie leiden zu sehen. Ich bin immer noch beeindruckt, dass ihr es alle geschafft habt, Aliks fantastische Fähigkeit über die Jahrhunderte hinweg vor mir zu verbergen. Sie ist wirklich faszinierend.«

Jacque zog die Augenbrauen fast bis zum Haaransatz nach oben. »Wo?«, formte er mit dem Mund und Jayson schüttelte den Kopf. Denn er wusste es nicht. Die Funkgeräte funktionierten in einem Radius von etwa sechs Kilometern und so wie er Osiris kannte, hatte er einen Verbündeten, der ihm half, die Stellung zu wechseln.

»Bring Grace und Jeremy zurück nach Hydria«, sagte Jayson.

Jacque schüttelte den Kopf, als seine Loyalität sich zu Wort meldete.

»Aidan«, formte Jayson mit den Lippen. Der Meister der Strategie befand sich immer noch auf der Insel und konnte ihnen sagen, was sie als Nächstes tun sollten. Im Moment hatte Jayson keine andere Wahl, als mit Osiris zu kooperieren. »Und kümmere dich um Lizzie für mich«, fügte er hinzu, wobei er die Worte *Für den Fall, dass ich nicht lebend aus dieser Situation herauskomme* unausgesprochen ließ.

Der Teleporter nickte langsam. »Okay, Jay.« Er packte Grace und Jeremy, bevor sie sich wehren konnten, und verschwand.

Damit blieben nur Jayson und ein sehr stiller Tom zurück. Er hatte sich irgendwo in den Hügeln positioniert, wo er mit seinem Scharfschützengewehr im Anschlag saß. Bisher hatte er es nicht benutzen müssen und hatte sich klugerweise nicht einmal über Funk gemeldet.

Vielleicht hatten sie ihn auch entdeckt und getötet. Es war schwer zu sagen, doch so wie er Tom kannte, war er gesund und am Leben und suchte gerade die Umgebung nach Osiris ab.

»Ich bin allein«, verkündete Jayson.

»Hervorragend. Und jetzt leg die Waffen ab.«

Jayson fragte sich, ob Osiris ihn sehen konnte oder ob er, ähnlich wie Tom, seine Männer positioniert hatte. Er entledigte sich deutlich sichtbar seiner Pistolen und Messer und zog auch die letzte Klinge aus seinem Stiefel.

»Fertig«, sagte er mit ausdrucksloser Stimme. »Wo bist du?«

»Ich schicke jemanden, um dich zu holen. Ich glaube, er ist ein alter Freund von dir.«

Ezekiel erschien eine Sekunde später mit einem Grinsen auf dem Gesicht. »Jedrick, mein alter Freund, lange nicht gesehen.«

»Du Hurensohn«, knurrte Jayson. »Ich hätte es wissen müssen.«

Ezekiel seufzte. »Ich glaube nicht, dass er sich freut, mich zu sehen, Osiris. Ich dachte, er würde mir zumindest ein Lächeln schenken, immerhin haben wir uns über hundert Jahre nicht gesehen.«

Jayson blinzelte, als er die unterschwellige Bemerkung in seiner Stimme hörte. Sie hatten sich gerade erst vor ein paar Stunden getroffen, doch es machte den Eindruck, als wüsste sein Meister nichts davon.

Oder war es nur ein weiterer Trick?

»Das kann ich hören«, erwiderte Osiris. »Bring ihn trotzdem zu mir.«

»Wie du befiehlst, Sire.« Seine Worte klangen förmlich und respektvoll, doch die Goldsprenkel in seinen Augen blitzten auf. Er starrte Jayson an und versuchte, ihm mit seinem Blick eine geheime Botschaft zu vermitteln, als er einen silbernen Kasten zwischen ihnen abstellte. Er war klein und aufgrund der Stellung ihrer Beine von außen nicht zu sehen. Er zeigte Jayson das Gegenstück in seiner Hand und sagte: »Wollen wir, Jedrick?«

Ein Peilsender? *Was hast du vor, Ezekiel?*

»Sicher«, erwiderte Jayson. Es blieb ihm keine andere Wahl. »Ich kann es kaum erwarten.«

Kapitel Sechsundzwanzig

Zerrissene Bande

Die Schwangerschaft des Testobjekts wurde bestätigt. Weitere Testresultate folgen.

Eintrag 124.11.4-7

Lizzie lief schniefend am Strand auf und ab.

Sie war viel zu verängstigt, um um Hilfe zu rufen. Es war gut möglich, dass Jacque sie hierhergebracht hatte, doch sie wusste es nicht mit Sicherheit. Nirgendwo waren Lichter oder Menschen zu sehen, nur der Mond am Himmel beschien einen schwarzen Sandstrand. Es war wie ihr ganzes Leben, das sie in einem ständigen Zustand der Einsamkeit verbrachte.

»Lizzie!«

Sie erstarrte, als sie die vertraute Stimme hörte. »Stas?« Nein. Es war nicht möglich. Sie hatte gesehen, wie sie gestorben war. *Jetzt werde ich auch noch verrückt. Großartig.* Warum auch nicht? Es war nicht verwunderlich, wenn man bedachte, was sie alles durchgemacht hatte. Und dank ihrer verschwitzten Kleidung und der kühlen Abendluft fror sie obendrein noch.

»Oh Gott, Lizzie.« Bei den Worten wurden zwei Arme um ihren Hals geschlungen.

Sie blinzelte.

Jetzt konnte sie sogar etwas fühlen.

Lizzie war mit ziemlicher Wucht gegen die Brust des Mannes geprallt …

»Es tut mir so leid, Liz. Es tu mir so, so leid. Es ist alles ein einziges Durcheinander und ich weiß gar nicht, wo ich anfangen soll. Aber du bist meine beste Freundin, Liz. Und ich verabscheue die Tatsache, dass du wütend auf mich bist, aber ich brauche dich im Moment so sehr. So sehr, dass es wehtut. Sag mir, was ich tun soll. Bitte. Ich stehe das nicht ohne dich durch.«

Stas redet wie ein Wasserfall.

Das konnte nur eines bedeuten: Lizzie hatte den Verstand verloren. Sie hatte in ihrer Einbildung eine schwafelnde Version ihrer Freundin geschaffen, die ihr in der Dunkelheit beistand.

Es war zwar nicht die gesündeste Art, die Situation zu bewältigen, doch sie erwiderte unwillkürlich die Umarmung ihrer Freundin und erging sich in dem falschen Gefühl, ihre gemeinsamen Probleme endlich hinter sich zu lassen. Offenbar brauchte Lizzie diese vorübergehende Flucht aus der Realität und würde sie so gut wie möglich nutzen.

»Ich hätte dir vergeben sollen«, murmelte sie. »Ich bin zwar nicht begeistert davon, dass du mich im Dunkeln gelassen hast, aber Jayson hat mir gesagt, dass du mich dadurch nur beschützen wolltest.«

Natürlich war es dafür zu spät, doch immerhin konnte Lizzie es jetzt verstehen. Es schmerzte zwar noch immer, aber nicht so sehr wie der Verlust ihrer besten Freundin.

»Wir hätten es dir erzählen sollen«, sagte Stas bekümmert. »Ich wollte es so oft tun, doch ich wollte dich auch nicht deiner Entscheidungsfreiheit berauben und dich zwingen, an dieser Welt teilzuhaben. Jetzt weiß ich, dass ich dir trotzdem dein Recht auf Selbstentscheidung genommen habe, indem ich es dir verschwiegen habe. Es tut mir so leid.«

»Ich vergebe dir.« Lizzie drückte ihre Freundin noch fester. »Ich wünschte nur, du wärst nicht gestorben.«

»Ich auch«, flüsterte Stas. »Ich auch.«

Sie hielten sich mehrere Minuten lang im Arm, während Lizzie darauf wartete, dass Stas' Geist wieder verschwand, doch es geschah nichts. Hatten sie sich noch mehr zu sagen?

»Ist Jayson auch hier?«, fragte sie voller Hoffnung. Es würde sie bei ihrem derzeitigen geistigen Zustand nicht verwundern, wenn er ebenfalls erschien. Vielleicht hätte sie dann die Chance, ihm ebenfalls Lebewohl zu sagen.

»Er ist noch nicht wieder hier, aber Jacque hat alle anderen zurückgebracht, daher denke ich, dass er jeden Moment zurückkehren müsste.«

Lizzie runzelte die Stirn. »Von wo zurückgebracht?«

»Osiris' Haus natürlich.« Sie zog den Kopf mit einem Schnauben zurück. »Sie sind ohne mich losgezogen und haben etwas davon gefaselt, dass sie mich als Geheimwaffe in der Hinterhand behalten wollen, weil niemand weiß, dass ich eine Hydraianerin bin.«

»Warte mal …« Lizzie betrachtete ihre Freundin im Mondlicht näher. »Du bist jetzt unsterblich?«

»Nun, ja. Jonathan hat mich erschossen.«

Sie versuchte, die Hoffnung zu unterdrücken, die in ihrem Inneren aufkeimte. »Nein, er hat dich ermordet.«

»Und ich bin wiedererwacht«, erwiderte Stas, zumindest war es ihre Stimme.

»Aber er hat dich mit einer Feuerkugel erschossen.«

Stas schüttelte den Kopf. »Es waren leere Glaskugeln. Das bedeutet, dass ich jetzt eine Hydraianerin bin.« Sie hielt inne. »Einen Moment, dachtest du wirklich, ich wäre tot?«

»Ja, sicher!«, platzte Lizzie heraus, die ihre verworrenen Gefühle nicht mehr zurückhalten konnte. Sie hatte die letzten

Stunden oder Tage damit verbracht, um ihre Freundin zu trauern. »Du bist nicht tot?«

»Soll das bedeuten, dass du mir doch nicht vergibst?«, fragte Stas unsicher.

Lizzie stieß einen Schrei aus und schlang die Arme um ihre beste Freundin, um sie so fest wie möglich an sich zu ziehen. Es war ihr egal, ob sie sie damit erdrücken könnte, denn sie sehnte sich nach der tröstlichen Berührung und musste sich vergewissern, dass Stas tatsächlich am Leben war.

Sie wurde von einer unbändigen Freude durchströmt, als sie eine weitere Erkenntnis ereilte. »Ist Jayson ebenfalls am Leben?« Sie hielt den Atem an und hoffte gespannt auf die Antwort.

»Ja«, keuchte Stas. »Ich ersticke gleich.«

»Das ist mir egal«, gestand Lizzie und drückte ihre Freundin noch fester. »Du bist hier. Du bist wirklich hier.«

Und Jayson war nicht tot.

Ihr Herz klopfte wild in ihrer Brust und ihr stiegen Tränen in die Augen, als sie daran dachte, ihn wiederzusehen.

Er ist am Leben.

Hoffentlich würde sie ihn schon bald wiedersehen. Doch ... »Sagtest du, dass Jayson zu Osiris' Haus gegangen ist?«

»Ja, er hat den Rettungseinsatz geleitet«, keuchte Stas, als sie Lizzie auf den Rücken klopfte. »Du wirst mich noch umbringen.«

Sie ließ ihre Freundin los. »Und es geht ihm gut?«, drängte sie, denn sie musste es noch einmal mit eigenen Ohren hören.

»Soweit ich weiß, ist der Einsatz wie geplant verlaufen und du bist hier.« Stas packte ihre Schultern, als müsste sie sich daran festhalten. »Es war ein ziemlich anstrengender Tag.« In ihrer Stimme lag ein Anflug von Mattigkeit, die Lizzies freudige Erregung dämpfte.

Irgendetwas hatte sie übersehen.

Alle sind am Leben. Sie sollten eigentlich feiern, doch Stas schien ganz und gar nicht in der Stimmung zu sein. Sie war zwar dankbar, doch sie strotzte nicht gerade vor Ausgelassenheit.

Der Tod war sicher eine traumatische Erfahrung. Und es war nicht weniger verwirrend, am nächsten Morgen …

Oh. Oh nein.

»Du bist eine Hydraianerin«, erkannte sie und stieß die Luft aus.

»Das sage ich doch schon die ganze Zeit über. Und was zum Teufel ist das unter deinem T-Shirt?«, fragte sie und rieb ihr über den Bauch. »Es hat sich angefühlt, als würde ich einen Baumstamm umarmen.«

»Es ist eine Akte«, erklärte Lizzie, doch ihr war klar, dass Stas nur versuchte, das Thema zu wechseln. Sie war aufgewühlt. Sehr sogar. Und plötzlich wurde ihr klar, warum es so schmerzhaft für sie war, eine Unsterbliche zu werden. »Issac.«

Sie bedeckte ihren Mund, als Stas in sich zusammensackte. Lizzie wusste, dass es keinen Sinn machte, sie jetzt zu umarmen. Stas würde nur in Tränen ausbrechen.

Ihre Freundin schwieg viel zu lange, bevor sie flüsterte: »Ich bin noch nicht bereit, darüber zu sprechen.«

»Oh, Stas«, sagte Lizzie leise. »Oh Gott, es ist alles meine Schuld.«

»Nein«, blaffte Stas. »So etwas darfst du nicht sagen. Jonathan hat den Abzug gedrückt und dafür werde ich ihn umbringen.«

»Dazu wirst du sicher noch Gelegenheit haben«, sagte Issac, als er auf sie zu schlenderte. Lizzie fragte sich, ob er sie die ganze Zeit über beobachtete hatte. Auf jeden Fall hatte er sich einen ziemlich signifikanten Moment ausgesucht, um in Erscheinung zu treten.

»Es gibt ein viel größeres Problem.« Er warf einen Blick auf Lizzie. »Willkommen zu Hause, Elizabeth. Ich will euch die Wiedersehensfreude nicht verderben, aber Astasiya wird dringend gebraucht. Amelia und Eliza haben sich angeboten, Elizabeth in der Zwischenzeit Gesellschaft zu leisten.«

»Was ist los?«, fragte Stas, deren Mundwinkel sich nach unten zogen, als er sich neben sie stellte, ohne sie zu berühren. Der Anblick brach Lizzie das Herz.

Sie können nicht zusammen sein. Weil Stas bei dem Versuch, mich zu retten, gestorben ist.

»Es macht den Anschein, als hätte Osiris die Ältesten als Geisel genommen«, murmelte Issac. »Wir haben versucht, die Wächter zu befragen, doch als wir mit ihnen sprechen wollten, haben sie sich allesamt die Kehle aufgeschlitzt.«

Lizzie schnappte nach Luft und bedeckte ihren Mund. »Wie bitte? Geht es Jayson gut?«

»Das müssen wir erst noch herausfinden«, antwortete Issac, dessen Tonfall für Lizzies Geschmack viel zu förmlich war. »Soweit wir in Erfahrung bringen konnten, hat Osiris die Wächter dazu gezwungen, die Ältesten schutzlos zurückzulassen. Dann hat er seine Macht zur Schau gestellt, indem er ihnen befohlen hat, sich selbst zum Schweigen zu bringen, wenn sie zu der Entführung befragt werden. Es beweist überflüssigerweise, wie machtvoll er sogar über weite Entfernungen hinaus ist.«

»Oh mein Gott«, hauchte Stas, während Lizzie versuchte, nicht in Ohnmacht zu fallen. »Werden sie es überleben?«

»Ja, und sie werden sich an alles erinnern.« Er hielt inne, um seine Worte wirken zu lassen.

Es musste schrecklich sein, sich an den eigenen Selbstmord zu erinnern, der zudem nicht freiwillig verübt worden war.

Lizzie erzitterte. Osiris wollte, dass sie sein Kind zur Welt brachte. Was für eine Art Monster hätte sie ihm geboren?

Bei der Vorstellung drehte sich ihr der Magen um und dann kam ihr ein Gedanke, der noch viel schrecklicher war. Er zerriss ihr fast das Herz und sie krümmte sich vor Schmerz zusammen.

»Jayson«, flüsterte Lizzie mit gebrochener Stimme. Er war ermordet worden und wiederauferstanden, nur um möglicherweise noch einmal durch die Hand von Osiris den Tod zu finden.

Oh Gott, sie konnte den Gedanken nicht ertragen.

»Wenn Osiris vorhat, die Ältesten zu vernichten, dann wird er es sicher im ganz großen Stil tun, was uns etwas Zeit verschafft. Meiner Erfahrung nach will er uns jedoch auf ein Spielchen einladen, und Aidan ist derselben Meinung.

»Du glaubst also, dass er Bescheid weiß?«, fragte Stas mit angsterfüllter Stimme. »Über deine Freundschaft zu den Hydraianern? Über mich?«

»Ich denke, er hat es schon immer gewusst«, murmelte Issac. »Ezekiel hat etwas von einer Seherin erwähnt. Wenn es wahr ist, dann hat Osiris uns von Anfang an an der Nase herumgeführt. Dennoch ist Aidan davon überzeugt, dass ein Wahrsager nicht alle möglichen Ergebnisse einer Situation vorhersagen kann, und er hat einen Plan ausgearbeitet.«

»Und wie lautet der?«, wollte Stas wissen.

Issac betrachtete sie mit ausdrucksloser Miene. »Er will dich zu Osiris schicken.«

Stas wurde blass. »Wie bitte?«

»Sein Plan baut darauf auf, dass Osiris nichts von deinen Fähigkeiten ahnt, und er denkt, dass wir das Überraschungsmoment nutzen können, um die Situation zu retten.« Issac klang so unbeteiligt und so gar nicht wie der Mann, den Lizzie kannte. Wusste er denn nicht, dass er mit seinem Verhalten die gespannte Lage zwischen ihnen nur noch verschlimmern würde?

»Was hast du für ein Gefühl dabei?«, fragte Stas mit sanfter Stimme.

Issac schwieg für einen langen Moment, bevor er

antwortete: »Meine Gefühle sind nicht von Bedeutung. Aidan ist ein strategischer Meister und ich unterwerfe mich seiner Weisheit.«

Stas war der Schmerz förmlich anzusehen, als sie seine viel zu vernünftige Antwort hörte. Lizzie hätte ihm am liebsten eine Ohrfeige verpasst, weil er so kalt und herzlos war. Wenn ihre Stimmbänder noch funktioniert hätten, dann hätte sie ihrem Missfallen Ausdruck verliehen.

Stas nickte und setzte denselben stoischen Gesichtsausdruck auf. »Nun, soviel dazu, mich geheim zu halten. Natürlich nur, wenn ich überhaupt ein Geheimnis bin.«

»Das ist wahr«, erwiderte Issac mit sanfter Stimme, als er das Gewicht verlagerte.

Der Mond erhellte sein Gesicht und Lizzie schnappte nach Luft.

Schwermut.

Sie konnte den Kummer in seinen lebhaften Augen sehen, der in seiner Heftigkeit jegliche Vernunft überstieg. Er hatte ihn vielleicht hinter seiner förmlichen Stimme verbergen können, doch der Ausdruck in seinem Gesicht sagte alles.

Er ist ein gebrochener Mann.

»Du kannst wie immer auf meine Unterstützung zählen, wie auch immer du dich entscheidest.« Er verbeugte sich ehrfürchtig, während sich seine Kehle vor Qualen zuschnürte. »Immer, Aya«, fügte er flüsternd hinzu.

Stas' Miene nahm einen gequälten Ausdruck an und zerbrach Lizzie das Herz.

Es war Issacs Art, ihr Lebewohl zu sagen.

Und ihre beste Freundin hatte keine andere Wahl, als es zu akzeptieren.

»WILLKOMMEN, JEDRICK«, sagte Osiris zur Begrüßung. Er hatte die Hände einladend ausgestreckt, doch die höfliche Geste strafte die Szene vor Jaysons Augen Lügen. Luc, Balthazar und Alik knieten mit gebeugten Köpfen auf dem Boden und Jayson war überzeugt davon, dass er sich ihnen bald anschließen würde.

Wenn er von seinen Fähigkeiten Gebrauch machen könnte, dann würde er den Scheißkerl mit der Goldkette, die er um den Hals trug, erwürgen. Leider schien er jedoch momentan nicht imstande zu sein, auf seine Gabe zurückzugreifen. Ohne Zweifel war ein Schutzsymbol oder eine Rune im Spiel oder irgendein anderer Zauber, den Osiris selbst erschaffen hatte.

Arschloch.

»Osiris«, knurrte er, als er sich neben Luc stellte. »Es ist eine Weile her, seit wir uns zum letzten Mal gesehen haben.«

»Tatsächlich?« Osiris blinzelte mit seinen uralten Augen. »Ich würde sagen, das ist eine Frage der Betrachtungsweise, doch mir kommt es so vor, als wäre es erst gestern gewesen.« Er zuckte mit den Schultern. »Nun, da ihr jetzt alle versammelt seid. Knie nieder.«

Jayson sackte zu Boden, wandte jedoch den Blick nicht von Osiris ab. Er wusste, dass der Ichorianer nicht besonders erfreut über die herausfordernde Geste sein würde, doch Jayson war es mittlerweile völlig egal.

»Und jetzt?«, wollte er wissen.

»Hast du es etwa eilig, Jedrick?«, fragte Osiris und zog eine Augenbraue in die Höhe. »Du hoffst wahrscheinlich, so schnell wie möglich zu einem bestimmten Rotschopf zurückkehren zu können, den du irrtümlicherweise als dein Eigentum betrachtest.«

»Es gibt keinen Irrtum, Osiris. Sie ist ganz und gar mein.« Und er würde alles tun, um sie zu beschützen.

»Ach ja?« Osiris wandte sich an Ezekiel. »Ich bin immer

noch überaus fasziniert. Ich kann verstehen, warum er sich zu ihr hingezogen fühlt, sie ist wirklich ein wunderschönes Exemplar, aber das klingt eher so, als wäre er verliebt. Hast du etwa nachgeholfen?«

Ezekiels Nasenflügel bebten, doch seine Lippen verzogen sich zu einem für ihn typischen Grinsen. »Ich glaube kaum, dass ich ihm unter diesen Umständen eine große Hilfe wäre, außerdem habe ich Jedrick seit über einem Jahrhundert nicht mehr gesehen.«

Jayson war sich nicht sicher, was ihn mehr faszinierte: Ezekiels unverblümte Lüge oder die tiefere Bedeutung seiner Worte.

»Ja, du warst wohl mit anderen Aufgaben beschäftigt.« Jayson entging der höhnische Unterton in Osiris' Stimme nicht. Ezekiel hatte erwähnt, dass er in letzter Zeit kaum eine Wahl gehabt hatte, was seine Handlungen betraf. Hing das eine etwa mit dem anderen zusammen?«

»Wie dem auch sei«, fuhr Osiris fort, als er sich wieder Jayson zuwandte, »was würdest du mir im Austausch für Elizabeth geben?«

»Da sie bereits in Hydria in Sicherheit ist, würde ich dir gar nichts geben.«

»Sicherheit ist relativ. Alles kann sich schlagartig ändern.« Er verschränkte die Hände hinter dem Rücken und begann, vor ihm auf und ab zu gehen. »Ezekiel könnte sie sofort zu mir bringen, wenn ich ihn darum bäte. Ich habe dafür gesorgt, dass sie nach Elizabeths erfolgreicher Geburt eine Bindung miteinander eingegangen sind, denn ich habe nicht daran geglaubt, dass Jonathan seinen Teil der Abmachung einhalten würde. Ich muss es ihm nur befehlen. Wie wäre es mit einer Demonstration?«

Die eindeutige Drohung brachte Jayson in Rage. »Du Hurensohn, wenn du sie auch nur anfasst …«

»Du solltest dich wirklich beruhigen, bevor ich mich dazu

entschließe, dir Manieren beizubringen«, sagte Osiris tadelnd. »Du könntest so viel von Elizabeth lernen. Vielleicht sollte ich dir gestatten, sie noch ein Weilchen zu behalten. Doch ich bin immer noch neugierig – was würdest du mir im Austausch für sie geben?« Er ging zu Luc und fuhr mit den Fingern durch sein blondes Haar. »Vielleicht deinen König? Würdest du ihn für Elizabeth opfern?«

Jayson rutschte das Herz in die Hose, während er kein Wort herausbrachte.

Luc für Lizzie?

Er konnte nicht … er würde nicht …

»Oder vielleicht deinen besten Freund, den Gedankenleser?« Osiris tätschelte Balthazar den Kopf, wie man es mit einem geliebten Haustier tun würde. »Er ist sehr mächtig und könnte mir durchaus von Nutzen sein. Oder ich könnte bei dem nächsten Konklave ein Exempel an ihm statuieren.« Er wandte sich mit nachdenklicher Miene um. »Entscheidungen über Entscheidungen. Hm.«

»Warum?«, brachte Jayson hervor. »Warum tust du das?«

»Weil du mir etwas genommen hast, was mir gehört, Jedrick. Hast du eine Ahnung, wie lange ich auf ihre Schöpfung gewartet habe? Und wie viele Versuche wir unternommen haben, bis sie perfekt war?« Er hielt inne und wartete. »Nein? Natürlich weißt du es nicht, doch du wagst es, sie für dich zu beanspruchen. Wie unglaublich undankbar von dir, nach allem, was ich dir gegeben habe.«

Jaysons Mund bewegte sich, doch es kamen ihm keine Worte über die Lippen. Wie sollte er einem Geisteskranken antworten? Das Einzige, was Osiris ihnen je gegeben hatte, war der Tod. Warum sollte Jayson dafür dankbar sein?

»Sire«, unterbrach Ezekiel ihn mit zaghafter Stimme, »wir nähern uns der Stunde, die die Seherin prophezeit hat.«

»Ah, richtig, die Zukunft.« Osiris verschränkte die Hände vor seinem Körper und trat einen Schritt zurück.

»Ich will unbedingt wissen, was unserer Skye verborgen geblieben ist.«

Jayson entging nicht, wie Ezekiel zusammenzuckte.

Ist es der Name oder sind es die Worte, die ihm Schmerzen bereiten?

»Ich würde es trotzdem liebend gern wissen«, fügte Osiris hinzu. »Was würdest du mir im Austausch für Elizabeth geben? Wenn ich dir mein Ehrenwort gebe, dass ich sie nie wieder behelligen würde und darauf wartete, bis wir eine weitere ihrer Art geschaffen haben. Was würdest du mir geben?«

»Dein Ehrenwort?«, wiederholte Jayson mit erstickter Stimme, »bedeutet mir einen feuchten Dreck.«

»Möglicherweise, doch das ist unerheblich. Ich will wissen, was du für sie opfern würdest. Ich will eine ehrliche Antwort von dir hören. Sofort.«

Der Befehl spann seine Fäden um Jaysons Herz und um seine Seele und entlockte seiner Kehle die Antwort. Er wollte sie nicht aussprechen und wollte nicht über die Bedeutung seiner Worte nachdenken.

Verdammt …

Denn sie kamen einem Verrat gleich, einem gebrochenen Gelübde, das Tausende von Jahren alt war.

Doch tief im Inneren kannte er die Wahrheit. So sehr es auch schmerzte, er konnte nicht lügen.

»Alles«, krächzte er und neigte niedergeschlagen den Kopf. »Ich würde alles für sie geben.«

Weil er sie liebte. Mehr als alles auf der Welt, einschließlich seiner besten Freunde und Brüder.

Eine Träne kullerte ihm über die Wange, als das uralte Band zerbrach, das sein Blut mit dem ihren vereinigt hatte. Zum ersten Mal in ihrem Leben hatte sich jemand über ihr heiliges Bündnis erhoben.

»Faszinierend«, murmelte Osiris. »Absolut faszinierend.

Vielleicht überlasse ich sie dir am Ende doch, zumindest für den Moment.«

Jayson war nicht imstande, den Kopf zu heben oder etwas zu sagen. Was sollte er dem noch hinzufügen? Er hatte seine Freunde auf schreckliche Weise verraten, für eine Frau, die er mehr liebte als das Leben selbst.

Es entbehrte jeglicher Logik und widersetzte sich all seinen Prinzipien, doch er musste Elizabeth Watkins beschützen. Und er würde alles in seiner Macht Stehende tun, um seinen Eid zu erfüllen.

Selbst wenn er für sie sterben müsste.

Denn sie würde für immer in seinem Herzen sein.

Ich liebe dich, Rotschopf.

Kapitel Siebenundzwanzig

Dann beginnt es also …

Mitbewohnerin des Testobjekts hat sich für ein Praktikum bei der CRF beworben. Gönner wurde informiert und hat die Anstellung genehmigt.

Eintrag 121.05.4-7

»Das ist eine schreckliche Idee«, sagte Tom.

»Möglicherweise«, stimmte Stas zu. »Aber es bleibt uns nichts anderes übrig.« Sie reichte ihm einen Ohrhörer, der ausschließlich für ihr Team gedacht war.

Sie waren von mehreren Hydraianern sowie Issac, Tristan und Mateo umringt, die alle kampfbereit und dementsprechend gekleidet waren. Sie trugen dunkle Kleidung und Tarnfarben, sowie eine Vielzahl unterschiedlicher Waffen. Issac hatte dunkle Jeans und Kampfstiefel angezogen, von denen sie nicht einmal gewusst hatte, dass er sie besaß. Sie selbst hatte sich für ein langärmliges Hemd und eine Hose entschieden, die beide dunkelgrün waren.

Der Plan war im Grunde relativ einfach. Stas sollte als

Ablenkung dienen, während die anderen sich Osiris und seinen Gefolgsleuten näherten und die Ältesten befreiten.

Aidan schätzte ihre Erfolgsquote auf etwa sechzig Prozent. Immerhin war dieser Plan besser als die anderen, bei denen sie nur eine vierzigprozentige Chance auf Erfolg gehabt hätten.

Tom steckte sich die neue Kommunikationseinheit ins Ohr. Er stellte die andere stumm, behielt sie jedoch in seinem anderen Ohr, um auf eine mögliche Unterhaltung zwischen Jayson und Osiris zu lauschen.

»Ich habe keine Ahnung, wohin Ezekiel ihn gebracht hat«, sagte Tom, während Stas ein eiskalter Schauer über den Rücken lief.

»Ezekiel?«, wiederholte sie mit heiserer Stimme. »Er ist hier?«

»Ja.« Er runzelte die Stirn. »Es tut mir leid, Stas.«

Sie schluckte und schüttelte den Kopf. »Kein Problem.« Jeder, der jedoch den Frosch in ihrem Hals gehört hatte, hätte sie mit Leichtigkeit durchschaut.

Issac zog eine Augenbraue in die Höhe und fragte im Stillen: *Schaffst du das?* Er wusste, wie schockiert sie gewesen war, als sie Ezekiel zum ersten Mal getroffen hatte. Der Mann hatte ihre Eltern umgebracht, und zwar auf brutale Weise. Sie hatte den Eindruck, dass die anderen nicht von seiner Schuld überzeugt waren, doch Stas erinnerte sich lebhaft an jene Nacht. Diese pechschwarzen Augen würden sie für immer in ihren Albträumen verfolgen.

»Astasiya«, murmelte Issac.

Alle starrten sie an.

Sie schüttelte wieder den Kopf.

»Ja, es ist alles in Ordnung.«

Ihr Dämon schien nicht überzeugt zu sein. Normalerweise würde er sie jetzt in den Arm nehmen, doch er wahrte eine höfliche Distanz. *Du stößt mich schon jetzt von dir*, dachte sie traurig. Allerdings konnte sie ihm deshalb keinen Vorwurf machen. Ein Tropfen ihres Blutes würde ihn auf der Stelle töten und ihnen beiden war sein Leben mehr wert als ihre Beziehung.

Stas würde Issac lieber jeden Tag sehen, ohne ihn berühren zu können, statt ihn nie wieder zu Gesicht zu bekommen.

Ein schmerzendes Gefühl der Einsamkeit erfasste ihr Herz und bestätigte sie in ihrem Entschluss, sich der bevorstehenden Aufgabe zu stellen. Sie würde sich auf ihre Frustration und Verzweiflung konzentrieren und nicht an die Angst denken, die Ezekiel in ihr auslöste.

Ich schaffe das.

»Es geht mir gut«, wiederholte sie mit fester Stimme.

Issac blickte ihr noch einen Moment länger in die Augen und nickte dann. »In welche Richtung sind sie gegangen, Thomas?«, fragte er und widmete sich wieder dem Schlachtplan.

»Sie sind im Unterholz verschwunden.« Tom zeigte auf die Baumgrenze. »Ich habe versucht, sie zu verfolgen, doch dann habe ich sie etwa hier aus den Augen verloren.« Er hob den Finger und deutete auf eine Baumgruppe in einiger Entfernung.

»Und da komme ich ins Spiel«, sagte Brian, ein Hydraianer mit einem Talent für die Spurensuche. Stas hatte den großen, schlaksigen Mann zuvor in Hydria gesehen, doch sie war ihm bis heute Abend nicht offiziell vorgestellt worden. Seine Fähigkeit war nicht besonders stark ausgeprägt, denn er konnte, ähnlich einem Jagdhund, lediglich einen Geruch verfolgen, doch ihre Auswahlmöglichkeiten waren beschränkt.

»Warte mal, Kumpel. Ich spüre etwas«, sagte Mateo. »Was ist hier passiert?« Er zeigte mit einem Kopfnicken auf das Feld neben der Stelle, die wie ein Abbruchgelände aussah.

Tom folgte seinem Blick. »Dort hat Ezekiel sich mit Jayson

getroffen.«

Mateo grinste. »Hervorragend. Er hat einen Peilsender hinterlassen.«

»Das kannst du fühlen?«, fragte Tom mit schockierter Stimme. Stas erging es nicht anders.

»Ich habe eine technische Begabung«, erwiderte der blonde Mann mit einem Augenzwinkern. »Jacque?«

»Alles klar.« Er verschwand und erschien keine fünf Sekunden später mit einem silbernen, rechteckigen Kasten in der Hand. Es geschah so schnell, dass Stas sein Verschwinden und Wiedererscheinen kaum wahrnahm.

Beeindruckend.

Mateo nahm ihm den Kasten ab und begann, sich daran zu schaffen zu machen. Stas verstand zwar die Grundlagen der Elektronik, doch sie konnte dem Ichorianer nicht das Wasser reichen. Er öffnete einen Bildschirm und grinste. »Jetzt haben wir einen Standort.«

»Sie sind immer noch dort«, sagte Issac, als er die Position näher betrachtete. »Das bestätigt meinen Verdacht. Er wartet auf uns.«

Tristan trat einen Schritt vor, um sich die Karte genauer anzusehen. »Denkst du, dass es eine Falle ist, Issac?«

»Ich glaube, dass er uns etwas Bestimmtes sagen will, doch ich fürchte mich davor, was das zur Folge haben könnte.« Issac fuhr sich mit den Fingern durchs Haar und seufzte. »Was eine mögliche Falle angeht, so gibt es nur einen Weg, das herauszufinden.«

»Schon dabei«, sagte Jacque und verschwand wieder.

Issac starrte auf die Stelle, an der der Teleporter eben noch gestanden hatte, und schüttelte den Kopf. »Das habe ich nicht damit gemeint. Wir wissen nicht, welche Schutzsymbole Osiris konstruiert hat, um uns einzufangen oder …«

»Erledigt«, verkündete Jacque, als er plötzlich wieder neben Issac erschien. »Die Ältesten sind am Leben und außer ihnen scheinen nur Ezekiel und Osiris vor Ort zu sein. Ich habe mich ungehindert an ein paar Stellen materialisieren können und habe einen Platz gefunden, an dem ich Stas absetzen kann.«

Alle starrten ihn an.

»Das war ein gefährliches Manöver«, bemerkte Issac trocken.

»Dann erfreut es dich sicher nicht, zu hören, dass ich mich beinahe an Lucs Seite teleportiert hätte, um zu sehen, ob ich ihn mir schnappen könnte. Doch stattdessen habe ich mich dazu entschieden, zurückzukommen und euch Bericht zu erstatten. Soll ich mich noch einmal auf den Weg machen und es versuchen?« Normalerweise hätte der Sarkasmus in seiner Stimme Stas ein Lächeln entlockt, doch nicht in diesem Moment. Sie war mit Issac einer Meinung, dass er leichtsinnig gehandelt hatte, obwohl sie sich eingestehen musste, dass sie sich während der vergangenen Monate selbst oft genug zu weit aus dem Fenster gelehnt hatte.

»Du bist während deiner kurzen Existenz ziemlich überheblich geworden«, sagte Tristan mit einem Grinsen, wobei er seine Worte als Kompliment meinte. »Ich bin beeindruckt.«

Issac räusperte sich. »Wir müssen uns konzentrieren.«

»Ja, und wir müssen uns neu positionieren«, sagte Tom und begann, seine Utensilien zusammenzupacken. »Es wird Zeit für die Ablenkung.«

Stas nickte und streckte die Hand nach Jacque aus. »Wir treffen uns dort.«

Issac packte ihr Handgelenk, bevor sie den Teleporter berühren konnte. Seine saphirblauen Augen brannten sich in ihr Innerstes, als er alles mit einem Blick zum Ausdruck brachte. Ihr Herz setzte einen Schlag aus, als er sie mit dieser vertrauten Intensität anstarrte.

Er wollte nicht, dass sie ging. Und selbst wenn sie mit ihm

übereinstimmte, so war es doch der Plan, der die größte Chance auf Erfolg hatte.

Und sie konnte es schaffen.

Mit seiner Unterstützung.

»Issac«, flüsterte sie, wobei sie sich der anderen im Raum bewusst war. »Aidan hat genau das vorgeschlagen.«

»Das ist mir klar«, erwiderte er und trat einen Schritt auf sie zu. »Doch das heißt noch lange nicht, dass mir die Idee gefällt.«

Sie wagte es, zaghaft eine Hand auf sein Herz zu legen. »Du wirst direkt hinter mir sein.«

In seinen Pupillen spiegelten sich seine Gefühle wider, als er eine Hand an ihre Wange legte.

Er hat Angst, dachte sie.

»Ich habe darauf trainiert«, erinnerte sie ihn. »Es kommt vielleicht früher als erwartet, aber ich kann es schaffen.« Sie brauchte sein Vertrauen und zeigte ihm mit ihren Augen, wie sehr sie sich danach sehnte. »Bitte, Issac, du musst mich gehen lassen.«

Die Worte waren wie ein Messerstich in ihr Herz und sie konnte an seinem Gesichtsausdruck sehen, dass er genauso fühlte.

Mein Gott, es tat so weh.

Sie hasste es.

Sie hasste das Schicksal.

Sie hasste ihr verfluchtes unsterbliches Blut.

Sie hasste einfach alles.

Doch vor allem hasste sie den gebrochenen Ausdruck in seinen Augen, als er zustimmend nickte. Es war wie der Anfang vom Ende. Sie beide hatten gewusst, dass es unausweichlich war, doch es schien so ungerecht, nicht selbst die Wahl treffen zu können, weil sie ihnen einfach entrissen worden war.

Es wird immer nur dich geben, gelobte ihre Seele. *Immer.*

»Pass auf dich auf, Aya«, flüsterte er.

Issac trat einen Schritt zurück, während seine Augen voller Emotionen schimmerten.

»Danke.« Sie würde auf ewig seinen uneingeschränkten Glauben an sie in Ehren halten. Er verabscheute den Gedanken, sie auf diese Mission zu schicken, doch er vertraute darauf, dass sie Erfolg haben würde. Und das bedeutete ihr mehr als alles andere.

»Ich werde auf dich warten«, sagte sie, als sie ihre Hand wieder nach Jacque ausstreckte. »Du wirst mich finden.«

»Immer«, erwiderte Issac.

Ihre Umgebung veränderte sich, als Jacque sie tief im Wald etwa einhundert Meter von dem Peilsender entfernt absetzte. »Ich bin gleich zurück«, flüsterte er.

Stas geriet ins Taumeln, als sie mit sich haderte.

Konzentriere dich, forderte ihr Verstand.

Weine, flehte ihr Herz sie an.

Das kann ich später noch tun.

Sie atmete tief durch, ging in die Hocke und ließ den Blick über die Umgebung schweifen. Ursprünglich hatten sie vorgehabt, sich auf Brian zu verlassen und zu hoffen, dass er ihnen die richtige Richtung weisen würde, doch der Peilsender war verlässlicher.

Ihr Ziel war es, Osiris lange genug abzulenken, um den anderen die Gelegenheit zu geben, ihn und seine Lakaien außer Gefecht zu setzen. Dadurch lastete eine große Verantwortung auf ihren Schultern.

Sie zitterte. *Ich kann es schaffen.*

Dabei war es nicht gerade hilfreich, dass sie sich noch genauso fühlte wie zuvor. Tom hatte dasselbe gesagt, nachdem er als Unsterblicher wiedererwacht war. Die anderen hatten ihr versichert, dass es »völlig normal« war und ihre Fähigkeiten zum Vorschein kommen würden, wenn sie sie brauchte.

Zumindest hoffte sie das.

»Wir sind in Position«, murmelte Issac durch den Ohrhörer, wobei er sie mit seiner Stimme auf eine Weise beruhigte, wie kein anderer es vermochte. »Zeig uns, was du kannst, Liebes.«

Die liebevollen Worte berührten ihre Seele und machten ihr Mut. Er wusste immer genau, was sie brauchte.

Sie räusperte sich und musste trotz der widrigen Umstände grinsen. »Das werde ich.«

Die vier Ältesten knieten auf einer Lichtung hinter den Bäumen zu Osiris' Füßen. Ezekiel stand neben ihm und hatte die Hände hinter dem Rücken verschränkt.

Wo sind deine Lakaien? Jacque hatte sie vielleicht nicht finden können, doch Stas wusste, dass sie irgendwo sein mussten.

Auf der anderen Seite brauchte ein Mann mit Osiris' Fähigkeiten und Macht im Grunde keine Armee.

Stas versteckte sich zwischen den Bäumen und achtete darauf, lautlos über den Waldboden zu schleichen. Stark hatte ihr während der letzten Monate vor allem bezüglich der Kunst der Tarnung und des Angriffs eine Menge beigebracht. Er hatte sie ein Naturtalent genannt, was sie ihren übermenschlichen Genen zuschrieb.

Zudem hatte sie viele Abende damit verbracht, mit Issac zu trainieren, um ihre Fähigkeiten zu verbessern und sich in der Kunst der Überzeugung zu üben. Sie hatte gelernt, dass ihre Befehle keine zeitliche Begrenzung hatten und ihre Wirkung andauerte, solange sie die Verbindung der mentalen Fäden aufrechterhielt. Sobald sie sie fallen ließ, endete ihre Überzeugungskraft. Das durfte sie nicht vergessen, wenn sie Osiris gegenübertrat.

»… soll ich wählen?« Seine uralte Stimme schwebte durch die Luft und jagte ihr einen Schauer über den Rücken.

Sie hatte dasselbe vertraute Gefühl, das sie auch bei ihrem ersten Treffen mit ihm empfunden hatte, während sie gleichzeitig von einer unterschwelligen Angst begleitet wurde.

Hinter seiner formalen Fassade lauerte das Böse. Sie war Zeugin seines Sadismus geworden, als sie von der ersten Reihe seines Amphitheaters beobachten musste, wie er eine Frau gefoltert hatte.

Kranker Wichser.

»Um die Antwort auf diese Frage zu bekommen, wirst du mir noch einmal deinen Willen aufzwingen müssen«, knurrte Jayson, als Stas hinaus auf die Lichtung trat.

»Oder ich benutze einfach Alik.« Osiris lächelte. »Damit er dir Schmerzen …« Er verstummte, als sein Blick auf Stas fiel. Es überraschte sie, dass er sie nicht schon früher bemerkt hatte, und deutete darauf hin, dass er möglicherweise tatsächlich allein war. Den Attentäter neben ihm nicht mitgezählt.

»Oh, beachtet mich gar nicht«, sagte sie, während in ihrer Stimme ein Selbstvertrauen mitschwang, das sie jedoch nicht empfand. »Ich schlendere hier nur ein bisschen herum.«

Jaysons Kopf wirbelte herum, wobei er schockiert den Mund öffnete, während die übrigen Ältesten weiterhin den Kopf gesenkt hatten und sich nicht rührten.

Sie sind seiner Kontrolle unterworfen.

»Sieh mal einer an«, sagte Ezekiel mit einem Grinsen. »Willkommen zur Party, Astasiya.«

Osiris zog eine Augenbraue in die Höhe. »Astasiya?« Er betrachtete sie mit einem eindringlichen Blick. »Du kommst mir bekannt vor.« Er klang fast neugierig, wenn auch ein wenig gelangweilt. »Wann sind wir uns begegnet?«

»Du erinnerst dich nicht?«, fragte sie mit gespielter Enttäuschung. »Ich nehme an, dass du viel zu beschäftigt damit warst, dich auf einen Abend vergnüglicher Folter vorzubereiten.« Sie blieb etwa drei Meter vor ihm stehen und ließ ihre Arme lose neben ihrem Körper hängen.

Er ließ seine uralten grünen Augen an ihr auf- und abgleiten, wobei seine Miene darauf schließen ließ, dass er sie nicht sonderlich interessant fand. »Deine Unverfrorenheit langweilt mich. Ich werde mich um dich kümmern, wenn ich hier fertig bin. Bleib einfach …«

»Sei ruhig, Osiris.« Sie sprach die Worte wie beiläufig aus, doch sie waren mit der Kraft der Überzeugung unterlegt. »Es ist unhöflich, jemanden so voreilig abzuweisen, vor allem wenn du nichts über die Person weißt.«

Er öffnete den Mund, doch ihm kam kein einziges Wort über die Lippen, woraufhin er die Augen schockiert aufriss.

»Siehst du, was ich meine?«, fragte sie, während sie ihre ganze mentale Kraft mit dem Befehl verwob und ihn unter Kontrolle hielt. Solange er nicht sprechen konnte, konnte er auch niemanden seinem Willen unterwerfen.

»Wunderbar«, sagte Ezekiel mit gedämpfter Stimme. »Aber achte gar nicht auf mich. Ich bin nur hier, um die Show zu genießen.« Er hielt abwehrend die Hände in die Höhe und blieb dann reglos neben Osiris stehen. »Bitte fahre fort.«

Stas dachte daran, ihn ebenfalls verstummen zu lassen, doch er schien eher belustigt als bedrohlich zu sein. Osiris machte ebenfalls einen vergnügten Eindruck, als seine Lippen sich zu einem überschwänglichen Lächeln verzogen, das ihre Entschlossenheit fast ins Wanken gebracht hätte.

Sie wurde von einer düsteren Vorahnung gepackt, doch sie zwang sich dazu, sich zu konzentrieren. Sie musste ihre Freunde befreien und danach in weite Ferne fliehen.

Jacque hatte sie alle darüber informiert, dass Osiris den Telepathen unter den Ältesten dazu gezwungen hatte, seine Freunde einer mentalen Folter zu unterziehen. Als Erstes würde sie sich diesem Problem widmen.

»Gib Alik frei und unterwirf ihn nicht länger deinem Willen.«

Die Spannung in der Luft wurde schwächer, doch die drei Ältesten knieten immer noch auf dem Boden. Stas nahm an, dass sie alle durch die Macht der Worte in die Knie gezwungen worden waren.

Sie ließ den Befehl hinsichtlich Alik fallen, denn er wurde nicht länger gebraucht, dann konzentrierte sie sich wieder mit geballter Kraft darauf, Osiris das Sprechen zu verbieten.

Er schien jetzt noch beeindruckter zu sein, als er sie wieder von oben bis unten musterte. Der Scheißkerl applaudierte ihr sogar und jagte ihr damit einen Schauer über den Rücken. Sie hatte sein Interesse so wenig wie möglich auf sich ziehen wollen, doch jetzt hatte sie seine ungeteilte Aufmerksamkeit.

Er machte eine Handbewegung, als wollte er sie dazu ermutigen fortzufahren.

Sie hatte keine andere Wahl, als seiner Aufforderung nachzukommen, wenn sie die Ältesten befreien wollte.

»Befreie Balthazar, Lucian, Alik und Jayson aus deinem Bann der Überzeugung.«

Luc und Balthazar fielen zitternd zu Boden, während Alik auf den Hacken saß und ausdrucklos vor sich hinstarrte.

Jayson stand jedoch auf. Er war offensichtlich nicht derselben Folter wie seine Freunde unterzogen worden. »Du solltest nicht hier sein«, sagte er zur Begrüßung. »Aber ich will mich nicht beschweren.«

Sie ignorierte die Bemerkung und ließ ihren letzten Befehl fallen, um sich wieder voll auf Osiris' Sprachvermögen zu konzentrieren.

Das Grinsen auf dem Gesicht des Monsters wurde noch breiter.

Er breitete die Arme aus, als wollte er fragen: *Was wirst du jetzt tun?*

Sie hatte mehr Widerstand erwartet. Entweder hatten die anderen sämtliche weitere Bedrohungen ausgeschaltet oder er war tatsächlich allein. »Ezekiel, sag mir, wo eure Verstärkung sich versteckt hält.« Sie musste mehr Kraft als erwartet aufbringen, um den Mörder ihrer Eltern direkt anzusprechen, doch sie schaffte es, ihre Stimme bis auf leichtes Beben ruhig zu halten.

Der Attentäter bedachte sie mit einem selbstgefälligen Grinsen. »Du stehst vor ihm, aber ich habe strikte Anweisungen, niemandem Schaden zuzufügen.« Er warf seinem Meister einen vielsagenden Blick zu.

Osiris zuckte nur ungerührt mit den Schultern. Für Stas' Geschmack machte er immer noch einen viel zu vergnügten Eindruck. Sie überprüfte die Stärke des Sprechverbots und stellte fest, dass der Befehl immer noch stark und unbeugsam war.

»Sind wir so weit, um mit der Show fortzufahren?«, fuhr Ezekiel fort, während er seine gold gesprenkelten Iriden um Bestätigung heischend nach links wandte.

Osiris nickte, wandte jedoch den Blick nicht von Stas ab. Er schien fast erfreut zu sein. Es war ein gruseliger Ausdruck, den sie nie wieder an ihm sehen wollte, vor allem nicht, wenn es dabei um *sie* ging.

»Hervorragend. Den anwesenden Ichorianern soll ich mitteilen, dass der Verrat an eurer Rasse nicht ungestraft bleiben wird, doch für heute wird euch eine vorübergehende Amnestie gewährt.« Er sah auf und blickte über ihre Schulter. »Und wenn du daran denkst, uns zu erschießen, Thomas, dann würde ich dir davon abraten. Die Seherin hat vorausgesagt, dass es böse enden würde. Außerdem scheint Astasiya Osiris unter ihrer Kontrolle zu haben. Nicht schlecht für einen hübschen kleinen Engel.«

Das altertümliche Wesen nickte beifällig, während seine Augen freudig funkelten.

»Woher kennt der Scheißkerl meinen Namen?«, knurrte Tom durch den Ohrhörer.

»Es macht den Anschein, als hätten sie diese Entwicklung

vorausgesehen«, antwortete Issac. »Das würde auch erklären, warum Osiris die Ältesten nur gefoltert hat, statt sie zu töten. Er will uns lebend, zumindest für den Moment.«

»Und? Soll das etwa bedeuten, dass wir ihnen denselben Gefallen erweisen müssen?«, fragte Tom ungläubig.

»Ich würde gern die Absicht hinter diesem Treffen erfahren, daher denke ich, wir sollten sie ebenfalls verschonen. Und wie Ezekiel bereits angedeutet hat, weiß Osiris, dass wir hier sind, was mich nur noch mehr fasziniert. Außerdem würde ich sagen, dass Astasiya die Situation im Griff hat.« Der Stolz in Issacs Stimme war Balsam für ihr gebrochenes Herz.

Doch das bedeutete nicht, dass sie mit ihm einer Meinung war und die beiden Männer am Leben lassen wollte.

Sie waren Mörder.

Böse, abscheuliche Kreaturen, die es verdient hatten zu sterben.

Töte sie, ermutigte sie eine innere Stimme. Es wäre so leicht.

Sie könnte dem Attentäter befehlen, sich selbst zu erstechen.

Nein.

Sie würde ihn dazu zwingen, sich selbst zu enthaupten.

Sie hatte ein grausames Bild vor Augen, als ihre Lippen sich zu einem Lächeln verzogen.

Sie brauchte nicht mehr als ein paar Worte.

Schneide dir den Kopf ab.

Grässlich.

Es würde meinen Rachedurst befriedigen.

Und du würdest dir nie dafür vergeben können.

Aber sie wären tot.

Tu es …

Sie öffnete den Mund, als sie über den Befehl nachdachte. *Töte sie.* Die Kraft der Überzeugung hüllte sie in einen Schleier der Dunkelheit, während ihr alle Haare zu Berge standen. Es wäre so leicht …

»Aya«, sagte Issac leise über Funk, »konzentriere dich.« Stas blinzelte und wurde aus ihren dunklen Gedanken herausgerissen.

Sie überprüfte sofort den Befehl, mit dem sie Osiris zum Schweigen gebracht hatte, und stellte fest, dass er nur noch an einem losen Faden hing. Sie festigte ihn sofort mit ihrem Verstand und verbannte ihre niederträchtigen Sehnsüchte. Sie waren immer gegenwärtig und lauerten darauf, sie über die Klippe zu reißen und in den Abgrund zu ziehen.

Ihre Macht war berauschend und konnte süchtig machen. Und sie könnte sie dazu benutzen, unglaubliche Schmerzen zu verursachen.

Sie blickte Osiris in die Augen und sah einen Ausdruck von Stolz, der darin schwelte. Ihr drehte sich der Magen um.

Er hat es gewusst.

Denn er hieß die verruchten Begierden mit offenen Armen willkommen, die von dieser Macht entfesselt wurden. Sie hatte ihn in Aktion gesehen und wusste genau, wozu er fähig war. Sie hatte beobachtet, wie sehr er diese niederträchtigen Spielchen genoss.

Ich bin nicht du.

Er grinste nur. Soweit sie wusste, konnte er keine Gedanken lesen, doch sein allwissender Blick beunruhigte sie.

»Osiris ist gesichert«, sagte sie ins Mikrofon.

»Ja«, murmelte Ezekiel. »Und als ein Zeichen des guten Willens erlaubt Osiris dem Teleporter, den verehrten König der Hydraianer zu holen.«

Stas kniff die Augen zusammen. »Ich glaube, es ist eine Falle.«

»Keine Falle, Astasiya. Lediglich ein Zeichen vorübergehenden Friedens.« Sie betrachtete den Attentäter und den zufriedenen Ichorianer neben ihm. Das alles gefiel ihr ganz und gar nicht, doch sie wussten genau, in welcher Lage sie sich befanden.

Wegen der Seherin.

»Ich glaube ihm«, sagte Issac über Funk. »Er hat keinen Grund zu lügen.«

»Das sehe ich anders, Wakefield. Er hat *allen* Grund zu lügen. Lass mich ihn erschießen.«

»Halte dich zurück, Thomas.« Der autoritäre Unterton in Issacs Stimme drang durch ihren Ohrhörer und übte eine beruhigende Wirkung auf sie aus. »Jacque, hole Lucian.«

Jacque zögerte nicht. Er teleportierte sich zu Luc und war innerhalb eines Augenblicks wieder verschwunden.

Ezekiel lächelte. »Na also, das war doch nicht so schwer, oder?«

»Was sollte das Ganze?«, fragte Jayson und verschränkte die Arme. »Ist es die Strafe dafür, dass wir Lizzie gerettet haben?« Er war immer noch der einzige Älteste, der aufrecht stand. Stas wusste nicht, wozu Osiris Alik gezwungen hatte, doch Balthazar lag heftig zitternd auf dem Boden, während der Telepath unbeweglich in der Hocke saß und mit toten Augen ins Leere starrte.

Er hat keine andere Wahl gehabt, als seinen besten Freund zu foltern … Der Gedanke ließ sie erzittern.

Ezekiel lächelte verschmitzt. »Elizabeth ist ein wichtiger Grund für unser heutiges Treffen, das ist richtig. Sie ist etwas ganz Besonderes und Osiris hätte sie gern zurück.«

»Nur über meine Leiche«, knurrte Jayson.

»Das lässt sich sicher arrangieren«, murmelte Ezekiel, als Osiris ihn an den Arm tippte. Sie tauschten einen Blick aus und der Attentäter grinste. »Offensichtlich hat mein Sire beschlossen, ihr die Freiheit zu schenken. Zumindest für den Moment.«

»Für den Moment?«, wiederholte Stas. »Was zum Teufel soll das bedeuten?«

»Ich habe den Eindruck, dass seine Prioritäten sich verschoben haben, kleiner Engel.« Seine gold gesprenkelten Augen funkelten. »Du bist ihm ein Rätsel, meine Liebe. Und er ist fasziniert von dir.«

Ein eiskalter Schauer lief ihr über den Rücken, als sie sich der Bedeutung seiner Worte bewusst wurde. »Sein Interesse gilt jetzt mir.«

»Es macht den Anschein, denn eigentlich dürftest du gar nicht existieren.« Er warf einen Blick auf seine Armbanduhr und seufzte. »Wir haben nun mehrere mögliche Entwicklungen, die diese Situation hätte durchlaufen können, überschritten. Ich würde also sagen, es wird Zeit, dass Issac auf der Bildfläche erscheint. Bitte. Osiris würde gern mit ihm sprechen.«

Der uralte Ichorianer nickte und wandte endlich den Blick von ihr ab, um erwartungsvoll nach links zu spähen. Ihr Dämon schlenderte eine Sekunde später mit ausdrucksloser Miene auf sie zu, wobei Tristan und Mateo ihn zu beiden Seiten flankierten.

»Ein Test meiner Loyalität«, sagte Issac, als er auf direktem Weg zu ihr ging und sich neben sie stellte. »Du hast es die ganze Zeit über gewusst.«

Osiris zuckte mit der Schulter.

»Teilweise«, murmelte Ezekiel. »Die Seherin hat Osiris vor dieser Entwicklung gewarnt, wobei sie noch einige andere vorhergesagt hat. Doch die Vision der ultimativen Bedrohung blieb ihr leider verborgen.«

»Stas«, warf Jayson ein, als Jacque wiederauftauchte, um Balthazar mitzunehmen. Er verschwand blitzschnell wieder, doch niemand sagte etwas. »Deine Seherin konnte sie nicht identifizieren.«

»Ganz genau«, erwiderte Ezekiel zufrieden. »Und da dies nun erledigt ist, können wir jetzt gehen?« Er warf Osiris einen fragenden Blick zu, doch dieser schüttelte den Kopf.

Er starrte Stas begierig mit seinen uralten Augen an.

»Du willst etwas sagen«, erkannte sie.

Ein Nicken.

»Kommt gar nicht infrage.« Sie weigerte sich, ihm auch nur einen Zentimeter entgegenzukommen. »Meiner Meinung nach sollten wir dich töten.«

Er blickte sie mit einem enttäuschten Ausdruck im Gesicht an und wandte sich dann Issac zu. Sie unterhielten sich lautlos miteinander, während die anderen sie beobachteten.

»Gibt es eine Möglichkeit, ihm seine Sprache wiederzugeben und ihm gleichzeitig seine Überzeugungskraft zu nehmen?«, fragte Issac, während er weiterhin Osiris anstarrte.

»Du willst wissen, was er zu sagen hat?« Sie konnte nichts gegen den argwöhnischen Unterton in ihrer Stimme tun. Das konnte einfach nicht sein Ernst sein.

»Das ist richtig«, sagte Issac zur Bestätigung. »Vor allem, da es höchstwahrscheinlich dich betreffen wird.«

»Dem stimme ich zu«, meldete Jayson sich zu Wort.

»Ich bin dafür, dass wir ihn einfach erschießen«, sagte Tom über Funk. Er schien die einzige Stimme der Vernunft zu sein.

»Das würde ich nicht tun«, sagte Ezekiel in warnendem Ton, bei dem Stas erschrocken aufhorchte. »Die Seherin hat diese Möglichkeit bereits vorausgesehen, Thomas, und du würdest damit keinen Erfolg haben.«

Stas runzelte die Stirn. »Du kannst ihn hören?«

»Natürlich nicht, aber ich kenne die Prophezeiung. Skye irrt sich nie.« Bei den letzten Worten umspielte ein Zucken seine Lippen, als würde er absichtlich eine Reaktion unterdrücken wollen. »Ihr könntet natürlich alle einen Versuch wagen, doch ihr habt keine Ahnung, womit ihr es tatsächlich zu tun habt.«

»Immun«, krächzte Alik.

Ezekiels Lippen verzogen sich zu einem zaghaften Lächeln. »Ja, Alik hat es auf die harte Tour herausfinden müssen, aber Osiris und ich sind beide gegenüber hydraianischen und ichorianischen Kräften immun. Außerdem werden die Feuerkugeln in deinem Gewehr unsere Schutzschilde nicht durchbrechen können. Doch wie ich schon sagte, ihr könnt es gern versuchen.«

»Das ist wirklich toll, doch ihr vergesst, dass ich Osiris gerade unter Kontrolle habe«, sagte Stas, womit sie seine Theorie Lügen strafte.

»Das ist richtig, meine Kleine. Gut gemacht.« Ezekiel verschränkte wieder die Hände vor seinem Körper. »Wollen wir uns alle auf einen vorübergehenden Waffenstillstand einigen und uns miteinander unterhalten oder soll Thomas versuchen, den Abzug zu drücken?«

»Halt dich zurück, Tom«, sagte Jayson, dessen Stimme keine Widerrede zuließ. »Ich will hören, was Osiris zu sagen hat.«

»Ich auch«, stimmte Issac zu. »Astasiya, bitte?«

Sie blickte überrascht in seine lebhaften Augen. Bitte? Wirklich? Stas konnte ihm nie einen Wunsch abschlagen, wenn er sie nett darum bat, und das wusste er. Doch das konnte einfach nicht sein Ernst sein.

»Er ist ein Monster.«

»Möglicherweise, aber er hat Balthazar und Lucian gestattet, unversehrt nach Hydria zurückzukehren. Außerdem hat er uns einen vorübergehenden Waffenstillstand zugesagt und ich glaube ihm.«

Stas starrte ihn mit offenem Mund an.

»Vertraue deinen Ältesten, mein Kind«, sagte Ezekiel. »Sie spielen dieses Spiel schon viel länger als du.«

Sie bedachte den Attentäter mit einem finsteren Blick, sagte jedoch nichts. Der Mann, der ihre Eltern ermordet hatte, hielt es für angebracht, ihr einen Ratschlag zu erteilen.

Sie hatte gute Lust, ihm zu ihrem Vergnügen zu befehlen, Selbstmord zu begehen.

Sie konnte das Bild förmlich vor sich sehen, das den dunkelsten Winkeln ihrer Seele ein teuflisches Lächeln entlockte.

Es wäre so leicht.

»Aya«, sagte Issac und strich mit der Hand über die ihre. »Bitte.«

Das war schon das zweite Mal.

Sie schloss die Augen. Das erste Mal war bereits schwer genug gewesen, doch das zweite konnte sie nicht mehr ignorieren. »Okay«, flüsterte sie. »Ich werde es tun.«

Sie wollten hören, was Osiris zu sagen hatte, also würde sie ihm seine Stimme zurückgeben. Aber sie hoffte, dass sie zumindest in Erwägung zogen, ihn danach zu töten.

Stas ging einige Formulierungen im Geiste durch, während die anderen warteten. Der Befehl musste prägnant sein, wobei keinerlei Spielraum bleiben durfte, durch den man ihn anderweitig interpretieren könnte. Andernfalls könnte es böse enden.

»Osiris, wende deine Überzeugungskraft an niemandem an, der sich innerhalb eines Radius von einem Kilometer von deinem jetzigen Standpunkt befindet.«

Ihre Worte schienen ihn viel zu sehr zufriedenzustellen, als er erwartungsvoll nickte.

Sie verfolgte im Geiste die Fäden zu dem Befehl, der ihn vom Sprechen abhielt, und trennte sie ab.

»Danke, mein Kind«, sagte er. Die Tatsache, dass er spüren konnte, wie der Bann aufgehoben wurde, sagte viel über seine Macht aus. »Du musst noch viel lernen. Erstens solltest du wissen, dass die Stimme keine Voraussetzung dafür ist, um andere deinem Willen zu unterwerfen. Und zweitens ist unsere gemeinsame Fähigkeit im Grunde keine *zwanghafte Überzeugung*. Ich habe während unserer gesamten

Unterhaltung über meine Kräfte verfügt, habe jedoch davon abgesehen, von ihnen Gebrauch zu machen, und werde es auch weiterhin tun.«

Das vergnügte Funkeln in seinen Augen verschwand, als er sich Issac zuwandte. Stas wartete darauf, dass Osiris sein wahres Gesicht zeigte und einen grauenvollen Befehl aussprach, doch er sagte nur: »Das Konklave wird nie wieder so sein, wie es einmal war. Ich würde dich auffordern, dem nächsten beizuwohnen, doch ich will deine Intelligenz nicht beleidigen.«

Issac würdigte die Bemerkung mit einem leichten Kopfnicken, mit dem er seinen Respekt zum Ausdruck brachte. »Ich nehme an, wir werden uns bald wiedersehen, Sire.«

Osiris erwiderte die Geste. »Du hörst nicht auf, mich zu beeindrucken, Issac, sogar wenn du ungehorsam bist. Ich werde diese Unterhaltung wahrscheinlich für mich behalten, zumindest für den Moment. Bitte richte Aidan meine Grüße aus. Ich werde ihn vermissen.«

»Natürlich«, erwiderte Issac auf freundliche Art, wobei er hinsichtlich der Bemerkung über Aidan keinerlei Reaktion zeigte.

»Viel Glück. Bis zum nächsten Mal.«

»Gleichfalls, Sire.«

Stas konnte kaum glauben, dass sie wie alte Freunde miteinander plauderten. Gerade als sie dachte, diese verquere Welt zu verstehen, führten die Unsterblichen eine ungezwungene Unterhaltung miteinander, während sie sich die ganze Zeit über unterschwellig drohten.

Ach übrigens, ich werde wahrscheinlich bald den Versuch unternehmen, dich zu töten.

Du kannst es gern versuchen.

Das werde ich. Nichts für ungut.

Aber nicht doch.

Wunderbar.

War das ihr Ernst? Aus diesem Grund würde die Welt zu einem Ende kommen? Weil sie alle gemeinsam eine Tasse Tee genossen, um sich dann anschließend mental die Scheiße aus dem Leib zu prügeln?

Großartig.

Ihr gedanklicher Sarkasmus verstummte, als Osiris sich wieder ihr zuwandte.

So alt. So grausam.

»Ich muss sagen, dass ich mich sehr darüber freue, dich kennenzulernen, Astasiya. Ich habe jahrzehntelang versucht, einen neuen Günstling zu erschaffen, der meinen alten, gebrochenen ersetzen würde, und muss nun feststellen, dass das, was ich brauchte, bereits existierte. Nämlich du.« Er wandte sich an Ezekiel. »Ich bin beeindruckt, dass Sethios es geschafft hat, sie so lange vor mir zu verbergen. Seine Widerstandsfähigkeit ist wirklich beeindruckend.«

»In der Tat, Sire«, stimmte er mit ausdrucksloser Stimme zu.

»Deine Fähigkeiten sind sehr selten, mein Kind«, fuhr Osiris fort. »So selten, dass sie mir deine Herkunft verraten. Du bist die Tochter von Caro und Sethios.« Seine Lippen verzogen sich zu einem begierigen Lächeln, während sie um Luft rang. »Oder würdest du es vorziehen, wenn ich dich ›Enkelin‹ nenne?«

Sie riss die Augen auf, während ihre Kehle wie ausgedörrt war.

Wie bitte?

Die Tochter von Caro und Sethios?

Sie öffnete den Mund, um ihm zu widersprechen, schloss ihn jedoch wieder, als sie die Richtigkeit seiner Worte anerkennen musste.

Die Namen von Stas' Eltern waren Caroline und Seth,

doch ihr Vater hatte ihre Mutter oft Caro genannt. Und *Sethios* war *Seth* ziemlich ähnlich.

Aber »Enkelin«?

Kam er ihr deshalb so bekannt vor?

Grüne Augen … Sie hatten dieselbe Färbung wie ihre eigenen. Und die ihres Vaters.

Nein.

Sie schüttelte den Kopf und wollte es nicht wahrhaben.

Nein. Es war einfach ... Nein.

Es war unmöglich.

Sein Sohn wäre ein Hydraianer, und Hydraianer konnten sich nicht fortpflanzen.

Es sei denn, es hätte eine Frau wie Lizzie existiert, und Ezekiel hatte bereits angedeutet, dass diese Möglichkeit bestand. War ihre Mutter ein Produkt der CRF gewesen?

»Osiris und ich sind beide gegenüber hydraianischen und ichorianischen Kräften immun.«

»Ihr vergesst, dass ich Osiris gerade unter Kontrolle habe.«

»Das ist richtig, meine Kleine. Gut gemacht.«

Die Unterhaltung spielte sich noch einmal in ihrem Kopf ab. War es nur eine List gewesen? Eine Lüge, um ihnen falsche Hoffnungen zu machen? Ein Hinweis? Eine Art, um ihre psychologischen Spielchen zu treiben?

Osiris wandte sich wieder an Ezekiel. »*Enkelin* ist die korrekte Bezeichnung, richtig?«

»Ja, Sire.« Er blickte sie mit seinen dunklen Augen an und sie hätte schwören können, einen gequälten Ausdruck über sein Gesicht huschen zu sehen.

»Hervorragend.« Osiris starrte Stas noch einmal an. »Ich freue mich schon auf unsere nächste Unterhaltung, mein Kind. Ich würde dir vorschlagen, bis dahin eine passendere Bezeichnung für unsere Gabe zu finden. Wie wäre es zum Beispiel mit *übersinnliche Überredungskunst*?« Er zwinkerte ihr zu und packte Ezekiel am Arm. »Bis bald, Astasiya.«

»Bis zum nächsten Mal«, fügte Ezekiel mit einem Nicken hinzu.

Sie verschwanden in der Dunkelheit, während Stas wie angewurzelt dastand und mit offenem Mund auf das Loch starrte, das sie sowohl tatsächlich als auch in ihrem Inneren hinterlassen hatten. Nach dieser schockierenden Enthüllung hatte sie sich nicht einmal mit dem Gedanken auseinandersetzen können, ihn anzugreifen.

»Großvater?«, flüsterte sie, während ihr Verstand zu zerspringen drohte.

»Ich bin hier, Liebes.« Issac zog sie in seine Arme. »Ich werde nirgendwohin gehen.«

Sie schmiegte sich wie ferngesteuert an ihn, denn sie sehnte sich nach seinem Duft und brauchte seinen Trost. »Er ist … Ich kann nicht …«

»Geh zu Elizabeth«, sagte Issac über ihrem Kopf. »Ich kümmere mich um den Rest.«

»Wir müssen darüber reden«, sagte Jayson.

»Das ist wahr«, stimmte ihr Dämon zu. »Später.«

»Ja«, erwiderte Jayson. »Später.«

Issac strich mit den Lippen über Stas' Schläfe. »Wir finden eine Lösung, Aya.«

Die unterschwellige Bedeutung seiner Worte brachte die dünnen Mauern, die sie um ihre Emotionen errichtet hatte, zum Bröckeln.

»Issac«, flüsterte sie zitternd, als die Welt um sie herum zerbrach. Sie hielt sich an ihm fest, als ihre Beine versagten. Er fing sie auf, wie er es versprochen hatte, und hob sie in seine Arme.

Sie gab sich ihrer Ohnmacht hin, als der letzte Rest ihrer Selbstkontrolle verschwand.

Großvater …

Was würde das für sie bedeuten?

Kapitel Achtundzwanzig

Du bist einzigartig

Erinnerungen wurden restlos gelöscht und menschliche Eindrücke gemäß den Vorgaben des Gönners implantiert. Testobjekt wird zu Simulationszwecken bald an die Familie Watkins übergeben werden.

Eintrag 118.03.4-7

Lizzie legte die Mappe auf den Esstisch. »Ich habe keine Ahnung, wo ich anfangen soll.«

Amelia und Eliza saßen ihr gegenüber. Sie waren zwei völlig Fremde, die es sich zur Aufgabe gemacht hatten, Lizzie in Jaysons Haus willkommen zu heißen, nachdem Jacque sie in Hydria abgesetzt hatte.

Die beiden Frauen hatten versucht, sie mit einer Dusche, frischen Kleidern und einer sehr großen Tasse heißer Schokolade abzulenken. Lizzie musste immerzu an Jayson denken und bangte um seine Sicherheit, doch sie versuchte, gute Miene zum bösen Spiel zu machen, denn Amelia und Eliza waren ebenso besorgt wie sie selbst.

»Ich würde vorschlagen, dass du am Anfang beginnst«,

sagte Amelia, als sie mit ihren eleganten Fingern die Mappe aufschlug.

Sie hatte zuvor erwähnt, dass sie mit der CRF vertraut war, und Jayson hatte das Thema kurz angeschnitten, als sie auf Bora Bora waren. Er hatte Lizzie außerdem darüber informiert, dass Amelia und Tom ein Paar waren. Durch die Neuigkeit hatte sie sich wie eine Außenseiterin gefühlt, denn der Mann, der sie wie eine Schwester behandelt hatte, hatte sich ohne ihr Wissen verliebt. Sie glaubte, ihn überhaupt nicht mehr zu kennen.

»Es sieht aus wie eine Reihe von Logbucheinträgen.« Amelia überflog die Worte, während sie sprach. »Vereinzelte Informationen über die Jahre, die du im Labor verbracht hast.« Sie blätterte zum Ende. »Und auch außerhalb, denke ich.«

»Es handelt sich um einen Code«, meldete sich Eliza zu Wort, deren tiefschwarze Augen funkelten, als sie die Einträge las. »Die erste Ziffer ist immer eine Eins, doch die folgenden Nummern scheinen in bestimmten Abständen anzusteigen. Wie alt bist du?«

»Vierundzwanzig«, antwortete Lizzie. »Fast fünfundzwanzig.« Eliza nickte, als sie zum hinteren Teil der Akte blätterte. »Dann liege ich richtig, mit den nächsten beiden Ziffern wurde dein Alter vermerkt. Zum Beispiel ist dieser Eintrag hier eins null vier, das bedeutet, dass du zu diesem Zeitpunkt vier Jahre alt warst. Und ich wette, dass der nächste Satz die Monate beziffert, denn die Nummern sind nie größer als zwölf. Die letzten sind dein Projektname, vier Strich sieben.«

»Hm«, überlegte Lizzie. »Dann handelt es sich also um ein chronologisches Verzeichnis meines Lebens.«

»Es ist eine qualitative Fallstudie«, erklärte sie. »Laborwissenschaftler bedienen sich oft dieser Methode. Ich nehme an, dass irgendwo auch ein quantitativer Bericht existiert, aber diese Einträge hier sind ohnehin viel wichtiger. Die anderen bestehen sicher nur aus Nummern und Statistiken.«

Lizzie blätterte ein paar Seiten um und suchte nach ihrem achtzehnten Lebensjahr. Sie wollte eine Theorie bestätigen, die Osiris ihr in den Kopf gesetzt hatte und die ihre Erinnerung betraf. Inmitten der Ereignisse des gestrigen Tages hatte sie keine Gelegenheit gehabt, darüber nachzudenken, doch jetzt musste sie es wissen.

Sie überflog den Eintrag zu ihrem achtzehnten Lebensjahr im dritten Monat.

Eliza und Amelia lasen ebenfalls mit und erblassten, als sie die Tragweite der Informationen verstanden.

»Dann stimmt es also«, murmelte Lizzie. »Ich besitze keinerlei eigene Erinnerungen. Sie haben alles ausgelöscht und mir ein falsches Gefühl meiner Identität vermittelt.« Das erklärte auch, warum ihre Erinnerungen derart verschwommen waren und sie sie nicht richtig greifen konnte. Wie ihre Erinnerung an Rom. »Interessant.«

Doch was bedeutete das für ihre Persönlichkeitsentwicklung? Ihre Höflichkeit und ihre Unschuld waren ihr einprogrammiert worden. Sie hatte Männer nie begehrt, weil sie ihr befohlen hatten, es nicht zu tun.

Sie blätterte zum Ende der Akte, um nach irgendwelchen Einträgen über Jayson zu suchen.

Nichts.

Dann hatten sie ihn also nicht zu ihrem Partner gemacht. Zumindest nicht absichtlich.

Es gab noch eine Handvoll Einträge, bei denen es um ihre Schwärmerei für Tom ging. Amelia wurde rot, als sie die Zeilen las, und Lizzie räusperte sich. »Ich … Das ist schon lange her.«

»Es ist schon in Ordnung.« Amelia lächelte sie mit

erröteten Wangen an. »Ich kann verstehen, warum du dich zu ihm hingezogen gefühlt hast.«

Eliza verdrehte die Augen. »Ihr beide solltet wirklich in dein altes Haus ziehen. Ich kann bei B wohnen.«

»Wir bauen uns ein eigenes Haus«, sagte Amelia. »Es ist fast fertig. Dann kann Jayson seine eigenen vier Wände zurückhaben.«

»Ganz im Ernst, mein Angebot steht«, drängte Eliza. »Ich verstehe, dass ihr mir zu Anfang meinen Freiraum geben wolltet, und ich weiß es sehr zu schätzen, aber ich kann mir durchaus ein Haus mit B teilen. Er versucht nicht, nun, du weißt schon.«

Amelias Augen funkelten. »Ich weiß. Er hat mich auch immer nur wie eine Schwester behandelt.«

Lizzie schluckte. »Ich fühle mich durch ihn eingeschüchtert.«

»Oh, darauf wette ich«, erwiderte Eliza. »Aber ich habe gehört, dass du Jayson gut im Griff hast, was darauf schließen lässt, dass B kein Problem darstellen wird.«

»Ich habe nicht … Es ist nicht so …« Sie schüttelte nervös den Kopf. »Ich will Jayson.« Als sie ihre überraschten Gesichter sah, fügte sie hinzu: »Ich will *nur* Jayson und sonst niemanden.«

»Wenn das nicht das beste Willkommensgeschenk der Welt ist, Rotschopf«, ertönte eine tiefe Stimme hinter ihr. »Obwohl eine Umarmung auch nicht schlecht wäre.«

Lizzie wäre fast vom Stuhl gefallen, als sie die Arme nach ihm ausstreckte. Er packte ihre Hüften und hob sie in die Luft, als sie ihre Arme um seinen Nacken schlang.

Real. Er ist real.

Sie hatte es nicht glauben wollen und sich dagegen gesträubt, sich von der Hoffnung blenden zu lassen, bis sie ihn berührte.

Und er fühlte sich lebendig, heiß und hart an.

In den Designerjeans und dem langärmeligen, dunkelgrünen Hemd war er genau so, wie sie ihn in Erinnerung hatte. Selbst das leicht zerzauste Haar war perfekt.

Sie presste die Nase an seinen Hals und atmete seinen Zederndufte ein.

Sehr, sehr real.

Er legte seine Hände auf ihren Hintern, als sie die Beine um seine Taille schlang. Die Shorts, die Eliza ihr geliehen hatte, rutschten ihre Schenkel hinauf, doch Lizzie war es egal.

»Du bist hier«, hauchte sie. »Du lebst.«

Er lachte. »So wie du.« Er ließ eine Hand nach oben gleiten, um seine Finger mit ihren Haaren zu verweben, dann zog er behutsam ihren Kopf zurück. »Du hast mir gefehlt, Rotschopf«, flüsterte er, als er ihr in die Augen blickte. »So sehr, dass es schmerzte.«

»Du hast mir auch gefehlt.« Sie ließ den Blick liebevoll über sein Gesicht gleiten und brannte jede einzelne starke und männliche Kante in ihr Gedächtnis ein. »Ich dachte, du wärst tot.«

»Ich bin hier, Liz«, sagte er leise. »Und ich werde nirgendwohin gehen. Das verspreche ich dir.«

Sie beugte sich vor, um ihn zu küssen, doch sie hielt inne, als sich jemand räusperte. Lizzie sah auf und ihr Blick fiel auf den Mann, der in der Eingangshalle stand.

»Es tut mir leid, ich wollte euch nicht unterbrechen.« Tom fuhr sich mit den Fingern durch sein blondes Haar und wirkte verlegen. »Ich wollte dir nur sagen, wie froh ich bin, dass es dir gut geht, Liz.« Das Zögern in seiner Stimme versetzte ihr einen Stich im Herzen. Früher war er in ihrer Gegenwart nie derart unsicher gewesen. Allerdings durfte sie dabei nicht vergessen, dass sie sich die letzten Male immer nur unter unliebsamen Umständen gesehen hatten.

Jayson zog an einer Strähne ihres Haares, um sie auf sich

aufmerksam zu machen. »Soll ich euch einen Moment allein lassen?«, fragte er mit sanfter Stimme.

Sie schluckte. Er bot ihr die Gelegenheit, sich mit Tom zu unterhalten, aber nur, wenn sie es wollte.

Wollte sie es?

Ihre Beziehung würde nie wieder wie früher sein, was auch für ihre Beziehung zu Stas galt, doch das bedeutete nicht, dass sie ihn für immer hassen wollte. Sie waren momentan zwar keine Freunde mehr, doch sie könnten es wieder sein. Und über die Jahre vielleicht sogar enge Freunde.

Und wenn es wahr war, was die Ärztin zu Lizzies genetischer Beschaffenheit angedeutet hatte, dann würde sie bis in alle Ewigkeit auf Erden wandeln. So wie alle anderen auf dieser Insel.

Amelia ging um den Tisch und zog Tom in ihre Arme, wobei sie ihm etwas ins Ohr flüsterte. Er nickte, doch er hatte einen traurigen Ausdruck um die Augen. Lizzie hatte ihn noch nie so gesehen. War er ihretwegen bedrückt? Weil sie nicht mit ihm sprechen wollte? Weil sie sich weigerte, ihm zu vergeben?

Er war gestorben.

Und sie war bei seiner Beerdigung gewesen.

Und er hatte sie auf furchtbarste Weise belogen.

Doch der Schmerz seines Verlusts war nichts im Vergleich zu den Qualen, die sie nach Jaysons Tod durchlitten hatte. Vom logischen Standpunkt her konnte sie verstehen, warum Tom sie im Dunkeln gelassen hatte. Er hatte sie wie immer beschützen wollen. Es entschuldigte zwar nicht sein Verhalten, doch er trug das Herz am rechten Fleck.

»Ich würde gern mit ihm reden«, beschloss Lizzie. »Aber geh nicht zu weit weg.«

Jayson antwortete mit einem Kuss, der ihre Welt aus den Angeln hob. »Ab jetzt wirst du mich nicht mehr los, Rotschopf.« Er küsste sie noch einmal und setzte sie dann behutsam ab. »Gib mir Bescheid, wenn du fertig bist. Wir müssen noch einiges besprechen.«

Sie wusste nicht, ob sein ernster Unterton beabsichtigt war, doch sie hatte das Gefühl, als hätte ihr gerade jemand einen Eimer Eiswasser über den Kopf gegossen.

Sie hatte sich so gefreut, ihn zu sehen, dass sie etwas Wichtiges vergessen hatte.

Das Baby.

Wollte er darüber mit ihr sprechen? Nein, natürlich nicht. Er konnte es unmöglich wissen.

Oh Gott. Wie würde er wohl reagieren?

Er hatte dreitausend Jahre lang Sex gehabt, ohne die Konsequenzen fürchten zu müssen ... Er würde sicher nicht erfreut sein.

Es machte ihre Geschichte für sie beide nur allzu präsent. Sie war eine Frau, die in einem Labor erschaffen wurde. Welcher Mann würde so etwas wollen? Lizzie unterlag einer Klassifizierung, die es eigentlich nicht gab. Sie war ein Seraph, der in einem menschlichen Mutterleib geschaffen wurde.

»Lizzie.« Jayson umfasste ihr Gesicht mit beiden Händen. »Schreib mich nicht zu früh ab, Schätzchen. Sprich mit Tom und danach werden wir uns unterhalten, in Ordnung?«

Sie schluckte und nickte. »O-okay.« Er hatte offensichtlich keine Ahnung, denn sonst wäre er sicher nicht so gelassen.

Eins nach dem anderen.

Eine Unterhaltung mit Tom wäre ein Kinderspiel im Vergleich zu dem Gespräch, das sie mit dem Vater ihres Kindes führen würde. Sie zwang sich zu einem Lächeln und Jayson strich mit dem Finger über ihre Lippen.

»Hab ein wenig Vertrauen in mich«, flüsterte er.

In seinen sanften braunen Augen lag so viel Verehrung, dass ihr Herz hoffnungsvoll zu flattern begann. Dies war der Mann, der für sie niedergekniet war, sich ein Halsband hatte anlegen lassen und gestorben war. Er war vielleicht nicht angetan von der Idee, Vater zu werden, doch zumindest wäre er bereit, darüber zu sprechen. Und was ihre Andersartigkeit betraf, so wusste er bereits darüber Bescheid und betrachtete sie immer noch genauso liebevoll wie zuvor.

Sie hatte ein Leben lang mit ihrer Unsicherheit zu kämpfen gehabt, während ihr ständig versichert wurde, dass sie nicht gut genug war, doch all diese Gefühle lösten sich schlagartig auf, als ihr bewusst wurde: *Für Jay bin ich gut genug.*

Weil er sie liebte. Und sie liebte ihn.

»Natürlich vertraue ich dir«, erwiderte sie voller Überzeugung. Sie hatte ihm von dem Moment an vertraut, in dem er ungeladen einfach in ihre Wohnung spaziert war. Es war, als hätte ihre Seele die seine erkannt.

»Wir reden später weiter, Rotschopf«, murmelte er mit einem Lächeln. »Zuerst solltest du mit Tom sprechen.«

Sie erwiderte sein Lächeln. »Okay.«

Er strich mit den Lippen über ihre Stirn und trat einen Schritt zurück, um sich an die anderen im Raum zu wenden. »Ich werde Amelia und Eliza erzählen, was geschehen ist. Wir warten draußen.«

Tom nickte. »In Ordnung.«

»Geht es allen gut?«, fragte Amelia, als Jayson die Vordertür öffnete.

»Körperlich, ja.« Lizzie konnte seine Antwort hören und runzelte die Stirn.

»Was soll das bedeuten?«, fragte sie an Tom gewandt.

»Osiris hat Alik dazu gezwungen, seine mentalen Kräfte gegen Luc und Balthazar zu richten, und er macht sich deshalb große Vorwürfe. Obendrein hat Stas herausgefunden, dass Osiris möglicherweise ihr Großvater ist.«

Lizzie riss die Augen auf. »Wie bitte?«

»Ja …« Tom rieb sich übers Gesicht und kratzte sich am Kinn. »Allerdings verstehe ich nicht ganz, wie das mit ichorianischen Genen funktionieren soll.«

»Glaubst du ihm?«

Tom zuckte mit den Schultern. »Ganz ehrlich, nach allem, was er heute wusste? Es ist durchaus möglich. Oder er will uns auf ihre Kosten eins auswischen.«

»Meine Güte«, hauchte Lizzie. »Ist sie hier in Hydria? Ich sollte zu ihr gehen. Sie ist sicher sehr einsam.«

»Wakefield ist bei ihr.«

»Tatsächlich?« Es überraschte sie, nachdem sie sein Verhalten am Strand gesehen hatte. »Bist du sicher?«

»Oh ja.« Tom schüttelte den Kopf. »Ich bin zwar nicht sein größter Fan, aber er behandelt sie gut, das muss ich ihm lassen.«

Sie nickte zögerlich. Sie hatte gesehen, wie viel Stas ihm bedeutete, selbst wenn er zuvor ein wenig distanziert war. »Sie ist in guten Händen.«

»Soweit würde ich vielleicht nicht gehen, aber wie du meinst.« Die Stimmung im Raum änderte sich kaum merklich, als sie von ihrer gemeinsamen Freundin auf das eigentliche Thema zu sprechen kamen.

»Verdammt, Lizzie, ich finde es furchtbar, dass du wütend auf mich bist. Ich weiß, dass ich es verdient habe, und ich werde mein Bestes tun, deine Entscheidung zu respektieren, falls du nie wieder mit mir reden willst. Aber ich will dich wissen lassen, dass ich dir nie wehtun wollte. Niemals.«

Er legte sich eine Hand an den Nacken. »Es ist alles so schnell geschehen. Hat Jayson dir erzählt, was passiert ist?«

Sie schob die Emotionen beiseite, die in ihr aufstiegen, und sagte: »Er hat erwähnt, dass du Amelia aus einer misslichen Lage befreit hast. Außerdem sagte er, dass ihr beide euren Tod vorgetäuscht habt.«

Tom nickte. »Das ist milde ausgedrückt, aber im Grunde richtig. John hat mir den Auftrag erteilt, Amelia mitten im Nirgendwo zu bewachen. Die Dinge, die sie ihr angetan haben …« Er ballte die Hände zu Fäusten. »Sagen wir einfach, dass ich etwas dagegen unternehmen musste. Doch die einzige Möglichkeit, sie zu beschützen, bestand darin, John davon zu überzeugen, dass wir tot waren. Ich konnte dich nicht in die Sache hineinziehen, Liz. Nicht, ohne dich auch in Gefahr zu bringen.«

»Deshalb hast du mich allein in New York mit einer Horde Ichorianern und der CRF zurückgelassen.« Sie konnte nichts gegen den Sarkasmus in ihrer Stimme tun. Denn die Stadt war vermutlich der gefährlichste Ort von allen.

»Ich habe nur einen kurzen Blick in deine Akte werfen können und habe zufällig gehört, wie mein Vater über das Serum gesprochen hat, das dir verabreicht wurde. Luc war der Meinung, dass du es möglicherweise brauchst, um am Leben zu bleiben. Wir wollten nicht riskieren, dich von der Quelle abzuschneiden, ohne absolut sicher zu sein. Und aus diesem Grund haben wir Jay geschickt.« Er senkte seine Hände und ließ sie lose neben seinem Körper hängen. »Mir war klar, dass du dadurch allein warst, aber es verging keine Minute, in der ich mich nicht um dich gesorgt habe. Ich habe dich immer vergöttert, Liz.«

»Wann haben wir uns wirklich getroffen?«, fragte sie neugierig.

Tom runzelte die Stirn. »Was meinst du damit? Du warst etwa zehn Jahre alt. Wir haben uns bei einem dieser verdammten Brunches getroffen. Erinnerst du dich nicht?«

Sie schüttelte den Kopf und nahm ihre Akte vom Tisch. »Laut dieser Unterlagen habe ich bis zu meinem achtzehnten Lebensjahr in einem Labor gelebt.«

Er trat einen Schritt auf sie zu und nahm ihr die Akte ab, um sie zu überfliegen. »Das ist Schwachsinn.«

»Das glaube ich nicht.«

»Doch, ich habe dich getroffen, als ich selbst noch ein Kind war. Ich kann mich noch daran erinnern, wie ich damals dachte, dass du die Schwester bist, die ich immer haben wollte.«

Sie schenkte ihm ein trauriges Lächeln. »Ich glaube, dass sie dir diese Erinnerung eingepflanzt haben.« Genauso wie die ihren, einschließlich der Schwärmerei für Tom, aus der nie mehr geworden war. »Es ergibt alles einen Sinn. Sie wollten, dass du die Rolle des großen Bruders übernimmst, um mich zu beschützen, während sie mir gleichzeitig suggeriert haben, dass ich mich in dich verliebt habe, um mich bei Laune zu halten.« Denn somit konnte sie nicht in Versuchung geraten, ein Interesse für einen anderen Mann zu entwickeln, bis sie bereit war, sich zu paaren.

Und dann hatte sie Jayson getroffen.

Tom las die Seite noch einmal und legte sie beiseite, wobei er heftig blinzelte. »Das … das …«

»Ist wirklich ganz schön verkorkst?«, beendete sie den Satz mit einem humorlosen Lachen. »Ja, das stimmt, aber wahrscheinlich ist es die Wahrheit.«

Er starrte sie an und wurde blass. »Ich hatte keine Ahnung, Liz.«

»Ich weiß«, erwiderte sie. »Ich gebe dir keine Schuld und ich verstehe, warum du so gehandelt hast. Das bedeutet zwar nicht, dass ich es gutheiße, aber es reicht aus, um dir vergeben zu können.«

Ihm stiegen Tränen in die Augen. »Mein Gott, wann bist du erwachsen geworden?«

Sie lachte. »Wirklich, Tom?«

»Ich meine es ernst. Du warst immer dieses zerbrechliche, sittsame kleine Mädchen. Aber du hast dich verändert und bist alles andere als sittsam. Es gefällt mir.«

Sie verdrehte die Augen. »Ich habe gefühlte sechs Jahre lang versucht, dich davon zu überzeugen, dass ich eine Frau bin, und *jetzt* hast du es endlich verstanden. Typisch.«

Er lachte und zerzauste ihr das Haar. »Du bist immer noch wie eine Schwester für mich, Liz.«

»Aber eine frauliche Schwester.«

»Natürlich«, stimmte er zu und lächelte sie mit seinen braunen Augen an, bevor er sie in seine Arme zog. Sie blieben für einen langen Moment so stehen, während er sein Kinn auf ihren Kopf legte und sie sich eng umschlungen hielten. Es fühlte sich richtig an. Nicht auf die Art, die sie empfand, wenn sie Jayson umarmte, doch auf eine freundschaftliche Weise.

»Ich wusste immer, wie schön du bist, Liz«, fügte er leise hinzu. »Aber ich habe dich viel zu sehr respektiert, um dir Avancen zu machen. Bei Stas war es nicht anders.«

»Und bei Amelia?«, fragte sie.

»Amelia«, wiederholte er, wobei seine Stimme einen tiefen Klang annahm. »Ich hatte nie eine Chance, ihr zu widerstehen.«

Lizzie lächelte, denn sie freute sich für ihn. »Du liebst sie.«

»Das tue ich«, gestand er und zog seinen Kopf zurück. »Mehr, als ich sollte.«

»Gut«, sagte Lizzie und meinte es ernst. »Ich hoffe, sie bringt dich um den Verstand.«

»Wie bitte?« Er klang belustigt und verblüfft zugleich.

»Was denn?« Sie bedachte ihn mit einem unschuldigen Augenaufschlag. »Wir wissen beide, dass du es verdient hast, Tom Fitzgerald. Oh, und übrigens, wenn du es wagst, noch einmal zu sterben, denn erwarte nicht, dass ich deiner Beerdigung beiwohne. Ich habe es schon einmal getan und weigere mich, es ein weiteres Mal durchzustehen. Also, bleib am Leben, verstanden?«

Er schluckte. »Jawohl, die Dame.«

»Gut. Wenn du mich jetzt bitte entschuldigen würdest, ich muss mit Jayson sprechen.«

Tom lachte und schüttelte den Kopf. »Du weißt, dass ich

mir euretwegen Sorgen gemacht habe, aber ich denke, du kommst gut zurecht. Ich freue mich sogar darauf.«

»Und was soll das bedeuten?«, wollte sie wissen.

Er zuckte mit den Schultern, als er in Richtung Ausgang ging. »Oh, nichts. Ich habe nur laut gedacht.« Er drehte den Türknauf. »Jay, sie gehört ganz dir. Und, äh, viel Glück, Kumpel. Bis später, Liz!« Er verließ das Haus, bevor sie etwas erwidern konnte.

»Unhöflich«, sagte sie murrend.

Jayson verschloss die Eingangstür. »Es klingt, als wäre wieder alles in Ordnung zwischen euch.«

»Das würde ich nicht sagen«, erwiderte Lizzie. »Ich bin mir ziemlich sicher, dass ich ihn jetzt liebend gern wieder töten würde.«

Er verzog belustigt die Lippen. »Tom scheint diese Wirkung auf viele Leute zu haben, doch er verfügt über sehr nützliche Fähigkeiten, deshalb werfen wir ihn nicht hinaus.«

Sie musste kichern und es fühlte sich gut an. Nach all diesen qualvollen Stunden oder sogar Tagen konnte sie ein wenig Heiterkeit vertragen.

Doch dann wurde sie schlagartig wieder ernst, als sie sich auf den Grund ihrer bevorstehenden Unterhaltung besann.

»Es ist so viel geschehen«, begann sie.

»Ja«, pflichtete er ihr bei. »Und bevor du davon anfängst, will ich dir etwas sagen.«

Sie schluckte. »Okay.«

Er wischte die Hände an seiner Jeans ab und trat mit ernster Miene auf sie zu. Sie versuchte, die Emotionen in seinen schokoladenbraunen Augen abzulesen, doch es waren zu viele, als dass sie sie hätte fassen können.

Jayson blieb vor ihr stehen und ergriff ihre Hände. »Ich habe die ganze Nacht lang überlegt, wie ich es am besten anstelle und was ich dir sagen soll, doch welche Worte ich mir auch in Gedanken zurechtlege, nichts wird der Bedeutung dieses Moments gerecht.«

Er hielt inne, um sich zu räuspern und sich über die Lippen zu lecken.

Er ist nervös.

»In den dreitausend Jahren meiner Existenz hätte ich nie geglaubt, dass es mir möglich wäre, diese Gefühle zu entwickeln. Der Gedanke an eine Familie kam für mich nicht infrage und ich habe mich damit abgefunden, weil ich wusste, dass es mir niemals vergönnt sein würde. Doch jetzt hat mir das Leben das kostbarste Geschenk gemacht, von dem ich nicht einmal gewusst hatte, dass ich es wollte. Nämlich dich.«

Sie biss sich auf die Unterlippe, um nicht in Tränen auszubrechen. Die Emotionen, die von ihm ausgingen, waren so intensiv, dass sie es kaum ertragen konnte. Ihr Herzschlag beschleunigte sich, während ihr gleichzeitig der Atem stockte. Sie wagte es nicht einmal auszuatmen, denn sie wollte kein einziges Wort aus seinem Mund verpassen.

Er blickte ihr in die Augen, als er vor ihr auf die Knie sank. »Ich kann dir nicht einmal ansatzweise erklären, Elizabeth, wie es sich anfühlt, aus einer Laune des Schicksals heraus plötzlich alles zu haben, von dem man nicht einmal wusste, dass man es wollte.«

Er ließ ihre Hände fallen und packte ihre Hüften.

»Dich zu kennen hat mich unwiderruflich verändert. Ich dachte, dass mein Verlangen nach dir nur eine vorübergehende Schwärmerei war, wie es auch bei all den anderen vor dir immer der Fall gewesen ist. Doch meine Begierde wurde mit jedem Tag stärker, bis ich sie nicht länger verleugnen konnte. Und daher habe ich die Regeln gebrochen und dich gekostet, aber, mein Gott, Liz, es war immer noch nicht genug.« Sein Griff um ihre Hüften festigte sich, als er seine Stirn an ihren Bauch presste. »Ich glaube, es wird nie genug sein.«

Tränen schimmerten in ihren Augen, als er ihr Hemd anhob, um einen ehrfürchtigen Kuss auf ihren Bauch zu drücken. Er sah mit einem anbetungsvollen Blick zu ihr auf, als er ihren Bauchnabel küsste.

»Eine Familie, Lizzie«, flüsterte er. »Ich habe nie geglaubt, je einen Sohn oder eine Tochter oder sogar eine Ehefrau haben zu können. Und ich wusste nicht, wie sehr ich mich danach gesehnt habe, bis du in mein Leben getreten bist. Ich will den Rest meines Lebens damit verbringen, dir jeden Tag dafür zu danken, dich zu lieben und zu verehren. Und ich werde alles tun, um dir zu beweisen, dass ich dieses unglaublichen Geschenkes würdig bin, Elizabeth. Ich werde dir beweisen, dass ich würdig bin, dich zu lieben und unser Kind aufzuziehen.«

Sie schniefte, als er wieder ihre Hände ergriff und seinen Rücken durchdrückte, während er weiterhin vor ihr niederkniete. »Ich will dich heiraten, Elizabeth. Ich weiß, dass es eine altmodische Tradition ist und die Menschen ihre Gelübde nur selten ernst nehmen, aber ich will mich dir im Angesicht all unserer Freunde und unserer Familie versprechen. Was wir haben, ist außergewöhnlich, Lizzie. Und ich will alles richtig machen, nicht nur für uns, sondern für unsere Zukunft.«

Er räusperte sich, während er sie mit einem liebevollen Blick ansah. »Ein Baby«, flüsterte er ehrfürchtig. »Ich werde ein Vater sein.« Er hob den Blick gen Himmel, als würde er beten. »Es ist ein Wunder, von dem ich nie wusste, dass ich es wollte, Lizzie.«

»Jayson …« Sie konnte ihn kaum sehen, da die Tränen ihr die Sicht trübten. Wenn er noch etwas sagte, würde sie zu einem schluchzenden Häufchen zusammenfallen. Sie hatte an alles Mögliche gedacht, als sie diese Unterhaltung begonnen hatten, doch das hatte sie nicht erwartet. Es war so perfekt, so tief empfunden und so richtig.

Er küsste ihre Fingerknöchel und beugte seinen Kopf über ihre Hände, während ihr die Tränen über die Wangen kullerten. »Ich habe so lange gelebt und so viele Erfahrungen gemacht und kann mit absoluter Sicherheit behaupten, dass ich noch nie für jemanden so empfunden habe wie für dich. Es mag übereilt erscheinen, vor allem für dich, aber ich weiß tief in meinem Inneren, dass es das Richtige für mich ist. Es wird nie eine andere geben und ich werde so lange wie nötig auf dich warten, bis du dasselbe fühlst.«

Seine Augen waren feucht, als er wieder zu ihr aufblickte. »Die Ewigkeit ist eine lange Zeit, aber ich will für immer mit dir zusammen sein, wenn du mich haben willst.« Er küsste ihr Handgelenk, während er ihr durch seine Tränen hindurch in die Augen blickte. »Elizabeth Watkins, willst du mich heiraten?«

Kapitel Neunundzwanzig

Für immer Pizza

Ich heiße Elizabeth.
Ab jetzt bin ich nicht mehr 4-7.

Eintrag 124.11.4-7

Jaysons Herz raste, als er darauf wartete, dass Lizzie etwas erwiderte. Irgendetwas. Selbst wenn ihr die Worte *Verpiss dich* über die Lippen gekommen wären, hätte er sich damit abgefunden, denn das Warten brachte ihn fast um.

Sie leckte sich über die Lippen, öffnete den Mund, schloss ihn und öffnete ihn dann wieder. Er verlor fast den Verstand. Noch nie hatte er eine Antwort so dringend gebraucht wie jetzt.

»Oh Gott, Jayson.« Sie schüttelte den Kopf, als ihr noch mehr Tränen über ihre geröteten Wangen kullerten. »Nein, das ist kein Nein … warte … ich bin … oh mein Gott, ich mache alles falsch.« Sie lachte und schüttelte wieder den Kopf. »Scheiße!«

Sie errötete noch mehr und es war ein hinreißender Anblick, doch gleichzeitig raubte es ihm fast den Verstand. Denn er wollte sie küssen, konnte es jedoch nicht, während sie dabei war, sich über ihre Antwort im Klaren zu werden.

Sie atmete tief durch und drückte seine Hände fester, als sie wahrscheinlich glaubte. Nach mehreren qualvollen Sekunden blickte sie ihm endlich wieder in die Augen und lächelte.

»Ja«, sagte sie und verlieh dem Wort mit ihren Augen Nachdruck. »Natürlich, ja. Immer, ja. Ich ... ich weiß nicht, wo ich beginnen soll, aber ja. Ich würde dich liebend gern heiraten.«

Adrenalin rauschte durch seinen Körper und ließ ihn aufspringen. Er zog sie in seine Arme und küsste sie leidenschaftlich. Ihr seidiges Haar fühlte sich himmlisch zwischen seinen Fingern an, als er ihren Kopf leicht nach hinten zog. Sie schmiegte sich an ihn und gab ihm, was er brauchte, während er es ihr gleichtat.

»Ich liebe dich«, flüsterte sie. »Ich weiß nicht, wie es passiert ist, aber es ist wahr.«

Er lächelte an ihren Lippen. »Ich liebe dich auch. Und ich will dich.«

»Tatsächlich?« Sie strich mit der Zunge über seine Lippen. »Und ich *brauche* dich.«

»Freches Luder.« Er hob sie in seine Arme, um sie in sein Zimmer zu tragen.

»Jay, das ist eine Tradition für die Hochzeitsnacht.«

»In diesem Haus wird es eine Tradition für jede Nacht werden. Und vielleicht sogar für jeden Morgen.«

Sie lachte, als er sie aufs Bett legte. »Ist das ein Versprechen?«

»Es ist ein Teil meines Gelübdes«, antwortete er, als er sich auf sie legte. »Ist dir klar, worauf du dich einlässt, Rotschopf?« Während er sprach, zog er sein Hemd über den Kopf.

»Auf eine Ewigkeit, die ich damit verbringen kann, deine Bauchmuskeln anzustarren?«, fragte Lizzie, als sie seinen Oberkörper bewunderte. »Nein, eine Ewigkeit, in der ich deine Bauchmuskeln streicheln darf.« Sie ließ ihre Hände über seinen Bauch gleiten.

Er packte ihre Handgelenke und drückte sie zu beiden Seiten ihres Kopfes auf die Matratze. »Nein, Rotschopf.«

»Ja, Jayson. Auf jeden Fall, ja.«

Er lachte. »Mm, nein, du hast dich auf eine Ewigkeit in meinem Bett eingelassen.«

»In unserem Bett«, verbesserte sie ihn.

Jayson lächelte. Das gefiel ihm. »In unserem Bett«, stimmte er zu, als er seine Finger über ihre Arme gleiten ließ. »Bewege deine Hände nicht.«

»Jawohl, Sir.« Der reizvolle Unterton in ihrer Stimme weckte all seine dunkelsten Begierden.

»Ich werde es genießen, dich in der Kunst der Lust zu unterweisen«, sagte er leise, als er ihre weiblichen Kurven streichelte und mit der Hand bis zum Saum ihres Hemdes wanderte. »Aber wir werden es langsam angehen lassen.« Er rollte sich von ihr ab und kletterte aus dem Bett.

»Langsam?« Lizzie stützte sich auf den Ellbogen ab. »Ich bin mir nicht sicher, ob mir ›langsam‹ zusagt, wenn du mich dabei begierig und allein im Bett liegen lässt.«

»Du hast deine Hände bewegt«, sagte er, als er die oberste Schublade seiner Kommode aufzog. »Meine zukünftige Ehefrau ist nicht sehr gut darin, Befehle zu befolgen.«

Sie schnaubte. »Deine zukünftige Ehefrau wird niemals Befehle befolgen.«

Seine Lippen verzogen sich zu einem Lächeln. »Gut. Ich will keine fügsame Frau. Eine temperamentvolle ist mir lieber.« Er fand, wonach er gesucht hatte, und stellte sich wieder ans Bett, wobei er die Hände hinter dem Rücken versteckt hatte. »Zieh dich aus.«

Lizzie streckte die Zunge heraus und leckte sich über die Unterlippe, als sie ihn ungeniert anstarrte. Sie brauchte drei Sekunden länger, als er erwartet hatte, um seinem Befehl Folge zu leisten. Sie entledigte sich zuerst ihres Trägerhemds und ließ dann ihre Shorts und die Unterwäsche folgen. Normalerweise würde er sie anhalten, sich mit mehr Hingabe zu entblößen, aber heute Nacht würde er sich damit zufriedengeben.

Er betrachtete sie einen langen Moment im gedämpften Licht seines Zimmers. »Du siehst in *unserem* Bett unglaublich aus, Rotschopf. Ich denke, ich werde dich eine Weile hierbehalten.«

Sie ließ sich in die Kissen sinken und warf ihm einen verlockenden Blick zu. Die unschuldige Frau, in die er sich verliebt hatte, existierte immer noch unter der Oberfläche, doch nach außen hin war sie ein sinnliches Weib. Sein Schwanz regte sich bei dem Anblick.

Er zeigte ihr den Gegenstand in seiner Hand, als er sich mit einem Knie auf dem Bett abstützte.

»Eine Augenbinde?«, fragte sie keuchend.

»Wir lassen es langsam angehen«, wiederholte er, als er mit dem seidigen Stoff über ihre Wange strich. Ihre erweiterten Pupillen verrieten ihm, dass sie es mochte. »Schließ die Augen.« Sie tat, wie geheißen, und er legte ihr die Augenbinde an. »In Ordnung?«

Sie nickte. »Ja.«

Er stand wieder auf und zog sich so leise wie möglich die Jeans aus. Ihre Brustwarzen wurden hart und sie spannte die Schenkel an, während er sie anstarrte. Er konnte sehen, wie erregt sie war. *Offenbar gefällt ihr die Augenbinde.*

»Kannst du meinen Blick auf deiner Haut spüren, Rotschopf?«, fragte er mit tiefer Stimme.

Sie nickte, als sie sich mit der Zunge über ihre vollen Lippen leckte. »Ich will, dass du mich berührst.«

»Zeig mir wo«, sagte er, als er seine Boxershorts auszog.

Lizzie berührte ihre Brust, war dabei für seinen Geschmack aber viel zu zaghaft. »Hier«, flüsterte sie.

»Nur so zärtlich?«

Sie schüttelte den Kopf. »Nein, fester.«

»Zeig es mir«, murmelte er, als er eine Hand um seinen Schwanz legte und ihn langsam streichelte.

Sie schluckte sichtbar, doch sie packte ihre Brust und drückte zu. Ihr Stöhnen schwebte auf wunderbare Weise durch die Luft.

»Nur an dieser Stelle, Rotschopf?« Seine Stimme nahm einen heiseren Unterton an, als er sah, wie sie sich auf seinem Bett wand.

»N-nein.« Sie stieß ein Wimmern aus, als sie mit der Hand über ihren flachen Bauch nach unten wanderte und sich in dem roten Dreieck zwischen ihren Schenkeln verlor. »Das ist so verrucht.«

»Oh ja«, stimmte er zu. »Und jetzt sag mir, wie feucht du bist.«

»Oh Gott.« Sie wölbte sich auf. »Warum erregt es mich nur so?« Sie ließ ihre Hand tiefer gleiten und bebte am ganzen Körper. »So feucht …«

Sie hielt inne, als er sich neben sie auf die Matratze kniete. »Gib mir deine Hand, Rotschopf.«

Sie presste protestierend die Schenkel zusammen. »Ich komme gleich, Jayson.«

»Ich weiß, Schätzchen. Und jetzt gib mir deine Hand.«

Lizzie zitterte, doch sie entspannte ihre Schenkel für ihn. Ihre Erregung verströmte einen lieblichen Duft, als sie die Hand in die Höhe hielt, damit er sie näher betrachten konnte. Sein Bauch spannte sich begierig an.

Meine zukünftige Ehefrau.

Er fuhr mit der Nase über ihre zarte Haut und nahm einen tiefen Atemzug. »Mm, ich glaube, das ist mein neuer Lieblingsduft, Rotschopf.«

Sie wand sich neben ihm, als er ihr Handgelenk festhielt. »Du machst mich ganz verrückt.«

»Das Gefühl beruht auf Gegenseitigkeit.« Er legte ihre Finger um seinen Schwanz und stöhnte auf, als ihre feuchte, heiße Haut seinen empfindsamen Schaft liebkoste.

Sie streichelte die gesamte Länge seiner Männlichkeit und raubte ihm fast den Verstand. Als sie sich wieder mit der Zunge über die Lippen leckte, steigerte der Anblick seine Erregung ins Unermessliche. Er hatte auf Bora Bora gelernt, dass sie eine Vorliebe für Oralsex hatte, doch heute Nacht wollte er tief in ihr kommen und sich nicht in ihrem Mund ergießen.

Jayson wollte sie für sich beanspruchen.

Er löste behutsam ihre Hand von seinem Schwanz und lächelte, als sie ein Knurren ausstieß. »Da ist aber jemand ungeduldig.« Er gab ihr einen Kuss aufs Handgelenk, bevor er ihren Arm über ihren Kopf streckte und ihre Hand an die Eisenstäbe des Kopfteils legte. »Halt dich daran fest, Lizzie.« Er packte ihre andere Hand und legte sie daneben. »Spreiz die Beine.«

Sie gehorchte mit einem Stöhnen und er bewunderte ihre feuchten roten Löckchen. Ihre Schenkel bebten, als sie darauf wartete, was er als Nächstes tun würde. Doch er ließ sich Zeit, um die Spannung zu steigern, und verlagerte kaum merklich sein Gewicht, ohne sie zu berühren.

»Ich könnte dich die ganze Nacht lang bewundern«, gestand er mit sanfter Stimme. »Du bist so schön.« Er beugte sich über sie und blies auf die empfindsame Stelle zwischen ihren Schenkeln. Sie bäumte sich auf. »Mm, und so begierig.«

Ihre Haut glänzte vor Schweiß. »Bitte Jayson.« Als er ihre heisere Stimme hörte, zogen seine Hoden sich erwartungsvoll zusammen.

Sie ist mein.

Er kniete sich zwischen ihre Beine und ließ einen Finger über ihre feuchte Spalte gleiten. »Dich eine Ewigkeit lang zu lieben wird nie genug sein«, flüsterte er ehrfürchtig. »Du bist in jeder Hinsicht perfekt.«

»Nimm mich«, flehte sie ihn an. »Ich will dich in mir spüren.«

Er ließ seine Hände unter ihren Hintern gleiten und hob ihr Becken an, als er in ihre begierige Hitze eindrang. Sie schrie auf, als er tief in sie hineinstieß, und er hielt einen Moment inne, bis sie sich entspannt hatte, obwohl sein Körper ihn anflehte, sie so zu nehmen, wie er es brauchte. *Hart und schnell.*

»Mehr«, sagte sie fordernd. »Mehr, Jayson.«

Er lächelte. »Wie du wünschst, meine zukünftige Ehefrau.« Er zog seinen Schwanz fast aus ihr heraus, um dann wieder bis zum Anschlag in sie einzudringen. Sie stießen beide ein Stöhnen aus, das durch den Raum hallte. *So, so gut.* Er stieß wieder in sie hinein und wurde immer schneller, bis ihre lustvollen Schreie die Luft erfüllten.

Mein Gott, er liebte diesen Klang.

Und er würde ihn für den Rest ihres sehr langen Lebens hören.

Verdammt.

Er wollte jeden Zentimeter von ihr besitzen und er nahm sie sich mit jedem harten Stoß. Ihre Schenkel bebten, als sie dem Höhepunkt immer näher kam, doch er wusste, dass sie noch mehr brauchte. Er senkte ihr Becken auf die Matratze, ohne seinen Schwanz herauszuziehen, und wusste, wie er sie über den Abgrund treiben konnte.

Er presste seinen Mund auf den ihren, als er eine Hand zwischen ihre Körper gleiten ließ und mit unfehlbarem Geschick auf ihre Klitoris legte. Er musste seine Finger nur zweimal über ihre Lustperle kreisen lassen, um sie über den Abgrund zu stoßen und in Ekstase zu versetzen. Es fühlte sich so unglaublich an. Sie zuckte und spannte sich so fest um ihn an, dass er nicht anders konnte, als sich ebenfalls von der Welle der Lust davontragen zu lassen.

»Lizzie«, stöhnte er, als sein Saft sich mit dem ihren auf innigste Weise vermengte. Er konnte nicht aufhören. Er sehnte sich nach mehr. Und diesmal wollte er ihr in die Augen sehen.

Jayson zog die Augenbinde von ihrem Kopf und lächelte, als er den befriedigten Ausdruck in ihrem Gesicht sah. Mm, sie waren noch nicht einmal annähernd fertig. »Schlinge deine Arme diesmal um mich, Schätzchen.«

»Zu Befehl, Sir.«

LIZZIE WOLLTE dieses Bett nie wieder verlassen. Niemals. Das Seidenlaken roch nach Jayson und Sex. So viel Sex.

Sie lächelte, als sie sich träge und mehr als befriedigt streckte.

»Also gut, du musst mir helfen, eine jahrhundertealte Auseinandersetzung zu schlichten«, sagte Jayson, als er mit einer Pizzaschachtel in der Hand zurückkam. Er stellte den fettigen Leckerbissen neben ihr auf dem Bett ab.

Sie klappte die Schachtel auf und nahm sich ein Stück Salamipizza, als sie fragte: »Welche Auseinandersetzung?«

Er griff selbst nach einem Stück und lehnte sich neben ihr auf den Kissen zurück. »B sagt, dass Pizza keine romantische Mahlzeit ist. Ich behaupte das Gegenteil.«

»Er hat unrecht«, murmelte Lizzie mit dem Mund voller Käse. »Sie ist sogar sexy.«

»Wirklich?« Er nahm einen Bissen, kaute und schluckte ihn hinunter. »Ich finde, es sollte zu einer Bedingung gemacht werden, nach dem Sex Pizza zu essen.«

Lizzie nickte eifrig. »Dem stimme ich zu.«

Er grinste. »Dann ist es also beschlossene Sache. Wir essen

mehrere Male am Tag Pizza. Und die anderen behaupten, dass die Ehe nicht leicht ist.«

Sie kicherte. »Dann haben wir also auch mehrere Male am Tag Sex?«

»Natürlich«, erwiderte er. »Diese Regel stelle ich ebenfalls auf.«

Sie nahm noch einen Bissen Käse, während sie über seine Worte nachdachte. »Das wirst du dir sicher anders überlegen, wenn ich zunehme.« Lizzie runzelte die Stirn. »Oh Gott, ich werde so dick werden.«

Er schnappte das Stück Pizza aus ihrer Hand und rollte sich auf sie. Es geschah alles so schnell, dass sie nicht sehen konnte, wohin die Pizza wanderte. Sie hoffte, dass er sie zurück in die Schachtel gelegt hatte.

Also schön, vielleicht ist Pizza im Bett doch nicht so sexy.

Er gab ihr einen leidenschaftlichen Kuss auf den Mund, bevor er ihr Kinn und ihren Hals liebkoste. Dann wanderte er mit den Lippen bis hinunter zu ihrem Bauchnabel, wo er innehielt.

»Du hast ja keine Ahnung, was die Vorstellung, dass du unser Kind unter deinem Herzen trägst, in mir auslöst, Rotschopf.« Er blickte zu ihr auf, damit sie die sinnliche Hitze in seinem Blick sehen konnte. »Das Problem wird nicht sein, dass ich dich nicht will, Rotschopf. Ich werde dich viel zu sehr wollen.«

Sie zitterte. »Ich denke, das wird mir gefallen.«

»Ich werde dafür sorgen, dass du es genießen wirst«, versprach er ihr und drückte noch einen Kuss auf ihren Bauch. »Wenn die Tests bereits ergeben haben, dass du schwanger bist, dann könnte ich mir vorstellen, dass die Geburt beschleunigt werden könnte. Hast du in den Akten der CRF etwas darüber finden können, wie weit fortgeschritten du schon bist?«

Sie schüttelte den Kopf. »Dazu sind wir nicht mehr gekommen, bevor ihr aufgetaucht seid.«

»Das ist kein Problem. Hier in Hydria gibt es mehrere Ärzte, zu denen auch B gehört.« Sein Blick verdunkelte sich. »Nein, vergiss B. Die Vorstellung gefällt mir ganz und gar nicht.«

Lizzie musste lachen. »Ich bin mir sicher, dass er sich professionell verhalten würde.«

»Oh, ganz sicher, aber nein. Das kommt gar nicht infrage. Wir können uns an Lara wenden. Sie ist eine Hydraianerin mit heilenden Fähigkeiten.« Er nickte entschlossen. »Ja, diese Idee gefällt mir schon besser.«

»Eifersucht«, sagte Lizzie. »Das ist sehr interessant, Mr. Masters.«

»Du gehörst mir«, erwiderte er nur. »Ich teile dich mit niemandem.«

»Das hast du bereits gesagt.« Sie lächelte auf ihn herab und war so glücklich wie schon lange nicht mehr. »Ich finde es gut, dass wir nicht teilen.«

»Gut.« Er schmiegte sich an sie und legte sein Kinn auf ihrem Bauch ab. »Du schuldest mir immer noch eine Ladung Kekse.«

Sie lachte. »Das stimmt. Ich werde sie morgen backen.«

»Ich finde, es wäre nur fair, wenn du sie nackt backst, schließlich musste ich eine halbe Ewigkeit darauf warten. Ich werde dich natürlich beobachten.«

»Wirst du ebenfalls nackt sein?«

Er zuckte mit den Schultern. »Wenn die Bäckerin es verlangt?«

»Das tut sie.«

»Dann werde ich nackt sein.« Er grinste. »Ich sollte Tom und Amelia sagen, dass sie sich ein neues Zuhause suchen sollen.« Sein Lächeln erstarb. »Das könnte allerdings schwierig werden, denn mehrere Ichorianer werden zu uns auf die Insel ziehen.«

Lizzie kämmte mit den Fingern durch sein Haar und fragte: »Was meinst du damit?«

»Deine Rettung aus Osiris' Herrenhaus ist nicht ganz nach Plan verlaufen und einige unserer ichorianischen Verbündeten wurden dabei entlarvt. Issac ist einer von ihnen.«

Sie hielt inne. »Wie bitte?«

»Richtig, du warst nicht dabei. Ich werde dich ins Bild setzen.«

Er berichtete ihr von den Ereignissen, die sich abgespielt hatten, nachdem Jacque sie nach Hydria teleportiert hatte, wie Osiris die Ältesten festgehalten hatte und wie Stas ihm am Ende gegenübergetreten war.

»Jetzt weiß er also, welche Ichorianer nicht auf seiner Seite sind«, sagte sie, als er fertig war. »Und du glaubst, dass dadurch ein Krieg ausbrechen könnte?«

»Ja. Ihr Treuebruch wirkt sich zu unseren Gunsten aus. Aidans Blutlinie ist überaus mächtig und sie haben sich alle entschieden, sich uns anzuschließen. Es ist gut möglich, dass noch mehr von ihnen um Asyl bitten oder untertauchen werden.«

Lizzie dachte darüber nach, während sie mit den Fingern weiter durch sein Haar kämmte. Er hatte seinen Kopf nicht von ihrem Bauch wegbewegt und ließ sein Kinn direkt über ihrem ungeborenen Kind ruhen.

Was ist das nur für eine Welt, in die du geboren wirst, mein Kleines?

»Ich werde euch beide mit meinem Leben beschützen, Rotschopf«, gelobte er, als hätte er ihre Gedanken gelesen. Sie nahm an, dass er ihr ihre Besorgnis im Gesicht angesehen hatte.

»Was ist mit Jonathan?«, fragte sie, wobei ihr ein kalter Schauer über den Rücken lief. »Er ist immer noch auf freiem Fuß.«

»Nicht mehr lange.« Ein dunkler Ausdruck blitzte in seinen Augen auf. »Seine Tage auf Erden sind gezählt. Er hat sich zu viele Feinde geschaffen.«

»Aber du sagtest, dass er sich mit Osiris verbündet hat.«

Er grinste. »Ich vermute, dass diese Partnerschaft einseitig ist und nur Osiris davon profitiert. Ich mache mir keine Sorgen. Jonathan wird sterben, das kann ich dir versprechen.«

Sie konnte die Überzeugung in seinem Blick sehen und sagte: »Damit kann ich umgehen.« Sie überraschte sich selbst mit diesen Worten. Sie vermied es für gewöhnlich, über Gewalt und Tod nachzudenken, doch mit der Vorstellung, dass Jonathan das Zeitliche segnete, würde sie sich arrangieren können. »Was geschieht, wenn er wie Osiris immun gegenüber euren Fähigkeiten ist?«

»Dann werden wir ihn eben auf die altmodische Art und Weise töten. Mit einer Kugel.« Er küsste ihren Bauch. »Ich werde alles Nötige tun, um deine Sicherheit und die unseres Kindes zu gewährleisten, Liz. Das verspreche ich dir.«

»Ich glaube dir«, flüsterte sie. »Und jetzt komm her und küss mich.«

Er lächelte. »Du hast wohl schon vergessen, wer hier das Sagen hat.«

»Vielleicht musst du mir noch eine Lektion erteilen.«

Er legte sich auf sie und drückte sie mit seinem starken Körper auf die Matratze. »Ich werde dich gern unterweisen, Rotschopf. Jeden Tag, jede Nacht, für den Rest unseres langen Lebens.«

Sie schlang ihre Hände um seinen Nacken und zog ihn zu sich hinunter. »Ich liebe dich«, hauchte sie an seine Lippen.

»Ich liebe dich auch«, murmelte er. »Für immer und ewig.«

Lizzie wanderte den Hügel hinauf zu Lucs Haus. Jayson hatte ihr beschrieben, wo es sich befand, nachdem er ihr erzählt hatte, dass Stas und Issac im Moment dort wohnten.

Sein Haus befand sich nicht in der Nähe der anderen Häuser und lag hier oben sehr abgeschieden, doch der Ausblick war atemberaubend. Man konnte fast von jedem Blickwinkel aus das dunkelblaue Meer, weiße Häuser mit blauen Dächern und die Kopfsteinstraßen sehen. Es war wunderschön.

Lizzie bewunderte den Blick und die Architektur seines Hauses, bevor sie leise an die Tür klopfte. Jacque öffnete, wobei er jedoch nicht das für ihn typische Grinsen aufgesetzt hatte.

»Oh, hallo«, sagte er und legte sich eine Hand an den Nacken. »Äh, Luc ist im Moment nicht nach Besuch zumute.«

»Erholt er sich immer noch von dem, was Alik ihm angetan hat?« Jay hatte ihr alles erzählt, wobei er auch erklärt hatte, was es für Alik bedeutete, seine Fähigkeiten gegen jemanden einzusetzen.

Jacque nickte. »Ja. Sie müssen sich alle noch erholen. Ich kann ihm sagen, dass du hier warst.«

»Oh, ich bin eigentlich gekommen, um Stas zu besuchen. Ist sie da?«

Er schüttelte den Kopf. »Nein, sie ist mit Issac zum Strand gegangen. Soll ich dich hinbringen?« Seine Augen erhellten sich, als er die Worte aussprach.

Er macht sich gern nützlich.

»Ja, das wäre nett von dir.« Sie könnte auch selbst zum Strand gehen, doch sie hatte nichts gegen das Teleportieren einzuwenden und sie fühlte sich in ihrer Entscheidung bestätigt, als er ihr ein strahlendes Lächeln schenkte.

Er streckte ihr seinen Ellbogen entgegen und sie ergriff ihn. Eine Sekunde später standen sie am Strand. »Das ist eine wirklich tolle Fähigkeit«, sagte sie.

»Sie ist großartig«, stimmte er zu. »Anstrengend, aber großartig.« Er zeigte mit einem Nicken zum Strand, wo Issac und Stas gerade Hand in Hand gingen und in eine Unterhaltung vertieft waren.

»Ich, äh, ich glaube, sie beenden gerade offiziell ihre Beziehung«, flüsterte Jacque. »Wir sollten sie allein lassen.«

»Was meinst du damit?«

»Ich denke, dass sie gerade das entscheidende Gespräch führen.« Er warf einen Blick auf die beiden und verzog das Gesicht. »Du weißt schon, sie machen Schluss miteinander.«

»Aber …« Lizzie hielt inne, als Issac stehen blieb und sich Stas mit schmerzverzerrtem Gesicht zuwandte. »Wäre es nicht möglich, dass er sie einfach nicht beißt?« Für Lizzie war es ganz einfach. Die meisten Paare kamen auch ohne Blut gut zurecht, nicht wahr?

Jacque starrte sie mit offenem Mund an. »Wie soll er sich dann nähren?«

»Mithilfe von Spendern?«, schlug Lizzie vor.

»Für Ichorianer ist das Saugen von Blut immer mit Sex verbunden, außerdem hat unser Blut eine verführerische Wirkung auf sie. Wenn er während des Liebesaktes nur eine Sekunde die Kontrolle über sich verliert, dann stirbt er.«

Lizzie runzelte die Stirn. »Soweit ich sehen kann, ist Issac ein sehr entschlossener und beherrschter Mann.«

Jacque dachte darüber nach und nickte. »Das ist wahr, aber es hat noch nie eine Beziehung zwischen einem Ichorianer und einer Hydraianerin gegeben.«

»Genauso wenig wie eine Horde von Ichorianern, die auf die Insel ziehen«, bemerkte sie.

»Der Punkt geht an dich«, erwiderte er. »Wie dem auch sei, es gilt als unmöglich und die anderen wären damit nicht einverstanden.«

»Doch das ist nicht unbedingt ihre Entscheidung, nicht wahr?«, sagte Lizzie, die sich im Namen ihrer Freundin über seine Worte ärgerte. »Wenn sie es versuchen wollen, dann sollten sie es tun.«

Jacque zuckte mit den Schultern. »Ich denke, wir werden sehen, was geschieht.«

Lizzie hatte Hoffnung. Sie glaubte daran, dass Stas eine Lösung finden würde. Ihre beste Freundin war die stärkste Frau, die sie kannte. »Ich sollte später mit ihr reden«, sagte sie, als Issac eine Hand an Stas' Wange legte und seine Stirn gegen die ihre presste. »Sie scheinen ziemlich mit sich selbst beschäftigt zu sein.« Außerdem war es ein wenig seltsam, sie zu beobachten.

»Zurück zu Jay?«

»Ja, bitte. Ich schulde ihm noch ein paar Kekse.«

»Kekse?«, wiederholte Jacque. »Ich bin dabei.«

Lizzie grinste. »Ich muss gleich mehrere Bleche backen, denn Jayson teilt nicht gern.«

»Das sollte er auch nicht«, pflichtete Jacque ihr bei.

Stas neigte gerade den Kopf nach hinten und gab Issac einen Kuss, den er zärtlich erwiderte, als Jacque mit Lizzie verschwand.

Lizzie verzog die Lippen zu einem Lächeln.

Ihre Geschichte ist noch nicht annähernd zu Ende.

EPILOG

Eine Woche später …

JAYSON STAND vor der Tür zu Lucs Haus und zögerte. Er musste es tun. Er musste hineingehen und ihnen allen erklären, wie er sich für eine Frau statt für seine Brüder entscheiden konnte, doch ihm fehlten die Worte.

Eine Entschuldigung wäre nur eine Lüge. Als Osiris die Wahrheit von ihm gefordert hatte, hatte er sie ihm gegeben.

Alles. Und er hatte es ernst gemeint. Er würde alles geben, um Lizzie zu beschützen, und würde sogar das Leben seiner besten Freunde dafür opfern.

Verdammt, es tat weh.

Er wollte nie zwischen ihnen wählen, doch Osiris hatte ihn dazu gezwungen, seinen Gefühlen Ausdruck zu verleihen. Und jetzt wussten die drei Männer, die im Haus auf ihn warteten, darüber Bescheid.

Jayson rieb sich mit der Hand übers Gesicht und versuchte, den Mut aufzubringen, an die Tür zu klopfen. Er hatte seit dem Vorfall weder Alik noch Balthazar oder Luc gesehen. Bis auf eine Handvoll Wächter, die den Ältesten bei ihrer Genesung zur Seite gestanden hatte, hatte niemand sie zu Gesicht bekommen. Jayson hatte ihnen ihren Freiraum gelassen und auf den Tag gewartet, an dem sie ihn zu sich rufen würden.

Heute Morgen hatte Jacque ihm dann die Nachricht überbracht, dass sie ihn sehen wollten.

Sei kein Feigling und klopfe an die Tür, sagte er zu sich selbst. *Sie wissen, dass du da bist.*

Verdammt, Balthazar konnte sogar jeden einzelnen seiner Gedanken hören. Die Tatsache, dass er ihn jedoch noch nicht hereingebeten hatte, bescherte Jayson ein flaues Gefühl im Magen.

Es sah B nicht ähnlich, ihn einfach so zappeln zu lassen. Allein. Es sei denn, er wollte ihn damit bestrafen.

Scheiße, wenn sie es auf diese Tour wollten, dann würde er mitspielen. Er würde sich nicht dafür entschuldigen, dass er Lizzie sein Herz geschenkt hatte. Sie war die Schmerzen wert, die seine Freunde ihm möglicherweise zufügen wollten.

Ja, scheiß aufs Anklopfen.

Er drehte den Türknauf und trat ohne ein Wort ein.

Balthazar stand im Eingangsbereich und lehnte völlig entspannt an der Wand, wobei er ein Grinsen im Gesicht hatte. Als er seinen besten Freund gesund, am Leben und verschmitzt lächelnd sah, wurde Jayson von einem Gefühl der Gelassenheit durchströmt.

»Nun, das war lustig.« Balthazar öffnete die Bierflasche in seiner Hand und streckte sie Jayson entgegen. »Willkommen zurück, Jay. Es tut mir leid, dass wir erst einen Befehl erlassen mussten, damit du uns einen Besuch abstattest.«

Er nahm die Flasche entgegen und zog eine Augenbraue in die Höhe. »Ist das dein Ernst? Ihr habt mich hierher zitiert, damit ich mit euch ein Bier trinke?«

»Er will mit dir über deine Junggesellenparty sprechen«, sagte Luc, als er sich zu ihnen gesellte. Die dunklen Ringe unter seinen Augen waren der einzige Hinweis auf die

Qualen, die er vor einer Woche erlitten hatte. »So wie es aussieht, müssen wir dich wohl beglückwünschen.«

»Ja, was zum Teufel sollte das Ganze?«, wollte Alik aus dem Wohnzimmer wissen. »Jetzt müssen wir schon darauf warten, solche Neuigkeiten von Jacque zu erfahren.«

»Ich wollte euch nicht stören«, sagte Jayson, wobei das allerdings nur die halbe Wahrheit war.

»Blödsinn«, erwiderte Balthazar mit einem verärgerten Unterton, der ihm gar nicht ähnlichsah. »Du hast dich vor uns versteckt. Es ist eine Sache, dich für Lizzie zu entscheiden. Doch es ist etwas völlig anderes, wenn du nicht einmal imstande bist, uns gegenüberzutreten.«

»Vertrauen«, fügte Luc hinzu. »Du hattest nicht genügend Vertrauen in uns, weil du nicht glaubtest, dass wir dir vergeben würden. Allerdings glauben wir nicht, dass es irgendetwas zu vergeben gibt.«

Das war nicht ganz richtig. »Ich brauchte Zeit, um die richtigen Worte zu finden.«

»Und hast du sie gefunden?«, wollte Luc wissen, während er ihn mit einem neugierigen Blick betrachtete.

»Ganz ehrlich?« Jay legte sich eine Hand an den Nacken und stieß den Atem aus. »Nein. Ich habe keine Ahnung, was ich euch sagen soll. Ich kann mich nicht einmal bei euch entschuldigen, auch wenn ich das Gefühl habe, dass ich es tun sollte. Ich weiß nicht, wie ich es erklären soll. Als Osiris mich gezwungen hat, eine Wahl zu treffen …«

»Er hat dich gefragt, was du dafür *geben* würdest, um sie zu retten«, warf Luc ein. »Und du hast ihm die einzig ehrenwerte Antwort gegeben, denn wenn du weniger als alles für sie opfern würdest, um sie zu retten, dann hättest du sie nicht verdient.«

Alik gesellte sich zu ihnen. Er hatte die Hände in die Hosentaschen gesteckt, während seine braunen Augen von den Erinnerungen und dem Schmerz getrübt waren. »Hast du mich nicht akzeptiert, als ich mich für Jenika entschieden habe?«

Als Jayson den Namen hörte, erstarrte er vor Schreck. Alik hatte diese sechs Buchstaben seit mehreren Jahrhunderten nicht mehr in den Mund genommen. Der Schmerz zeichnete sich auf seinem Gesicht ab, während sie ihn alle tief in ihrer Seele spüren konnten.

»Alik«, hauchte Jayson, »das musst du nicht tun.«

»Doch, das muss ich.« Sein Gesicht verdunkelte sich, selbst als seine Augen entschlossen funkelten. »Ihr wisst, dass ich alles geben würde, um sie zurückzuholen, doch das mindert die Stärke unserer Verbundenheit nicht. Wir sind Brüder und werden es immer sein, doch Liebe, *wahre* Liebe, übersteigt alle Regeln. Selbst die, die in unserer gemeinsamen Geschichte verankert sind.«

»Er hat recht«, sagte Balthazar mit gedämpfter Stimme. »Was dich mit Lizzie verbindet, muss in Ehren gehalten werden. Wir würden nie von dir erwarten, dass du uns ihr vorziehst, und du kannst dir sicher sein, dass wir immer für dich da sein werden, um mit dir dafür zu kämpfen.«

»Dein Glück ist unser Glück, Jay.« Luc gab ihm einen Klaps auf den Rücken und zog ihn in seine Arme. »Ich konnte spüren, was dir diese Antwort abverlangt hat, aber ich war so stolz auf dich.«

»Das waren wir alle.« Balthazar schlang seine Arme um sie. »Du wirst immer unser Bruder sein, Jay. Komme, was da wolle.«

»Deine Liebe zu ihr schwächt dich nicht, sie stärkt dich. Halte dieses Geschenk in Ehren, Jay. Denn du kannst nie wissen, was das Leben als Nächstes bringt.« Die ernsten, doch weisen Worte kamen aus Aliks Mund.

Er umarmte sie nicht, doch das hätte auch keiner von ihnen erwartet. Jenikas Tod hatte ihn unwiderruflich verändert. Keiner von ihnen hatte es verstehen können, denn sie waren nie selbst verliebt gewesen, doch jetzt hatte Jayson eine Ahnung, wie er sich fühlen musste. Lizzie war sein Herz. Ohne sie würde er nicht existieren.

Alik blickte ihn über Lucs Schulter hinweg an.

Jetzt weißt du es, flüsterte er ihm telepathisch zu. *Beschütze sie, Jayson. Beschütze sie auf jede erdenkliche Weise und halte eure Liebe immer in Ehren.*

Jayson nickte einmal und gelobte im Stillen, für sie zu sorgen. *Für immer.*

»Du wirst ein großartiger Vater sein«, flüsterte Luc. »Und ein noch besserer Ehemann.«

»Nach der Junggesellenparty«, fügte Balthazar hinzu, als er sich aus der Umarmung löste und Jayson einen Klaps auf die Schulter gab.

B schafft es doch immer, die Stimmung aufzuheitern. »Nach der Party«, stimmte Luc zu, als er Jay losließ.

Alik schnaubte und wandte sich ab, als er sagte: »Ja. Du kannst von Glück reden, falls Lizzie dich überhaupt gehen lässt.«

Jayson war froh, dass sie die Unterhaltung auf ein freudigeres Thema gelenkt hatten, doch er verzog das Gesicht, als er Aliks Bemerkung hörte. »Du hast doch hoffentlich nichts allzu Ausgefallenes geplant, oder?«

Balthazar grinste. »Würde ich etwa ein Treffen einberufen, wenn ich nicht etwas Spektakuläres im Sinn hätte?« Er ließ seine Augenbrauen auf und ab tanzen. »Komm ins Wohnzimmer, Jay. Wir müssen uns die Entwürfe und meinen vorgeschlagenen Zeitplan ansehen.«

Die Geschichte geht weiter mit *Unsterblich geboren*...

Blood Bonds – Unsterblich geboren

Unsterblich verflucht - Buch 4

Eine Nacht voller Verführung und Leidenschaft im Austausch für Informationen …

Caro hätte sich niemals mit so einer dummen Idee einverstanden erklären sollen. Und nun rennt sie um ihr Leben mit genau dem Wesen, das sie erst in Gefahr gebracht hat.

Sethios sah Caro als eine Herausforderung an, die erobert werden wollte. Etwas Neues zum Spielen, um sich die Zeit zu vertreiben. Doch ihre Vereinbarung hat Konsequenzen, die keiner von ihnen vorhersehen konnte.

Denn die Seherin weiß alles. Sie sagt die Zukunft voraus. Und ihre neueste Prophezeiung ändert alles.

Wie weit werden Caro und Sethios gehen, um sowohl ihre Vorsehung als auch das Schicksal ihres ungeborenen Kindes zu schützen?

Manchmal erfordert die Liebe ein großes Opfer …

Nur für Leser über 18 Jahre geeignet.

Amazon

LEXI C FOSS

USA Today Bestsellerautorin Lexi C. Foss ist eine Schriftstellerin, verloren in der Welt der Computer. Sie lebt in Atlanta, Georgia mit ihrem Mann und ihren haarigen Gesellen. Wenn sie nicht gerade schreibt, ist sie mit Sicherheit auf Reisen. Viele der Orte, die sie schon besucht hat, lassen sich in ihren Büchern wiederfinden, einschließlich der mystischen Welt von Hydria, die auf der griechischen Insel Hydra basiert.

Würden Sie gern über Neuerscheinungen informiert werden? Dann tragen Sie sich für ihren Newsletter ein: www.lexicfoss.com/newsletter

Besuchen Sie Lexi im Netz!
www.lexicfoss.com
E-Mail: lexicfoss@gmail.com

BÜCHER VON LEXI C. FOSS

Die Blutallianz:

Chastely Bitten – Keuscher Biss (Buch 1)

Royally Bitten – Königlicher Biss (Buch 2)

Regally Bitten – Majestätischer Biss (Buch 3)

Rebel Bitten – Rebellischer Biss (Buch 4) **(erhältlich ab Februar 2021)**

Unsterblich verflucht:

Blood Laws – Blutgesetze (Buch 1)

Forbidden Bonds – Unsterblich entfesselt (Buch 2)

Blood Heart – Blutige Unschuld (Buch 3)

Blood Bonds – Unsterblich geboren (Buch 4) **(erhältlich ab Mitte Februar 2021)**

Und auch die folgenden Bücher von Lexi C. Foss werden in Kürze auf Deutsch erhältlich sein:

Aus der Reihe »Unsterblich verflucht«:

Angel Bonds (Buch 5)

Blood Seeker (Buch 6)

Printed in Poland
by Amazon Fulfillment
Poland Sp. z o.o., Wrocław

71990740R00312